Märchenmond

3. Auflage 2024

ISBN 978-3-7641-7091-2

ISBN 978-3-8000-2228-1

Umschlagillustration: Joachim Knappe
Umschlaggestaltung: nach einem Entwurf von Isabelle Hirtz
Karte von Piotr Stolarczyk
Druck und Bindung: CPI books, GmbH
Gedruckt auf Papier aus geprüfter nachhaltiger Forstwirtschaft.

www.ueberreuter.de

WOLFGANG UND HEIKE

HOHLBEIN

MÄRCHENMOND

ueberreuter

Für alle,
die das Träumen
noch nicht verlernt
haben

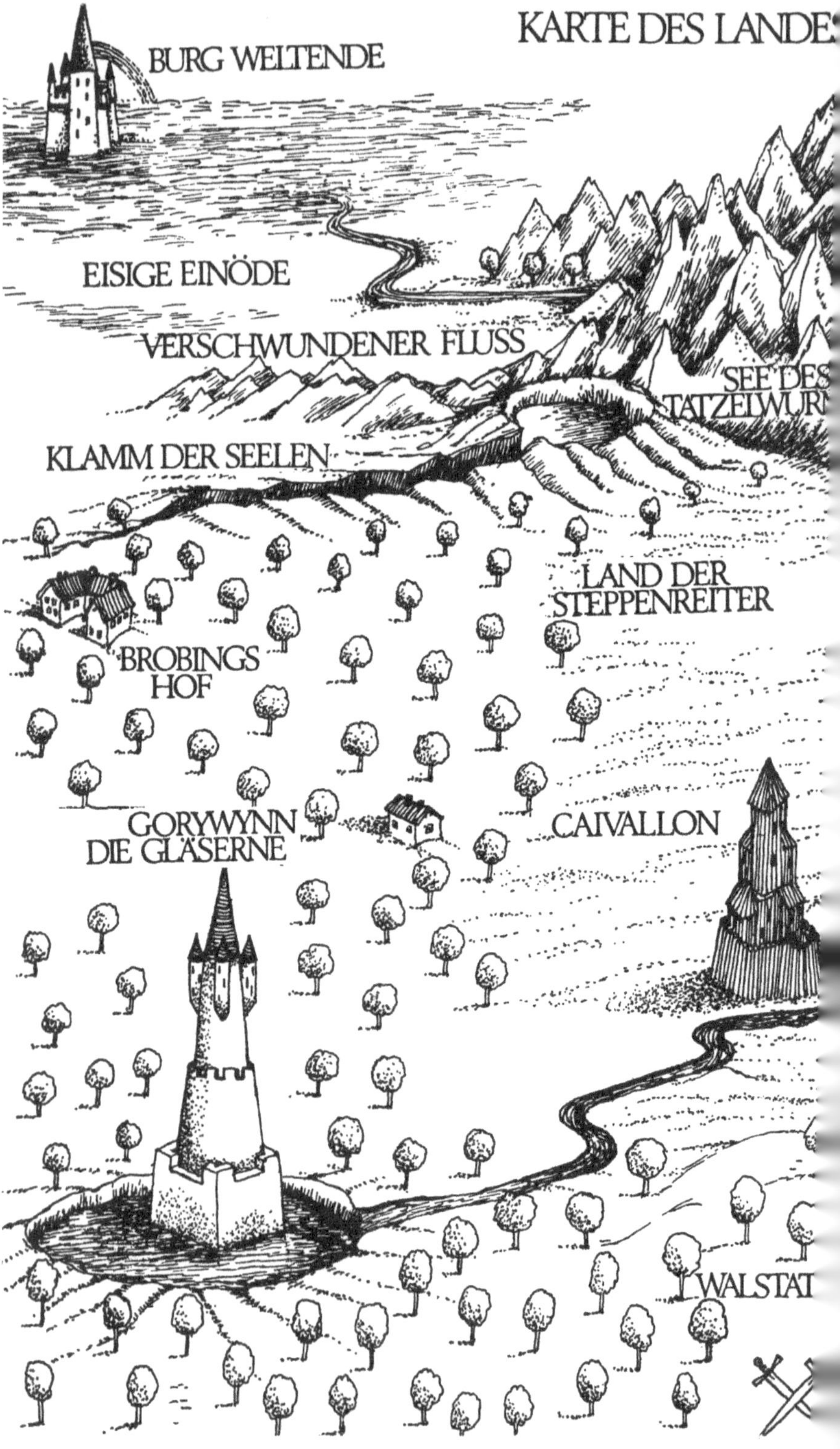
KARTE DES LANDE
BURG WELTENDE
EISIGE EINÖDE
VERSCHWUNDENER FLUSS
SEE DES
TATZELWUR
KLAMM DER SEELEN
LAND DER
STEPPENREITER
BROBINGS
HOF
GORYWYNN
DIE GLÄSERNE
CAIVALLON
WALSTAT

MÄRCHENMOND
FESTE MORGON
SCHATTENGEBIRGE
TAKS
HÖHLE
SUMPF
BERGHOF
SEE DES
TÜMPELKÖNIGS
HIMS
HLE
FELSABSTURZ

1

»... Commander Arcanas Gesicht hatte in den letzten Minuten einen immer besorgteren Ausdruck angenommen. Auf seiner Stirn perlte ein Netz feiner, glitzernder Schweißtröpfchen und der Blick seiner grauen Augen schien sich an der endlosen Panoramafläche des Bildschirms festzusaugen. Unnatürliche Stille hatte von der mit Menschen, Maschinen und blinkenden Computern vollgestopften Kampfzentrale der Warlord II Besitz ergriffen. Niemand redete und selbst das dumpfe Dröhnen der Ionentriebwerke, das in den letzten Jahren zu einem festen Bestandteil des Lebens an Bord geworden war, schien mit einem Mal leiser geworden zu sein, als spüre selbst die seelenlose Maschine tief im Rumpf des gigantischen Raumschiffes die Gefahr, die sich über ihr und ihren Schöpfern zusammenballte ...«

Kim sah von seinem Buch auf, als er das Geräusch der Haustür hörte. Er legte den Zeigefinger der linken Hand zwischen die Seiten, in denen er gerade gelesen hatte, klappte das Buch zu und ging damit zu seinem Schreibtisch hinüber. Auf der sorgfältig polierten Platte stapelten sich Schulbücher und -hefte, Papier, ein Radiergummi von der Form eines Miniaturfußballs und – säuberlich über den frischen Brandfleck gelegt, der als Folge eines etwas zu gut gelungenen Experimentes mit Watte, einem Brennglas und einer Handvoll abgebrochener Streichholzköpfchen zurückgeblieben war – ein Paket bunter Kunststofftrinkhalme. Er nahm ein loses Blatt, knickte es auf die passende Größe zusammen und legte es mit bedauerndem Achselzucken zwischen die Seiten, ehe er den Finger herausnahm und das Buch zum Regal zurücktrug. Auf dem überquellenden Bord stapelte sich eine Unmenge bedruckten Papiers: einige wenige Comics (die Reste seiner ehemals weitaus umfangreicheren Sammlung, mit einem Gummiband zusammengehalten und auf den äußersten Rand des Brettes verbannt), eine etwas größere Anzahl Taschenbücher, eine noch größere Anzahl Groschenhefte – wie sein Vater sie nannte – und ein gutes Dutzend teurer, leinengebundener Bände. Man sah den Büchern an, dass sie oft zur Hand genommen und gelesen wurden – den meisten jedenfalls. Unter den gebundenen Exemplaren gab es einige, die vollkommen neuwertig wirkten und es auch waren. Es waren Bücher, die er geschenkt bekommen hatte und die ihn nicht interessierten, er hatte sie nur anstandshalber zwischen seine übrigen Schätze gestellt ohne die Absicht, sie auch zu lesen.

Unten im Flur wurden die schnellen Schritte seiner Mutter laut. Kim wandte sich mit einem Seufzer vom Bücherregal ab, ging zur Tür und kehrte dann noch einmal zu seinem Schreibtisch zurück, um das Chaos darauf etwas umzuschichten, sodass der Eindruck entstand, als ob er den ganzen Nachmittag gearbeitet hätte, statt in der neuesten Ausgabe der »Sternenkrieger« zu schmökern. Er klappte das Mathematikbuch an der mit einem Eselsohr markierten Stelle auf, schaltete den Taschenrechner ein und legte das eng bekritzelte Blatt daneben, auf dem er bereits während der Mathestunde vergeblich versucht hatte, die Aufgabe zu lösen; Mathematik – und darüber hinaus galt das für jedes Unterrichtsfach, das irgendwie mit Zahlen zu tun hatte – war nicht seine Stärke. Er hatte vom ersten Schultag an damit auf Kriegsfuß gestanden und in den siebeneinhalb Jahren, die seither verstrichen waren, hatte sich nichts daran geändert. Er mochte keine Zahlen und er konnte einfach nicht einsehen, wozu, zum Teufel, er wissen musste, wie man eine Gleichung mit zwei Unbekannten löste, wenn er einen Taschenrechner hatte.

Er musterte sein Arrangement kritisch, fügte noch einen frisch gespitzten Bleistift hinzu und wandte sich dann mit zufriedenem Nicken zur Tür. Was Hausaufgaben anging, verstanden seine Eltern keinen Spaß. Sicher würde sein Vater – wie fast jeden Tag – nach dem Abendessen nach seinem Hausaufgabenheft fragen und es stirnrunzelnd durchblättern. Nun ja – vielleicht würde er später noch einmal versuchen diese vertrackte Aufgabe zu lösen. Und notfalls konnte er das Ergebnis noch immer am nächsten Morgen von einem seiner Klassenkameraden abschreiben.

Er drückte die Klinke herunter, stieß die Tür auf und ließ den Blick noch einmal bedauernd über das vollgestopfte Bücherbord streifen. Es half nichts – Commander Arcana würde bis morgen warten müssen, ehe er die Warlord II in das finale Gefecht gegen die telepathischen Pflanzenmonster führen konnte.

Kim zog die Tür hinter sich zu, lief die Treppe hinunter und nahm die letzten vier Stufen auf einmal. Er hatte richtig gehört. Seine Eltern waren zu Hause – beide. Mutters Trenchcoat hing in der Garderobe, daneben der zerschlissene Parka seines Vaters, den er schon trug, solange Kim sich erinnern konnte, und von dem er sich wahrscheinlich auch in hundert Jahren nicht trennen würde. Die Wohnzimmertür war nur angelehnt und im Aschenbecher auf der Garderobe qualmte eine gerade angerauchte Zigarette.

Kim zog verwundert die Stirn kraus. Vater hatte sich vor fünf Monaten entschlossen das Rauchen aufzugeben und er hatte sich bis auf den heutigen Tag an seinen Vorsatz gehalten. Dass er jetzt wieder rauchte, war seltsam. Aber seltsam war auch, dass Vater um diese Zeit schon zu Hause war. Es war noch nicht einmal vier und normalerweise kam er nie vor sechs aus dem Büro.

Die Eltern waren im Wohnzimmer. Kim konnte ihre Stimmen durch die angelehnte Tür hören, ohne die Worte zu verstehen. Er blickte noch einmal verwundert auf die qualmende Zigarette im Aschenbecher, hakte die Daumen hinter den Gürtel und betrat das Wohnzimmer.

Vater und Mutter saßen nebeneinander auf der Couch. Der Fernseher lief mit ausgeschaltetem Ton. Auf dem Tisch lag eine angebrochene Zigarettenpackung neben dem orangefarbenen Feuerzeug und einem sauberen Aschenbecher. Kim fiel auf, wie still es plötzlich war. Seine Eltern hatten schlagartig aufgehört zu reden, als er ins Zimmer gekommen war, und das einzige Geräusch, das noch zu hören war, war das leise Ticken der altmodischen Standuhr an der Südwand des Zimmers.

»Hallo, Kim«, sagte Mutter leise. Sie setzte sich hastig auf, strich sich eine Haarsträhne aus der Stirn und faltete die Hände auf den Knien. »Ich ... ich dachte, du wärest in deinem Zimmer und ...«

Kim blinzelte verwundert. Es kam selten vor, dass seine Mutter ins Stottern geriet. Sie war eine ruhige und beherrschte Frau, die sich jedes Wort, das sie sprach, genau überlegte.

»Hast du ... deine Hausaufgaben fertig?«, fragte sie.

Kim nickte, schüttelte gleich darauf den Kopf und murmelte etwas, was sich wie »ja« anhörte, aber im Zweifelsfall auch »fast« heißen konnte.

Vater seufzte. Das brüchige Leder der Couch knarrte, als er sich aufsetzte und umständlich nach Zigaretten und Feuerzeug langte. Kim trat verlegen auf der Stelle und zog die Daumen hinter dem Gürtel hervor. Er wusste plötzlich, warum seine Eltern so nervös waren.

»Ihr ... ihr wart im Krankenhaus, nicht?«, fragte er.

Ein Schatten flog über das Gesicht seiner Mutter. Kim hatte mit einem Mal das Gefühl, etwas furchtbar Falsches gesagt zu haben.

»Setz dich, mein Sohn«, sagte sein Vater.

Kim sah seinen Vater durch eine Wolke blauen Zigarettenrauchs fragend an und setzte sich dann unsicher auf die Kante seines Sessels. »Mein Sohn« hatte er gesagt. So nannte er ihn nur, wenn er entweder sehr böse oder sehr gut aufgelegt oder sehr nervös war. Vater rief ihn selten beim Namen – normalerweise rief er ihn Knirps oder Kleiner, manchmal auch Junior oder Filius. Wenn er »mein Sohn« sagte, hatte das etwas Besonderes zu bedeuten.

»Ich …« Sein Vater zögerte einen Moment und fing dann von Neuem an. »Mutter und ich müssen mit dir reden«, sagte er ernst.

Kim begann sich mit jeder Sekunde unbehaglicher zu fühlen. Er glaubte zu wissen, was sein Vater mit ihm besprechen wollte, aber er wollte es nicht hören. Er blickte ins Gesicht seiner Mutter und fühlte sich plötzlich noch elender. Ihr Gesicht war sehr blass und unter den Augen lagen dunkle Ringe. Sie sah ihn an, aber ihr Blick schien durch ihn und die Sessellehne hindurchzugehen und sich irgendwo in weiter Ferne zu verlieren. Sie lächelte ein seltsames, trauriges Lächeln und ihm fiel auf, dass sich ihre Finger ununterbrochen bewegten.

»Ihr wart bei Becky, nicht?«

Vater nickte. Er drückte die Zigarette im Aschenbecher aus und zeichnete mit dem Filter Linien in die weiße Asche. »Ja, wir waren bei … deiner Schwester«, sagte er nach einer Weile. Er blickte Kim über den Rand seiner dünnen Goldbrille an und stützte die Ellbogen auf den Tisch. Dann faltete er die Hände und legte das Kinn darauf – wie er es immer tat, wenn er nachdachte oder etwas Schwieriges erklären wollte.

»Deine Schwester … Rebekka«, setzte er aufs Neue an, »ist sehr krank, Kim.«

Kim nickte. »Ich weiß«, sagte er. »Sie muss …«

Vater schüttelte sanft den Kopf. »Es ist nicht wegen des Blinddarms, Junge.«

»Nicht? Aber ihr sagtet doch …«

»Wir haben dir das erzählt, weil … weil wir dich nicht beunruhigen wollten.«

»Du meinst, es … es war gar nicht der Blinddarm …«

»Doch, doch, zunächst schon«, unterbrach ihn sein Vater hastig. »Es ist nur …« Er zündete sich schon wieder eine Zigarette an. »Ich weiß nicht ... wir wissen nicht, wie wir es dir erklären sollen, Junge«, sagte er dann mit fester Stimme. »Du warst dabei, als wir deine Schwester in die Klinik gebracht haben, und ... und du hast auch gehört, was Doktor Schreiber gesagt hat. Dass eine Blinddarmoperation heutzutage nichts Weltbewegendes mehr ist und dass wir uns keine Sorgen zu machen brauchen und dass Rebekka in einer Woche wieder hier sein würde.«

Kim nickte. Rebekka hatte vor drei Tagen plötzlich über stechende Seitenschmerzen geklagt und zu weinen angefangen. Sie hatten die Sache zuerst nicht besonders ernst genommen. Rebekka war im Mai vier geworden, aber wenn ihr etwas wehtat (oder wenn sie ihren Willen nicht bekam), gebärdete sie sich wie eine Zweijährige. Doch die Symptome waren immer schlimmer geworden und schließlich, gegen Abend, hatte sie sich vor Schmerzen übergeben müssen, sodass Vater kurz entschlossen beim Roten Kreuz anrief und einen Krankenwagen kommen ließ. Sie waren mit in die Klinik gefahren und es ging weit über Mitternacht, als sie wieder nach Hause kamen. Mutter schickte Kim ins Bett, aber er konnte nicht schlafen, und in dem großen, stillen Haus hatte er gehört, wie seine Eltern noch lange unten im Wohnzimmer gesessen und geredet hatten.

Natürlich hatte Dr. Schreiber gesagt, dass kein Grund zur Aufregung bestand – Kim erinnerte sich gut an den kleinen dünnen, grauhaarigen Mann mit den traurigen Augen hinter der schwarzen Hornbrille. Aber rückblickend fiel ihm ein, dass es in den letzten Tagen eine Menge Aufregung gegeben hatte. Das Telefon hatte öfter als gewöhnlich geklingelt und seine Mutter hatte – ganz gegen ihre sonstige Gewohnheit – mit leiser Stimme gesprochen und hastig aufgelegt, wenn er ins Zimmer gekommen war. Ein kleines, bohrendes Gefühl der Angst machte sich in Kims Magen bemerkbar, ähnlich dem Gefühl, wenn er mit einer schlechten Note nach Hause kam, und doch wieder ganz anders.

»Es hat Komplikationen gegeben«, fuhr Vater leise fort. »So etwas kommt vor, wenn auch sehr selten. Doktor Schreiber hat es Mutter und mir erklärt, aber …« Vaters Stimme schwankte und Kim meinte Tränen in seinen Augen glitzern zu sehen. Doch dann blinzelte er, sog an seiner Zigarette und verbarg sich wieder hinter einer dichten Qualmwolke.

Plötzlich geschah etwas Seltsames. Vater erhob sich mit einem Ruck, stand einen Moment regungslos da und ballte die Fäuste. Er öffnete den Mund, als wollte er etwas sagen, schüttelte dann den Kopf und wandte sich mit einer raschen Drehung ab.

»Sag du's ihm«, murmelte er. »Ich kann es nicht.«

Kims Blick wanderte zwischen dem Rücken seines Vaters und dem Gesicht seiner Mutter hin und her.

»Was … was ist mit Becky?«, fragte er angstvoll.

»Sie ist … man hat sie … ganz normal … in Narkose versetzt, ehe sie operiert wurde«, erklärte Mutter tonlos. »Aber sie ist nicht wieder aufgewacht.«

Kims Herz schien einen schmerzhaften Schlag zu überspringen. Seine Hände begannen zu zittern und in seinem Hals saß ein würgender Kloß.

»Ist sie … tot?«, fragte er.

Mutter starrte ihn einen Moment lang entsetzt an, dann schlug sie die Hände vors Gesicht und schluchzte.

»Nein, Junge.« Sein Vater setzte sich wieder. In seinen Augen glänzten jetzt wirklich Tränen. »Sie ist nicht tot, Kim. Sie ist nur nicht wieder aufgewacht. Sie haben sie aus dem Operationssaal gebracht und ins Bett gelegt und darauf gewartet, dass sie aufwacht, aber sie ist nicht aufgewacht. Sie schläft einfach weiter.«

»Und wie lange …«

»Zwei Tage«, murmelte Vater. »Seit sie operiert worden ist. Wir haben dir nichts gesagt, weil wir gehofft haben, dass noch alles gut wird, aber ich habe vorhin mit der Klinik telefoniert und …« Kim spürte, wie schwer es ihm fiel, weiterzusprechen, »und es sieht nicht so aus, als würde sich an ihrem Zustand etwas ändern.«

»Du meinst, sie wird überhaupt nie wieder aufwachen?«, sagte Kim. Die Vorstellung, dass jemand einschlief und einfach nicht wieder erwachte, war ungeheuerlich. So etwas kam nur in Märchen vor. Das waren Geschichten, wie man sie kleinen Kindern erzählte, aber doch nichts, was wirklich geschah! Trotz wallte in ihm auf und war für einen Moment sogar stärker als seine Angst. Er wollte nicht, dass so etwas passierte, keinem Menschen und schon gar nicht seiner Schwester.

»Mutter und ich fahren jetzt ins Krankenhaus«, sagte Vater nach einer Weile. »Doktor Schreiber möchte uns sprechen.«

»Ich komme mit«, sagte Kim.

Vater schüttelte bedauernd den Kopf. »Das wird nicht gehen, Kim«, sagte er. »Du weißt doch, dass Kinder unter vierzehn Jahren dort nicht hineindürfen.«

»Dann warte ich auf dem Flur«, beharrte Kim. »Ich will wissen, wie es Rebekka geht. Ich möchte sie sehen.«

Sein Vater wollte etwas sagen, aber Mutter legte ihm die Hand auf den Arm. »Lass ihn.«

Ohne Vaters Antwort abzuwarten, sprang Kim von der Sesselkante, lief aus dem Wohnzimmer und rannte – immer drei Stufen auf einmal nehmend – die Treppe hinauf. Als seine Eltern sich zum Weggehen fertig machten, war er schon wieder zurück, einen zerknautschten, fleckigen Teddybären, dem das rechte Ohr und ein Glasauge fehlten, im Arm. Rebekkas Lieblingsspielzeug. Seine Mutter zuckte zusammen, als sie den Bären sah, wandte sich ab und begann wieder zu weinen. Plötzlich fiel ihm ein, wie sinnlos es war, das Spielzeug mitzunehmen. Er drehte den Plüschbären hilflos zwischen den Fingern und sah sich nach einem Platz um, wohin er ihn legen konnte.

»Lass nur, Junge«, murmelte sein Vater. »Nimm ihn ruhig mit.«

Es begann zu regnen, als sie durch den schmalen Vorgarten zum Wagen gingen. Der Himmel war schon den ganzen Tag über bedeckt gewesen, und obwohl die tief hängenden Regenwolken immer wieder aufrissen und die wärmenden Sonnenstrahlen durchließen, war es kühl geworden. Der Herbst kam früh in diesem Jahr. Die Vorgärten der hübschen kleinen Einfamilienhäuser, die ihre Straße säumten, standen noch in voller Blüte, aber der Wetterbericht im Radio hatte für die kommenden Nächte Frost angekündigt und der Regen, der jetzt in großen, schweren Tropfen niederklatschte, schien bereits eine Vorahnung des nahenden Winters mit sich zu tragen.

Vater schlug den Mantelkragen hoch und lief zum Wagen voraus. Er öffnete die Tür, warf sich mit einem Satz hinein und ließ den Motor an, ehe er sich herüberbeugte und die beiden anderen Türen aufstieß.

»Wir müssen uns beeilen. Doktor Schreiber erwartet uns um halb fünf. Und bei dem Verkehr ...«

Kim kletterte auf die Rückbank, angelte nach dem Sicherheitsgurt und ließ den Verschluss einrasten. Sie fuhren los. Es regnete immer stärker, während sie durch den immer dichter werdenden Berufsverkehr über die Hauptstraße nach Osten fuhren. Die Straßen begannen sich in große, mattgraue Spiegel zu verwandeln, auf denen lang gestreckte, verschwommene Spiegelbilder den Autos zu folgen schienen. Die Fußgänger hatten ihre Regenschirme aufgespannt oder den Mantelkragen hochgeschlagen und flüchteten in Hauseingänge und Geschäfte. Es wurde dunkler und die klamme Feuchtigkeit begann langsam auch in den Wagen zu kriechen. Vater schaltete die Heizung ein. Der Ventilator summte und verbreitete bald eine behagliche Wärme. Trotzdem fror Kim immer mehr. Er hatte sich auf der breiten Rückbank zusammengekauert und die Hände in den Jackentaschen vergraben, aber die Kälte, einmal hereingekommen, schien sich tief in seine Knochen verbissen zu haben. Die warme Luft erwärmte nicht einmal seine Haut, sondern schien dicht vor seinem Körper von einem unsichtbaren Schutzschirm aufgehalten zu werden. Er presste den zerschlissenen Plüschteddy eng an sich. Sein Blick fiel in den Rückspiegel. Er bemerkte, dass Vater immer wieder aufsah und ihn im Spiegel beobachtete. Mit einem Mal kam er sich lächerlich vor, wie er so dasaß, zitternd, frierend, die Hände in den Taschen und ein Kinderspielzeug im Arm. Mit einer verlegenen Geste legte er den Bären weg, drehte sich zur Seite und drückte das Gesicht gegen die beschlagene Scheibe.

Sie verließen die Stadt, fuhren auf die Autobahn und Vater gab Gas. Die Tachometernadel kletterte rasch höher und verweilte dann knapp unterhalb der Hundertkilometermarke. Vater hatte ihm oft erklärt, dass man bei nasser Fahrbahn achtzig Stundenkilometer nicht überschreiten sollte, aber heute schien er sich selbst nicht an diese Regel zu halten. Der Wagen schwenkte auf die Überholspur hinaus, zog einen doppelten, sprühenden Schleier aus grauen Wassertröpfchen hinter sich her und überholte eine Kolonne von Lastwagen.

Uber dem Rhein schimmerte ein Regenbogen, als sie in die Zufahrt zur Südbrücke einbogen. Der Fluss wirkte glatt und stumpf, als wäre er aus flüssigem Blei. Ein großer Lastkahn zog unter ihnen flussabwärts. Kim folgte ihm mit dem Blick, bis er unter dem Brückengeländer verschwunden war, und betrachtete dann wieder den Regenbogen. Es war kein besonders großer oder besonders prächtiger Regenbogen und Kim fragte sich unwillkürlich, ob es wohl so etwas wie eine Rangordnung, eine Hierarchie der Regenbogen gab, angefangen von kleinen, unbedeutenden Regenbogen mit wenigen und blassen Farben wie dieser hier bis hin zu prächtigen, in allen Farben schillernden Brücken, die sich über den gesamten Himmel und bis zu den Sternen emporspannten. Vielleicht gab es in der Unendlichkeit des Alls sogar einen König der Regenbogen, wenngleich Kim sich nicht vorstellen konnte, wie dieser aussehen mochte. Aber das Universum war so groß und wundervoll, dass irgendwo, vielleicht auf einem winzigen, unbedeutenden Planeten, Galaxien entfernt, wohl auch ein König der Regenbogen existierte. Bestimmt.

Die Brücke blieb hinter ihnen zurück und mit ihr verschwand auch der Regenbogen im trostlosen Grau des Himmels. Über der Stadt ballten sich schwarze Wolken zusammen und der Regen strömte jetzt so heftig, dass die Scheibenwischer kaum noch dagegen ankamen. Das Prasseln der Tropfen auf dem Wagendach hörte sich an wie fernes Donnergrollen.

Sie fuhren die Südallee hinunter, bogen nach wenigen Minuten rechts ab und dann in die Mohrenstraße ein. Kim kannte den Weg genau. Vor ein paar Jahren hatte er selbst in dieser Klinik gelegen, ebenfalls wegen einer Blinddarmoperation. Blinddarmentzündung schien eine Art Familienkrankheit zu sein. Vater hatte deswegen eine wichtige Geschäftsreise abbrechen müssen, auch Mutter hatte keinen Blinddarm mehr und er selbst hätte um ein Haar die dritte Klasse wiederholen müssen, weil er auf Anraten der Ärzte einen Erholungsaufenthalt anschließen musste und so insgesamt sechs Wochen versäumt hatte. Es war ein schlimmes Jahr gewesen. Vater hatte einen Studenten als Nachhilfelehrer engagiert, und während seine Freunde draußen auf der Straße Fußball spielten oder die Stadt unsicher machten, hatte Kim über seinen Schulbüchern sitzen und büffeln müssen.

Vater hielt an, beugte sich nach hinten und öffnete die Tür. »Steigt schon aus«, sagte er. »Ich suche rasch einen Parkplatz.«

Kim öffnete den Sicherheitsgurt, sprang aus dem Wagen und lief mit gesenktem Kopf auf die weiß gestrichene, bogenförmige Einfahrt der Klinik zu. Unter dem steinernen Vordach drängten sich mindestens ein Dutzend Leute, die vor dem plötzlichen Regenschauer Schutz gesucht hatten und jetzt mit finsterem Gesicht in den Himmel starrten, darauf wartend, dass der Regen aufhörte; Männer, Frauen, ein paar Kinder, aber auch zwei dunkelhaarige Männer in weißen Kitteln, die offenbar zur Klinik gehörten und nur eine Besorgung hatten machen wollen, als sie vom Regen überrascht wurden.

Kim steckte die Fäuste tiefer in die Taschen, als er sah, wie sich eine Frau umdrehte und lächelnd den Teddybären unter seinem Arm betrachtete. Er bemühte sich, ein möglichst finsteres Gesicht zu machen, presste den Bären provozierend noch enger an die Brust und lehnte sich neben der stummen Gestalt seiner Mutter gegen die feuchte Wand. Irgendwo, noch weit entfernt, zuckte ein Blitz und Sekunden später rollte das leise Echo des Donners über die Straße.

Kim fröstelte. Seine Schuhe waren durchweicht und er merkte erst jetzt, dass er mitten in einer Pfütze stand. Er trat einen Schritt zur Seite, wechselte den Bären vom linken in den rechten Arm und blickte unsicher zu seiner Mutter auf. Ihr Gesicht erschien ihm im dämmerigen Zwielicht des steinernen Gewölbes schmal und grau. Seltsam, dachte er und ein vollkommen fremdes, unangenehmes Gefühl überkam ihn. Er hatte sich nie – wirklich noch nie – Gedanken über seine Mutter gemacht. Er liebte sie, natürlich. Sie war immer für ihn da, für ihn, Becky und Vater, aber er hatte sich noch nie ernsthaft überlegt, wie es in ihrem Inneren aussehen mochte. Sie war jemand, zu dem man jederzeit kommen konnte mit jedem Problem, jedem Kummer, jemand, der immer Zeit zum Zuhören, immer ein verständnisvolles Wort hatte, und Kim hatte das stets für selbstverständlich genommen. Während er jetzt ihr schmales, von Schatten und scharfen Linien gezeichnetes Gesicht betrachtete, die er noch nie zuvor so deutlich gesehen hatte, wurde ihm plötzlich klar, wie viel Kraft und Energie seine Mutter dieses Einfach-Dasein kostete. Er ergriff ihre Hand, drückte sie und versuchte zu lächeln.

Sie blickte zu ihm herunter und lächelte zurück, aber ihre Augen blieben ernst. Der Regen vermischte sich mit den Tränen auf ihrem Gesicht und plötzlich presste sie seine Hand so fest, dass es schmerzte.

Der Regen wurde für einen Moment noch heftiger und der Wind trieb graue Wasserschleier zwischen den Häusern dahin. Die Autos krochen im Schritttempo über die Straßen und auf den Bürgersteigen war kaum noch ein Mensch zu sehen. Ein Krankenwagen bog mit heulender Sirene in die Straße ein, brauste inmitten einer gischtenden Flutwelle auf die Einfahrt zu und verschwand dann in dem weitläufigen Krankenhausgelände.

Dann kam Vater durch die niederstürzenden Wassermassen angerannt. Im Schutz der Einfahrt stapfte er ein paar Mal kräftig mit den Füßen auf, um das Wasser aus den Kleidern zu schütteln, und legte den Arm um Mutters Schulter. Kim erwartete, dass sein Vater »Warten wir, bis der Regen aufhört« oder etwas dergleichen sagen würde, stattdessen trat er einfach wortlos auf der anderen Seite der Toreinfahrt wieder in den Regen hinaus.

Kim zog den Kopf zwischen die Schultern und lief frierend hinterher. Alle drei waren bis auf die Haut durchnässt, als das große, eckige Gebäude der chirurgischen Klinik vor ihnen auftauchte. Auch Kim hatte in diesem Trakt des Krankenhauses gelegen, aber damals war ihm alles hier freundlich und hell vorgekommen. Hinter den schräg niederfallenden Regenschleiern erschien ihm das Gebäude wie eine finstere Burg, ein schwarzes Zauberschloss, in dem Dämonen und Hexen und telepathische Sumpfungeheuer hausten.

Sein Blick fiel auf das große Messingschild neben dem Eingang, während sie auf die beschlagenen Glastüren zuliefen. CHIRURGISCHE ANSTALTEN DER UNIVERSITÄTSKLINIK DÜSSELDORF.

Kim schauderte. Er mochte das Wort Klinik nicht und das Wort Anstalt schon gar nicht. Er hatte Vater einmal gefragt, warum man ein Krankenhaus ausgerechnet »Anstalt«

nannte, aber Vater hatte auch keine Antwort darauf gewusst. Das Wort flößte ihm Unbehagen, ja Angst ein, es erinnerte an Gefängnisse und Irrenanstalten und modrige, feuchte Keller voller Ratten und Ungeziefer und Schimmel. Aber während er jetzt auf den finster starrenden Betonklotz mit seinen blinden Fenstern zuging, erschien ihm die Bezeichnung berechtigt.

Eine Welle stickiger warmer Luft schlug ihnen entgegen, als sie das Gebäude betraten. Kim schlüpfte durch die zuschwingende Glastür, schüttelte sich und lief dann schnell hinter seinen Eltern her. Sie durchquerten einen Vorraum, in dem ihre Schritte auf dem gefliesten Boden ein seltsam hallendes Echo hervorriefen, gingen dann durch eine lange, mit hochlehnigen Bänken ausgestattete Halle und traten durch eine weitere Glastür in den Wartesaal der Kinderklinik. In einer Ecke standen ein niedriger Tisch und mehrere unbequem aussehende Holzstühle, daneben eine verkümmerte Zimmerpflanze und ein verbeulter Standaschenbecher, der von Zigarettenkippen und Papier überquoll. »Wartet bitte hier«, sagte Vater, »ich sehe nach, ob Doktor Schreiber schon da ist.« Er deutete auf die Stühle, lächelte Mutter aufmunternd zu und verschwand hinter der Pendeltür, die in die chirurgische Abteilung führte.

Kim legte den Teddybären behutsam auf den Tisch und setzte sich. Seine Mutter blieb stehen und starrte auf die geschlossenen Aufzugtüren an der Stirnseite der Halle. Das Licht über einer der Liftkabinen glomm auf, ein helles »Ping« ertönte und die Türen rollten zur Seite. Der Leuchtpunkt spiegelte sich als heller Fleck in Mutters Pupillen. Kim drehte sich halb auf seinem Stuhl herum und sah neugierig zum Aufzug hinüber. Zwei Ärzte und eine Schwester, in dunkelgrüne Kittel, Haarnetze und blaue Kunststoffschuhe gehüllt, schoben ein weißes Krankenhausbett aus der Kabine. In dem Bett lag ein Mann. Das vermutete Kim jedenfalls, denn er konnte nicht viel mehr als einen schwarzen Haarschopf und ein Stück nackte Schulter erkennen. Die Schwester ging mit kleinen, schnellen Schritten neben dem Bett her, in der erhobenen Hand eine gläserne, mit einer gelben Flüssigkeit gefüllte Flasche haltend, von der ein dünner Plastikschlauch unter die Bettdecke führte.

Kim sah auf, als er merkte, dass seine Mutter wieder zu schluchzen begonnen hatte. Ihr Blick hing wie hypnotisiert an der zugedeckten Gestalt auf dem Bett und folgte ihr auch noch, als das Ärzteteam mit dem Patienten längst hinter der Milchglasscheibe der Tür verschwunden war.

Eine Ewigkeit schien zu verstreichen, ehe sich die Pendeltür wieder öffnete und Vater zurückkam.

»Ihr könnt kommen«, sagte er. »Doktor Schreiber erwartet uns.«

Sie betraten den langen, hellgelb gestrichenen Gang. Kim kümmerte sich nicht um das Metallschild neben der Tür, das besagte, dass Kinder unter vierzehn Jahren keinen Zutritt zu diesem Teil des Krankenhauses hatten. Er kannte diesen Gang. Er hatte in derselben Abteilung gelegen und trotz der Zeit, die seit seiner Blinddarmoperation verstrichen war, schien sich hier nicht das Geringste geändert zu haben. Die Bilder an den Wänden waren noch genauso uninteressant wie damals und selbst der durchdringende Krankenhausgeruch, den er mittlerweile vergessen hatte, war ihm mit einem Mal wieder gegenwärtig, fast so, als lege man größten Wert darauf, hier nichts zu verändern, alles so zu lassen, wie es war. Vielleicht war es tatsächlich noch immer derselbe Geruch, vielleicht konservierten sie sogar die Luft hier drinnen auf eine geheimnisvolle Art.

Vater eilte zu der kleinen Glaskabine voraus, die sich in der Mitte des Flurs auf der rechten Seite befand, wechselte ein paar Worte mit der Schwester darin und ging dann weiter. Bei der vorletzten Tür hielt er an. Vater klopfte, wartete eine Sekunde und drückte dann die Klinke herunter.

Kims Herz begann schnell und fast schmerzhaft zu hämmern, als sie das Zimmer betraten. Es war dunkel. Die Jalousien waren heruntergelassen, sodass nur ein paar Streifen hellgrauen Lichts hereindrangen. In einer Ecke brannte eine kleine, mit einem Tuch abgedeckte Lampe. Zwei der drei Betten waren leer und über dem Kopfteil von Rebekkas Bett hing eine ganze Batterie blinkender, piepsender und leuchtender Apparate. Auf einem kaum handtellergroßen Bildschirm hüpfte ein grüner Leuchtpunkt regelmäßig auf und ab und hinterließ dabei einen Schwanz winziger, flimmernder Sternchen. Daneben tickten beständig drei verschiedene Digitalanzeigen.

Mutter stieß einen kleinen, unterdrückten Schrei aus und trat mit zwei schnellen Schritten zum Bett. Ihre Schultern zuckten. Sie weinte lautlos.

Kim bemerkte erst jetzt, dass sich außer ihnen und Rebekka noch eine weitere Person im Zimmer befand. Dr. Schreiber hatte bis jetzt reglos neben dem Bett gestanden, sodass seine schmale Gestalt in dem weißen Kittel fast mit den Schatten verschmolzen war. Jetzt seufzte er, kam langsam um das Bett herum und berührte Mutter flüchtig am Arm.

»Es … es tut mir leid, Frau Larssen«, sagte er leise. Seine Stimme hatte einen hohen, etwas unangenehmen Klang, doch es hörte sich ehrlich an. »Aber … ich hielt es für besser, Ihnen die Wahrheit zu sagen.«

Mutter nickte kaum merklich. Ihre Finger fuhren über die Bettdecke. »Es ist … es ist schon in Ordnung, Herr Doktor«, antwortete sie. »Ich danke Ihnen, dass Sie sich so viel Mühe geben.«

Dr. Schreiber blickte fragend auf Kim.

»Der Junge weiß Bescheid«, erklärte Vater. »Ich habe ihm alles gesagt.«

Dr. Schreiber nickte wie zu sich selbst und steckte die Hände in die Taschen seines weißen Arztkittels. »Sicher. Es ist vielleicht besser so.«

»Sie können ruhig sprechen«, sagte Mutter, ohne den Kopf zu wenden.

»Es gibt nicht viel zu sagen«, begann Dr. Schreiber zögernd. »Wir haben alles in unserer Macht Stehende versucht, leider ohne sichtbaren Erfolg. Natürlich ist es noch zu früh, um ...« Er schüttelte den Kopf und nahm die Hände aus den Taschen. »Es ist sinnlos, Ihnen etwas vormachen zu wollen«, fuhr er mit fester Stimme fort. »Ich werde natürlich in den nächsten Tagen noch Kollegen hinzuziehen, aber der Fall sieht nicht gut aus. Im Moment wenigstens«, setzte er hastig hinzu. »Sehen Sie, wir ... kennen solche Fälle. Ich habe in meiner Praxis noch keinen erlebt, ich kann daher nur auf die Fachliteratur und auf die Erfahrungen anderer Kollegen und Kliniken zurückgreifen. So etwas kommt vor – selten, aber doch. Die Medizin hat ein paar Erklärungen dafür, aber keine davon scheint mir im konkreten Fall wirklich überzeugend. Ein Mensch wacht einfach nicht wieder aus der Narkose auf. Alles ist in Ordnung. Der Organismus hat die Eingriffe gut überstanden, das Betäubungsmittel verliert seine Wirkung – aber der Patient wacht nicht auf.« Er schwieg kurz und suchte nach Worten. »Es ist, als ... als weigere sich der Geist des Patienten, wieder ins Bewusstsein zurückzukehren. Oder als hielte ihn etwas zurück.«

Vater lächelte traurig.

»Und dies ist einer von ... diesen Fällen?«

Dr. Schreiber nickte. »Ich fürchte, ja. Wir wissen nicht, wie lange es dauert. Manchmal wacht der Patient nach einer Weile von selbst auf und in ganz seltenen Fällen gelingt es uns sogar, ihn sozusagen zurückzuholen. Aber wir wissen nicht wie und wir wissen auch nicht wann.«

Oder ob überhaupt, fügte Kim in Gedanken hinzu. Er war sicher, dass Dr. Schreiber das Gleiche dachte. Der Arzt redete weiter, aber Kim hörte nicht mehr hin. Leise trat er neben seine Mutter und blickte auf die reglose Gestalt in dem viel zu großen weißen Bett.

Rebekkas Gesicht wirkte in dem frisch ausgeschüttelten Kissen unglaublich klein und verloren. Dünne, bunte Drähte schlängelten sich unter der Bettdecke hervor zu den blinkenden Automaten an der Wand. An einem chromblitzenden Gestell neben dem Bett hing eine Tropfflasche, von der ein gelber Kunststoffschlauch zu ihrem Arm führte, und ihr Gesicht war fast völlig unter einer durchscheinenden Atemmaske verborgen, die sich, wie die Sauerstoffmaske eines Jagdfliegers, über Mund und Nase schmiegte und nur die geschlossenen Augen freiließ.

Kim schluckte. Der bittere Kloß in seinem Hals war wieder da und in seinem Magen breitete sich ein flaues Gefühl aus. Er legte den Plüschteddy auf das Bett, dorthin, wo sich unter der Decke Rebekkas rechter Arm abzeichnete, und trat dann schnell zurück. Er schloss die Augen, aber das nutzte nichts. Er sah noch immer dieses kleine, verlorene Gesicht in der riesigen weißen Wüste des Bettes.

Er merkte erst, dass er weinte, als ihm eine Hand zärtlich über das Gesicht fuhr und die Tränen wegwischte.

Er blickte ins Gesicht seiner Mutter. Sie weinte nicht mehr. Ihre Augen waren trocken, aber der Ausdruck darin ließ ihn schaudern.

Vater redete noch eine Weile mit dem Arzt. Dr. Schreiber antwortete geduldig auf alle Fragen und unterstrich seine Worte mit erklärenden Gesten. Kim fiel auf, dass er ungewöhnlich schlanke Hände hatte, auf denen die Adern blau und deutlich wie dünne Wurzeln hervorstanden und die sich schnell und fast wie zwei selbstständige Wesen bewegten.

Die Besucher verließen das Zimmer und traten wieder auf den gelben Flur mit seinen gleichförmigen Türen und dem Krankenhausgeruch hinaus. Ein alter Mann in einem blauen Besucherkittel kam ihnen entgegen, blieb einen Moment stehen und blickte Kim freundlich lächelnd an.

Es war ein sehr seltsamer Mann, fand Kim. Er war alt – sehr

alt – und er sah genau so aus, wie Kim sich immer einen wirklich alten Mann vorgestellt hatte. Er ging gebeugt, die rechte Hand leicht vorgestreckt, als wäre er es gewohnt, dort normalerweise einen Stock oder Stab zu halten. Obwohl er kleiner als Vater war, hatte er sehr breite Schultern; er musste früher sehr groß und kräftig gewesen sein. Sein langes weißes Haar fiel fast bis auf die Schultern herab und er trug einen weißen, sorgsam geschnittenen Bart, der vom Kinn bis zum obersten Knopf seines Kittels reichte. Sein Gesicht war von unzähligen Runzeln und Falten durchzogen, die sich um seine Augen zu einem dichten Netzwerk feiner Linien versponnen, und auf der Stirn waren drei tiefe senkrechte Falten eingegraben.

Der alte Mann lächelte wieder, wiegte den Kopf und schlurfte an ihnen vorüber. Kim widerstand der Versuchung sich umzudrehen und ihm nachzustarren. Wahrscheinlich ein Großvater, der gekommen war, um seinen kranken Enkel in der Klinik zu besuchen.

Der Gedanke gefiel Kim. Er hätte gern einen solchen Großvater gehabt. Seine Großeltern waren gestorben, als er noch ganz klein war, und er hatte nie erfahren, wie es war, einen Opa zu haben. Aber wenn er einen hätte, müsste er genau wie dieser aussehen.

Dr. Schreiber begleitete sie noch durch die Glastür und ein Stück den Gang hinunter, ehe er sich mit einem flüchtigen Händedruck verabschiedete und hinter einer der gleichförmigen Türen verschwand.

Der Regen hatte aufgehört, als sie das Klinikgebäude verließen. Schweigend gingen sie über den gewundenen, von Blumenrabatten und gepflegten Rasenflächen gesäumten Weg zum Haupteingang zurück. Der weiße Torbogen war jetzt menschenleer und machte einen trostlosen, verlassenen Eindruck. Auf dem ausgefahrenen Asphalt schimmerten ölige Pfützen und von den Wänden blätterte der Verputz in großen, unregelmäßigen Flecken ab. Wenn man lange genug hinsah, konnte man in den schadhaften Stellen ein Muster erkennen – eine dünne, gewundene Linie, die sich diagonal über die Wand zog und vorne, beim Ausgang, zu einer vielfingrigen bizarren Hand wurde, einwärts gekrümmt und mit langen, spitzen Fingernägeln.

Vater blieb stehen, kramte den Autoschlüssel aus der Tasche und steckte ihn dann wieder ein.

»Trinken wir eine Tasse Kaffee«, sagte er. »Ich habe Durst.« Mutter hakte sich wortlos bei ihm unter. Sie gingen weiter bis zum Zebrastreifen und überquerten die Straße.

Kim atmete auf, als sie das Klinikgebäude hinter sich ließen. Er hatte das Gefühl, plötzlich einem Gefängnis entronnen zu sein. Einem Gefängnis mit unsichtbaren, unübersteigbaren Mauern. Er blieb mitten auf dem Zebrastreifen stehen, drehte sich um und betrachtete den Eingang, der in der grauen, regenschweren Luft wie das gierig aufgerissene Maul eines lauernden Ungeheuers aussah oder wie der Eingang zu einem tiefen, bodenlosen Kerker, ein Verlies ohne Ausgang, ohne Licht und Luft und ohne Hoffnung für die, die einmal darin gefangen waren.

Kim schauderte. Er wandte sich ab und beeilte sich, hinter seinen Eltern herzulaufen.

11

Das Café war groß und hell. Auf den Tischen in dem weitläufigen Raum brannten unzählige kleine Lampen. Es duftete nach Kuchen und frisch aufgebrühtem Kaffee. Kellnerinnen in schwarzen Kleidern und kleinen, spitzenbesetzten Schürzen eilten geschäftig hin und her.

Vater deutete auf einen freien Tisch am Fenster. Sie setzten sich. Vater zündete sich eine Zigarette an, hustete hinter vorgehaltener Hand und stützte die Arme auf der Tischplatte auf. Sein Gesicht wirkte müde, und als die Kellnerin kam, musste sie ihn zweimal nach seinen Wünschen fragen, ehe er aufschreckte und Kaffee und für Kim ein Glas Cola bestellte.

»Wir sollten deine Schwester anrufen«, sagte Vater, zu Mutter gewandt »Vielleicht kann sie für ein paar Tage zu uns kommen. Es wäre besser, wenn du jetzt nicht so viel allein bist.«

»Du meinst Tante Birgit?«, fragte Kim.

Vater nickte. »Ich bin sicher, sie kommt, wenn sie hört, was … was passiert ist.«

»Warum nimmst du dir nicht ein paar Tage frei?«, sagte Mutter. »Das geht doch, oder? Dein Büro wird nicht zusammenbrechen, wenn du eine Woche fehlst.«

Vater lächelte flüchtig. »Natürlich nicht. Aber ich habe im Moment viel zu tun.« Er seufzte. »Ich glaube nicht, dass ich dir eine große Hilfe wäre«, fügte er hinzu. »Außerdem lenkt mich die Arbeit ab.« Er lehnte sich zurück und streckte die Beine unter dem Tisch aus. »Ich werde mir noch oft genug freinehmen müssen um in die Klinik zu fahren«, sagte er.

Die Kellnerin kam mit der Kanne Kaffee und einem Glas Cola. Kim war froh, dass sein Vater schwieg, während sie servierte. Vater hatte manchmal eine so kalte, sachliche Art, dass man sich grausam zurückgestoßen fühlte. Mutter hatte sich schon oft darüber beklagt, aber meist verstand er das gar nicht oder wollte es nicht verstehen. Jetzt verstand er es. Er meinte es freilich nicht böse und war auch nicht gefühllos. Es war eben seine Art und die Familie hatte sich damit abgefunden, auch wenn er Außenstehende manchmal schockierte.

Kim nippte an seinem Cola und drückte sich tiefer in die Polsterbank. Er fröstelte. Das Café war behaglich geheizt, aber Kims Schuhe und Strümpfe waren nass und er musste sich beherrschen, um nicht mit den Zähnen zu klappern. Er trank noch einen Schluck, stellte das Glas vorsichtig auf den feuchten Ring auf der Tischplatte zurück und schaute aus dem Fenster. Der Himmel war noch bedeckt, aber der Regen hatte endgültig aufgehört und es waren wieder Menschen und viel mehr Autos als zuvor auf der Straße. Die hellen Lampen, die auf den Tischen brannten, spiegelten sich in der Scheibe, und wenn Kim genau hinsah, konnte er auch sein eigenes und das Spiegelbild seiner Eltern sowie das der anderen Gäste erkennen, als säße er vor einem deckenhohen Spiegel, der auf sonderbare Weise durchsichtig geworden war und ihm einen Blick in eine andere, fantastische Welt gewährte. Für einen kurzen Moment erschien ihm das Bild dort draußen so fremd, als wäre die Straße keine Straße, sondern ein bizarrer Pfad durch einen exotischen Betondschungel, die Menschen keine Menschen, sondern fremdartige Zauberwesen und die Häuser auf der anderen Straßenseite hohe, zinnenbewehrte Burgen, hinter deren Mauern sich finstere Geheimnisse verbargen. Dann verschwand das Gefühl und er blickte wieder auf eine ganz gewöhnliche Straße an einem grauen, unfreundlichen Herbstnachmittag hinaus. Ein alter Mann humpelte mit schlurfenden Schritten vorüber, blieb stehen und kam dann wieder zurück, um durch die beschlagene Scheibe ins Innere des Cafés zu spähen.

Kim sah verwundert auf. Er erkannte den Mann wieder. Es war derselbe weißhaarige, bärtige Alte, der ihnen zuvor in der Klinik begegnet war. Statt des blauen Kittels trug er jetzt einen dunkelbraunen Mantel, der ihm um etliche Nummern zu groß war und dessen Ärmel so lang herunterhingen, dass die Hände darin verschwanden. Sein weißes Haar war nass vom Regen und klebte in wirren Strähnen an seinem Kopf. Er ging jetzt wirklich auf einen knorrigen Stock gestützt, den er in der vorgestreckten Hand hielt. Er wischte mit dem Ärmel über das nasse Glas und presste das Gesicht an die Scheibe.

Kim erschrak. Der alte Mann sah nicht einfach nur unbestimmt herein, über ihren Tisch hinweg. Nein. Der Blick seiner grauen Augen schien sich direkt in den seinen zu bohren, und obwohl sich im Gesicht des Fremden nicht der kleinste Muskel regte, hatte Kim das Gefühl, dass er ihn anlächelte. Unwillkürlich lächelte er zurück. Der Schreck der Überraschung war verflogen. Auf eine seltsame, schwer zu begreifende Art flößte ihm dieses faltige Gesicht Vertrauen ein. Undenkbar, dass dieser Mann böse sein könnte – niemals. Er schien die Güte selbst zu sein, wie eine allegorische Gestalt in einem Film oder Theaterstück. Ein gütiger alter Opa oder – noch besser – ein weiser, guter Zauberer.

Vater räusperte sich. Kim senkte schuldbewusst den Blick und starrte in sein Glas. Er hatte ein schlechtes Gewissen, dass er sich Gedanken über irgendeinen dahergelaufenen alten Landstreicher machte, während seine Schwester bewusstlos in diesem großen, grauen Verlies dort drüben lag und womöglich sterben würde.

»Gehen wir«, sagte Vater. Er stand auf, legte einen Geldschein auf den Tisch und holte die Mäntel aus der Garderobe. Sie verließen das Café. Kim hielt nach dem alten Mann Ausschau, konnte ihn aber nicht mehr entdecken. Wahrscheinlich war er weitergegangen, um irgendwo ein warmes und trockenes Plätzchen zu finden.

Die Stadt versank allmählich in der Dämmerung, während sie nach Hause fuhren. Die Autos hatten das Licht eingeschaltet und der nasse Asphalt reflektierte den Schein der grellen runden Lampen, sodass es aussah, als glitten sie in einem Boot über einen breiten, unbewegten Kanal, in dessen Oberfläche sich ein prachtvoller Sternenhimmel spiegelte. Auch in den Häusern gingen jetzt nach und nach die Lichter an, aber es gab auch welche, die ganz oder teilweise dunkel blieben, als hätten ihre Bewohner vergessen Türen und Fenster zu schließen, ehe die Dunkelheit hereinkriechen konnte. Der Fluss wirkte noch ruhiger und dunkler als auf der Herfahrt, kaum noch wie ein Fluss, vielmehr wie ein tiefer, bodenloser Graben, der das Land in einer schnurgeraden Linie teilte und darauf wartete, dass ihm ein leichtsinniges Opfer zu nahe kam.

Es war beinah acht, als sie zu Hause ankamen. Vater hielt vor dem Haus an, wartete, bis sie ausgestiegen waren, und fuhr dann den Wagen in die Garage, die sich am unteren Ende der Straße befand. Ein bleicher Halbmond hing am Himmel, versilberte die Dächer und vertrieb die Farben aus den Vorgärten.

Im Haus war es wohlig warm. Kim hängte seine nasse Jacke in die Garderobe und lief in sein Zimmer hinauf, um sich umzuziehen. Das Buch mit der Mathematikaufgabe lag noch genauso da, wie er es hingelegt hatte, und die grünen Leuchtziffern des Taschenrechners starrten ihn wie zwei winzige, glühende Augen an.

Kim blieb in der Tür stehen, streckte die Hand nach dem Lichtschalter aus und ließ sie auf halbem Weg wieder sinken. Einen Moment lang versuchte er, sich über das seltsame, befremdliche Gefühl in seinem Inneren klar zu werden. Nichts in diesem Zimmer hatte sich verändert und doch wirkte alles anders, fremd und geheimnisvoll. Durch das offen stehende Fenster strömte silbernes Mondlicht herein und das Fensterkreuz warf einen lang gestreckten schwarzen Schatten auf den Teppich. Der rechte Arm wies direkt auf das Bücherbord, der andere verlor sich irgendwo in den beigebraunen Mustern des Teppichs. Kim machte einen zögernden Schritt ins Zimmer hinein, blinzelte verblüfft und blieb abermals stehen. Für einen kurzen Moment hatte er den Eindruck gehabt, dass sich das Muster bewegte, helle und dunkle Umrisse ineinanderkrochen und sich zu einem völlig neuen Bild ordneten. Für einen winzigen Augenblick hatte er geglaubt, auf eine Miniaturlandschaft hinunterzusehen, eine Landschaft mit Flüssen und Bergen, Schluchten und Wäldern und großen fruchtbaren Ebenen. Ein Geräusch wie helles, fröhliches Lachen klang zu ihm herauf.

Dann fiel unten die Haustür ins Schloss und der Raum wurde wieder zu seinem gewohnten, unordentlichen Zimmer. Kim seufzte, schaltete das Licht ein und zog sich um. Dann ging er hinunter in die Küche.

Seine Mutter hatte in der Zwischenzeit Tee gekocht und Brot und Butter und kalten Braten auf den Tisch gestellt. Vater saß auf einem Stuhl am Fenster, starrte in die Dunkelheit hinaus und rauchte schon wieder.

Sie aßen schweigend. Als sie fertig waren, stand Vater wortlos auf, ging ins Wohnzimmer hinüber und schaltete den Fernseher ein, während Mutter das Geschirr zum Spülstein trug und abzuwaschen begann, obwohl sie eine Spülmaschine hatte und schmutzige Tassen und Teller normalerweise nur in die Schublade unter der Spüle tat, bis sie genug für eine Füllung zusammen hatte.

Kim beobachtete sie eine Weile stumm, schob dann seinen Stuhl zurück und erklärte, er würde nach oben gehen und seine Rechenaufgabe fertig machen.

»Das ist nicht nötig.« Mutter sah auf. Sie nahm die Hände aus dem Spülwasser und trocknete sie an einem Handtuch ab. »Du musst morgen nicht in die Schule, wenn du nicht willst«, fügte sie hinzu. »Ich schreibe dir eine Entschuldigung. Es war ein anstrengender Tag. Für uns alle. Wir schlafen uns am besten erst einmal richtig aus. Sag Vater Gute Nacht und dann geh auf dein Zimmer.«

»Darf ich noch eine Stunde lesen?«, fragte Kim.

Mutter lächelte. »Eine halbe«, schränkte sie ein. »Ausnahmsweise.«

Kim wollte noch etwas sagen, aber er spürte, dass es besser war, sich zurückzuziehen. Er nickte, ging in die Diele hinaus und zögerte einen Moment, ehe er das Wohnzimmer betrat. Sein Vater saß im Dunkeln auf der Couch, starrte den Fernseher an und spielte mit seinem Feuerzeug.

»Gute Nacht«, sagte Kim leise.

Sein Vater gab durch keine Regung zu erkennen, dass er es gehört hatte. Kim zuckte mit den Achseln, blieb noch einen Moment unschlüssig stehen und ging dann nach oben.

Er ging nicht direkt in sein Zimmer, sondern an diesem sowie am Schlafzimmer seiner Eltern vorbei zum Zimmer seiner Schwester. Seine Finger zitterten ein wenig, als er die Klinke herunterdrückte, und er beeilte sich nach dem Lichtschalter an der Wand zu tasten. Erst als er die Lampe eingeschaltet hatte und das helle Licht der Glühbirne die Schatten in ihre Ecken zurückgetrieben hatte, wagte er es, durch die Tür zu treten.

Das Zimmer ähnelte bis ins Kleinste seinem eigenen. Seine Eltern hatten für beide Kinderzimmer die gleiche Einrichtung gekauft, als sie vor drei Jahren in das neue Haus gezogen waren. Selbst Teppich und Gardinen waren gleich, nur dass auf Rebekkas Schreibtisch bunte Kleinkinderkritzeleien statt Schulbüchern lagen und das schmale Bord über dem Bett nicht so vollgestopft war wie das seine.

Ohne besondere Absicht trat Kim zu dem Bücherregal und zog wahllos eines der farbigen Bilderbücher hervor. Er klappte es auf, betrachtete kurz die bunten Bilder und ließ dann die Seiten durch die Finger gleiten, sodass sie einen verschwommenen Umriss bildeten und er den sanften Luftzug im Gesicht spüren konnte. Er klappte das Buch zu, stellte es an seinen Platz zurück und fuhr mit dem Finger die Reihe von Buchrücken entlang. Es waren fast alles Bilderbücher, wie man sie bei einem Kind in Rebekkas Alter erwartete, aber es gab darunter auch einige, die sie noch gar nicht lesen konnte: Märchen- und Sagenbücher, aus denen Mutter manchmal vorlas oder die eine oder andere Geschichte aus dem Gedächtnis erzählte. Diese Bücher interessierten Kim nicht besonders. Geschichten von Ländern hinter dem Spiegel und geheimnisvollen Reichen jenseits der Zeit waren etwas für kleine Mädchen, nicht für einen fast schon erwachsenen Jungen wie ihn.

Er drehte sich um, zog die Tür lautlos hinter sich zu und schlich auf Zehenspitzen zu seinem Zimmer, fast als hätte er Angst, bei etwas Verbotenem überrascht zu werden. Er hörte, wie Mutter den Telefonhörer abnahm, eine Nummer wählte und dann mit leiser Stimme sprach. Einen Moment lang blieb er an das Treppengeländer gelehnt stehen, lauschte und huschte dann in sein Zimmer. Er zog sich aus, löschte das große Licht und ging ins Bett, nachdem er die Nachttischlampe eingeschaltet und den »Angriff der Telepathen«, den letzten Band der »Sternenkrieger«, vom Regal genommen hatte. Er fand die Stelle, wo er aufgehört hatte, rasch wieder. Aber es fiel ihm schwer, sich auf das Buch zu konzentrieren. Es war eine der spannendsten Szenen, der Moment, in dem sich Commander Arcana entscheiden musste, ob er die Warlord II in einen aussichtslosen Kampf mit den technisch weit überlegenen Telepathiemonstern führen oder das Schiff retten und den Unheimlichen den Weg in die Galaxie freigeben sollte. Aber die Buchstaben hüpften vor Kims Augen auf und ab und ergaben keinen Sinn.

Kim klappte das Buch zu, starrte einen Herzschlag lang ärgerlich die weiß gestrichene Decke über seinem Kopf an und versuchte es dann noch einmal.

Es ging nicht. Sosehr er sich auch konzentrierte, zwischen den Zeilen schlichen sich immer wieder andere, beunruhigende Gedanken ein. Und wenn er versuchte, sich Commander Arcanas schmales, bärtiges Gesicht vorzustellen, sah er dahinter das kleine weiße Gesicht seiner Schwester, gefangen und verloren in der unendlichen Wüste des Krankenhausbettes.

Es klopfte. Kim ließ erschrocken das Buch sinken, setzte sich auf und sagte: »Herein.«

Die Klinke wurde zögernd heruntergedrückt. Ein schmaler, dreieckiger Lichtschein fiel aus dem Korridor herein und Kim hörte Mutter unten im Flur reden. Sie telefonierte noch immer.

»Störe ich?«, fragte Vater.

Kim antwortete nicht. Vater machte die Tür hinter sich zu und trat zu ihm ans Bett. Er schob die Decke beiseite und setzte sich auf die Bettkante. Mit einem nachsichtigen Lächeln griff er nach dem Buch in Kims Händen.

»Sag's mir ruhig, wenn ich dich beim Lesen störe«, sagte er.

»Du störst mich nicht«, versicherte Kim. »Das Buch ist ... ich konnte sowieso nicht richtig lesen.«

Er war irritiert. Es kam selten vor, dass Vater noch einmal nach ihm sah, nachdem er zu Bett gegangen war, und wenn, dann nur um ihm zu sagen, dass er einen Fehler in seinen Hausaufgaben entdeckt hatte. Aber diesmal schien er aus einem anderen Grund gekommen zu sein.

»Das hier ist spannender als Hausaufgaben, nicht?«, fragte Vater, mit dem Kinn auf das Buch in seinen Händen deutend.

Kim nickte. Dann biss er sich auf die Lippen und murmelte etwas Unverständliches.

Sein Vater hatte offenbar keine Antwort erwartet, denn er redete gleich weiter. »Weißt du, dass ich auch so etwas gelesen habe, als ich in deinem Alter war?«

Kim sah ihn verwirrt an. Sein Vater – und einen Zukunftsroman?

Vater lächelte. »Du kannst es mir ruhig glauben. In meiner Schulzeit habe ich die Dinger regelrecht gefressen. Und nicht nur ich. Meine Freunde waren genauso wild darauf. Wir haben regelrechte Klubs gegründet und die Hefte untereinander ausgetauscht. Heimlich natürlich. Unsere Eltern durften nichts davon wissen. Sie hätten uns den Hintern versohlt, wenn sie geahnt hätten, wofür wir unser Taschengeld ausgeben.« Er lachte leise.

»Du … du hast wirklich Science-Fiction gelesen, früher?«, fragte Kim ungläubig.

»Warum nicht?« Vater stand auf und ging zum Bücherbrett hinüber. »Meine Lieblingsserie war ›Raumschiff Orion‹, aber die kennst du wohl gar nicht mehr.«

Kim dachte angestrengt nach. Thomas, sein Banknachbar in der Schule, hatte einmal ein uraltes, zerlesenes Heft dieses Namens mitgebracht, aber er war nicht zu bewegen gewesen, Kim einen Blick hineinwerfen zu lassen.

»Ich glaube, ich habe die Schmöker sogar noch«, fuhr Vater nachdenklich fort. »In irgendeiner Kiste auf dem Dachboden müssen noch Dutzende davon sein.«

»Gibst du sie mir?« Die Frage war Kim einfach so herausgerutscht.

Zu seiner Verblüffung sagte sein Vater wieder: »Warum nicht«, während er jetzt ein Buch nach dem anderen vom Regal nahm, die Titelbilder betrachtete und eins ums andere wieder zurückstellte, um nach dem nächsten zu greifen. »Wie ich sehe, kann ich dich sowieso nicht daran hindern, diesen Kram zu lesen, und so gibst du dein Taschengeld vielleicht einmal für etwas Sinnvolleres aus. Weißt du«, fügte er hinzu, während er das letzte Buch in der Reihe zurückstellte und eines von Kims sorgfältig angefertigten Raumschiffmodellen zur Hand nahm, »ich kann gut verstehen, was dich daran so fasziniert.«

»Wirklich?« Kim streichelte das pfeilflügelige Raumschiff in Vaters Händen mit einem zärtlichen Blick. Sein Taschengeld für eine ganze Woche war dafür draufgegangen. Er hatte vier Abende an dem Modell gebastelt und fluchend all die winzigen Antennen, Sensoren und Laserstrahler montiert.

»Natürlich«, antwortete Vater ernst. »Das Leben in diesen

Geschichten ist viel einfacher als das wirkliche Leben, nicht? Keine Schule, keine bösen Lehrer, keine Eltern, die einen dazu zwingen, bei schönem Wetter im Haus zu sitzen und Schulaufgaben zu machen«, fügte er augenzwinkernd hinzu. »Du setzt dich einfach in dein Raumschiff und schwingst dich in den Weltraum empor.«

»Aber das stimmt doch gar nicht!«, empörte sich Kim.

»O doch, es stimmt«, antwortete Vater ruhig. »Ich weiß es. Als ich so alt war wie du, da habe ich selbst neben Commander McLean in der Kommandozentrale der Orion gestanden und gezittert, als die Raumschiffe der Frogs die Erde angriffen.« Er drehte das Modell lächelnd ein paarmal in den Händen und fragte dann: »Was ist das?«

»Eine Viper«, erklärte Kim eifrig. »Ein Viperjäger. Er hat nur zwei Mann Besatzung, aber er ist unheimlich schnell und so wendig, dass er praktisch unangreifbar ist.« Er zeigte auf die beiden kleinen spitzen Dornen, die unter der gläsernen Bugkanzel des Schiffes hervorsahen. »Siehst du – das sind die Laserkanonen.«

»Laserkanonen, soso«, nickte Vater. Kim sah ihn aufmerksam an und versuchte vergeblich Spuren von Spott in seinem Gesicht zu erkennen; es schien ihm vollkommen ernst zu sein. »Zu meiner Zeit waren wir schon moderner«, sinnierte er. »Wir hatten riesige Raumschiffe, vier oder fünf Kilometer groß, mit Waffen, die einen ganzen Planeten zerstören konnten.«

»Das kann die Warlord II auch«, warf Kim ein.

»Warlord?«

»Commander Arcanas Heimatschiff. Sie ist so groß wie ein Mond, aber wendig wie ein Lichtstrahl«, zitierte er den Werbetext auf der Rückseite der Sternenkrieger. »Die Vipern werden dagegen für besondere Einsätze benutzt. Sie sind so klein, dass sie fast überall ungesehen starten und landen können. Und wenn sie in Schwärmen angreifen, sind sie durch ihre Schnelligkeit gefährlicher als ein großes Schiff.«

Vater lächelte. Er stellte das Modell behutsam auf das Bord zurück und murmelte undeutlich: »Die Zeit der großen Raumschlachten scheint ja, Gott sei Dank, vorbei zu sein.« Laut sagte er: »Ich bin eigentlich nur gekommen, weil ich dir vorhin nicht Gute Nacht gesagt habe. Entschuldige bitte.«

»Schon in Ordnung.«

Sein Vater ging zur Tür und wandte sich noch einmal um. »Über deine Bücher unterhalten wir uns morgen weiter. Vielleicht können wir erreichen, dass sich Commander ... wie heißt er doch noch?«

»Arcana«, sagte Kim.

»Dass sich Commander Arcana mit deinen Hausaufgaben arrangiert.« Sein Blick fiel auf den Schreibtisch und er trat hinzu, um den Taschenrechner auszuschalten. Dann verließ er das Zimmer.

Kim starrte die geschlossene Tür an. Er hatte seinen Vater noch nie so erlebt und er vermutete, dass er auch jetzt nur einen ganz kleinen Blick hinter die Maske getan hatte, die er normalerweise trug. Er war bestimmt nicht heraufgekommen, um sich mit ihm über Commander Arcanas Vipern zu unterhalten. Auch nicht, um ihm Gute Nacht zu sagen.

Er verschränkte gähnend die Arme hinter dem Kopf und schloss die Augen. Plötzlich fühlte er sich furchtbar müde. Er hatte Durst und einen Moment lang überlegte er, ob er aufstehen und in die Küche hinuntergehen sollte, um ein Glas Milch zu trinken. Aber die Müdigkeit hielt ihn fest. Er drehte sich auf die Seite, schaltete die Nachttischlampe aus und schloss endgültig die Augen.

Er schlief sofort ein, aber es war kein ruhiger Schlaf. Immer wieder warf er sich von einer Seite auf die andere. Er hatte einen verrückten, wirren Albtraum, in dem die Klinik, Dr. Schreiber, Commander Arcana und ein kleines weißes Gesicht, das in einem gigantischen weißen Ozean zu ertrinken drohte, eine Rolle spielten. Er bemühte sich aufzuwachen, aber es gelang ihm nicht. Er versuchte sich zu kneifen, aber der Albtraum hatte ihn fest in seinen Fängen und lähmte ihn. Kim stöhnte, konzentrierte sich dann und – fuhr mit einem halblauten Schrei hoch.

Sein Herz hämmerte. In seinem Mund war ein bitterer metallischer Geschmack und sein Schlafanzug klebte in großen, feuchten Flecken an Brust und Rücken.

Er schüttelte den Kopf und schluckte ein paarmal, um den bitteren Geschmack im Mund loszuwerden.

Das Haus war vollkommen ruhig. Der Mond war weitergewandert und schien jetzt nicht mehr ins Zimmer herein. Draußen vor dem Fenster herrschte tiefschwarze Nacht.

Plötzlich hörte Kim ein leises, knarrendes Geräusch.

Sein Herz schien mit einem schmerzhaften Schlag bis in den Hals hinaufzuhüpfen und er hatte das Gefühl, als führe ihm eine eisige, elektrisierende Hand über den Rücken.

Das Geräusch wiederholte sich, dann noch einmal und immer wieder. Er kannte dieses Geräusch. Es war das Knarren und Quietschen des Schaukelstuhles neben seinem Bett!

Langsam, mit klopfendem Herzen öffnete er die Augen, starrte zur Decke hinauf und ließ den Blick dann vorsichtig an der Wand herabwandern. Er spürte plötzlich, dass außer ihm noch jemand im Zimmer war!

Für einen Augenblick presste er die Lider zusammen, sammelte all seinen Mut und zwang sich dann, die Wand hinter seinem Bett anzusehen.

Auf der weißen Raufasertapete war deutlich der Schatten des hin- und herschwingenden Schaukelstuhles zu erkennen. Und in ihm saß der Schatten eines Mannes!

Kim fuhr mit einem leisen Schrei herum, setzte sich vollends auf und presste den Rücken dicht gegen die Wand. Der Schaukelstuhl bewegte sich sacht vor und zurück und darin saß ein weißhaariger, bärtiger alter Mann, der Kim aus dunklen Augen ansah. Es war der Alte, den er an diesem Tag schon zweimal gesehen hatte.

Kim schluckte. Er rang nach Luft und presste die Hände flach gegen die Wand in seinem Rücken, um ihr Zittern zu verbergen.

»Wer ... wer sind Sie?«, fragte er heiser. Er hatte Mühe, die Worte hervorzustoßen.

Der Alte lächelte wieder dieses seltsame Lächeln, bei dem sich kein Muskel in seinem Gesicht regte.

»Du kennst mich«, sagte er ruhig. Seine Stimme war tief und durchdringend. Sie passte zu ihm. Kim hätte sich keine andere Stimme für ihn vorstellen können. Commander Arcana musste eine solche Stimme haben, dachte er.

»Ich ... ich glaube, ich habe Sie schon einmal gesehen«, antwortete er zögernd.

»Zweimal«, verbesserte ihn der Alte. »Zuerst im Krankenhaus, als du deine Schwester besucht hast, und später noch einmal auf der Straße. Erinnerst du dich nicht mehr?«

»Doch.« Kim nickte. »Sie ... Sie kennen Rebekka?«, fragte er verwundert.

Ein belustigtes Lächeln glitt über das Gesicht des alten Mannes. Er hörte auf zu schaukeln, richtete sich gerade auf und strich sich mit der Linken über den Bart.

»Natürlich kenne ich deine Schwester, Kim«, sagte er. »Und ich kenne auch dich. Deine kleine Schwester hat viel von dir erzählt.«

»Sie ... wieso ... ich meine ...«, stotterte Kim verwirrt.

»Ich kenne euch beide«, nickte der alte Mann. »Ich kenne auch deine Eltern und deine Tante Birgit, aber sie kennen mich nicht. Leider, möchte ich sagen. Aber tu mir den Gefallen und hör endlich auf, mich ›Sie‹ zu nennen. Wir sind doch Freunde, oder?«

Kim nickte lebhaft. »Natürlich, wenn Sie ... wenn du nichts dagegen hast. Aber wie soll ich dich nennen?«

»Nenne mich, wie du willst«, antwortete der Alte. »Arcana vielleicht. Ich glaube, dieser Name würde dir gefallen.« Arcana? Kim überlegte. Commander Arcana war größer als dieser alte Mann, jünger und stärker, und während die Züge des Alten Güte und Weisheit prägten, dominierte im Gesicht von Commander Arcana Kraft und Entschlossenheit. Er schüttelte den Kopf. »Du bist nicht Commander Arcana«, sagte er bestimmt.

Der Alte schmunzelte. »Doch, Kim, das bin ich. Ich bin Commander Arcana, aber auch Gandalf, Merlin und der Mann im Mond, wenn du es so willst. Man hat mir viele Namen gegeben und mir ist jeder recht.« Als er die Ratlosigkeit in Kims Gesicht sah, schüttelte er leicht den Kopf und fügte hinzu: »Wenn du möchtest, nenne mich Themistokles. So hat mich deine Schwester immer genannt.«

»Themistokles?« Kim legte den Kopf schief und musterte sein Gegenüber. Der Name passte, fand er. »Gut. Aber wieso hat dich meine Schwester so genannt? Kennt sie dich denn?«

»Selbstverständlich«, sagte Themistokles. »Deine Schwester und ich sind gute Freunde.« Er hob beschwichtigend die Hand. »Gemach, Kim, gemach«, sagte er. »Wir haben zwar nicht viel Zeit, aber ich werde dir alles erklären. Ich bin gekommen, um dich um Hilfe zu bitten.«

»Mich?«, fragte Kim zweifelnd. Was in aller Welt mochte es geben, bei dem er, ein kleiner, schwacher Junge, einem so klugen Mann wie Themistokles helfen konnte? Themistokles lächelte, als hätte er seine Gedanken gelesen. »Es gibt etwas, Kim«, sagte er leise. »Etwas, wobei nur du helfen kannst. Oder um es anders auszudrücken: Es gibt jemanden, dem nur du helfen kannst und sonst niemand. Nicht einmal ich. Deiner Schwester!«

»Rebekka?«, stieß Kim hervor.

Themistokles nickte.

»Aber ... woher kennst du Rebekka überhaupt?«

»Ich kenne sie schon lange«, erklärte Themistokles. »Sie hat mich oft besucht, dort, wo ich lebe. Sie hat viele Freunde drüben. In Wahrheit«, fügte er nachdenklich hinzu, »hat jeder sie gern. Um so wichtiger ist es, dass du uns hilfst.« Kim schüttelte verwirrt den Kopf. »Aber ich … ich verstehe nicht«, sagte er. »Wo ist das, wo du herkommst? Und wie könnte ich dir helfen?«

»Wo ich herkomme?« Themistokles nickte wieder. Er schien überhaupt jeden Satz mit einem Nicken zu beenden. »Das Land, woher ich komme, heißt Märchenmond.«

»Märchenmond?«

»Der Name, den ihm deine Schwester gab. Er hat uns so gut gefallen, dass wir ihn übernommen haben.«

»Und Märchenmond ist …«

»Ein Land, ein Reich, eine Welt – wie du möchtest, Kim. Deine Schwester war oft drüben und wir haben immer gehofft, dass sie dich eines Tages mitbringen würde. Wir haben gerne Besuch, weißt du.« Er seufzte und fuhr sich mit gespreizten Fingern durch den Bart. »Aber leider ist jetzt etwas geschehen, was niemand voraussehen konnte. Und deswegen bin ich hier.«

Kim rutschte ein Stück in seinem Bett herunter, zog die Beine an den Körper und umschlang mit den Armen beide Knie. Sein Blick hing wie hypnotisiert an Themistokles' Gesicht.

»Für deine Schwester ist Märchenmond ein Land voller Freunde, voll Spaß und lustiger Spiele«, erklärte Themistokles ernst. »Aber Märchenmond ist auch ein Stück von eurer Welt. Es gibt Gutes und Böses dort, und wenn wir bisher auch stärker waren und das Böse unter Kontrolle halten konnten, so ist es doch da. Deine Schwester ist oft allein in Märchenmond spazieren gegangen und nie ist ihr etwas zugestoßen. Wir beobachten die bösen Mächte ständig, weißt du. Aber deine Schwester drang zu tief in den Wald vor, so tief, dass wir nicht mehr auf sie achthaben konnten. Wir bewachen unsere Grenzen scharf, aber es gibt Pfade und Wege über das Schattengebirge …«

»Schattengebirge?«

»Die Grenze unseres Landes. Es sind Berge, höher als der Mond, deren Schatten so tief sind, dass nichts Lebendes sie durchdringen kann. Aber es gibt Wege hinüber, die nicht einmal wir kennen. Und deine Schwester hat einen solchen Weg entdeckt. Sie ging hinüber.«

»Und dann?«, fragte Kim atemlos.

Themistokles schwieg einen Moment und sah ihn durchdringend an. »Sie wurde gefangen. Boraas, der Herr der Schatten, sperrte sie in eines seiner Verliese.«

Kim fuhr auf. »Aber ihr …«, rief er aufgeregt, »ihr müsst sie befreien.«

»Das geht nicht, Kim«, sagte Themistokles traurig. »Kein Bewohner Märchenmonds kann das Reich der Schatten betreten ohne selbst zum Schatten zu werden. Glaube mir, ich selbst hätte gern mein Leben geopfert, um deine Schwester zu befreien, aber es ist unmöglich. Ich würde Boraas' Macht nur stärken, wenn ich es versuchte. Ich glaube sogar, dass er deine Schwester nur gefangen hält, um mich und vielleicht ganz Märchenmond zu vernichten.«

»Und du glaubst, dass … dass ich hinübergehen könnte, ohne zum Schatten zu werden?«

Themistokles nickte. »Ja, Kim, jeder Bewohner eurer Welt kann sich im Reich der Schatten frei bewegen. Auch du.« Kim überlegte einen Moment, schlug dann die Decke zurück und sprang mit einem Satz aus dem Bett.

»Worauf warten wir noch?«, fragte er. »Gehen wir!« Themistokles rührte sich nicht. »Ich wusste, dass du deiner Schwester helfen würdest«, sagte er. »Aber ich muss dich warnen. Es könnte gefährlich werden.«

»Das macht nichts«, sagte Kim.

»Sehr gefährlich. Vielleicht …« Themistokles sah an Kim vorbei in die Richtung, in der jenseits der Wand Rebekkas Zimmer lag. »Vielleicht kommst du nie mehr zurück«, fuhr er fort. »Vielleicht wirst du selbst gefangen. Boraas ist ein mächtiger, böser Zauberer. Seine Macht ist der meinen vollkommen ebenbürtig.«

»Das macht nichts«, wiederholte Kim. »Ich habe keine Angst. Dieser niederträchtige Kerl wird noch den Tag verfluchen, an dem er Rebekka gefangen genommen hat.«

Themistokles erhob sich. Er deutete zur Tür. »Nun gut. Wenn es dein fester Wille ist, dann folge mir.«

Kim folgte ihm. Im Treppenhaus brannte kein Licht, trotzdem konnte Kim sehen, als hätte er plötzlich Katzenaugen. Themistokles ging vor ihm die Treppe hinab. In der Diele blieb er stehen und öffnete lautlos die Wohnzimmertür.

»Du bist wirklich entschlossen?«

Kim nickte fest.

»So sei es denn.«

Themistokles durchquerte mit schnellen Schritten das Wohnzimmer und hielt vor der altmodischen Standuhr an. Kim fiel auf, dass sich das Pendel der Uhr nicht mehr bewegte. Jedoch das Uhrwerk tickte weiter.

»Es gibt noch viel, was ich dir erklären muss«, sagte Themistokles. »Aber die Zeit läuft uns davon. Ich werde drüben auf dich warten.« Er öffnete die Tür des Gehäuses, trat hinein und war verschwunden.

Kim rieb sich verwundert die Augen. Zögernd streckte er die Hand aus, berührte das stillstehende Pendel und stieß schließlich mit den Fingerspitzen gegen das harte Holz der Rückwand.

»Nein, Kim«, wisperte Themistokles' Stimme in seinem Kopf. »Dieser Weg nach Märchenmond ist dir versperrt.«

»Aber wie …«

»Jeder Mensch kennt den Weg zu uns«, fuhr Themistokles

fort. »Aber jeder muss seinen eigenen Weg gehen. Auch du. Finde ihn. Du kannst es. Beeil dich. Ich warte auf dich.«

Die Stimme verklang und im gleichen Augenblick begann das Uhrpendel wieder zu schwingen.

Kim schloss die Tür des Gehäuses, blieb einen Moment unschlüssig stehen und ging dann in die Diele hinaus. Durch die Milchglasscheibe der Haustür drang mildes, weißes Licht herein. Er drückte die Klinke herunter, trat auf die Treppenstufen hinaus und zog die Tür leise hinter sich ins Schloss.

Die Viper stand direkt vor dem Haus, in der Mitte der Straße. Die schmalen Flügelspitzen reichten bis an den Vorgarten seines eigenen und den des gegenüberliegenden Hauses und der schlanke Rumpf schien vor mühsam beherrschter Erregung zu pulsieren.

Kim lief die Stufen hinunter, strich sich mit der Hand über die glatte, dunkelbraune Lederuniform, die seinen Körper wie eine zweite Haut umspannte, und stand auch schon neben der Maschine. Seine Hand drückte die verborgene Sensortaste neben der schmalen Metallleiter, die zum Cockpit hinaufführte. Leises Summen ertönte, als die gläserne Pilotenkanzel nach oben schwang. Kim kletterte die Leiter hinauf, ließ sich in den weichen Kontursessel fallen und griff nach den Anschnallgurten. Die Kanzel schloss sich automatisch wieder, als der Verschluss einrastete. Gleichzeitig flammte die Instrumentenbeleuchtung auf und tauchte die Kabine in mildes, grünes Licht.

Kim griff nach dem Helm, setzte ihn auf und klappte das Visier herunter. Seine Finger tasteten zielsicher über die komplizierte Anordnung von Knöpfen, Instrumenten und Reglern vor sich, legten Schalter auf Schalter um und erweckten die komplizierte Technik der Viper Stück für Stück zum Leben.

Sanftes Vibrieren lief durch den deltaförmigen Raumjäger. Im Zentrum des halbrunden Steuerknüppels begann ein winziges rotes Licht zu flackern. Kim streckte die Hand nach dem

Hebel aus, holte noch einmal tief Luft und drückte dann mit einer entschlossenen Bewegung den Startknopf.

Die beiden Staustrahltriebwerke der Viper sprangen brüllend an. Ein berstender, vielfach gebrochener Donnerschlag brachte die Fensterscheiben in weitem Umkreis zum Klirren. Kims Finger griffen nach dem Beschleunigungshebel. Die Nachbrenner zündeten mit dumpfem Röhren. Gleißendes Licht brach aus den Raketendüsen der Viper und tauchte die Häuser rechts und links der Straße in unerträgliche Helligkeit. Die Viper setzte sich dröhnend in Bewegung, zog dicht über die Hausdächer hinweg und stieg dann, von einem hell lodernden Feuerstrahl getragen, zu den Sternen empor.

III

Obwohl er den Beschleunigungshebel nur um eine Winzigkeit nach vorne geschoben hatte, schien die Stadt regelrecht unter ihm wegzustürzen. In weniger als einer halben Minute schrumpfte sie zuerst zu einem flimmernden Lichtermeer und dann zu einem trüben Fleck zusammen, der schließlich von der nachdrängenden Dunkelheit der Nacht verschluckt wurde. Kim bewegte vorsichtig den Steuerhebel, legte die Maschine auf die Seite und flog in einer weiten Schleife nach Norden. Der Fluss tauchte unter ihm auf, ein dünnes, schwarzes Band, stellenweise von treibenden grauen Wolken überdeckt, das sich in eigenwilligen Schlangenlinien dem Meer entgegenwand. Kim drückte die Viper etwas tiefer, schnitt mit den messerscharf auslaufenden Flügelspitzen eine tief hängende Wolke entzwei und beschleunigte vorsichtig weiter. Die Maschine vibrierte. Das Land unten wurde zu einem verschwommenen Einerlei verschiedener Grautöne. Helle Lichtflecke huschten mit fantastischer Geschwindigkeit unter ihm vorbei, Städte und Dörfer, und dann, kaum drei Minuten nach dem Start, die Küste.

Der Himmel über dem Meer war wolkenlos. Ein trüber Mond schien auf die träge daliegende Wasserwüste hinab, und als Kim sich zur Seite beugte und nach unten sah, konnte er einen winzigen gleißenden Lichtpunkt auf der Wasseroberfläche ausmachen, die Reflexion der sonnenhellen Atomflamme, auf der er ritt.

Eine Insel tauchte unter ihm auf, wuchs zu einer schwarzen, großen Landmasse heran und versank dann wieder in der Nacht. Er drückte den Beschleunigungshebel weiter nach vorn, spürte das Vibrieren der mächtigen Triebwerke und beschleunigte weiter und immer noch weiter. Schließlich flog er so schnell, dass er sehen konnte, wie sich der Mond von seinem Platz löste und am Himmel entlangzuwandern begann.

Auf dem Armaturenbrett blinkte eine rote Warnlampe auf, dann noch eine und dann setzte ein dünner, summender Warnton ein. Kim warf einen Blick aus dem Fenster und sah, dass die Spitzen der Tragfläche dunkelrot zu glühen begonnen hatten.

Mit einem Seufzer des Bedauerns zog er den Beschleunigungshebel zurück. Die Maschine wurde langsamer. Der Summton verstummte und nach wenigen Augenblicken erloschen auch die Warnlämpchen. Die Viper war ein ungeheuer schnelles Schiff, aber sie war – auch wenn sie es mit jedem beliebigen Flugzeug aufnehmen konnte – im Grunde für den freien Raum konstruiert worden. Falls Kim die volle Schubkraft der beiden Triebwerke überhaupt jemals entfesseln konnte, dann nur dort. Er flog noch immer mit zigfacher Schallgeschwindigkeit und wahrscheinlich würde das Meer tief unter ihm unter den Hammerschlägen der dutzendfach durchbrochenen Schallmauer beben. Aber all das war nichts gegen die Kraft, die wirklich in dem schlanken Rumpf steckte.

Kim nahm noch mehr Tempo weg und ging tiefer. Die Viper trudelte ein wenig, aber er fing die Bewegung geschickt mit einer Rolle auf, die ihn nach einem dreifachen Überschlag auf seinen ursprünglichen Kurs zurückbrachte. Plötzlich fühlte er tiefe Verbundenheit zwischen sich und dem Schiff. Sie waren nicht länger zwei verschiedene Wesen, Maschine und Pilot, sondern eine perfekt verschmolzene Einheit.

Das Meer glitt wie eine uferlose Masse aus grauem, geschmolzenem Blei unter ihm hinweg. Er ging noch tiefer, bis er den lang gestreckten Schatten der Viper über die Oberfläche hinhuschen sah, zog dann wieder hoch und beschleunigte vorsichtig, jedoch ohne wieder in den Bereich gefährlicher Geschwindigkeiten zu gelangen.

Am Horizont tauchte eine dünne weiße Linie auf, wuchs binnen Sekunden zu einer mächtigen Steilküste aus Eis und Schnee, hinter der sich eine schimmernde Wüste aus Kälte und Eis und gefrorener Luft erstreckte. Kim ging tiefer, drosselte die Geschwindigkeit und ließ den Schatten der Viper langsam, wie einen großen, lautlosen Vogel, über das mondbeschienene Eis hüpfen. Ein winziger weißer, nach Norden trottender Punkt erschien auf dem Eis, wandte den Kopf und blickte dem Phantom verwundert nach. Kim lachte laut auf, grüßte den Eisbären, indem er scheinbar mit den Flügeln wackelte, und beschleunigte wieder. Das Eis wurde zu einer glitzernden Fläche, auf der keine Einzelheiten mehr zu erkennen waren.

Der kleine Magnetkompass im Armaturenbrett begann zu kreiseln. Die Nadel zitterte, drehte sich einen Moment wie irr um die eigene Achse und schlug dann um hundertachtzig Grad um, als die Viper über den Nordpol jagte und dem Morgen entgegensprang.

Der Tag dämmerte herauf, als Kim die Küste überflog und erneut Kurs auf das offene Meer nahm. Wie in einer fantastischen Zeitrafferaufnahme kletterte die Sonne als kleiner, glühender Ball über den Horizont, wuchs zu einer flammenden Scheibe, deren Licht selbst durch das getönte Glas seines Helmvisiers noch schmerzhaft hell war, stieg jählings am Himmel empor, um dann ebenso schnell wieder hinter dem dahinjagenden Raumschiff zu versinken. Die Nacht brach herein, verging genauso plötzlich wie der Tag und wich einem neuen Morgen, als die Viper die Sonne ein weiteres Mal überholte. Unter ihm lag noch immer Meer, endlos hingestreckt, bar jeder Insel, jeder Unterbrechung und jeder Bewegung. Wieder lief ein ganzer Tag in wenigen Minuten ab. Die Maschine trug Kim weiter und immer weiter nach Süden, weiter, als je ein Mensch gelangt oder ein Gedanke geflogen war.

Dann, als sich der Himmel das dritte Mal mit Dunkelheit und der glitzernden Pracht der Sterne überzog, tauchte am Horizont eine schwarze, schnurgerade Linie über dem Meer auf.

Die Viper wurde langsamer.

Kim blickte verwirrt auf seine Kontrollen und tippte auf den Beschleunigungshebel. Aber diesmal weigerte sich die Maschine, seinen Befehlen zu gehorchen. Sie wurde im Gegenteil immer langsamer und sackte gleichzeitig sanft, aber beständig ab.

Vorsichtig bewegte Kim den Steuerknüppel nach rechts. Die Viper legte sich auf die Seite und begann in eine lang gezogene, nach unten geneigte Kurve zu gehen. Kim atmete erleichtert auf. Wenigstens gehorchte die Maschine noch dem Kurs, den er ihr gab.

Er zog wieder hoch, brachte das Schiff auf geraden Kurs zurück und betrachtete neugierig die Landschaft, die tief unter ihm dahinzog. Er flog noch immer zu hoch und zu schnell, um Einzelheiten erkennen zu können, dennoch ließ ihn der Anblick schaudern. Unter ihm waren Felsen. Nackter, glasiger Stein, eine ungeheure Einöde aus Grau und Schatten und immer wieder Grau. Die Welt dort unter ihm schien ungeformt, eine leere Bühne, auf der das Leben noch nicht aufgetreten war, auf der es nicht einmal Erde oder Sand, sondern nur kahles, totes Felsgestein gab. So oder so ähnlich musste die Erde einst ausgesehen haben vor vielen Millionen Jahren, lange bevor das erste primitive Leben auf ihrer Oberfläche erschien.

Kim fröstelte. Das dort unten musste das Reich der Schatten sein, von dem Themistokles erzählt hatte.

Er riss sich gewaltsam von dem schaurigen Anblick los, klappte das Helmvisier hoch und suchte mit zusammengekniffenen Augen den Horizont ab. Irgendwo vor ihm mussten die Schattenberge liegen.

Es dauerte lange, ehe er merkte, dass der schwarze Schatten vor ihm nicht der Horizont – sondern Berge waren!

Kim schrie vor Schreck und Überraschung auf, als ihn die Erkenntnis traf. Seine Augen weiteten sich. Themistokles hatte gesagt, dass die Schattenberge höher als der Mond seien, aber natürlich hatte Kim die Worte des alten Zauberers für eine romantische Übertreibung gehalten.

Er erwachte erst wieder aus seiner Erstarrung, als auf dem Instrumentenbrett vor ihm eine ganze Batterie roter Warnlämpchen zu flackern begann. Hastig richtete er sich auf, griff nach dem Steuerknüppel und zog die spitze Nase der Maschine steil empor. Die Anzeigeninstrumente der Viper begannen verrücktzuspielen, als sie vergeblich versuchten, Höhe, Masse und Ausdehnung dieses Albtraumgebirges zu vermessen. Kim schaltete kurzerhand die Geräte ab und konzentrierte sich voll darauf, den Jäger an der senkrecht emporstrebenden Felswand entlangzusteuern.

Er verlor jedes Zeitgefühl. Vielleicht vergingen nur wenige Augenblicke, vielleicht dauerte es Stunden, ehe endlich, weit über ihm und von schwarzen Wolkenmassen umhüllt, die eisbedeckten Gipfel der Schattenberge auftauchten. Er atmete tief durch. Mit einem letzten, machtvollen Schub der Triebwerke brachte er die Viper über die Gipfel und steuerte langsam wieder in die Waagrechte zurück.

Eine Weile flog er parallel zur Bergkette. Der Fels fiel zu beiden Seiten so tief ab, dass Kim den Boden nicht einmal mehr schemenhaft erkennen konnte. Die Berge schienen direkt aus der Unendlichkeit zu wachsen.

Kim drosselte erneut die Geschwindigkeit, legte die Hände auf das Steuerruder und ließ sie unschlüssig wieder sinken. Er war hier. Er hatte die Schattenberge erreicht und überwunden. Doch damit war er mit seiner Weisheit auch schon am Ende. Themistokles hatte versprochen hier irgendwo auf ihn zu warten. Aber er hatte nicht gesagt, wo.

Kims Blick fiel auf das Funkgerät. Er seufzte, schüttelte den Kopf und konzentrierte sich wieder auf das allmählich in Monotonie erstarrende Bild der scharfzackigen Berggipfel, die wie bizarre Raubtierzähne aus dem schwarzen Nichts wuchsen. Nein – Themistokles würde sich sicher nicht über Funk melden um ihm Landeanweisungen zu geben. Wie hatte Themistokles gesagt? »Jeder Mensch muss seinen eigenen Weg gehen. Auch du. Finde ihn. Du kannst es.«

Kim lächelte. Natürlich. Er musste seinen Weg selbst finden. Themistokles hatte eine letzte, äußerste Sicherheit eingebaut. Nur wer den Weg nach Märchenmond aus eigener Kraft fand, konnte die Gefahren bestehen, die ihn dort erwarten mochten.

Leises Vibrieren der Maschine ließ Kim zusammenzucken. Er sah aus dem Fenster und bemerkte, dass die Nase der Maschine ganz leicht nach rechts abdriftete. Sofort zog er den Steuerknüppel herum und brachte die Viper wieder auf ihren alten Kurs zurück. Aber der sanfte und doch kraftvolle Sog hielt an. Kim konnte die Maschine mit der Schubkraft der Triebwerke weiter auf Kurs halten, doch sowie er den Steuerknüppel losließ, machte sich die unsichtbare Kraft wieder bemerkbar. Und wie er von den Instrumenten ablesen konnte, wurde der Sog beständig stärker.

Minuten verstrichen. Das Dröhnen der Triebwerke kletterte in eine immer höhere Tonlage empor, als das Schiff mehr und mehr Kraft aufwenden musste, um dem geheimnisvollen Sog zu entgehen. Die Belastung der Hülle nahm allmählich ein gefährliches Ausmaß an und aus dem sanften Vorwärtsgleiten der Viper wurde ein rüttelnder Galopp. Schließlich gab er den Kampf auf. Die Viper war ein mächtiges Schiff, aber den Kräften, die da auf sie einwirkten, hatte sie nichts entgegenzusetzen. Er würde sich und das Schiff in Gefahr bringen, wenn er sich weiter wehrte. Und die Vorstellung, über den tödlichen Graten dieses apokalyptischen Gebirges Schiffbruch zu erleiden, gefiel Kim gar nicht.

Er nahm die Hände vom Steuerknüppel, ließ sich zurücksinken und verfolgte mit klopfendem Herzen, wie der unsichtbare Sog die Maschine in eine enge Kurve und dann an der

Flanke des Gebirges hinunterzwang. Die Triebwerke heulten auf. Irgendetwas schlug krachend gegen den Plastikstahl der Kanzel und hinterließ einen langen, hässlichen Kratzer auf dem durchsichtigen Material. Die Viper jagte minutenlang fast senkrecht in die Tiefe, ging dann in einen flachen Sinkflug über und drosselte ihre Geschwindigkeit. Eine steinige Ebene, von großen braunen und beigefarbenen Mustern durchzogen, tauchte unter ihm auf, wurde von einem still daliegenden Ozean und dann von einem weiteren Gebirge abgelöst, dessen schneebedeckte Gipfel längst nicht diejenigen der Schattenberge erreichten, aber noch immer viel höher als die höchsten Gipfel der Erde sein mussten. Die Viper stieg wieder, segelte in elegantem Bogen über die kahlen Berggipfel hinweg und stieß in das dahinterliegende Tal hinunter.

Und in diesem Moment setzten die Triebwerke aus.

Kim saß einen Herzschlag lang wie gelähmt in seinem Sitz und versuchte das Unfassliche zu fassen. Nicht nur die Triebwerke, auch die Instrumentenbeleuchtung, die Sauerstoffversorgung, ja jedes einzelne Instrument, jeder Schalter, jede Leitung an Bord der Viper war tot!

Das Raumschiff schoss, von seinem eigenen Schwung wie ein mächtiger Speer vorwärts getragen, weit in das Tal hinaus, schüttelte sich und begann dann wie ein Stein zu stürzen. Die Welt vor der gekrümmten Kanzel wurde zu einem irren Kaleidoskop aus tanzenden Farben und Umrissen. Die Luft strich pfeifend an der Flanke der Maschine vorbei und Kim spürte, wie diese mit jeder Sekunde schneller wurde.

Er riss mit einer verzweifelten Bewegung den Steuerknüppel heran und hantierte mit fliegenden Fingern an Höhen- und Seitenruder. Ein dröhnender Schlag traf die Maschine, es krachte und knisterte – als breche Metall, als sich die Landeklappen gegen die Kraft der vorbeijagenden Luft stemmten.

Ein Viperjäger ist im Grunde ein reines Raumschiff. Seine aerodynamische Form und die ungeheure Kraft seiner Triebwerke gestatten es ihm, auch in der Lufthülle eines Planeten zu manövrieren. Aber beim bloßen Gedanken, eine Viper wie ein Segelflugzeug zu fliegen, würden jedem Raumpiloten die Haare zu Berge stehen.

Doch Kim war nicht irgendein Pilot. Er war der beste. Schon während seiner Ausbildung hatte er seine Fluglehrer verblüfft und die langen, einsamen Jahre im All und die unzähligen gefährlichen Einsätze, bei denen sein Leben und das seiner Kameraden einzig und allein davon abhing, dass er seine Maschine um eine Spur besser beherrschte als seine Gegner, hatten ihn zum besten Viperpiloten werden lassen, den die Flotte jemals besessen hatte.

Jetzt, in diesem Augenblick, als der Boden immer schneller auf ihn zukam und sein Leben vielleicht nur noch nach Sekunden zu rechnen war, wuchs Kim über sich selbst hinaus und wagte, was noch keiner vor ihm gewagt hatte.

Er arbeitete verzweifelt mit Höhen- und Seitenruder zugleich. Der steile Sturzflug der Viper ging in unkontrolliertes Trudeln über. Die Maschine schlug einen halben Looping, raste einen Moment lang in Rückenlage weiter und näherte sich gefährlich dicht der Felswand. Der grau gefleckte Stein füllte plötzlich das Sichtfenster aus, überschlug sich und raste dann weiter auf die hilflos trudelnde Maschine zu.

Kim bekam die Maschine für einen Moment unter Kontrolle. Er warf einen Blick auf die brodelnden Wolkenmassen über seinem Kopf und konzentrierte sich dann wieder auf das Unmögliche, das er schaffen musste, wenn er überleben wollte. Ein harter Schlag traf die Viper, ließ sie in allen Verbindungen ächzen und drängte sie weiter an die Felswand heran.

Kim begann zu schwitzen. Seine Hände zitterten und sein Herz klopfte so laut, dass er glaubte, es müsse sogar das Heulen des Sturmes übertönen. Vorsichtig, Millimeter für Millimeter drehte er den Steuerknüppel. Er befand sich nicht einmal mehr eine Meile über dem Boden.

Der Fels näherte sich unbarmherzig, während die Maschine in steilem Winkel dem Boden entgegenschoss.

Das Pfeifen der Luft klang mit einem Mal weniger schrill. Die Maschine bebte, schüttelte sich und sackte für einen kurzen, schrecklichen Moment durch. Dann begann sich die spitze Nase langsam zu heben.

Kim atmete auf. Noch war die Gefahr nicht überstanden, aber er wusste jetzt, dass er eine wenn auch noch so winzige Chance hatte. Wie überall in den Bergen gab es auch hier starke, wechselnde Aufwinde, die dicht an den Felswänden emporstrichen, kräftig genug, einen so schweren Körper wie den der Viper zu tragen. Es war ein alter Trick der Segelflieger, die Steigwinde in den Bergen auszunutzen, und Kim hatte die Chance, die sich ihm bot, blitzschnell erkannt. Natürlich hatte er keine Ahnung gehabt, ob der Trick auch bei einem so schweren Flugzeug wie der Viper funktionieren würde – aber es trennten ihn nur noch wenige Sekunden von dem tödlichen Aufprall, sodass ihm keine Zeit für lange Überlegungen blieb.

Die Viper strich heulend an der Felswand entlang, stieg ein paar hundert Fuß in die Höhe und sackte dann wieder durch, um erneut nach oben zu schießen, als Kim vorsichtig den Steuerknüppel betätigte. Wie ein Stein, der über die Wasseroberfläche hüpft, schoss die Viper in immer größeren Kurven an der Felswand entlang und verlor dabei gleichermaßen an Höhe wie an Geschwindigkeit.

Kim handhabte das Steuer so feinfühlig wie ein Virtuose sein Instrument. Er wusste, dass er nicht zu viel an Geschwindigkeit verlieren durfte, um nicht wie ein Stein in die Tiefe zu stürzen.

Der Steuerknüppel in seinen Händen begann sanft zu beben. Kim spürte, dass der kritische Moment gekommen war. Er riss die Maschine noch einmal in die Höhe, zwang sie in einer weiten Kurve von der Felswand weg und ging in flachen Sinkflug über.

Der Boden schien ihm entgegenzuspringen. Das dunkle Band eines Flusses huschte unter der Maschine weg, dann hatte Kim einen flüchtigen Eindruck kahler, braungrüner Baumkronen, die sich der Viper wie gierige Klauen entgegenstreckten. Etwas kratzte am Rumpf des Schiffes entlang. Die Viper sprang noch einmal in die Höhe und überschlug sich. Ein Flügel brach ab. Irgendwo explodierte etwas und dann versank die Welt in einem Chaos aus splitterndem Glas, Flammen und berstendem Metall.

Brandgeruch lag in der Luft, als er erwachte. Sein Hals schmerzte und sein Rücken fühlte sich an, als hätte ihm jemand stundenlang geduldig hineingetreten. Er bewegte sich vorsichtig, hob die Hand an den Hals und zog sie stöhnend wieder zurück. An seinen Fingerspitzen klebte Blut.

»Bleibt liegen, junger Herr«, sagte eine tiefe Stimme hinter ihm. Kim schrak zusammen. Er wollte den Kopf drehen, doch sofort zuckte ein brennender Schmerz durch Hals und Schultern und zwang ihn bewegungslos liegen zu bleiben. Schritte näherten sich, dann beugte sich ein schwarzes, glänzendes Gesicht über ihn.

»Habt Ihr große Schmerzen, junger Herr?«, fragte die Stimme wieder.

Kim schüttelte vorsichtig den Kopf. Er wollte antworten, aber alles, was er hervorbrachte, war ein mühsames Krächzen. Das schwarze Gesicht beugte sich tiefer herab. Der Widerschein des prasselnden Feuers jenseits der Lichtung übergoss es mit blitzenden Lichtreflexen und gab ihm ein bedrohliches Aussehen.

Kim schauderte. Die riesige schwarze Gestalt mit dem seltsam starren Gesicht flößte ihm Furcht ein.

Er biss die Zähne zusammen, stemmte die Ellbogen in den Boden und versuchte sich aufzurichten, aber der Schwarze drückte ihn mit sanfter Gewalt zurück.

»Ihr dürft Euch nicht bewegen, junger Herr. Ihr seid verletzt.« Eine schwarze, behandschuhte Hand machte sich an seinem Hals zu schaffen. Im ersten Moment verspürte Kim ein heftiges Brennen, das aber sofort wieder verschwand und von einem kühlen, wohltuenden Druck abgelöst wurde.

Kim betrachtete seinen Retter genauer. In der herrschenden Dunkelheit war der Mann selbst wenig mehr als ein großer schwarzer Schatten gegen den sternklaren Himmel und das zuckende Licht der Flammen verfremdete das Bild noch mehr. Trotzdem erkannte Kim jetzt, dass er in kein lebendes Gesicht, sondern in eine schwarze Metallmaske blickte, die zu einem stachelbewehrten Helm gehörte. Überhaupt schien der Mann von Kopf bis Fuß in tiefschwarzes, glänzendes Metall gepanzert zu sein. Ein Ritter – ein riesiger schwarzer Ritter, stellte Kim überrascht fest.

»Wer ... bist du?«, fragte er. Themistokles' Warnung fiel ihm ein. Märchenmond mochte ein fantastisches Land voll großartiger Wunderdinge sein, die noch keines Menschen Auge erblickt hatte. Aber es gab auch Gefahren hier. Ziemlich handfeste Gefahren, wie sein eigenes Schicksal bewies.

Der schwarze Ritter richtete sich auf ein Knie auf und betrachtete Kim eine Zeit lang schweigend durch die schmalen Sehschlitze seiner Maske.

»Kart«, sagte er dann. »Mein Name ist Kart, junger Herr. Aber Ihr sollt nicht reden. Es strengt Euch zu sehr an.« Kim runzelte unwillig die Stirn. Ja, er fühlte sich elend, aber er mochte es nicht, dass man ihn wie ein kleines Kind behandelte. Er schob die Hand des Ritters beiseite, stemmte sich hoch und sank gleich darauf wieder zurück, als ihm schwindelig wurde.

»Ich habe Euch gesagt, dass Ihr Euch nicht anstrengen dürft, junger Herr«, sagte Kart mit leisem Tadel. »Ihr seid noch zu schwach. Sorgt Euch nicht. Wir sind bei Euch.« Kim blinzelte. Vor seinen Augen begannen plötzlich bunte Kreise zu tanzen. »Wieso wir?«, fragte er. »Wer … seid ihr überhaupt? Und wie komme ich hierher?«

Kart schüttelte den Kopf. »Viele Fragen auf einmal, junger Herr«, sagte er. »Wir – das sind meine Männer und ich. Wir brachen auf, um Euch willkommen zu heißen.«

Kim hätte am liebsten laut gelacht, wenn er sich nicht so elend gefühlt hätte.

»Ich weiß, dass wir zu spät kamen«, sagte Kart, als hätte er Kims Gedanken gelesen. »Wir sahen Eure Maschine abstürzen, aber wir konnten nichts tun.«

»Ist sie schlimm beschädigt?«, fragte Kim.

Kart drehte den Kopf in die Richtung, aus der das flackernde rote Licht und das Prasseln der Flammen kamen. »Seht selbst.« Er bückte sich, schob die Hände unter Kims Achseln und setzte ihn vorsichtig auf.

Die Viper lag etwa fünfzig Meter von ihnen entfernt am Ende einer breiten, versengten Schleifspur. Der Jäger hatte sich wie ein gewaltiges Geschoss in den Boden gegraben, hatte Büsche, Wurzelwerk und kleinere Bäume zerfetzt und war schließlich am Fuße einer riesigen Eiche zerschellt. Der schlanke Rumpf war zusammengestaucht und an vielen Stellen geborsten. Zu beiden Seiten des zertrümmerten Raumschiffes brannte der Wald und aus dem zerschmetterten Cockpit drang schwarzer Qualm. Kim beobachtete eine Zeit lang die hochgewachsenen schwarzen Gestalten, die vor dem prasselnden Feuer auf und ab liefen und versuchten, den Brand unter Kontrolle zu bekommen. Dann schloss er mit einem lautlosen Seufzer die Augen. Die Viper würde nirgends mehr hinfliegen.

»Ihr hattet Glück im Unglück, junger Herr«, sagte Kart. »Ihr wurdet beim Aufprall aus der Maschine geschleudert.«

»Schönes Glück«, murrte Kim. »Ich hätte mir um ein Haar den Hals gebrochen.« Er warf dem Wrack der Viper einen letzten, bedauernden Blick zu, schüttelte den Kopf und versuchte sich aus eigener Kraft aufzusetzen. Es ging einigermaßen.

»Ihr seid mir entgegengeritten, sagst du?«

Kart nickte. »Ja. Unser Herr schickt uns, Euch den Weg zu zeigen.«

»Euer Herr?« Kim sah den hünenhaften Ritter fragend an. »Du meinst Themistokles?«

Kart zögerte. Er trat einen Schritt zurück und nickte ruckartig. »Meine Männer und ich werden Euch sicher nach Morgon geleiten.«

»Morgon?«

»Das Schloss unseres Herrn«, antwortete der schwarze Ritter. »Es erwartet Euch. Für Euren Empfang ist alles vorbereitet.«

»Der erste Empfang hat mir gereicht«, entgegnete Kim mit gequältem Lächeln. Er versuchte noch einmal aufzustehen und sank mit einem wimmernden Schmerzenslaut zurück.

»Bleibt liegen, junger Herr«, mahnte Kart. »Ihr dürft nicht laufen.«

»Schon gut, schon gut«, fauchte Kim. »Ich habe es begriffen.« Er umklammerte sein Fußgelenk und biss die Zähne zusammen. »Und hör endlich auf, mich junger Herr zu nennen«, fügte er hinzu. »Ich heiße Kim.«

Kart nickte. Kim glaubte die Augen hinter den schmalen Sehschlitzen der Metallmaske spöttisch aufblitzen zu sehen. »Wie Ihr befehlt … Kim.« Er drehte sich um, rief ein paar Worte in einer dunklen, fremden Sprache und machte eine befehlende Geste. Zwei schwarz gepanzerte Ritter eilten herbei, fassten Kim unter den Armen und hoben ihn wie ein Spielzeug hoch.

»He!«, beschwerte sich Kim. »Was soll das?«

»Wir haben einen Wagen für Euch vorbereitet. Ihr könnt nicht reiten. Und wir müssen Morgon vor dem Morgengrauen erreichen.« Kart wandte sich um und ging mit steifen Schritten auf den Waldrand zu. Er bewegte sich nicht wie ein Mensch, sondern wie ein großer, perfekter Roboter, fand Kim.

Die Ritter trugen ihn über die Lichtung in den Wald. Ein gutes Dutzend großer schwarzer Pferde war zwischen den Bäumen angebunden; mächtige Tiere mit schwarzem Sattelzeug und gepanzerten Köpfen. Von den Sätteln hingen Waffen und riesige, dreieckige Schilde. Die Tiere schnaubten unruhig, warfen die Köpfe hin und her und versuchten nach den Reitern zu beißen. Einer der Männer schlug dem zunächst stehenden Pferd mit der behandschuhten Hand auf die Nüstern.

Kart deutete auf einen vierrädrigen, hölzernen Karren, der hinter den Pferden abgestellt war.

»Wir konnten leider kein edleres Gefährt für Euch finden«, erklärte er. »Aber dies mag angehen, um Euch nach Morgon zu bringen. Es ist nicht weit.«

Die beiden Ritter luden Kim behutsam auf dem mit Kissen ausgepolsterten Karren ab und entfernten sich auf einen Wink ihres Anführers. Kim rutschte in eine einigermaßen bequeme Lage, stützte den Kopf in die Hand und sah sich mit gemischten Gefühlen um. Dieser Wald, die Ritter mit ihren großen, hässlichen Pferden und die Dunkelheit gefielen ihm nicht. Er war erst wenige Augenblicke hier, aber er spürte bereits, dass Märchenmond anders, ganz anders war, als Themistokles gesagt hatte. Und er hatte das sichere Gefühl, dass dies nicht die einzige unangenehme Überraschung war, die ihn hier erwartete.

Er wandte den Kopf und ließ den Blick an der schwarzen Mauer des Waldes emporwandern. Die Bäume, so groß und kräftig sie auch waren, wirkten auf eigenartige Weise verkrüppelt und krank. Ihre Stämme strebten zehn, fünfzehn Meter weit in die Höhe und gabelten sich dort zu wuchtigen, breit ausladenden Ästen, die Kim an kraftvolle, einwärts gekrümmte Finger erinnerten, und die Schatten zwischen den

Bäumen schienen ihm unnatürlich leer und schwarz, gar nicht wie Schatten, sondern wie glatte, konturlose Flächen, als wäre dieser ganze Wald eine Attrappe, die man vor einer undurchdringlichen Wand errichtet hatte.

Die Lichtung begann sich allmählich zu füllen. Kim zählte insgesamt sechzehn der riesigen, in schimmerndes Schwarz gehüllten Gestalten, die nach und nach aus dem Wald auftauchten und zu ihren Pferden gingen. Er schauderte. Etwas an der Art, wie sich die Krieger bewegten, kam ihm seltsam vor; es dauerte eine Weile, bis er merkte, was es war: Sie bewegten sich absolut zielstrebig. Es war nicht einer unter ihnen, der die kleinste überflüssige Bewegung machte – und sei es nur ein Fingerschnippen. Wieder musste er an Roboter denken und bei diesem Gedanken lief es ihm kalt den Rücken hinunter.

»Trinkt das«, sagte Kart, »es wird Euch guttun und wieder zu Kräften bringen.« Der schwarze Ritter war an den Wagen herangetreten. Er hielt eine Schale mit einer farblosen, dampfenden Flüssigkeit in Händen.

Kim rümpfte misstrauisch die Nase. »Was ist das?«

»Etwas, was Euch helfen wird«, antwortete Kart. Er machte eine herrische Bewegung und Kim griff automatisch nach der Schale und setzte sie an die Lippen, zögerte aber noch zu trinken.

»Hat Themistokles gesagt, wie es meiner Schwester geht?«, fragte er, um Zeit zu gewinnen.

»Davon weiß ich nichts. Ich habe Befehl, Euch nach Morgon zu geleiten, sonst nichts. Unser Herr erwartet dich. Er wird dir alles Nötige mitteilen. Trink jetzt.«

Die letzten Worte hatten scharf und befehlend geklungen und der unvermittelte Wechsel der Anrede ließ Kim stutzig werden. Er hatte mit einem Mal das Gefühl, dass es besser war, zu tun, was der schwarze Ritter von ihm verlangte. Vorsichtig kostete er die Flüssigkeit. Sie schmeckte würzig und angenehm, ein bisschen wie Hühnersuppe, aber mit einem fremdartigen, rauchigen Beigeschmack, den Kim nicht identifizieren konnte. Er trank mit langsamen, kleinen Schlucken, setzte die Schale ab, um Luft zu holen, und leerte sie dann mit einem Zug.

»Danke«, sagte er. »Das war nicht schlecht.«

Kart nahm ihm die Schüssel aus den Händen und warf sie achtlos hinter sich. »Wenn du bereit bist, brechen wir auf«, sagte er. Seine Stimme hatte jede Spur von Freundlichkeit verloren und klang jetzt schneidend und kalt.

Kim starrte in das ausdruckslose Metallvisier des schwarzen Riesen. Angst begann in ihm hochzukriechen. Seine Hand glitt automatisch zum Gürtel und tastete nach der Laserwaffe. Erleichtert atmete er auf, als er den Kolben des Strahlers unter den Fingern fühlte. Er wusste nicht, was hier nicht stimmte, was ihn bedrohte. Aber diese schwarzen Ritter würden ihr blaues Wunder erleben, wenn sie glaubten, einem wehrlosen Opfer gegenüberzustehen.

Karts Blick war seiner Bewegung gefolgt. Einen Atemzug lang stand er bewegungslos da, trat dann mit einem schnellen Schritt zurück und sah Kim durchdringend an. Kim erwartete, dass er die Waffe von ihm fordern würde. Aber der schwarze Ritter begnügte sich damit, zu seinem Pferd zurückzugehen und sich in den Sattel zu schwingen.

Ein kurzer Befehl und sie brachen auf. Die Pferde formierten sich zu zwei Doppelreihen, die den Wagen in die Mitte nahmen. Sie holperten ein Stück durch den Wald und Kim biss jedes Mal schmerzlich die Zähne zusammen, wenn der Wagen über eine Unebenheit, ein Loch oder quer liegende Wurzeln und Äste rollte und die Stöße fast ungemildert auf seinen Körper übertrug. Dann wichen die Bäume zur Seite, und die Kolonne bog in einen schmalen, morastigen Weg ein.

Lähmende Müdigkeit hatte Kim erfasst. Hinter seiner Stirn summte es wie von einem Bienenschwarm und seine Glieder fühlten sich bleischwer an. Nebel lag wie ein knöcheltiefer grauer Teppich über dem Weg und aus dem Wald schienen unsichtbare dunkle Finger nach ihm zu greifen. Kim schüttelte benommen den Kopf und fuhr sich mit der Hand über die Augen. Aber die Müdigkeit ließ sich nicht wegwischen, im Gegenteil. Ein Gefühl, als hätte er Fieber, breitete sich in seinen Schläfen aus und das dumpfe Trommeln der Pferdehufe wurde von hallenden Echos begleitet.

Kim stöhnte. Seine Kehle war wie ausgetrocknet und fühlte sich pelzig an. Er hatte Durst, aber er war zu schwach, einen der Ritter um einen Schluck Wasser zu bitten. Ein bleicher Halbmond schien auf das Land herunter und irgendwo schrie ein Nachtvogel; ein hoher, krächzender Schrei, der Kim einen eisigen Schauer über den Rücken jagte.

Der Wald verschwamm vor seinen Augen. Bäume, Zweige und Unterholz, ja selbst die Schatten zwischen den knorrigen Stämmen überzogen sich mit einem nebeligen Schleier. Kim warf sich hin und her. Er stöhnte und versuchte die Hände zu bewegen, aber es ging nicht. Seine Glieder schienen von unsichtbaren Stricken gefesselt zu sein. Der Wald trat zurück, machte einer felsigen, lebensfeindlichen Einöde Platz, die von böigem Wind und eisiger Kälte erfüllt war. Dann war ihm, als ob es bergauf ginge. Der Wagen knarrte und manchmal stieß etwas hart gegen den Boden. Einer der schwarzen Ritter drehte sich halb im Sattel herum und starrte Kim durch die schmalen Schlitze seines Visiers an. Kim bekam eine Gänsehaut. Die Augen des Ritters waren schwarz; vollkommen. Keine Pupille, keine Iris, kein Augapfel war zu sehen, nur zwei schwarze, grundlose Tümpel. Und doch hatten sie eine hypnotische Kraft, die es Kim unmöglich machte, dem blicklosen Gesicht auszuweichen.

Kim verfiel in fiebrigen, von Schüttelfrost und Albträumen geplagten Halbschlaf. Der Wagen quälte sich holpernd und quietschend über unebenen Boden und Geröll. Kim vermeinte durch eine bizarre Landschaft aus brodelnden Sümpfen, Steinwüsten und windumtosten, felsigen Abhängen zu fahren. Nach einiger Zeit wurde die Luft merklich dünner und gleichzeitig wurde es noch kälter. Der Bodennebel war nun so dicht, dass der Wagen und seine schwarzen Begleiter auf einer unendlichen weißen Wolkenfläche dahinzugleiten schienen.

Das Fieber sank erst, als die Sonne aufging. Das wattige Schwarz der Nacht wich allmählich einer grauen, von unsicheren Schatten erfüllten Dämmerung und der Nebel kroch langsam und widerwillig zurück in die Löcher, aus denen er gekommen war.

Kart zügelte sein Pferd, lenkte es vom Weg herunter und wartete, bis die Reiter an ihm vorübergezogen waren.

»Wir sind am Ziel«, sagte er. »Burg Morgon.«

Kim hob müde den Kopf und folgte mit dem Blick Karts ausgestrecktem Arm. Die kleine Kolonne bewegte sich einen steilen, gewundenen Bergpfad hinauf. Der Fels wirkte glatt wie Glas und zwischen den zyklopischen Trümmern, die rechts und links des Weges lagen, wuchs kein Halm. Im Tal unten dämmerte bereits der Morgen, aber hier oben herrschte noch immer diesiges Grau, als weigere sich der Tag, in diese Enklave der Nacht vorzudringen.

Und am Ende des Pfades, schwarz und drohend, ragte die Burg.

Kims Finger krampften sich um den Wagenrand. Die Burg war riesig. Ihre schwarzen, senkrecht abfallenden Wände schienen mit der Nacht zu verschmelzen. Es gab keine Fenster oder Balkone, nur ein riesiges, halbrundes Tor, aus dessen oberem Ende die rostigen Zähne eines Fallgitters hervorbleckten, und daneben eine Reihe schmaler, nach oben spitz zulaufender Schießscharten.

Morgon … der Name hatte in Kims Ohren einen düsteren, bedrohlichen Klang angenommen. Kim schloss die Augen und versuchte sich Themistokles vorzustellen. Aber das Bild des gütigen Alten schien einfach nicht zu dieser finster dräuenden Burg dort oben zu passen.

»Das ist ...«

»Morgon«, bestätigte Kart. Die Ungeduld in seiner Stimme war nicht zu überhören. »Die Burg unseres Herrn.«

»Aber es ist ... alles so ... so anders, als ich es mir vorgestellt habe«, sagte Kim.

Kart nickte. »Natürlich. Aber wir müssen uns schützen. Du wirst die Schönheit unseres Landes noch kennenlernen. Morgon jedoch ist anders.« Er zögerte einen Moment, machte mit der Rechten eine unbestimmte Geste und fuhr dann fort. »Es ist unser Schutz, verstehst du? Unsere letzte Bastion. Ein Ort, der sicher ist vor unseren Feinden. Gäbe es Morgon nicht, wären wir hilflos.«

Kim schwieg betroffen. Was Kart gesagt hatte, klang logisch. Themistokles hatte davon gesprochen, dass es auch böse Mächte in diesem Land gab, vor denen sie sich schützen mussten. Vielleicht hatte der schwarze Ritter recht. Vielleicht war Morgon der Tribut, den Märchenmond dem Bösen zahlen musste. Eine Burg, die der Verteidigung und dem Kampf diente und nicht schön sein konnte. Dennoch wuchs seine Angst, je mehr sie sich dem Burgtor näherten.

Er setzte sich auf und versuchte durch den Torbogen ins Innere der Burg zu schauen. Aber außer schwarzen Schatten und nebelhaften Umrissen konnte er nichts erkennen.

Der Wagen rollte unter dem Fallgitter hindurch. Kim stellte fest, dass die Mauern mindestens zehn Meter dick waren. Kart hatte nicht übertrieben – Morgon war wirklich ein Bollwerk. Er konnte sich keine Kraft vorstellen, der diese Mauern nicht standhalten würden.

Die Ritter zügelten ihre Pferde. Der Wagen hielt an. Kart schwang sich aus dem Sattel, trat an den Wagen heran und streckte Kim die Hand entgegen. »Komm. Unser Herr erwartet dich.«

Er öffnete eine niedrige Tür aus eisenbeschlagenen Bohlen und trat wortlos beiseite.

Hinter der Tür lag ein schmaler, niedriger Gang, der von brennenden Fackeln in ein Gewoge aus Licht und Schatten getaucht wurde. Kart legte Kim die Hand auf die Schulter und schob ihn vor sich her in den Gang hinein. Kim stolperte ein paar Schritte über den Steinboden, prallte gegen die Wand und fuhr aufgebracht herum. Der schwarze Ritter zog die Tür hinter sich zu, legte den schweren Riegel vor und wies den Gang hinunter.

»Geh!«

Kim zögerte. Kart war mit einem Schritt neben ihm. Er musste sich bücken, um nicht mit dem Helm gegen die gewölbte Decke zu stoßen, dennoch überragte er Kim noch um fast einen Meter.

Kims Hand strich über den Kolben der Laserwaffe.

Nein – das hatte keinen Sinn. Vielleicht hatte Kart Grund für sein Benehmen. Vielleicht war in der Zwischenzeit etwas geschehen, was sein Verhalten rechtfertigte.

Kim gab den Widerstand auf und lenkte seine Schritte zwischen den steinernen Wänden den Gang hinunter. Kart folgte ihm in geringer Entfernung.

Nach einer Weile tauchte eine steile Treppe mit schmalen, ausgetretenen Stufen vor ihnen auf. Sie stiegen empor, traten durch eine Tür und standen in einer riesigen leeren Halle.

»Warte hier«, befahl Kart. »Ich werde dich unserem Herrn melden.« Ehe Kim antworten konnte, war Kart durch eine Tür in der gegenüberliegenden Wand verschwunden.

Kim blickte ihm verwundert nach. Seine anfängliche Furcht schlug in Zorn um. Themistokles würde ihm einige wirklich unangenehme Fragen beantworten müssen!

Wütend starrte er die Tür an, hinter der der schwarze Ritter verschwunden war. Er spielte kurz mit dem Gedanken, Karts Befehl zu missachten und ihm zu folgen, ließ den Gedanken aber gleich wieder fallen. Wer weiß, ob Themistokles tatsächlich hinter dieser Tür wartete. Und Kim hatte keine Lust, sich in den düsteren Gängen der Burg zu verirren.

Neugierig begann er sich in der Halle umzusehen.

Viel gab es nicht zu entdecken. Der Boden war mit schwarzen, spiegelnden Kacheln ausgelegt, die sich unter Kims Schuhen wie Glas anfühlten und ihm sein eigenes, verzerrtes Spiegelbild zeigten.

Kim erschrak, als er sich sah. Seine Uniform war zerrissen und mit Schmutz und Blut durchtränkt. Sein Gesicht wirkte hohlwangig und müde und um seinen Hals lag ein enger, blutiger Verband. Kim hob die Hand, tastete über den Stoff und wunderte sich, dass er keinen Schmerz spürte. Kart hatte irgendetwas mit der Wunde gemacht, daran erinnerte er sich. Dann hatte er ihm dieses Zeug zu trinken gegeben und danach waren das Fieber und die Albträume gekommen. Aber die Wunde schien verheilt zu sein.

Kim ließ sich auf die Knie nieder, löste den Verband und befühlte mit den Fingern seine Haut. Eine dünne, kaum noch spürbare Narbe zog sich über die linke Seite des Halses fast bis zum Ohr hinauf.

Kim stand auf. Er warf den Verband in eine Ecke und leistete Kart in Gedanken Abbitte. Eine Nacht Fieber und Albträume waren ein geringer Preis für eine so schnelle Heilung.

Ein heller Trompetenton wehte durch die Halle. Kim drehte sich überrascht um und hielt nach der Quelle des Geräusches Ausschau. Die Wände der Halle schienen aus dem gleichen lichtschluckenden schwarzen Stein wie die Außenmauern Morgons zu bestehen, aber an einer Seite befand sich ein hohes, schmales Fenster, durch das man die gegenüberliegenden Burgmauern erkennen konnte. Kim ging hin, stützte sich auf den Fenstersims und schaute hinaus. Das Fenster blickte auf einen weitläufigen Innenhof hinunter. Der Himmel war noch immer dunkel, aber das steinerne Viereck dort unten wurde von einer Unzahl schwelender Fackeln und glühender Kohlenbecken fast taghell erleuchtet. Eine Abteilung schwarz gepanzerter Ritter marschierte über den Hof und begann zu exerzieren. Eine dunkle Stimme brüllte Befehle, dann erschienen noch mehr Ritter, mehr und immer mehr, bis der Hof schwarz von großen, gepanzerten Gestalten war.

»Du kannst jetzt kommen.«

Kim fuhr erschrocken herum. Kart stand wenige Schritte hinter ihm. Sein Blick wanderte zwischen Kim und dem Fenster hin und her. Es war unmöglich zu erkennen, was er dachte.

»Der Herr erwartet dich«, sagte Kart.

Kim ging an dem schwarzen Ritter vorbei zur Tür. Hinter dieser Tür war wieder ein Gang, eine weitere Treppe, dann eine kleine Kammer, deren ganze Stirnseite von einem schweren Vorhang aus schwarzem Samt eingenommen wurde. Kart schlug den Vorhang zurück und machte eine einladende Handbewegung.

Kim trat in den dahinter liegenden Saal.

Der Raum war gigantisch. Hohe, glatte schwarze Säulen trugen die gewölbte Decke. An den Wänden hingen dunkle Vorhänge und Waffen und vor jeder Säule stand bewegungslos und stumm ein schwarzer Ritter. Der ganze Raum schien von Kälte und Ablehnung erfüllt zu sein.

All das nahm Kim jedoch nur am Rande wahr.

Sein Blick wurde wie hypnotisch von dem mächtigen schwarzen Thron angezogen, der an der Rückwand des Saales stand. Eine Anzahl hoher, wuchtiger Stufen, deren Kanten schief und verzerrt wirkten, als wären sie nach den Regeln einer dem Menschen fremden Geometrie errichtet, führten zu ihm empor. Und dort oben …

Kim näherte sich dem Thron bis auf wenige Schritte. Dann blieb er stehen, ballte die Fäuste und starrte den weißhaarigen, bärtigen alten Mann auf dem Thron ungläubig an.

Das Gesicht des Mannes war das von Themistokles. Das

weiße Haar, der Bart – jede kleinste Falte, jede Einzelheit stimmte.

Und doch war es nicht Themistokles.

»Du bist nicht Themistokles«, sagte Kim.

Der alte Mann starrte ihn sekundenlang schweigend an. »Das ist richtig«, sagte er dann.

Kim zog scharf die Luft ein. Jetzt, endlich, wurde ihm alles klar. Die schwarzen Ritter. Das Land mit seiner Kälte, seinen Sümpfen, dem Nebel und der Dunkelheit, diese schreckenerregende Burg – alles bekam mit einem Mal einen Sinn. Ihm fiel auf, wie still es plötzlich in der Halle geworden war. Noch nie in seinem Leben hatte Kim eine solche Stille erlebt.

Er raffte all seinen Mut zusammen, trat einen Schritt vor und sagte noch einmal:

»Du bist nicht Themistokles.«

Es kostete ihn unglaubliche Überwindung, hinzuzufügen: »Du bist Boraas.«

IV

Boraas lächelte. Die goldenen Ringe an seinen Fingern blitzten, als er die Hände bewegte. Auf die Armlehnen des Thrones gestützt, beugte er sich weit vor.

»Ja«, sagte er. »Ich bin Boraas. Und ich heiße dich auf Burg Morgon willkommen, Kim. Ich habe lange auf dich warten müssen.«

»Auf mich?«, fragte Kim überrascht.

»Auf dich. Oder auf jemanden wie dich«, sagte Boraas. »Es bleibt sich gleich.«

»Aber …«

Boraas machte eine herrische Geste. »Geduld, Kim. Du wirst alles erfahren, wenn die Zeit reif ist.«

Kim fuhr wütend auf. »Ich will nichts erfahren, ich …«

»Schweig!«, donnerte Boraas. »Ich habe dich nicht herkommen lassen, um mit dir zu diskutieren.«

»Du hast mich kommen lassen …?«

»Natürlich. Du wärst nicht hier, wenn nicht auf meinen Wunsch. Niemand betritt mein Reich gegen meinen Willen. Ich habe mir erlaubt, die lächerliche Flugmaschine, in der du hierhergereist bist, ein wenig umzudirigieren.«

»Du?«, rief Kim verblüfft. »Du warst das?« Er dachte an die unsichtbare Kraft, die die Viper vom Kurs abgebracht und ihn beinah das Leben gekostet hatte. »Dann … dann habe ich dir den Absturz zu verdanken«, sagte er wütend.

Boraas lächelte dünn, machte »Tz, tz, tz!« und lehnte sich zurück. »Du betrachtest die Dinge vom falschen Standpunkt aus, Kim«, sagte er. »Du hast mir nicht den Absturz, wohl aber dein Leben zu verdanken. Wäre Baron Kart nicht rechtzeitig mit seinen Männern zur Stelle gewesen, wärst zu gestorben.«

»Baron Kart?«

»Sehr richtig. Ich empfange meine Gäste stets mit der gebührenden Ehre. Aber ich sehe, dass du es nicht zu schätzen weißt. Baron Kart ist mein engster Vertrauter. Betrachte es als Auszeichnung, dass ich ihn und seine Garde sandte, um dich zu holen.«

Kim warf dem schwarzen Ritter einen kurzen Blick zu und wandte sich dann wieder an Boraas.

»Was willst du von mir?«, fragte er.

»Eine kluge Frage, Kim. Leider ist sie leichter gestellt als beantwortet.«

Kim musterte den alten Zauberer argwöhnisch. Er musste an das denken, was Themistokles über Boraas gesagt hatte. Und sein eigenes Erlebnis bestärkte ihn noch in dem Vorsatz, äußerste Vorsicht walten zu lassen. Er würde jedes Wort, das der Zauberer sprach, gründlich überdenken, ehe er antwortete.

»Ich nehme an, mein Bruder hat dir von mir erzählt«, sagte Boraas.

»Dein ... Bruder?«, fragte Kim überrascht.

Boraas nickte. »Sicher. Themistokles und ich sind Brüder. Sehr verschiedene Brüder, wie ich zugeben muss. Unsere Wege haben sich ... getrennt. Vor langer, langer Zeit.« Natürlich!, dachte Kim. Daher die Ähnlichkeit zwischen Boraas und Themistokles. Er hätte von selbst darauf kommen müssen.

»Ja, er hat von dir erzählt«, bestätigte er. »Er hat mir auch gesagt, dass du meine Schwester gefangen hältst.«

Boraas machte eine wegwerfende Handbewegung. »Themistokles versäumt keine Gelegenheit, mir Übles nachzusagen.«

»Dann stimmt es also nicht?«

Boraas zuckte die Achseln. »Deine Schwester ist hier«, antwortete er. »Das stimmt. Und es stimmt auch, dass sie Burg Morgon nicht verlassen darf, ehe nicht gewisse ... Dinge geschehen sind.«

»Rebekka ist hier?«, rief Kim. »Ich will sie sehen.«

»Eins nach dem anderen, Junge«, sagte Boraas. »Du wirst

deine Schwester sehen, sobald die Zeit dafür gekommen ist. Zuerst möchte ich wissen, weshalb Themistokles dich rief.«

»Das weißt du ebenso gut wie ich.«

Boraas schüttelte betrübt den Kopf. »Ich weiß es nicht und auch du weißt es nicht. Du glaubst es nur zu wissen. Aber was immer er dir geboten hat – ich biete dir mehr. Arbeite mit mir zusammen und du wirst alles haben, was du dir wünschst. Macht, Reichtum, ewiges Leben – alles.«

Kim blickte den Zauberer mit wachsender Verblüffung an. Da stand er hilflos, ein Gefangener dieser Burg und ihrer schwarzen Ritter, und Boraas bot ihm Zusammenarbeit an! »Du …«, stammelte er, »du willst …!«

»Dich!«, donnerte Boraas. »Dein Wort und deine Treue, nicht mehr und nicht weniger. Der Streit zwischen mir und meinem Bruder währt nun schon seit unzähligen Jahren. Ich bin es leid, mich immer wieder gegen seine Intrigen schützen zu müssen, meine Burg und mein Land nie in Sicherheit zu wissen. Kämpfe mit mir zusammen und wir werden siegen. Themistokles hat unserer vereinten Macht nichts entgegenzusetzen.«

»Macht?«, fragte Kim ungläubig.

Ein dünnes Lächeln umspielte Boraas' Lippen. »Ich weiß, was du jetzt denkst. Aber du irrst. In dir schlummert Macht, eine Kraft, die vielleicht noch größer ist, als Themistokles sich träumen ließ. Aber du allein kannst sie nicht erwecken. Ich kann es. Komm zu mir und wir werden diesen Schandfleck von der Landkarte des Universums fegen. Gemeinsam sind wir mächtig, Kim. Allmächtig!«

Kim schauderte. In einer blitzartigen Vision sah er noch einmal das graue, kranke Land, durch das sie gekommen waren, an sich vorüberziehen. Das Reich der Schatten. Und er sah, wie sich dieses Reich ausbreitete, über das Schattengebirge hinwegflutete wie eine alles erstickende Welle, die Land um Land, Welt um Welt verschlang und schließlich den ganzen Kosmos umfasste, ein Universum der Schrecken und des Leids.

»Niemals!«, sagte er.

Boraas zeigte sich nicht im Mindesten überrascht. Lächelnd betrachtete er einen der juwelengeschmückten Ringe an seinen Fingern.

»Ich habe diese Antwort erwartet«, sagte er gleichmütig. »Fürs Erste jedenfalls. Aber wir haben Zeit.«

»Zeit?«

»Ich bin überaus geduldig, Kim«, sagte Boraas sanft. »Du wirst Gelegenheit bekommen, deine Entscheidung zu überdenken.«

»Niemals!«, wiederholte Kim mit Nachdruck. »Du kannst mich für zehn Jahre in deine Verliese werfen und ich werde dennoch nicht auf deiner Seite kämpfen.«

»Das mag sein. Vielleicht jedoch nach zwanzig Jahren. Oder nach hundert. Wir haben alle Zeit der Welt, Kim.« Er grinste zufrieden. »Aber ich brauche deine Zustimmung gar nicht, weißt du«, fuhr er in leichtem Plauderton fort. »Du bist bereits auf halbem Weg zu mir. Du weißt es nur noch nicht. Aber auch wenn du es wüsstest, wärest du machtlos. Im Gegenteil – das Wissen würde die Entwicklung nur beschleunigen. Du beginnst schon, mich zu hassen. Oh, noch spürst du es nicht, aber nach den ersten Tagen im Kerker wirst du es fühlen. Du wirst fühlen, wie der Hass in dir wächst, wie er sich ausbreitet, schleichend, unaufhaltsam. Du wirst dich dagegen wehren, aber es wird dir nichts nützen. Du wirst in einem dunklen, schweigenden Kerker sitzen, allein mit dir und deinem Hass, und nach einiger Zeit wirst du an nichts mehr denken als an das, was ich dir und deiner Schwester angetan habe. Und dann wirst du beginnen, Pläne zu schmieden. Pläne für einen Ausbruch, für eine Flucht. Du weißt, dass eine Flucht nicht gelingen kann. Und dann, irgendwann, wirst du anfangen, Mordpläne gegen mich zu ersinnen. Du wirst an nichts anderes mehr denken als an deinen Hass und deine Rache. Und dann, Kim, wenn du ausgezehrt bist von Hass, dann wirst du bereit sein.« Er beugte sich vor, faltete die Hände und stützte das Kinn darauf. »Ja!«, sagte er. »Themistokles hatte recht, mit jedem Wort, das er dir über mich erzählt hat. Mein Reich ist das Reich der Schatten, des Bösen. Und der Hass ist böse. Er ist eine unserer stärksten Triebkräfte. Der Hass wird auch von dir Besitz ergreifen, auch und gerade gegen deinen Willen. Und dann, Kim, dann gehörst du mir!«

»Hör auf!«, schrie Kim. Er hielt sich mit beiden Händen die Ohren zu und krümmte sich wie unter Schmerzen zusammen. »Hör auf!«, schrie er noch einmal. »Hör auf! Hör auf! Hör auf!«

Boraas lachte schallend.

»Du spürst es schon, nicht wahr? Aber noch bist du nicht bereit. – Bringt ihn weg!«

Kim reagierte blitzschnell. Eine schwarze, behandschuhte Hand griff nach ihm, aber er schlug den Arm beiseite. Der Laserstrahler sprang wie von selbst in seine Hand.

»Keinen Schritt weiter!«, rief er.

Boraas lachte gellend auf. »Packt ihn!«, befahl er.

Ein Ritter machte einen Schritt und Kim drückte ab.

Nichts geschah.

Kim blickte ungläubig auf den Strahler, drückte noch einmal ab und noch einmal. Aber der tödliche Lichtblitz blieb aus. »Narr!«, höhnte Boraas. »Glaubst du wirklich, ich würde noch da sitzen, wenn eure Waffen hier funktionierten? Was glaubst du, warum dein Fahrzeug ausfiel? Kein Erzeugnis eurer Technik kann hier funktionieren, keines!« Er lachte und wurde übergangslos ernst. »Aber wenn du gerne mit Blitzen spielst – das kannst du haben!«

Seine Hand zuckte wie eine zustoßende Natter vor. Ein blauer, knisternder Funke lief über seine Finger, raste auf Kim zu und schmetterte ihm die Waffe aus der Hand.

Kim schrie auf. Er taumelte zurück und umklammerte seinen Arm. Ein wahnsinniger Schmerz tobte bis in die Schulter hinauf. Dann wich alles Gefühl aus seinen Muskeln. Der Arm sank wie gelähmt herab.

Ein schwarzer Ritter packte Kim, drehte ihn grob herum und stieß ihn vor sich her durch den Saal. Boraas' höhnisches Gelächter verfolgte ihn bis auf den Gang hinaus.

»Wir sehen uns wieder, Kim!«, rief er. »Bald! Vielleicht eher, als dir lieb ist. Denk daran. Und daran, was ich dir prophezeit habe!«

Dann schlug der schwere Vorhang hinter Kim und seinem Bewacher zusammen und schnitt Boraas' Gelächter ab.

Der Ritter führte ihn durch ein Labyrinth von Stiegen und Gängen tiefer und tiefer in die Burg. Kim dachte nicht an Flucht. Er wusste, dass er seinem Bewacher nicht entkommen konnte. Und wenn doch, würde er sich bloß in den verworrenen Gängen und Hallen der Burg verirren. Nein – er musste auf eine bessere Gelegenheit warten.

Schließlich gelangten sie in einen fensterlosen, niedrigen Gang. Ein unheimlicher grünlicher Schimmer breitete sich darin aus. Auf dem Boden faulten Abfälle und schlammiges Wasser. Der Gestank war unerträglich.

Der Ritter öffnete eine schwere Holztür. Ein halbes Dutzend Stufen führten in einen fensterlosen Kerker hinab. Von der Decke tropfte Wasser. Als Kim zögernd über die Schwelle trat, huschte eine Ratte über seinen Fuß und verschwand quiekend in der Dunkelheit.

Dann schlug die Tür hinter ihm zu. Kim stand da, ballte die Fäuste und wartete, bis seine Knie aufhörten zu zittern.

Er war gefangen – rettungslos. Er dachte daran, was Themistokles über den Herrn der Schatten und seine unterirdischen Verliese gesagt hatte.

Noch nie war es einem lebenden Menschen gelungen, aus Boraas' Kerker zu entkommen.

Er wusste nicht, wie viel Zeit vergangen war. Dreimal hatte er sich zum Schlafen auf den feuchten Steinboden gelegt und sieben- oder achtmal waren ihm durch eine schmale Klappe in der oberen Hälfte der Tür eine Schale mit Wasser und kleine Stücke eines bitter schmeckenden Brotes gereicht worden, das er mit Widerwillen herunterschlang. Er verbrachte Stunde um Stunde damit, in der absoluten Finsternis seines Gefängnisses zu hocken und Fluchtpläne zu schmieden, einer so perfekt – und so aussichtslos – wie der andere.

Schließlich, als Kim sich zum vierten Mal niedergelegt hatte und mit schmerzenden Gliedern und fiebriger Stirn eingeschlafen war, wurde die Tür seines Kerkers erstmals geöffnet.

Kim fuhr schlaftrunken hoch, als ihn das rostige Quietschen weckte. Schwaches rötliches Licht fiel in einem dreieckigen Streifen vom Gang herein und beleuchtete die große Gestalt des schwarzen Ritters, der in den Kerker getreten war. »Komm mit. Unser Herr will dich sprechen!«

Kim nickte gehorsam und stand mit zitternden Knien auf. Er spürte plötzlich, wie schwach er war. Das Licht tat seinen an die lange Dunkelheit gewöhnten Augen weh, und als der Ritter ihm die Hand auf die Schulter legte und ihn mit sanftem Druck die Treppe hinaufschob, hätte er vor Schmerzen am liebsten aufgeschrien. Er stolperte und wäre gestürzt, wenn sein Bewacher nicht blitzschnell zugegriffen hätte.

Kim schüttelte die Hand trotzig ab und ging aus eigener Kraft weiter. Elend und krank, wie er sich fühlte, erschien ihm der Weg jetzt viel weiter als beim ersten Mal. Er hätte sich gern ein wenig ausgeruht. Aber sein Bewacher trieb ihn unbarmherzig weiter.

Sie durchquerten den Thronsaal und stiegen über eine schmale, steinerne Wendeltreppe weiter nach oben. Am Ende der Treppe lag eine niedrige Kammer, von der eine Tür auf die runde, von einer meterhohen Steinbrüstung eingefasste Plattform eines Turmes hinausführte.

Dort stand Boraas und erwartete ihn. Der Zauberer trug einen wallenden schwarzen, silberbestickten Mantel. In den Händen hielt er einen dünnen silbernen Stab, einem Zepter nicht unähnlich, der von einer stilisierten Schlange mit weit aufgerissenem Maul umwunden war.

Kim hob die Hand vor die Augen, als er in den hellen Sonnenschein hinaustrat.

»Nun?«, begann Boraas ohne Einleitung. »Hast du es dir überlegt?« Er entließ den Ritter mit einer Handbewegung und stellte sich Kim gegenüber, mit dem Rücken an die Brüstung gelehnt.

Eine Weile musterte er Kim schweigend. »Du willst nicht antworten«, stellte er sachlich fest. »Das habe ich befürchtet. Vielleicht sollte ich dich noch eine Zeit lang einsperren.« Er drehte nachdenklich den Stab in den Händen und wartete offensichtlich auf eine Antwort.

Kim schwieg beharrlich. Boraas hatte ihn sicher nicht aus dem Kerker heraufholen lassen, um sich mit ihm zu unterhalten. Er wollte etwas von ihm, irgendetwas, was anscheinend doch nicht so viel Zeit hatte, wie er Kim hatte weismachen wollen.

»Ich hoffe, du warst mit der Unterbringung zufrieden«, sagte Boraas spöttisch. »Burg Morgon ist nicht darauf eingerichtet, so hohe Gäste wie dich zu beherbergen. Aber wir geben uns Mühe.«

»Es ging«, antwortete Kim sarkastisch. »Ich habe schon besser geschlafen, aber ich will mich nicht beschweren.« Boraas lachte.

»Du gefällst mir, Kim«, sagte er. »Ich weiß nicht, ob aus dir die Tapferkeit eines Mannes oder die Verstocktheit eines Kindes spricht, aber du gefällst mir. Komm her.«

Kim folgte widerwillig seiner Aufforderung. Boraas drehte sich um, lehnte sich über die steinerne Brüstung und deutete mit dem Stab nach Westen.

»Mein Reich«, sagte er stolz. »Alles, so weit du sehen kannst, gehört mir. Es gibt kein lebendes Wesen zwischen diesen Bergen, das sich meinen Befehlen widersetzen würde.«

Sie standen auf dem höchsten Turm der Burg. Der Blick schweifte ungehindert über das weite, graue Land, über Wälder, Ebenen und Sümpfe bis an den Fuß des Schattengebirges. Kim versuchte die Entfernung bis dahin zu schätzen, aber die ungeheure Höhe der schneebedeckten Gipfel machte es unmöglich. Er sah nur, dass es weit war, drei, vier Tagereisen, vielleicht noch weiter.

Boraas folgte seinem Blick und grinste hämisch. »Du denkst an Flucht, nicht wahr?«, sagte er. »Nun, du wirst dich damit abfinden müssen, dass es unmöglich ist, Morgon gegen meinen Willen zu verlassen. Das haben vor dir schon andere versucht.«

Kim ging nicht darauf ein.

»Was willst du?«, fragte er.

»Du weißt es. Ich habe dir vor vier Tagen ein Angebot gemacht. Ich wiederhole es jetzt.«

»Meine Antwort lautet Nein!«

Boraas schwieg eine Weile. Ein Windstoß bauschte seinen Umhang und Kim konnte für einen Moment die glänzend schwarze Rüstung sehen, die der Magier darunter trug.

»Nun gut«, sagte Boraas schließlich. »Vielleicht habe ich dich unterschätzt. Spielen wir mit offenen Karten. Ich habe nicht so viel Zeit, wie ich dich glauben machen wollte.«

»Ich weiß«, murmelte Kim. »Sonst hättest du mich nicht holen lassen.«

Boraas' Augen funkelten wütend. »Du bist klug, Kim«, sagte er. »Fast schon zu klug. Aber ich werde wie gesagt mit offenen Karten spielen. Ich habe noch einen Trumpf im Ärmel.«

»So?«, fragte Kim.

»Deine Schwester.«

Kim zuckte zusammen. Aber kein Laut kam über seine Lippen. Er ballte nur in stummer Wut die Fäuste.

Boraas grinste höhnisch. »Du hast den Wunsch geäußert,

sie zu sehen. Nun gut, ich will ihn dir erfüllen. Vielleicht bist du hinterher ein wenig einsichtiger.« Er stieß sich mit einem Ruck von der Mauer ab, ging zur Tür und winkte Kim, ihm zu folgen.

Der Weg führte steil treppab, durch endlose Gänge, vorbei an unzähligen Türen und Abzweigungen. Kim versuchte sich den Weg zu merken, sah aber bald ein, dass es aussichtslos war. Morgon schien ein einziges, gigantisches Labyrinth zu sein. Es war ihm ein Rätsel, wie sich der Zauberer und seine schwarzen Ritter hier zurechtfinden konnten.

Sie blieben vor einer hohen, verschlossenen Metalltür stehen. Kim konnte nirgends ein Schlüsselloch oder eine Klinke erkennen. Boraas berührte die Tür flüchtig mit seinem Stab. Ein heller Glockenton erklang und die Metallplatte fuhr zischend in die Wand zurück.

Kim schloss geblendet die Augen. Gleißendes Licht flutete ihm entgegen. Es dauerte eine Weile, bis er sich an die unnatürliche Helligkeit gewöhnt hatte. Das Gesicht mit einer Hand abgeschirmt trat er durch die Tür.

Der Raum unterschied sich von allem, was er in Morgon bis jetzt gesehen hatte. Die Wände waren aus Metall und die Decke schien ein einziger, gewölbter Spiegel zu sein.

Kim schrie auf.

Die spiegelnde Rückwand des Raumes teilte sich und gab den Blick auf einen quadratischen schwarzen Steinsockel frei. Auf seiner polierten Oberfläche stand ein großer gläserner Sarg. Und in ihm lag eine kleine, blasse Gestalt.

»Rebekka!«

Boraas machte kein Hehl daraus, dass er die Situation genoss.

»Ja, Kim. Deine Schwester. Du wolltest sie doch sehen, oder?«

Kim trat einen Schritt auf sie zu und prallte gegen eine unsichtbare Wand.

»Was hast du mit ihr gemacht?«, fragte er mit zitternder Stimme.

»Nichts«, antwortete Boraas. »Und um deiner nächsten Frage zuvorzukommen – ich werde ihr auch nichts tun. Sie schläft, das ist alles.« Er verzog die Lippen zu einem boshaften Lächeln. »Es ist jedoch kein sehr ruhiger Schlaf«, fuhr er erklärend fort. »Sie schläft, aber sie ist trotzdem wach.« Er tippte sich mit dem Zeigefinger gegen die Schläfe. »Ihr Körper schläft, doch ihr Geist ist wach. Und sie wird so lange weiterschlafen, wie ich es will. Keine Macht der Welt kann sie erwecken, Kim. Nur ich. Und die Entscheidung liegt ganz allein bei dir.«

Kim schloss die Augen. Er versuchte sich vorzustellen, wie das sein musste – dazuliegen, alles um sich herum zu hören und zu fühlen, aber sich nicht rühren zu können, gefangen in einem unsichtbaren Kerker. Die vier Tage in Boraas' finsterem Verlies hatten ihn fast an den Rand des Wahnsinns getrieben. Doch das, was seine Schwester durchmachen musste, war tausendmal schlimmer.

»Du … du Ungeheuer«, rief er. »Du Monster. Du …« Er ballte die Fäuste und trat drohend auf Boraas zu.

Boraas lachte. »Du nennst mich ein Ungeheuer?«, sagte er belustigt. »Das Schicksal deiner Schwester liegt in deiner Hand, Kim. Ein Wort von dir genügt und ich werde sie aufwecken. Jetzt sofort, wenn du willst.«

Mit einem Mal ahnte Kim, was Boraas gemeint hatte, als er sagte, er würde anfangen, ihn zu hassen. Plötzlich hatte er keinen anderen Wunsch, als sich auf diesen bösen alten Mann zu stürzen und ihn zu erwürgen.

Boraas kicherte.

»Weiter so, Kim. Weiter! Du bist auf dem richtigen Weg! Du beginnst bereits, mich zu hassen.«

»Das … das stimmt nicht«, keuchte Kim.

»Doch, es stimmt, ich weiß es. Ich lese in dir wie in einem

offenen Buch. Es gibt nichts, was du vor mir verheimlichen könntest. Sieh ein, dass du verloren hast.«

Kim stöhnte. »Ich …«

»Du hast keine Wahl«, fuhr Boraas unbeirrt fort. »Du kannst deine Schwester von ihrer Qual erlösen und dich freiwillig auf meine Seite stellen. Oder du kannst ihr Leiden verlängern, Tage, Wochen, vielleicht Monate, bis dein Hass dich überwältigt hat. Du hast keine Wahl!« Die letzte Spur von freundlichem Spott war aus seiner Stimme gewichen.

»Entscheide dich!«, sagte Boraas.

Kim war wie gelähmt. Mit einem Gefühl vollkommener Hilflosigkeit starrte er den gläsernen Sarg an.

»Rebekka …«, flüsterte er. Seine Augen füllten sich mit Tränen.

»Nun gut«, sagte Boraas. »Ich sehe ein, dass dies alles etwas zu viel für dich war. Ich gebe dir noch eine Stunde, dich zu entscheiden. Aber keine Sekunde mehr.« Er hob seinen Stab und die schimmernde Metallwand schob sich wieder zwischen sie und den Sarg.

»Komm jetzt!«

Kim wankte hinter dem Magier aus dem Raum. Eine schwarze Gestalt, durch den Schleier von Tränen nur undeutlich zu erkennen, tauchte vor ihm auf.

»Bring ihn in den Thronsaal«, befahl Boraas. »Und gib gut auf ihn acht.«

Der schwarze Ritter legte Kim eine schwere, gepanzerte Hand auf die Schulter.

Boraas drehte sich um und entfernte sich mit schnellen Schritten, während Kim und seine Bewacher den Weg zurückgingen, den sie gekommen waren.

Kims Gedanken klärten sich allmählich. Er zitterte am ganzen Leib und seine Kehle war trocken und wie zugeschnürt. Er wusste, dass Boraas recht hatte, mit jedem Wort. Er hatte keine Wahl.

Sie erreichten einen Treppenabsatz. Kim stolperte, fing sich im letzten Augenblick an der Wand und wäre um ein Haar gestürzt. Die gepanzerte Hand glitt von seiner Schulter. Kim blieb einen Moment stehen, drehte sich halb um und starrte in das ausdruckslose Metallgesicht.

»Weiter!«, befahl der Riese. Seine Hand hob sich drohend. Kim blickte wieder geradeaus. Er setzte den Fuß auf die nächste Treppenstufe – und stieß dem Ritter mit aller Macht den Ellbogen gegen die Brust.

Ein scharfer Schmerz zuckte durch seinen Arm. Der Ritter schrie auf, ruderte mit den Armen und kippte hintenüber. Er schlug mit einem Krachen auf den steinernen Treppenstufen auf, rutschte noch ein paar Meter und blieb dann liegen.

Kim starrte den reglosen Körper erschrocken an. Er hatte nicht nachgedacht, sondern rein instinktiv gehandelt.

Hastig blickte er sich nach allen Seiten um und eilte dann die Stufen zu dem Gestürzten hinunter. Der Ritter bewegte eine Hand und stöhnte leise. Kim bückte sich, zog das armlange Schwert aus der Scheide und wandte sich zur Flucht. Er machte sich nichts vor – seine Flucht würde rasch entdeckt werden, und wenn ihn die schwarzen Ritter stellten, würde ihm auch die Waffe nichts nützen. Aber wenigstens, dachte er grimmig, würde er nicht kampflos sterben. Boraas sollte an den Tag, an dem er ihn gefangen genommen hatte, noch lange zurückdenken.

Er stürmte die schmale Treppe hinauf, bog wahllos in einen Seitengang ein und lief weiter, ohne nur einmal zu verschnaufen. Vor ihm schimmerte graues Zwielicht. Er beschleunigte seine Schritte noch mehr, rannte durch einen niedrigen Torbogen und stand plötzlich auf einem schmalen, zugigen Wehrgang.

Es ließ sich schwer sagen, wer erstaunter war – Kim oder der schwarze Ritter, der plötzlich wie aus dem Boden gewachsen vor ihm auftauchte. Aber genauso wie zuvor auf der Treppe reagierte Kim rein instinktiv. Er sprang zur Seite, trat nach den Beinen des Ritters und riss gleichzeitig das Schwert hoch. Der Ritter taumelte, parierte den Schlag mit seiner eigenen Waffe und stieß ein wütendes Knurren aus. Funken stoben, als die beiden Klingen aufeinandertrafen. Kim wurde von der Wucht des Schlages zurückgeworfen, prallte gegen die Wand und zog schnell den Kopf ein. Die schwarze Klinge seines Gegners klirrte gegen den Stein, beschrieb einen raschen Bogen und stieß abermals zu. Kim wich dem Stich im letzten Moment aus, schlug nach der Hand des Angreifers und entging einem zweiten Hieb mit knapper Not.

Der schwarze Ritter trieb ihn mit wütenden Hieben vor sich her. Kim wehrte sich, so gut es ging, aber er spürte bald, dass er gegen seinen Widersacher keine Chance hatte. Schritt für Schritt wurde er zurückgedrängt. Seine Arme schmerzten von der Wucht der Schläge, die unbarmherzig auf ihn herunterprasselten. Im Rücken spürte er den kalten Stein der brusthohen Zinnen, die den Wehrgang gegen den Burghof hin abschirmten.

Kims Klinge bebte unter einem fürchterlichen Hieb. Er wankte zurück und verlor auf dem rutschigen Boden das Gleichgewicht. Der Ritter schrie triumphierend auf, schwang seine Waffe zu einem beidhändig geführten, tödlichen Hieb und sprang vor.

Kim krümmte sich blitzschnell zusammen, warf sich herum und stieß dem gepanzerten Riesen beide Füße in den Leib. Der Riese taumelte an ihm vorbei und stürzte, von seinem eigenen Schwung getragen, über die Brüstung. Ein gellender Schrei zerriss die Luft, gefolgt von einem dumpfen Aufprall.

Kim blieb keine Zeit, sich über seinen Sieg zu freuen. Plötzlich sah er sich von mehreren schwarzen Rittern umringt. Er sprang auf die Füße, tauchte unter einer niedersausenden Klinge hindurch und rannte, wie er noch nie in seinem Leben gerannt war. Er rannte, schlug einen Haken und warf sich durch eine Tür. Ein kurzer, gewundener Gang nahm ihn auf. Dann eine steile Treppe, die vor einer verschlossenen Tür endete. Kim erreichte mit einem federnden Satz die oberste Stufe und wirbelte um seine Achse. Sein Schwert krachte mit der Breitseite gegen den Helm eines Verfolgers. Der Ritter wurde von der Wucht des Schlages zurückgeworfen. Er stürzte rücklings die Treppe hinunter und riss die Nachstürmenden mit sich. Für einen kurzen Moment war die Treppe von einem Knäuel ineinander verkeilter Leiber und Rüstungen blockiert.

Kim machte sich erfolglos am Schloss zu schaffen und sprengte die Tür schließlich mit einem verzweifelten Schlag auf.

Die Verfolger brachen in wütendes Geheul aus, als sie sahen, dass ihr schon sicher geglaubtes Opfer abermals zu entkommen drohte. Eine Flutwelle aus schwarzem Metall schien sich die Treppe hinauf zu ergießen.

Kim rannte weiter. Seine Kräfte begannen nachzulassen und das Schwert in seiner Hand schien mit jeder Sekunde schwerer zu werden. Er hetzte um Ecken, stürzte durch Türen und durchquerte große, leere Säle.

Und dann plötzlich war er allein. Der Gang hinter ihm war leer und das einzige Geräusch war sein eigener keuchender Atem.

Kim blieb erschöpft stehen. Für einen Moment begann sich alles um ihn zu drehen. Er ließ sich gegen die Wand sinken und rang keuchend nach Atem. Sein Herz pumpte so schnell, dass es schmerzte, und in seinen Ohren rauschte das Blut. Gewaltsam öffnete er die Augen, blinzelte die Tränen fort, sah sich misstrauisch um und lief weiter. Für den Augenblick hatte er die Verfolger abgeschüttelt. Aber das bedeutete noch lange nicht, dass er in Sicherheit war. Boraas würde die Burg bis in den letzten Winkel durchsuchen lassen, sobald er von seiner Flucht erfuhr.

Bei dem Gedanken an den Magier erfasste ihn kalte, berechnende Wut. Ein Gefühl, das er nie zuvor gekannt hatte, begann in ihm emporzukriechen, seine Seele zu vergiften und wie ein schleichendes Raubtier die Krallen in seine Gedanken zu schlagen. Kim begriff, dass er zum ersten Mal, seit er denken konnte, jemanden aus tiefster Seele hasste. Boraas hatte viel über den Hass geredet, aber für Kim war das Wort bisher nicht viel mehr als eine leere Hülle gewesen. Und mit dem Hass kam auch das Wissen, dass Boraas' Prophezeiung richtig war. Dieser Hass würde ihn auffressen, ihn selbst zu einem Geschöpf der Nacht werden lassen, wenn er sich ihm hingab.

Er musste hier heraus, koste es, was es wolle.

Wieder tauchte eine Tür vor ihm auf. Kim lauschte mit angehaltenem Atem und drückte dann vorsichtig die Klinke herunter. Die rostigen Scharniere quietschten, dass Kim meinte, das Geräusch müsste in der ganzen Burg zu hören sein. Hinter der Tür lag ein weiterer leerer Raum. Offensichtlich, so dachte Kim, bestand Morgon aus lauter Gängen, die von einem leeren Saal zum anderen führten. Er schlüpfte durch die Tür, schob sie hinter sich zu und sah sich ängstlich um. Der Raum war nicht völlig leer – an einer Wand hing ein riesiger, goldgefasster Spiegel und auf den schwarzen Fliesen davor war eine komplizierte, an einen fünfzackigen Stern erinnernde Figur aufgezeichnet. Durch ein Fenster an der Südseite flutete Sonnenlicht herein.

Kim verriegelte die Tür hinter sich, sah sich noch einmal nach allen Seiten um und lief dann geduckt auf das Fenster zu.

Sein Blick fiel in den Spiegel. Das Bild, das er ihm zeigte, war düster und unheimlich wie alles auf Morgon. Das Glas des Spiegels war schwarz. Kims Gestalt zeichnete sich darin als undeutlicher, huschender Schatten ab und sogar der glänzende Goldrahmen schien das hereinfallende Sonnenlicht aufzusaugen statt es zu reflektieren.

Plötzlich ergriff ihn heftiges Schwindelgefühl. Er stolperte, fiel der Länge nach hin und blieb einen Augenblick benommen liegen. Übelkeit stieg in ihm hoch und er hatte das Empfinden, als griffe eine unsichtbare, kalte Hand nach seinen Gedanken. Er stemmte sich stöhnend hoch, schüttelte den Kopf und tastete halb blind nach dem Schwert. Die Waffe schien Zentner zu wiegen. Er kam mühsam auf die Füße, wankte zum Fenster und ließ sich, von einem neuerlichen Schwächeanfall überwältigt, auf die Brüstung sinken. Er klammerte sich am Fenstersims fest, zog sich unter Aufbietung aller Kräfte hoch und blickte hinaus.

Die Mauer der Burg stürzte unter ihm mindestens zehn Meter senkrecht in die Tiefe. Dort unten lauerte ein Haifischgebiss aus Felsen und Graten. Aber direkt unter dem Fenster, am Fuße der schwarzen Mauer, war ein kleines, sichelförmiges Stück glatten sandigen Bodens.

Kim hatte keine Wahl. Wahrscheinlich würde er den Sturz aus dieser Höhe nicht überleben. Aber dieses Schicksal erschien ihm immer noch gnädiger als das, welches ihm Boraas zugedacht hatte.

Er warf sein Schwert in die Tiefe, stemmte sich hoch und ließ sich mit einem lautlosen Seufzer über die Brüstung fallen.

V

Der Aufprall betäubte ihn. Er hatte noch versucht sich abzurollen, um den Sturz etwas zu mildern, aber seine Reaktion kam zu spät. Er schlug mit fürchterlicher Gewalt auf dem Boden auf, prallte gegen die Burgmauer und verlor das Bewusstsein.

Die Sonne stand hoch im Zenit, als er erwachte. Sein rechter Arm schmerzte unerträglich und schien gebrochen. Sein Kopf dröhnte. Er hatte sich auf die Zunge gebissen. Sein Mund war voll Blut und seine Stirn fühlte sich heiß an.

Kim öffnete die Augen, blinzelte in die grelle Sonne und wandte stöhnend das Gesicht ab. Er lag lang ausgestreckt am Fuße der Mauer. Der schwarze Stein strebte über ihm senkrecht empor und das Fenster, aus dem er hinabgesprungen war, erschien ihm unendlich weit entfernt.

Sekundenlang lag er einfach still da und wunderte sich, dass er noch lebte. Dann wälzte er sich herum, betastete den schmerzenden Arm und fuhr mit den Fingerspitzen über den Rand der tiefen Risswunde, die sich vom Ellbogengelenk bis zur Handwurzel hinabzog. Es tat weh, aber der Knochen schien nicht gebrochen zu sein. Kim biss die Zähne zusammen, ballte versuchsweise die Faust und setzte sich dann vorsichtig an der Mauer auf. Obwohl die Sonne vom Himmel brannte und die Wand schon den ganzen Tag über beschienen hatte, fühlte sich der Stein in Kims Rücken kalt an.

Ein leises Geräusch erweckte seine Aufmerksamkeit. Kim schloss die Augen, konzentrierte sich und lauschte. Stimmen. Irgendwo über ihm waren Stimmen. Aufgeregte Stimmen, die wild durcheinanderriefen. Ein Kommando wurde gebrüllt, dann hörte er etwas, was ihn an das Trappeln vieler schwerer Stiefel erinnerte.

Sie suchen mich, dachte er grimmig. Die Burg befand sich

in hellem Aufruhr. Trotz allem konnte Kim sich ein schadenfrohes Grinsen nicht verkneifen. Boraas würde toben. Wahrscheinlich scheuchte er seine schwarzen Sklaven jetzt wie eine Herde Hühner vor sich her durch die Gänge und Stollen der Burg.

Kim presste den verletzten Arm eng an den Körper und rappelte sich hoch. Er musste so schnell wie möglich von hier verschwinden. Früher oder später würde Boraas einsehen, dass Kim das Unmögliche geschafft hatte und aus den Mauern von Morgon entwischt war. Und dann würde er seine Krieger herausschicken und diese würden jeden Stein in der Umgebung umdrehen, um ihn zu finden.

Kim bückte sich nach seinem Schwert und ließ die Waffe enttäuscht fallen. Die Klinge war zerbrochen. Aber mit seinem verletzten Arm hätte sie ihm momentan sowieso nichts genutzt. Aufmerksam schaute er nach einem Fluchtweg aus, um ins Tal hinunterzugelangen. Der Fels fiel auf dieser Seite steil ab und war von Rissen, Spalten und scharfzackigen Graten durchzogen, aber keiner davon schien als Versteck geeignet zu sein. Außerdem war es viel zu riskant mit einem unbrauchbaren Arm und einer Meute Verfolger im Nacken den steilen Hang hinunterzuklettern. Nein – es gab nur einen Weg ins Tal: den gleichen, den er gekommen war. Der Gedanke gefiel ihm nicht. Der gewundene Bergpfad bot so gut wie keine Deckung. Und Boraas würde gewiss nicht versäumen, ihm beizeiten diesen Fluchtweg abzuschneiden.

Die Zeit drängte. Kim ging zur Burgmauer zurück, warf einen letzten Blick zu dem schmalen Fenster hinauf und tastete sich dann mit der linken Hand an dem kalten Stein entlang.

Er hatte die falsche Richtung gewählt und musste Morgon fast umrunden, ehe endlich das halbrunde Tor vor ihm auftauchte. Das rostige Fallgitter war heruntergelassen. Von Wachen oder eventuellen Verfolgern war nirgends eine Spur zu entdecken – was freilich nicht viel besagte. Hinter den schmalen Schießscharten zu beiden Seiten des Tores mochten unzählige Augenpaare die Umgebung beobachten. Der Weg führte fast einen halben Kilometer gerade den Berg hinunter, ehe er hinter der ersten Biegung verschwand.

Kim zögerte einen Moment. Sein Blick tastete misstrauisch an den Zinnen der Mauerkrone entlang. Kim wusste, dass dort oben Wachen auf und ab gingen. Er war einer von ihnen in die Hände gelaufen und die Begegnung hätte um ein Haar das Ende seiner Flucht bedeutet. Im Augenblick war die Mauer leer, aber der Posten konnte jederzeit von seinem Rundgang zurückkommen, und wenn Kim dann gerade auf dem Weg dort unten war, war er verloren. Aber vielleicht, so überlegte er, hatte Boraas auch alle Posten abgezogen, um sie bei der Durchsuchung der Burg einzusetzen.

Langes Überlegen führte zu nichts. Mit jeder Sekunde, die ungenützt verstrich, wuchs die Wahrscheinlichkeit, dass Boraas endlich die richtigen Schlüsse zog und danach handelte. Entschlossen löste sich Kim von der Mauer und begann den Abstieg.

Die ersten fünfhundert Meter des Weges wurden zum längsten seines Lebens. Immer wieder sah er sich um und blickte mit klopfendem Herzen zum Tor zurück, jederzeit darauf gefasst, eine Abteilung schwarzer Reiter daraus hervorbrechen zu sehen.

Doch diesmal schien das Schicksal auf seiner Seite zu stehen. Kim erreichte die Wegbiegung, drückte sich hinter einen der zyklopischen Felsen, die den steinigen Pfad flankierten, und verharrte regungslos, um mit angehaltenem Atem zu lauschen. Oben in der Burg blieb alles still. Die einzigen Geräusche waren sein eigener, hämmernder Pulsschlag und das ewige Heulen des Windes, der sich an Felsen und Spalten brach.

Kim trat aus seiner Deckung hervor, blickte scharf den Weg zurück und ging weiter.

Der Abend dämmerte, als er den Fuß des Berges erreichte.

Aus den Sümpfen kroch schwarzgrauer Nebel herauf, und der Wind war jetzt nicht mehr kühl, sondern schneidend kalt. Kim hatte kaum noch die Kraft, einen Fuß vor den anderen zu setzen.

Der Weg endete abrupt. Der Fels brach entlang einer scharfen Kante ab und vor Kim lag flaches, von brodelnden Nebeln und feuchter Kälte erfülltes Sumpfgebiet. Wenige verkrüppelte Bäume wuchsen in unregelmäßigen Gruppen, dazwischen wucherte stacheliges Gebüsch und blasses, kränkliches Gras. Der Boden federte unter seinen Schritten und jeder Tritt hinterließ eine gleichförmige flache Vertiefung, die sich rasch mit Wasser füllte. Eine bessere Spur konnten sich seine Verfolger nicht wünschen.

Kim überlegte einen Moment, zog dann seine Stiefel aus und ging barfuß weiter. Die Spur seiner bloßen Füße war viel weniger auffällig. Mit etwas Glück würden die Verfolger sie in der hereinbrechenden Dunkelheit übersehen.

Das Gelände wurde immer unwegsamer. Die Bäume rückten enger zusammen und das dornige Gestrüpp war stellenweise so dicht, dass Kim sich nur mit Gewalt hindurchzwängen konnte. Das Krachen und Splittern der brechenden Zweige musste kilometerweit zu hören sein. Kims Haut war binnen Kurzem blutig und zerschunden. Seine Uniform hing in Fetzen.

Schließlich wurde das Dornengestrüpp undurchdringlich. Kim blieb stehen und sah sich unschlüssig um. Zur Linken schimmerte die Oberfläche eines kleinen Sees, im Halbkreis eingerahmt von der schwarzen Mauer des Waldes. Ein schmaler Pfad schien sich an seinem Ufer entlangzuschlängeln. Auf der anderen Seite der stillen Wasserfläche glaubte Kim eine Öffnung zwischen den Bäumen zu erkennen. Er änderte seine Richtung, kämpfte sich fluchend durch Gestrüpp und zähe, ineinander verflochtene Luftwurzeln und stand endlich am Wasser. Schwacher Modergeruch stieg ihm in die Nase.

Sein Blick wanderte nach Westen. Im bleichen Mondlicht war das Schattengebirge deutlich zu erkennen – eine gigantische schwarze Mauer, die die Welt wie ein unübersteigbares Kliff umschloss und bis zu den Sternen emporreichte. Der Himmel war wolkenlos, trotzdem konnte Kim die Gipfel nicht ausnehmen. Die Berge waren einfach zu hoch.

Der Gedanke, diese Berge übersteigen zu wollen, kam ihm mit einem Mal lächerlich vor. Und doch musste es einen Weg geben. Rebekka hatte ihn gefunden und auch er würde ihn finden.

Kim umrundete den See und tauchte wieder in den Wald ein. Kein Lichtstrahl drang von oben durch die verfilzten Baumkronen. Nur vom See her sickerte ein Schimmer des reflektierten Mondlichts durch die Stämme, das ihn seine Umgebung mehr erahnen als wirklich erkennen ließ. Die Hände wie ein Blinder vorgestreckt, tastete er sich weiter. Er stieß gegen einen Baum, riss sich die Wange auf und fühlte etwas Weiches, Warmes und Schleimiges unter den Fingern. Etwas Dunkles, Haariges und unbeschreiblich Hässliches huschte mit leisem Quieken davon. Kim schauderte. Er war plötzlich ganz froh, seine Umgebung nicht in allen Einzelheiten erkennen zu können.

Der Pfad schlängelte sich zwischen den Bäumen hindurch und endete schließlich wie ein Bach, der sich in einen größeren Fluss ergießt, auf einem breiten, von Gras und Moos überwucherten Waldweg. Kim zögerte einen Moment. Auf dem Weg würde er wesentlich schneller vorwärtskommen, aber er war dort vollkommen ungeschützt.

Kurz entschlossen trat Kim auf den Weg heraus, wandte sich nach Westen und marschierte los. Sein verletzter Arm schmerzte, aber das Gehen auf dem glatten, von zwei Reihen schnurgerader Wagenspuren durchzogenen Moos bereitete ihm keine Schwierigkeiten mehr.

Er war etwa zehn Minuten gelaufen, als er ein Geräusch hörte. Er blieb stehen, drehte sich um und strengte die Augen an.

Der schwarze Schatten hob sich kaum gegen den nachtdunklen Hintergrund des Waldes ab, und hätte nicht ein verirrter Lichtstrahl auf dem Metall des Panzers geglitzert, hätte Kim die Gefahr wahrscheinlich zu spät erkannt. Er warf sich zur Seite, brach rücksichtslos durch das dornige Gestrüpp und wälzte sich hinter einen Baum.

Der schwarze Reiter donnerte an ihm vorüber. Die fliegenden Pferdehufe schienen den Boden dicht neben ihm aufzureißen und für einen schrecklichen Moment hatte Kim das Gefühl, direkt in die schwarzen Augen hinter der Gesichtsmaske zu blicken. Aber der Reiter jagte weiter, ohne sein Pferd im Mindesten zu zügeln.

Kim atmete erleichtert auf. Das war knapp gewesen! Eine Sekunde zu spät reagiert und der Riese hätte ihn geradewegs über den Haufen geritten.

Aber die Gefahr war keineswegs gebannt. Der Boden unter ihm schien plötzlich zu vibrieren. Dumpfes Trommeln kündigte das Nahen einer ganzen Reiterei an.

Kim hob vorsichtig den Kopf.

Fünf, sieben – ein Dutzend oder mehr schwarze, stahlgepanzerte Reiter galoppierten auf dem Weg daher. Offensichtlich war jener erste Reiter ein Kundschafter gewesen, dem jetzt der Haupttrupp folgte. Kim stellte fest, dass sich diese Abteilung längst nicht so rasch bewegte wie der Vorreiter. Auch sie galoppierten in strengem Tempo, aber sie zügelten immer wieder ihre Pferde, starrten aufmerksam rechts und links des Weges in den Wald und stocherten mit den sichelförmigen Spitzen ihrer Speere ins Gebüsch.

Sie suchen mich!, dachte Kim. Boraas hatte endlich die richtigen Schlüsse gezogen und wahrscheinlich seine ganze Armee losgeschickt, um die Wälder und Sümpfe rings um Morgon durchsuchen zu lassen.

Er richtete sich vorsichtig auf Hände und Knie auf und kroch rückwärts in den Wald hinein.

Eine Hand berührte seinen Fuß, zuckte erschrocken zurück und klammerte sich dann fest um sein Gelenk.

Kim erstarrte.

»Keinen Laut!«, zischte eine Stimme hinter ihm. »Die schwarzen Teufel haben Ohren wie die Luchse. Wenn du nur einen Mucks machst, haben sie uns!«

Die Hand löste sich von seinem Fußgelenk und jemand zog ihn unsanft auf die Füße. Kim hatte einen flüchtigen Eindruck von einer schmalen Gestalt, strähnigem Haar und dunklen, aufmerksamen Augen, in denen es halb spöttisch, halb angstvoll aufblitzte. »Komm jetzt! Schnell!«

Sein Retter ergriff seine Hand und begann geduckt zwischen den Bäumen hindurchzurennen; Kim musste sich seinem Tempo anpassen, ob er wollte oder nicht. Sie drangen immer tiefer in den Wald ein und Kim begann sich zu fragen, wie sein Führer überhaupt noch etwas sehen konnte. Es war so finster, dass er die Gestalt vor sich nur als lichten Schatten wahrnahm, der ihn mit traumwandlerischer Sicherheit hinter sich herzog.

Schließlich schimmerte es vor ihnen hell durch die Bäume. Nach wenigen Schritten standen sie am Ufer eines kleinen, nierenförmigen Sees. Ein Schwarm Libellen tanzte im Mondlicht über der Wasseroberfläche und stob auseinander, als Kim und sein Führer aus dem Wald brachen.

Kim ließ dessen Hand los und rang keuchend nach Atem. Der kurze Lauf hatte ihn vollkommen erschöpft. Er wollte ein Wort des Dankes sagen, verschluckte sich und hustete schmerzhaft.

»Bist nicht gut in Form, wie?«

»Doch«, stieß Kim zwischen Keuchen und Husten hervor. »Es ist nur …« Er grinste. »Stimmt«, sagte er. »Ich bin nicht gut in Form. Aber das ist eine lange Geschichte.«

Jetzt endlich hatte er Gelegenheit, seinen geheimnisvollen Retter genauer zu betrachten. Der Bursche war kaum größer als er selbst. Langes Haar hing in nassen Strähnen bis über seine Schultern herab und seine Haut schien im silbernen Licht des Mondes unnatürlich blass und farblos. Ein zerschlissenes, sackähnliches Gewand umhüllte seine schmale Gestalt und ließ nur Arme und Füße frei. Der Ausdruck auf seinem Gesicht war ernst, doch nicht unfreundlich.

»Was starrst du mich so an?«, fragte er. »Hast du noch nie einen anderen Jungen gesehen?«

»Doch«, antwortete Kim stockend. »Aber noch nie so einen wie dich, wenn ich ehrlich sein soll.«

»Danke gleichfalls. Du hast eine reizende Art, dich dafür zu bedanken, dass ich dir das Leben gerettet habe.«

»Aber nein … ich meine, ja«, antwortete Kim. »Es ist nur … es war alles ein bisschen viel und …«

»Erzähl es mir später«, unterbrach ihn der andere. »Wir müssen weiter.« Er deutete hastig auf den Wald hinter Kims Rücken. »Die schwarzen Teufel sind nicht dumm. Wenn sie herausfinden, dass ich dich gerettet habe …« Er fuhr sich mit einer bezeichnenden Geste über den Hals. Kim hatte für einen Moment den Eindruck, zwischen seinen Fingern dünne, durchscheinende Schwimmhäute zu erkennen.

»Trotzdem«, sagte Kim mit Nachdruck. »Ich danke dir. Ohne dich säße ich jetzt wahrscheinlich schon wieder in Boraas' Kerker. Mein Name ist übrigens Kim.«

»Ich heiße Adomat«, sagte sein Lebensretter. »Aber meine Freunde nennen mich kurz Ado. Hört sich auch nicht so geschwollen an. Und jetzt komm. Wir müssen wirklich weiter.« Er drehte sich um und verschwand mit schnellen Schritten im Dickicht, sodass Kim ihm nur mit Mühe folgen konnte.

Sie liefen eine Viertelstunde lang kreuz und quer durch den Wald. Kim verlor schon nach wenigen Schritten die

Orientierung, aber immerhin merkte er, dass sie sich in westlicher Richtung bewegten. Sie durchwateten einen schlammigen Bach, gingen ein Stück am Ufer entlang und erreichten schließlich wieder einen See. Ado bedeutete Kim stumm, stehen zu bleiben, machte sich eine Zeit lang an einem Busch zu schaffen und wies dann mit einer einladenden Geste auf einen runden, finsteren Schacht, der darunter zum Vorschein gekommen war.

»Wir sind da.«

Kim spähte in die Tiefe. Eine Reihe breiter, ausgetretener Lehmstufen führten ins Dunkel hinab.

»Dort hinunter?«, fragte er zweifelnd.

Ado nickte. »Was Besseres kann ich dir leider nicht bieten. Aber wenn dir Burg Morgon lieber ist ...« Er zuckte die Achseln, musterte Kim mit einem spöttischen Blick – und war weg.

Kim beeilte sich, ihm zu folgen. Die Treppe führte ein paar Meter gerade hinab, machte dann einen scharfen Knick nach rechts und endete in einer unterirdischen Höhle. Ado hantierte eine Weile im Dunkeln herum und entzündete schließlich eine Fackel.

Kim blinzelte in das plötzliche, grelle Licht.

»Setz dich«, sagte Ado. »Du musst müde sein. Ich will sehen, ob ich etwas zu essen für dich finde.« Er deutete auf einen niedrigen Tisch, um den sich eine Anzahl schmaler Schemel gruppierte, und verschwand dann in einem angrenzenden Raum. Kim hörte ihn mit Töpfen und Geschirr klappern. Er setzte sich, stützte die Ellbogen auf der Tischplatte auf und sah sich neugierig um. Viel gab es nicht zu entdecken. Die Höhle war vielleicht zehn, zwölf Meter groß. Wände, Decke und Fußboden bestanden aus Lehm, der von dunklen Wurzelsträngen durchzogen war. Außer dem Tisch, an dem er saß, gab es noch eine schwere eisenbeschlagene Truhe und drei niedrige, nicht sehr bequem aussehende Betten.

Ados Rückkehr unterbrach seine Betrachtungen. Kim griff dankbar nach der Schale mit kalter Suppe und dem feuchten Brot und schlang beides gierig in sich hinein. Ado betrachtete ihn belustigt, schwieg jedoch höflich, bis Kim fertig war und den letzten Brotkrümel vom Tisch auflas.

»Du musst ganz schön hungrig gewesen sein«, sagte er.

»Das kann man wohl sagen«, grinste Kim. Er lehnte sich zurück, soweit das auf dem unbequemen Hocker möglich war, und fragte: »Warum hast du mir geholfen?«

Ado zögerte einen Moment. Er trommelte mit den Fingern auf der Tischplatte und Kim sah nun, dass er sich nicht getäuscht hatte. Zwischen Ados Fingern spannten sich tatsächlich hauchfeine, durchscheinende Schwimmhäute. Jetzt, wo er Ado genauer betrachtete, fielen ihm noch mehr Besonderheiten auf. Ados Haut war hell, fast weiß und je nachdem, wie das Licht darauf fiel, schimmerten helle Schuppen auf ihr. Seine Augenlider waren durchsichtig wie die von Fischen und sein Haar war kein Haar, sondern etwas, was man vielleicht als feinen Tang bezeichnen konnte. Er hatte keine Fingernägel und an seinem Hals befanden sich zwei Reihen dünner, parallel verlaufender Narben, als wären dort früher einmal Kiemen gewesen.

Plötzlich wurde ihm bewusst, dass er Ado anstarrte. Er senkte betreten den Blick.

Ado grinste. »Ich komme dir wohl komisch vor, wie?« Er lachte leise und machte eine wegwerfende Handbewegung. »Dann warte erst mal, bis du meinen Vater siehst.«

»Deinen Vater?«

Ado nickte. »Glaubst du, dass ich allein hier wohne?«, fragte er.

»Wo sind deine Eltern?«

»Ausgegangen«, erwiderte Ado ausweichend. »Vater ist nachts nie hier. Er kommt erst gegen Morgen, wenn die Sonne aufgeht. Ich übrigens normalerweise auch. Wir schlafen tagsüber, weißt du. Wenn das nicht so wäre, hätte ich dich kaum retten können.«

Kim nickte. »Ich kann dir gar nicht genug dafür danken. Aber du hast mir noch immer nicht gesagt, warum du es getan hast.«

»Ich mag die Schwarzen nicht«, antwortete Ado gleichmütig.

»Aber es war gefährlich.«

»Wieso *war*? Die Schwarzen werden den Wald umgraben, wenn sie dich nicht finden. Aber mach dir keine Sorgen. Hier bist du in Sicherheit. Sie kommen nie hierher. Jedenfalls«, fügte er nach einer kurzen Pause hinzu, »bis jetzt nicht.« Er zuckte die Achseln, gähnte ungeniert und beugte sich etwas vor. Kim bemerkte, dass er ein bisschen nach abgestandenem Wasser roch.

»Ihr lebt immer hier?«, fragte er. »Du und ... dein Vater?« Ado nickte. »Ja. Früher war Mutter noch bei uns. Aber das ist lange her.«

»Ist sie ... gestorben?«, fragte Kim.

Ados Gesicht nahm einen harten Zug an und ein eigenartiger Ausdruck trat in seine Augen. »Nein«, sagte er, schon wieder gefasst. »Sie ist nicht gestorben. Die Schwarzen haben sie geholt. Aber das ist lange her. Ich kann mich gar nicht mehr daran erinnern. Ich war noch zu klein. Vater hat es mir erzählt.«

»Wer ist dein Vater?«

Ado lächelte. »Mein Vater eben, wer sonst? Wenn du wissen willst, *was* er ist, frag ihn selbst.«

Kim fühlte sich unbehaglich. Er merkte, dass er ein Thema angeschnitten hatte, über das Ado nicht gerne redete.

»Ich hoffe, du bekommst keinen Ärger, wenn dein Vater erfährt, was du getan hast«, sagte er besorgt.

Ado schüttelte energisch den Kopf. »Bestimmt nicht. Vater mag die Schwarzen genauso wenig wie ich. Aber jetzt möchte ich etwas von dir wissen. Wer bist du und wo kommst du her? Jemanden wie dich habe ich hier noch nie gesehen.«

Kim beantwortete gehorsam alle Fragen, die Ado ihm stellte. Es waren ihrer nicht wenige. Ados Neugier schien unersättlich. Er ließ ihn kaum einen Satz zu Ende sprechen, ohne ihn wiederholt zu unterbrechen, stellte Zwischenfragen und erkundigte sich nach jeder Kleinigkeit. Dabei brannte Kim selbst darauf, seinen Gastgeber auszufragen. Er hatte noch nie ein Wesen wie Ado gesehen und nach allem, was ihm Boraas und Themistokles über das Reich der Schatten erzählt hatten, überraschte ihn Ados Existenz doppelt. Aber er geduldete sich. Immerhin hatte Ado ihm das Leben gerettet und dabei sein eigenes in Gefahr gebracht.

Schließlich, nach Stunden, wie es ihm vorkam, hatte er seine Geschichte bis zu dem Punkt erzählt, wo Ado aufgetaucht war. Erschöpft hielt er inne, fuhr sich mit der Hand über die Augen und gähnte.

»Du bist müde«, sagte Ado schuldbewusst. »Ich hätte dich nicht so lange mit Fragen quälen dürfen. Die Flucht aus Morgon muss dich sehr mitgenommen haben.«

Kim nickte. Er konnte sich vor Müdigkeit kaum noch aufrecht halten. Es war jedoch eine angenehme Müdigkeit. Sehnsüchtig schielte er nach dem Bett hinüber.

»Wenn du willst, kannst du dich hinlegen und schlafen«, sagte Ado. »Ich werde aufpassen, bis …« Er blickte zum Eingang und lauschte. »Vater kommt«, sagte er dann.

Kim folgte verwundert seinem Blick. Er konnte beim besten Willen nichts hören. Doch Ado hatte sich nicht getäuscht. Ein Schatten erschien im Eingang, dann schob sich eine große, breitschultrige Gestalt in die Höhle. Ado sprang auf und eilte seinem Vater entgegen. Kim erhob sich ebenfalls und deutete eine zaghafte Verbeugung an.

Ado hatte nicht übertrieben. Sein Vater war wirklich sehr, sehr seltsam. Er war alt, sehr alt und er ging gebeugt, als trüge er eine unsichtbare, schwere Last auf den Schultern. Doch man sah ihm an, dass er früher einmal eine imponierende Erscheinung gewesen sein musste. Sein Gesicht war schmal und von scharfen Falten durchzogen und auf dem Kopf trug er eine verbeulte, fleckige Krone, wie ein Versatzstück aus dem Kindertheater. Aber sie wirkte bei ihm nicht lächerlich, sondern irgendwie traurig, fand Kim.

Ados Vater warf seinem Sohn einen fragenden Blick zu und trat Kim einen Schritt entgegen.

»Besuch«, stellte er fest. Und dann, mit einem Stirnrunzeln: »Du bist der, den sie suchen.«

Kim begann sich unwohl zu fühlen. Nach dem Gespräch mit Ado hatte er eine andere Begrüßung erwartet.

»Ja«, sagte er unsicher. »Ich fürchte, ja. Ich bin … mein Name ist Kim. Kim Larssen.«

»Kim Larssen«, wiederholte Ados Vater nachdenklich. »Ich bin der …« Er zögerte kurz und setzte dann bitter hinzu: »Der Tümpelkönig. Und ich vermute, dass Ado dich hierher gebracht hat.«

Kim nickte. Tümpelkönig … Ein seltsamer Name. Und doch auch wieder passend, auf eine seltsame, schwer zu beschreibende Art.

Ado konnte seine Zunge nicht länger im Zaum halten und sprudelte heraus, was geschehen war. Sein Vater hörte ihm schweigend zu, nickte dann ein paarmal mit dem Kopf und ging mit schlurfenden Schritten zum Tisch. Kim bemerkte, dass seine Füße kleine, feuchte Spuren auf dem Lehmboden hinterließen. »Deshalb also die Aufregung«, murmelte er. »Ich bin früher nach Hause gekommen, weil ich mir nicht erklären konnte, was passiert ist. Die Schwarzen durchsuchen den ganzen Wald.« Er blickte seinen Sohn durchdringend an. »Es war nicht sehr klug von dir, ihn hierher zu bringen, Ado«, sagte er. »Wenn er die Wahrheit spricht und wirklich aus Morgon entkommen ist …«

»Es ist die Wahrheit!«, begehrte Kim auf.

»Dann wird Boraas nicht eher ruhen«, fuhr der Tümpelkönig fort, »als bis er ihn wieder eingefangen hat. Noch niemandem ist es gelungen, Boraas derart an der Nase herumzuführen.« Er fuhr sich mit den Fingern durch seinen langen, nassen Bart und seufzte. »Du wirst nicht hierbleiben können, Junge«, sagte er.

»Aber Vater!«, rief Ado erschrocken. »Du willst ihn doch nicht wegjagen!«

»Natürlich nicht. Aber die Schwarzen werden hierherkommen. Wenn nicht heute, dann morgen.«

»Wir könnten ihn verstecken«, versuchte es Ado noch einmal.

»Sicher. Fürs Erste. Aber Boraas würde nicht aufgeben. Früher oder später würde er ihn entdecken.« Er schüttelte den Kopf. »Nein. Er kann hier nicht bleiben.«

Kim nickte müde. »Ich möchte Ihnen keine Schwierigkeiten bereiten«, sagte er niedergeschlagen.

»Es geht nicht um mich, Kim«, antwortete der Tümpelkönig. »Du bist es, der in Gefahr ist. Aber«, aus seiner Stimme sprach Mitgefühl, »aber ich sehe ein, dass du am Ende deiner Kräfte bist. Einen Tag magst du hier bleiben und dich ausruhen. Morgen Abend werde ich dich zum Rand des Waldes begleiten.«

Kim seufzte dankbar. Nach allem, was er durchgemacht hatte, war eine Nacht Schlaf in einem richtigen Bett eine paradiesische Aussicht. Am liebsten hätte er sich sofort hineingelegt, aber der Tümpelkönig war noch nicht fertig. »Zuerst will ich mir deinen Arm ansehen.«

Kim streifte gehorsam den Ärmel hoch. Er biss die Zähne zusammen, als der Tümpelkönig die Wunde untersuchte und schließlich behutsam mit den Fingern darüberstrich. Es tat weh, aber nur für einen Augenblick. Dann geschah das Gleiche, was Kim schon einmal bei Baron Kart erlebt hatte. Ein kühles, taubes Gefühl breitete sich in seinem Arm aus und der Schmerz war wie weggeblasen. Ado holte eine Holzschale mit Verbandszeug herbei und sein Vater versorgte Kims Arm mit einer ans Wunderbare grenzenden Geschicklichkeit, die einen Arzt hätte vor Neid erblassen lassen. Offensichtlich verfügten die Bewohner dieses Landes über ungewöhnliche Fähigkeiten, die in Kims Heimat nahezu unbekannt waren.

Kim fragte den Tümpelkönig danach. Doch dieser schüttelte betrübt den Kopf. »Für dich mag das alles neu und verwunderlich sein«, sagte er. »Aber es ist nichts dagegen, wie es war, bevor Boraas kam.«

Kim konnte mit dieser Antwort nicht viel anfangen, doch er war zu müde, um weitere Fragen zu stellen. Er kletterte ins Bett und war eingeschlafen, noch ehe er sich richtig ausgestreckt hatte.

Als Ado ihn weckte, fiel goldenes Sonnenlicht durch den Höhleneingang und in der Luft lag der Geruch nach gebratenem Fisch.

Kim rieb sich die Augen und schnupperte.

»Du hast richtig geraten«, grinste Ado. »Das Essen ist fertig. Außerdem ist es höchste Zeit zum Aufstehen.«

»Wirklich?«, fragte Kim, während er unwillig nach seinen Sachen angelte. Jemand hatte sie säuberlich zusammengefaltet und über einen Schemel neben dem Bett gelegt. Sogar der Riss im rechten Jackenärmel war geflickt. »Wie spät ist es denn?«

»Sehr spät«, antwortete Ado, »oder sehr früh – kommt drauf an, von welchem Standpunkt man es betrachtet. Du hast fast den ganzen Tag verschlafen. Die Sonne geht schon bald wieder unter.«

Kim war mit einem Satz aus dem Bett. Er fühlte sich ausgeruht und bereit für neue Taten.

»Dann … muss ich jetzt wohl verschwinden«, sagte er.

Ado schüttelte den Kopf. »I wo. Zuerst einmal wird gegessen. Und dann zeige ich dir unser Reich. Wir haben sehr selten jemanden zu Besuch, weißt du. Um ehrlich zu sein«, fügte er betrübt hinzu, »so gut wie nie.«

»Euer Reich? Hast du Reich gesagt?«

»Ja. Mein Vater hat keinen Witz gemacht. Er ist wirklich König.«

Kim grinste. »Dann bist du wohl ein richtiger Prinz, wie?« Er merkte sofort, dass er etwas Dummes gesagt hatte. In Ados Augen blitzte es zornig und seine Stimme klang um eine Spur schärfer, als er antwortete. »Das bin ich allerdings, Kim. Vielleicht sehe ich nicht so aus und vielleicht sieht Vater auch nicht so aus, wie man sich bei euch einen König vorstellt. Aber er ist ja auch nur ein Tümpelkönig.«

»Entschuldige«, sagte Kim, »ich …«

»Schon gut.« Ado schniefte und wischte sich mit dem Handrücken über die Nase. Er sah Kim aus seinen großen, fischähnlichen Augen an und zog eine Grimasse. »Du konntest es nicht wissen. Komm jetzt. Das Essen wird kalt.«

Sie gingen zum Tisch. Ado hatte Teller und hölzernes Besteck hergerichtet. Es gab reichlich gebratenen Fisch, dazu einen unappetitlich aussehenden, aber köstlich schmeckenden Brei und ein heißes Getränk, das wie Tee aussah, wie Kaffee roch und nach Kakao schmeckte. Kim aß mit großem Appetit, und Ado konnte über die Mengen, die er verdrückte, nur staunen. Aber schließlich hatte Kim mehr als eine halbe Woche von Wasser und Brot gelebt und die Mahlzeit vom vergangenen Abend hatte gerade gereicht, den ärgsten Hunger zu stillen.

»Vorhin war ein Schwarzer hier«, sagte Ado nach einer Weile.

Kim war so erschrocken, dass ihm buchstäblich der Bissen im Hals stecken blieb.

»Hier?«, fragte er, als wollte er es nicht glauben.

Ado nickte. »Ja. Er hat nach dir gefragt. Nicht direkt, aber er hat gefragt, ob wir jemanden gesehen haben, und er kann nur dich gemeint haben. Das ganze Land scheint in Aufruhr zu sein – deinetwegen.« Er brach ein Stück Brot ab, biss hinein und kicherte. »Vater sagt, er habe selten einen Schwarzen so aufgeregt gesehen. Boraas muss ja völlig außer sich sein. Jedenfalls wissen wir jetzt, dass du die Wahrheit gesagt hast.«

Kim nickte. »Ihr habt mir nicht geglaubt.«

»Nein«, sagte Ado ruhig. »Weißt du denn nicht, dass noch nie irgendjemand aus Morgon entkommen ist?«

»Doch.« Kim nickte wieder. Gestern war er viel zu erschöpft gewesen, um über alles nachzudenken. Aber jetzt erschien ihm seine Flucht selbst unglaublich. »Vielleicht hat er mich unterschätzt«, fügte er ohne rechte Überzeugung hinzu.

Ado antwortete nicht darauf.

Sie aßen schweigend zu Ende. Dann räumte Ado das Geschirr fort, vergewisserte sich, dass das Feuer heruntergebrannt war, und ging zum Ausgang. Kim folgte ihm.

Ado hatte nicht übertrieben. Der Tag neigte sich bereits dem Abend zu, aber die Sonne stand noch eine gute Handbreit über den Baumwipfeln; es würde noch eine Stunde oder länger dauern, ehe sie unterging. Der Wald wirkte jetzt bei Tageslicht nicht mehr so unheimlich wie in der vergangenen Nacht. Die stille Oberfläche des Sees schimmerte in der Nachmittagssonne wie geschmolzenes Gold und zwischen den graugrünen Bäumen lugten sogar vereinzelte, blasse Blumen hervor.

Kim ging die paar Schritte bis zum See und hockte sich am Ufer nieder. Ado streifte sein Gewand ab und sprang in einem eleganten Bogen ins Wasser. Luftblasen sprudelten empor und für einen Moment war sein Körper wie der Leib eines riesigen silbernen Fisches im klaren Wasser zu sehen. Dann war er verschwunden.

Er blieb sehr lange unter Wasser und tauchte schließlich weit drüben auf der anderen Seite des Sees wieder auf. Kim hätte nie im Leben so weit tauchen können, ohne dazwischen Luft zu holen.

Kim wurde nicht müde, Ado zu beobachten. Er schoss dahin wie ein Pfeil, tauchte unter, schnellte sich im hohen Bogen empor und schlug Purzelbäume in der Luft, dass es Kim fast den Atem verschlug. Er begriff plötzlich, dass dies Ados wahres Element war.

Schließlich schwamm Ado mit einigen kräftigen Zügen zum Ufer, stieg heraus und schlüpfte in sein Kleid. Das Haar hing ihm nass bis auf den Rücken hinunter.

»Das hat gutgetan«, sagte er. Sein Atem ging so ruhig, als käme er von einem gemütlichen Spaziergang zurück. »Ich bade selten des Tages, weißt du. Und was ist mit dir?«

Kim streckte vorsichtig den großen Zeh ins Wasser und schüttelte sich. Es war eisig. »Nein danke«, sagte er.

»Schwimmen die Leute dort, wo du herkommst, nicht?«, fragte Ado.

»Doch. Aber nicht bei dieser Kälte. Und längst nicht so gut wie du. Außerdem gibt es bei uns nicht viele so schöne Plätze wie diesen.«

Ado hockte sich neben Kim, zupfte einen Grashalm ab und strich sich damit über die Nase.

»Schön?«, sagte er. »Hier ist es nicht schön.«

Kim sah ihn verwirrt an. »Mir gefällt es hier«, sagte er. »Ich ...«

»Es ist nicht schön«, beharrte Ado. »Es ist schon angekränkelt. Du kannst es noch nicht sehen, aber ich kenne die Anzeichen genau. Das Wasser verfault langsam, aber sicher und der Wald stirbt jeden Tag ein Stückchen mehr. Der Regen verbrennt den Boden und was er übrig lässt, wird vom Nebel erstickt.« Er spuckte aus, buddelte mit den Fingern im Ufersand und warf eine Handvoll ins Wasser. »Früher einmal war es hier schön«, fuhr er nach einer Weile leise fort. »Ehe Boraas kam.«

Kim wurde hellhörig. »Ehe Boraas kam?«, fragte er. »Soll

das vielleicht heißen, dass Boraas nicht immer hier geherrscht hat?«

Ado schüttelte den Kopf. »Nein. Boraas hat dir sein Reich gezeigt, nicht?«

Kim nickte. Er hatte vom höchsten Turm Morgons einen Blick auf dieses graue, geduckte Land geworfen und die Erinnerung daran saß ihm noch immer wie ein kalter Schreck in den Knochen.

»Dieses Land war nicht immer so«, fuhr Ado fort. »Früher war hier alles anders. Das Wasser war sauber und klar und in den Wäldern lebten Tiere und Elfen. Man konnte nachts spazieren gehen, ohne Angst haben zu müssen. Und es gab keine Schwarzen. Auch die Burg Morgon gab es nicht. Und mein Vater ...« Er brach ab und ballte die Fäuste.

»Dein Vater war nicht immer Tümpelkönig, nicht wahr?«

»Nein. Er war ein schöner, strahlender Seekönig und Mutter war eine wunderschöne Seekönigin. Sie und all ihre Brüder und Schwestern lebten glücklich und in Frieden. Sie alle waren Könige und doch waren sie es nicht.«

»Das verstehe ich nicht.«

Ado lächelte. »Ich bin der Letzte aus dem Geschlecht der Seekönige«, erklärte er. »Nach mir wird es keine mehr geben. Aber früher gab es viele. Jeder von ihnen war ein König, doch es gab niemanden, der beherrscht wurde, weil alle anderen auch Könige waren.« Seine Stimme wurde bitter. »Aber dann kam Boraas und alles wurde anders. Die Wälder verdarben, die Seen trockneten aus und wurden zu schlammigen Tümpeln, und wer nicht vor Boraas und seinen schwarzen Reitern geflohen war, verschwand früher oder später in seinen Kerkern.« Er schluckte und in dem Netz von Wassertröpfchen auf seinem Gesicht fingen sich Tränen. »Aber es wird wieder so werden, wie es einmal war«, schloss er leise.

»Hat ... hat dein Vater das gesagt?«

Ado nickte.

»Wir werden kämpfen«, murmelte er. »Eines Tages werden wir aufstehen und uns von Boraas befreien.«

»Wir?«, fragte Kim. »Wer ist ›wir‹?«

Ado schwieg. Sein Blick irrte über den See, den Wald und den Himmel. »Es muss noch andere geben«, sagte er. »Boraas kann sie nicht alle getötet haben. So, wie Vater und ich überlebten, müssen auch andere überlebt haben. Wenn ich erwachsen bin, werde ich losziehen und sie suchen. Ich werde sie finden. Die Vertriebenen. Die Überlebenden. Ich werde sie finden und ich werde ein Heer aufstellen, dem Boraas nichts entgegenzusetzen hat. Und wenn ich sie nicht finde, werde ich allein kämpfen.«

Es gab viel, was Kim hätte antworten können, aber er wusste auch, dass es zu voreilig gewesen wäre. Er hatte Ado plötzlich von einer Seite kennengelernt, die er bei diesem lustigen, aufgeweckten Jungen nicht erwartet hätte.

Und wie war das mit ihm selbst? Hatte er, Kim, ein Kind noch wie Ado, nicht einen ähnlichen Entschluss gefasst? War er nicht sogar schon ein Stück weiter auf dem Weg? *Seinem* Weg. Aber vielleicht glaubte er das auch nur zu sein. Gleichzeitig sagte er sich, dass Ado auf dem falschen Weg war. Ado suchte Gewalt mit Gewalt zu beantworten und das war gewiss keine Lösung.

Aber laut sagte Kim nichts von alldem.

»Ich sitze oft hier und träume von früher«, fuhr Ado nach einer Weile fort. Er zog die Beine an den Körper, umschlang sie mit den Armen und stützte das Kinn auf die Knie. »Vater hat mir so viel davon erzählt, dass es für mich ist, als hätte ich es selbst erlebt. Ich brauche nur die Augen zu schließen, um den See zu sehen, wie er einmal war. Und ich schwöre, dass er irgendwann wieder so sein wird.«

Kim berührte es seltsam, dass jemand so gefangen sein konnte von etwas, was er nie kennengelernt hatte, was immer nur ein Traum gewesen war und es vermutlich auch bleiben würde. Im Grunde wusste Ado wohl, wie aussichtslos die Sache war, wie sinnlos sein Vorhaben, sich gegen die allgegenwärtigen Schwarzen zu stellen. Aber waren es nicht zu allen Zeiten die Träume gewesen, die Menschen dazu brachten, das Unmögliche zu tun?

»Ich habe dich gestern Abend beobachtet«, sagte Ado, »als mein Vater heimgekommen ist. Du hattest Mühe, dir das Lachen zu verbeißen.«

Kim wich beschämt seinem Blick aus. »Ich … äh …«, stammelte er.

Ado grinste ein bisschen. »Weißt du, dass er sich den Namen Tümpelkönig selbst gegeben hat?«

Kim glaubte es zu wissen. Und er glaubte auch zu wissen, warum. Es war seine Art des Widerstandes gegen Boraas und dessen schwarze Reiter. Die einzige Möglichkeit, die ihm geblieben war. Wer sich freiwillig, vor sich selbst und vor anderen, der Lächerlichkeit preisgibt, genießt Narrenfreiheit – und ist dadurch stark.

»Wo wirst du jetzt hingehen?«, fragte Ado unvermittelt.

»Hm?«

»Hier kannst du nicht bleiben«, erinnerte ihn Ado. »Ich wünschte, du könntest es. Aber Vater hat recht – die Schwarzen würden dich früher oder später finden.«

»Ich weiß«, seufzte Kim. »Aber ich könnte sowieso nicht bleiben. Ich muss weiter.« Er deutete mit einer Kopfbewegung nach Westen.

»Über die Schattenberge?«

Kim nickte.

»Aber das ist unmöglich.«

»Nein. Ich habe sie schon einmal überwunden und meine Schwester auch.«

»Das war etwas anderes«, widersprach Ado. »Du konntest sie überwinden, weil du deine Flugmaschine hattest, und deine Schwester fand den Weg, weil Boraas es so wollte.«

»Aber das ändert nichts an der Tatsache, dass es einen Weg gibt. Ich muss – und ich werde ihn finden.«

»Und wenn du ihn gefunden hast, was dann?«

»Das weiß ich noch nicht. Ich werde Themistokles suchen. Gemeinsam werden wir einen Weg finden, Boraas zu besiegen.«

Nach langem Schweigen sagte Ado: »Nimmst du mich mit?«

Auf diese Frage war Kim nicht vorbereitet. Jetzt war er es, der schwieg.

»Nimmst du mich mit?«, wiederholte Ado. »Ich kenne dieses Land besser als du. Vielleicht finden wir zu zweit einen Weg.«

Kim überlegte noch. »Es wäre zu gefährlich«, antwortete er schließlich. »Dein Vater würde es niemals zulassen.«

Ado sagte mit einer wegwerfenden Handbewegung: »Nicht gefährlicher als hierzubleiben. Boraas wird in seinem Zorn alles zerstören, wenn er begreift, dass du ihm endgültig entkommen bist. Ich könnte mit Vater reden. Vielleicht schließt er sich uns sogar an. Zu dritt hätten wir eine Chance.«

»Boraas wird uns jagen wie die Hasen«, entgegnete Kim. »Ihr wärt nirgendwo sicher. Ich habe euch schon genug in Gefahr gebracht. Und ich könnte es mir nie verzeihen, wenn euch etwas zustieße.«

»Es ist mir egal, wenn ich sterbe«, sagte Ado, und man hörte ihm an, dass es ihm vollkommen ernst war. »Wenn ich wenigstens ein paar von diesen schwarzen Teufeln mitnehmen kann, dann hat es sich gelohnt.«

Kim antwortete nicht. Ado würde ihn nicht begleiten. Der Tümpelkönig würde es niemals zulassen, und sosehr sich Kim davor fürchtete, dieses Albtraumgebirge im Westen allein zu überqueren, Ados Sicherheit war ihm wichtiger. Er mochte diesen Jungen, der so anders war als er selbst und doch die gleichen Träume träumte. Wenn sie beide, er und Ado, sich an einem anderen Ort und unter anderen Umständen kennengelernt hätten, wären sie bestimmt Freunde geworden.

»Es geht nicht«, sagte er endlich.

Ado schnaubte. »Sei doch ehrlich – du willst mich nicht mitnehmen, weil du mir nichts zutraust. Erzähl mir nicht, dass du um mich besorgt bist. Das wäre auch gar nicht nötig. Ich fürchte mich nicht vor Boraas und den Schwarzen.«

»Das glaube ich dir«, sagte Kim. »Und gerade deshalb ist es wichtig, dass du hierbleibst. Du hast mir erzählt, wie es früher hier war, und ich möchte genau wie du, dass es wieder so wird. Du bist der Letzte deines Stammes, nur du kannst dieses Land noch retten, deinen Traum und den deines Vaters wahr machen. Wenn du von hier weggehst, ist das genauso, als würdest du einen guten Freund im Stich lassen. Dieses Land braucht dich, Ado. Dich und deine Träume.«

Er schwieg. Ein dunkler Schatten hatte sich unbemerkt zwischen ihn und Ado geschoben. Leises Rascheln ließ Kim herumfahren. Der Tümpelkönig stand hinter ihnen. Er stand schon lange da und hatte ihr Gespräch mit angehört.

»Kim hat recht, Ado«, sagte er ernst. Er legte seinem Sohn beschwichtigend die Hand auf die Schulter. »Ich verstehe deine Gründe gut, aber es ist genau so, wie Kim gesagt hat. Du darfst ihn nicht begleiten.«

Ado schüttelte die Hand seines Vaters trotzig ab, sprang auf die Füße, und ohne Kim noch eines Blickes zu würdigen, tauchte er mit einem Hechtsprung ins Wasser.

Der Tümpelkönig schüttelte den Kopf.

»Du musst ihm vergeben, Kim«, sagte er. »Er ist noch sehr jung. Er versteht es noch nicht anders. Später wird er dir dankbar sein, dass du dich geweigert hast, ihn mitzunehmen.« Er bedeutete Kim, ihm zu folgen. »Es ist besser, du gehst jetzt gleich«, murmelte er. »Bevor er wiederkommt.«

Kim hätte sich gerne von Ado verabschiedet, aber er sah ein, dass sein Vater vermutlich recht hatte.

»Ich begleite dich aus dem Sumpf heraus«, sagte der Tümpelkönig. »Der Wald wimmelt von Schwarzen, aber ich kenne

Wege, die selbst Boraas noch nicht entdeckt hat. Ich werde dich sicher bis an die Grenze meines Reiches geleiten. Danach musst du aus eigener Kraft weitergehen.« Er seufzte und fügte mit bewegter Stimme hinzu, die seine Sorge und sein Mitgefühl erkennen ließ: »Der Weg, den du gehen willst, ist lang und voller Gefahren.«

»Ich weiß«, murmelte Kim.

Der Wald nahm sie auf. An der Seite des Tümpelkönigs fühlte sich Kim beschützt und geborgen. In diesem Moment beneidete er Ado, der jederzeit in diese Geborgenheit zurückkehren konnte.

»Das Land ist in Aufruhr«, fuhr der Tümpelkönig fort. »Baron Kart hat all seine Reiter losgeschickt, nach dir zu suchen. Vertraue niemandem. Halte dich abseits der Wege und meide Städte und Dörfer. Das Böse schläft nicht und Boraas' Spitzel sind überall.«

Länger als eine Stunde gingen Kim und der Tümpelkönig Seite an Seite in vertrautem Schweigen durch den Wald. Als sie schließlich den Rand des Sumpfgebietes erreichten, war die Nacht hereingebrochen.

»Hier trennen sich unsere Wege«, sagte der Tümpelkönig. »Ich wünsche dir viel Glück, Junge.«

»Ich komme wieder«, versprach Kim.

VI

Fast eine Woche war Kim unterwegs, ehe er bei Sonnenuntergang die ersten Ausläufer der Schattenberge erreichte. Er war durch Täler und Sümpfe marschiert, hatte steinige Ebenen und hitzedurchglühte Wüsten durchquert, hatte sich durch Wälder voller fleischfressender Pflanzen gekämpft und einmal, auf der Flucht vor einem Wolfsrudel, eine ganze Nacht frierend und zitternd vor Angst auf einem Baum zugebracht. Die hungrigen Tiere waren erst in der Morgendämmerung abgezogen und Kim hatte noch eine ganze Stunde abgewartet, ehe er sich hinunterwagte. Und immer wieder hatte er den Weg der schwarzen Reiter gekreuzt. Er war Städten und Ansiedlungen aus dem Weg gegangen, wie der Tümpelkönig es ihm geraten hatte; trotzdem war er oft auf die Spuren ihrer großen, hässlichen Pferde gestoßen, und ein paar Mal hatte ihn nur sein Glück vor Entdeckung und Gefangenschaft bewahrt. Zu Anfang hatte er gehofft, dass die Gefahr geringer würde, je weiter er sich dem Schattengebirge näherte, aber das Gegenteil war der Fall gewesen. Je näher er der gigantischen grauen Mauer im Westen kam, desto häufiger stieß er auf Anzeichen der schwarzen Reiter und schließlich wurde es so schlimm, dass er sich tagsüber versteckte und nur noch nachts weiterwanderte. Boraas musste sein ganzes Heer ausgeschickt haben, um einen kleinen, hilflosen Jungen zu fangen. Aber so gewaltig seine Streitmacht auch sein mochte, so verlor sie sich doch in der unendlichen Weite des Landes. Dennoch war Vorsicht geboten, und Kim fühlte sich alles andere als sicher, als er aus dem Wald heraustrat und den schmalen steinigen Pfad musterte, der sich vor ihm den Hang hinaufschlängelte.

Der Wald hörte wie abgeschnitten auf und der moosbewachsene Boden ging unmittelbar in eine Geröllhalde über, die mit gigantischen Steintrümmern übersät war, als hätte ein Riese einen Berg zerschmettert und die Reste mit weit ausholender Gebärde über das Land verstreut. Der Hang stieg vor Kims Augen sanft an, wurde steiler und immer steiler und verlor sich schließlich in den titanischen, schneegekrönten Berggipfeln, die scheinbar in die Unendlichkeit emporwuchsen. Selbst die nebelverhangenen Pässe und Schluchten, die noch mit freiem Auge zu erkennen waren, lagen Tausende Meter hoch. So hoch, dass die Luft dort oben vermutlich zu dünn zum Atmen war und jeder, der versuchte, das Gebirge auf diesem Wege zu überqueren, qualvoll ersticken musste, wenn er nicht schon vorher vor Erschöpfung gestorben oder in der Eiswüste dort oben erfroren war. Und doch bildeten diese Gipfel nur die Vorhut, eine erste, vergleichsweise niedrig zu nennende Mauer, hinter der sich, durch die Entfernung nur als schemenhafte graue Umrisse zu erkennen, das eigentliche Schattengebirge erhob. Kims Mut sank, als ihn der Anblick mit voller Wucht traf.

Dennoch musste es einen Weg hinüber geben! Seine Schwester hatte ihn gefunden, Rebekka, ein kleines, vierjähriges Kind, das diese Berge niemals aus eigener Kraft überquert haben konnte. Es musste einen anderen Weg geben.

Kim schob den Gedanken von sich – was half's, da er des Rätsels Lösung doch nicht fand. Er marschierte los. Seine Schritte erzeugten zwischen den steil emporstrebenden Felswänden ein seltsames, hallendes Echo. Nach einigen hundert Metern blieb er stehen und drehte sich noch einmal um, um einen letzten Blick ins Tal hinunter zu werfen. Der Wald dort unten, grau und feindselig, wie er war, von dornigen Büschen, giftigem Moos und heimtückischen Sumpflöchern durchsetzt, beherrscht von fleischfressenden Pflanzen, Spinnen und Gewürm, erschien ihm fast freundlich gegen das, was jetzt vor ihm lag. Das Gebirge vor ihm war kahl, bar jeden Grüns, ohne eine Spur von Leben.

Er schüttelte sich, rammte die Hände tiefer in die Taschen und ging weiter. Der Weg schlängelte sich zwischen Felsen und scharfkantigen Steintrümmern hindurch, führte in unberechenbaren Windungen manchmal ein Stück zurück in die Richtung, aus der er gekommen war, brachte ihn aber allmählich weiter nach Westen. Es wurde jetzt rasch dunkel und das Grau des umliegenden Felsens wanderte langsam in Schwarz hinüber. Kim war ungefähr eine halbe Stunde gelaufen, als er ein Geräusch hörte.

Er brauchte nicht lange, um den Laut zu identifizieren. Er hatte ihn während der letzten Tage gründlich kennen und fürchten gelernt.

Hufschlag!

Er duckte sich instinktiv hinter einen Felsen und schaute mit zusammengekniffenen Augen ins Tal hinunter. Eine Abteilung schwarzer Reiter näherte sich aus südlicher Richtung. Es waren viele, dreißig, vielleicht vierzig, und nicht alle waren menschlich. Kim hatte die Schwarzen während seiner Wanderung bis an den Fuß des Schattengebirges mehrmals beobachten können und festgestellt, dass Boraas' Armee nicht nur aus den schwarzen Panzerreitern bestand. Offensichtlich hatte Baron Kart auf Morgon so etwas wie eine Elitetruppe der größten und stärksten Ritter um sich geschart. Auch bei dieser Gruppe hier befanden sich einige Riesen, aber sie waren in der Minderzahl, und ihre hünenhaften Gestalten ragten über die der anderen hinaus. Es gab Reiter, die nicht größer als normale Menschen waren, und auch einige, die kaum Kims Größe erreichten. Die meisten saßen lässig, ja fast elegant auf ihren großen schwarzen Pferden, aber manche hockten sehr seltsam in den Sätteln, so als wäre ihr Körper nicht für eine Fortbewegungsart wie das Reiten geeignet. Kim war sich ziemlich sicher, dass nicht alles, was sich unter den glänzenden schwarzen Rüstungen verbarg, menschlich war.

Er beobachtete mit angehaltenem Atem, wie die Gruppe

in gemäßigtem Tempo am Waldrand entlangritt und dann zum Stehen kam. Der Anführer, ein Riese, der auf einem noch riesigeren schwarzen Pferd saß und selbst die Größten noch um Kopfeslänge überragte, hob die Hand und rief ein paar Worte, die Kim über die Entfernung nicht verstehen konnte. Die Gruppe teilte sich in vier Abteilungen auf. Eine blieb dort unten an Ort und Stelle zurück und begann Feuerholz zusammenzutragen und ein Lager zu errichten, während die drei anderen in verschiedenen Richtungen weiterritten.

Kims Herz hörte einen Moment auf zu schlagen, als eine Gruppe sich genau in seine Richtung in Bewegung setzte.

Er sah sich vergeblich nach einem geeigneten Versteck um, überlegte nicht lange und rannte los. Er konnte sicher sein, dass seine Verfolger gründlich zu Werke gingen. Sie würden jeden Stein umdrehen und in jede Felsspalte sehen, die groß genug war, einen Jungen von seiner Größe aufzunehmen.

Er lief ein Stück weiter hangaufwärts, sah sich hastig um und erschrak. Er selbst hatte eine halbe Stunde gebraucht, um hier heraufzugelangen, aber die Schwarzen trieben ihre Pferde unbarmherzig an und hatten schon fast die Hälfte des Weges zurückgelegt. In wenigen Augenblicken würden sie ihn sehen. Er musste ein Versteck finden!

Ein Stück vor ihm gabelte sich der Weg. Kim rannte ohne zu überlegen nach rechts. Eine schmale Schlucht mit glatten, senkrecht aufstrebenden Wänden nahm ihn auf. Der Weg machte einen Knick – und Kim stand vor einer senkrechten, glatten Wand!

Für einen Augenblick lähmte ihn der Schreck. Ungläubig und nahe daran, vor Verzweiflung laut aufzuschreien, blickte er an der Wand empor und ballte in hilfloser Wut die Fäuste. Der Weg war eine perfekte Falle. Und er war aus eigener Kraft hineingelaufen!

Die schwarzen Reiter hatten mittlerweile die Weggabelung erreicht. Die meisten ritten geradeaus weiter, ohne der schmalen Schlucht mehr als einen flüchtigen Blick zu schenken. Kim begann bereits zaghaft wieder Hoffnung zu schöpfen, als eine kleine, schwarz gepanzerte Gestalt ihr Pferd verhielt, eine Weile unschlüssig in seine Richtung starrte und dann an den Zügeln zog. Das Pferd wieherte zornig, drehte sich halb herum und trabte langsam in die Schlucht hinein.

Kims Blick tastete verzweifelt an der Wand entlang. Nirgendwo gab es einen Ausweg oder eine Stelle, wo er hätte hinaufklettern können. Die Wand war spiegelglatt. Nur neben ihm, knapp hinter der Biegung, befand sich eine niedrige, flache Nische, in die er sich vielleicht hineinquetschen konnte. Aber spätestens wenn er sein Pferd wendete, um zum Ausgang zurückzureiten, würde ihn der schwarze Reiter entdecken. Dennoch war es die einzige Möglichkeit.

Kim zwängte sich in die enge Nische und wartete mit angehaltenem Atem, bis der Schwarze an ihm vorüber war.

Der Reiter ritt bis zum Ende der Schlucht, zog sein Schwert aus der Scheide und stieß mit der Spitze ein paarmal prüfend gegen den Fels.

Als er das Pferd wendete, sprang Kim ihn mit weit ausgebreiteten Armen an und riss ihn aus dem Sattel.

Der Schwarze stieß einen Laut der Überraschung aus, schlug mit dem Schwert in die leere Luft und versetzte Kim einen Ellbogenstoß, der ihm die Luft aus den Lungen trieb und ihn halb betäubt zurücktaumeln ließ. Das Pferd schrie erschrocken, tänzelte rückwärts und stieg dann auf die Hinterbeine hoch. Seine Hufe wirbelten wie kleine, tödliche Hämmer durch die Luft. Kim duckte sich, als er die Bewegung aus den Augenwinkeln wahrnahm. Ein Huf schrammte über seine Schulter und schmetterte ihn zu Boden.

Sein Gegner hatte weniger Glück. Er hatte sich halb aufgerichtet und das Schwert zu einem tödlichen Streich erhoben, als ihn der Vorderhuf des Tieres traf. Es dröhnte, als schlüge ein riesiger Vorschlaghammer auf einen noch riesigeren Amboss. Der Schwarze riss die Arme hoch und fiel wie vom Blitz gefällt hintenüber.

Kim blieb noch eine Weile reglos liegen, ehe er es wagte, sich vorsichtig auf Hände und Knie zu erheben. Das Pferd tänzelte noch immer auf der Stelle. Seine großen, dunklen Augen schienen Kim durchdringend anzustarren und die Vorderhufe scharrten drohend über den harten Fels.

»Nur ruhig, mein Junge«, murmelte Kim. »Nur ruhig. Niemand tut dir etwas.« Zu seiner Überraschung schien das Ross tatsächlich auf seine Worte oder wenigstens auf den Klang seiner Stimme zu reagieren. Es hörte auf zu schnauben. Seine Ohren zuckten.

Kim stand vorsichtig auf und schob sich, den Rücken gegen den kalten Stein gepresst, näher an den am Boden liegenden schwarzen Reiter heran. Er bückte sich, tastete über die glatte schwarze Rüstung und überlegte fieberhaft. Für einen Moment war er in Sicherheit, aber es war eine höchst zweifelhafte Sicherheit. Die schwarzen Reiter würden schnell bemerken, dass einer der Ihren fehlte, und wenn sie entdeckten, was geschehen war, war er verloren. Selbst wenn er inzwischen aus dieser Falle heraus war, würden sie nicht ruhen, bevor sie den Hang Zentimeter für Zentimeter abgesucht und ihn aufgespürt hatten. Nein – es gab nur eine einzige Möglichkeit. Alles in ihm sträubte sich dagegen, aber er sah ein, dass er keine andere Wahl hatte.

Mit einem entschlossenen Ruck drehte Kim den Schwarzen auf den Bauch und begann ihm die Rüstung auszuziehen. Er hatte Glück im Unglück gehabt – der Reiter war kaum größer als er selbst und in der Dunkelheit würde der geringe Unterschied nicht auffallen. Kim löste den Brustpanzer, hob den Helm ab und schälte das Wesen ächzend aus den stählernen Beinkleidern. Der Körper darunter war nicht menschlich. Schwarzes, drahtiges Haar bedeckte einen muskulösen, affenartigen Körper. Kim schauderte, als er die gebogenen Klauen an den Händen sah. Das Gesicht war flach und ausdruckslos und als Kim ein Augenlid anhob, sah er, dass der Unmensch schwarze, pupillenlose Augen hatte.

Kim riss sein Untergewand in Streifen, fesselte den Schwarzen sorgfältig und verpasste ihm noch einen Knebel. Wahrscheinlich würde er sich trotzdem befreien können, aber Kim hoffte, dass er selbst bis dahin weit genug entfernt war.

Er warf einen Blick zum Ausgang der Schlucht zurück und begann dann rasch die Rüstung überzustreifen. Zu seiner Verwunderung passte sie, als wäre sie eigens für ihn angefertigt worden. Er hob das Schwert vom Boden auf, steckte es in die Scheide und ging dann auf das Pferd zu. Das Tier scheute, warf den Kopf zurück und versuchte zu beißen.

»Ruhig, Junge«, murmelte Kim wieder. »Nur ruhig. Niemand tut dir etwas.« Er streckte die Hand aus, machte einen Schritt und redete unaufhörlich weiter. »Ich will dir nichts tun. Bleib ruhig, ganz ruhig. Ich weiß, dass ich nicht wie dein Herr rieche, aber ich will dir nichts Böses.« So redete er, bis er nahe genug herangekommen war, um dem Pferd beruhigend die Hand auf den Hals zu legen. Es zuckte unter der Berührung, ließ es aber geschehen. Kim redete weiter und griff zögernd nach dem Zügel. Er war noch nie geritten, aber er musste es einfach versuchen. Er legte dem Tier die Hand zwischen die Ohren, kraulte seine Mähne und zog sich dann mit einer ungeschickten Bewegung in den Sattel. Das Pferd scheute wieder und hätte ihn um ein Haar abgeworfen, aber Kim klammerte sich in der dichten Mähne fest und hielt sich mit aller Kraft oben.

Sekundenlang saß er bewegungslos im Sattel und wunderte sich, dass er tatsächlich oben war. Dann tätschelte er dem Tier noch einmal beruhigend den Hals und zog am Zügel. »Komm schon, Junge«, murmelte er. »Dreh dich rum.«

Das Wunder geschah. Das Pferd wieherte leise, bewegte den Kopf und drehte sich gehorsam herum. Dann setzte es sich ohne Kims Zutun in Richtung Ausgang in Bewegung.

Kim ritt bis zur Weggabelung und hielt an. Hallender Hufschlag drang an sein Ohr und bildete einen Gegentakt zum wilden Hämmern seines Herzens. Er drehte den Kopf und gewahrte ein halbes Dutzend schwarzer Reiter, die den Hang heruntergaloppierten. Sein Pferd setzte sich von selbst in Bewegung, als die Reiter an ihm vorüberpreschten, und noch bevor Kim richtig wusste, wie ihm geschah, fand er sich inmitten der wilden Jagd. Seine Hände krampften sich um die Zügel, aber nicht um das Pferd zu lenken, sondern nur um sich daran festzuhalten. Hätte das Tier nicht von allein seinen Platz in der Gruppe gefunden, wäre er rettungslos verloren gewesen.

Sie ritten in halsbrecherischem Tempo ins Tal zurück und Kim musste sich mit aller Kraft in der Mähne des Pferdes festklammern, um nicht abgeworfen zu werden. Sie galoppierten den Weg hinab, stießen auf eine andere Gruppe schwarzer Reiter und schlugen dann zu Kims Entsetzen den Weg zum Lager ein.

Unter der schwarzen Rüstung brach ihm der Schweiß aus. Sein Streich war gewagt genug gewesen – aber mitten ins Lager der Schwarzen zu reiten wäre der reine Selbstmord! Er musste weg, egal wie!

Verzweifelt hielt er nach einem Fluchtweg Ausschau. Das Lager der Schwarzen befand sich unmittelbar am Waldrand, aber Kim ritt an der entgegengesetzten Flanke der Kolonne. Einen Moment lang spielte er mit dem Gedanken, das Pferd herumzureißen und in wildem Galopp in den Wald zu sprengen, verwarf die Idee aber sofort wieder. Er konnte sich mit Müh und Not im Sattel halten und selbst wenn das Pferd seinen Befehlen gehorchte, hätten ihn die anderen eingeholt, ehe er bis zehn zählen konnte.

Sie ritten in das Lager ein. Es bestand aus zwei halbkreisförmigen, weit auseinandergezogenen Zeltreihen, die sich um ein großes Lagerfeuer gruppierten. Ihr Anführer rief einen scharfen Befehl, worauf sich die geordnete Formation der Gruppe auflöste und jeder für sich seinem Platz zustrebte. Kim war in diesem Moment vollkommen hilflos. Er ließ einfach die Zügel fahren, schickte ein Stoßgebet zum Himmel und hoffte darauf, dass sein Pferd besser als er wusste, was zu tun war.

Einer der Gepanzerten ritt an Kim heran, knuffte ihn mit der Faust in die Seite und sagte ein paar Worte in seiner dunklen, schnellen Sprache. Kim antwortete nicht, worauf der andere seine Worte wiederholte. Kim hüllte sich weiter in Schweigen, während sein Herz so rasend schnell zu jagen begann, dass er meinte, das Geräusch müsse wie dumpfer Trommelwirbel im ganzen Lager zu hören sein. Der Schwarze sah ihn einen Moment abwartend an, murmelte etwas und wandte sich achselzuckend ab.

Kim atmete auf. Der Zwischenfall hatte ihm bewiesen, wie gefährlich seine Lage war.

Er trabte in einer Gruppe von sieben oder acht schwarzen Reitern zum Ende des Lagers. Die Pferde blieben von selbst stehen und Kim schwang sich, dem Beispiel der anderen folgend, aus dem Sattel. Er stellte sich dabei so ungeschickt an, dass er um ein Haar gestürzt wäre, aber keiner der anderen schien Notiz davon zu nehmen.

Die Pferde trotteten zu einem Pferch, der am Waldrand errichtet worden war. Alle Pferde – bis auf seines. Es blieb einfach stehen, scharrte mit den Vorderhufen im Sand und begann dann den Kopf an seiner Rüstung zu reiben. Kim merkte entsetzt, wie einer der umstehenden Krieger den Kopf hob und verwundert zu ihm herübersah.

Er tupfte dem Pferd sanft auf die Nüstern. »Geh, Junge«, flüsterte er. »Bitte, bitte, geh. Geh zu deinen Kameraden. Du bringst mich um, wenn du hierbleibst.«

Das Pferd schnaubte leise und setzte sich widerwillig in Bewegung, jedoch nicht ohne immer wieder stehen zu bleiben und den Kopf zu wenden, fast als wollte es sich überzeugen, dass er nicht weglief.

Das Lagerfeuer brannte hell und mit prasselnder Flamme. Der zuckende, orangerote Schein vertrieb die Kälte und die Dunkelheit. Die Schwarzen hatten ihre Proviantbündel hervorgeholt und begannen zu essen. Kim streifte hungrig und durstig durch das Lager – zum einen um weniger aufzufallen, zum ändern um etwas über dessen Organisation herauszufinden. Jedoch ohne viel Erfolg. Nur ein Teil der schwarzen Krieger schlief in Zelten; die anderen legten sich zum Schlafen nieder, wo sie gerade standen oder saßen. Nachdem sie fertig gegessen hatten, wickelten sie sich in ihre Decken ein oder rollten sich einfach auf dem nackten Boden zusammen.

Nach beendetem Rundgang kehrte Kim noch einmal zu den Pferden zurück. Der Pferch, in dem sie untergebracht waren, befand sich dicht am Waldrand. Hier in der Nähe würde er sich hinlegen und schlafend stellen. Später des Nachts, wenn alles schlief, ergab sich vielleicht eine Gelegenheit zur Flucht. Aber noch war es nicht so weit. Kim fand keine Ruhe und schlenderte scheinbar ziellos zwischen den Zelten umher. Er nickte einem Schwarzen, der ihn ansprach, stumm zu und hockte sich schließlich im Schatten eines Zeltes nieder. Zwischen den Zelten glommen jetzt etliche kleinere Feuer auf. Stimmengemurmel, das Klirren von Metall und das typische Knarren von altem Leder erfüllten die Luft. In Kims unmittelbarer Nachbarschaft begannen drei hünenhafte Schwarze eine Decke auszubreiten und zu würfeln.

Kim legte sich auf den Rücken, verschränkte die Arme hinter dem Kopf und starrte zu den Sternen empor. Plötzlich fühlte er sich, trotz seiner Nervosität und Angst, unsäglich müde und erschöpft und musste mit aller Macht gegen den Schlaf ankämpfen.

Lärm ließ ihn auffahren. Die drei Krieger waren über ihrem Würfelspiel in Streit geraten. Einer von ihnen war aufgesprungen und hatte sein Schwert gezogen und die beiden anderen redeten aufgeregt auf ihn ein.

Kim richtete sich auf die Ellbogen auf und verfolgte neugierig, was weiter geschah.

Es ging alles ganz schnell. Der Krieger stieß einen wütenden Schrei aus, schwang seine Waffe und sprang auf den einen der beiden Gefährten zu. Das Schwert sauste herab, schrammte dem Gegner über den Brustpanzer und glitt ab. Der andere prallte zurück, zog ebenfalls seine Waffe und schon war ein wilder Kampf im Gange.

Kim erwartete, dass sich die anderen einmischen und den Streit schlichten würden, aber nichts dergleichen geschah. Es fanden sich zwar immer mehr Zuschauer ein, die aus der Dunkelheit auftauchten und sich um die beiden Kämpfenden scharten, aber keiner rührte einen Finger, um einzugreifen.

Der Kampf dauerte nicht lange. Das Schwert des Angreifers zuckte plötzlich vor und bohrte sich in die Lücke zwischen Helm und Brustpanzer des anderen. Der Getroffene taumelte zurück, ließ seine Waffe fallen und kippte dann wie ein gefällter Baum hintenüber.

Die Zuschauer begannen sich zu zerstreuen. Der Krieger, der den Streit begonnen hatte, schob seine Waffe in die Scheide zurück, ging zu seiner Decke und fuhr fort, mit seinem Kameraden zu würfeln, als wäre nichts geschehen. Kim schauderte. In diesem Land schien ein Menschenleben wirklich nicht viel zu zählen.

Er ließ sich zurücksinken, rollte sich auf die Seite und zog die Beine an den Körper. Die schwarze Rüstung hielt erstaunlich warm und nach einer Weile begann sich wieder wohlige Müdigkeit in ihm auszubreiten. Er schloss die Augen, döste einen Moment vor sich hin und schrak auf, als er spürte, dass er im Begriff war, tatsächlich einzuschlafen.

Im Lager breitete sich allmählich Ruhe aus. Die Feuer erloschen eins nach dem andern und die Stimmen verstummten.

Schließlich – es ging schon gegen Mitternacht – war außer dem Heulen des Windes und einem gelegentlichen Scharren aus dem Pferdepferch kein Laut mehr zu hören. Kim schlief nicht. Zu Anfang hatte er sich mit Gewalt wachhalten müssen, aber seine Müdigkeit schlug jetzt ins Gegenteil um. Plötzlich war er von einer Unrast erfüllt, dass er Mühe hatte, still liegen zu bleiben.

Die ganze Nacht lag er wach und wartete auf eine Gelegenheit, sich aus dem Staub zu machen.

Aber es ergab sich keine. Das Lager schlief, jedoch ein halbes Dutzend Wächter patrouillierten ständig um den Platz und machten jeden Fluchtversuch unmöglich. Dabei gewann Kim mehr und mehr den Eindruck, dass die Wächter weniger nach Feinden von außen ausschauten, als vielmehr ihre schlafenden Kameraden scharf im Auge behielten. Er begann zu begreifen, dass es wesentlich einfacher gewesen war, in das Lager hinein- als wieder herauszugelangen.

Kim war froh, als sie am Morgen durch einen kurzen, misstönenden Trompetenstoß geweckt wurden. Er war als einer der Ersten auf den Beinen und begann sich nützlich zu machen. Nicht dass er wirklich wusste, was zu tun war; er eilte einfach hin und her, trug Holz und Ausrüstungsgegenstände zusammen, packte da und dort mit zu und tat alles, um in Bewegung zu bleiben. Und sein Verhalten schien sich als richtig zu erweisen. Niemand nahm Notiz von ihm. Schon nach wenigen Minuten war das Lager abgebaut und alle Spuren ihres nächtlichen Aufenthalts beseitigt.

Ein zweiter Trompetenstoß ertönte und einer der Krieger öffnete den Pferch. Die Pferde quollen wie eine schwarze Woge lebendiger Leiber hervor, trabten umher und suchten nach ihren Herren.

Auch Kims Pferd kam angaloppiert, blieb vor ihm stehen und stieß ihn spielerisch mit der Nase vor die Brust. Der Stoß war jedoch so heftig, dass Kim zurücktaumelte und gegen einen der schwarzen Krieger stieß. Dieser fuhr herum, knurrte ärgerlich und schubste Kim unsanft gegen sein Pferd. Kim griff automatisch nach dem Sattel und verhinderte so im letzten Augenblick, dass er das Gleichgewicht verlor und zu Boden stürzte.

Eine riesige Hand legte sich auf seine Schulter und zerrte ihn brutal herum. Kim sah auf und blickte in die schwarze Gesichtsmaske eines Kriegers, der ihn um fast einen halben Meter überragte.

Der Riese fauchte ihn an, stieß ihn vor die Brust und sagte etwas, was Kim nicht verstand. Aber es war klar, dass er auf Antwort wartete.

Kim überlegte blitzschnell. Der Vorfall vom vergangenen Abend hatte ihm gezeigt, wie rasch hier ein harmloser Streit zu einer tödlichen Auseinandersetzung werden konnte. Er hielt dem Blick des Riesen einen Moment lang stand, wandte sich dann schulterzuckend ab und zog sich ungeschickt in den Sattel. Der Krieger griff nach seinem Gürtel und versuchte ihn herabzuzerren. Kim schüttelte die Hand ab und trat dem Riesen mit aller Kraft vor den Brustpanzer. Der Riese wankte zurück, setzte sich wuchtig auf den Hosenboden und kam mit einem wütenden Kreischen wieder hoch.

Kims Hand zuckte zum Schwert, doch sein Pferd kam ihm zuvor. Es wieherte ärgerlich, wirbelte auf der Stelle herum und trat mit den Hinterläufen aus. Der Schwarze wurde von den Füßen gerissen, überschlug sich in der Luft und landete krachend ein zweites Mal im Sand.

Diesmal dauerte es länger, bis er sich wieder erhob. Die pupillenlosen Augen unter dem Visier blitzten hasserfüllt auf. Langsam erhob er sich auf ein Knie, zog seine Waffe aus dem Gürtel und stand dann ganz auf.

In diesem Augenblick tauchte eine Gruppe hünenhafter schwarzer Ritter hinter ihm auf. Der Krieger zuckte zusammen und senkte unterwürfig den Kopf.

Einer der Ritter sagte etwas zu ihm, worauf er regelrecht zusammenzuschrumpfen schien. Er schob seine Waffe in den Gürtel zurück, bedachte Kim mit einem letzten, hasserfüllten Blick und stelzte unter dem schadenfrohen Gelächter der anderen zu seinem Pferd.

Sie brachen auf. Das schwarze Heer formierte sich zu einer vierfach gestaffelten Kette und zog in östlicher Richtung weiter. Eine Stunde oder länger entfernten sie sich vom Gebirge, dann ritten sie durch einen kleinen Wald, rasteten wenige Minuten und tränkten ihre Tiere an einem schlammigen Bach. Danach zogen sie weiter, jetzt wieder westwärts, dem Gebirge zu. Kim lauerte die ganze Zeit auf eine Gelegenheit, sich unauffällig abzusetzen, doch wieder vergeblich. Ständig patrouillierten Wachen rechts und links der gemächlich dahinziehenden Kolonne. Und selbst wenn es ihm gelungen wäre – sein Fehlen wäre in der mathematischen Präzision der Marschordnung rasch aufgefallen und sie hätten ihn in kürzester Zeit wieder eingefangen.

Gegen Mittag erreichten sie einen flachen, von Hügeln umgebenen See, an dem sie ihre Pferde abermals tränkten und selbst für eine halbe Stunde rasteten. Dann ging der Marsch weiter, nun stetig nach Süden, parallel zur himmelstürmenden Mauer des Schattengebirges. Manchmal – einem System folgend, das Kim nicht verstand, vielleicht aber auch vollkommen willkürlich – ließ der Anführer anhalten und kleine Gruppen der schwarzen Reiter in die Berge ausschwärmen. Doch Kim gelang es jedes Mal, sich zu drücken.

Schließlich, am späten Nachmittag, als die Sonne bereits wieder in die unendlichen Gipfel des Gebirges eintauchte und die Schatten lang und immer länger wurden, erreichte die Kolonne eine Hügelkuppe und hielt an.

Der Anblick verschlug Kim den Atem.

Vor ihnen fiel das Land zu einem weiten, schüsselförmigen Tal ab, das sich nach Westen, zum Gebirge hin, merklich verengte und in einer schmalen Schlucht mit senkrecht aufstrebenden Felswänden auslief.

Das Tal war schwarz von Kriegern. Wie Ameisen wimmelten sie zu Tausenden tief unter ihnen, ballten sich zu Gruppen zusammen, formierten sich zu Zügen und wogten in einer langsamen, majestätischen Bewegung der Schlucht entgegen. Unzählige Zelte und Feuerstellen bedeckten den Talboden. Kim versuchte die Zahl der Soldaten zu schätzen, aber es war unmöglich. Es mussten Tausende, Zigtausende sein, ein gewaltiges Heer, das sich in diesem Tal versammelt hatte und wie ein schwarzer, aufgestauter See, der sich in einen schmalen Abfluss ergießt, westwärts durch die Schlucht zog.

Sie begannen langsam den Hügel hinunterzureiten. Ein hässliches, schrilles Krächzen durchschnitt die Luft. Kim hob den Kopf und sah einen Schwarm riesiger schwarzer Vögel, die mit trägen Flügelschlägen über dem Tal kreisten. Sie ritten weiter und passierten die ersten Zelte, aber ihr Anführer machte keine Anstalten, anzuhalten, sondern führte seine Reiter zwischen Zelten und Lagerfeuern hindurch bis fast in die Mitte des Tales, wo eine flache, mit mächtigen Balken abgestützte Hügelschanze errichtet worden war. Eine Reihe schwarzer Wächter umstand den künstlichen Hügel in weitem Kreis und hinter dem Kordon erstreckte sich ein mit einer öligen Flüssigkeit gefüllter Graben, wohl eine Art provisorischer Verteidigungsanlage, bei deren Anblick sich Kim unwillkürlich fragte, wovor sich die Herren dieser schwarzen Armee inmitten ihres Heeres wohl fürchteten.

Kim zwang sich, wenigstens für einen Augenblick seine Angst zu vergessen und aufmerksam auf jede noch so winzige Kleinigkeit zu achten. Er ahnte, dass sich eine Gelegenheit wie diese wohl nicht so bald wieder bieten würde.

Sie zogen dicht am Kordon der Wächter vorbei. Ihr Anführer tauschte ein paar Worte mit einem der Wachtposten und ritt dann in gemächlichem Tempo weiter, während Kim sich auf die kleine Zeltstadt auf dem Hügel konzentrierte. Auch dort waren schwarze Ritter zu sehen, aber sie schienen größer und – wie Kim fand – irgendwie furchteinflößender als die, unter denen er sich bewegte.

Plötzlich zuckte Kim zusammen. Zwischen den riesigen Gestalten ragte eine noch riesigere hervor. Die Rüstung dieses Ritters unterschied sich in nichts von denen der anderen, aber Kim erkannte ihn trotzdem.

Baron Kart!

Kim stockte vor Schreck der Atem. Der Baron schritt unruhig zwischen den Zelten auf und ab, fuhr einen seiner Leute an und scheuchte einige andere mit einer unwilligen Bewegung zur Seite. Eines der Zelte wurde geöffnet und unter dem Eingang erschien eine hagere, in einen wallenden schwarzen Mantel gehüllte Gestalt.

Boraas.

Kim musste all seine Willenskraft aufbieten, um ruhig im Sattel sitzen zu bleiben. Der Magier trat aus dem Zelt und ließ den Blick über die unabsehbare Masse seiner Krieger gleiten. Für einen schrecklichen Moment schien es Kim, als ob der Blick dieser grauen, harten Augen forschend auf ihm ruhte. Dann drehte sich Boraas mit einer ruckartigen Bewegung um und sagte etwas zu jemandem hinter sich im Zelt. Ein schwarzer Ritter trat daraus hervor und stellte sich dem Magier an die Seite.

Kim schauderte. Der Ritter war kleiner als Boraas, kaum größer als er selbst, und trug genau wie die anderen eine schmucklose schwarze Rüstung. Aber er hatte etwas an sich, was ihn von den übrigen Kriegern unterschied. Trotz seiner geringen Körpergröße und der schmalen Schultern wirkte er gefährlicher und böser als alle anderen. Es war, als sei er von einer unsichtbaren schwarzen Aura umgeben, einem Fluidum des Bösen, das wie ein ins Negative verkehrter Heiligenschein von seiner schwarzen Rüstung ausstrahlte.

Dann waren sie vorbeigezogen und der schwarze Ritter entschwand Kims Blicken. Aber der Eindruck wirkte noch lange in ihm nach. Kim hatte plötzlich das Gefühl, nur noch mit Mühe atmen zu können. In seinem Inneren schien etwas zu Eis erstarrt zu sein, als hätte der bloße Anblick dieser düsteren schwarzen Gestalt ausgereicht, ein Stück seiner Seele absterben zu lassen.

Sie ritten bis ins vordere Drittel des Tales und hielten dann endgültig an. Der Anführer rief einige Kommandos, alle saßen ab und zwei der Krieger machten die Runde und sammelten die Pferde ein, um sie in eine große Koppel nahe dem Talschluss zu treiben.

Der Tag endete wie der vorige. Die Männer verteilten sich, spielten, tranken und hockten einfach beisammen und trieben ihre rauen Scherze. Kim fand bald heraus, dass er sich ungehindert im Lager bewegen konnte, aber er wagte es nicht, sich viel weiter als hundert Meter von seiner Gruppe zu entfernen. Für ihn sahen die Krieger alle gleich aus, und wenn er sich verirrte, würde er nie wieder zu seinem Haufen zurückfinden. Er schien bei der Wahl seines Opfers wirklich Glück gehabt zu haben – der Reiter, dessen Platz er einnahm, hatte offensichtlich keine Freunde und sein schweigsames, zurückgezogenes Verhalten erregte keine Aufmerksamkeit.

Ungeduldig erwartete Kim den Einbruch der Nacht. Auf den das Tal umgebenden Hügeln glommen unzählige Feuer auf und Kims Fluchtpläne zerrannen in nichts. Es war unmöglich, aus diesem Lager zu entkommen. Er würde sich auf Gedeih und Verderb weiter seinem Glück anvertrauen und darauf warten müssen, dass das Heer weiterzog und sich eine bessere Gelegenheit bot.

Eine schreckliche Vision stieg vor seinen Augen auf. Er sah sich selbst, gekleidet in diese schwarze, finstere Rüstung, eingekeilt in eine unendliche Reihe galoppierender Reiter, Themistokles und seine Verbündeten angreifend. Womöglich, dachte er, geschah es tatsächlich, dass er mit diesem gigantischen Heer weiter und weiter nach Westen zog und sich unversehens in einer Schlacht gegen jene wiederfand, die ihn gerufen hatten.

Er ging ein paar Schritte, bis er durch eine Lücke zwischen den Zelten die Schlucht im Westen erkennen konnte. Auch jetzt, nach Einbruch der Dunkelheit, zogen die schwarzen Reiter in einer nie abreißenden Kette weiter durch die Bresche. Fackeln und große flackernde Scheiterhaufen, die rechts und links des Weges errichtet worden waren, tauchten die Felswände in tanzendes rotes Licht. Tief aus dem Innern der Schlucht drang ein geheimnisvolles grünes Leuchten, in dem die Gestalten der Reiter seltsam flach und körperlos wirkten, sodass es beinah so aussah, als bewegte sich dort keine Armee, sondern ein endloser Zug von Schatten.

Kim wandte sich ab. Er sah sich unschlüssig um und kehrte schließlich zu seinem Lagerplatz zurück. Er war noch müder als am Abend zuvor und er hatte jetzt seit zwei Tagen nichts gegessen, sodass ihm vor Hunger und Schwäche schon übel wurde. Aber er wagte es nicht, das schwarze Visier auch nur für einen Augenblick zu lüften.

Schließlich legte er sich nieder, griff sich eine Decke und schlief fast augenblicklich ein.

Sie blieben zwei Tage und drei Nächte in diesem Tal. Ein paar Mal mussten sie ihre Plätze räumen, um einer nachrückenden Gruppe Platz zu machen, und jeder Wechsel brachte sie näher an die Schlucht am Talausgang heran. Die Zahl der nachdrängenden Reiter war so gewaltig, dass das Tal schließlich kaum noch in der Lage schien, die gigantische Armee aufzunehmen. Kim sah Boraas noch einmal wieder, am zweiten Tag, als der Magier auf einem riesigen schwarzen Pferd das Tal inspizierte, Baron Kart an der einen und jenen seltsamen, finsteren Begleiter an der anderen Seite.

Die Tage im Lager verliefen gleichförmig. Es gab nichts zu tun und Kim brachte fast seine ganze Zeit damit zu, ruhelos umherzuwandern. Er wusste, dass sein Verhalten früher oder später Aufsehen erregen musste, und eigentlich grenzte es bereits an ein Wunder, dass er bis jetzt unentdeckt geblieben war.

Dann, am Morgen des dritten Tages, wurden sie durch einen rüden Befehl geweckt. Sie formierten sich zu einer langen, wie mit dem Lineal gezogenen Doppelreihe und standen fast eine Stunde lang reglos in der glühenden Sonne. Dann wurden die Pferde gebracht.

Kim freute sich, als das schwarze Pferd, das er erbeutet hatte, zielstrebig aus der Herde ausscherte, auf ihn zutrabte und den Kopf an seiner Schulter rieb. Obwohl Kim sich darüber im Klaren war, dass sein Benehmen ungewöhnlich erscheinen musste, hob er die Hand und streichelte dem Tier zärtlich die Nüstern. Das Tier wieherte, scharrte mit den Vorderhufen und bewegte ein paarmal ungeduldig den Kopf, als wollte es ihn auffordern, in den Sattel zu steigen. Und Kim folgte der Aufforderung.

Nach und nach fanden alle Tiere zu ihren Herren zurück und der versprengte Haufen schmutziger Gestalten verwandelte sich wieder in eine stolze Schar schwarzer Reiter.

Kim verspürte ein seltsames, warmes Glücksgefühl, als er im Sattel seines Pferdes saß. Umgeben von einem finsteren Haufen von Feinden und dem Tod näher als dem Leben, war dieses Tier sein einziger Freund und Vertrauter, das einzige Lebewesen, das sein Geheimnis kannte und mit ihm teilte. Und irgendwie glaubte Kim zu wissen, dass dieses Gefühl nicht nur einseitig war.

Auf einen Befehl ihres Anführers hin setzten sie sich in Bewegung. Kim fand sich inmitten einer unübersehbaren Kolonne ruhig und diszipliniert dahintrabender Reiter, ein Glied in der nicht abreißenden Kette, die sich westwärts durch die Schlucht zog.

Die Feuer zu beiden Seiten des Weges verblassten unter dem intensiven grünen Glühen, das vom Ende der Schlucht hereindrang. Zuerst schien es Kim, als brenne dort ein grünes, rauchloses Feuer, aber je näher sie kamen, desto deutlicher konnte er erkennen, dass es sich um etwas völlig anderes handelte. Es gab keine Flammen und keine Hitze, nur diese grüne, alles durchdringende Helligkeit, die aus den Felswänden, aus dem Boden, ja sogar aus der Luft zu kommen schien. Ein hoher, sirrender Ton ließ Kims Nerven vibrieren. Und plötzlich bekam er Angst, fürchterliche Angst. Er ahnte, dass etwas Schreckliches mit ihm geschehen würde, wenn er in den Bereich des grünen Leuchtens vordrang. Aber es gab keinen Fluchtweg. Sie ritten jetzt so dicht nebeneinander, dass zwischen den einzelnen Tieren kaum noch eine Handbreit Platz blieb, und die Reiter in den äußersten Kolonnen streiften mit ihren Rüstungen bereits am Felsen entlang. Selbst wenn Kim so verwegen gewesen wäre, die Flucht zu wagen, hätte er sein Pferd gar nicht wenden können.

Er versuchte die Angst zurückzudrängen und sich auf den Anblick vor sich zu konzentrieren. Die Reiter strebten ohne zu zögern dem grünen Licht zu. Ihre Körper schienen zu verschwimmen und Kim glaubte fast durch sie hindurch die Umrisse der vor ihnen Reitenden zu erkennen.

Das Licht kam näher und näher. Kims Pferd scheute ein wenig, aber Kim brachte es mit einigen besänftigenden Worten zur Ruhe. Ein seltsames Kribbeln breitete sich in seinem Körper aus, als das Licht ihn erfasste. Kim schloss geblendet die Augen, senkte den Kopf und beschattete das Gesicht mit der Hand. Aber es nutzte nichts. Das grelle grüne Licht drang durch seine Hand und durch das Metall der Rüstung und ließ ihn aufstöhnen.

Dann, so abrupt, als hätte jemand einen gigantischen Schalter umgelegt, verschwand das Licht und Kim fand sich in einer gewaltigen, von grauen Schatten erfüllten Höhle wieder. Die

Decke war so hoch, dass er sie nicht mehr erkennen konnte, und vor ihm gähnte ein bodenloser Abgrund. Die Reiter versammelten sich am Rande der Schlucht und lenkten ihre Tiere nacheinander auf eine schmale, kühn geschwungene Steinbrücke hinaus, die über den Abgrund führte und sich irgendwo in Weite und Dunkelheit verlor. Es gab kein Geländer, keinen Schutz, nur dieses schmale Steinband, das kaum breit genug war, den Pferden sicheren Tritt zu gewähren. Die schwarzen Reiter zwangen ihre Tiere hinauf, Glied um Glied einer endlosen Kette. Ab und zu löste sich ein Stein unter dem harten Hufschlag der Tiere und einmal kam ein Pferd ins Stolpern, kreischte auf und stürzte mitsamt seinem Reiter ab, ohne dass dies den Vormarsch der übrigen auch nur für eine Sekunde ins Stocken brachte.

Kims Hände krallten sich in die Mähne seines Tieres, als sie auf die Brücke hinausritten. Er blickte in die Tiefe, schloss entsetzt die Augen und stöhnte leise. Ihm schwindelte und für einen Moment schien sich die gigantische Höhle um ihn herum zu drehen. Der Hufschlag der Pferde dröhnte plötzlich wie Donnergrollen in seinen Ohren.

Stunden schienen zu vergehen, ehe sie endlich das andere Ende der Brücke erreichten. Die Decke der Höhle senkte sich herab und verband sich mit den Seitenwänden zu einem niedrigen Stollen, von dem zahlreiche Seitengänge abzweigten. Die Luft roch abgestanden und bitter und jeder Atemzug brannte wie Feuer in Kims Lungen. Die Reiter entzündeten Fackeln, um den Weg zu erhellen.

Der Ritt nahm kein Ende. Einmal rasteten sie und Kim lehnte sich gegen die feuchtkalte Wand und schlief fast augenblicklich ein. Als er geweckt wurde, hatte er das Gefühl, nur wenige Minuten geschlafen zu haben und müder als vorher zu sein.

Die Umgebung wechselte ständig. Sie ritten durch Hallen und hohe, schattenerfüllte Steindome, durchquerten enge

Schluchten und balancierten am Rande bodenloser Abgründe entlang und einmal führte sie eine Art roh behauene Steintreppe Hunderte Meter in die Tiefe.

Eine neuerliche Rast folgte, dann wieder endlose Stunden im Sattel. Und endlich, als Kim schon glaubte, sich nicht mehr auf dem Rücken des Pferdes halten zu können, leuchtete vor ihnen ein winziges grünes Licht. Die Fackeln erloschen und das Heer drang in eine weitläufige, hohe Höhle ein, von deren Decke bizarre Kristallgebilde herunterhingen. Schwärme riesiger Fledermäuse kreisten über ihren Köpfen und am entgegengesetzten Ende der Höhle glühte wieder jenes wohlbekannte grüne Feuer.

Der Marsch ging ohne Pause weiter. Kims Pferd wieherte erschöpft, als sie einen geröllübersäten Hang hinaufritten. Neben ihm kam ein Tier ins Straucheln, scheute und warf seinen Reiter ab. Der gepanzerte Reiter schlug unglücklich mit dem Kopf auf und blieb reglos liegen. Kim schloss entsetzt die Augen, als er sah, wie er unter den Hufen der Nachdrängenden verschwand.

Das grüne Leuchten erfasste sie. Wieder stöhnte Kim qualvoll unter dem unerträglich gleißenden Licht. Als er die Augen wieder öffnete, befand er sich in einem weiten, von hohen Felswänden umschlossenen Tal, ähnlich dem, aus dem sie aufgebrochen waren.

Die Erkenntnis traf ihn wie ein Hammerschlag. Das Gebirge lag jetzt hinter ihm, im Osten. Sie hatten die Schattenberge überwunden!

VII

Kim war zu erschöpft, um den Gedanken in seiner vollen Tragweite zu erfassen. Und er schien nicht der Einzige zu sein, dem der Ritt unter dem Schattengebirge das Letzte abverlangt hatte. Die Reiter verteilten sich und Kim ritt inmitten der ihm schon vertraut gewordenen Gruppe zum südlichen Ende des Talkessels. Diesmal verzichtete man darauf, Zelte aufzuschlagen, und auch die Pferde wurden nicht weggeführt. Die Krieger ließen sich, wo sie gerade waren, aus den Sätteln fallen und rollten sich zum Schlafen ein. Der Wunsch, es ihnen gleichzutun, war übermächtig, aber Kim riss sich zusammen. Wenn es eine Möglichkeit gab, dem schwarzen Heer zu entkommen, dann jetzt. Vornübergebeugt, die Hände auf den Hals des Pferdes gestützt, trottete er an endlosen Reihen schlafender oder teilnahmslos dahockender Soldaten vorbei. Der Talkessel war rundum geschlossen, nur im Norden gab es einen schmalen, wie mit einer gigantischen Axt in den Felsen gehauenen Spalt. Natürlich war der Ausgang bewacht, aber darüber machte Kim sich im ersten Hochgefühl keine Sorgen. Er hatte das Unmögliche geschafft und einen Weg über das Schattengebirge gefunden – nach all dem würde er sich jetzt nicht von ein paar Wachen aufhalten lassen.

Er ritt langsamer, legte dem Pferd beruhigend die Hand zwischen die Ohren und murmelte leise, sinnlose Worte. Den Blick wachsam geradeaus gerichtet, näherte er sich dem Talausgang. Ein halbes Dutzend schwarz gepanzerter Wächter stand, auf ihre Speere gestützt, vor dem etwa zwanzig Meter breiten Durchlass. Kim zügelte sein Pferd und hielt an. Er hatte sich noch keine klare Vorstellung darüber gemacht, wie er den Talkessel verlassen konnte.

Vielleicht würde es ihm sogar gelingen, in wildem Galopp durch die Reihe der Wächter zu brechen. Aber das andere

Ende der Schlucht war garantiert ebenfalls bewacht und spätestens dort würde seine Flucht zu Ende sein, wenn ihn nicht vorher ein Pfeil oder ein Speer aus dem Sattel hob.

Hufgeklapper ließ ihn herumfahren. Eine kleine Gruppe schwarzer Reiter näherte sich dem Durchlass. Der Anführer wechselte ein paar Worte mit einem der Wächter, worauf sich der Kordon teilte und die Reiter durchließ.

Kim überlegte nicht lange. Mit sanftem Schenkeldruck zwang er sein Pferd herum, reihte sich ans Ende der Kolonne und passierte mit ihr die Wachtposten. Niemand nahm Notiz von ihm.

Die Schlucht war vielleicht hundert Meter lang, aber seine Aufregung und Ungeduld ließen sie ihm viel länger erscheinen. Endlich passierten sie wieder eine Reihe gut getarnter Wächter am Ausgang der Klamm und vor ihnen lag ein unglaublich weites, lichtes Land.

Kim hätte am liebsten laut aufgejubelt. Sie befanden sich noch immer im Gebirge, aber es war eine Gebirgslandschaft ganz anderer Art als diesseits der Schattenberge. Zwischen dem hellen Felsgestein leuchteten grüne Büsche und Farnkraut und bunte Gebirgsblumen. Gras und Moos dämpften die Tritte der Pferde und aus einem Spalt hoch oben im Felsen wuchs eine verkrüppelte Kiefer in den durchsichtig blauen Himmel. Vogelgezwitscher erfüllte die Luft und ein Gebirgsbach mit glasklarem Wasser kreuzte ihren Weg.

Jetzt!, dachte Kim.

Er riss sein Pferd herum, presste ihm die Schenkel in die Seiten und beugte sich tief über seinen Hals. Ein überraschter Aufschrei lief durch die Reitergruppe. Jemand rief etwas, was Kim nicht verstand, dann erscholl ein kurzer, wütender Befehl. Ein Pfeil zischte knapp an ihm vorbei und zersplitterte am Felsen, ein zweiter schrammte über seine Rüstung und hinterließ einen langen blutigen Kratzer an der Flanke seines Pferdes. Dann war er um eine Biegung und vorläufig in Sicherheit.

Kim schätzte blitzartig seine Lage ab. Der Weg führte steil den Hang hinunter und schlängelte sich zwischen Felsen und Baumgruppen hindurch, sodass er fürs Erste vor Pfeilen und anderen Geschossen geschützt war. Aber er musste ein Versteck finden. Sein Pferd war genauso erschöpft wie er selbst, es würde das Rennen mit den starken und ausgeruhten Tieren der Verfolger nicht mehr lange durchhalten.

Wie auf ein Stichwort sprengten in diesem Moment die Reiter um die Ecke. Kim erschrak, als er die hünenhafte Gestalt im Sattel des ersten Pferdes erkannte, die einen riesigen schwarzen Morgenstern schwang. Der Reiter hinter ihm war niemand anders als Baron Kart!

»Lauf, Junge!«, rief Kim seinem Pferd zu. »Lauf um dein Leben. Und um meines. Sie bringen uns beide um, wenn sie uns kriegen!«

Das Pferd wieherte, als habe es verstanden. In rasendem Galopp stürmte es den Berg hinunter, sein Atem flog und vor den Nüstern stand flockiger, weißer Schaum. Kim krallte sich in seiner Mähne fest und schaute verzweifelt nach einem Fluchtweg aus. Aber auf der einen Seite war nur freies, offenes Gelände und auf der anderen ein senkrechter Absturz. Der Weg führte jetzt hart am Rand einer mindestens zehn Meter breiten Schlucht entlang, deren jenseitige Kante durch das steile Gefälle erheblich tiefer lag.

Kim blickte über die Schulter zurück. Der Abstand zwischen ihm und seinen Verfolgern hatte sich verringert. Er glaubte in den Augen des schwarzen Barons abgrundtiefen Hass zu erkennen. Nie würde er Kim verzeihen, ihn derart an der Nase herumgeführt zu haben. So etwas war ihm wohl in seinem ganzen Leben noch nicht passiert.

Um so schrecklicher würde seine Rache sein. Eine Rache, von der ihn nur noch wenige Augenblicke trennten …

Kim riss den Kopf herum und blickte nach vom. Er fasste einen verzweifelten Entschluss. Seine Hand zerrte am Zügel.

Das Pferd bäumte sich auf, widersetzte sich einen Augenblick seinem Befehl und schwenkte dann willig herum. Ein vielstimmiger Aufschrei aus den Reihen seiner Verfolger folgte ihm, als sie sahen, wie Pferd und Reiter in halsbrecherischem Tempo auf die Schlucht zusprengten.

Kim warf sich nach vorn, klammerte sich mit beiden Armen am Hals des Tieres fest und schloss die Augen. Er spürte, wie sich die Muskeln des Pferdes spannten, als es zum Absprung ansetzte. Zwei, drei endlose Sekunden segelten sie durch die leere Luft. Kim riss die Augen auf und sah die gegenüberliegende Absturzkante auf sich zufliegen.

Der Aufprall schleuderte ihn aus dem Sattel. Er überschlug sich in der Luft, kam mit fürchterlicher Wucht am Boden auf und rollte etliche Meter wie ein Stein weiter, ehe er zur Ruhe kam. Das Pferd stolperte noch ein paar Schritte, brach dann mit einem Schmerzenslaut in die Knie und richtete sich mühsam wieder auf.

Kim stemmte sich ächzend hoch. Sein ganzer Körper schmerzte und in den Ohren rauschte das Blut. Er wandte den Kopf und blickte zum gegenüberliegenden Rand der Schlucht hinauf. Die Verfolger waren zum Stehen gekommen. Der Baron tobte. Kim sah, wie sich die schwarzen Reiter unter seinen Flüchen duckten.

Etwas zischte an ihm vorbei und bohrte sich vor ihm in den Boden. Kim zuckte zusammen, wich einem zweiten Pfeil aus und wandte sich dann schleunigst zur Flucht. Ein Hagel langer schwarzer Pfeile prasselte rings um ihn nieder und mehr als einmal rettete ihn nur sein Panzer vor einem tödlichen Treffer.

Dann war er hinter einem Felsblock in Sicherheit. Die Pfeile flogen noch immer, erreichten ihn jedoch nicht mehr, fielen zu Boden oder prallten klappernd von den Felswänden ab. Wahrscheinlich schossen die Ritter nur noch, um ihrer Wut Luft zu machen.

Kim pfiff sein Pferd herbei, tastete nach dem Sattelknauf und ließ sich erschöpft gegen seine Flanke sinken. Das Pferd war nass vor Schweiß und sein keuchender Atem hatte sich noch nicht beruhigt. Kim ruhte ein paar Sekunden aus, dann richtete er sich auf, hob die Hände an den Kopf und setzte zum ersten Mal seit einer Ewigkeit, wie ihm schien, den schwarzen Helm ab. Er legte ihn behutsam neben sich ins Gras, ließ sich auf ein Knie nieder und fuhr prüfend mit den Fingerspitzen über die Vorderläufe des Pferdes. Das Tier wieherte und Kim spürte, dass seine Gelenke angeschwollen waren. Es war das reinste Wunder, dass es sich bei dem Sprung nicht alle vier Beine gebrochen hatte.

»Armer Junge«, sagte er. »Du fühlst dich genauso elend wie ich, nicht wahr?«

Das Pferd bewegte den Kopf, als habe es die Worte verstanden, wieherte und stieß Kim mit seiner feuchten Nase vor die Brust. Kim verlor das Gleichgewicht, ruderte mit den Armen und landete lachend auf dem Hosenboden. Aber er wurde gleich wieder ernst.

»Ich fürchte, du musst mich noch eine kleine Weile tragen, Junge«, sagte er. »Wir sind nämlich noch lange nicht in Sicherheit. Baron Kart wird einen Weg finden, über die Schlucht zu gelangen, und dann möchte ich so weit wie nur möglich weg sein. Du wohl auch, oder?« Seufzend befestigte er seinen Helm am Sattelknauf und kletterte wieder auf den Rücken des Pferdes.

Sie ritten weiter bergab. Die steinige Landschaft überzog sich mehr und mehr mit Grün und aus den vereinzelten Bäumen wurden Haine und kleine, schattige Wälder, die zum Verweilen einluden. Kim tränkte sein Pferd an einem der zahlreichen klaren Bäche, die ihren Weg kreuzten, stärkte sich selbst mit ein paar Schlucken eiskalten Wassers und riss eine Handvoll Beeren von den Büschen ab. Hunger und Erschöpfung machten sich wieder bemerkbar. Er war hundemüde und er hätte wer weiß was darum gegeben, ein paar Stunden in einem weichen Bett oder auch nur auf nacktem Boden zu schlafen, aber er war noch nicht weit genug von Kart und seinen schwarzen Reitern entfernt. Wenigstens bis zum Abend musste er durchhalten. In der Dunkelheit konnte er es vielleicht riskieren, sich in einer Felsspalte oder unter einem Busch zum Schlafen zu legen.

Spät am Nachmittag verließen sie das Gebirge. Der steinige Berghang ging in eine sanft abfallende, saftig grüne Wiese über, die an einen schattigen Wald grenzte. Der Anblick gab ihm und seinem Pferd neue Kraft. Er spornte das Tier noch einmal an und ritt im Galopp auf den Waldrand zu.

Als sie die ersten Bäume erreichten, ließ er die Zügel fahren, nahm einen Fuß aus dem Steigbügel und fiel aus dem Sattel. Der Wald und der helle, wolkenlose Himmel begannen sich um ihn zu drehen, Übelkeit und ein Gefühl nie gekannter Schwäche übermannten ihn. Er fiel auf die Knie, rollte sich auf die Seite und versuchte vergeblich wieder hochzukommen. Sein Körper hatte mehr gegeben, als er geben konnte, und selbst wenn die Welt in diesem Moment um ihn herum zusammengebrochen wäre, hätte Kim keinen Schritt mehr gehen können.

Plötzlich hörte er ein Geräusch. Er hob den Kopf und sah, wie sich die Büsche vor ihm bewegten.

Aber es war nur ein Dachs, der, angelockt durch den Lärm und den fremden Geruch, den er und sein Pferd ausströmen mochten, herbeikam und neugierig schnüffelte.

Kim lächelte matt.

»Hallo, Dachs«, sagte er. »Du glaubst gar nicht, wie ich mich freue, ein lebendes Wesen zu sehen.« Er streckte die Hand aus und bewegte die Finger. Der Dachs schnüffelte erneut, ließ sich dann auf sein breites Hinterteil sinken und begutachtete diesen seltsamen Besucher aus seinen kleinen, klugen Augen.

»Du bist zwar nur ein Dachs«, murmelte Kim, schon halb

im Schlaf, »aber du bist trotzdem das schönste Wesen, das ich seit Tagen zu Gesicht bekomme. Schade, dass du mir nicht helfen kannst.«

Der Dachs legte den Kopf auf die Seite und zwinkerte ein paarmal.

Kim ließ den Kopf ins weiche Gras sinken, schloss die Augen und seufzte: »Nimm's mir nicht übel, Dachs, aber ich muss einfach ein paar Minuten schlafen. Wenn du wartest, bis ich aufwache, unterhalten wir uns ein bisschen.«

Der Dachs grunzte, kratzte sich mit dem Hinterlauf am Ohr und schüttelte sich.

»So viel Zeit habe ich leider nicht«, brummte er. »Aber ich komme gerne wieder. Man trifft hier nicht oft Leute, mit denen man ein gemütliches Schwätzchen halten kann, weißt du.«

Kim wusste später nicht zu sagen, ob er im nächsten Moment eingeschlafen oder vor Schreck in Ohnmacht gefallen war.

Kim blieb fast eine Woche bei Tak, dem Dachs. Der alte Grimbart bewohnte zusammen mit seiner Frau und einer Horde streitlustiger kleiner Dachskinder eine ausgedehnte Höhle tief unter dem Waldboden, groß genug, dass auch noch Kim darin Platz fand.

Die Taks – nicht nur Tak hieß Tak, sondern auch seine Frau und jedes der acht Jungen, sodass Kim sich oft fragte, wie um alles in der Welt Frau Tak ihre Sprösslinge wohl auseinanderhalten konnte –, die Taks waren jedenfalls sehr freundliche Leute, wenn sie auch im ersten Moment einen etwas verschlossenen und eigenbrötlerischen Eindruck machten. Während der ersten drei Tage lag Kim fast die ganze Zeit in einer stillen, dunklen Ecke der Höhle und wachte nur auf, wenn ihm Frau Tak etwas zu essen brachte oder einer der jungen Taks ihn aus purem Übermut an den Haaren zog oder versuchte, unter seine Rüstung zu kriechen. Erst am vierten Tag verließ er die Höhle, um sich in der näheren Umgebung umzusehen und sein Pferd zu versorgen. Aber der kurze Ausflug zeigte ihm deutlich, dass seine Kräfte noch lange nicht zurückgekehrt waren. Er versuchte zu reiten, fiel aber schon beim ersten Versuch aus dem Sattel und kroch niedergeschlagen in den Dachsbau zurück.

Unten war es kühl und schattig wie immer. Kim verkroch sich in seine Ecke und kuschelte sich in das trockene Laub, das die Dachse zu einem Bett zusammengetragen hatten. Die Taks waren tagsüber fast immer in der Höhle. Nachts gingen sie auf Nahrungssuche und kehrten meist erst im Morgengrauen von der Jagd zurück. Kim hatte während der letzten Tage nicht viel mit ihnen geredet. Die Dachse waren nicht sehr gesprächig. Wenn sie nach Hause kamen, ging Frau Tak sofort daran, die Vorräte zu verstauen und das Essen vorzubereiten, während sich die Jungen in ihre Spielhöhle zurückzogen und der alte Dachs an seinem Lieblingsplatz hockte und friedlich vor sich hin döste.

Der Dachsbau war behaglich und sicher, ein Ort, an dem man sich geborgen fühlte und wo man alle Sorgen und Nöte vergessen konnte. Ein ganz klein wenig wie zu Hause, dachte Kim, verdrängte den Gedanken aber sofort wieder. Er war nicht hierhergekommen, um sich auszuruhen. Es gab noch viel zu tun.

Kim stand wieder auf, kroch auf allen vieren zu Tak hinüber und hockte sich schweigend neben ihn auf den Boden.

Tak machte ein Auge auf und sah Kim prüfend an.

»Ich hoffe, du fühlst dich besser«, sagte er.

Kim nickte. »Ja. Ich … ich fühle mich schon wieder ganz gut. Und das habe ich nur eurer Hilfe zu verdanken.«

»Lass nur. Ich sagte schon, dass hier nicht oft Leute vorbeikommen. Da ist es doch selbstverständlich, dass man sich umeinander kümmert.«

»Aber ich kann nicht hierbleiben«, murmelte Kim.

»Ich weiß.« Tak wackelte mit dem Kopf. »Ayyah«, seufzte er. »Diese jungen Leute heute. Immer in Eile, niemals haben sie Zeit für ein Schwätzchen.« Wieder wackelte er mit dem Kopf und sah Kim traurig an. »Ich hatte gehofft, dass du ein Weilchen bei uns bleiben und uns Gesellschaft leisten würdest. Aber ich sehe schon, dass ich dich nicht halten kann.«

Kim sah ihn verdutzt an. Nachdem Tak in den letzten drei Tagen kaum drei Worte mit ihm gewechselt hatte, kam dieser plötzliche Anflug von Geselligkeit etwas überraschend.

»Bleib noch ein paar Monate«, sagte Tak. »Der Winter steht vor der Tür, dann können wir hier gemütlich beisammensitzen und reden. Es gibt viel zu besprechen.« Er hob schnuppernd den Kopf. »Es geht Schlimmes vor im Land«, murmelte er. »Alles ist so aufgeregt und nervös. Niemand hat mehr Zeit für einen netten Plausch. Ayyah.«

»Wie meinst du das?«, fragte Kim. »Was geht Schlimmes vor im Land?«

»Du weißt es nicht?«

Kim schüttelte den Kopf. »Ich, äh … ich war lange weg«, sagte er.

Tak nickte. Er schwieg fast eine Minute lang und seufzte dann wieder. »Ayyah. Man sagt, es geschehen schreckliche Dinge. Wir leben hier sehr ruhig und abgeschieden, aber man hört so manches.«

»Was für schreckliche Dinge?«, bohrte Kim.

»Schreckliche Dinge, mein Sohn. Man sagt, es gäbe Krieg. Krieg und noch Schlimmeres. Aber Nachrichten brauchen lange, um bis zu uns heraufzukommen. Wenn du mehr wissen willst«, fügte er nach einer Pause hinzu, »wirst du wohl ins Tal hinuntergehen müssen.«

Kim nickte. »Das werde ich wohl.«

»Aber nicht sofort«, mischte sich Frau Tak energisch ein. »Zuerst ruhst du dich noch ein paar Tage aus und isst anständig.« Sie knuffte Kim schmerzhaft zwischen die Rippen. »An dir ist ja überhaupt nichts dran. Wenn du mein Sohn wärst ...« Sie schüttelte missbilligend den Kopf. »Du gehst hier nicht weg, bevor du wieder anständig Fleisch auf den Rippen hast«, sagte Frau Tak bestimmt.

Und dabei blieb es.

Am nächsten Abend nahmen ihn die Dachse mit auf die Jagd. Kim fühlte sich längst noch nicht kräftig genug für ein solches Unternehmen, aber Tak bestand darauf, dass er mitkam, und Kim hätte es als undankbar empfunden, ihm diesen Wunsch abzuschlagen.

Seine Meinung über die Dachse änderte sich gründlich, als er sie auf der Jagd erlebte. Daheim in der Höhle waren Tak, Tak, Tak, Tak, Tak, Tak, Tak und Tak, die jungen Dachse, unausstehliche Quälgeister, richtige Frechdachse eben. Auf der Jagd verwandelten sie sich in disziplinierte, folgsame Kinder, deren Blicke wie gebannt an jeder Bewegung ihres Vaters hingen und die auch nicht das mindeste überflüssige Geräusch verursachten. Sie streiften einen halben Tag durch den Wald, ehe sie auf Beute stießen. Als es schließlich so weit war, ging alles so schnell, dass Kim kaum wusste, was geschehen war, als der alte Tak schon mit einem geschlagenen Kaninchen in der Schnauze angelaufen kam.

Kim freute sich für die Taks, aber er konnte sich eines leisen Gefühls des Bedauerns nicht erwehren, als er den reglosen Kaninchenkörper betrachtete. Tak bemerkte seinen Blick.

»Dir tut das Langohr leid, wie?«, sagte er.

Kim druckste herum und nickte dann. »Aber es muss wohl sein«, murmelte er.

»Ayyah, es muss sein«, bestätigte Tak. »So ist das nun mal. Man frisst oder wird gefressen. Bei euch Menschen ist es auch nicht anders.«

Kim wusste nicht, worauf Tak hinauswollte. Er wartete

schweigend, bis der Dachs nach einer Weile fortfuhr. »Siehst du, Kim«, sagte er, »die Natur hat es nun einmal so eingerichtet, dass der Starke den Schwachen frisst und der Schwache den Schwächeren. Und solange jeder das tut, weil er Hunger hat oder weil er für seine Jungen sorgen muss, ist das auch ganz in Ordnung. Es ist das System, und solange sich alle daran halten, bleiben die Dinge im Gleichgewicht.« Er legte den Kopf auf die Seite und betrachtete Kims schwarze Rüstung. »Das sieht nicht schön aus, was du da anhast«, stellte er fest und musterte Kim mit zusammengekniffenen Augen. »Heute früh bin ich noch einmal aus der Höhle gegangen«, fuhr er fort. »Und da habe ich viele Männer gesehen. Männer auf Pferden wie dem deinen. Und auch ihre Rüstungen waren so wie die, die du trägst. Waren das deine Leute?«

Kim war über diese Eröffnung so erschrocken, dass er nicht gleich antworten konnte.

»Viele … Männer?«, stotterte er.

Tak nickte. »Sehr viele. Sie haben mir nicht gefallen. Ayyah, gar nicht, mein Sohn. Gehörst du zu ihnen?«

Kim schüttelte energisch den Kopf. »Nein. Bestimmt nicht. Ich … ich habe mich unter sie gemischt, aber sie sind meine Feinde. Und eure auch, glaube ich. Was haben sie gemacht?«

»Nichts. Sie zogen vorbei. Suchen sie dich?«

»Ich glaube schon«, murmelte Kim. »Aber sie sind nicht bloß aus diesem Grund gekommen. Wohin sind sie geritten?«

»Ins Tal«, antwortete Tak. »Sie schienen es nicht eilig zu haben. Was waren das für Leute?«

Kim überlegte eine Weile, ehe er antwortete. Er hätte viel erzählen können, von Flucht und Verfolgung, von Baron Kart, von Boraas und seinem finsteren Begleiter, aber er hatte den Eindruck, dass Tak das alles bereits wusste.

»Gestern hast du mir erzählt, dass man von Krieg spricht«, sagte er, »erinnerst du dich?«

Tak nickte.

»Die Reiter, die du gesehen hast, sind hierhergekommen, um dieses Land zu erobern«, sagte Kim. Er erwartete, dass Tak Erschrecken oder zumindest Überraschung zeigen würde, aber der alte Dachs nickte nur wieder, als hätte er nichts anderes erwartet.

»So hat er es denn getan«, murmelte Tak.

»Wer hat was getan?«

»Boraas«, antwortete Tak. »Wir wussten schon lange, dass er Eroberungspläne schmiedet. Doch bisher hat er sich nicht getraut, uns offen anzugreifen. Es gab Gerüchte.«

»Gerüchte?«

Tak antwortete nicht sofort. Schließlich sagte er: »Es ist nicht immer etwas dran an Gerüchten, mein Sohn. Aber es ist auch nicht immer nichts dran, wenn du verstehst, was ich meine. Es heißt, dass Boraas einen mächtigen Verbündeten gefunden hat, durch dessen Hilfe es ihm möglich war, das Schattengebirge zu überwinden und mit seinem Heer in das Land einzufallen. Ayyah. Es werden schlimme Zeiten kommen. Ich spüre es in meinen alten Knochen.«

»Du … du solltest fliehen«, sagte Kim. Ohne es begründen zu können, fühlte er sich mitschuldig an dem, was geschehen war.

Tak schüttelte den Kopf. »Ich fürchte nicht um mich, Kim«, sagte er. »Ich bin alt und einen alten Baum soll man nicht verpflanzen. Ich habe lange und glücklich gelebt, und wenn es mich trifft, so trifft es mich eben, egal wo ich gerade bin. Und es wird noch lange dauern, bis die Schwarzen auch hier ihre Herrschaft errichtet haben. Nein – ich denke nicht an mich. Aber ich mache mir Sorgen um Tak und die anderen Taks, meine Jungen. Sie haben kein so glückliches Leben vor sich. Das stimmt mich traurig, auch wenn sie selbst noch zu jung und ungestüm sind, um es zu begreifen. Jemand muss ihnen helfen.«

»Und … dieser Jemand soll ich sein?«

Tak nickte ernst.

»Aber was kann ich tun?«, fragte Kim. »Ich bin selbst nur ein kleiner schwacher Junge und die Schwarzen sind so viele …«

»Du magst ein kleiner Junge sein«, sagte Tak, »aber es kommt nicht darauf an, was du bist, sondern darauf, was du tust. Boraas mit all seiner Macht vermag nichts gegen dich auszurichten, wenn du wirklich fest entschlossen bist, ihm zu widerstehen.« Tak schwieg, aber Kim hatte den Eindruck, dass der Dachs ihm noch nicht alles gesagt hatte. Und tatsächlich fuhr er nach einer Weile fort. »Du hast noch einen weiten Weg vor dir, Kim. Einen Weg voller Gefahren, wogegen die, die du überstanden hast, harmlos sind. Aber du kannst ihn gehen, wenn du es wirklich willst. Ich weiß es.«

Der Dachs schwieg wieder und diesmal fühlte Kim, dass es sein letztes Wort war und alles gesagt war, was es zu sagen gab. Kim stand ruckartig auf, hängte sich das Kaninchen an den Gürtel und pfiff Junge – er hatte beschlossen, das Pferd immer so zu rufen – herbei. Er schwang sich in den Sattel und ritt in gemächlichem Tempo zur Dachshöhle zurück, während ihm die Taks wie ein Schwarm kleiner, schwarzweißer Schatten folgten.

Taks Worte gingen Kim nicht aus dem Sinn. Er saß hier oben und ruhte sich aus, während rings um ihn herum die schwarzen Reiter bereits in das Land eingefallen waren und Boraas vielleicht schon in diesem Moment damit begann, auch hier seine Schreckensherrschaft zu errichten. Er musste an Ado und dessen Vater, den Tümpelkönig, denken, und als Kim auf die quicklebendigen, verspielten Dachsjungen herunterblickte, wurde ihm erst richtig klar, welch großer Verlust den Tümpelkönig getroffen hatte. Es würde nicht mehr lange dauern und dieses Land würde dem Schattenreich gleich werden. Und schließlich würde aus Tak ein verbitterter böser alter Dachs geworden sein und aus seinen Jungen verbitterte böse junge Dachse, die nichts als Groll im Herzen trugen und einer

Zeit nachtrauerten, die sie kaum oder gar nicht erlebt hatten. Nein – so weit durfte es nicht kommen.

Aber was konnte er schon tun? Sicher, zweimal hatte er Boraas und seinen finsteren Statthalter an der Nase herumgeführt. Doch jetzt war die Sache vollkommen anders. Es ging nun nicht mehr um ihn, Kim, allein. Und alle Klugheit der Welt vermochte Boraas und sein gigantisches Heer nicht aufzuhalten.

Am Morgen des sechsten Tages verabschiedete sich Kim von der Dachsfamilie. Es fiel ihm nicht leicht zu gehen, aber er hatte schon viel zu viel Zeit verloren. Seine Wunden waren geheilt und Frau Tak hatte ihr Versprechen wahr gemacht und ihn so gründlich gemästet, dass er sich gesund und kräftig fühlte. Es gab keinen Grund, noch länger zu bleiben.

Die beiden alten Dachse geleiteten ihn noch ein Stück des Weges hinunter und als Kim endgültig Abschied von ihnen nahm, glaubte er im Augenwinkel von Frau Tak eine einzelne Träne glitzern zu sehen.

Kim wollte noch etwas sagen, aber er fand nicht die richtigen Worte. Ein Blick in Taks Gesicht sagte ihm, dass es keiner bedurfte. Kim nickte noch einmal zum Abschied, lenkte sein Pferd herum und gab ihm die Sporen.

Der Wald wurde dichter, je weiter sie nach Westen kamen. Der Boden fiel sanft, aber beständig weiter ab. Kim begriff, dass er noch lange nicht aus dem Vorgebirge heraus war und in Wirklichkeit einen gewaltigen bewaldeten Hügel hinunterritt. Spät am Nachmittag rastete er an einem kleinen, einsamen See, trank ein paar Hände voll des eiskalten, wohlschmeckenden Wassers und aß etwas aus dem Beutel, den ihm Frau Tak mit Essbarem angefüllt hatte. Die alte Dächsin hatte Kim gut versorgt, sodass er für die nächsten zwei Wochen weder zu jagen noch Früchte und Beeren zu sammeln brauchte.

Der Wald wurde immer noch dichter, zugleich aber auch

belebter. Kim traf jetzt oft auf Tiere – Kaninchen, Eichhörnchen, ein paar Rehe, die ihn aus der Ferne misstrauisch, doch ohne Anzeichen von Furcht beäugten. Einmal kam ihm ein Eichhörnchen so nahe, dass Kim die Hand ausstrecken und den winzigen pelzigen Kopf streicheln konnte. Ein andermal äste ein Hirsch mitten auf dem Weg, ohne sich durch Kims Näherkommen stören zu lassen. Obwohl der Wald so dicht war, ließ das Blätterdach hoch über seinem Kopf genügend Licht durch, sodass Kim durch einen ständigen Wechsel von goldenem Licht und warmem, dunkelgrünem Schatten ritt.

Erst am späten Nachmittag erreichte er den Waldrand, besser gesagt den Rand einer Lichtung, die so groß war, dass man den gegenüberliegenden Waldrand nur als schmale dunkle Linie erkennen konnte. Kim verhielt sein Pferd einen Moment im Schatten der letzten Bäume und trieb es dann auf die Lichtung hinaus. Etwa in der Mitte befand sich eine Ansammlung dunkler, nur als kleine Punkte zu erkennender Gebäude – ein Dorf oder ein größeres Gehöft vielleicht. Kim beschleunigte sein Tempo und ritt schließlich in scharfem Galopp auf die Häuser zu. Nach allem, was er erlebt hatte, konnte er es kaum mehr erwarten, endlich wieder auf Menschen zu treffen. Flüchtig dachte er daran, dass seine schwarze Rüstung vielleicht Argwohn oder gar Angst erwecken mochte, aber dieses Missverständnis würde er bald aus dem Weg räumen. Er war sicher, dass man ihn mit offenen Armen empfangen würde, sobald er seine Geschichte erzählte.

Als er näher kam, sah er, dass es sich tatsächlich um ein großes Gehöft handelte. Rings um das dreistöckige Wohngebäude gruppierten sich fast ein Dutzend Scheunen und Ställe und der rechteckige, mehr als hundert Schritte im Quadrat messende Innenhof wurde von einer brusthohen Mauer umgeben, die aber offensichtlich nur zur Abgrenzung des Grundstückes und nicht etwa für Verteidigungszwecke diente.

Alles war ruhig. Kein Mensch war zu sehen, obwohl Türen

und Fenster offen standen. Der Hof schien jedoch nicht verlassen zu sein, denn vor den Scheunen lagen Werkzeuge und Bündel herum und aus der Esse des Hauptgebäudes kräuselte sich eine Rauchfahne in die unbewegte Luft empor. Aber sonst rührte sich nichts. Neben dem Tor stand ein zweirädriger Karren, der zur Hälfte mit frisch getrocknetem Heu beladen war, daneben lagen Harken, hölzerne Heugabeln und ein aufgeplatzter Beutel mit frischen grünen Äpfeln, fast als hätten die, die hier gearbeitet hatten, alles stehen und liegen lassen, um Hals über Kopf zu flüchten.

Kim ritt durch das weit offene Tor, zügelte sein Pferd und sah sich aufmerksam um. Im Haus rührte sich noch immer nichts und auf einmal fiel Kim die grabesähnliche Stille auf, die sich über das weitläufige Gelände gebreitet hatte. Ein unheimliches Gefühl kroch in ihm hoch. Instinktiv legte er die Rechte auf den Griff des Schwertes und klappte das Visier herunter.

Der Hof wirkte tot, dachte Kim erschrocken. Ein Anwesen von dieser Größe konnte einfach nicht so völlig still sein. Selbst wenn alle Bewohner schliefen oder auf den Feldern waren. Es musste hier Tiere geben, Hunde, Katzen, Hunderte von Hühnern und Kühen und Schweinen, irgendetwas, was Lärm machte, lebte, sich bewegte.

Aber da war nichts. Alles blieb still, so still, dass das leise Knarren seiner Rüstung von den lehmverputzten Wänden widerhallte.

Kim stieg aus dem Sattel, zog seine Waffe und näherte sich der halb offen stehenden Tür einer Scheune. Seine Hand zitterte ein klein wenig, als er das Tor weiter aufschob und ins Innere sah. Durch die Ritzen im Dach sickerte Sonnenlicht in gelben, flirrenden Bahnen und verwob den Raum in ein wirres Muster aus Hell und Dunkel, in dem es Kim schwerfiel, etwas zu erkennen. Die Scheune war angefüllt mit Säcken und Werkzeugen. Ein roh zusammengezimmerter Heuboden von halber Raumtiefe warf einen messerscharf gezogenen Schatten durch den Innenraum.

Und direkt vor dem Eingang lag ein totes Schwein in einer dunklen Lache eingetrockneten Blutes.

Kim starrte den Kadaver eine Sekunde lang an, ehe er herumfuhr und – alle Vorsicht vergessend – über den Hof zum Wohngebäude hinüberrannte. Mit einem Schulterstoß drückte er die Tür auf, stolperte durch eine schmale, halbdunkle Diele und weiter in den dahinter liegenden Wohnraum.

Auf den sorgsam gebohnerten Dielen lag ein regloser schwarzer Krieger. Sein Arm war ausgestreckt, die Hand zu einer Klaue verkrümmt, das Schwert zerbrochen und gesplittert und aus den Ritzen seiner Rüstung sickerte dunkles Blut.

Es war nicht der einzige Tote im Raum. Die Bewohner mussten sich hier, im Hauptgebäude, verschanzt haben, als die schwarzen Reiter den Hof überfielen. Und sie hatten sich tapfer zur Wehr gesetzt, tapferer, als die Schwarzen erwartet zu haben schienen; ebenso wie dieser eine, über den Kim beinah gestolpert wäre, hatten noch andere den Überfall mit dem Leben bezahlt. Aber alle Tapferkeit hatte den Bauern schließlich nichts genutzt.

Kim wandte sich schaudernd ab. Er verließ das Haupthaus und durchsuchte den Hof, Gebäude für Gebäude, Raum für Raum. Es gab kein Leben mehr. Die schwarzen Mörder hatten nicht nur die Menschen, sondern jedes Tier, jede noch so kleine Spur von Leben ausgelöscht, als hätten sie ihrer Wut in einer Orgie sinnlosen Mordens Luft gemacht.

Schließlich, nach mehr als einer Stunde, in der Kim auf immer neue Spuren des Todes und der Vernichtung gestoßen war, wankte er auf den Hof hinaus, lehnte sich gegen die Flanke seines Pferdes und weinte hemmungslos.

Er war zu lange drüben gewesen, weitab von allem, zu lange bei den Taks, in der friedlichen Umgebung des Waldes und der Einsamkeit. Er hatte gewusst, dass die schwarzen Horden das Land überfielen. Und es hätte der Worte Taks nicht bedurft ihm zu sagen, was ihn und all die anderen erwartete.

Trotzdem war diese Gefahr, so real und zum Greifen nahe sie ihm auch erschienen war, bis jetzt nur ein vager Begriff gewesen. Jetzt, in diesem Moment, erfasste Kim zum ersten Mal, was das Wort wirklich bedeutete: Krieg.

Krieg war etwas Schlechtes, etwas abgrundtief Böses und Verachtenswertes. Er hatte es immer gewusst, aber niemals so direkt begriffen wie in diesem Augenblick. Krieg – das waren keine heroischen Reiterheere, die auf einem Schlachtfeld aufeinanderprallten, keine schimmernden Ritter, die mit dem Wimpel ihrer Liebsten in den Kampf zogen, keine strahlenden Helden, die für eine gute Sache fochten. Dies hier war Krieg. Brutaler Mord an wehrlosen Menschen und Tieren.

Kim weinte. Weinte, schluchzte und hämmerte in ohnmächtiger Verzweiflung auf den Boden. Ein anderer hätte jetzt vielleicht Zorn empfunden, Hass auf Boraas, auf Kart und die schwarzen Reiter, die für dieses sinnlose Töten verantwortlich waren. Aber Kim empfand nur Verzweiflung und Schmerz, die so groß waren, dass sie jedes andere Gefühl in den Hintergrund drängten.

Irgendwann versiegten seine Tränen. Er stand auf und schwang sich in den Sattel. Sein Pferd bockte, als er es zum Ausgang und dann die Wiese hinunterlenkte. Es witterte wohl die Nähe der Ställe und das frische Heu. Aber sosehr sich Kim noch vor wenigen Stunden auf ein weiches Bett und menschliche Gesellschaft gefreut hatte, so sehr versetzte ihn diese Stätte des Todes jetzt in Schrecken.

Er fiel in Galopp, gab dem Pferd gnadenlos die Sporen und gestattete ihm erst ein langsameres Tempo, als der Hof hinter ihm in der Dunkelheit versunken war.

Kim war dem Reich der Schatten entronnen. Aber der Krieg war ihm gefolgt und hatte ihn eingeholt. Und diesmal würde er ihm nicht wieder entkommen können.

VIII

Er übernachtete unter freiem Himmel. Nach dem milden Sonnenschein und der Wärme des Tages wurde es während der Nacht empfindlich kühl. Kim wickelte sich frierend in seine Decke ein und sehnte sich danach, ein Feuer entzünden zu können. Aber er hatte keine Streichhölzer, und selbst wenn er imstande gewesen wäre nach Pfadfinderart durch Aneinanderreiben zweier trockener Hölzer einen Funken zu entfachen, hätte er es wahrscheinlich nicht gewagt. Die friedliche Stille täuschte. Seine Erlebnisse vom Vortag hatten ihm gezeigt, wie nahe das Böse bereits war. Vielleicht war sogar schon alles umsonst. Vielleicht hatte das schwarze Heer in der Zeit, die Kim bei der Dachsfamilie verbracht hatte, das ganze Land überschwemmt, sodass er, wohin er auch kam, nur noch Tod und verbrannte Ruinen vorfinden würde.

Solche und ähnliche Gedanken quälten ihn die ganze Nacht. Lange vor Sonnenaufgang rollte er seine Decke zusammen, schwang sich in den Sattel und ritt weiter. Im Morgengrauen erreichte er einen kleinen See, dessen liebliches Ufer zum Verweilen einlud. Kim stieg ab, ließ Junge nach einem freundschaftlichen Klaps auf das Hinterteil grasen und ging zögernd zum Wasser hinunter.

Ein leises Geräusch drang durch das Raunen des Waldes zu ihm. Zuerst glaubte Kim, seine überreizten Nerven spielten ihm einen Streich. Aber das Geräusch wiederholte sich und Kim erkannte, dass es Schritte waren. Schwere Schritte, die schnell näher kamen. Wer immer das war, er gab sich nicht die mindeste Mühe, sein Kommen zu verbergen.

Kims Müdigkeit verflog und machte einer nervösen Anspannung Platz. Er sah sich nach einer Deckung um, aber der Waldrand war zu weit entfernt, um ihn noch rechtzeitig erreichen zu können. Schlagartig wurde ihm die Gefährlichkeit seiner Situation bewusst. Er stand, bildlich gesprochen, zwischen zwei Feuern. Seine Rüstung würde die schwarzen Ritter vielleicht noch einmal für kurze Zeit täuschen können, aber sie waren gewarnt und würden bald herausfinden, wen sie vor sich hatten. Und wenn ihn nun keine schwarzen Reiter, sondern Bewohner dieses Landes fanden, konnte ihm der schwarze Harnisch leicht zum Verhängnis werden. Es war gut möglich, dass sie ihn in blinder Wut erschlugen ohne danach zu fragen, wer sich darunter verbarg. Kim hätte es ihnen nicht einmal verübeln können.

Rückwärts gehend wich er zum See zurück, zog sein Schwert aus der Scheide und starrte auf die Stelle am Waldrand, wo der Unbekannte auftauchen musste.

Kims Atem stockte, als er den Fremden sah.

Es war ein Riese.

Kim hatte in letzter Zeit viele große Männer gesehen, auch solche, die man getrost als Riesen bezeichnen konnte. Aber neben diesem breitschultrigen, grobschlächtigen Kerl hätte sogar Baron Kart klein und schmächtig gewirkt. Kim schätzte seine Größe auf gute vier Meter. Die Schultern des Riesen waren so breit, dass Kim sie mit ausgestreckten Armen nicht hätte umfassen können. Er trug eine knielange dunkelbraune Wollhose, die an vielen Stellen zerrissen oder geflickt war, und darüber ein weit ausgeschnittenes, ärmelloses Hemd, das seine haarige Brust nur teilweise bedeckte. Sein langes dunkles Haar sah aus, als wäre es vor ungefähr fünfzig Jahren das letzte Mal gewaschen worden, und über der rechten Schulter trug er eine mächtige Keule, die größer war als Kim.

Der Riese schien über Kims Anblick ebenso überrascht wie Kim über den seinen. Er hielt mitten im Schritt inne, riss den Mund auf und entblößte zwei Reihen großer gelber Zähne. »Ooooh!«, machte er mit tiefer, grollender Stimme. »Wen haben wir denn da?«

Kim duckte sich. Er sah sich vergebens nach einer Fluchtmöglichkeit um. Sein Schwert mit beiden Händen umfassend, wich er noch weiter zurück, bis er weit über die Knöchel im Wasser stand. Der Riese machte einen Schritt auf ihn zu, knickte mit einer lässigen Handbewegung einen jungen Baum zur Seite und schwang seine Keule von der Schulter.

»Bleib, wo du bist!«, rief Kim. Die Stimme versagte ihm fast vor Angst. Er sah ein, dass Weglaufen zwecklos war.

Der Riese grinste.

»Ein Schwarzer«, grollte er in einem Tonfall, als spreche er mit einem guten Freund oder auch mit sich selbst. »Sieh da, ein Schwarzer.« Er blieb wieder stehen, sah sich mit vorgestrecktem Hals nach beiden Seiten um und kratzte sich dann am Schädel. Es klang, als ziehe man Kreide über eine Schiefertafel. »Und noch dazu allein«, fügte er versonnen hinzu. »Es kommt nicht oft vor, dass man einen von euch allein trifft. Eine Gelegenheit wie diese sollte man nutzen.«

Kim konnte sich das lebhaft vorstellen. Er hob das Schwert ein wenig an, bis die schwarze Spitze genau auf den Bauch des Riesen zeigte, und sagte, so ruhig er konnte: »Bleib stehen, oder ...«

»Oder?« Zwischen den buschigen Augenbrauen des Riesen erschien eine steile Falte.

»Oder ich hacke dich in Stücke!«, fügte Kim mit zitternder Stimme hinzu.

Für einen Moment sah es so aus, als wollte der Riese in schallendes Gelächter ausbrechen. Doch dann nahm sein Gesicht einen besorgten Ausdruck an.

»Das bringst du fertig«, murmelte er und kratzte sich abermals am Schädel. »Das bringst du tatsächlich fertig.« Er machte einen Schritt auf Kim zu und blieb erschrocken stehen, als Kim drohend mit dem Schwert fuchtelte. Langsam hob er seine riesige Keule.

Kim raffte den letzten Rest seines Mutes zusammen, stieß einen krächzenden Laut aus und sprang auf den Riesen zu. Er holte aus, drehte das Schwert und schlug dem Riesen die flache Klinge vor den Bauch – höher kam er nicht.

Der Riese verdrehte entsetzt die Augen, warf seine Keule in hohem Bogen weg und fiel wimmernd auf die Knie. »Nicht!«, flehte er. »Tu mir nichts, Schwarzer. Ich … ich bin nur ein harmloser, feiger Riese, der noch keinem was getan hat.« Er zerdrückte eine Träne im Augenwinkel, faltete flehend die Hände und schluchzte laut.

Kim ließ verblüfft das Schwert sinken. Er war überzeugt gewesen, sein letztes Stündlein habe geschlagen. Und jetzt das?

»Bitte, mächtiger Herr!«, flehte der Riese. »Verschont mich! Nehmt mich als Sklaven, aber tut mir nichts. Ich habe nie in meinem Leben jemandem etwas zuleide getan, am allerwenigsten einem Schwarzen.«

»Aber …« Kim schüttelte ratlos den Kopf und trat einen Schritt zurück. Das Gesicht des Riesen war blass vor Angst. Seine Lippen zitterten und aus seinen Augen sprach nackte Angst. Obwohl er auf den Knien lag, befanden sich sein und Kims Gesicht auf gleicher Höhe.

»Ich … ich bin kein schwarzer Ritter«, stieß Kim hervor. Er rammte sein Schwert in den weichen Waldboden, klappte das Visier hoch und nahm den Helm schließlich ganz ab. »Du brauchst keine Angst zu haben«, sagte er beruhigend und kam sich dabei unglaublich komisch vor. Trotzdem fügte er noch hinzu: »Ich will dir nichts zuleide tun.«

Der Riese schluckte. »Wirklich nicht, mächtiger junger Herr? Ich … Ihr seid Gorg nicht böse, dass er Euch verwechselt und seine groben Späße mit Euch getrieben hat?«

»Bestimmt nicht«, sagte Kim.

»Aber … aber Ihr tragt die Rüstung eines Schwarzen, und …«

Kim seufzte. »Ich weiß«, sagte er. »Und es ist eine lange Geschichte. Aber ich bin kein Schwarzer.«

»Und Ihr seid mir auch bestimmt nicht böse?«

»Bestimmt nicht«, versicherte Kim ein zweites Mal. »Und jetzt steh auf und benimm dich, wie es einem Riesen zukommt.«

Gorg nickte eifrig, erhob sich zuerst auf ein Knie und dann auf beide Füße und überragte Kim auf einmal wieder um mehr als zwei Meter.

»Darf ich … darf ich meine Keule aufheben?«

Kim wusste nicht, ob er lachen oder weinen sollte. Er nickte wortlos, hockte sich auf einen Felsbrocken und sah zu, wie der Riese seine Keule auflas und dann zum Ufer hinunterging, um sich mit seinen gewaltigen Händen etliche Liter Wasser ins Gesicht zu schöpfen. Er prustete, warf Kim einen furchtsamen Blick zu und kam dann mit hängenden Schultern zurück.

»Dein Name ist Gorg?«, fragte Kim, nachdem der Riese ihm gegenüber Platz genommen und einen zwei Meter langen Ast von einem Baum abgerissen hatte, um sich damit am Rücken zu kratzen.

Der Riese nickte. »Eigentlich heiße ich Gorganogan Maropalkam Orovatusanius Premius Nesto Schranirak Gowlim, aber das kann keiner behalten. Alle nennen mich nur Gorg. Aber ich kann auch einen anderen Namen annehmen, wenn Ihr es befehlt, Herr. Wenn Euch Gorg nicht gefällt …«

»Es gefällt mir, doch, doch«, beeilte sich Kim zu versichern. Allmählich begriff er, dass Gorg nicht nur feige, sondern auch überaus geschwätzig war.

»Gut, dann bleiben wir bei Gorg«, nickte der Riese. »Ist mir auch lieber. Man gewöhnt sich so schlecht an einen anderen Namen, wisst Ihr. Früher nannte mein Vater mich immer Kleiner oder Knirps, aber als ich dann größer wurde, sagte er Langer und Bohnenstange zu mir und später redete er mich nur noch mit meinem Namen an. Ah, das waren noch Zeiten.« Er wiegte den Kopf und sah Kim misstrauisch an. »Wenn Ihr mir eine Frage gestattet, junger Herr …«

Kim seufzte. »Nur zu.«

»Ihr … Ihr seid kein Schwarzer?«

»Bin ich nicht. Ich sehe nur so aus.«

Gorg schien merklich erleichtert. »Das ist gut«, sagte er. »Das ist sehr gut. Ich fürchtete schon, Ihr wärt ein Schwarzer. Seit ein paar Tagen sind viele Schwarze in der Gegend, und als ich Euch vorhin am See stehen sah, meinte ich schon, Ihr wärt ein Schwarzer, der nur gekommen ist, dem armen Gorg etwas zu tun. Es sind viele in der Gegend und sie waren die ganze Zeit hinter dem armen Gorg her, haben wohl geglaubt, er wäre gefährlich, dabei will Gorg nichts als seine Ruhe. Und als ich Euch gerade am See …«

Kim schnitt den Redefluss des Riesen mit einer Handbewegung ab. »Ich bin wirklich kein schwarzer Ritter, basta«, sagte er. »Und wenn ich ehrlich sein soll, ich hatte genauso viel Angst wie du, als ich dich vorhin am Waldrand auftauchen sah. Vielleicht sogar noch mehr.«

»Angst?«, echote Gorg ungläubig. »Angst? Vor mir? Vor einem harmlosen, feigen Riesen?«

Kim konnte nicht anders – er musste grinsen.

»Wieso feige? Wie kann jemand, der so groß ist wie du, feige sein?«

Gorg zog eine Grimasse, als hätte er Zahnschmerzen. »Ach, das ist eine lange Geschichte, junger Herr«, seufzte er. »Gorg war nicht immer so groß wie heute, o nein. Nicht immer«, wiederholte er gerührt. »Früher, als ich ein Kind war, da war ich so klein wie Ihr, Herr. Aber als die anderen aufhörten zu wachsen, wuchs ich einfach weiter. Mein Vater sagte immer, ich wäre einfach zu dumm, um zu erkennen, dass ich längst groß genug sei und allmählich aufhören könnte zu wachsen. Aber ich bin immer weiter und weiter gewachsen, bis ich so groß war wie jetzt.«

»Aber wieso bist du feige?«, fragte Kim. »Wer so groß und stark ist wie du, hat doch nun wirklich keinen Grund, sich vor jemand zu fürchten.«

Gorg wiegte den Schädel. »Mit der Größe ist es so eine Sache, junger Herr«, sagte er nachdenklich. »Genau wie mit der Stärke. Früher, als ich klein und schwach wie die meisten anderen war, habe ich so gedacht wie Ihr, und wie jedes Kind habe ich davon geträumt, einmal in meinem Leben ein Riese zu sein.« Sein Gesicht nahm einen wehleidigen Ausdruck an. »Aber es ist nicht schön, junger Herr, gar nicht schön. Jeder ist kleiner als man selbst. Wenn man in ein Haus geht, stößt man sich den Kopf, und fasst man jemanden ein bisschen an, schreit er gleich. Und alle zeigen dann mit Fingern auf einen und rufen: ›Seht euch den groben Kerl an!‹ – So ist das mit der Stärke, junger Herr. Wenn man sie nicht hat, wünscht man sie sich, aber hat man sie einmal, wird man sie nicht mehr los. Man muss sich alles, was man tut, genau überlegen und schließlich ist man so weit, dass man sich gar nicht mehr unter Menschen traut. Sie gehen so leicht kaputt, wisst Ihr.« Er seufzte, zog durch die Nase hoch und hob spielend einen drei Zentner schweren Felsbrocken vom Boden auf, um ihn wie einen Kieselstein ins Wasser zu schnippen. »Wenn man so stark ist wie ich, muss man feige sein, Herr«, fügte er traurig hinzu.

»Und du lebst ganz allein hier im Wald?«, fragte Kim nach einer Weile.

Gorg nickte. »Ganz allein, junger Herr«, bestätigte er. »Manchmal gehe ich ins Dorf hinunter und ab und zu treffe ich jemanden vom Berghof, aber nicht oft.«

Die letzten Worte rissen Kim schlagartig in die raue Wirklichkeit zurück.

»Du sagtest vorhin, du hättest schwarze Reiter gesehen«, erinnerte er.

Gorg nickte eifrig. »Viele, junger Herr. Gestern und auch den Tag davor und den Tag vor dem Tag davor.«

»Nenne mich Kim«, sagte Kim. »Die Anrede junger Herr erinnert mich an Dinge, die ich lieber vergessen möchte.«

»Wie Ihr wollt, Kim. Ihr interessiert Euch für die schwarzen Reiter?«, fragte Gorg mit einem Blick auf Kims Rüstung.

»Ich kam, um euch vor ihnen zu warnen«, erklärte Kim. »Aber ich fürchte, ich komme zu spät.«

»Es ist nie zu spät für eine warnende Stimme. Aber Ihr müsst Euch beeilen, wenn Ihr rechtzeitig in Gorywynn sein wollt.«

»Gorywynn?«

»Unsere Hauptstadt. Die schwarzen Reiter«, erklärte Gorg mit einer Sachlichkeit, die Kim fast noch mehr verblüffte als seine zur Schau getragene Furchtsamkeit, »werden kaum über das Gebirge gekommen sein, um in diesen Wäldern zu lustwandeln. Man spricht von Krieg.«

Kim stand mit einer entschlossenen Bewegung auf. »Du hast recht«, sagte er. »Und aus diesem Grund muss ich auch weiter. Eigentlich hätte ich mich gar nicht aufhalten dürfen. Ihr Vorsprung ist schon groß genug.«

Gorg schenkte Kim einen langen, nachdenklichen Blick. »Ihr wollt ins Tal?«

Kim nickte.

»Ich kenne Wege, die Euch schneller hinunterbringen als die Schwarzen. Wenn Ihr wollt, begleite ich Euch ein Stück. Ihr spart einen Tag dabei.«

Kim überlegte kurz. Gorgs Ortskenntnis würde ihm von Nutzen sein und seine hünenhafte Gestalt mochte auch eine versprengte Schar schwarzer Reiter einschüchtern. »Warum nicht?«, sagte er. Er bückte sich, hob Helm und Schwert auf und pfiff sein Pferd herbei. Der Rappe kam gehorsam angetrabt. Seine Nüstern blähten sich misstrauisch, als er den Riesen witterte. Seine Ohren zuckten.

»Schwarz ist Eure Lieblingsfarbe, wie?«, brummte Gorg.

Kim antwortete nicht darauf. Der Riese zuckte mit den Schultern und begann mit weit ausgreifenden Schritten in den Wald zu marschieren. Kim spornte sein Pferd an, ihm zu folgen. Er hatte es aufgegeben, sich zu wundern. Seit seiner Ankunft in Märchenmond hatte er bereits so viel Absonderliches erlebt, dass es ihn fast schon erstaunt hätte, einen ganz normalen Menschen zu treffen.

Gorg stampfte vor ihm her, sah sich immer wieder nach ihm um und brach mit seinen breiten Schultern eine Bresche, durch die bequem drei Reiter hätten hindurchreiten können. Der Lärm, den er dabei verursachte, musste kilometerweit zu hören sein, aber darüber schien sich Gorg überhaupt keine Sorgen zu machen. Genau genommen passte dieses Verhalten nicht so recht zu seiner angeblichen Feigheit.

»Wo führst du mich eigentlich hin?«, fragte Kim, nachdem sie eine gute halbe Stunde quer durch den Wald marschiert waren. Ihm war aufgefallen, dass Gorg von der westlichen Richtung abgewichen war und sie sich jetzt fast parallel zum Schattengebirge bewegten.

Gorg drehte sich im Gehen um und zauberte eine Grimasse auf sein Gesicht, die wohl ein beruhigendes Lächeln bedeuten sollte. »Ins Tal, Kim«, grollte er. »Vertraut mir, ich kenne den Weg.«

Bis zum Mittag marschierte Gorg unbeirrt nach Süden. Als die Sonne am höchsten stand, verkündete er lautstark, dass es Zeit für ein Schläfchen sei, und ohne etwaige Einwände abzuwarten, hatte er sich schon unter einen Baum gelegt, die Hände über dem Bauch gefaltet und zu schnarchen begonnen.

Kim stieg ergeben vom Pferd, holte seinen Proviantbeutel hervor und aß ohne rechten Appetit.

Gorg schnupperte. Sein linkes Augenlid hob sich träge. Es war unschwer zu erkennen, dass ihm das Wasser im Mund zusammenlief.

»Hast du Hunger?«, fragte Kim.

Gorg öffnete nun auch das zweite Auge, setzte sich halb auf und nickte begeistert. Kim reichte ihm den Beutel hinüber. »Bedien dich«, sagte er.

Gleich darauf bereute er es schon. Aber zu spät. Gorg zog den Beutel auf, legte den Kopf in den Nacken und schüttete sich den ganzen Inhalt auf einmal in den Mund.

»Nicht schlecht«, sagte er kauend. »Ihr versteht zu leben, Kim, das muss man Euch lassen.« Er rülpste laut und strahlte über das ganze Gesicht. »Ein bisschen wenig zum Sattwerden, aber als Zwischenmahlzeit nicht zu verachten«, lobte er. »Es schmeckt nach der Küche von Frau Tak.«

»Richtig«, sagte Kim überrascht. »Du kennst die Dachsfamilie?«

»Wer kennt sie nicht? Es sind nette Leute. Doch. Durchaus nette …« Er hielt mitten im Satz inne, hob ruckartig den Kopf und lauschte mit geschlossenen Augen.

»Was ist?«, fragte Kim. »Hörst du etwas?«

»Ein Bär!«, sagte Gorg erschrocken. Mit einem Satz war er auf den Füßen, griff nach seiner Keule und wandte sich zur Flucht. »Ein Bär!«, heulte er. »Rettet Euch, Herr, ein Bär!« Kim sprang ebenfalls auf und wollte zu seinem Pferd, aber zu spät Ein riesiger, zottiger Schatten tauchte zwischen den Büschen auf, fegte ihn mit einem Prankenhieb zur Seite und stieß ein zorniges Brummen aus. Kim segelte ein paar Meter weit durch die Luft und landete unsanft auf dem Rücken. Er schrie vor Schmerz und Überraschung auf, sprang schnell auf die Füße und zerrte sein Schwert hervor. Der Bär brummte wieder, richtete sich auf die Hinterbeine auf und kam mit wiegenden Schritten auf seinen winzigen Gegner zu. Kim schnappte nach Luft. Er hatte schon große Bären gesehen, aber dieser hier schien der Urgroßvater sämtlicher Grizzlys zu sein. Es war ein altes, kampferprobtes Tier. Sein zottiges braunes Fell war von grauen und weißen Strähnen durchzogen, sein rechtes Ohr fehlte und an der Stelle seines rechten Auges befand sich eine vernarbte, hornige Fläche.

Kim schwang verzweifelt seine Waffe. Der Bär brummte, schlug ihm das Schwert wie ein Spielzeug aus der Hand und warf ihn wieder zu Boden. Eine riesige, krallenbewehrte Pranke legte sich auf seine Brust und hielt ihn nieder.

Kim strampelte mit den Beinen, trat und schlug um sich, aber der Bär schien die Treffer gar nicht zu spüren. Sein gewaltiger Rachen klaffte auf und gewährte Kim einen Blick auf zwei Reihen fingerlanger spitzer Fangzähne. Das einzige Auge funkelte ihn in stummer Wut an.

Aber er biss nicht zu.

Sein Rachen schloss sich und dann verbrachte er endlose Sekunden damit, Kim von oben bis unten zu beschnüffeln, ohne dabei die Pranke von Kims Brust zu nehmen.

»Das ist seltsam«, brummte er in tiefem, grollendem Bass. »Du siehst aus wie ein Schwarzer, aber du riechst anders. Soll ich dich nun fressen oder nicht?«

Kim ächzte. Die schwere Pranke auf seiner Brust schnürte ihm die Luft ab und seine Stimme klang seltsam schrill und zitternd, als er sagte: »Ich bin kein schwarzer Ritter.«

»Möglich«, brummte der Bär. »Aber einer von uns bist du auch nicht. Außerdem«, fügte er grimmig hinzu, »trägst du die Kleider der Schwarzen. Vielleicht sollte ich dich doch fressen.«

»Ich schmecke nicht«, krächzte Kim. »Außerdem ist an mir nicht viel dran, und ehe du die Rüstung geknackt hast, hast du dir längst einen saftigen Braten gefangen.«

Der Bär wiegte den Schädel und schien eine Zeit lang ernsthaft über Kims Worte nachzudenken.

»Ach was«, brummte er dann. »Das bisschen Blech. Ich denke, ich fresse dich doch.« Er klappte den Rachen auf und machte Anstalten, seine Drohung wahr zu machen. Aber in diesem Augenblick teilten sich die Büsche hinter ihm und Gorg warf sich mit weit ausgebreiteten Armen und wütendem Gebrüll auf seinen Rücken.

Der Bär knurrte unwillig, ließ von Kim ab und versuchte sein Opfer auf Bärenart von sich abzuschütteln. Aber Gorg klammerte sich mit Armen und Beinen an ihm fest, warf sich herum und riss den Bären mit einer gewaltigen Kraftanstrengung von den Füßen. Aneinander geklammert kollerten sie über den Waldboden.

Der Bär schien nun ernsthaft wütend zu werden. Er sprang auf, schleuderte Gorg von sich und stellte sich auf die Hinterbeine. Der Riese ballte die Fäuste, duckte sich unter den zuschlagenden Tatzen weg und versetzte dem Bären einen Nasenstüber, der ausgereicht hätte, einen Ochsen zu fällen. Der Bär schien ihn nicht einmal zu spüren. Er packte Gorg, hob ihn wie ein Spielzeug hoch und schleuderte ihn so wuchtig zu Boden, dass ein paar junge Bäume durch den Aufprall entwurzelt wurden. Gorg trat nach dem Bären, sprang auf und rammte ihm die Schulter in den Bauch. Der Bär wankte zurück und ging unter einem mächtigen Fausthieb des Riesen zu Boden.

»Lass meine Freunde in Ruhe«, keuchte Gorg. »Ich habe nichts dagegen, wenn du in meinem Gebiet wilderst, aber streiche bitte meine Freunde von deiner Speisekarte, ja?«

»Dein Revier?«, empörte sich der Bär. »Du weißt wohl nicht, wo du bist, du Tölpel. Du bist in *meinem* Revier, schon seit Stunden. Und wieso Freunde? Seit wann«, fügte er mit einem Seitenblick auf Kim hinzu, »hast du Schwarze zu Freunden?«

»Er ist kein schwarzer Ritter«, sagte Gorg nun etwas gedämpfter. »Er sieht nur so aus.«

»So. Dann sieht er nicht gut aus. Sein Glück, dass die Schwarzen nicht schmecken. Sonst hätte ich gar nicht lange gefragt.«

»Ich … äh … nehme an, dass ihr euch kennt«, sagte Kim, der die Szene mit zunehmender Verwunderung beobachtet hatte, unsicher.

Gorg wandte den Kopf, nickte und drehte sich dann wieder dem Bären zu. »Lass ihn in Ruhe, Kelhim«, sagte er drohend.

»Wenn du meinen Freunden etwas tust, schlage ich dir den Schädel ein.«

»Ha!«, machte Kelhim. »Wer hier wem den Schädel einschlägt, wird sich erst noch zeigen!« Er sprang auf und breitete drohend die Arme aus, um die Frage gleich an Ort und Stelle zu entscheiden. Aber Kim war mit einem Satz ebenfalls auf die Füße gekommen und schob sich nun zwischen die beiden seltsamen Kampfhähne.

»Bitte«, sagte er. »Vielleicht sollten wir erst miteinander reden, ehe wir uns prügeln.«

Der Bär legte den Kopf auf die Seite und blinzelte.

»Mut hat dein winziger Freund ja«, sagte er zu Gorg gewandt. »Wesentlich mehr Mut als du, wenn ich mir die Bemerkung gestatten darf.«

Gorg verzog das Gesicht. »Nein, darfst du nicht. Aber egal jetzt«, sagte er. »Lass ihn in Ruhe.«

»Na ja«, brummte Kelhim. »Ich werde dem Winzling schon nichts zuleide tun. Jedenfalls im Moment nicht.« Erleichtert sah Kim, wie der Bär sich umwandte, ein paar Schritte davontrottete und sich dann gemächlich niederließ. »Äh … vielleicht«, sagte Kim zögernd zu Gorg, »wäre es nützlich, wenn du uns vorstellst?«

Gorg zuckte missmutig die Achseln. »Da gibt es nicht viel vorzustellen«, sagte er. »Das ist Kelhim. Ein Bär, wie du siehst. Und der ungehobeltste Kerl, der mir je untergekommen ist. Frisst glatt die Freunde seiner Freunde, wenn man ihn lässt. Er hat überhaupt keine Manieren.«

Kelhim wackelte zornig mit dem Kopf. »Vielleicht fresse ich deinen winzigen Freund doch noch«, knurrte er. »Nur um dich zu ärgern. Und dich gleich dazu.«

Gorg reckte kampflustig das Kinn. »Versuch's doch«, knirschte er. »Versuch's doch.«

Kim seufzte. »Und ihr wollt Freunde sein?«

»Freunde?«, heulte Kelhim auf. »Der da – und mein Freund?

Eher such ich mir meine Freunde auf Burg Morgon, ehe ich mich mit dem da befreunde. Geh aus dem Weg, Winzling, damit ich diesem Burschen Manieren beibringen kann.«

Kim riss jetzt endgültig die Geduld. Gorg ballte die Fäuste, aber Kim schlug ihm zornig auf die Hand, stapfte dann auf den Bären zu und stieß ihm den Zeigefinger vor die Brust; er musste sich zu diesem Zweck auf die Zehenspitzen stellen. »Jetzt hört mir mal zu«, sagte er, »alle beide. Der Wald steckt voller Feinde. Überall lauern schwarze Reiter und wenn ihr unbedingt wollt, dass sie uns entdecken und niedermachen, dann brüllt euch ruhig weiter an. Aber erlaubt, dass ich währenddessen meiner Wege geh. Ich habe wirklich Besseres zu tun!« Er machte auf dem Absatz kehrt, ging zu seinem Pferd und griff nach dem Sattelknauf.

Eine schwere Hand legte sich auf seine Schulter. Kim hob den Kopf und schaute in Gorgs grinsendes Gesicht.

»Bleib«, bat der Riese.

»Aber nur, wenn ihr versprecht, vernünftig zu sein.«

»Ich bin vernünftig«, rief Kelhim. »Aber der da …«

»Schon gut, *schon gut!*«, brüllte Kim. »Ich hab's begriffen. Ihr seid beide vernünftig.« Er schwang sich in den Sattel, um wenigstens ungefähr auf gleicher Höhe mit den beiden zu sein, sah abwechselnd den Riesen und den Bären an und schüttelte missbilligend den Kopf. »Sind hier alle so?«, fragte er. »Wenn ja, wundert es mich nicht, dass Boraas so leichtes Spiel mit euch hat.«

»Boraas und leichtes Spiel?«, heulte Kelhim. »Warte, bis ich ihn zwischen die Pranken …«

»Pränkchen«, schränkte Gorg ein.

»Zwischen die Pranken bekomme«, fuhr der Bär fort.

»Nichts wirst du«, sagte Gorg. »Weil du gar nicht erst an ihn herankommst. Dazu braucht man nämlich Köpfchen, weißt du …«

Kim schloss die Augen und zählte in Gedanken bis fünfzehn. »Von mir aus«, sagte er resignierend, »könnt ihr euch weiterstreiten bis zum Jüngsten Tag. Sagt mir, wohin ich reiten muss, und ich lasse euch in Frieden.«

Kelhim blinzelte, als sähe er Kim das erste Mal. »Dort entlang«, brummte er und deutete mit der Tatze hinter sich. »Aber wir begleiten dich. Allein ist es zu gefährlich.«

Kim zog die Augenbrauen hoch. »Und du glaubst, zusammen mit euch beiden wäre es nicht gefährlich?«

»Zusammen mit dem da«, antwortete Kelhim mit einer Geste auf den Riesen, »sicher. Deswegen komme ich ja mit.«

»Das ist nett«, stöhnte Kim. »Das ist wirklich nett. Da entlang hast du gesagt?« Ohne ein weiteres Wort ritt er an Kelhim und dem Riesen vorbei.

Es dauerte nicht lange und die beiden sonderbaren Freunde hatten ihn eingeholt.

»He«, brummte Gorg, »du darfst das nicht ernst nehmen. Kelhim und ich zanken uns oft, aber wir meinen's nicht böse.«

»Ach nein?«, seufzte Kim.

Der Nachmittag schritt dahin. Sie zogen weiter nach Süden und Gorg und Kelhim stritten ununterbrochen. Schließlich gelangten sie an eine Weggabelung und der Riese deutete nach links ins Tal hinab.

»Dort hinunter«, sagte er. »Wenn wir Glück haben, stoßen wir noch vor dem Dunkelwerden auf die Hauptstraße.«

»Nichts da«, brummte Kelhim. »Die Sonne geht bald unter und wir sollten sehen, dass wir bis dahin meine Höhle erreicht haben. Ich schlafe nicht gern unter freiem Himmel.«

»Deine Höhle?« Gorgs linke Augenbraue rutschte ein Stück nach oben. »Wieso deine Höhle?«

»Du kannst ja weitergehen, bis du vor Müdigkeit umfällst«, meinte Kelhim gleichmütig. »Wir beide gehen jedenfalls jetzt in meine Höhle und übernachten dort.« Er nickte zur Bekräftigung, richtete sich auf die Hinterbeine auf und zog Kim am

Arm nach rechts. Der Riese streckte gleichzeitig die Hand aus, ergriff Kims linken Arm und zog nach links.

»Der Bursche denkt doch nur ans Schlafen«, schimpfte Gorg. »Wir müssen weiter. Nur noch den Hügel hinunter und wir sind auf der Hauptstraße.«

Kim schrie entsetzt auf, als die beiden Riesen gleichzeitig anfingen, ihn in die jeweils entgegengesetzte Richtung zu zerren.

»Hört sofort auf!«, rief er. »Sofort!«

Kelhim und Gorg blieben verdutzt stehen. Kim strampelte mit den Beinen und erreichte damit nur, dass sein Pferd unter ihm davonsprang und er hilflos zwischen den beiden Riesen baumelte.

»Loslassen!«, brüllte er. »Lasst mich sofort los!«

Die beiden seltsamen Weggefährten gehorchten und Kim landete aus fast zwei Meter Höhe unsanft auf dem Hosenboden.

»Jetzt reicht es aber«, knirschte er, als er wieder zu Atem gekommen war. »Jetzt reicht es endgültig!« Er stand auf, rieb sich das Hinterteil und funkelte die beiden wütend an. »Wo ist deine verdammte Höhle?«, brüllte er.

Kelhim deutete verlegen mit der Tatze über die Schulter. »Dort entlang. Es ist nicht mehr weit.«

»Gut«, nickte Kim. »Gehen wir in Dreiteufels-Namen hin und übernachten dort. Und morgen früh zeigt ihr mir den Weg und lasst mich in Frieden ziehen. Ihr seid ja schlimmer als die schwarzen Reiter!«

Kelhim hatte nicht übertrieben. Sie waren nicht länger als eine halbe Stunde gelaufen, als der Wald plötzlich aufhörte. Vor ihnen lag eine glatte, senkrecht aufstrebende Felswand, die von hellen und dunklen Erzadern durchzogen war. Kaum einen Meter über dem Erdboden befand sich ein nahezu kreisrunder Höhleneingang.

»Wir sind da«, erklärte Kelhim überflüssigerweise.

»Seine Höhle«, fügte Gorg mit einer Kopfbewegung auf das Loch hinzu.

Kim verzog die Lippen zu einem säuerlichen Grinsen und sagte: »Ich vermute, dieses Loch da ist Kelhims Höhle ...«

Gorg nickte begeistert. Der ironische Unterton in Kims Stimme schien ihm entgangen zu sein. »Wir werden hier übernachten«, sagte er, »nach einem ausgiebigen Abendessen, versteht sich. Und morgen früh begleiten wir dich ins Tal.« Er grinste und fügte mit Verschwörermiene hinzu: »Die Höhle hat einen zweiten Ausgang, auf der anderen Seite des Berges. Wir sparen eine Menge Zeit, wenn wir durch den Berg hindurch- statt um ihn herumgehen.« Kelhim rollte verwundert die Augen. »Dann wolltest du sowieso hierher?«

»Klar doch«, sagte Gorg ungerührt.

Kim ahnte, was nun kommen würde.

Er sollte recht behalten.

IX

Gorg weckte ihn am nächsten Morgen durch sanftes Rütteln an der Schulter. Kim öffnete widerstrebend die Augen. In der Höhle war es noch finster. Die Glut des Feuers, über dem sie sich ein einfaches, aber wohlschmeckendes Abendmahl bereitet hatten, warf einen sanften roten Schimmer an die rauen Wände und erweckte die Schatten in den Ecken zum Leben. Schwacher Bratenduft lag in der Luft. Irgendwo tropfte Wasser und aus dem hinteren Teil der lang gezogenen Höhle drangen Kelhims Brummen und das leise, ängstliche Wiehern seines Pferdes. Kim hatte seine ganze Überredungskunst aufbieten müssen, um das Tier dazu zu bewegen, mit in die Höhle zu kommen, und es war die ganze Nacht unruhig geblieben.

Er stand auf, streckte sich und legte dann den Kopf in den Nacken, um zu Gorg hinaufzuschauen.

Der Riese lächelte väterlich zu ihm herunter. Er deutete mit dem Daumen über die Schulter.

»Es wird Zeit«, sagte er.

Kim gähnte. »Schon?« Er hatte lange geschlafen, aber er fühlte sich noch immer wie zerschlagen.

»Ich fürchte, uns bleibt nicht so viel Zeit, wie wir gehofft haben«, antwortete Gorg.

Im Nu war Kim hellwach. »Ist etwas passiert?«, fragte er erschrocken.

Gorg schüttelte den Kopf, nickte dann und erklärte: »In der Nacht ist eine Abteilung schwarzer Reiter an der Höhle vorbeigekommen. – Nein, nein, kein Grund zur Aufregung«, setzte er beschwichtigend hinzu. »Sie haben uns nicht entdeckt, und selbst wenn sie von unserer Anwesenheit gewusst hätten, wären wir hier drinnen sicher gewesen.«

»Ihr hättet mich trotzdem wecken müssen«, sagte Kim.

Gorg winkte ab. »Du hattest den Schlaf bitter nötig«, sagte er bestimmt und in einem Ton, der keinen Widerspruch duldete. »Aber Kelhim konnte die Reiter belauschen.«

»Und?«, fragte Kim gespannt.

Gorg zuckte die Achseln. »Wir wissen nicht, ob es stimmt, aber vielleicht doch ... jedenfalls glaubt Kelhim verstanden zu haben, dass sich diese Reiter – und viele andere kleine Gruppen, die in den letzten Wochen über die Berge gekommen sind – mit einem großen Heer vereinigen wollen, das irgendwo ganz in der Nähe auf einen Angriffsbefehl wartet. Vielleicht hat sich Kelhim verhört, vielleicht auch nicht, aber Kelhim und ich, wir jedenfalls sind der Meinung, dass die Nachricht weitergegeben werden sollte.«

»Sie stimmt«, sagte Kim. »Und ihr hättet die Reiter nicht belauschen müssen. Ich habe dieses Heer gesehen.«

Trotz der Düsternis, die in der Höhle herrschte, war das Erschrecken auf Gorgs Gesicht deutlich zu erkennen.

»Es stimmt also?«, rief er. »Aber dann ...«

»Diese Reiter sind nur die Vorhut«, erklärte Kim. »Wahrscheinlich sollen sie nur die Gegend auskundschaften und Unruhe und Angst unter der Bevölkerung verbreiten. Das eigentliche Heer wartet in den Bergen.«

Gorg schwieg eine Weile. Dann gab er sich einen energischen Ruck, wobei er sich den Kopf an der niedrigen Decke stieß, und verschwand im hinteren Teil der Höhle. Kim hörte ihn eine Zeit lang mit Kelhim reden, dann kamen sie gemeinsam zurück

»Es stimmt also«, brummte der Bär. »Ich hatte gehofft, mich verhört zu haben.«

»Du hast richtig gehört«, sagte Kim. »Leider. Ich habe dieses Heer gesehen. Ich bin mit ihm zusammen über die Berge gekommen. Daher«, erklärte er mit einer Geste auf den Haufen schwarzen Blechs, der neben seinem Nachtlager am Boden lag, »meine Verkleidung.«

»Warum hast du das nicht gleich gesagt?«, fuhr ihn Kelhim an. Sein einziges Auge funkelte zornig.

Kim wich unwillkürlich einen Schritt zurück. »Ihr habt mich nicht gefragt«, sagte er trotzig. »Außerdem hatte ich nicht den Eindruck, dass es euch wirklich interessiert.«

Kelhim wollte auffahren, aber Gorg legte ihm beruhigend die Hand auf die Schulter. »Kim hat recht«, sagte er. »Es ist unsere eigene Schuld. Aber wir wollen jetzt nicht noch mehr Zeit damit vergeuden, einander Vorwürfe zu machen. Beeilen wir uns lieber.« Als wäre damit alles gesagt, bückte er sich und half Kim, seine Decke zusammenzurollen. Kim wollte automatisch seine Rüstung anlegen, aber Gorg hielt ihn zurück. »Der Weg ist schwierig«, sagte er. »Du wirst nicht reiten können und zu Fuß ist dieses schwere Ding eher hinderlich.«

Kim überlegte einen Moment. Vermutlich hatte Gorg recht. Aber aus irgendeinem Grund glaubte er, dass es besser war, wenn er den Harnisch und die Arm- und Beinschützer trug. Er legte den Panzer an, schlüpfte in die schwarzen Kettenhandschuhe und schnallte sich das Schwert um. »Fertig«, sagte er. »Wir können gehen.« Kelhim betrachtete kopfschüttelnd seine Aufmachung und brummte etwas Unverständliches. Dann verschwand er im Inneren der Höhle. Kim folgte ihm, die Hand beruhigend und zugleich schutzsuchend auf den Hals seines Pferdes gelegt. Gorg bildete den Schluss.

Das schwache rote Licht der Glut blieb rasch zurück und tiefe Dunkelheit umgab sie. Kim versuchte eine Zeit lang mit geschlossenen Augen zu gehen, um sich ganz auf die Signale seines Gehör- und Tastsinnes zu konzentrieren – mit dem Ergebnis, dass er wie ein Blinder über den unebenen Boden stolperte und andauernd gegen Felszacken und Steine stieß. Es ging tatsächlich besser, wenn er die Augen offen hielt, obwohl es außer tintiger Schwärze absolut nichts zu sehen gab. Aber sein Körper konnte die gewohnten Reflexe eben nicht in ein paar Augenblicken vergessen.

Der Weg zog sich endlos in die Länge. Oft leitete ihn Gorg mit sicherer Hand über steil abfallende Hänge, die mit lockerem Geröll bedeckt waren, das immer wieder unter seinen und den Tritten des Pferdes nachgab und kleine Steinlawinen auslöste, die donnernd in die Tiefe sausten und die Dunkelheit mit hallenden, nicht abreißenden Echos erfüllten. Es gab steinerne Treppen, die in engen Spiralen tiefer in den Leib der Erde hineinführten, und endlose gerade Strecken, auf denen sich das Geräusch ihrer Schritte echolos verlor. Nach Kims Zeitgefühl mussten Stunden vergangen sein, als endlich, noch weit vor ihnen, ein Lichtpunkt, nicht größer als ein Stecknadelkopf, sichtbar wurde.

»Gleich haben wir's geschafft«, sagte Gorg. Es klang erleichtert. Kim fragte sich unwillkürlich, welche Geheimnisse und Gefahren die Höhle wohl bergen mochte, dass sogar der Riese erleichtert war, sie wieder zu verlassen.

Aber sie erreichten den Höhlenausgang ohne einen einzigen gefährlichen Zwischenfall. Vor ihnen lag ein schmales, sichelförmiges Felsplateau, kaum groß genug, ihnen gemeinsam Platz zu bieten, und an drei Seiten von senkrecht abfallenden Wänden begrenzt. Zur Rechten führte ein schmaler Steig an der Felswand entlang. Von diesem Plateau schweifte der Blick ungehindert über ein schier endloses grünes Land voller Wälder und Wiesen und verlor sich irgendwo im Westen in grünblauer Unendlichkeit.

Kelhim ließ Kim keine Zeit, die Aussicht zu genießen. Ungeduldig forderte er ihn auf, in den Sattel zu steigen.

Kim äugte misstrauisch zu dem kaum anderthalb Meter breiten Pfad hinüber. Ein einziger Fehltritt und er würde mitsamt seinem Pferd fünfzig oder mehr Meter in die Tiefe stürzen.

»Mach schon«, drängte Kelhim. »Der Weg wird gleich breiter. Du bist nicht der Erste, der ihn geht.«

Kim schwang sich gehorsam in den Sattel und lenkte Junge

mit sanftem Schenkeldruck auf den Weg. Das Pferd scheute und er musste einen zweiten Anlauf nehmen, ehe es vorsichtig einen Fuß auf das schmale Felsband setzte. Kim blickte unvorsichtigerweise in die Tiefe. Der Stein fiel neben ihm lotrecht ab und unten gähnte ein tödlicher Abgrund voll messerscharfer Grate und gierig emporgestreckter Felsdornen. Wenn sein Pferd jetzt einen Fehltritt tat, brauchte er sich um seine und die Zukunft Märchenmonds keine Sorgen mehr zu machen.

Aber Junge tat keinen Fehltritt. Bedächtig und sicher trabte er über das schmale Felsband und erreichte nach wenigen Metern eine Biegung, hinter der der Felsen zur Rechten zurückwich und der Weg tatsächlich etwas breiter wurde. Kim atmete erleichtert auf und wandte sich im Sattel um. Der Riese und der Bär waren ihm dicht gefolgt. Ihm fiel auf, dass Kelhim immer wieder zum Höhleneingang zurückblickte, als erwarte er, dort jemand oder etwas Bestimmtes auftauchen zu sehen.

»Weiter«, drängte Gorg. Seine Stimme hatte noch immer einen besorgten Unterton. »Wir müssen vom Berg herunter.«

Kim zuckte die Achseln, gab dem Pferd sanft die Sporen und ritt in gemäßigtem Galopp vor den beiden Freunden her.

Erst als sie am Fuße der Felswand angelangt waren und im Schutz einer Gruppe mächtiger Ulmen standen, gestattete ihm Kelhim anzuhalten.

»Wartet hier«, sagte er. »Ich gehe voraus. Kundschaften.«

Kim blickte ihm kopfschüttelnd nach, bis er zwischen den Büschen verschwunden war.

»Was hat er?«

Statt einer Antwort drehte Gorg sich um und zog Kim ein paar Meter den Weg zurück, den sie gekommen waren. »Sieh«, sagte er.

Kims Blick folgte seiner ausgestreckten Hand. Er erschrak. Von hier aus konnten sie fast den gesamten Berg überblicken und der Höhlenausgang, aus dem sie herausgekommen waren, lag deutlich erkennbar vor ihnen.

Etwas hatte sich verändert. Kim konnte das Neue, Unbekannte nicht in Worte fassen und doch spürte er das Unheimliche und Bedrohliche. Es war, als wäre ein Stück der Dunkelheit, durch die sie gewandert waren, hinter ihnen auf das Felsplateau hinausgekrochen.

Er schüttelte sich, wandte den Blick ab und beschloss die Sache für sich zu behalten.

Kelhim blieb lange fort und Kim nutzte die Zeit, sich aufmerksam in der neuen Umgebung umzusehen. Seit er das Schattengebirge verlassen hatte, umgab ihn die Schönheit dieses Landes, eine Schönheit und heitere Lieblichkeit, die, je weiter er nach Westen kam, sich noch mehr zu entfalten schien. Nichts war hier künstlich oder gewaltsam verändert. Alles war so, wie die Natur es geschaffen hatte; wild, ungezügelt und doch einer höheren Ordnung gehorchend. Die Luft war so klar, dass das Atmen eine Lust war, und das Sonnenlicht spiegelte sich im Tau, der auf den Blättern lag, in allen Farben des Regenbogens.

Kim wurde rau aus seiner Betrachtung gerissen, als Kelhim mit Getöse aus dem Wald hervorbrach.

»Sie kämpfen!«, schnaubte er aufgeregt.

Kim und Gorg starrten ihn an.

»Wer kämpft?«, fragte der Riese.

»Und wo?«, fragte Kim.

»Schwarze Reiter! Gegen die Unseren. Unten im Tal, gleich hinter dem Wald! Kommt! Schnell!«

Gorg stieß einen heiseren Kampfschrei aus, schwang seine Keule und rannte hinter dem Bären her geradewegs in den Wald hinein. Kim folgte ihnen, so schnell er konnte. In dem dichten Unterholz gewannen die beiden rasch Vorsprung. Aber nach wenigen Minuten erreichten sie einen schmalen Waldweg, auf dem Kim die überlegene Schnelligkeit seines Pferdes voll ausspielen konnte, und als sie den Waldrand erreichten, hatte er sich bereits an die Spitze gesetzt.

Vor ihnen tobte ein gnadenloser Kampf. Etwa fünfzig schwarze Reiter hatten eine nur halb so große Schar in fließendes Weiß und schimmerndes Gold gekleideter Männer in der Mitte der Lichtung zusammengetrieben und drangen erbarmungslos auf sie ein. Das Gras rötete sich vom Blut der Erschlagenen und die Mehrzahl der Toten trug das fleckige Schwarz der Reiter Morgons. Trotzdem war deutlich zu erkennen, dass die Schwarzen im Vorteil waren. Die Kräfte der weißen Ritter erlahmten mehr und mehr und in das Klirren der Waffen und das Stampfen der Pferde mischten sich immer wieder gellende Schmerzensschreie, wenn eine der schwarzen Klingen ihr Ziel fand.

Und inmitten dieses Getümmels, hoch aufgerichtet und einen knorrigen Stab schwingend, stand ein weißhaariger alter Mann.

»Themistokles!«, rief Kim entsetzt. Seine Stimme ging im Getöse der Schlacht unter; dennoch hatte er den Eindruck, dass der alte Magier für einen Augenblick aufsah und zu ihm herüberschaute.

Kim duckte sich tief über den Hals seines Pferdes, presste ihm die Sporen in die Flanken und galoppierte den Hang hinunter. Kelhim und der Riese folgten ihm. Ihr wildes Gebrüll übertönte den Kampflärm und lenkte die Aufmerksamkeit der Kämpfenden auf sich.

Erst zwei, dann vier und schließlich sechs der schwarzen Reiter brachen aus der Reihe der Angreifer aus, zwangen ihre Pferde herum und galoppierten mit gezückten Waffen heran. Für sie – wie für die anderen auch – musste es aussehen, als würde hier einer der Ihren von einem brüllenden Riesen und einem rabiaten Bären verfolgt.

Sie erkannten ihren Irrtum zu spät. Kim gab dem Pferd abermals die Sporen, duckte sich noch tiefer über seinen Hals und verlangte ihm das Letzte ab. Er ritt auf zwei der heranjagenden schwarzen Reiter zu, und als er genau zwischen ihnen war, riss er sein Schwert in die Höhe und hieb mit einem wohl gezielten Streich die beiden Reiter rechts und links von sich aus dem Sattel.

Ein Aufschrei ging durch die Reihen der morgonischen Reiter. Kim schwenkte sein Pferd herum, schlug einen dritten Reiter nieder, fing einen Schwertstoß mit dem bloßen Unterarm ab und fällte auch seinen vierten Gegner. Die beiden letzten Reiter wurden fast im gleichen Augenblick von Kelhim und Gorg aus den Sätteln gerissen.

Kim schwang seine Waffe hoch über den Kopf und jagte in gestrecktem Galopp auf das Schlachtfeld zu. Der Kampf tobte unvermindert weiter, aber der Verlauf der Schlacht hatte sich geändert. Die Reihe der schwarzen Reiter wankte, wich zurück, formierte sich neu und zerbrach dann unter einem wütenden Ansturm der weißen Ritter, die durch das plötzliche Auftauchen dieser unerwarteten Hilfe neue Kraft und neuen Mut schöpften. Die Schwarzen wichen zurück. Ihre geordnete Phalanx zersplitterte in mehrere Teile und löste sich dann in heilloses Chaos auf. Einer nach dem anderen der schwarzen Reiter wandte sich zur Flucht.

Aber es gab kein Entkommen. Wurden sie von hinten von ihren goldgepanzerten Gegnern bedrängt, die sich in Sekundenschnelle von Gejagten in Jäger verwandelt hatten, so liefen sie auf der anderen Seite einem der neu aufgetauchten, schrecklichen Feinde in die Arme. Kelhim brüllte wild auf, stellte sich auf die Hinterbeine und breitete die Arme wie zu einer tödlichen Begrüßung aus. Seine Pranken zermalmten Stahl und ließen Panzer zerbrechen, während auf der anderen Seite Gorgs Keule erbarmungslos wütete.

Irgendetwas geschah in diesem Moment mit Kim. Die Waffe in seinen Händen schien zu eigenem Leben zu erwachen. Sein Schwert beschrieb einen tödlichen, blitzenden Halbkreis in der Luft, zerbrach Schilde und Speere, krachte auf Rüstungen und Panzer herunter. Ein Hieb traf seine Schulter und lähmte sie, aber er spürte den Schmerz kaum. Er wechselte das Schwert von der Rechten in die Linke und kämpfte mit unverminderter Kraft weiter. Ein schwarzer Reiter prallte mit seinem Streitross gegen ihn, drängte ihn zur Seite und zielte mit einem Speer auf seinen Kopf. Kim duckte sich, schlug den Speer mit der bloßen Faust beiseite und führte einen blitzschnellen Hieb gegen den Schild des Angreifers. Sein Schwert grub eine tiefe Kerbe in das Holz und der Schlag war so hart, dass er ihn und seinen Gegner zugleich aus dem Sattel warf. Kim fiel auf den Rücken, sprang blitzschnell hoch und parierte einen aufwärts geführten Schwertstreich seines Gegners. Ihre Klingen trafen Funken sprühend aufeinander, glitten ab und kreuzten sich wieder. Kim taumelte zurück, blieb einen Herzschlag lang reglos stehen und rang keuchend nach Atem. Sein Gegner schien genauso erschöpft zu sein wie er. Kim sah, wie sich die Brust unter dem schwarzen Panzer in hektischen Stößen hob und senkte und das Schwert zitterte, als hätte der Arm kaum noch genügend Kraft, es zu halten.

Plötzlich bemerkte Kim, wie still es geworden war. Der Kampf war zu Ende, und sein Gegner war der Letzte der schwarzen Reiter, der noch übrig geblieben war. Keinem der anderen war die Flucht geglückt.

»Gib auf«, rief Kim. »Du hast keine Chance.«

Der andere schien einen Moment zu überlegen. Dann stieß er ein dumpfes, qualvolles Knurren aus, warf seinen Schild fort und drang mit hoch erhobenem Schwert auf Kim ein.

Ein goldener Speer zischte durch die Luft und durchbohrte den Feind.

Kim ließ das Schwert sinken. Seine Finger hatten plötzlich nicht mehr die Kraft, den Griff festzuhalten. Seine Hand öffnete sich. Die Waffe polterte ins Gras und Kim sank kraftlos in die Knie. Sekundenlang hockte er mit geschlossenen Augen da und wartete, dass der Schwächeanfall vorüberging. Dann hob er den Kopf und blickte in die Runde.

Ein dichter Ring weißer Ritter umgab ihn. Es waren große, schlanke Männer, in bodenlange weiße Umhänge gekleidet, unter denen goldene Brustpanzer schimmerten. Auf den Köpfen trugen sie flache Helme, die im Nacken bis auf die Schultern herabreichten und vorne in einen schmalen, auswärts gekrümmten Nasenschutz ausliefen. Keiner der Männer sprach. Sie standen nur stumm da, starrten ihn an und umklammerten unsicher ihre Waffen.

Dann teilte sich die Reihe und eine weiß gekleidete, bärtige Gestalt trat auf Kim zu.

Kim lächelte, als er Themistokles erkannte. Er stand schwankend auf, bückte sich nach seinem Schwert und schob es in die Scheide zurück. Seine Hand zitterte.

»Ich weiß nicht, wer du bist«, sagte Themistokles, nachdem er Kim eine Weile wortlos angestarrt hatte, »aber wir danken dir für deine Hilfe.« Er schwieg wieder und schien auf Antwort zu warten, aber Kim erwiderte nur stumm seinen Blick und rührte sich nicht. Er genoss den Moment und wollte ihn so lange wie möglich hinauszögern.

»Ohne dein Eingreifen«, fuhr Themistokles schließlich fort, »wäre es schlecht um uns bestellt gewesen.« Seine Augen verdunkelten sich und in seiner Stimme schien eine Spur von Misstrauen mitzuschwingen, als er weitersprach. »Doch sag, wie kommt es, dass sich ein Diener Morgons gegen seine eigenen Kameraden wendet?«

»Vielleicht«, sagte Kim, »weil ich kein Diener Morgons bin.«

Er hob in einer auf Wirkung bedachten Geste die Hände an den Kopf, klappte zuerst das Visier auf und setzte dann den schwarzen Helm ab.

Themistokles verschlug es die Rede. Seine Augen weiteten sich und der Ausdruck auf seinem Gesicht entschädigte Kim für alles.

Endlich fand Themistokles seine Sprache wieder.

»Kim!«, sagte er. »Du …?«

Kim lächelte. »Hast du jemand anders erwartet?«, fragte er. »Du sagtest doch, ich sollte kommen. Nun, ich bin da.«

Themistokles schüttelte staunend den Kopf. »Ich muss gestehen, dass ich dich am allerwenigsten erwartet habe. Nicht so und nicht hier!« Plötzlich lächelte er, drehte sich zu den abwartend dastehenden Kriegern um und hob in einer beruhigenden Geste die Hände.

»Es ist alles in Ordnung. Er ist einer der Unseren.«

Die Mienen entspannten sich und da und dort brach sich ein Seufzer der Erleichterung Bahn. Themistokles wartete einen Moment, deutete dann mit weit ausholender Gebärde zum Waldrand und sagte: »Ich werde euch alles erklären. Aber nun lasst mich für eine kurze Weile mit unserem Retter allein. Es gibt viel zu bereden zwischen uns.«

Die Ritter gehorchten und Themistokles blieb mit Kim allein zurück. »Du«, sagte er noch einmal, als könne er es noch immer nicht glauben. »Nach all der Zeit ...« Wieder schüttelte er den Kopf. »Ich hatte die Hoffnung auf dein Kommen bereits aufgegeben. Um so größer ist meine Freude, dich gesund und unverletzt wiederzusehen.«

»Na ja, gesund ...« Kim betastete vorsichtig seine rechte Schulter. Der Panzer hatte dem Hieb standgehalten, aber die Schulter war noch immer taub, der Arm wie gelähmt. Plötzlich fiel ihm etwas ein. »Wieso nach all der Zeit?«, sagte er. »Ich war doch nur ein paar Wochen weg.« Themistokles runzelte die Stirn. »Ein paar Wochen?«

Kim überschlug in Gedanken die Zeit, die er in Boraas' Kerker verbracht hatte, die Zeit seiner Wanderung über die Berge und seines Aufenthaltes bei Tak. »Nicht viel mehr als zwei Wochen«, sagte er dann. »Vielleicht ein bisschen länger, aber nicht viel.«

»Zwei Wochen!«, entfuhr es Themistokles. Dann fügte er in ruhigem, gefasstem Ton hinzu: »Die Zeit, Kim, ist ein seltsames Ding. Sie gehorcht nicht überall den gleichen Gesetzen.

Im Reich der Schatten mögen zwei Wochen vergangen sein, seit du dort angekommen bist. Aber hier bei uns sind mehr als drei Jahre verstrichen.«

»Drei Jahre!«, rief Kim. »Aber das ist unmöglich!« Themistokles schüttelte sanft den Kopf. »Nichts ist unmöglich«, sagte er.

»Aber drei Jahre ... Jetzt begreife ich dein Erstaunen.«

»Um ehrlich zu sein, ich hatte wirklich die Hoffnung aufgegeben, dich jemals wiederzusehen«, sagte Themistokles. »Zu Anfang habe ich gewartet. Jeden Tag habe ich den Himmel abgesucht und über Wochen und Monate habe ich meine Reiter ausgeschickt, nach dir zu suchen. Aber mit jedem Tag, der verging, wurde die Hoffnung, dass du doch noch kommen würdest, geringer.«

»Hoffentlich hast du nicht geglaubt, dass ich es mit der Angst zu tun bekommen und gekniffen habe«, sagte Kim.

»Ich habe es gehofft«, sagte Themistokles ernst. »Ich habe gehofft, dass du gekniffen hast und daheim geblieben bist. Denn es gab sonst nur eine Antwort auf die Frage nach deinem Verbleib. Boraas.«

Kim nickte grimmig. »Du hast richtig geschlossen. Ich hatte bereits das Vergnügen, ihn kennenzulernen.«

»Ich wusste es in dem Moment, als ich deine schwarze Rüstung sah«, sagte Themistokles. Dann besann er sich. »Verzeih, Kim«, bat er. »Ich bestürme dich mit Fragen, anstatt dir Zeit zum Ausruhen zu gönnen. Komm in den Schatten und erhole dich erst einmal. Und dann erzählst du mir alles.«

Kim folgte ihm über die Wiese zum Waldrand. Das Hochgefühl, das ihn ob des gewonnenen Kampfes erfüllte, wich tiefer Niedergeschlagenheit, als er sah, wie hoch der Blutzoll war, den Themistokles' Männer hatten entrichten müssen. An die dreißig Pferde standen am Waldrand angeschirrt, aber nur zehn der weißen Reiter waren noch am Leben und etliche von ihnen schwer verwundet.

Sie hatten gewonnen, aber Kim wurde des Sieges nicht froh. Er lehnte sich gegen einen Baumstamm, schloss die Augen und überließ sich seinem Schmerz. Rings um ihn herum begannen die Überlebenden die Körper der Erschlagenen in weiße Tücher zu hüllen und entlang dem Waldrand aufzureihen. Lange saß Kim da und folgte stumm, mit blinden Augen ihrem Tun, ehe er leise und stockend zu erzählen begann.

Er ließ nichts aus und erzählte jede Kleinigkeit, verschwieg auch nicht seine Ängste und die Furcht, die er während seines Versteckspiels inmitten des schwarzen Heeres ausgestanden hatte. Themistokles erwies sich als geduldiger und aufmerksamer Zuhörer. Kim erzählte fast eine Stunde lang und Themistokles unterbrach ihn kein einziges Mal. Als Kim geendet hatte, verharrten beide eine Weile schweigend. »Dein Bericht«, sagte Themistokles schließlich, »übertrifft meine schlimmsten Befürchtungen.«

»Ich weiß«, antwortete Kim. »Niemand weiß es besser als ich. Ich habe das schwarze Heer gesehen, vergiss das nicht.«

»Es ist meine Schuld«, murmelte Themistokles.

»Deine Schuld?«

»Ja, Kim. Ich habe einen unverzeihlichen Fehler begangen. Ich habe Boraas unterschätzt. Dabei gibt es niemand, der besser als ich weiß, wie böse er ist.«

Plötzlich stand er auf und begann ruhelos im Kreis herumzuwandern. Sein Stab stieß im Rhythmus seiner Schritte gegen den Boden. »Er hat alles so geplant«, sagte er. »Alles ist von Anfang an so gelaufen, wie er es gewollt hat!«

Kim schüttelte den Kopf. »Das stimmt nicht, Themistokles. Dich trifft keine Schuld.«

»Doch!«, widersprach der Zauberer. »Ich habe mich zu sicher gefühlt. Wir alle haben geglaubt, dass er hinter dem Schattengebirge gefangen, in seinem Reich der Finsternis auf ewig eingekerkert ist. Aber das war ein Irrtum. Er hat einen Weg gefunden.« Er hörte auf im Kreis herumzulaufen, stützte sich auf seinen Stock und sah Kim durchdringend an. »Dieser finstere Begleiter, den du zusammen mit Boraas im Heerlager gesehen hast«, sagte er, »wie sah er aus?«

Kim hob hilflos die Schultern. »Wie alle anderen auch«, antwortete er nach einer Weile. »Es war nicht sein Aussehen, das ihn von den Übrigen unterschied. Es war …« Er suchte nach dem passenden Wort und spürte einen kalten Schauer über seinen Rücken laufen, als das Bild des kleinen, schwarz gepanzerten Ritters wieder vor seinen Augen auftauchte. »Es war nichts Sichtbares«, sagte er unsicher. »Eher etwas, was man …«

»Mit der Seele spüren konnte«, vollendete Themistokles den Satz. »Eine unsichtbare Kälte, die ihn wie eine dunkle Aura umgab. Etwas Abstoßendes, Böses, Gewalttätiges.« Kim nickte verblüfft. »Das stimmt«, bestätigte er. »Du kennst ihn?«

Themistokles verneinte. »Der Schwarze Lord«, murmelte er und seine Stimme bebte vor Grauen. »Es gibt eine Sage, eine uralte, fast vergessene Sage, die berichtet, dass eines Tages ein mächtiger Krieger im Reich der Schatten auftauchen wird. Ein Krieger, der so furchtbar und grausam ist, dass er das Heer der Finsternis durch das Schattengebirge führen kann. Der Schwarze Lord.«

Themistokles senkte die Stimme zum Flüstern, als er fortfuhr. »Die Sage geht noch weiter, Kim. Sie berichtet, dass das Ende von Märchenmond gekommen ist, wenn der Schwarze Lord erscheint.«

»Unmöglich!«, stieß Kim hervor. »Du musst dich irren, Themistokles. Es ist nur eine Sage. Ein Märchen, mehr nicht. Wir werden das schwarze Heer besiegen, so wie wir diesen Trupp besiegt haben!« Er sprang auf die Füße.

Themistokles schüttelte den Kopf. »In jeder Sage steckt ein Stück Wahrheit, Kim«, sagte er leise. »Du magst es noch nicht begreifen, aber manchmal sind es gerade die unwirklichen Dinge, die Wirklichkeit werden.«

Kim seufzte. »Noch ist nicht gesagt, dass es sich bei dem

Mann, den ich gesehen habe, tatsächlich um den Schwarzen Lord handelt – wenn es ihn überhaupt gibt. Wir haben noch Zeit. Boraas' Heer hat sich noch nicht formiert und wir können die Verteidigung des Landes organisieren.« Themistokles starrte zu Boden und schien dann wie aus tiefem Schlaf zu erwachen.

»Vielleicht hast du recht«, sagte er, aber seinen Worten fehlte die Überzeugung. »Wir werden jedenfalls tun, was in unseren Kräften steht.«

Kim lächelte. Themistokles' düstere Prophezeiung nagte in ihm, doch er gab sich Mühe, sich nichts anmerken zu lassen. »Wie kam es überhaupt zu diesem Kampf?«, fragte er, um Themistokles auf andere Gedanken zu bringen. »Ihr seid in einen Hinterhalt geraten?«

»Nein, das glaube ich nicht. Um uns einen Hinterhalt zu legen, dazu hätte Boraas mit Sicherheit mehr Krieger aufgeboten. Vermutlich waren die schwarzen Reiter genauso überrascht über das Zusammentreffen wie wir. Es handelte sich wohl um einen dieser kleinen Trupps, die die Gegend entlang dem Gebirge durchstreifen und unter der Bevölkerung Angst und Schrecken verbreiten. – Wir haben Patrouillen ausgeschickt, um die Bevölkerung zu warnen«, erklärte Themistokles. »Aber oft kommen wir zu spät, wie du selbst gesehen hast«, fügte er unglücklich hinzu. »Jedenfalls sind die schwarzen Reiter bisher dem offenen Kampf ausgewichen. Doch vielleicht haben sie ihre Taktik geändert. Vielleicht steht der Angriff schon unmittelbar bevor.«

»Wie seid ihr überhaupt hierher gekommen?«, fragte Kim.

»Ich befinde mich auf einer Reise durch Märchenmond«, antwortete Themistokles. »Der längsten und zugleich schlimmsten Reise meines Lebens.«

»Wie meinst du das?«

»Märchenmond ist das Land des Friedens«, sagte Themistokles. »Aber meine Begleiter und ich ziehen von Ort zu Ort, um die Bewohner zum Krieg zusammenzurufen. Wir ahnten schon, dass uns von Boraas Gefahr droht, wenn wir uns auch nicht vorstellen konnten, wie groß diese Gefahr tatsächlich ist. Wir versuchen Verbündete zu finden.«

»Verbündete?«, fragte Kim ungläubig. »Aber … habt ihr denn kein Heer?«

»Nein, Kim, wir haben kein Heer. Märchenmond hatte für Soldaten bisher keine Verwendung. Wir kennen hier keine Feindschaft, denn wir leben in Harmonie mit der Natur und ihren Gesetzen.«

»Aber ihr müsst euch doch verteidigen können!«, rief Kim. Die Vorstellung, dass ein so mächtiges Reich wie Märchenmond für den Fall eines bewaffneten Überfalls in keiner Weise gerüstet war, erschien ihm geradezu absurd.

»Und doch ist es so«, sagte Themistokles. »Die Reitergarde, die mich begleitet, versteht es zwar, das Schwert zu führen, wie du gesehen hast, aber auch ihr Beruf ist nicht das Töten. Und die meisten von ihnen liegen hier tot«, fügte Themistokles bitter hinzu. »Wir haben keine Armee, weil wir nie eine brauchten. Doch die Situation hat sich jetzt gründlich geändert. Wir können nicht auf ein Wunder warten, um Märchenmond zu retten. Deshalb sind wir aufgebrochen.«

»Und habt ihr … Verbündete gefunden?«, fragte Kim. Themistokles nickte. »Ja, wenn auch nicht genug, wie ich jetzt befürchten muss. Unsere Reise ist fast beendet. Morgen werden wir unser letztes Ziel, das Land der Steppenreiter, erreichen. Dann kehren wir nach Gorywynn zurück.«

Einer der weißen Reiter kam herbei und sagte mit einer ehrfürchtigen Verneigung vor Themistokles und einem raschen Blick auf Kim: »Wir sind bereit, Herr.«

Themistokles nickte. »Gut. Wir brechen auf.«

Kim deutete auf die lange Reihe weiß verhüllter Gestalten, die im Schatten der Bäume lagen. »Ihr lasst sie einfach zurück?«, fragte er.

»Wir begraben unsere Toten nicht«, antwortete Themistokles. »Wir verehren den Geist, nicht das Fleisch, das ihm als Wohnung dient. In wenigen Tagen zerfällt der Körper zu Staub und kehrt zurück in den Kreislauf von Werden und Vergehen. Wir ehren unsere Toten durch die Achtung des Lebens«, schloss er. »Jetzt komm. Wir müssen weiter!«

Kim stieß einen schrillen Pfiff aus und sein Pferd kam gehorsam angetrabt. Themistokles maß den Rappen mit einem bewundernden Blick. »Ein prachtvolles Tier«, sagte er. »Du hast es erbeutet?«

»Eigentlich hat es mich erbeutet«, sagte Kim. »Ich glaube nicht, dass es seinen früheren Herrn sehr vermisst.« Themistokles lächelte, wurde aber sogleich wieder ernst. »Deine Rüstung«, sagte er. »Du solltest sie ablegen. Du brauchst sie nicht mehr.«

Kim blickte an sich herunter. Der schwarze Panzer hatte seinen schimmernden Glanz längst verloren und war fleckig und stumpf, voller Beulen und Schrammen. »Ich möchte ihn behalten«, sagte er. »Er hat mir Glück gebracht, weißt du.« Themistokles hob die Schultern. »Wie du willst«, sagte er. »Doch warte.« Er ging zu einem Pferd, öffnete die Packtasche und entnahm ihr ein eng zusammengerolltes Bündel, das er Kim in die Hand drückte. Kim faltete es auseinander. Es war ein dünner, durchscheinender Umhang aus feinem weißem Gewebe, mit hauchfeinen Gold- und Silberfäden durchwirkt. Er schien vollkommen gewichtslos zu sein und doch hing er in schweren, geraden Falten herunter, als wäre er aus Samt oder Brokat. Kim ließ den Umhang bewundernd durch die Hände gleiten, dass er im hellen Sonnenlicht schimmerte wie verwobenes Glas. Behutsam legte Kim ihn sich um die Schultern und spürte, wie sich das Kleidungsstück wie ein lebendes Wesen um seine Schultern schmiegte.

»Danke«, sagte er, während seine Finger über den samtweichen Stoff glitten. »Das ist ... wunderschön.«

Themistokles lächelte.

»Er gehört dir«, sagte er. »Dieser Umhang hat auf dich gewartet.«

Kims Blick hing wie verzaubert an dem hauchzarten Gespinst aus eingefangenen Sonnenstrahlen.

»Gib gut auf ihn acht«, mahnte Themistokles. »Er ist uralt. Älter als ich, älter als Märchenmond vielleicht. Viele haben sich gewünscht ihn zu tragen, aber noch keinem war es vergönnt. Du bist der Erste, der Laurins Mantel trägt.«

»Laurins Mantel?«

Themistokles zögerte. »Auch bei euch«, sagte er dann, »gibt es eine Sage von Laurin, dem Zwergenkönig.«

Kim nickte. »Ich kenne sie. Willst du behaupten, dass es kein Märchen ist?«

»Ja und nein. Die Menschen haben es schon immer verstanden, eine Geschichte so lange und so oft und immer wieder neu zu erzählen, sie umzudichten, zu verändern und zu verdrehen, bis von ihrem ursprünglichen Sinn nicht mehr viel zu erkennen war. Aber wer an das Wunderbare glaubt, wer wie du bereit ist, alles zu riskieren, um alles zu gewinnen, der wird Dinge erfahren, die sich andere Menschen niemals träumen ließen.«

»Wie meinst du das?«

»Es gibt …« Themistokles besann sich. »Verzeih«, bat er. »Ich schweife ab. Die Zeit ist noch nicht reif, um dir zu sagen, was hinter allem steht. – Nein«, sagte er und hob abwehrend die Hände. »Dringe nicht in mich, ich bitte dich. Später, zu einer anderen Zeit und an einem anderen Ort, werde ich dir alles erklären. Vorerst nimm mein Wort, dass dies wirklich Laurins Mantel ist. Er verleiht seinem Träger große Macht. Aber die Schultern, um die er sich legt, tragen auch eine große Verantwortung.«

»Macht?«, fragte Kim. »Was für Macht?«

»Der Sage nach«, antwortete Themistokles, und Kim spürte,

dass es ihn Mühe kostete, es auszusprechen, »kann er seinen Besitzer unsichtbar machen. Wer ihn trägt, vermag durch Wände und feste Hindernisse zu schreiten, ohne von eines Menschen Auge gesehen oder von einer Waffe verwundet zu werden.«

»Unsichtbar!«, rief Kim. Unwillkürlich zog er die Finger von dem zarten Gewebe zurück, als befürchtete er, den kostbaren Umhang zu beschädigen oder zu beschmutzen. »Aber das wäre ja ... wenn das stimmt, dann sind wir gerettet! Mit diesem Mantel könnte man mitten ins Herz von Boraas' Armee Vordringen ohne gesehen zu werden. Wir könnten ihn aus seinem Zelt holen, wir ...«

Themistokles unterbrach ihn mit einer mahnenden Geste. »Du hast mich nicht ausreden lassen, Kim«, sagte er. »Der Umhang verleiht dir Unsichtbarkeit, aber er tut es nur ein einziges Mal. Wenn du dich einmal seiner Gabe bedienst, ist seine Kraft erschöpft und er wird zu dem, was er war, bevor Laurins Zauber auf ihn fiel: zu einem ganz gewöhnlichen Stück Stoff. Dieser Umhang ist unsere letzte Waffe, das letzte Mittel, wenn alles andere versagt hat. Benutze ihn nicht leichtfertig, Kim.«

Kim brauchte eine Weile, um zu begreifen, was für einen Schatz ihm Themistokles da anvertraut hatte. Vielleicht lag nun das Schicksal dieser ganzen Welt in seinen Händen.

»Ich ... verspreche es«, stammelte er.

Themistokles nickte. Ohne ein weiteres Wort wandte er sich zu seinem Pferd. Aber Kim hatte noch eine Frage an ihn, die schon die ganze Zeit auf seinen Lippen brannte.

»Auf ein Wort noch, Themistokles.«

Themistokles drehte sich um. Auf seinen Stab gestützt sah er an Kim vorbei auf die Lichtung hinaus. Ein seltsamer Ausdruck lag in seinen Augen. »Ja?«

Kim schluckte. Plötzlich saß ihm ein würgender Kloß in der Kehle. Die Frage, die ihn nicht ruhen ließ, seit er aus Morgon geflohen war, wollte auf einmal nicht heraus. Aber er war schon zu weit gegangen, um jetzt noch zurückzukönnen. Ein zweites Mal würde er den Mut dazu nicht aufbringen. »Boraas erzählte mir etwas«, begann er ungeschickt. »Etwas, was ich nicht glauben kann, aber …«

»Er hat dir gesagt, dass wir Brüder sind«, sagte Themistokles ruhig.

Kim nickte.

»Es ist die Wahrheit«, sagte der alte Magier. »Und auch wieder nicht. Es mag für dich schwer zu verstehen sein, aber wir sind uns so gleich, wie sich zwei Brüder nur sein können, und doch sind wir so verschieden voneinander wie nur irgend zwei Menschen auf der Welt. Ja, wir sind Brüder. Mehr noch, wir waren eins – eine Seele, so hätte man meinen können, die zufällig in zwei verschiedenen Körpern wohnte. Was der eine dachte, tat der andere und umgekehrt. Aber diese Zeit liegt weit zurück. Sehr weit, Kim. Es geschah etwas, was uns trennte.«

»Was?«, fragte Kim.

Themistokles lächelte. »Du würdest es nicht verstehen, selbst wenn ich es dir erklären könnte. Unsere Wege trennten sich, und je weiter wir uns voneinander entfernten, desto verschiedener wurden auch die Pfade, die wir einschlugen, um unser Schicksal zu meistern. Es ist eine lange, traurige Geschichte, Kim. Boraas war nicht immer so, wie er ist, und vielleicht trage auch ich ein wenig Schuld daran, dass er so wurde. Vielleicht wir alle.«

»Du?«, fragte Kim ungläubig. Er hätte gelacht, wäre Themistokles nicht so unerschütterlich ernst geblieben. »Du gibst dir die Schuld daran, dass Boraas sich zum Bösen gewandelt hat? Das glaubst du doch selbst nicht.«

»Und doch ist es so. Boraas ging den falschen Weg, das stimmt. Aber jeder von uns kommt irgendwann einmal in Versuchung, dasselbe zu tun. Kein Mensch kann von sich behaupten, er kenne nicht die Verlockung, die diese finstere Seite des Lebens ausstrahlt. Und es gibt Menschen – und es sind nicht wenige, Kim –, die allein nicht die Kraft haben, dieser Verlockung zu widerstehen. Boraas war wie ich, aber er hatte nicht meine Stärke. Ich hatte sie und ich wusste auch, dass er sie nicht hatte. Es wäre meine Pflicht gewesen, ihn zurückzuhalten. Vielleicht wäre alles anders gekommen, wenn ich im richtigen Moment an seiner Seite gestanden hätte.«

Kim schüttelte trotzig den Kopf. »Mit diesem Argument kannst du dir gleich die Schuld geben an jedem Verbrechen, das irgendwo auf der Welt geschieht«, sagte er.

Themistokles schwieg einen Moment. »Vielleicht hast du recht«, murmelte er, mehr zu sich selbst als zu Kim. »Aber vielleicht war es auch ein Fehler, es dir erklären zu wollen. Und nun komm, Kim. Für einen Tag ist genug Blut geflossen. Lass uns gehen. Unser Weg ist noch weit.« Er wandte sich um und ging mit raschen Schritten davon. Kim folgte ihm.

Themistokles schritt zügig voran, warf noch einmal einen Blick über das Schlachtfeld und hob sich dann mit einem Schwung in den Sattel, dessen Kraft und Eleganz sein scheinbares Alter Lügen strafte. Und erst jetzt, aus der Nähe, sah Kim, dass Themistokles' Männer ebenso wie dieser selbst nicht auf Pferden, sondern auf großen weißen Einhörnern ritten. Die Tiere wirkten genauso stolz wie ihre Reiter, und wenn das Fell der meisten auch blutig und zerschrammt war, so boten sie doch einen prachtvollen Anblick. Themistokles winkte. Kim sprang behände in den Sattel und schloss sich an. Die Einhörner wichen zurück, als sie das große, schwarze Ross zwischen sich auftauchen sahen, und einige scheuten, sodass sie von ihren Reitern beruhigt werden mussten. Kim glaubte die Furcht und Abneigung der Tiere deutlich zu spüren. Mit ihren langen, gewundenen Hörnern, die spitz wie Dolche waren und an lang gezogene Schneckenhäuser erinnerten, wäre es ihnen ein Leichtes gewesen, Kim und sein Pferd in Sekundenschnelle zu töten.

Themistokles rief mit lauter Stimme einen Befehl und die Gruppe setzte sich in Bewegung, wobei die herrenlosen Tiere unaufgefordert hinter den Reitern aufschlossen. Kelhim und Gorg folgten zögernd in einigem Abstand, bis Themistokles sich im Sattel umdrehte und Gorg zu sich rief. Der Riese war mit ein paar langen Schritten bei ihm, dicht gefolgt von Kelhim, der wie ein brauner, struppiger Schatten hinter ihm nachzottelte.

Themistokles musste den Kopf in den Nacken legen, um Gorg ins Gesicht sehen zu können.

»Ich möchte, dass ihr uns begleitet«, sagte er zu ihm. »Euer Wort gilt viel bei den Steppenreitern. Sie sind ein stolzes und eigenwilliges Volk. Aber wenn ihr mich begleitet, werden sie mir Gehör schenken.«

Gorg schwieg dazu und Kelhim brummte etwas Unverständliches.

»Ich weiß, dass ihr lieber hierbleiben und Jagd auf die schwarzen Reiter machen würdet«, fuhr Themistokles fort. »Aber glaubt mir – dort, wo wir hingehen, seid ihr nützlicher. Eure Arbeit hier ist getan. Die Leute in den Bergen sind geflohen und …«

»Nicht alle«, unterbrach Gorg. Seine Stimme klang mit einem Mal ganz anders, kein bisschen unterwürfig oder furchtsam. »Nicht alle konnten rechtzeitig gewarnt werden. Der Berghof … wir … wir kamen zu spät …«

Themistokles nickte traurig. »Ich weiß, Gorg. Kim erzählte mir davon. Aber ich weiß auch, dass euch keine Schuld trifft.«

»Wir haben die Mörder verfolgt«, brummte Kelhim. »Und wir hätten sie gestellt, wenn wir nicht auf den da getroffen wären. Aber wir dachten, es wäre wichtiger, auf ihn aufzupassen.«

»Es war richtig«, bestätigte Themistokles. »Rache nutzt niemandem etwas, Kelhim. Am wenigsten den Erschlagenen.« Kim hatte den Wortwechsel mit wachsendem Erstaunen verfolgt. Er wartete, bis Gorg und Kelhim an ihren Platz am

Ende des Zuges zurückgekehrt waren. Dann lenkte er sein Pferd neben das Einhorn des Zauberers und blickte Themistokles fragend an.

»Aufpassen?«, platzte er heraus. »Die beiden sollten auf mich aufpassen?«

Ein amüsiertes Lächeln stahl sich in Themistokles' Augen. »Kelhim ist oft nicht sehr zimperlich bei der Wahl seiner Worte.«

»Aber ich verstehe nicht … ich dachte, wir wären uns zufällig begegnet.«

»Keine Spur«, entgegnete Themistokles.

Kim schüttelte verwirrt den Kopf. »Aber dann«, sagte er unsicher, »dann haben mir die beiden die ganze Zeit über nur Theater vorgespielt.« Er grinste. »Eigentlich hätte ich längst darauf kommen müssen. So, wie Gorg auf die schwarzen Reiter losgegangen ist, war von Feigheit nichts mehr zu spüren.«

Jetzt war die Reihe an Themistokles, überrascht zu sein. »Feigheit?«, sagte er verwundert. »Gorg und feige? Ich kenne den Riesen gut. Er und Kelhim sind nicht nur die besten Freunde, die man sich wünschen kann. Sie sind auch die tapfersten Burschen, die mir jemals begegnet sind. Das Einzige, was man ihnen vielleicht vorwerfen kann«, fügte er nach einer kleinen Pause hinzu, »ist, dass sie manchmal einen sehr skurrilen Humor entwickeln.«

X

Den ganzen Tag und noch weit bis in den Abend hinein ritten sie nach Süden. Themistokles schien mit jedem Schritt, den sie vorankamen, ungeduldiger zu werden. Alle waren müde und erschöpft, aber Themistokles gönnte weder den Männern noch ihren Tieren tagsüber eine Rast und am nächsten Morgen drängte er lange vor Sonnenaufgang zum Weitermarsch.

Die Landschaft, durch die sie ritten, änderte allmählich ihren Charakter. Der Wald lichtete sich und wurde jetzt immer öfter von großen, sonnigen Lichtungen unterbrochen, um schließlich von einer flachen, von hüfthohem gelbem Gras bewachsenen Steppe abgelöst zu werden. Am frühen Vormittag stießen sie auf eine Straße, die sie weiter nach Süden, aber auch ein wenig in westliche Richtung und fort vom Gebirge führte. Ein Dorf zog in weiter Entfernung an ihnen vorbei, dann ritten sie stundenlang durch große, quadratisch angelegte Felder und schließlich wieder durch gelbe Steppe. Kim wich während der ganzen Zeit nicht von Themistokles' Seite, redete unermüdlich auf den Zauberer ein und bestürmte ihn mit Fragen. Themistokles antwortete geduldig und Kim erfuhr viel über Märchenmond, seine Geschichte und seine Bewohner – mehr, als er in der kurzen Zeit begreifen und verdauen konnte. Und mit jeder Antwort schien sich die Zahl der ungelösten Rätsel zu erhöhen. Aber Kims Neugierde war unersättlich.

Die Sonne kletterte langsam am Himmel empor. Es wurde warm, dann heiß und Kim verspürte wachsenden Durst, zu dem sich bald Hunger und dann auch Müdigkeit gesellten. Den anderen erging es nicht besser. Die Einhörner schritten bei Weitem nicht mehr so kraftvoll und ruhig aus wie zu Anfang und auch ihre Reiter hockten schlaff in den Sätteln. Aber wieder gönnte ihnen Themistokles keine Pause.

Endlich, die Mittagsstunde war schon vorüber und Kim

glaubte allmählich vor Schwäche und Müdigkeit nicht länger im Sattel sitzen zu können, wirbelte weit vor ihnen eine gelbe Staubwolke über der Straße auf. Als sie näher kamen, erkannten sie eine Schar von etwa fünfzehn Reitern. Themistokles ließ anhalten und erlaubte seinen Männern abzusitzen. Erschöpft taumelten sie aus den Sätteln und ließen sich abseits der Straße ins hohe Gras sinken. Auch Kim stieg ab, hockte sich ins Gras und blickte den fremden Reitern erwartungsvoll entgegen.

Es waren große, dunkelhaarige Männer, die sich auf eine schwer zu bestimmende Art alle zu gleichen schienen. Ihre Gesichter waren schmal und braun gebrannt und ihre Körper, obwohl gertenschlank, ungemein kräftig und muskulös. Sie saßen mit solch natürlicher Anmut auf den Pferden, als ob sie mit den Tieren verwachsen wären. Sie trugen dunkle Kleider aus gegerbtem Leder, die Arme und Beine frei ließen, und ritten, wie Kim mit einem Anflug von Neid feststellte, ohne Sättel und Zaumzeug.

Die Reiter galoppierten heran und verhielten dicht vor Themistokles, der als Einziger auf dem Rücken seines Einhorns sitzen geblieben war, um das Begrüßungskomitee – denn um ein solches handelte es sich – seinerseits zu begrüßen. Zu Kims Verwunderung war der Sprecher der Reiter kaum älter als er selbst; dreizehn, vielleicht vierzehn Jahre alt, schlank und dunkelhäutig wie seine älteren Begleiter, aber mit etwas hellerem Haar und aufmerksamen blauen Augen. Seine Stimme klang selbstbewusst wie die eines Erwachsenen, als er das Wort an Themistokles richtete.

»Seid gegrüßt, Herr von Gorywynn«, begann er ein wenig steif. Er deutete ein Kopfnicken an, lenkte sein Pferd mit sanftem Schenkeldruck neben das des Zauberers und ließ den Blick über das Häuflein ermatteter Reiter am Straßenrand schweifen. Ein Funken Misstrauen glomm in seinen Augen auf, als er Kim sah.

»Euer Kommen wurde uns gemeldet«, fuhr er fort. »Mein Vater sendet Euch Grüße und lässt Euch sagen, dass Ihr und Eure Begleiter auf unserem Schloss willkommen seid.« Themistokles nickte, als hätte er nichts anderes erwartet. »Man sagte uns auch«, fuhr der Junge mit einem neuerlichen Blick auf Kims schwarze Rüstung fort, »dass Ihr einen schwarzen Reiter in Eurer Begleitung habt. Ich sehe nun, dass der Bote die Wahrheit gesprochen hat. Ist er Euer Gefangener?«

»Nein. Er gehört zu uns.«

»Zu Euch? Aber er trägt die Kleidung des Feindes!«

Themistokles lächelte. »Ihr beurteilt einen Mann nach seinem Äußeren, Prinz Priwinn«, sagte er. »Aber ein vermeintlich schlechtes Äußeres kann ebenso täuschen wie ein vermeintlich gutes. Kim ist einer der Unseren und vielleicht der Beste.«

Priwinn dachte einen Moment über Themistokles' Worte nach, zuckte dann die Achseln und deutete mit einer Kopfbewegung auf die Männer im Gras.

»Unsere Boten berichteten uns, dass Eure Leute in einem schlechten Zustand sind«, sagte er. »Wir haben Wein und Brot mitgebracht und unser Heilkundiger wird sich später um Eure Verwundeten kümmern. Ihr wurdet angegriffen?«

Themistokles nickte betrübt. »Gestern. Wir stießen mit einem Trupp schwarzer Reiter zusammen. Wäre unser Freund hier«, er deutete auf Kim, »nicht hinzugekommen, wäre es noch schlechter um uns bestellt gewesen.«

Priwinn musterte Kim mit einem Blick, der deutlich seine widerstreitenden Gefühle widerspiegelte – Bewunderung, gepaart mit Misstrauen und, wie Kim fand, einer Spur von Überheblichkeit und Verachtung.

Kim wurde es unter dem Blick des jungen Prinzen unbehaglich. Priwinn wandte sich schließlich achselzuckend ab und kehrte sich seinen Leuten zu. Auf einen Wink stiegen drei seiner Männer von den Pferden und begannen aus langhalsigen Krügen Wein auszuschenken.

»Stärkt euch«, sagte Priwinn, »und teilt das Brot mit uns. Dann lasst uns weiterziehen. Die Zeit drängt.«

Auch Kim wurde ein Becher des schweren, süßen Weins gereicht. Er nahm ihn entgegen und trank in kleinen, vorsichtigen Schlucken. Sein erster Eindruck schien Themistokles' Worte vom Vortag zu bestätigen – die Steppenreiter waren ein stolzes, unnahbares Volk. Und sie schienen großen Wert auf Förmlichkeit und Zeremonien zu legen.

Kim leerte den Becher, gab ihn zurück und stand auf. Auch die anderen erhoben sich nach und nach, um sich noch einmal auf die Rücken ihrer Tiere zu schwingen, so hart es ihnen auch ankam.

Priwinns Pferd tänzelte nervös auf der Stelle. Priwinn riss es herum und sprengte den Weg hinunter, kaum dass der letzte Mann wieder im Sattel saß.

Sie folgten den Steppenreitern in geringem Abstand. Nach einer Weile verließen sie die Straße und ritten quer durch die Steppe weiter, nun direkt nach Westen, fort vom Schattengebirge und seinen Schrecken. Kim glaubte am Horizont einen dunklen, verschwommenen Schatten auszumachen. Themistokles bestätigte seine Vermutung, dass es sich dabei um das Schloss der Steppenreiter handelte – Caivallon. Aber sie ritten nicht direkt darauf zu, sondern schlugen einen Bogen in südlicher Richtung. Auch Themistokles konnte sich das nicht erklären, nachdem Priwinn vorhin so rasch zum Aufbruch gedrängt hatte.

Wenige Minuten später sahen sie den Grund.

Priwinn deutete stumm auf eine rauchgeschwärzte Ruine, die vor ihnen aufgetaucht war. Es war ein kleines, eingeschossiges Haus, das sich natürlich in seine Umgebung einpasste – oder eingepasst hatte, ehe es dem Feuer zum Opfer fiel. Das Haus hatte keine Wände, sondern nur ein flaches, direkt aus dem Boden aufstrebendes Dach, das an einer Seite mit Erde und Gras bedeckt war. Vorder- und Rückseite wurden von schweren, moosbewachsenen Balken gebildet. Jetzt war ein Teil des Daches eingestürzt und ein Wirrwarr verkohlter und geborstener Balken bedeckte in weitem Umkreis den Boden, als hätte eine fürchterliche Explosion das Haus zerfetzt. Aber das allein war es nicht, was Kims Blick und den der anderen gefangen hielt. Auf der grasbewachsenen Seite des Daches lag eine Reihe in weiße Laken gehüllter Körper aufgebahrt.

Sie starrten eine Weile wortlos auf das Schreckensbild. Endlich sagte Themistokles: »Schwarze Reiter?«

Priwinn nickte. Kim sah, wie sich seine Hände zu Fäusten ballten. »Ja. Ein Trupp von etwa dreißig Reitern. Vor zwei Tagen, mitten in der Nacht«, sagte der Steppenprinz und fügte mit grimmiger Genugtuung hinzu: »Keiner der Schwarzen ist entkommen. Sie haben einen hohen Preis für diesen Überfall bezahlt.«

Themistokles schüttelte sanft den Kopf. »Gewalt gegen Gewalt ist keine Lösung, Prinz.«

Priwinn verzog trotzig das Gesicht. »Gewalt gegen Gewalt ist keine Lösung? Und warum seid Ihr gekommen, Herr von Gorywynn? Kommt Ihr nicht, um meinen Vater und mein Volk um Unterstützung gegen den Feind zu bitten?«

»Das stimmt«, gab Themistokles zu. »Aber ich komme auch, um zu warnen. Diese Menschen hier sind nicht die ersten Opfer dieses grausamen und überflüssigen Krieges. Sie werden auch nicht die letzten sein. Ihr müsst die Steppenfestung verlassen.«

»Verlassen?«, empörte sich Priwinn. »Ihr wisst nicht, was Ihr redet, Themistokles.«

Statt einer Antwort wies der Magier auf die Ruinen, deren verkohlte Balken wie die Finger einer mahnend erhobenen Hand in den wolkenlosen Himmel zeigten. »Ihr habt uns hierhergeführt, um uns das zu zeigen«, sagte er. »Aber Ihr habt selbst noch nicht begriffen, was das, was hier geschehen ist, bedeutet.«

»Ich weiß es«, entgegnete Priwinn. Aus seiner Stimme sprach Hass. »Dreißig schwarze Reiter starben für fünf der Unseren und dreihundert werden folgen.«

Themistokles schien noch etwas sagen zu wollen, überlegte es sich dann aber anders. Er zügelte sein Tier und ritt an dem jungen Prinzen vorbei. Priwinn trieb seinem Pferd die Fersen in die Flanken und sprengte an die Spitze der Gruppe.

Kim war froh, dass sie weiterzogen. Die Spannung zwischen Themistokles und Priwinn erfüllte ihn mit Unbehagen. Wer weiß, wohin das noch führen würde.

Er schrak auf, als ihn jemand sanft an der Schulter berührte. Es war Themistokles.

»Ich möchte, dass du an meiner Seite bleibst«, sagte er. »Wir werden uns nicht lange in Caivallon aufhalten. Aber solange wir dort sind, möchte ich, dass du bei mir bleibst.«

»Du fürchtest um meine Sicherheit?«

»Ja. Und mit Recht, glaube mir.« Themistokles sah dem weit vorausreitenden Prinzen besorgt nach. »Du hast Priwinn erlebt, Kim. Und er ist nicht der Einzige, der so denkt. Ich habe Caivallon nicht ohne Grund zum letzten Ziel meiner Reise bestimmt.«

»Sind sie alle so ... so hitzköpfig?«, fragte Kim.

Themistokles nickte. »Leider. Oder jedenfalls fast alle. Aber man muss sie verstehen. Caivallon liegt an der äußersten Grenze Märchenmonds, die letzte Bastion vor dem Schattengebirge. Nirgends ist der Einfluss Morgons stärker zu spüren als hier und kein Volk hat mehr gelitten als das ihre.«

Kim drehte sich im Sattel um und blickte zu der Ruine zurück. Ein flaues Gefühl breitete sich in seinem Magen aus. »Es ist so sinnlos«, murmelte er.

»Das ist es leider nicht«, widersprach Themistokles. »Nicht

von Boraas' Standpunkt aus. Was dir sinnlos erscheint, gehört aus taktischen Gründen mit zu seinem teuflischen Plan.«

»Aus taktischen Gründen?«

»Du verstehst es nicht?« Themistokles sah Kim ganz eigenartig an. »Ich dachte, du würdest es am ehesten verstehen. Terror, Kim, die schlimmste Waffe, die der menschliche Geist ersonnen hat. Die schwarzen Reiter ziehen in kleinen Gruppen mordend und brennend umher, unberechenbar, scheinbar planlos bei der Wahl ihrer Opfer. Es gibt kein System darin, nur ein Ziel. Sie säen Angst. Damit bereiten sie den Boden für die eigentliche Invasion vor. Wenn Boraas mit seinem Heer kommt, wird er ein verängstigtes, demoralisiertes Volk vorfinden.«

»Aber das ist ja ... entsetzlich. Unmenschlich!«, stieß Kim hervor.

»Entsetzlich? Ja. Unmenschlich? Je nachdem, wie man das Wort auslegt. Auf der Welt, aus der du stammst, Kim, wird diese Taktik tagtäglich angewandt. Von euch hat Boraas dieses Vorgehen gelernt. Ihr ...« Er unterbrach sich, als ihm auffiel, wie laut seine Stimme geworden war. »Verzeih«, sagte er, nun wieder beherrscht. »Ich habe mich hinreißen lassen.« Unvermittelt wandte er sich ab, trieb sein Einhorn an und setzte sich an die Spitze seiner Reiter. Kim wollte ihm folgen, unterließ es dann aber. Ein Gefühl sagte ihm, dass es besser war, den Zauberer jetzt allein zu lassen. Themistokles war verbittert und Kim konnte ihn im Innersten verstehen.

Er drehte sich um und blickte zum Schattengebirge zurück. Es war, als ob ein gigantischer schwarzer Schatten an der Sonne vorbeiziehe und den Tag verdunkle.

Aus der Ferne hatte Caivallon wie ein riesiger, künstlicher Berg ausgesehen, aber je näher sie dem Steppenschloss kamen, desto mehr drängte sich Kim der Vergleich mit einer mittelalterlichen, aus gedrungenen Holzhäusern errichteten

Stadt auf, die ein übermütiger Riese so lange in den Fäusten geknetet hatte, bis sich die einzelnen Gebäude auf-, über- und ineinander geschoben hatten. Caivallon war wirklich ein künstlicher, von Menschen geschaffener Berg, dachte Kim verblüfft, einem gigantischen Ameisenhaufen mit Tausenden von unsichtbaren Ein- und Ausgängen vergleichbar. Ein mächtiger, zehn Meter hoher Ringwall umgab das Steppenschloss. Zwischen den wuchtigen niedrigen Türmen auf seiner Krone patrouillierten braun gekleidete Gestalten und die wenigen Tore in der Befestigung waren niedrig und eng und sahen ganz danach aus, einem massiven Angriff standhalten zu können. Im Gegensatz zum monotonen Gelb der Steppe herrschte hier Grün vor. Jedes Fleckchen Caivallons war mit Gras und Büschen bepflanzt und auf den langsam ansteigenden Terrassen der Steppenfestung entdeckte Kim sogar ein paar Bäume.

Aber alle Bemühungen seiner Bewohner, das gigantische Bauwerk freundlicher und lebendiger zu gestalten, konnten nicht verbergen, was Caivallon wirklich war: eine Festung, eine gewaltige, das Land in weitem Umkreis beherrschende Trutzburg, die der schwarzen Feste Morgon in Größe und Macht kaum nachstand, ja sie vielleicht sogar noch übertraf. »Bleib immer dicht bei mir, Kim«, wiederholte Themistokles, als sie durch eines der niedrigen Tore in der Befestigung ritten. Kim nickte. Jetzt begriff er, warum Themistokles ihn bei sich haben wollte. Priwinns Verhalten hatte ihm gezeigt, wie verbittert und misstrauisch die Bewohner Caivallons waren. Seine schwarze Rüstung mochte in dieser Festung nicht gerade eine Lebensversicherung sein.

Sie ritten einen schmalen, gewundenen Weg hinauf, der sie zu einem der zahlreichen Eingänge Caivallons führte. Themistokles ließ absitzen. Männer in braunen Kleidern führten ihre Reittiere weg und Priwinn forderte die Gäste auf, ihm zu folgen.

Mehr noch als sein Äußeres erinnerte Kim das Innere Caivallons an Morgon. Caivallon war ganz aus Holz erbaut, aus uraltem und im Laufe der Jahrhunderte, vielleicht Jahrtausende steinhart gewordenem Holz. Kim fragte sich, woher seine Erbauer hier, inmitten dieser baumlosen Steppe, diese ungeheuren Holzmassen genommen hatten. Doch dies war eines der Rätsel Märchenmonds, die er niemals lösen sollte.

Priwinn führte sie durch ein scheinbar endloses Labyrinth aus Gängen und Treppenfluren in einen Raum, der an der Westseite der Festung lag. Durch ein großes, glasloses Fenster fiel der Blick ungehindert über die endlose Steppe nach Westen. Der Anblick erinnerte Kim an ein Meer; ein gewaltiges, mitten in der Bewegung erstarrtes Meer, dessen gelbe Wellen irgendwo in weiter Ferne mit dem Himmel verschmolzen. Ein breiter, schnell strömender Fluss zerschnitt das Panorama in zwei unregelmäßige Hälften. An manchen Stellen wirbelte und schäumte das Wasser, wo es von Felsen und Riffen durchbrochen wurde, und einmal schoss ein Stück Treibgut so rasch vorbei, dass Kim ihm mit dem Blick kaum folgen konnte. Die Strömung musste gewaltig sein.

Priwinn deutete auf eine lange Tafel, die mit Schüsseln voller Speisen und Krügen voll Wein und Wasser so reich beladen war, dass sie unter dem Gewicht fast zusammenbrach. »Stärkt euch«, sagte er, »und dann ruht. Der Rat der Weisen tritt zusammen, wenn die Sonne untergegangen ist. Bis dahin ruht euch aus.«

Themistokles neigte dankbar den Kopf. Er trat an die Tafel, um sich dann jedoch mit einem Seufzer der Erschöpfung auf die Kante eines der niedrigen Betten sinken zu lassen, die man in aller Eile an den Wänden aufgestellt hatte. Seine Begleiter taten es ihm gleich. Kaum einer rührte die dargebotenen Speisen an; ihre Müdigkeit war größer als der Hunger. Auch Kim ließ sich in die weichen Kissen eines Bettes sinken. Sein Magen knurrte und seine Kehle war schon wieder so ausgedörrt, dass es beinah wehtat. Mit größter Willensanstrengung zwang er sich die Augen offen zu halten.

Ein grauhaariger, in ein knöchellanges graues Gewand gekleideter Mann betrat den Raum, verneigte sich flüchtig vor Prinz Priwinn und begann dann die Wunden der Männer zu versorgen. Er wechselte Verbände, trug Salben und Tinkturen auf und murmelte dabei ununterbrochen vor sich hin.

Als die Reihe an Kim kam, hob dieser abwehrend die Hand. »Ich bin nicht verletzt«, sagte er.

»Aber Ihr seht müde aus, junger Herr. Und erschöpft. Legt die Rüstung ab und lasst mich sehen.«

Kim gehorchte widerwillig. Er schälte sich aus dem schwarzen, verbeulten Panzer und legte auch die zerschlissenen Unterkleider ab, bis er halb nackt und nur mit einem kurzen Lendentuch bekleidet vor dem Heilkundigen saß. Nur den Umhang aus gewobenem Sternenlicht behielt er um die Schultern.

Der Heilkundige streifte das sonderbare Kleidungsstück mit einem schwer zu deutenden Blick – halb ehrfurchtsvoll, halb zweifelnd – und beugte sich dann über Kim, um ihn gründlich zu untersuchen. Wie Kim gesagt hatte, war er nicht verletzt, nicht ernstlich jedenfalls. Aber es gab unzählige kleine Kratzer und Schürfwunden, von den blauen Flecken und Prellungen ganz zu schweigen. Als die Finger des Alten sachkundig über seinen Körper glitten und einen winzigen Schmerz nach dem anderen abtasteten, wurde ihm erst bewusst, wie elend er sich die ganze Zeit gefühlt hatte.

»Trinkt dies«, murmelte der Alte, während er Kim eine flache Schale mit einer farblosen, scharf riechenden Flüssigkeit reichte. Kim hatte schon einige Kostproben der magischen Kräfte Märchenmonds und ihrer verblüffenden Heilwirkungen erhalten; er griff zu ohne zu zögern.

»Ihr werdet jetzt schlafen«, sagte der Alte. »Und wenn Ihr erwacht, werden die Schmerzen verschwunden sein und Ihr werdet Euch besser fühlen.«

Kim leerte die Schale und reichte sie zurück. Der Trank wirkte fast augenblicklich. Kims Glieder wurden schwer und die vielen stechenden und pochenden Schmerzen in seinem Körper wichen einer wohltuenden Müdigkeit.

Der Heilkundige erhob sich. Kim wollte noch etwas sagen, aber seine Zunge war zu schwer. Er rollte sich auf die Seite, schloss die Augen und spürte noch, wie jemand lautlos an sein Bett trat und eine Decke über ihn breitete. Dann glitt er hinüber in einen tiefen, traumlosen Schlaf.

Die Sonne war untergegangen, als ihn Themistokles weckte. Kim stemmte sich hoch, blinzelte sich den Schlaf aus den Augen und schwang die Beine vom Bett. Er war der Letzte, alle anderen waren längst aufgestanden und hatten ihre Kleider wieder angelegt. Einige saßen an der Tafel und aßen schweigend.

»Es wird Zeit«, sagte Themistokles. »Der Rat der Weisen tritt zusammen. Wir sollten ihn nicht unnötig lange warten lassen.«

Kim stand auf und begann sich anzukleiden. Seine Rüstung war in der Zwischenzeit gereinigt worden. Das schwarze Metall schimmerte wieder wie neu und auch die unzähligen Beulen und Kratzer waren entfernt. Neben der Rüstung lehnte ein großer, hölzerner Schild an der Wand. Kim griff danach und drehte ihn bewundernd in den Händen. Er war fast so groß wie er selbst, aus zwei Finger dickem Holz gearbeitet und mit kunstvoller Einlegearbeit verziert; sie zeigte eine Taube und einen Raben, die nebeneinander auf einem Ast hockten. Trotz seiner Größe schien der Schild nahezu gewichtslos.

»Ein Geschenk von Prinz Priwinn«, sagte Themistokles, als er Kims bewundernden Blick sah.

Kim runzelte die Stirn. »Ein Geschenk?«, sagte er. »Für mich?« Eigentlich hatte er den Eindruck gehabt, dass Priwinn ihn nicht besonders mochte.

»Wir sprachen über dich, während du schliefst«, erklärte Themistokles. »Priwinn mag ein stolzer und eigenwilliger Junge sein, aber er achtet Mut und Tapferkeit. Als er gehört hat, wie du hierhergekommen bist, änderte er seine Meinung über dich. Ich soll dich von ihm grüßen. Aber nun komm. Du musst hungrig wie ein Löwe sein. Iss und dann gehen wir.«

Kim stellte den Schild bedauernd in die Ecke zurück und setzte sich an die Tafel. Erst als er den ersten Bissen im Mund hatte, merkte er, wie hungrig er war.

Themistokles wartete geduldig, bis Kim fertig gegessen hatte. Dann erhob er sich rasch und bedeutete Kim, ihm zu folgen. Kim stellte verwundert fest, dass alle anderen am Tisch sitzen blieben.

»Kommen deine Männer nicht mit?«, fragte er.

»Nein. Der Rat der Weisen empfängt nur mich. Und dich«, fügte der Zauberer hastig hinzu. »Und nun komm.«

Zwei braun gekleidete Steppenreiter nahmen sie draußen in Empfang. Ihre Führer geleiteten sie durch einen langen, nur trübe erleuchteten Gang bis zu einer Treppe, die an der Außenseite der Festung hinunterführte und zur Steppe hin offen war, sodass ihnen der kühle Wind und der Geruch des Grases entgegenwehten. Sie stiegen fast bis zum Erdboden hinab, kehrten durch eine niedrige Tür ins Innere Caivallons zurück und gingen einen weiteren niedrigen Gang entlang. Wieder fühlte sich Kim an Morgon erinnert. Er fragte Themistokles danach, der sichtlich mit der Antwort zögerte.

»Es stimmt, Kim«, sagte er schließlich. Seine Stimme klang bedrückt. »Morgon wurde nach dem Vorbild Caivallons erbaut. Du musst wissen, dass Boraas lange Zeit beim Steppenvolk gelebt hat, ehe er sich vollends von uns abwandte und die Schattenberge sich hinter ihm schlossen – wie wir glaubten, für immer. Das erklärt wohl auch, warum dieses stolze Volk so verbittert ist.«

»Du meinst, sie geben sich die Schuld an dem Unglück, so wie du?«

Themistokles schüttelte den Kopf. »Nein, Kim. Sie wurden enttäuscht. Boraas war ihr Herrscher. Sie verehrten und liebten ihn und sie schenkten ihm ihr Vertrauen. Aber er enttäuschte sie. Er betrog und belog sie. Ich glaube, kein Volk hätte es ohne Hass und Bitterkeit verwunden, so hintergangen zu werden.«

Kim hätte gerne noch mehr erfahren, aber sie waren mittlerweile bei einer hohen, geschlossenen Tür angelangt. Ihre beiden Führer traten beiseite. Die Tür schwang lautlos nach innen.

Der Rat der Weisen ... Kim hatte sich keine klare Vorstellung gemacht, was darunter zu verstehen sei. Und doch gab es in seinem Unterbewusstsein ein halb fertiges, skizzenhaftes Bild, das mit diesem Begriff zusammenhing. Nun stellte er überrascht fest, dass es sich fast haarscharf mit der Wirklichkeit deckte. Der Raum war groß und leer bis auf einen schweren, runden Tisch in der Mitte, um den sich ein gutes Dutzend Männer versammelt hatte. Die meisten von ihnen waren alt und weißhaarig – Greise, wie man sich weise Männer eben vorzustellen pflegt; aber es gab auch ein paar jüngere darunter, Männer in den besten Jahren ihres Lebens. Zu Kims Erstaunen saß auch Prinz Priwinn in einem der hochlehnigen Stühle.

Verwundert wandte Kim sich zu Themistokles. Der Magier winkte ab, aber durch die Reihe der um den Tisch Versammelten ging ein Murren. Als Kim dem zornigen Blick Priwinns begegnete, stellte er erschrocken fest, dass er anscheinend laut gedacht hatte.

Kim schaute verlegen zu Boden. Themistokles legte ihm die Hand auf die Schulter und schob ihn vor sich her zum Tisch. Zwei der Stühle waren leer. Sie setzten sich und warteten.

»Deine Verwunderung ist uns nicht entgangen, Kim«, sagte

eine tiefe Stimme. Kim sah auf und blickte ins Gesicht eines großen, dunkelhaarigen Mannes, der auf der anderen Seite der Tafel zwischen Priwinn und einem weißhaarigen Alten saß und ihn ernst, doch nachsichtig ansah. »Ich verstehe dein Befremden, ein Kind im Rat der Weisen zu entdecken.« Er lächelte, als Priwinn bei dem Wort »Kind« zusammenzuckte. »Du erwartest eine Runde greiser Männer«, sagte er, »aber du bedenkst nicht, dass es nicht nur die Weisheit des Alters ist, die unsere Geschicke leitet. Die Alten mögen Erfahrung und Abgeklärtheit besitzen, doch damit allein ist es nicht getan. Die Welt braucht das Ungestüm der Jugend, das uns fehlt, genauso wie die Weisheit, die erst im Alter erworben wird. Nur beide zusammen ergeben das rechte Maß, um wichtige Entscheidungen zu treffen. Der eine mag Dinge erkennen, die der andere nicht mehr – oder noch nicht – versteht.« Er lächelte wieder, lehnte sich zurück und sah Themistokles an. »Aber nun zum Grund Eures Kommens, Herr von Gorywynn«, fuhr er mit veränderter Stimme fort. »Mein Sohn berichtete mir, dass Ihr bei einem Zusammenstoß mit schwarzen Reitern schwere Verluste erlitten habt!«

Themistokles antwortete nicht sofort. Er schien jedes Wort genau zu überlegen, ehe er es aussprach.

»Das stimmt, Harkvan. Doch wir sind nicht deswegen hier. Verzeiht meine Direktheit, aber uns bleibt nicht mehr viel Zeit. Vielleicht gar keine mehr. Ich kam, um Eure und die Hilfe Eures Volkes zu erbitten.«

Er machte eine abwartende Pause, doch Harkvan forderte ihn auf weiterzusprechen.

»Märchenmond droht große Gefahr«, fuhr Themistokles fort, »eine größere, als wir noch vor wenigen Tagen angenommen haben. Nur mit vereinten Kräften können wir ihr vielleicht begegnen.«

»Ihr sprecht von den schwarzen Reiterhorden?«

»Es handelt sich nicht um vereinzelte Horden, die da und

dort das Land unsicher machen, Harkvan. Es ist etwas geschehen, womit niemand gerechnet hat. Das heißt – eigentlich sind zwei Dinge geschehen. Boraas hat mit seinem gesamten Heer das Gebirge überschritten; das ist die eine Sache. Der große Angriff wird bald erfolgen.«

»Wir wissen das«, mischte sich der weißhaarige Mann neben Harkvan ein. »Auch unser Volk hat das Schwert der schwarzen Reiter bereits zu spüren bekommen. Aber sei unbesorgt, Themistokles. Der Preis, den sie für ihren Überfall bezahlten, war hoch. Boraas wird es sich gut überlegen, noch einmal so etwas zu wagen. Das nächste Mal sind wir gewarnt.«

»Das mag sein. Aber das nächste Mal wird nicht eine Handvoll Reiter, sondern ein ganzes Heer angreifen. Es wird Krieg geben.«

»Ihr vergesst, Herr von Gorywynn, dass Boraas wie kein Zweiter weiß, wie stark Caivallon ist. Wir fürchten uns nicht, und mag er auch mit tausend Reitern angreifen …«

»Er wird nicht mit tausend Reitern angreifen«, fiel ihm Kim ins Wort. Er konnte sich einfach nicht länger zurückhalten, auch wenn es sicher eine ungeheure Frechheit war, den alten Mann zu unterbrechen. »Es werden nicht tausend Reiter kommen«, wiederholte er mit Nachdruck, »sondern zehntausend, vielleicht hunderttausend.«

Zwischen Harkvans Brauen erschien eine steile Falte. »Es wäre besser, wenn du schweigst, solange …«

»Aber ich weiß, wovon ich rede«, ereiferte sich Kim. Themistokles warf ihm einen warnenden Blick zu. Doch Kim sprach unbeirrt weiter. »Verzeiht meine Unverschämtheit, hohe Herren. Aber Ihr scheint keine Ahnung von der Größe der Gefahr zu haben. Ich war drüben, im Reich der Schatten, und ich habe mit Boraas das Gebirge überwunden. Caivallon mag mächtig sein, aber Boraas' Reiter werden es überrennen wie eine Flutwelle, die eine Insel überspült.«

Er hielt inne und wartete auf das Donnerwetter, das nun

wahrscheinlich losbrechen würde. Aber zu seiner Verwunderung sagte niemand in der Runde etwas.

Themistokles legte Kim die Hand auf die Schulter. »Die Worte meines jungen Freundes sind leider nur zu wahr, Harkvan«, sagte er.

»Und was erwartet Ihr von uns?«, fragte Harkvan nach kurzem Schweigen.

»Eure Hilfe«, wiederholte Themistokles kurz und bündig. Harkvan schüttelte bedauernd den Kopf. »Ich will ehrlich zu Euch sein, Themistokles. Die Kunde von Eurem Kommen ist Euch vorausgeeilt. Ihr habt viele Länder und Städte bereist.«

»Ich bat um Hilfe«, nickte Themistokles.

»Ihr meint Krieger«, warf Priwinn ein.

Themistokles seufzte. »Die meine ich, Prinz. Wir allein sind schwach, aber ich habe Verbündete gefunden. Gemeinsam könnten wir stark sein. Ich setze große Hoffnung auf Euch und Euer Volk. Jedermann weiß, wie stark die Steppenreiter sind …«

»Eure Rede«, unterbrach ihn Harkvan, »klingt seltsam, Themistokles, angesichts dessen, was Euer Begleiter berichtet hat. Wie können wir Euch Krieger geben, wenn wir selbst bedroht sind? Wie kann ich tausend meiner besten Reiter entbehren, wenn Boraas mit seinem so mächtigen Heer Caivallon angreifen wird? Ihr verlangt von mir, dass ich meine Männer mit Euch sende und Caivallon ungeschützt zurücklasse?« Er unterbrach sich mit einer beredten Geste. »Denkt an die Frauen und Kinder, Themistokles.«

»Eben an sie denke ich. Und ich weiß auch, dass Ihr nicht einen Mann entbehren könnt.«

»Ich verstehe Euch nicht …«

»Ihr müsst«, Themistokles sah Harkvan fest an, »Ihr müsst Caivallon verlassen.«

Wäre er aufgesprungen und hätte Harkvan ein Messer in die Brust gestoßen, der Schock hätte nicht größer sein können. Sekundenlang sagte keiner ein Wort. Dann stand Harkvan auf.

»Ihr verlangt von uns …«

»Dass ihr Caivallon verlasst«, bestätigte Themistokles. »Ja. Ihr seid stark, Harkvan, aber gegen Boraas' Heer könnt selbst ihr euch nicht halten. Nehmt eure Frauen und Kinder und kommt mit mir. Gorywynn hat Platz für euch alle.«

»Du redest wirr, alter Mann«, fuhr Priwinn auf. Seine Augen flammten vor Zorn. »Seit ungezählten Generationen sichert Caivallon als Bollwerk im Osten das Reich nach Westen und noch nie sind wir vor einem Gegner geflohen. Noch nie.«

»Es ist auch noch nie ein Gegner aufgetaucht, der so stark war wie Boraas.«

Priwinn winkte verächtlich ab. »Boraas ist nichts als ein alter, böser Zauberer«, sagte er. »Wir haben keine Angst vor ihm.«

»Auch nicht…«, sagte Themistokles mit bewusstem Zögern, »vor dem Schwarzen Lord?«

Priwinn erstarrte. »Was … sagt Ihr da?«

»Ich sprach von zwei Dingen, die geschehen sind«, sagte Themistokles und betonte jedes Wort. »Dies ist das zweite: Boraas ist nicht allein gekommen. In seiner Begleitung befindet sich der Schwarze Lord. Ihr alle wisst, was sein Erscheinen bedeutet.«

»Ein Märchen«, sagte Priwinn unsicher. »Eine alte Sage, wie man sie kleinen Kindern erzählt …«

»Und doch ist sie wahr«, sagte Themistokles hart. »Ihr kennt diese Sage und Ihr kennt auch die Prophezeiung, die sie beinhaltet.«

»Aberglaube. Niemand hat diesen Schwarzen Lord jemals gesehen.«

»Doch«, sagte Kim leise. »Ich.«

Priwinns Augen wurden rund vor Erstaunen. »Du hast ihn gesehen?«

Kim nickte. »Zwei Mal. Ich wusste damals noch nicht, wer er war, und ich kannte auch die Prophezeiung nicht, die sich um sein Erscheinen rankt. Aber ich habe ihn gesehen.«

»Du musst dich getäuscht haben«, warf Harkvan ein. »Vielleicht hast du einen anderen Krieger gesehen. Baron Kart …«

»Ich kenne Baron Kart. Der, den ich gesehen habe, war der Schwarze Lord und kein anderer. Es mag mir nicht zustehen zu sagen, was Ihr zu tun habt, aber Ihr solltet Themistokles' Rat befolgen und uns nach Gorywynn begleiten.«

»Unsinn«, zischte Priwinn. »Caivallon …«

»Wird fallen!«, unterbrach ihn Kim. »Ich war drüben, Priwinn, ich habe das feindliche Heer gesehen, mit eigenen Augen.«

»Das mag sein«, sagte Harkvan ruhig. »Doch du kannst nicht verstehen, was allein der Gedanke, Caivallon zu verlassen, für unser Volk bedeutet. Caivallon ist nicht irgendein Ort. Es ist unser Zuhause, unser Leben. Wir könnten es niemals aufgeben.«

»Ich glaube, ich verstehe sehr gut, was Ihr meint«, sagte Kim geduldig. »Aber vielleicht ist die einzige Chance, Caivallon zu retten, es aufzugeben; vielleicht nur für kurze Zeit. Boraas' Heer wird Caivallon stürmen und …«

»Er wird es versuchen«, sagte Priwinn. Aus seiner Stimme sprach mehr Trotz als wirkliche Überzeugung. »Caivallon wurde noch nie erobert und es wird niemals erobert werden. Wir fürchten uns nicht, Kim. Vor niemandem. Auch nicht vor Boraas und dem Schwarzen Lord.«

Kim seufzte. »Manchmal«, sagte er, »gehört mehr Mut zum Fliehen als zum Ausharren, Priwinn. Ich selbst bin geflohen und weiß, wovon ich spreche. Ihr würdet ein sinnloses Opfer bringen, wenn Ihr bleibt.«

»Und was sollen wir deiner Meinung nach tun?«, fragte Priwinn mit zitternder Stimme. »Davonlaufen und uns wie die Hasen jagen lassen?«

»Nein«, antwortete Themistokles an Kims Stelle. »Ihr seid noch jung, Prinz Priwinn. Aber irgendwann werdet Ihr begreifen, dass es kein Zeichen von Feigheit ist, vor einer Gefahr zu fliehen, der man nicht widerstehen kann. Ihr und alle Eure Männer würdet sterben ohne Boraas' Heer entscheidend aufzuhalten. Nur in Gorywynn seid Ihr sicher. Nur gemeinsam haben wir eine Chance.«

»Ihr widersprecht Euch mit jedem Wort«, sagte Harkvan. »Wenn wir Euren und den Worten Eures Begleiters Glauben schenken, so rettet uns auch Gorywynn nicht mehr vor dem Schwarzen Lord. Ihr kennt die Prophezeiung so gut wie ich, Themistokles. Märchenmond wird untergehen, wenn der Schwarze Lord erscheint.« Er sah die Mitglieder des Rates der Weisen der Reihe nach an. »Ich bin euer Herrscher, aber hier, im Rat, zählt meine Stimme nicht mehr als die jedes anderen. Ihr kennt meine Meinung, aber es steht jedem frei, sich sein eigenes Urteil zu bilden. Deshalb werden wir abstimmen. – Möchte noch jemand etwas sagen?«

Kims Herz begann vor Aufregung zu klopfen. Er blickte in die Gesichter der Männer und er wusste, welche Entscheidung sie treffen würden. Er gab sich einen Ruck und stand auf.

»Ich möchte noch etwas sagen«, sagte er.

Harkvan nickte. »So sprich.«

Kim holte tief Luft. Er fühlte alle Augen auf sich gerichtet und konnte nicht verhindern, dass ihm die Knie ein wenig zitterten.

»Hohe Herren«, begann er unsicher. »Ich weiß, wie schwer die Entscheidung ist, die Themistokles von Euch verlangt. Ich habe Euer Schloss gesehen und verstehe sehr gut, was es für Euch bedeuten muss, Eure Heimat, Euer Zuhause aufzugeben. Aber ich weiß auch, wie unvergleichbar groß die Gefahr ist, die Euch und allen Bewohnern dieses Landes droht. Prinz Priwinn wird Euch berichtet haben, was ich erlebt habe, sodass ich es nicht wiederholen muss. Als Einziger von Euch war ich drüben, auf der anderen Seite der Berge. Ich habe Morgon gesehen, das Reich der Schatten und die Wesen, die dort wohnen. Ich kann Euch nicht sagen, *wie* groß Boraas' Heer ist. Ich bin kein großer Kriegsherr und ich verstehe nichts von Taktik. Vielleicht gelingt es Euch wirklich, den Feind zurückzuschlagen. Vielleicht halten Caivallons Mauern sogar dem Ansturm der schwarzen Horden stand – dies mögen andere beurteilen. Aber ich habe das Land dort drüben gesehen und ich habe mit Menschen gesprochen, die unter Boraas' Herrschaft stehen. Ich habe gesehen, was er aus dem blühenden Land gemacht hat, was aus seinen Wäldern, den Flüssen und Seen geworden ist. Vielleicht könnt Ihr Caivallon halten, aber Ihr werdet Boraas nicht daran hindern können, dieses Land ebenso zu zerstören und mit ihm ganz Märchenmond. Ihr werdet Zusehen müssen, wie Boraas Eure Steppen verbrennt, wie seine Reiter Eure Wiesen zertrampeln, wie sich Märchenmonds Wälder in finstere Dschungel und seine Seen in stinkende Tümpel verwandeln. Vor Euren Augen werden sich Tod und Verwesung über das Land breiten. Hunger und Not und Angst werden herrschen, wo jetzt noch Glück und Zufriedenheit in den Häusern der Menschen wohnt. Ihr selbst aber werdet Gefangene in Eurem eigenen Schloss sein.« Er schwieg und sah in die Runde. Die Mienen der Männer waren bewegungslos. Nur in Priwinns Augen blitzte es spöttisch.

Mit einem zornigen Ruck drehte Kim sich um, verließ den Raum und warf die Tür hinter sich ins Schloss. Noch ehe er sich selbst über sein unbeherrschtes Handeln klar war, öffnete sich die Tür wieder. Themistokles war ihm gefolgt. Die beiden Wachen geleiteten sie zurück auf ihr Zimmer.

»Ich fürchte, ich habe alles verdorben«, sagte Kim niedergeschlagen. »Aber ich konnte einfach nicht anders. Ich …«

»Deine Rede hat den Rat tief beeindruckt«, ermutigte ihn Themistokles. »Jedes Wort, das du gesagt hast, war richtig.«

»Und was geschieht jetzt?«

»Sie beraten«, antwortete Themistokles. »Ich weiß nicht, wie lange es dauern wird. Sicher jedoch länger, als wir warten können«, fügte er hinzu. »Wir brechen noch heute nach Gorywynn auf. Harkvan wird uns die Entscheidung des Rates durch einen Boten übermitteln.«

»Und was glaubst du, wie sie ausfallen wird?«

Themistokles zuckte die Achseln. »Das ist schwer zu sagen. Nicht alle im Rat denken wie Priwinn. Und ich hoffe, dass die Vernunft am Ende siegen wird. Im Grunde hast du nur ausgesprochen, was sie alle bereits gewusst haben.«

Kim trat ans Fenster und blickte auf die friedlich daliegende Steppe hinaus. Ein strahlender Vollmond stand am Himmel und übergoss die Landschaft mit silbernem Licht.

»Wann werden wir Gorywynn erreichen?«, fragte er.

»Schon morgen.« Themistokles stellte sich neben ihn. Er deutete auf den Fluss. Wenn man genau hinhörte, konnte man das Rauschen der Wellen bis hier herauf hören. »Harkvan hat mir angeboten, uns ein Floß zur Verfügung zu stellen. Der Weg nach Gorywynn ist weit, aber der Verschwundene Fluss strömt sehr schnell.«

Kim spürte leises Bedauern in sich aufsteigen. Er hätte gern mehr von Caivallon gesehen. Aber er sah ein, dass die Eile begründet war.

Es dauerte nicht lange und eine Abordnung Steppenreiter erschien, um sie abzuholen.

Sie verließen Caivallon ohne noch einmal zurückzublicken. Die Reiter schwangen sich in die Sättel ihrer Einhörner. Kim hielt nach Junge Ausschau und entdeckte ihn allein, an einen Pfahl dicht neben dem Tor angebunden. Kim verdrängte seinen aufsteigenden Ärger. Es war nur zu verständlich, dass die Bewohner Caivallons allem, was die Farbe des Feindes trug, Misstrauen entgegenbrachten.

Schweigend ritten sie durch das Tor, wandten sich nach Süden und näherten sich langsam, aber stetig dem Fluss.

XI

Das Floß bestand aus roh miteinander verknüpften Schilfmatten und es war so groß, dass die zehn weißen Reiter und die vier Steppenleute, die das Ruder bedienten, auf ihm wie verloren wirkten. Der Boden schaukelte und schwankte und unter den Hufen der Tiere drang überall schäumendes Wasser durch das Geflecht. Die Ruderer dirigierten das Floß in die Flussmitte, banden sodann das Ruder fest und überließen das Floß der Strömung. Sie nahmen rasch Fahrt auf. Bald huschte das Ufer so schnell an ihnen vorüber, dass seine Konturen verschwammen. Und sie wurden immer noch schneller.

Kim stieg vom Pferd, legte Helm und Schwert auf seinen Schild und balancierte auf dem schwankenden Floß zu Themistokles hinüber, der im vorderen Teil des Floßes im Kreise seiner Begleiter am Boden saß und mit gedämpfter Stimme redete. Er lächelte Kim flüchtig zu und deutete mit einer einladenden Handbewegung neben sich. »Setz dich, Kim. Es ist noch lange bis Gorywynn und wir können sowieso nichts tun.«

Kim setzte sich. Der Fluss rauschte unter ihnen dahin und ab und zu überschüttete eine große Bugwelle das Floß mit Wasserzungen und weißem, flockigem Schaum, sodass Kim in Kürze bis auf die Haut durchnässt war. Sein Blick fiel auf Gorg und Kelhim. Plötzlich fiel ihm ein, dass er die beiden nicht mehr gesehen hatte, seit sie Caivallon betreten hatten. Der Riese wirkte ernst und verschlossen.

Themistokles las Kim seine Frage von den Augen ab. »Gorg wollte unbedingt mitkommen«, sagte er. »Ich hätte es lieber gesehen, wenn er in Caivallon geblieben wäre. Aber er hat darauf bestanden, dich zu begleiten.«

»Mich?«

Gorg bemühte sich zu flüstern, dennoch dröhnte seine

Stimme über das ganze Floß. »Natürlich. Glaubst du, ich habe all die Mühe auf mich genommen, um dann bei diesem verstockten Harkvan zu bleiben, während dir wer weiß was passiert?«

»Vielleicht«, meinte Themistokles mit einem wissenden Lächeln, »hat Gorg vergessen, es dir zu erzählen. Er begleitet dich schon, seit du die Taks verlassen hast.«

»Dann … hast du mich die ganze Zeit über beobachtet?«

»Beide«, verbesserte Themistokles. »Gorg und Kelhim trennen sich nie.«

Kim sagte eine Weile gar nichts. Dann stand er unvermittelt auf und trat erst dem Riesen und dann Kelhim, die am Boden saßen, so kräftig in den Hintern, dass ihm noch eine halbe Stunde später der Fuß wehtat.

Die ganze Nacht und noch bis in den frühen Morgen hinein schoss das Floß den Verschwundenen Fluss hinunter. Kim wollte Themistokles fragen, warum der Fluss so hieß, aber er war zu müde. Das ständige Schaukeln und Rauschen der Wellen schläferte ihn ein. Er erwachte erst bei Anbruch der Dämmerung, als ihn Themistokles sanft an der Schulter rüttelte. Kim schrak hoch und blinzelte verwirrt, ehe sich seine Gedanken klärten und er wieder wusste, wo er war.

»Sind wir da?«, fragte er.

»Fast.« Themistokles richtete sich auf und zeigte mit der ausgestreckten Hand flussabwärts. »Sieh, Kim. Gorywynn.« Der Fluss beschrieb vor ihnen eine sanfte, lang gezogene Windung und mündete dann in einen See. Und am anderen Ufer, etwa zwei bis drei Kilometer voraus, lag Gorywynn. Der Anblick verschlug Kim die Sprache.

Er hatte gewusst, dass Gorywynn schön war. Aber die Wirklichkeit übertraf all seine Erwartungen.

Gorywynn lag auf einer lang gestreckten, sichelförmigen Landzunge, die sich wie ein gekrümmter Finger weit in den

See hinaus erstreckte. Im ersten Moment musste Kim an einen gigantischen, schimmernden Edelstein denken, als er das Märchenschloss betrachtete. Gorywynns Türme erhoben sich unendlich weit in den wolkenlosen Himmel und seine Mauern ragten so hoch über den silbern schimmernden See hinaus, dass ihre Kronen und Gesimse kaum mehr zu erkennen waren. Das Sonnenlicht brach sich in unzähligen blitzenden Reflexen an den gläsernen Wällen der Burg, und wenn Kim den Kopf bewegte, schien ein wahres Feuerwerk aus Farben vor seinen Augen zu explodieren. Weiße Vögel kreisten, winzig klein dort oben, um die wolkenverhangenen Spitzen der Türme und auf dem See manövrierte eine Flotte kleiner hölzerner Boote mit bunten Segeln.

Das Floß schoss auf der schäumenden Strömung in den See hinaus und nahm Kurs auf die Mauern der Burg.

Kim riss sich von dem fantastischen Anblick los und ging zu seinem Pferd zurück. Die Übrigen waren schon aufgesessen und warteten nun mit offensichtlicher Ungeduld, dass das Floß das andere Ufer erreichte. Die Wucht des in den See schießenden Wassers trug sie rasch bis weit über seine Mitte hinaus, erst dann verlor die Strömung allmählich an Kraft. Eine große Zahl der Boote, die auf dem See kreuzten, hatte Kurs auf sie genommen, und als das Floß langsamer wurde, wurden ihnen Seile und Haken zugeworfen und diese an dem Floß befestigt. So legten sie das letzte Stück bis Gorywynn im Schlepp der kleinen, schnellen Boote zurück.

Die gläsernen Mauern der Burg teilten sich vor ihnen und sie liefen in einen kleinen, nach drei Seiten von flachen Kaianlagen umschlossenen Hafen ein. Kim hatte ein großes Begrüßungskomitee erwartet, aber es standen nur drei weiß gekleidete Männer am Ufer, als das Schilffloß anlegte.

Themistokles ritt als Erster auf seinem Einhorn an Land. Er wechselte ein paar Worte mit den drei Männern, winkte die anderen an sich vorbei und Kim zu sich heran, als dieser das

Floß verließ. »Eigentlich«, sagte er, »hätte ich mir gewünscht, zu deinem Empfang ein großes Fest zu geben. Aber während meiner Abwesenheit sind Dinge geschehen, um die ich mich ohne Aufschub kümmern muss.«

Kim blickte in die Gesichter der drei Männer, mit denen Themistokles gesprochen hatte. Es waren keine guten Nachrichten, die sie ihm überbracht hatten; das war unschwer an ihren Mienen zu erkennen.

»Wir werden heute Abend nachholen, wozu jetzt keine Zeit ist«, fügte Themistokles hinzu. »Aber nun muss ich dich für eine Weile allein lassen, Kim. Meine Leute werden sich um dein Ross kümmern.« Er winkte und einer der Männer griff nach dem Zügel des Rappen und führte ihn weg, sobald Kim aus dem Sattel gestiegen war.

»Bis später«, sagte Themistokles zum Abschied. »Sieh dir in der Zwischenzeit alles an. Gorywynn wird dir gefallen.« Damit lenkte er sein Einhorn herum und sprengte davon.

Kim blickte ihm irritiert nach. Es war sonst nicht Themistokles' Art, sich so flüchtig zu verabschieden. Irgendetwas musste geschehen sein.

Ein großer dunkler Schatten fiel auf den schimmernden Steinboden zu seinen Füßen. Kim sah auf und erkannte Gorg, den Riesen. Wie immer begleitet von Kelhim. Der Bär hatte sich auf alle viere niedergelassen. Sein Kopf befand sich etwa auf gleicher Höhe mit Kims Gesicht.

»Eigentlich«, brummte Kelhim, »ist er gar nicht so groß, wenn er nicht auf dem schwarzen Klepper sitzt.«

Gorg nickte mit todernstem Gesicht. »Man sollte kaum glauben, dass das Bürschchen es gewagt hat, mich zu treten.« Er legte die Hände auf sein Hinterteil und verzog die Lippen, als spüre er Kims Fußtritt noch immer. »Gestern Abend«, fuhr er mit einem Seitenblick auf den Bären fort, »hatte er ja Mut. Aber da war ja auch Themistokles dabei. Jetzt ist er allein, nicht wahr?«

Kim sah sich schnell um. Gorg hatte recht. Mit Themistokles waren auch seine Männer verschwunden und das letzte Boot glitt soeben durch die schmale Einfahrtsrinne auf den offenen See hinaus. Er war allein mit den beiden ungleichen Freunden.

»Eine gute Gelegenheit, ihm den Tritt heimzuzahlen, nicht?«, knurrte Kelhim. Kim wich einen Schritt zurück.

Gorg stellte sich ihm in den Weg und beugte sich drohend herunter. »Nun?«, dröhnte er. »Bist du noch immer so mutig wie gestern?«

Kim reckte kampflustig das Kinn. »Noch einmal falle ich nicht auf eure dummen Scherze herein«, sagte er. »Ihr habt mich lange genug an der Nase herumgeführt.«

»Vielleicht sollten wir sie ihm lieber lang ziehen, statt ihn daran herumzuführen«, brummte Kelhim. Er hob die rechte Tatze, als wollte er sein Vorhaben in die Tat umsetzen.

Kim zeigte sich nicht im Mindesten beeindruckt. »Hört mit dem Unsinn auf«, sagte er. »Verratet mir lieber, warum Themistokles es plötzlich so eilig hatte.«

»Das möchte ich selbst gerne wissen«, murmelte Gorg. »Wir wissen genauso wenig wie du, Kim. Aber er wird uns schon alles sagen.« Er richtete sich zu seiner vollen Größe auf. »Nutzen wir die Zeit, Kelhim«, sagte er, »einen alten Freund aufzusuchen. Es ist Jahre her, dass ich Rangarig gesehen habe. Er wird sich über unseren Besuch freuen.«

Kelhim brummte zustimmend. »Kommst du mit?«, fragte er Kim.

»Wer ist Rangarig?«

Gorg grinste breit. »Ein guter Freund von uns. Er wird dir gefallen, da bin ich sicher. Außerdem solltest du lieber in unserer Nähe bleiben. Es würde Themistokles gar nicht recht sein, wenn du dich verläufst.«

»Ich kann ganz gut auf mich aufpassen.«

»Das glaube ich dir. Aber Gorywynn ist groß. Man verirrt

sich leicht hier und dann kann es lange dauern, ehe man wieder auf dem rechten Weg ist.«

Kim legte den Kopf in den Nacken und blickte an den himmelstürmenden gläsernen Wänden der Burg empor. Gorg hatte recht – Gorywynn war gigantisch. Und es war so gut wie sicher, dass er sich innerhalb kürzester Zeit hoffnungslos verirren würde, wenn er auf eigene Faust loszog. Aber er war es allmählich leid, von den beiden bemuttert zu werden. »Rangarig würde sich freuen, dich kennenzulernen«, betonte Gorg.

Kim überlegte noch einen Moment und zuckte dann die Achseln. »Von mir aus. Aber nur, wenn ihr mir versprecht, mir hinterher mehr von Gorywynn zu zeigen.«

»Du wirst unterwegs schon genug zu sehen kriegen«, brummte der Bär. »Rangarig wohnt auf der anderen Seite des Schlosses. Und nun komm.«

Er drehte sich um und trottete vor Gorg und Kim eine breite, gläserne Treppe hinauf. Dahinter lag ein hoher, heller, sonnendurchfluteter Gang, der auf eine geschwungene Freitreppe hinausführte. Kelhim hatte nicht übertrieben. Kim bekam wirklich gleich eine Menge von Gorywynn zu sehen und war von der Herrlichkeit dessen, was er sah, überwältigt. Gorywynn war wie ein fantastischer, in tausend Facetten schimmernder Edelstein. Man konnte sich kaum vorstellen, dass dieses Wunder von Menschenhand erschaffen worden war. Alles war hier strahlend und hell, und wo das goldene Sonnenlicht nicht hingelangte, sorgten Fackeln und ein Meer brennender Kerzen für ein Farben- und Lichterspiel ohnegleichen. Überhaupt schienen sämtliche Räume, die sie durchquerten, alle Flure und Treppen und Gänge nur aus Farben und Licht zu bestehen.

Und Gorywynn war voller Leben. Überall waren Menschen. Ihrer Kleidung und ihrem Aussehen nach, aber auch aus den Gesprächsfetzen zu schließen, die Kim von Zeit zu Zeit auffing, musste es sich um Angehörige der verschiedensten Völker handeln. Gorg erklärte ihm, dass all diese Menschen bereits Themistokles' Aufruf gefolgt und aus ihren Heimatländern herbeigeeilt waren, um Gorywynn gegen den erwarteten Ansturm des schwarzen Heeres zu verteidigen. Kims Laune verdüsterte sich, als er dies hörte. Gorywynn war ein Märchenschloss, ein funkelndes Juwel der Freude und des Friedens. Aber der Krieg hatte schon seine Klauen nach ihm ausgestreckt.

Nachdem sie das Schloss in seiner ganzen Länge durchquert hatten, erreichten sie einen großen, von steinernen Mauern umsäumten Hof. Kelhim hieß Gorg und Kim warten und verschwand mit langen Sprüngen in einem hohen, bogenförmigen Durchgang auf der anderen Seite des Hofes. Sekundenlang blieb es still. Dann erscholl hinter dem Tor ein so markerschütterndes Brüllen und Fauchen, dass Kim entsetzt nach einem Fluchtweg ausschaute.

Das Gebrüll wiederholte sich und Kelhim tauchte – in wilder Flucht, wie es schien – wieder im Eingang auf. Dicht gefolgt von einem riesigen goldenen Drachen.

Kim schrie erschrocken auf, als er sah, wie der schuppige Kopf des Ungeheuers auf Kelhim herunterstieß. Sein Rachen klappte auf und gewährte Kim einen furchterregenden Blick auf eine Doppelreihe armlanger spitzer Zähne. Kelhim wich einem Prankenhieb aus, versuchte hakenschlagend aus der Reichweite des Drachen zu gelangen und purzelte dann in einer mächtigen Staubwolke davon, als der Drache herumfuhr und ihn mit einem Zucken seines gewaltigen Schwanzes von den Füßen fegte.

»Rangarig!«, brüllte Gorg hinter ihm so laut, dass Kim schmerzhaft das Gesicht verzog und sich die Ohren zuhielt. Der Drache erstarrte, drehte den mächtigen Schädel und sah erst den Riesen, dann Kim mit seinen schrecklichen roten Augen an. Dumpfes Grollen drang aus seiner Brust, als er sich quer über den Hof heranschob.

»Gorg!« Er schob sich näher, hielt unmittelbar vor Kim an

und stupste den Riesen spielerisch vor die Brust. Gorg taumelte zurück, krachte zu Boden und lachte schallend. »Es ist lange her, dass wir einander gesehen haben. Umso mehr freut es mich, euch gleich beide zu treffen. Noch dazu«, fügte er hinzu, während das Maul wie ein Scheunentor vor Kim aufklappte, »wo ihr mir einen so knackigen Leckerbissen mitgebracht habt!«

Kim sprang kreischend zurück und stolperte über Rangarigs Schwanzspitze, die wie eine Schlange vorgezuckt war und sich um seine Beine wand.

»Na, na«, grollte der Drache. »Wer wird denn gleich weglaufen. Ich will dir ja schließlich nicht wehtun. Ein kleiner Haps und du bist weg …«

Kim schlug entsetzt die Hände vors Gesicht. Der Drachenschwänz löste sich von seinen Beinen. Aber Kim war starr vor Schreck, sodass er keinen Muskel rühren konnte.

Gorg hielt sich den Bauch vor Lachen.

»Lass gut sein, Rangarig«, grölte er. »Den gleichen Scherz hat Kelhim schon mit ihm getrieben.«

Rangarig fauchte enttäuscht, hob den Kopf und kroch ein paar Meter zurück. Seine Flanken blitzten unter den schräg einfallenden Sonnenstrahlen auf, als wären sie mit flüssigem Gold überschüttet.

»Du bist also Kim«, knurrte er, nachdem Kim sich einigermaßen gefangen und in eine sitzende Position hochgearbeitet hatte. »Der große, prächtige, tapfere, starke, kluge Kim. Tz-tz-tz. Themistokles hat viel von dir erzählt. Aber ich muss gestehen, ich habe mir dich größer vorgestellt.«

»Ich … äh … nun …«, stotterte Kim. Er schüttelte den Kopf und stand erst einmal ganz auf. »Ich weiß zwar nicht, was Themistokles über mich erzählt hat«, fügte er ärgerlich hinzu, »aber in letzter Zeit glaubt hier wohl jeder, mich zur Zielscheibe seiner albernen Witze machen zu können.«

Rangarig kroch noch ein Stück zurück, schlug mit dem

Schwanz auf den Boden und legte das Kinn auf die Vorderfüße. Seine Augen befanden sich nun auf gleicher Höhe mit Kims Gesicht.

»Du bist also Kim«, wiederholte er. »Ich muss sagen, du hast dir einen ungünstigen Augenblick für deinen Besuch ausgesucht. Und ihr auch«, fügte er, zu Gorg und Kelhim gewandt, hinzu. »Ahhhrg, die Zeiten sind schlecht, sehr schlecht. Seit Wochen herrscht große Aufregung und all die vielen Leute …« Er schüttelte den Kopf, dass seine Schuppen klirrten. »Nirgends hat man mehr seine Ruhe. Überall Menschen und Leute …«

Kim überlegte, welcher Unterschied wohl zwischen Menschen und Leuten bestehen mochte, aber Rangarig redete schon weiter.

»Für heute Abend ist eine Versammlung anberaumt. Viele einflussreiche Männer sollen daran teilnehmen, aber ich fürchte, es wird nichts Gutes dabei herauskommen.« Er starrte Kim an, kniff ein Auge zu und murrte: »Hast du damit zu tun, kleiner Held?«

»Ich fürchte, ja«, sagte Kim kleinlaut. »Zumindest indirekt. Ich wäre gern mit besseren Nachrichten zu euch gekommen …«

Rangarig seufzte. Es hörte sich an, als plumpsten schwere Steine aus großer Höhe ins Wasser. »Du trägst die Kleidung des Feindes, kleiner Held«, sagte er, »und doch gehörst du zu uns. Wie kommt das?«

»Es war die einzige Möglichkeit, Boraas zu entkommen«, antwortete Kim, dem die dauernden Anspielungen auf seine Kleidung allmählich auf die Nerven gingen.

»Du warst auf der anderen Seite des Schattengebirges?«

»Allerdings. Ich habe Boraas getroffen und ich hatte das zweifelhafte Vergnügen, seine Burg zu besichtigen. Einschließlich des Kerkers.«

»Seine Burg?« Rangarig brachte das Kunststück fertig, einen

erstaunten Ausdruck auf sein furchterregendes Drachengesicht zu zaubern. »Du warst in Morgon?«

Kim nickte. »Und ich bin daraus entkommen. Aber das ist nicht allein mein Verdienst. Ich hatte Glück.«

»Du bist zu bescheiden. Es gehört mehr als nur Glück dazu, aus Morgon zu entwischen. Niemandem ist das bisher gelungen. Aber ich lese in dir, dass du die Wahrheit sprichst. Erstaunlich. Sehr erstaunlich, in der Tat.«

Kim erschrak. »Du liest meine Gedanken?«

»Nicht direkt«, mischte sich Kelhim ein, der sich inzwischen neben dem Drachen niedergelassen hatte. »Rangarig kann Gedanken ebenso wenig lesen wie irgendein anderer. Aber er erkennt, ob jemand die Wahrheit sagt oder ob er lügt.«

»Eine nützliche Gabe«, nickte der Drache. »Hätte ich sie nicht, würde ich dich jetzt glatt für einen Lügner halten. Aber so …« Er machte noch ein paarmal »tz-tz-tz«, schüttelte den Kopf und gähnte. »Themistokles scheint nicht übertrieben zu haben, als er von dir erzählte. Er machte sich schwere Vorwürfe, dich in Gefahr gebracht zu haben, nachdem er dich gerufen hatte.«

»Ich weiß«, sagte Kim. »Aber er kann nichts dafür. Boraas hat mich in eine Falle gelockt.«

»Das glaubst du«, knurrte Rangarig. »Und Themistokles glaubt es wohl auch. Aber es stimmt nicht. Alles kam so, wie es kommen musste.«

Kim blickte den Drachen scharf an. »Wie meinst du das?«

»Es gibt viele Wege, nach Märchenmond zu gelangen«, antwortete Rangarig ausweichend. »Aber kein Bewohner Märchenmonds – und auch kein Bewohner des Schattenreiches – vermag die Wege zu beeinflussen, die ein Mensch gehen muss, will er zu uns kommen. Es war ein Zufall, dass deine Flugmaschine über der anderen Seite des Schattengebirges abstürzte; ein Zufall, der Boraas sicher zupasskam. Aber er hatte nichts damit zu tun.«

»Aber dann …«

»Erinnere dich an das, was Themistokles dir zu Anfang sagte«, unterbrach ihn der Drache sanft. »Jeder Mensch muss seinen eigenen Weg nach Märchenmond gehen. Nun, der Weg, den du gegangen bist, war der deine. Du hättest keinen anderen gehen können.«

Kim begriff nicht ganz. »Du glaubst, das alles … Morgon, meine Flucht, die Begegnung mit dem Schwarzen Lord …«

»Gehörte zu deinem Weg. Ja. Es gibt tausend Wege, zu uns zu gelangen, und alle sind schwer, Kim. Dein Weg mag der schwerste gewesen sein, den je ein Mensch gegangen ist, aber er war nötig. Nur so konntest du begreifen, gegen welche Mächte wir alle zu kämpfen haben, und nur so konnten wir früh genug gewarnt werden.« Er seufzte wieder aus tiefster Drachenbrust. »Aber der Weg, der vor dir liegt, ist noch schwieriger«, prophezeite er. »Du wirst gewaltige Kraft benötigen, Kim. Mehr vielleicht, als ein Einzelner aufbringen kann. Doch du kannst ihn meistern, wenn du es wirklich willst.« Damit wandte er sich um und watschelte schnell zu seiner künstlichen Drachenhöhle zurück.

Kim blickte ihm nach, bis er unter dem steinernen Torbogen verschwunden war.

»Wie hat er das gemeint?«, fragte er leise.

Kelhim deutete ein Achselzucken an und wiegte den Schädel. »Rangarig ist ein seltsamer Bursche«, sagte er nachdenklich. »Manchmal ahnt er Dinge voraus, die sich hinterher bewahrheiten. Aber jedenfalls liebt er es, in Rätseln zu sprechen. Irgendwer muss ihm gesagt haben, dass Drachen immer in Rätseln sprechen. Fest steht, dass man oft nicht aus ihm klug wird.« Er lachte sein brummiges Bärenlachen. »Aber man muss zugeben, dass immer irgendetwas dran ist an dem, was er sagt. Manchmal entwickeln sich die Dinge andersrum; mitunter wendet sich das Böse zum Guten und umgekehrt. Aber meistens behält er recht.«

Kim runzelte die Stirn und dachte angestrengt nach. Kelhims Worte erschienen ihm kaum weniger rätselhaft als die des Drachen. Aber das sagte er nicht.

»Wir sollten uns langsam auf den Rückweg machen«, schlug Gorg vor. Er warf einen Blick zum Himmel. Die Sonne stand im Zenit, es war Mittagszeit. »Ich habe Hunger.«

Sie verließen den Hof und gingen denselben Weg zurück, den sie gekommen waren. Die Menschen, denen sie begegneten, traten respektvoll beiseite oder blieben stehen, wenn sie den Riesen und seinen zottigen Begleiter sahen. Kim blieben auch die Blicke nicht verborgen, die ihm selbst folgten. Er wusste nicht, ob es an seiner auffälligen Kleidung lag oder an dem, was Themistokles über ihn erzählt hatte; auf jeden Fall spürte er deutlich, dass ihm die Bewohner Gorywynns mit Hochachtung begegneten. Seltsamerweise fühlte er sich dabei nicht besonders wohl. Er begann zu begreifen, dass Menschen, denen großer Respekt gezollt wurde, oft sehr einsam waren.

Themistokles war nicht da, als sie zurückkamen. Sie hofften ihn im Thronsaal zu finden, aber auch dort war er nicht. Die Auskunft, die sie erhielten, war unbefriedigend. Themistokles hatte in großer Aufregung den Saal verlassen und war nun schon seit Stunden abwesend. Mehr wusste man nicht. Kelhim brummte etwas Unverständliches und rollte sich auf den sonnenüberfluteten Fliesen vor einem der großen Südfenster zusammen, um, wie er übellaunig erklärte, statt des Mittagessens wenigstens einen Mittagsschlaf zu halten.

»Der Bursche hat es gut«, knurrte Gorg. »Und was mache ich?«

Kim dachte sich lächelnd seinen Teil. Er trat ans Fenster und lehnte sich neugierig hinaus. Unter ihm lag ein weiter, sonnenbeschienener Hof. Hell gekleidete Menschen, winzig klein aus dieser Höhe, liefen scheinbar planlos durcheinander. Vor einer der schimmernden gläsernen Mauern war eine Reihe bunter Buden errichtet worden, in denen Händler ihre Waren feilboten und Gaukler ihre Kunststücke vorführten. Auf der Mauerkrone flatterten bunte Wimpel und von irgendwoher klang leise, lustige Musik, zu der eine helle Kinderstimme sang. Es war ein Bild, wie es friedlicher nicht sein konnte. – Wie lange noch?, dachte Kim bedrückt. Wie lange würden diese Menschen noch so unbeschwert lachen und singen können? In nicht mehr allzu ferner Zukunft würden die fruchtbaren grünen Hügel jenseits der Mauern schwarz von Boraas' Kriegern sein, im Hof würde Kriegsgeschrei und Waffengeklirr das fröhliche Treiben ablösen und die gläsernen Mauern würden unter dem Ansturm des schwarzen Heeres bersten.

Seufzend wandte Kim sich ab und begann sich im Thronsaal umzusehen. Der Raum war hoch und hell, mit hohen spitzen Fenstern, die an zwei Seiten die Wand durchbrachen. Der Boden bestand aus schimmernden Mosaikfliesen und an den Wänden hingen Bilder und Teppiche in scheinbar wahllosem Durcheinander, ohne jedoch unordentlich zu wirken. Eine lang gestreckte Tafel, um die sich eine Anzahl hochlehniger Stühle mit geschnitzten Beinen und reich verzierten Armlehnen gruppierte, nahm den größten Teil des Raumes ein. An der Stirnseite, flankiert von zwei steinernen Säulen, auf denen jeweils ein steinerner Rabe hockte, stand ein mächtiger, schmuckloser Sessel, einem Thron nicht unähnlich.

»Was ist das?«, fragte Kim.

»Der Thron von Märchenmond«, antwortete Gorg.

Kim trat näher an den Thron heran, um ihn neugierig zu betrachten. Für den Thron eines so riesigen und mächtigen Reiches wie Märchenmond erschien er ihm seltsam schmucklos und schlicht, wenn Kim auch zugeben musste, dass der Thron in seiner Einfachheit beeindruckend wirkte. »Das also ist Themistokles' Thron«, murmelte er halblaut.

»Nein«, sagte Gorg. »Du hast mich falsch verstanden. Es ist der Thron von Märchenmond.«

»Aber … ich dachte, Themistokles wäre …«

»Unser Herrscher?« Gorg grinste, als hätte Kim soeben etwas ungemein Dummes gesagt. »Das ist er nicht. Er ist der Herr von Gorywynn, aber nicht der König.«

»Aber …«, fragte Kim zögernd, »wer sitzt dann auf diesem Thron?«

»Niemand«, antwortete Gorg. »Oder jeder, wie du willst. Es ist ein Stuhl wie jeder andere und nicht einmal besonders bequem. Wer immer sich darauf setzt, ist unser König. Jeder, dem der Sinn danach steht, kann es werden.«

»Ich versteh kein Wort«, sagte Kim verwirrt. »Du meinst, der Herrscherthron von Märchenmond ist nichts als ein leerer Stuhl, und wer will, kann einfach hereinspazieren und ihn in Beschlag nehmen?«

Gorg nickte. »Er kann es und kann es doch nicht«, sagte er. »Märchenmond hat keinen König – oder unzählige, ganz wie du willst. Jeder ist hier König, wenn er es sein will. Und doch sind alle gleich. Denn niemand, auch der Mächtigste nicht, kann über einen anderen befehlen.«

»Du meinst«, sagte Kim ungläubig, »dass hier niemand Befehle erteilt, Gesetze erlässt, Strafen ausspricht …«

»Jeder Befehl wird sinnlos, wenn niemand da ist, dem man befehlen kann«, erklärte Gorg geduldig. »Und wir haben keine Gesetze, Kim. Jedenfalls keine geschriebenen. Hier ist vieles anders als dort, wo du herkommst. Aber vielleicht ist dies der größte Unterschied. Es gibt keine Gesetze und also auch keine Strafen.«

»Aber was ist, wenn jemand ein Verbrechen begeht?«, fragte Kim.

»Was für ein Verbrechen?«, entgegnete Gorg verwundert. »Warum sollte hier jemand ein Verbrechen begehen? Jedermann hat zu essen und zu trinken. Das Land ist groß, unendlich groß. Wenn einem seine Nachbarn nicht gefallen, so kann er fortziehen und sich irgendwo niederlassen, wo er allein und ungestört ist. Und wenn einer hungert, so kann er seinen

Nächsten um ein Stück Brot und etwas Wein bitten und er wird es bekommen. Ich weiß, dass dort, wo du herkommst, viele Verbrechen geschehen. Und warum werden sie begangen? Aus Hass, Neid oder Habgier. – Hass ist bei uns nicht bekannt, Kim, und es gibt keinen Neid, weil alle gleich sind, keiner mehr besitzt als der andere und niemand weniger, als er braucht. Und deshalb brauchen wir auch keinen Herrscher.«

Kim starrte nachdenklich den leeren Thron an. Ein leerer Thron – gab es ein besseres Symbol für dieses Land, in dem jedermann König war und in dem es trotzdem keinen gab, der einen anderen beherrschte?

»Darf ich … darf ich mich einmal darauf setzen?«, fragte er. Gorg lächelte. »Warum nicht?«

Kim setzte langsam Schritt vor Schritt, ging die wenigen Stufen bis zum Thron hinauf und nahm zögernd darauf Platz. Das Holz fühlte sich kühl und hart an. Er lehnte sich zurück, rutschte in eine bequemere Lage und legte die Hände auf die glatten, schmucklosen Armstützen. Ein seltsames, schwer zu beschreibendes Gefühl überkam ihn, ein Schauer, doch kein sehr wohliger. Ein Thron … Märchenmonds Thron … ja, Gorg hatte recht, es war ein Stuhl wie jeder andere, aber gerade das war es, was ihn zu etwas Besonderem machte. Kim schloss die Augen. Er dachte an den schwarzen Thron in der schwarzen Feste Morgon und der Gedanke ließ ihn schaudern. Vielleicht würde in nicht allzu ferner Zeit statt dieses einfachen Stuhles auch hier ein schwarzer, böser Tyrannenthron stehen.

Das Geräusch vieler Schritte drang an sein Ohr. Als er die Augen öffnete, sah er Themistokles, der in Begleitung eines guten Dutzends verschiedenartig gekleideter Männer den Saal betreten hatte und in der Tür stehen geblieben war. Ein väterliches Lächeln flog über sein Gesicht, als er Kim auf dem Thron erblickte.

»Ich sehe«, sagte er, »dass Gorg dir bereits alles gezeigt hat.«

Kim nickte verlegen und wollte aufstehen, aber Themistokles hielt ihn mit einer knappen Geste zurück. »Nein, bleib ruhig, wo du bist.«

Kim schüttelte den Kopf, sprang auf und lief die Stufen vom Thron hinunter.

Kelhim erwachte mit unwilligem Brummen, stemmte sich gähnend hoch und schüttelte das mächtige Haupt. »Schon Essenszeit?«, knurrte er.

»Noch nicht, alter Freund«, sagte Themistokles bedauernd. »Aber es ist gut, dass ihr schon hier seid – alle drei«, fügte er mit einem Seitenblick auf Kim und den Riesen hinzu. Er wies mit einer einladenden Geste auf die Tafel. »Nehmt Platz. Es gibt ernste Dinge zu bereden.«

Kim setzte sich auf einen freien Stuhl. Themistokles nahm am Ehrenplatz an der Stirnseite Platz, während sich seine Begleiter auf die übrigen Stühle verteilten.

»Ich muss mich noch einmal für die hastige Einberufung dieser Beratung entschuldigen«, begann Themistokles. »Aber es sind … Dinge geschehen, die keinen Aufschub dulden.« Er brach ab und wandte den Kopf, als von der westlichen Fensterfront ein polterndes, scharrendes Geräusch hereindrang. Auch Kim drehte sich um und schaute neugierig zu den Fenstern hinüber. Ein riesiges, rot glühendes Auge lugte herein. Ein Wasserfall aus flüssigem Gold schien vor den Fenstern herabzustürzen, als Rangarig, der goldene Drache, sich auf dem viel zu kleinen Balkon draußen niederließ. Der Stein knarrte verdächtig, aber er hielt. Rangarig seufzte aus tiefer Brust, streckte den Kopf durch das mittlere der drei großen spitzen Fenster herein, während er sich mit den Vorderfüßen auf den Brüstungen der beiden anderen aufstützte. »Rangarig«, begrüßte Themistokles den Drachen. »Ich danke dir, dass du gekommen bist. Verzeih die Unbequemlichkeiten, die wir dir bereiten müssen.«

Rangarig lachte ein gedämpftes, grollendes Drachenlachen, das die ganze Tafel erbeben ließ. Ein kleiner Stein löste sich aus der Decke und zerbarst auf dem Boden zu unzähligen winzigen Splittern.

Themistokles runzelte in sanftem Tadel die Stirn. »Gemach, Rangarig, gemach«, sagte er. »Bedenke, dass dies ein Haus für Menschen ist, nicht für Drachen.«

Rangarig lachte wieder, diesmal ein bisschen lauter. Durch die Erschütterung fiel ein Bild von der Wand und zerbrach krachend in Stücke.

Themistokles seufzte. »Du bist wahrscheinlich das einzige Wesen auf der Welt, das imstande ist, seine Feinde im wahrsten Sinne des Wortes zu Tode zu lachen«, murmelte er, wohlweislich so leise, dass der Drache es nicht hören konnte. Er schaute zur Decke hinauf, in der sich ein schmaler, gezackter Riss gebildet hatte, und seufzte wieder. »Beginnen wir«, sagte er, um endlich zur Sache zu kommen. »Das, worum es geht, ist ernst genug.« Er sah die Anwesenden der Reihe nach an. Sein Blick fiel auf Kim und verweilte etwas länger auf ihm. »Der Feind war während unserer Abwesenheit nicht müßig«, fuhr er fort. »Unsere Boten berichten, dass ein großer Heereszug das Gebirge verlassen hat und sich auf dem Weg nach Süden befindet.«

Kim erschrak. Er hatte – wie sie alle – nicht damit gerechnet, dass Boraas noch lange untätig in seinem Versteck in den Bergen ausharren würde. Aber er hatte gehofft, dass ihnen wenigstens noch ein paar Wochen Gnadenfrist vergönnt seien. Diese Hoffnung war nun zunichte.

»Die Männer, die sich hier versammelt haben«, fuhr Themistokles, zu Kim gewandt, fort, »sind die Abgesandten der verschiedenen Länder und Völker Märchenmonds. Wir müssen beraten und einen Ausweg finden.«

»Wie viele Reiter hat Boraas ausgeschickt?«, fragte Kim.

Themistokles zögerte mit der Antwort. »Viele«, sagte er dann. »Zu viele, um sie aufhalten zu können. Weit über fünftausend, wenn die Berichte unserer Kundschafter stimmen.«

Fünftausend Reiter! Und diese waren nur ein Bruchteil von Boraas' Streitkraft …

»Was das bedeutet, brauche ich wohl nicht zu erklären«, fügte Themistokles hinzu. »Der Hauptangriff steht unmittelbar bevor. Das Reiterheer hat bereits den Verschwundenen Fluss überschritten und rückt unaufhaltsam weiter nach Süden vor.«

»Und was heißt das?«, fragte Kim.

»Das Reiterheer wird Gorywynn weitläufig umgehen und uns den Fluchtweg nach Süden abschneiden«, mischte sich ein schlanker, bärtiger Mann in der grünen Kleidung der Waldbewohner ein. »Und sowie es Stellung bezogen hat, wird der Rest der Armee aus den Bergen hervorbrechen und uns direkt angreifen.«

»Aber man muss sie zurückschlagen!«

»Das können wir nicht«, sagte Themistokles betrübt. »Du selbst, Kim, hast uns berichtet, wie mächtig Boraas' Armee ist. Schon diese fünftausend Reiter stellen eine größere Streitmacht dar, als Märchenmond aufbringen könnte.«

»Und wenn wir die Steppenreiter …«

Themistokles schnitt ihm mit einer Handbewegung das Wort ab. »Caivallon liegt unmittelbar auf der feindlichen Einfallslinie«, sagte er. »Vielleicht ist ein Angriff geplant, vielleicht verschonen die Schwarzen das Steppenschloss auch. Auf jeden Fall können wir nicht mehr mit Hilfe von dort rechnen.«

»Aber was können wir denn überhaupt tun?«

Themistokles senkte den Blick. »Nichts«, sagte er so leise, dass es kaum zu verstehen war. »Jedenfalls nicht viel mehr, als abzuwarten und uns auf den Angriff vorzubereiten.«

»Aber ihr könnt doch nicht die Hände in den Schoß legen und Zusehen, wie sich das Unheil über euch zusammenbraut!«, rief Kim fassungslos. »Ihr müsst irgendetwas tun! Trommelt eure Verbündeten zusammen und stellt eine Armee auf. Schlagt dieses Reiterheer zurück. Ich habe ein Heer von Männern gesehen, als ich durch Gorywynn gestreift bin!«

»Das stimmt. Aber Boraas wartet nur darauf, dass wir die Truppen von Gorywynn abziehen.«

»Noch mehr aber baut er darauf, dass ihr untätig zuseht, wie die Falle zuschnappt!«, sagte Kim mit vor Erregung zitternder Stimme. »Seht ihr denn nicht, was Boraas im Sinn hat? Er schließt euch ein! Er zieht einen Belagerungsring um das ganze Schloss! Er braucht nicht einmal anzugreifen, wenn ihr nichts unternehmt. Er muss seine Armee einfach nur aufmarschieren lassen und warten, bis Hunger und Durst euch zwingen, kampflos aufzugeben!«

»Gorywynn ist groß«, widersprach Themistokles. »Und wir sind auf eine Belagerung gut vorbereitet. Wir können Jahre aushalten.«

»Und Boraas kann Jahre warten. Du weißt, dass er in der stärkeren Position ist.«

Themistokles seufzte. »Ich weiß es«, murmelte er. »Aber wir sind kein Volk von Kämpfern, ich habe es dir schon einmal gesagt, Kim. Märchenmond ist ein Land des Friedens, nicht des Krieges. Würden wir deinem Vorschlag folgen und dem schwarzen Heer auf offenem Feld begegnen, wir würden jämmerlich verlieren, selbst bei einer zahlenmäßigen Überlegenheit. Nein, Kim. Wir haben diesen Krieg nicht gewollt und wir können ihn nicht gewinnen.«

»Wir haben noch Zeit«, beharrte Kim. »Es wird noch eine Weile dauern, ehe Boraas' Heer vor unseren Toren steht. Gorywynns Mauern sind mächtig und es wird ihm schwerfallen, sie zu stürmen. Vielleicht lässt er sich wirklich auf eine Belagerung ein. Aber selbst dann haben wir eine Chance. Wir können eine wirksame Verteidigung aufstellen ...«

Themistokles hob abwehrend beide Hände.

»Es hat keinen Zweck, Kim«, sagte er. »Vielleicht hätte ich es dir gleich sagen sollen, aber ich dachte, du wüsstest es bereits. Wir sind hier nicht zusammengekommen, um Kriegsrat zu halten. Der Sinn unserer Beratung ist einen Vorschlag auszuarbeiten, den Boraas akzeptieren kann. Wir wissen, dass wir keine Chance haben, aber wir wollen das Volk schonen.«

»Ihr wollt … kapitulieren?«, fragte Kim ungläubig.

Themistokles nickte. »So nennt ihr es wohl bei euch.«

»Aber … ihr … ihr könnt doch nicht kampflos aufgeben«, rief Kim. »Ihr habt das Reich der Schatten nicht gesehen! Aber ich! Du hast gehört, Themistokles, was ich vor dem Rat der Weisen gesagt habe. Ihr wisst nicht, was Boraas aus eurem schönen Land und seinen glücklichen Bewohnern machen wird! Nichts wird mehr so sein, wie es jetzt ist! Ihr …«

Wieder unterbrach ihn Themistokles mit einer begütigenden Geste. »Doch, Kim«, sagte er. »Wir wissen es. Aber auch wenn wir uns widersetzen, wird Märchenmond zerstört. Der Unterschied liegt nur in ein paar Wochen. Und in der Anzahl der Toten, die ein sinnloser Kampf kostet.«

»Aber er ist nicht sinnlos!«, begehrte Kim auf. »Ich kann euch helfen! Ich kann Waffen konstruieren! Dort, wo ich herkomme, gibt es schreckliche Waffen …«

»Ja, Kim, du sagst es selbst. Schreckliche Waffen. Aber auch wenn wir sie einsetzen wollten – eure Waffen würden hier nicht funktionieren. Vielleicht würden sie sich sogar gegen uns selbst wenden. Und angenommen, wir würden diesen Krieg auf solche Weise gewinnen – Märchenmond wäre hinterher nicht mehr, was es war. Es würde zu einem Ebenbild deiner Welt, Kim. Und irgendwann würde ein neuer Boraas aufstehen und er würde uns mit den gleichen Waffen angreifen, die du uns gebracht hast. Vielleicht würden wir ihn wieder schlagen, aber wir müssten neue Waffen entwickeln, stärkere und immer stärkere, und so würde es weitergehen, bis diese Welt völlig zerstört ist. Du weißt, dass ich die Wahrheit spreche. Du stammst aus einer Welt, die diesen Weg beschritten hat, schon vor langer Zeit. – Boraas mag uns besiegen und er wird vielleicht auch Märchenmond zu einem Reich des Schreckens machen, so wie er das Schattenreich verwandelte. Aber warst nicht du es, der mir von Ado und seinem Vater, dem Tümpelkönig, erzählte? Hast du nicht selbst erlebt, dass sogar dort drüben, inmitten all des Schreckens, noch Wesen leben, die hoffen? Irgendwann, Kim, vielleicht in hundert, vielleicht in tausend oder zehntausend Jahren wird Boraas' Herrschaft enden und aus den Trümmern seines Reiches wird ein neues Märchenmond erstehen. Es ist nicht das erste Mal in diesem ewigen Ringen, dass das Böse die Macht an sich reißt. Aber es wäre auch nicht das erste Mal, dass wir am Ende siegen. Gingen wir deinen Weg, könnten wir Boraas vielleicht sogar vernichten, aber wir würden uns selbst unsere Zukunft stehlen. Nie wieder würde Märchenmond zu dem werden, was es ist und war.«

Er hielt erschöpft inne. Lange Zeit sprach niemand und auch Kim sagte all die Dinge, die ihm während Themistokles' Rede durch den Kopf gegangen waren, nicht. Es wollte einfach nicht in seinen Kopf, dass Themistokles jetzt resignierte. Es ging hier doch um einen Kampf ums Überleben! Dieses Zaudern, die vermeintliche Schwäche und Unsicherheit passten nicht zu dem Bild, das Kim sich von dem alten Zauberer gemacht hatte. Fast, so dachte er erschrocken, fast konnte er da ja Boraas noch besser verstehen …

Rangarig brach schließlich das Schweigen.

»Wohl gesprochen, Herr von Gorywynn«, sagte der goldene Drache. »Doch bedenke, dass es Zeiten gibt, in denen man mit alten Traditionen brechen muss.«

Themistokles sah den Drachen nachdenklich an. »Wie meinst du das, Rangarig?«

Rangarig wiegte den Schädel, dass die Säulen rechts und links des Fensters knirschten und Staub von der Decke rieselte. »Unser junger Freund hat nicht in allem unrecht, was er sagt, Themistokles. Es wäre unklug, vorschnell aufzugeben.«

»Wenn du einen Ausweg weißt«, sagte Themistokles, »dann rede.«

»Wüsste ich einen, hätte ich ihn dir bereits genannt«, antwortete der Drache. »Aber es gibt ein Wissen, das über dem deinen und dem meinen steht. Befrage das Orakel.«

»Das Orakel?«, fragte Kim, der seine Neugierde nicht bezähmen konnte. »Was ist das?«

Themistokles antwortete nicht sofort. Er drehte den Kopf und blickte nachdenklich den leeren Thron an.

»Ein Märchen«, murmelte er schließlich. »Eine alte Sage, mehr nicht. Es heißt, dass die beiden steinernen Raben sprechen werden, wenn das Land in großer Not ist …«

»Eine Sage? So wie der Schwarze Lord?«

Kim wollte noch mehr fragen, aber in diesem Moment geschah etwas Seltsames.

Ein heller, schwingender Ton, als würde irgendwo ein gigantisches Glas angeschlagen, erfüllte den Raum und eine eigenartige, außerirdische Kälte begann in Kim emporzukriechen. Er wollte die Hand heben, aber es ging nicht. Irgendetwas, eine unsichtbare und unwiderstehliche Gewalt schien nach seinem Körper zu greifen und seinen Willen auszuschalten. Wie eine Marionette, an deren Fäden ein unsichtbarer Spieler zog, erhob er sich von seinem Stuhl und ging an der staunenden Tafelrunde vorbei auf den leeren Thron zu.

XII

Atemlose Stille breitete sich im Saal aus, als Kim mit langsamen, roboterhaften Schritten auf den Thron zuging. Die beiden steinernen Säulen rechts und links des Thronsessels begannen in einem kalten, weißen Feuer zu glühen und der schwingende Ton wurde lauter und durchdringender, bis er jede einzelne Faser seines Körpers zum Schwingen gebracht hatte. Ein kribbelndes, unangenehmes Gefühl breitete sich, von den Zehen und Fingerspitzen ausgehend, in seinem Körper aus. Das Bild vor seinen Augen verschwamm, überzog sich mit grauen Nebelschwaden und schrumpfte zusammen, bis er beinah blind war und nur noch einen winzigen hellen Fleck vor sich erkannte, in dessen Zentrum der leere Thron stand. Kim ging darauf zu, ließ sich auf dem harten Holz nieder und lehnte sich zurück. Der Stuhl fühlte sich diesmal nicht kalt an, sondern warm und weich und für einen Moment durchströmte Kim ein Gefühl der Macht, wie er es nie zuvor in seinem Leben gekannt hatte. Für einen kurzen Augenblick, das spürte er plötzlich, war dieser Thron mehr als ein leerer Sessel, er war wirklich der Thron von Märchenmond, von dem aus dieses ganze gewaltige Reich regiert wurde.

Das kalte Feuer der steinernen Säulen zu beiden Seiten begann stärker zu glühen. Und dann hörte Kim – und er war von allen Anwesenden wohl am meisten erstaunt – seine eigene Stimme Worte sprechen, die ihm ein höherer, stärkerer Wille als der seine eingab.

»Noch niemals zuvor, seit die Tore der Zeit«,

begann er mit fester, ruhiger Stimme,

»geöffnet, das Leben bereit,
war größer die Not und mehr der Gefahr
und Märchenmonds Menschen der Hilfe bar.
Boraas der Schwarze, Herr der Nacht,
setzt an nun zum Sturm, das Grauen erwacht.
Ob Kämpfer, ob Denker, ob Mensch oder Tier,
niemand bringt Rettung, nur einer ist hier.
Ein Knabe, noch jung, doch Stärke im Herzen,
kam über die Zeit, erreicht' euch mit Schmerzen.
Weit war sein Weg und steinig der Pfad,
der her ihn geführt, zu bringen euch Rat.
Nur er und kein andrer, kein Wesen auf Erden
kann jetzt noch euch Menschen zur Rettung werden.
Nur er kennt den Schlüssel, den Weg nach oben,
zum Herrscher, dem König der Regenbogen.«

Kim sank erschöpft zurück. Sein Kopf fühlte sich leer an und in seinem Denken war irgendetwas Fremdes, ein Gefühl, als hätte er etwas verloren, als wäre da für wenige, flüchtige Augenblicke die Berührung einer großen, sanften Hand gewesen, die nun verschwunden war und eine schmerzliche Leere hinterlassen hatte. Er öffnete die Augen, verkrampfte die Hände um die Armlehnen und sank mit einem schwachen Seufzer zurück. Nicht nur seine Gedanken, auch sein Körper war leer und wie ausgelaugt, als hätten die wenigen Worte, die er gesprochen hatte, seine ganze Kraft aufgezehrt. Er sah, wie das sanfte Glühen der Steinsäulen erlosch und Themistokles aus seiner Starre erwachte und mit besorgter Miene auf ihn zueilte.

Kim richtete sich mühsam auf und schob Themistokles' hilfreich ausgestreckte Hand beiseite. »Es geht schon«, sagte er mit schwacher Stimme. Er stand auf, machte einen Schritt, um Themistokles zu beweisen, dass er aus eigener Kraft gehen konnte, und wäre der Länge nach hingefallen, wenn Themistokles ihn nicht mit einer geistesgegenwärtigen Bewegung aufgefangen hätte. Der Raum begann sich um ihn zu drehen. Ihm schwindelte und sein Herz hämmerte mit einem Mal so heftig und schnell, dass er die Schläge bis in die Fingerspitzen zu spüren glaubte. Er merkte kaum, wie Themistokles ihn hochhob und zum Tisch zurücktrug, um ihn behutsam auf einen der Stühle zu setzen.

Aber der Schwächeanfall ging so rasch vorüber, wie er gekommen war. Die Nebel vor Kims Augen lichteten sich, und als er aufblickte, sah er in die Gesichter der anderen, die sich über ihn beugten und besorgt auf ihn herunterschauten. »Was ... war das?«, murmelte er verwirrt.

»Das Orakel«, sagte Themistokles. »Es sprach aus deinem Mund.« Er schüttelte ratlos den Kopf. Dann warf er Rangarig einen scharfen Blick zu. »Hast du damit zu tun?«

»Nein, Themistokles. Auch mir sind die Geheimnisse des Orakels verschlossen. Aber manchmal sehe ich den Weg, der zu gehen ist, klarer als ihr.«

Themistokles starrte nachdenklich vor sich hin. »Der König der Regenbogen ...«, murmelte er.

»Was bedeutet das alles?«, fragte Kim. »Ich habe die Worte zwar gesprochen, aber ich verstehe sie nicht.«

»Niemand versteht sie, Kim«, erklärte Themistokles betrübt. »Aber wie es scheint, leben wir in einer Zeit der Wunder, der sagenhaften Erscheinungen. Der König der Regenbogen gehört auch dazu. Niemand weiß etwas über ihn. Es heißt, er residiert am Ende der Zeit in einer herrlichen Burg aus Licht und Farben, noch ungleich prächtiger als Gorywynn, und er soll unvorstellbar mächtig und weise sein. Aber kein Bewohner Märchenmonds hat ihn jemals gesehen.«

»Aber der Weg zu ihm ist bekannt«, warf der Drache ein. »Er ist weit und noch keinem ist es gelungen, ihn bis zum Ende zu gehen.«

Themistokles atmete hörbar ein. »Schweig, Rangarig. Du weißt nicht, was du sprichst.«

»Warum nicht?«, fragte Kim. Plötzlich hatte er das sichere Gefühl, dass Themistokles ihm etwas verschwieg.

»Es ist unmöglich«, sagte der Zauberer. »Rangarig sollte es besser wissen. Nur ein kurzes Stück des Weges zur Regenbogenburg ist bekannt und schon auf diesem Stück lauern mehr Gefahren, als ein einzelner Mensch zu meistern imstande ist.«

»Beschreibe sie mir«, verlangte Kim.

Themistokles runzelte unwillig die Stirn. »Du beginnst dich zu überschätzen, Kim«, sagte er.

»Ich halte mich nur an die Worte des Orakels.«

Themistokles schüttelte den Kopf. »Das Orakel hat lange Zeit geschwiegen«, sagte er, »so lange, dass sich niemand mehr daran erinnern kann, wann es das letzte Mal zu den Menschen von Märchenmond gesprochen hat, und ich muss gestehen, dass auch ich schon begonnen habe, den Glauben daran zu verlieren. Aber wir wissen, dass es oft in Rätseln und Gleichnissen gesprochen hat. Was es sagt, ist nicht immer seinem vordergründigen Sinn nach zu verstehen. Und es war mit keinem Wort die Rede davon, dass du die Reise dorthin antreten solltest, Kim. Du trägst den Schlüssel zur Rettung in dir, aber dieser Schlüssel kann ein Gedanke sein, ein Wort, das du im rechten Moment sprichst, irgendetwas ... Dich übereilt gehen zu lassen hieße, dich in den sicheren Tod zu schicken. Der Weg zum Ende der Welt ist weit und voll bekannter und unbekannter Gefahren.«

»Der Weg, auf dem ich herkam, war auch nicht ganz harmlos«, erinnerte Kim.

»Trotzdem.« Themistokles schüttelte störrisch den Kopf. »Du müsstest durch die Klamm der Seelen und über den Verschwundenen Fluss, dort wo er am tiefsten und reißendsten ist. Und selbst wenn du diese Gefahren überwändest, hättest du es noch nicht geschafft. Der Weg führt weiter durch die Eisige Einöde, vorbei an Burg Weltende – und dann wärst du noch nicht am Ziel. Niemand weiß, was dich dahinter erwartet, weil noch keiner, der so weit kam, jemals zurückgekehrt ist.«

»Aber es ist unsere einzige Chance.«

»Mag sein. Aber das Orakel in Ehren – ich lasse es nicht zu, dass du gehst. Das Risiko ist zu groß.« Themistokles straffte sich und sagte: »Niemals«, in einem Ton, der keinen Widerspruch mehr duldete.

Kim wandte sich Hilfe suchend an Rangarig. Aber auch der goldene Drache senkte nur traurig das Haupt. »Themistokles hat recht«, grollte er. »Die Worte des Orakels sind manchmal schwer zu verstehen.«

»Ich verstehe sie inzwischen recht gut.«

Rangarig fauchte leise. »Viele Offenbarungen des Orakels wurden niemals verstanden. Die weisesten Männer sind daran gescheitert – weisere als du einer bist, kleiner Held«, sagte er spöttisch. »Der Weg zum Ende der Welt ist vielen großen Helden zum Verhängnis geworden. Die meisten kamen über die Klamm der Seelen nicht hinaus und die wenigen, denen es gelang, sie zu überwinden und sich dem Verschwundenen Fluss anzuvertrauen, wurden nie mehr gesehen.«

»Die Klamm der Seelen«, fragte Kim, »was ist das?«

»Eine Schlucht, tiefer als irgendeine andere«, antwortete Themistokles. »Sie ist so tief, dass kein Sonnenstrahl ihren Grund erreicht. Keine Brücke führt hinüber. In dieser Schlucht haust ein schreckliches Ungeheuer …«

»Soooo schrecklich nun auch wieder nicht«, ließ sich Rangarig vernehmen.

Themistokles lächelte nachsichtig, wurde aber gleich wieder ernst. »Auf dem Grund dieser Schlucht«, fuhr er fort, »haust der Tatzelwurm. Noch kein Mensch hat ihn überwunden und nur wenigen ist es gelungen, ihn zu überlisten.«

»Was ist ein … Tatzelwurm?«

»Ein missratener Vetter von mir«, fauchte Rangarig.

»Ein Drache«, sagte Themistokles, ohne auf die Bemerkung

des goldenen Drachen einzugehen. »Aber anders als Rangarig. Er ist riesig, das schrecklichste Ungeheuer, das jemals im Lande Märchenmond geboren wurde. Nicht einmal Boraas würde es wagen, sich mit ihm zu messen.«

»Boraas nicht«, murrte Rangarig, »aber …«

»Nein, Rangarig«, sagte Themistokles bestimmt. »Ich weiß, dass du dein Leben dafür einsetzen würdest, uns zu retten. Aber dein Opfer wäre sinnlos. Nicht einer unter uns zweifelt an deinem Mut und deiner Stärke, doch nicht einmal du könntest den Tatzelwurm besiegen. Glaube mir, alter Freund – wir werden einen anderen Weg finden.«

Rangarig schwieg beleidigt. Themistokles ging zu seinem Stuhl zurück und ließ sich seufzend darauf nieder.

»Ich kann dich nicht gehen lassen, Kim, so leid es mir tut. Das ist mein letztes Wort.«

Vier Tage vergingen, in denen Kim Themistokles immer wieder bestürmte, ohne an dessen unnachgiebigem Nein etwas ändern zu können. Er sah Themistokles selten. Der Zauberer eilte von einer wichtigen Beratung zur anderen und Kim vertrieb sich die Zeit damit, die Märchenburg Gorywynn etwas gründlicher zu erforschen. Fast immer begleiteten ihn Gorg und Kelhim, und wenn er sich zu Anfang auch etwas gegängelt vorkam, so war er im Grunde doch froh, in dem riesigen, voll fremder Menschen und wunderbarer Dinge steckenden Kristallschloss nicht allein zu sein. Auch nach diesen vier Tagen hatte er Gorywynn nur zu einem kleinen Teil kennengelernt. Das Schloss war einfach zu groß, zu weitläufig. Vermutlich hätte er Jahre gebraucht, es ganz zu erforschen. Er verbrachte viel Zeit bei Rangarig, dem goldenen Drachen, halb in der Hoffnung, von ihm mehr über die Klamm der Seelen und ihren schrecklichen Bewohner zu erfahren. Aber Rangarig schwieg beharrlich. Schließlich verlor Kim die Geduld und warf dem Drachen vor, er sei wohl zu feige, um wirklich

Farbe zu bekennen. Rangarig fauchte ein bisschen und erklärte dann, er würde Kim helfen, sobald er selbst bereit sei – und keinen Augenblick früher. Kim dachte lange über diese Bemerkung nach, ohne ihren Sinn wirklich zu verstehen.

Seine ruhelose Wanderung führte ihn am Nachmittag des vierten Tages bis auf die Spitze des höchsten Turmes. Es war eine lange und anstrengende Kletterei und auch Kelhim, der ihn begleitete und auf seinen im Vergleich zu seinem Körper kurzen, plumpen Beinen die unzähligen Stufen hinauftappte, war am Ende erschöpft und außer Atem.

Aber es hatte sich gelohnt. Der Ausblick, der sich ihnen bot, entschädigte sie reichlich für die mühsame Kletterei. Eine brusthohe Mauer aus hellblauem Kristallglas umgab die offene Plattform des Turmes. Von hier oben wirkten die mächtigen Wälle und Schutzanlagen Gorywynns wie Spielzeug. Der silberne See lag spiegelglatt unter ihnen und selbst die reißenden Fluten des Verschwundenen Flusses schienen von hier aus friedlich und sanft.

Kim stützte sich mit den Ellbogen auf der Brüstung auf und beugte sich vor. Die geschliffene Flanke des Turmes stürzte unter ihm etwa zweihundert Meter in die Tiefe und verschmolz mit den silbernen Fluten des Sees. Ein Möwenschwarm kreiste über dem Wasser. Sein Geschrei war bis hierherauf zu hören und ab und zu stieß einer der weißen Vögel pfeilschnell hinab, um sich einen Leckerbissen aus dem See zu fischen.

Kim blinzelte in die Sonne und drehte dann den Kopf, um zur Flussmündung hinüberzublicken.

»Wie kommt der Verschwundene Fluss eigentlich zu seinem Namen?«, fragte er.

Kelhim legte neben ihm den Kopf auf die gläserne Brüstung und brummte leise. »Sieh dir einmal den See an. Fällt dir nichts auf?«

Kim schaute aufmerksam auf die still daliegende Fläche des

Sees hinunter, konnte aber beim besten Willen nichts Auffälliges entdecken.

»Nein«, sagte er.

»Er hat keinen Abfluss.«

Kim sah den Bären verdutzt an. Kelhim hatte recht. Der See hatte tatsächlich keinen Abfluss. Aber irgendwo mussten die Wassermassen, die der Verschwundene Fluss mit seiner gewaltigen Strömung hereintrug, doch bleiben!

»Der Fluss«, erklärte Kelhim, nachdem er Kim eine Weile hatte herumrätseln lassen, »ergießt sich in den See und fließt von da an unterirdisch weiter. Niemand hat ihn je erforscht, aber der Strömung nach zu schließen muss es ein gewaltiges unterirdisches Höhlensystem geben, durch das er weiter nach Westen fließt. Erst nach einigen tausend Meilen tritt er wieder zutage und auch dann nur für ein kurzes Stück. Er fließt unter der Klamm der Seelen hindurch. An ihrem Ende, nahe der Höhle des Tatzelwurms, befindet sich ein kleiner See. Von dort verläuft das Flussbett wieder unterirdisch weiter.« Er blinzelte Kim mit seinem einzigen Auge zu. »Weißt du nun, was du wissen wolltest?«

Kim senkte verlegen den Blick. Er merkte wohl, dass ihn Kelhim durchschaut hatte.

»Ich weiß, woran du denkst«, fuhr der Bär sehr ernst fort. »Aber du solltest den Plan fallen lassen. Du kannst nicht auf eigene Faust losziehen. Selbst wenn ein Wunder geschähe und du Gorywynn verlassen könntest, ohne erwischt zu werden, würdest du dich hoffnungslos verirren, lange bevor du die Klamm der Seelen erreichst. Und du würdest niemanden finden, der dir den Weg weist. Die Menschen fürchten die Schlucht und meiden ihre Umgebung. Außerdem«, fügte er hinzu, »sind da noch die schwarzen Reiter. Du bist ihnen einmal entkommen. Ob es dir ein zweites Mal gelingt …«

Kim seufzte. Kelhim hatte recht, natürlich. So, wie jeder recht hatte – Themistokles, Rangarig, Harkvan, Priwinn …

Aber alle Vernunft und alles Rechthaben würden ihnen letztlich nichts gegen Boraas nutzen.

Er lehnte sich schwer auf die Brüstung und starrte über den See. Plötzlich stutzte er. Er fuhr sich mit der Hand über die Augen, beugte sich weit vor und schaute konzentriert zur Flussmündung hinüber.

»Kelhim«, rief er aufgeregt. »Sieh! Was ist das?« Er deutete mit dem Arm auf eine Anzahl kleiner Punkte, die auf der schnellen Strömung herangeschossen kamen.

Kelhim schaute in die angegebene Richtung. »Ich mag mich täuschen«, brummte er, »aber es sieht so aus, als wären das Flöße. Viele Flöße.«

»Mir scheint, meine zwei Augen sehen besser als deines«, murmelte Kim, ohne den Blick von den auf den Wellen hüpfenden Flößen zu wenden. »Es sind Steppenreiter. Harkvan kommt!«

»Möglich«, brummte Kelhim. »Es sind viele. Und doch wenige. Zu wenige!« Unvermittelt riss er sich von dem Anblick los. »Komm! Wir wollen rechtzeitig im Hafen sein, wenn sie einlaufen! Das riecht nach einer Katastrophe.«

Sie stürmten die Treppe hinunter. Kim hatte Mühe, mit dem Tempo mitzuhalten, das der Bär plötzlich entwickelte. Aber sie hatten einen weiten Weg vor sich, mussten sie doch das Schloss fast in seiner gesamten Länge durchqueren. Unterwegs trafen sie auf Gorg, der ebenfalls von der Ankunft der Flöße Wind gekriegt hatte, und zu dritt rannten sie weiter. Eine große Menschenmenge hatte sich im Hafen versammelt. Als sie die geschwungene Freitreppe zum Kai hinunterstürmten, passierte das erste Floß gerade die schmale Einfahrtsrinne. Kelhim und Gorg brachen mit ihren breiten Schultern eine Gasse durch die Menge. Dann standen sie schwer atmend am Ufer und sahen der Ankunft der Flöße entgegen.

Kims Freude, die Steppenreiter wiederzusehen, schlug in Schreck und Niedergeschlagenheit um, als er die Flotte näher kommen sah. Das Floß, das als Erstes in den Hafen einlief, war ein Bastfloß, ähnlich dem, auf dem sie selbst vor wenigen Tagen nach Gorywynn gekommen waren, nur größer, mit einer Bordwand und niedrigen Aufbauten aus Schilf und Holz versehen. Nach und nach zählte Kim insgesamt achtundzwanzig der großen, plumpen Gefährte und auf ihnen mochten sich vielleicht zwei- bis dreitausend Menschen befinden; Männer, alte und junge, Frauen und Kinder. Aber das waren nicht mehr die stolzen, aufrechten Menschen, die er in Caivallon kennengelernt hatte. Kaum einer von ihnen war unverletzt. Viele trugen Verbände und das Stöhnen der Verwundeten übertönte das Raunen der Menge.

»Ihr Götter!«, rief Gorg.

Ein Fanfarenstoß ertönte. Die Flügel des großen Bronzetores am oberen Ende der Freitreppe schwangen auf und Themistokles stürmte, von einer Schar aufgescheuchter Wachen begleitet, die Stufen herunter. Die Menschenmenge teilte sich vor ihm und bildete eine Gasse, durch die er ungehindert zum Kai gelangen konnte. Die Besorgnis auf seinen Zügen wich einem Ausdruck des Erschreckens, als er die Situation erfasste.

Kim hielt ängstlich nach Harkvan Ausschau, konnte ihn aber auf keinem der Flöße entdecken. Rechts und links von ihm sprangen jetzt Männer ins Wasser, kraulten mit schnellen Zügen zu den Flößen hinaus und griffen nach den Seilen, die ihnen zugeworfen wurden.

Dann endlich legte das erste Floß an der niedrigen Kaimauer an. Hunderte Hände streckten sich den erschöpften Steppenreitern entgegen, um ihnen an Land zu helfen. Nicht alle konnten aus eigener Kraft gehen. Viele mussten gestützt oder getragen werden und so mancher von denen, die das Ufer ohne fremde Hilfe erklommen, brach dort zusammen, als hätte er seine letzte Energie für diesen einen rettenden Schritt aufgespart.

Der Platz am Ufer wurde eng. Themistokles gab verschiedene Anweisungen, worauf die Menge auseinanderwich und die Flüchtlinge in einer langen, traurigen Reihe ins Innere Gorywynns geführt wurden, wo ihnen weitere Hilfe zuteilwerden sollte.

»Da ist Priwinn!«, rief Gorg.

Kim reckte sich auf die Zehenspitzen, um über die Köpfe der Menge hinwegsehen zu können. Der junge Steppenprinz war totenblass. Ein blutiger, gezackter Kratzer lief über seine Wange bis zur Nasenwurzel hinauf und um seine rechte Hand war ein schmuddeliger Verband gewickelt. Er wankte, und hätte ihn die Menge nicht einfach mit sich getragen, wäre er sicher gestürzt.

Themistokles entdeckte den Prinzen im gleichen Augenblick. Er schwang seinen Stab, scheuchte Männer und Frauen beiseite und eilte Priwinn entgegen. Kim, Kelhim und Gorg bahnten sich ebenfalls eine Schneise. Sie kamen gerade noch rechtzeitig, um Priwinn vor dem Zusammenbrechen zu bewahren. Gorg fing ihn mit einer seiner mächtigen Pranken auf.

Themistokles beugte sich besorgt zu dem Prinzen herunter. »Prinz Priwinn!«, sagte er mit mühsam beherrschter Stimme. »Ihr lebt! Den Göttern sei Dank! Wo ist Euer Vater? Und was ist geschehen?«

Priwinn schob Gorgs Hand beiseite. Er schwankte und ließ sich mit einem Seufzer der Erschöpfung zu Boden sinken. »Verloren!«, stieß er hervor. »Wir haben … verloren. Caivallon … ist gefallen.«

»Gefallen!«, rief Themistokles erschüttert. »Aber wie …?«

»Die … schwarzen Reiter«, berichtete Priwinn. »Nach Eurer Abreise berieten wir weiter. Es hat lange gedauert und die Nacht wich dem Tag, bevor wir uns zu einer Entscheidung durchgerungen hatten. Wir beschlossen, Caivallon zu halten. Auf Drängen meines Vaters hin räumte der Rat jedoch ein, tausend unserer besten Reiter nach Gorywynn zu senden. Niemand sollte uns nachsagen, Caivallon ließe seine Freunde in der Stunde der Not im Stich.«

»Unsinn«, sagte Themistokles. »Ich käme nie auf diesen Gedanken. Aber was geschah weiter? Diese tausend Reiter …«

»Kamen niemals an, ich weiß«, sagte Priwinn. »Sie stießen auf Boraas' Armee, nur eine Tagereise entfernt. Und schon am nächsten Morgen begann der Angriff auf Caivallon.« Er schüttelte sich, als ihn die Erinnerung überfiel. »Der Kampf war fürchterlich«, fuhr er mit monotoner Stimme fort. »Unsere Männer kämpften tapfer und nicht viele der schwarzen Reiter kamen dazu, sich über ihren Sieg zu freuen. Aber es waren zu viele. Die Wälle fielen und wir mussten fliehen.«

»Aber all die Bewohner Caivallons …«

Priwinn schüttelte den Kopf »Die, die uns begleiten, sind die letzten«, sagte er. »Die anderen sind tot oder in alle Winde versprengt. Caivallon brannte, als wir flohen. Die Steppenfestung ist zerstört, Themistokles. Ihr hattet recht. Wir hätten auf Euch hören und nach Gorywynn fliehen sollen, bevor es zu spät war.«

Themistokles' Hände verkrampften sich so fest um seinen Stab, dass die Knöchel weiß hervortraten. »Noch nie zuvor, Prinz Priwinn«, sagte er, »habe ich mit solcher Inbrunst gehofft, nicht recht zu behalten.« Er schaute mit leerem Blick über die mit Flößen übersäte Oberfläche des Sees. »Und Euer Vater?«

»Gefallen«, sagte Priwinn. »So wie all die anderen. Der Rat der Weisen existiert nicht mehr. Ich bin der einzige Überlebende. Sie warfen sich dem schwarzen Heer entgegen, ein paar Hundert Getreue, die geblieben waren, um uns die Flucht zu ermöglichen. Ich … ich wollte bleiben, um an der Seite meines Vaters zu kämpfen und zu sterben, aber er ließ es nicht zu.«

»Es war ein guter Entschluss«, murmelte Gorg. »Euer Volk braucht einen Führer.«

»Einen Führer?« Priwinn lachte hart und in seinen Augen glitzerten Tränen. »Du verspottest mich, Riese. Es gibt nichts mehr, wohin ich sie führen kann.«

»O doch«, mischte sich Kim ein. »Euer Leben ist wichtiger als je zuvor, Prinz Priwinn. Der wirkliche Kampf gegen Boraas und sein Heer steht noch bevor. Ihr habt eine Schlacht verloren, aber der Krieg geht weiter.«

Priwinn musterte ihn eine Weile schweigend.

»Du hast sie nicht erlebt, Kim«, sagte er dann. »Du hast das Heer gesehen, aber du hast nicht erlebt, wie sie kämpfen. Das sind keine Menschen, das sind Teufel. Ich habe sie gesehen und ich weiß, dass es niemanden gibt, der ihnen widerstehen kann. Auch Gorywynn wird fallen. Niemand kann dem Schwarzen Lord widerstehen.«

»Der Schwarze Lord?«, fragte Themistokles erschrocken. »Ihr habt den Schwarzen Lord gesehen, Prinz?«

Priwinn nickte. »Er ritt an der Spitze des Heeres und er war der Schrecklichste von allen. Es gibt keinen, der ihn besiegen könnte.«

Themistokles wich seinem Blick aus. »Ihr seid müde, Prinz«, murmelte er. »Lasst Euch ein Zimmer zuweisen und Eure Wunden versorgen. Später werden wir beraten, was zu tun ist.« Er gab einer seiner Wachen einen Wink und der Mann hob Priwinn wie ein Kind auf die Arme und trug ihn fort.

Die Lichter erloschen nicht in dieser Nacht. Dunkelheit senkte sich über die gläsernen Wälle der Festung, aber Gorywynn schlief nicht. Trotz seiner gewaltigen Größe schien das Schloss nach der Ankunft der Steppenreiter schier aus den Nähten zu platzen und es gab wohl keinen, der an diesem Abend zur Ruhe kam. Verwundete wurden versorgt, Trauernde getröstet, so gut es ging, und wo man sich nicht um Verletzte kümmerte oder Hungernde labte, saß man zusammen und redete. Trotz allem, was geschehen war, begriff so mancher erst jetzt, beim Anblick dieses geschlagenen, entwurzelten Volkes, welches Schicksal ihnen allen in wenigen Tagen oder Wochen bevorstehen mochte. Caivallon war mehr als nur irgendein Schloss gewesen. Seit jeher galten die Steppenreiter als die furchtlosesten und stärksten Bewohner Märchenmonds. Caivallons Niederlage bedeutete nicht nur den Fall einer Festung, sondern das Ende eines Traumes. Caivallon war ein Symbol der Macht und der Sicherheit gewesen, ein Bollwerk, das Märchenmond seit Anbeginn der Zeit vor jeder Bedrohung geschützt hatte. Und nun war es gefallen. Der Feind hatte den ersten großen Schlag in diesem schrecklichen Krieg ausgeteilt und die Wunde, die er hinterlassen hatte, schmerzte.

Auch Kim schlief nicht in dieser Nacht. Ein paar Mal hatte er versucht zu Themistokles vorzudringen, aber immer vergebens. Und so hatte er begonnen, ruhelos in den weiten Gängen Gorywynns umherzuwandern, trotz der ungezählten Menschen, die ihn umgaben, einsam, vielleicht von all den Tausenden, die Gorywynn bevölkerten, der Einsamste. Erst als er plötzlich vor einer geschlossenen Tür stand und sein Blick auf die weißgoldene Uniform des Wächters davor fiel, merkte er, wohin ihn seine Schritte – bewusst oder unbewusst – geführt hatten.

»Wie geht es dem Prinzen?«, fragte er hastig, um sein Erschrecken zu verbergen.

»Prinz Priwinn schläft, Herr. Der Heilkundige war bei ihm und er hat sich ein wenig gestärkt. Themistokles hat Weisung gegeben, ihn nicht zu stören.«

»Ich störe ihn bestimmt nicht«, sagte Kim, während er bereits nach der Türklinke griff. »Ich möchte mich nur davon überzeugen, dass es ihm gut geht.«

Der Posten zögerte noch.

Kim, der die schwarze Rüstung mit einer weißen, lose fallenden Tunika vertauscht hatte und sich jetzt kaum noch von irgendeinem anderen Bewohner Gorywynns unterschied, beschloss die Vertrauensstellung, die er genoss, zum ersten Mal schamlos zu nutzen.

»Das geht schon in Ordnung«, sagte er zu dem Posten. »Themistokles weiß, dass ich hier bin.«

Der Wächter nickte erleichtert und Kim trat ein.

Der Raum war dunkel. Durch die Ritzen der Tür und das halb geöffnete Fenster fiel ein wenig Licht herein, gerade genug, um die Dinge im Zimmer als schwarze, massige Schatten erkennen zu lassen. Kim blieb einen Moment an der Tür stehen, sah sich suchend um und ging dann zögernd auf das Bett zu, in dem der junge Prinz lag. Er wusste selbst nicht genau, warum er hierhergekommen war. Priwinn schlief, wie die regelmäßigen Atemzüge bewiesen, und eigentlich hatte Kim hier nichts verloren. Trotzdem trat er näher an das Bett heran und betrachtete den Schlafenden. Priwinns Gesicht wirkte im fahlen Licht des Mondes blass und schmaler, als er es in Erinnerung hatte. Der Heilkundige hatte den Riss auf seiner Wange behandelt, nur eine dünne rote Linie war zurückgeblieben und auch der Verband um seine rechte Hand war erneuert.

Priwinns Atem ging gleichmäßig, aber schnell und die Augäpfel unter den geschlossenen Lidern bewegten sich unablässig. Wahrscheinlich träumte er und wahrscheinlich waren es keine angenehmen Träume.

Kim wandte sich ab, ging zur Tür und drehte sich dann noch einmal um, ohne genau zu wissen warum.

Priwinns Augen waren geöffnet. Er war wach.

Kim trat verlegen auf der Stelle und lächelte unsicher.

»Ich ... es tut mir leid, wenn ich dich geweckt habe«, sagte er leise. »Ich wollte dich nicht stören. Entschuldige.«

Priwinn setzte sich halb auf, stützte sich auf die Ellbogen und schüttelte den Kopf. »Du hast mich nicht geweckt. Ich war wach, die ganze Zeit. Und ich habe gehofft, dass du kommst.«

»Wirklich?«

Priwinn nickte. »Ich habe oft an dich gedacht, Kim«, gestand er. »Ich habe viel nachgedacht auf dem Weg hierher. Über das, was du versucht hast, uns zu erklären …« Er stockte und Kim hatte den Eindruck, als ob es in seinem Gesicht schmerzlich zuckte. Aber es war zu dunkel, um es mit Sicherheit sagen zu können.

»Es war eine gute Rede, die du vor dem Rat der Weisen gehalten hast«, fuhr Priwinn nach einer langen Pause fort. »Zu gut für uns. Wenigstens für mich. Ich habe sie damals nicht verstanden oder nicht verstehen wollen; und als ich sie verstanden habe, war es zu spät.« Kim wollte etwas sagen, aber Priwinn winkte ab. »Nein, widersprich mir nicht, Kim. Du weißt nicht, was geschehen ist, als ihr fort wart, du, Themistokles und die anderen.«

»Ich weiß es …«

»Du weißt es nicht!«, unterbrach ihn Priwinn laut, so laut, dass Kim unwillkürlich einen besorgten Blick zur Tür warf. Aber draußen auf dem Gang blieb alles ruhig.

»Du weißt es nicht«, wiederholte Priwinn. »Wir haben beraten, mein Vater, die anderen und ich. Der Rat der Weisen hat über euren Vorschlag abgestimmt. Deine Worte, Kim, haben großen Eindruck hinterlassen. Der Rat war sich uneinig, zum ersten Mal seit sehr langer Zeit. Wir haben die ganze Nacht beraten, ohne zu einem Ergebnis zu gelangen. Schließlich wurde abgestimmt und die Mehrheit der Stimmen war dafür, Caivallon zu halten.« Er blickte starr vor sich hin und sagte mit leisem, bitterem Lachen: »Weißt du, wie groß diese Mehrheit war, Kim? Eine Stimme. *Meine* Stimme. Ich war es, der schließlich die Entscheidung herbeiführte, der bestimmte, dass Caivallon nicht evakuiert wurde. Ich war es, der die Verantwortung für das übernahm, was schließlich geschehen ist. Dieser sinnlose Kampf und all die Toten – es war meine Schuld. Hätte ich auf dich gehört statt auf meinen verdammten Stolz, könnten so viele meines Volkes noch am Leben sein.«

Kim streckte die Hand aus und berührte Priwinn zaghaft an der Schulter. »Dich trifft keine Schuld«, sagte er leise. »Du hast getan, was du glaubtest tun zu müssen. Du könntest dir nur etwas vorwerfen, wenn du gegen deine Überzeugung gehandelt hättest. Aber das hast du nicht. Keiner von uns ist stark genug, dem Schicksal vorzuschreiben, was es zu tun hat.«

»Sagst du das nur, um mich zu trösten?«

»Nein, Priwinn. Du hast der Stimme deines Gewissens gehorcht und es ist niemals falsch, dies zu tun. Jeder sollte so handeln, wie er es für richtig hält, nicht so, wie es die anderen wollen.« Er brach ab und schwieg betreten. Seine eigenen Worte hallten hohl in seinem Kopf nach. Irgendetwas, was die ganze Zeit über in ihm gewesen war, ein Entschluss, den er schon vor langer Zeit gefasst und den auszusprechen er nur noch nicht den Mut gefunden hatte, reifte in ihm und wurde zur Gewissheit. »Jeder sollte tun, was er tun zu müssen glaubt«, wiederholte er, mehr für sich als für Priwinn. »Und genau das werde ich tun. Ich habe schon viel zu lange gezögert.«

Priwinn sah ihn aufmerksam an. »Was meinst du damit?«

Kim zögerte. Irgendetwas sagte ihm, dass er Priwinn rückhaltlos vertrauen konnte. Er ging zur Tür, presste das Ohr an das Holz und lauschte. Dann kam er zurück, setzte sich auf die Bettkante und begann leise zu erzählen, was nach seinem Eintreffen auf Gorywynn vorgefallen war.

Priwinn hörte aufmerksam zu, ohne ihn ein einziges Mal zu unterbrechen. »Ich glaube, ich weiß, was du tun willst«, sagte er, als Kim zu Ende erzählt hatte. »Und ich glaube, es ist richtig. Würdest du … würdest du mich mitnehmen?«

Kim sah ihn überrascht an. »Dich mitnehmen? Zum König der Regenbogen? Auf einen Weg, von dem ich nicht weiß, ob er überhaupt ein Ziel hat?«

Priwinn nickte.

»Aber ich habe keine Ahnung, ob ich lebend wiederkomme«, gab Kim zu bedenken. »Es ist gefährlich, vielleicht tödlich. Und vielleicht existiert dieser sagenhafte Regenbogenkönig gar nicht. Und wenn doch, wer weiß, ob er uns tatsächlich hilft.«

»Er existiert«, sagte Priwinn. »Und du wirst ihn finden, wenn du es nur willst. Ich werde hier nicht gebraucht. Gorywynn mag fallen oder nicht – ein Schwert mehr oder weniger macht keinen Unterschied. Vielleicht ist es wirklich gefährlich, aber wenn ich schon sterbe, dann wenigstens nicht unter den Klingen der schwarzen Reiter. Lass mich dich begleiten. Du kennst dieses Land nicht. Allein hast du keine Chance. Zu zweit könnten wir es schaffen.«

Kim überlegte lange, ein paar Minuten lang. Dann stand er entschlossen auf. »Wann gehen wir?«

Priwinn strahlte. »Du nimmst mich mit?«

»Ja. Ohne deine Führung würde ich mich wahrscheinlich schon nach den ersten hundert Metern verlaufen.«

»Wir treffen uns in einer halben Stunde am Nordtor«, schlug Priwinn vor. »Ich will mich nur rasch umziehen.«

»Und die Wache?«

Priwinn winkte ab. »Mach dir deshalb keine Sorgen. Ich werde pünktlich da sein.«

Mit klopfendem Herzen ging Kim in sein Zimmer zurück. Er fühlte sich frei und erleichtert, als wäre eine schwere Last von ihm genommen, obwohl er neuen, unbekannten Gefahren entgegenging. Er schloss die Tür hinter sich ab und legte seinen schwarzen Harnisch an. Die weiße Tunika knüllte er zusammen und warf sie achtlos in eine Ecke. Es war die Kleidung des Feindes, die er trug, aber sie hatte ihm bisher nur Glück gebracht; und wenn Kim unter all den Waffenröcken, die in Gorywynn zusammengetragen worden waren, auch gewiss einen besseren und schöneren gefunden hätte, zog er doch diesen schwarzen Panzer vor. Er überprüfte sorgfältig den Sitz des Brustpanzers und der Arm- und Beinschienen, öffnete dann die schwere Eichenholztruhe neben seinem Bett und nahm Laurins Umhang heraus. Er hatte ein etwas schlechtes Gewissen, als er den Mantel um die Schultern legte. Themistokles hatte ihm diesen Schatz anvertraut und nun hinterging er den alten Zauberer auf gröbliche Weise.

Er nahm Priwinns Schild auf, befestigte ihn mit den Halteriemen an seinem linken Arm und verließ das Zimmer. Trotz der späten Stunde herrschte noch reges Treiben auf den Gängen und der weite Innenhof der Festung war von unzähligen flackernden Feuern beinah taghell erleuchtet. So mancher verwunderte Blick wurde ihm zugeworfen, als er in voller Rüstung und wie zu einem Waffengang gewappnet zu den Stallungen hinüberging. Aber niemand sprach ihn an. Kim erreichte die Stallungen und zum ersten Mal seit vier Tagen sah er seinen Rappen wieder. Das Pferd wieherte erfreut, als es ihn erkannte, und Kim verschwendete ein paar Minuten damit, seinen Hals zu streicheln und ihm liebevolle Worte ins Ohr zu flüstern.

Als er sich umdrehte und Junge am Zügel aus dem Stall führen wollte, wuchs ein riesiger schwarzer Schatten vor ihm empor. Kims Herz machte einen schmerzhaften Sprung.

»Gorg!«

»Und Kelhim«, brummte es von der anderen Seite des Stalles. Kim fuhr herum und erkannte den Bären, der auf allen vieren vor der Tür hockte und ihn kopfschüttelnd ansah. »Tz-tz-tz«, machte er. »Eigentlich hätten wir es uns denken können, dass dieser junge Hitzkopf die Ratschläge älterer Leute in den Wind schlägt und sich auf eigene Faust davonmacht, nicht wahr?«

Gorg nickte bekräftigend. »Ja. Aber ich hätte nicht gedacht, dass er die Frechheit hat, sich einfach davonzuschleichen.« Er warf dem Bären einen nachdenklichen Blick zu. »Was machen wir nun mit ihm?«

Kim hätte vor Wut und Enttäuschung am liebsten geheult.

Sein Vorhaben war gescheitert, noch bevor er begonnen hatte, es in die Tat umzusetzen.

Kelhim erhob sich schwerfällig und gab die Tür frei. »Am besten, wir gehen erst mal hier raus«, brummte er. »Ich mag Ställe nicht. Sie stinken. Und ich mag auch Pferde nicht. Außer zum Frühstück.« Er stieß die Tür auf und trottete hinaus. Gorg legte Kim seine große Hand auf die Schulter und schob ihn vor sich her ins Freie. Sie überquerten den Hof, aber zu Kims Erstaunen wandten sie sich nicht dem Hauptgebäude zu, sondern steuerten eine schmale Seitenpforte an, die nach draußen führte. Sie stand offen und von dort draußen drang ein heller goldener Schimmer herein. Rangarig!

Kims Verdacht, dass hier irgendetwas nicht stimmte, wurde zur Gewissheit, als er den Dritten im Bunde sah.

»Priwinn!«

Priwinn lächelte. »Ich habe doch versprochen zu kommen, oder?«

»Aber …« Kim schaute verdutzt zu Gorg hinauf.

Der Riese gab sich alle Mühe, ernst dreinzublicken, aber in seinen Augenwinkeln glitzerte der Schalk. »Du glaubst doch nicht, dass wir dich allein gehen lassen, wie?«

»Heißt das, dass ihr … mitkommt?«, fragte Kim ungläubig.

»Was denn sonst? Festhalten können wir dich ja schlecht, oder?«

Kim brauchte eine Weile, um seiner Überraschung Herr zu werden. »Aber ihr … ihr wart doch alle dagegen«, stotterte er verwirrt.

»Niemand war dagegen«, widersprach Kelhim. »Aber hätten wir dich gleich ziehen lassen, wärest du blind losgestürmt, nur von dem Gedanken beseelt, Gorywynn retten zu müssen. Wir mussten warten, bis du wirklich bereit warst.«

XIII

Schneller, als ein Pfeil fliegt, trug Rangarig sie nach Westen, tiefer in die Nacht hinein. Der Wind brauste ihnen ins Gesicht und das Land fiel schnell unter ihnen hinab und wurde zu einer dunklen, konturlosen Masse. Kim drehte sich vorsichtig um und blickte zurück. Gorywynn war zu einem glitzernden Juwel zusammengeschrumpft, eine helle, in rosafarbenem und blauem Licht schimmernde Perle, deren Glanz noch lange, nachdem ihre Umrisse in Entfernung und Dunkelheit versunken waren, die Nacht im Osten erhellte. »Sitzt ihr gut?«, brummte Kelhim. Ohne Kims oder Priwinns Antwort abzuwarten, legte er von hinten seine mächtigen braunen Tatzen um ihre Körper und presste die beiden Jungen an sich und aneinander, um sie sowohl vor dem eisigen Wind zu schützen als auch vor dem Herunterfallen zu bewahren.

Rangarigs Flügel teilten mit machtvollem Rauschen die Luft, als der Drache sich höher und höher emporschwang. Das Mondlicht brach sich in blitzenden silbernen und goldenen Reflexen auf seinen Flanken und so mancher, der in dieser Nacht einen zufälligen Blick auf den Himmel warf, mochte sich fragen, was dieser goldene Schemen zu bedeuten hatte, der da dicht vor den Sternen vorbeizog. Kim begann zu frieren, trotz der Umarmung des Bären und Gorgs breitem Rücken, der wie ein Schild vor ihm aufragte und ihn und Priwinn gegen den direkten Anprall des Windes schützte. Aber er beherrschte sich tapfer und sagte nichts.

Stunde um Stunde flogen sie nach Westen und Kim begann sich zu fragen, ob der Drache denn überhaupt keine Müdigkeit kannte. Trotz seiner gewaltigen Größe musste er das Gewicht seiner vier Passagiere – von denen zwei so viel wogen wie ein Dutzend normaler Männer – als lästig empfinden. Aber Rangarig flog ohne Unterbrechung weiter, bis sich der erste Schimmer des neuen Tages am Horizont zeigte. Erst dann wurden seine Flügelschläge langsamer und er ließ sich ruhig zur Erde hinabgleiten.

Kim beugte sich neugierig zur Seite und versuchte zu erkennen, was unter ihnen war. Sie schwebten über einer endlosen, grün gewellten Decke; Wipfel eines Waldes, der sich so weit erstreckte, wie der Blick reichte, nur hier und da von einer kleinen Lichtung oder dem glitzernden Band eines Flusses unterbrochen. Rangarig ging tiefer und glitt eine Weile dicht über dem Dach des Waldes dahin, ehe er mit einem letzten, mächtigen Flügelschlag hinabstieß und auf einer lang gestreckten, von einer blumigen Wiese bedeckten Lichtung landete. Seine Flügel falteten sich knisternd zusammen. Er kroch noch ein Stück am Boden weiter, bis er im Schatten des Waldrandes angelangt war, und ließ sich erleichtert nieder.

»Genug für eine Nacht«, keuchte er. »Auch ein Drache braucht von Zeit zu Zeit Ruhe.« Er wartete, bis seine Gäste der Reihe nach von seinem Rücken gesprungen waren, rollte sich zusammen und bettete den Kopf auf die Vorderfüße. Sekunden später verkündete lautes, rasselndes Schnarchen, dass er eingeschlafen war.

Kim machte ein paar vorsichtige Schritte und rieb sich das schmerzende Kreuz. Der Ritt auf dem Drachen war alles andere als bequem gewesen. Trotz Kelhims behutsamer Umklammerung hatte er sich die ganze Zeit krampfhaft festgehalten, um nicht das Gleichgewicht zu verlieren. Er war müde und Hunger und Durst quälten ihn wie schon lange nicht mehr.

Gorg reckte sich, dass die Knochen krachten. »Ein Schläfchen würde mir jetzt auch guttun«, verkündete er gähnend. »Ich muss gestehen, ich bin schon bequemer gereist.«

Rangarigs rechtes Augenlid klappte nach oben. »Dann geh doch zu Fuß«, grollte er, schloss das Auge wieder und schnarchte weiter, als wäre nichts gewesen.

Kelhim lachte schadenfroh. »Statt rumzumeckern, solltest

du dir lieber Sorgen um unser Frühstück machen«, brummte er. »Ich habe Hunger wie ein Bär.«

Gorg grunzte etwas Unverständliches, schwang sich seine Keule über die Schulter und blinzelte zur Sonne hinauf. »Noch früh«, sagte er. »Fast zu früh für die Jagd. Aber ich werde mein Glück versuchen. Kümmert ihr euch um das Feuer.« Ohne ein weiteres Wort verschwand er unter gewaltigem Krachen und Bersten im Unterholz.

Priwinn und Kim begannen in der näheren Umgebung Holz und trockenes Laubwerk zusammenzusuchen. Die Aufgabe war nicht leicht. Der Wald war saftig und grün, die Bäume standen in voller Blüte und nur selten fanden die Jungen einen trockenen Ast, den sie ohne allzu große Anstrengung abbrechen und mitnehmen konnten. Es dauerte fast eine Stunde, bis sie genug Holz für ein Feuer beisammenhatten. Aber jetzt ergab sich die Schwierigkeit, das feuchte und zum Teil noch grüne Holz zum Brennen zu bringen. Kim hatte eine sehr verschwommene Vorstellung vom Aneinanderreiben trockener Stäbe und ähnlich abenteuerlichen Methoden, Feuer zu machen, aber Priwinn lachte nur dazu. Mit einem Augenzwinkern ging er zu dem schlafenden Drachen hinüber, schlug ihm zweimal hintereinander mit der Faust auf die Nase und trat ihm dann fest in die Seite, um ihn wach zu bekommen. Rangarig öffnete spaltbreit ein Auge und blinzelte verschlafen. »Waschischlosch?«, murmelte er. Priwinn deutete auf den Holzstapel in der Mitte der Lichtung. »Wir brauchen Feuer.«

Rangarig knurrte. »Schlag doch diesen beiden großen Tölpeln die Köpfe zusammen«, sagte er. »Vielleicht gibt's einen Funken.« Aber er hob trotzdem den Schädel, visierte den Brennholzstapel kurz an und gähnte dann herzhaft. Ein armdicker Feuerstrahl schoss aus seinem Rachen, sengte eine schwarze Spur ins Gras und setzte das Holz mit einem lauten Knall in Brand. Kim sprang mit einem Aufschrei zurück, als die Flammen emporschossen. Rangarig legte den Kopf wieder auf die Vorderfüße und schlief auf der Stelle weiter.

Priwinn kam grinsend ans Feuer geschlendert. »Siehst du«, sagte er. »Es geht auch ohne Feuersteine.«

Kim nickte erstaunt. Natürlich hatte er gehört, dass Drachen im Allgemeinen und im Besonderen imstande waren Feuer zu speien. Aber er hatte das, wie so vieles, für eine Übertreibung gehalten.

»Jetzt fehlt nur noch Gorg mit dem Frühstück«, brummte Kelhim. Aber sie mussten noch fast zehn Minuten warten, bis der Riese wiederkam. Und als er schließlich aus dem Wald trat, trug er kein Wildbret, sondern nur seine mächtige Keule über der Schulter.

»Das Feuer aus!«, befahl er. »Schnell.«

Kelhim legte missmutig den Kopf auf die Seite. »Warum?«, brummte er. »Ich habe Hunger.«

Gorg war mit ein paar langen Schritten bei ihnen und trat das Feuer aus. Funken stoben und brennende Äste flogen davon. »Schwarze!«, sagte er. »Eine ganze Abteilung schwarzer Reiter ist auf dem Weg hierher!«

»Was heißt eine ganze Abteilung?«, fragte Kelhim.

Gorg trampelte weiter im längst erloschenen Feuer herum. »Fünfzehn bis zwanzig«, berichtete er. »Und wenn wir nicht verdammt rasch machen, dass wir wegkommen, reiten sie uns glatt über den Haufen.«

»Aber wie können sie wissen, dass wir hier sind?«, fragte Kim.

Gorg lachte. »Rangarig ist nicht leicht zu übersehen«, sagte er. »Außerdem gibt es kaum etwas, was Boraas verborgen bleibt. Seine Reiter werden ihm gemeldet haben, dass wir auf dem Weg nach Westen sind. Und es gehört nicht viel dazu, zwei und zwei zusammenzuzählen und herauszubekommen, was wir vorhaben.«

»Reg dich nicht auf«, beruhigte ihn Kelhim. »Du hast selbst

gesagt, dass es höchstens zwanzig sind. Ich werde mich darum kümmern.«

»Nichts wirst du!«, sagte Gorg barsch. »Ich fürchte mich genauso wenig vor ihnen wie du, aber wir können uns nicht damit aufhalten, uns mit ihnen herumzuprügeln. Je eher wir die Klamm der Seelen erreichen, desto besser. Ich wecke jetzt diese verschlafene Eidechse und dann fliegen wir weiter. – He, Rangarig!«, brüllte er dem Drachen ins Ohr. »Aufwachen! Wir müssen weiter!«

Rangarig grunzte. Sein Schwanz zuckte, fällte einen mittelgroßen Baum und fegte wie zufällig Gorg von den Füßen. Dann lag der Drache wieder still und schnarchte ungerührt weiter. Gorg rappelte sich fluchend hoch und trat dem Drachen zweimal mit solcher Wucht vor die Schnauze, dass der Boden dröhnte.

Rangarig öffnete träge ein Auge. »Hat man denn nirgends seine Ruhe?« Er gähnte und riss dabei den Rachen sperrangelweit auf. Der Riese sprang kreischend zur Seite, als eine fast meterlange Feuerzunge in seine Richtung zuckte. »Verschlafene Eidechse, wie?«, grollte der Drache. »Darüber reden wir noch, alter Freund. – Na los, worauf wartet ihr noch?« Er machte sich so niedrig wie möglich und entfaltete den rechten Flügel ein wenig, sodass die vier Freunde wie über eine Leiter auf seinen breiten Rücken klettern konnten. Sie flogen weiter, wenn auch nicht mehr so hoch und so schnell wie in der vorangegangenen Nacht. Trotzdem glitt das Land mit fantastischer Geschwindigkeit unter ihnen davon. Nach einer Weile trat der Wald zurück und machte einer grausigen Hügellandschaft Platz.

»Ist es noch weit?«, schrie Kim über das Rauschen der Flügel hinweg.

Gorg antwortete, ohne sich umzudrehen: »Sehr weit, Kim. Zwei, vielleicht drei Tagereisen, wenn wir ohne Pause durchfliegen. Aber das können wir nicht. Rangarig braucht bald wieder eine Pause. Der Gute wird alt. Früher hat er länger durchgehalten, aber neuerdings muss er von Zeit zu Zeit ein Mittagsschläfchen halten.«

Rangarig schüttelte ärgerlich den Kopf. Die Bewegung warf Gorg um ein Haar aus dem Sitz.

Kim klammerte sich erschrocken an den hornigen Zacken auf Rangarigs Rücken fest. »Lasst den Blödsinn!«, rief er ärgerlich.

Rangarig lachte grollend, flog dann aber merklich ruhiger weiter. Der Charakter der Landschaft änderte sich immer wieder. Nach einer Weile breitete sich eine steinige Ebene unter ihnen aus, auf der nur wenige Büsche und vereinzelte, kränklich aussehende Grasinseln wuchsen. Dann Berge, nicht sonderlich hoch, aber steil und unwegsam. Rangarig zog dicht über die Gipfel hinweg und steuerte schließlich eine kahle, windumtoste Hochebene an. Sie wurden kräftig durchgeschüttelt, als der Drache zu einem recht unsanften Landemanöver ansetzte.

Rangarig stieß einen Seufzer aus, der das Heulen des Windes übertönte. »Genug«, meinte er. »Vielleicht finde ich hier ein wenig Schlaf.« Er schüttelte sich, als Gorg, für seinen Geschmack zu langsam, von seinem Rücken herunterstieg. Der Riese landete fluchend auf dem harten Fels.

»Flegel!«, schimpfte Gorg. »Nur weil du so groß bist, glaubst du dir alles erlauben zu können, wie?«

»Nicht alles«, fauchte Rangarig. »Aber eine Menge. Und jetzt will ich schlafen. Hier oben werden wir ja wohl ungestört sein.« Er rollte sich zusammen und bildete mit seinem Körper eine Höhle, in der sie Schutz vor dem eisigen Wind finden konnten.

Die mächtigen goldenen Flanken des Drachen hielten sie sicher und warm. Sie alle spürten die Anstrengungen der überstandenen Nacht. Kim kuschelte sich wohlig in Kelhims warmes Fell. Aber er fand keinen Schlaf. Zu viele Gedanken gingen ihm durch den Kopf. Nach einer Weile stand er auf, vorsichtig, um die anderen nicht zu wecken, kroch aus dem Schutz des Drachenkörpers hervor und trat an die Felskante. Der Stein fiel mehr als hundert Meter senkrecht unter ihm ab und die kahle, felsige Landschaft setzte sich nach Westen hin fort, so weit der Blick reichte. Mehr noch als der kalte Wind ließ dieser Anblick Kim frösteln. Es war eine Kälte, die aus seinem Inneren kam und gegen die keine noch so warme Decke und kein Feuer etwas nützten.

Kim drehte sich halb um, als er Schritte hörte. Es war Priwinn.

»Kannst du auch nicht schlafen?«, fragte der Steppenprinz.

»Nein«, sagte Kim und wandte sich wieder dem Bild der Landschaft zu. »Wie heißt diese Gegend?«, fragte er leise.

Priwinn trat neben ihn. Er steckte fröstelnd die Hände unter die Achseln und scharrte mit dem Fuß über den harten Stein. »Sie hat keinen Namen«, sagte er. »Es ist ein Teil des Schattengebirges.«

»Hier?«, sagte Kim erstaunt »So weit im Herzen Märchenmonds?«

Priwinn nickte. »Eine Zunge«, erklärte er. »Ein Arm des Gebirges, der weit ins Land hineinreicht. Es entstand vor undenklichen Zeiten, lange bevor Caivallon oder Gorywynn errichtet wurden, als Völker und Menschen dieses Land bewohnten, von denen heute nur noch die Sage berichtet. Die Menschen waren damals anders als heute.«

»Anders?«

Priwinn lächelte. »Es ist eine Sage, Kim, ein Märchen, mehr nicht.«

»Erzähle«, bat Kim.

»Damals«, begann der Steppenprinz, »so berichtet die Sage, waren die Menschen anders. Sie waren mächtig, viel mächtiger als wir und es gab kein lebendes Wesen unter der Sonne, keine Pflanze, kein Tier, das sich ihrem Willen widersetzen konnte.

Ich glaube, sie waren ein bisschen so wie die Leute dort, wo du herkommst. Sie beherrschten das Land zu beiden Seiten des Schattengebirges. Sie lebten in großen, prächtigen Städten und hatten Maschinen, mit denen sie schneller als jeder Vogel durch die Luft fliegen konnten. Eines Tages aber griffen sie nach den Sternen, und als sie erkennen mussten, dass sie sie trotz all ihrer Macht und all ihrer Maschinen nicht erreichen konnten, wurden sie böse und verbittert. Neid und Missgunst schlichen sich in ihre Herzen. Ihre Maschinen wurden immer vollkommener, aber im gleichen Maße, in dem ihr Reichtum wuchs, wuchs auch die Unzufriedenheit und schon bald blickten die Bewohner der einen Stadt misstrauisch auf die der anderen, ob diese auch ja nicht mehr besaßen als sie selbst, ob deren Maschinen nicht noch ein bisschen mehr ausrichten konnten als ihre eigenen. Es kam zu Streitigkeiten, zu Zwist und das Reich zerfiel in viele kleine Reiche, die einander bald zu bekriegen begannen. Ihre Waffen waren fürchterlich, Kim. Sie schleuderten Feuer aufeinander, spalteten die Erde und setzten den Himmel in Brand. Aber trotz aller Kriege und all dieser Schrecken wuchs ihr Reichtum weiter, bauten sie immer neue Maschinen und mit ihnen immer fürchterlichere Waffen. Jedermann wusste damals, dass diese Entwicklung nicht gut gehen konnte, aber obwohl jeder es wusste, rührte keiner einen Finger, um etwas dagegen zu tun. Schließlich kam es zu einem letzten, schrecklichen Krieg. Der Himmel brannte und die Erde erbrach geschmolzenes Gestein und giftige Gase. Selbst das Schattengebirge wankte unter den furchtbaren Schlägen, die der Mensch der Erde zufügte. Die Erde barst von einem Ende zum anderen und ein Riss, tiefer als die tiefste Schlucht, trennte die beiden kämpfenden Parteien voneinander.«

»Die Klamm der Seelen«, vermutete Kim.

Priwinn nickte. »Ja. Die Klamm der Seelen. Und an ihrem Ende faltete sich die Erde unter den ungeheuren Gewalten, die der Mensch wohl entfesseln, aber nicht mehr beherrschen konnte, zu einer gewaltigen Barriere auf. Flüssiges Gestein, heiß wie die Sonne und dünn wie Wasser, rann von den geschmolzenen Gipfeln der Schattenberge herab und verband sich mit dieser neuen, von Menschen geschaffenen Barriere.« Er hielt einen Moment inne, und als er weitersprach, klang seine Stimme irgendwie traurig. »Nur wenige Menschen überlebten das Grauen. Sie flohen in Höhlen, tief unter der Erde, und sie und ihre Kinder hausten wie die Tiere. Durch viele Generationen lebten sie so, eingeschlossen, ohne Licht und Luft, bis die Menschen ihre Heimat und ihre Abstammung vergaßen. Jahrhunderte vergingen und als die Kindeskinder der Kindeskinder jener, die den Untergang überlebt hatten, endlich den Weg zurück ans Tageslicht fanden, hatte sich die Erde erholt und es gab wieder Leben. Seither mahnt uns dieses Gebirge mit jedem Tag, uns auf das zu besinnen, was wir sind, und nicht nach den Sternen zu greifen.«

»Das ist ... keine schöne Geschichte«, murmelte Kim, nachdem Priwinn geendet hatte.

Priwinn lächelte. »Nein, Kim. Sie ist nicht schön, aber es ist nur eine Geschichte, vergiss das nicht. Ich glaube nicht, dass sie auf Wahrheit beruht.«

Kim antwortete nicht. Sein Blick streifte wieder über die zackigen Umrisse der Berge ringsum und plötzlich sah er die Dinge mit anderen Augen. Der matte Glanz der Felswände erinnerte ihn an blindes, von Jahrtausenden abgeschliffenes Glas. Die seltsam regelmäßigen Streifen und Linien auf der Felsplatte zu seinen Füßen mochten die Spuren von Lavaströmen sein, die vor undenklichen Zeiten hier entlanggeflossen waren. Und mit einem Mal ahnte – nein, wusste er, dass Priwinns Geschichte kein Märchen, sondern Wahrheit war.

Er trat von der Felskante zurück, hockte sich auf den nackten Boden und schlug frierend die Arme um den Oberkörper. Sein Schild schützte ihn ein wenig gegen den böigen kalten

Wind, aber die Kälte kroch unbarmherzig unter seine Kleidung und nistete sich in seinen Gliedern ein. Trotzdem zögerte er noch in den Schutz des Drachen zurückzukehren.

»Dieses Gebirge führt uns direkt zur Klamm der Seelen?«, fragte er Priwinn, der sich neben ihn gesetzt hatte.

»Ja. Aber wir werden ihm nicht folgen. Rangarig ist nur hierher geflogen, weil wir hier sicher sind. Sogar die schwarzen Reiter meiden diese Gegend und ich glaube, auch der Drache ist nur ungern hergekommen. Es heißt, dass der Geist der Vergangenheit hier umgeht.« Priwinn versuchte zu lächeln, aber es gelang ihm nicht. Kim spürte die unsichtbare Bedrohung, die wie ein schleichendes Ungeheuer hinter den Felsen lauerte, genauso wie damals, als sie Kelhims Höhle durchquert hatten.

»Glaubst du, dass wir noch mehr schwarzen Reitern begegnen werden?«

Priwinn zuckte die Achseln. »Ich hoffe nicht, aber sie sind überall, im ganzen Land. Boraas ist misstrauisch.«

»Du glaubst, er ahnt, was wir vorhaben?«

»Noch nicht. Aber wenn er es erfährt, wird er seine Pläne ändern und Gorywynn unverzüglich angreifen. Das ist es, was mir Sorgen bereitet.« Er zog die Knie an den Körper und versank in brütendes Schweigen.

»Komm«, sagte er schließlich. »Schlafen wir ein wenig. Wir werden unsere Kräfte noch brauchen.«

Sie standen auf und gingen zu Rangarig zurück. Kelhim und der Riese schliefen eng zusammengerollt neben den goldenen Flanken des Drachen. Kim legte sich nieder und versuchte sich auf dem steinigen Boden in eine einigermaßen bequeme Lage zu betten. Müdigkeit breitete sich über ihn. Kurz bevor er einschlief, öffnete er noch einmal die Augen und blickte nach Westen, wo, noch in dunstiger Ferne verborgen, die Klamm der Seelen auf sie wartete.

Und plötzlich, zum ersten Mal seit Tagen, hatte er wieder Angst.

Rangarig weckte sie bei Einbruch der Dämmerung. Sie brachen sofort auf. Als der Drache sich an die Plateaukante schob und mit weit ausgebreiteten Schwingen in die Tiefe fallen ließ, um die warmen Aufwinde entlang der Felskante auszunutzen, lag das steinerne Rund unberührt da, so wie es wahrscheinlich schon seit Millionen Jahren dagelegen hatte. Nichts zeugte von ihrem kurzen Eindringen in dieses Reich des Schweigens und des Windes und als Kim zurückblickte und den Tafelberg langsam in der Dämmerung hinter sich verschwinden sah, musste er sich eingestehen, dass es gut war. Menschliches Leben – jedes Leben, gleich welcher Art – hatte hier nichts verloren. Dieses Gebirge war eine steinerne Mahnung, ein Monument, die Fehler der Vergangenheit nie mehr zu wiederholen.

Kim lehnte sich gegen Gorgs breiten Rücken und versuchte wieder einzuschlafen, aber Hunger und Kälte hielten ihn wach. Je weiter sie nach Westen kamen, desto kälter schien es zu werden. Kim fragte sich, ob es in dieser Welt statt eines Nord- und Südpols, wie in seiner Heimat, einen West- und Ostpol gab und ob die Klamm der Seelen sie vielleicht geradewegs in ein kälteklirrendes Reich ewigen Eises führte. Er erinnerte sich, dass Themistokles etwas von einer Eisigen Einöde erwähnt hatte. Wenn das stimmte, hatten sie wohl einen verhängnisvollen Fehler begangen. Keiner von ihnen – mit Ausnahme des Bären, den sein dichtes Fell gegen die Kälte schützte – hatte sich warm genug angezogen, um einen Marsch durch eine Landschaft aus Eis und Schnee durchzustehen.

Aber für solche Überlegungen war es jetzt zu spät. Sie hatten schon beinah die Hälfte des Weges zurückgelegt und Kim würde unter gar keinen Umständen mehr umkehren. Die Nacht verstrich, Rangarigs Bewegungen hatten viel von ihrer kraftvollen Ruhe eingebüßt, dennoch flog der Drache weiter ohne sich zu beklagen. Sie hatten das Gebirge hinter sich gelassen und überquerten nun eine weite Savanne. Vereinzelte Häuser tauchten unter ihnen auf und einmal glitt der Lichterglanz einer größeren Stadt weit im Süden an ihnen vorbei. Rangarig flog unbeirrt weiter nach Westen, und erst als es hell wurde, verlor er wieder an Höhe und hielt nach einem Landeplatz Ausschau. In weiten Spiralen kreiste er tiefer, wandte den mächtigen Schädel nach rechts und links und suchte nach einer Stelle, die ihnen sowohl als Versteck als auch als Rastlager dienen konnte.

Plötzlich zuckten Rangarigs Flügel und sein Körper bäumte sich auf, dass sich seine Passagiere krampfhaft festhalten mussten, um nicht abgeworfen zu werden.

»Was ist los?«, brüllte Gorg.

»Schwarze!«, fauchte Rangarig. »Im Süden!«

Kim lehnte sich zur Seite und versuchte an Gorg vorbei einen Blick auf die Landschaft unter ihnen zu werfen. Er sah nichts als einen dunklen, formlosen Fleck am Horizont. Aber Rangarig schien bessere Augen als er zu haben. Der Drache flog mit äußerster Kraft und so schnell wie noch nie weiter nach Süden. Nach wenigen Augenblicken konnten Kim und die anderen ein niedriges, strohgedecktes Haus erkennen, das allein und ungeschützt auf der weiten Ebene der Savanne stand. Eine Horde schwarzer Reiter umkreiste das Haus auf ihren großen schwarzen Pferden. Ihr Kriegsgeschrei war bis hierherauf zu hören. Während sich der Drache höher in die Luft schwang und mit weit ausgebreiteten Flügeln zum Angriff ansetzte, ging ein Hagel brennender schwarzer Pfeile auf das Haus nieder.

Rangarig trompetete einen Kampfschrei, legte die Flügel an den Körper und stieß wie ein riesenhafter goldener Speer auf die Angreifer nieder. Die schwarzen Reiter erstarrten mitten in der Bewegung. Für einen Moment bildete Kim sich ein, durch die ausdruckslosen schwarzen Metallmasken hindurch das Erschrecken auf ihren Gesichtern zu sehen. Rangarigs Schwingen zogen in täuschend langsamer Bewegung durch die Luft und die geordnete Angriffsformation der Reiter verwandelte sich in ein Chaos durchgehender Pferde, Geschrei und berstenden Metalls. Fünf Reiter flogen im hohen Bogen aus den Sätteln, als Rangarigs Schwingen sie streiften.

Der Drache bäumte sich auf, stieß einen zweiten, noch wütenderen Schrei aus und war mit einem Satz unter den Reitern. Seine mächtigen Füße krachten gnadenlos auf Rüstungen und Schilde. Sein Schwanz peitschte ein halbes Dutzend Reiter zu Boden und pflügte einen breiten Graben in die Erde.

Der Kampf dauerte nur wenige Augenblicke. Gorg, Kelhim, Kim und Priwinn sprangen wie ein Mann von Rangarigs Rücken. Gorg, Kelhim und Priwinn griffen die überraschten Reiter von der Seite her an, während Kim sein Schwert aus der Scheide riss und zum Haus hinüberlief, um dort nach dem Rechten zu sehen.

Die Tür war eingeschlagen. Schwarzer Qualm zog aus einem zerbrochenen Fenster und aus dem Inneren des Gebäudes drang Kampflärm und das ängstliche Weinen eines Kindes. Kim hob die Tür mit einem wütenden Tritt vollends aus den Angeln und stürmte ins Haus. Er riss im letzten Augenblick seinen Schild hoch, als er die Bewegung aus den Augenwinkeln wahrnahm. Ein wuchtiger Schwertstreich traf das fingerdicke Holz und ließ ihn zurücktaumeln. Kim prallte gegen einen Schrank, verlor das Gleichgewicht und stürzte. Eine riesige Gestalt wuchs über ihm empor, schwang ihre Waffe und erstarrte für einen Moment, als der Schwarze Kims schwarze Rüstung bemerkte.

Dieses winzige Zögern kostete den schwarzen Reiter das Leben. Kim sprang auf die Füße, fing den Hieb mit dem Schild auf und schlug gleichzeitig mit aller Kraft zurück. Die schwarze Klinge bohrte sich knirschend durch die Rüstung seines Gegners.

Kim blieb einen Herzschlag lang um Atem ringend stehen, ehe er über den am Boden Liegenden hinwegschritt und tiefer in das Haus eindrang.

Er folgte dem Lärm und stieß die Tür zum Wohnraum auf. Der Anblick, der sich ihm bot, ließ ihn zurückprallen. Kim stolperte fast über die reglos ausgestreckte Gestalt eines Mannes. Ein dunkler Blutfleck färbte den Stoff seines Hemdes und seine Finger waren um den Griff eines zweischneidigen Dolches verkrampft, mit dem er seinen Mörder mit in den Tod gerissen hatte. Ein zweiter Bauer verteidigte sich, nur mit einer langen Holzstange bewaffnet, verzweifelt gegen einen riesenhaften schwarzen Reiter, der ihn Schritt für Schritt durch den Raum trieb. Der Mann duckte sich unter einem Schwertstreich weg, tänzelte zur Seite und versetzte dem Schwarzen einen kräftigen Hieb gegen den Helm. Die Rüstung dröhnte. Der Schwarze torkelte zurück, fing einen zweiten Hieb mit der flachen Klinge auf und schlug dem Mann mit der gepanzerten Faust vor die Brust. Der Mann stöhnte vor Schmerz. Für einen Moment vergaß er seine Deckung und der Ritter setzte zu einem tödlichen Streich an.

Kim überwand endlich seine Erstarrung. Mit einem Satz warf er sich zwischen die beiden Kämpfenden, fing den Schwertstreich des schwarzen Reiters mit dem Schild auf und schlug zurück. Es war kein guter Schlag; schlecht gezielt und mit zu wenig Kraft geführt. Aber wieder war es die schwarze Rüstung, die seinen Gegner einen Moment lang zaudern ließ und sein Schicksal besiegelte. Kims Klinge schrammte am Brustpanzer des anderen entlang, glitt ab und bohrte sich in den Holzboden. Eine Sekunde lang standen sich die beiden reglos gegenüber und Kim konnte den erstaunten, ungläubigen Ausdruck in den Augen des anderen erkennen. Dann traf ihn etwas im Rücken und ließ ihn zur Seite taumeln. Eine bärtige Gestalt sprang an ihm vorbei, schwang ihren Knüppel und ließ das zersplitterte Ende mit ungeheurer Kraft auf den Helm des Gepanzerten niederkrachen. Der Schwarze schrie auf und stürzte vornüber.

Kim drehte sich schwer atmend um. Der Bauer stand auf

Armeslänge hinter ihm. Er keuchte und über sein Gesicht lief Blut. Der Knüppel in seinen Händen blieb drohend erhoben und in seinen Augen flackerte es misstrauisch.

Kim ließ Schild und Schwert sinken und griff mit langsamer Bewegung, um den Mann nicht zum Angriff zu verleiten, an seinen Helm. Er setzte ihn ab und versuchte aufmunternd zu lächeln.

»Es ist alles in Ordnung«, sagte er.

Der Bauer entspannte sich, aber das misstrauische Glitzern in seinen Augen blieb. »Ihr … Ihr seid kein schwarzer Reiter?«, fragte er.

»Bestimmt nicht. Ich sehe nur so aus. Manchmal«, fügte Kim mit einem Seitenblick auf den reglos daliegenden schwarzen Reiter hinzu, »ist es sogar von Vorteil.«

Der Bauer nickte verwirrt. »Ich … ich weiß nicht, wer du bist«, sagte er, »aber ich danke dir. Ohne deine Hilfe wäre ich jetzt tot. Meinen Bruder haben sie schon erschlagen.« Er warf einen Blick über die Schulter zum Fenster und wandte sich dann wieder an Kim. »Aber die Gefahr ist noch nicht überstanden. Draußen sind noch mehr.«

Kim schüttelte den Kopf. »Mach dir keine Sorgen. Meine Freunde kümmern sich um sie. Sind noch mehr Leute im Haus?«

»Meine Frau, mein Sohn und … die Frau meines Bruders. Und zwei Knechte. Aber ich habe sie nach oben geschickt, um die Frauen zu beschützen …«

Erst jetzt fiel Kim auf, dass vom oberen Stockwerk noch immer Babygeschrei zu hören war. Dazwischen glaubte er das Schluchzen einer Frau zu hören.

»Hol sie herunter«, sagte er. »Die Gefahr ist vorüber. Jedenfalls im Moment.«

Der Mann wandte sich zur Tür und verschwand über die Treppe nach oben, während Kim, sich wachsam nach allen Seiten umblickend, nach draußen ging.

Der Kampf war vorüber. Eine Anzahl herrenloser Pferde lief kopfscheu umher und Rangarig schnüffelte misstrauisch zwischen den gefallenen schwarzen Reitern herum, ob sich nicht etwa einer nur tot stellte, um später zu entwischen und Verstärkung zu holen.

Kim berichtete seinen Gefährten, was sich im Haus zugetragen hatte. Wieder einmal standen sie vor einem Schreckensbeispiel sinnlosen Blutvergießens.

»Aber so weit im Westen«, murmelte Priwinn.

Gorg knirschte mit den Zähnen. »Die Schwarzen beherrschen das Land bereits«, sagte er grimmig. »Es gehört zu Boraas' Taktik, erst das Hinterland zu zerstören. Wenn der Angriff auf Gorywynn beginnt, wird nichts mehr da sein, wohin seine Bewohner fliehen könnten. Boraas hat aus dem, was in Caivallon geschehen ist, gelernt, Prinz Priwinn. Aber nun lasst uns ins Haus gehen und nach den Bauersleuten sehen. Vielleicht können wir helfen.«

Hintereinander folgten sie Kim ins Haus. Zuerst Priwinn, dann Kelhim, der sich auf alle viere niedergelassen hatte und mit seinen breiten Schultern kaum durch die Tür passte, und zuletzt Gorg, der trotz seiner gebückten Haltung ständig mit dem Kopf gegen die Decke stieß und halblaut vor sich hin fluchte.

Die Familie hatte sich im Wohnraum versammelt. Kim sah das Erschrecken auf ihren Gesichtern, als sie den Bären und den Riesen erblickten. »Keine Sorge«, sagte Kim rasch. »Das sind meine Freunde. Sie tun euch nichts.«

»Das … äh …«, stotterte der Bauer, »das glaube ich Euch gerne. Es ist nur …«

»Ein bisschen ungewöhnlich, nicht wahr«, brummte Kelhim. »Aber wenn Ihr uns für komisch haltet, dann solltet Ihr erst mal aus dem Fenster sehen, guter Mann.«

Der Bauer starrte den Bären verständnislos an. Schließlich drehte er sich um und trat zögernd ans Fenster. »Ein Drache!«, stieß er hervor. »Ein goldener Drache!« Er fuhr herum und starrte die vier Freunde ehrfürchtig an. »Aber es … es gibt doch nur einen goldenen Drachen«, murmelte er.

Gorg nickte und stieß sich dabei den Schädel an der Decke, dass das morsche Holz krachte. »Ganz recht«, antwortete er. »Das ist er. Rangarig.«

Der Bauer erbleichte. »Aber dann … dann müsst Ihr Gorg sein!«

Gorg verzog beleidigt die Lippen. »Kennt Ihr noch einen anderen Riesen?«

»Riese?«, brummte Kelhim. »Wo ist hier ein Riese?«

Gorg warf ihm einen wütenden Blick zu, stieß sich abermals den Kopf und kam endlich auf die Idee, sich zu setzen.

Kim grinste, als er die Verwirrung des Bauern sah. Aber er hatte Mitleid mit den verängstigten Frauen. »Macht euch nichts draus, gute Leute. Die beiden streiten sich immer. Aber ihr solltet sie einmal sehen, wenn sie kämpfen.«

»Die schwarzen Reiter …«, murmelte der Bauer. »Ihr seid wirklich im letzten Moment gekommen. Eine Minute später und eure Hilfe hätte niemandem mehr genützt.«

»Auch noch meckern«, schimpfte Gorg. »Da haut man ihn raus und er beschwert sich, dass man nicht eher gekommen ist.«

Der Bauer war nun völlig verwirrt. Sein Blick irrte unsicher zwischen Gorg und Kelhim hin und her.

Schließlich mischte sich Priwinn ein. »Du solltest dich schämen, Gorg«, sagte er. »Die armen Leute so zu verunsichern.«

Gorg senkte in gespielter Zerknirschung den Kopf und auch auf den Gesichtern des Bauern und seiner Familie erschien ein erstes, zaghaftes Lächeln. Schließlich löste sich die Spannung in einem befreiten Lachen.

Gemeinsam begannen sie die Leichname der schwarzen Reiter hinauszutragen und die Spuren des Kampfes zu beseitigen, so gut es ging. Priwinn, Gorg und Kim packten kräftig mit an und schon nach knapp einer Stunde erinnerten nur noch eine zerbrochene Fensterscheibe und eine rußgeschwärzte Stelle auf dem Fußboden an den Kampf, der hier vor Kurzem stattgefunden hatte.

Kim fiel auf, wie verhältnismäßig gelassen die Bauernfamilie den Tod eines der Ihren hinnahm. Er wartete, bis er mit Priwinn allein war, und brachte dann die Rede darauf. Priwinn nickte, als hätte er die Frage erwartet.

»Ich weiß nicht viel über deine Welt und die Menschen, die dort leben, Kim«, sagte er nachdenklich. »Aber mir scheint, dass ihr ein sehr seltsames Volk seid.«

»Weil wir um unsere Toten trauern?«

Priwinn lächelte nachsichtig. »Nein, Kim, das tun wir auch. Nur anders. Jeder von uns weiß doch, dass das Leben nicht ewig währt. Für manche, wie Themistokles oder Rangarig, dauert es lange, andere sterben schon früh, vielleicht als Kind oder schon als Säugling. Es steht nicht in unserer Macht, etwas daran zu ändern. Und wir wollen es auch gar nicht. Der Körper, Kim, diese verwundbare Hülle, um die ihr euch so große Sorgen macht, ist nichts als ein Instrument, eine Art Werkzeug, dessen sich der Geist bedient, um damit seinen Willen auszuführen. Wir lieben unsere Geschwister und unsere Eltern so wie ihr die euren, aber wir lieben in erster Linie das, was sie sind. Ihre Körper mögen vergehen, doch das heißt nicht, dass sie tot sind. Tot, Kim, wirklich tot ist ein Mensch erst in dem Moment, wo man ihn vergisst.«

»Das verstehe ich nicht«, murmelte Kim.

»Aber es ist so einfach«, erklärte Priwinn geduldig. »Vielleicht ist dies der grundlegende Unterschied zwischen euch und uns. Wir haben erkannt, dass kein Mensch aus sich allein heraus lebt.«

»Ich lebe ganz gut aus mir heraus«, sagte Kim.

»Das glaubst du«, widersprach Priwinn. »Aber es stimmt

nicht. Du lebst, aber das ist auch alles. Auch ein Stein lebt, wenn du Leben mit Existieren gleichsetzt. Aber leben, wirklich leben kannst du nur durch die anderen. Du lebst, weil das, was du sagst und tust, das Leben, Fühlen und Denken anderer beeinflusst, und umgekehrt. Und du stirbst auch erst, wenn sich niemand mehr deiner Worte und Taten und somit deiner selbst erinnert. Erst wenn du aus den Gedanken aller Menschen verschwunden bist, bist du wirklich tot. Der brave Mann, den die schwarzen Reiter erschlugen, lebt in der Erinnerung seiner Familie weiter. Und auch in deiner, wenn auch nur für kurze Zeit.«

Kim dachte lange über Priwinns Worte nach. Und schließlich begann er ihren Sinn zu begreifen. Er war drüben im Schattenreich gewesen und er hatte dieses tote, abgestorbene Land ohne Menschen gesehen. Das Reich der Schatten war wirklich tot. Es hatte die Erinnerung an seine Vergangenheit verloren. – Doch nein, das stimmte ja gar nicht! Der Tümpelkönig und sein Sohn Ado fielen ihm ein. Waren sie nicht der beste Beweis für das, was ihm Priwinn zu erklären versuchte?

Kim trat ans Fenster und blickte hinaus. Das Land lag in trügerisch friedlicher Stille vor ihm. Die Sonne stand hoch am Himmel, es ging auf Mittag zu. Rangarig hatte sich im Windschutz des Hauses zusammengerollt und schnarchte so laut, dass die Fensterscheiben klirrten. Und doch war dieser Friede nur eine brüchige Fassade, hinter der jederzeit aufs Neue Tod und Verderben hervorbrechen konnten.

Er drehte sich um und sah der Bauersfrau zu, die hereingekommen war, um das Mittagessen aufzutragen. Sein Magen, seit zwei Tagen mit nicht viel mehr als eisiger Luft und dem Gedanken an Essen gefüllt, meldete sich knurrend und der Anblick des riesigen Fleischstückes in der Pfanne ließ ihm das Wasser im Mund zusammenlaufen. Trotzdem galt es zuvor noch, eine wichtige Sache zu klären.

»Ihr werdet von hier fortmüssen«, sagte Kim. »Noch mehr schwarze Reiter werden nachkommen und sie werden euch für den Tod ihrer Kameraden verantwortlich machen.«

»Das mag sein, junger Herr. Aber ich wüsste nicht, wohin wir gehen könnten. Auch die Nachbarhöfe sind nicht mehr sicher.«

»Ihr könntet versuchen, euch nach Gorywynn durchzuschlagen«, schlug Kim vor.

»Zehn Tagereisen?«, sagte Priwinn anstelle der Bauersfrau. »Du vergisst, dass nicht jeder auf dem Rücken eines Drachen reiten kann, Kim.« Er schüttelte den Kopf. »Nein. Der einzig sichere Ort wären die Berge. Ihr könntet sie in einem Tag erreichen. Hier seid ihr jedenfalls nicht mehr sicher. Zwar ist keiner der Reiter entkommen, aber auch die Stille hat Augen und Ohren. Ihr müsst weg.«

Lautes Gepolter ließ sie herumfahren. Es war Gorg, der gebückt durch die Diele kam, um sich dann ächzend am Tisch niederzulassen.

»Rangarig, Kelhim und ich haben beraten«, sagte der Riese, nachdem er die Kleinigkeit von zehn Äpfeln und einem ganzen Laib Brot, den die Bäuerin leichtsinnigerweise auf den Tisch gelegt hatte, verspeist hatte und sich genießerisch mit der Hand über den Mund gefahren war. »Die Schwarzen werden wiederkommen, und wenn Brobing und seine Familie dann noch hier sind, sieht es schlecht für sie aus.«

»Könnte Rangarig sie nicht nach Gorywynn zurückbringen?«

Gorg wiegte den Schädel. »Der Gedanke ist nicht schlecht. Aber es sind vier Tage – zwei hin und zwei zurück. Diesen Zeitverlust können wir uns nicht leisten.«

»Und was schlägst du vor?«

Gorg rutschte am Boden hin und her und versuchte vergeblich, seine Beine in eine bequeme Lage zu bringen. »Wir nehmen sie mit«, sagte er schließlich.

Kim erschrak. »Zur Klamm der Seelen?«, fragte er ungläubig. »Die Frauen und das Kind auch?«

Gorg winkte beschwichtigend mit der Hand. »Natürlich nicht mit hinein«, sagte er. »Aber die Umgebung dort ist sicher. Auch die schwarzen Reiter werden sich kaum in ihre Nähe wagen. Und wenn doch, so bieten die angrenzenden Berge genügend Verstecke. Außerdem«, fügte er nachdenklich hinzu, »wäre es nicht unbedingt von Nachteil, einen Freund in der Nähe zu wissen.«

Kim konnte sich mit dem Gedanken nicht anfreunden. Er hatte die Klamm der Seelen zwar noch nicht persönlich kennengelernt. Aber was ihm Themistokles und die anderen erzählt hatten, legte die Vermutung nahe, dass es sich um eine mehr als unwirtliche Gegend handelte. Und ganz gewiss nicht um den richtigen Ort für zwei Frauen und einen hilflosen Säugling.

»Die Idee gefällt mir nicht«, sagte er.

»Mir auch nicht«, gestand Gorg. »Aber ich habe keine bessere. Wir können nicht vier Tage opfern.«

»Es sind genug herrenlose Pferde draußen«, wandte Kim ein. »Wir könnten ein paar davon einfangen und auf ihnen zur Klamm weiterreiten!«

»Du würdest sechs Tage brauchen, wenn nicht länger. Ganz davon abgesehen, dass du eine Kleinigkeit zu vergessen scheinst.«

»Und zwar?«

»Den Tatzelwurm. Ohne Rangarig kommen wir nicht an ihm vorbei.«

Kim schwieg betroffen.

Sie hatten wirklich keine andere Wahl. Schickten sie Rangarig zurück nach Gorywynn, verspielten sie vielleicht die letzte Chance, die dieses Land noch hatte. Und ließen sie Brobing und seine Familie hier, verurteilten sie sie zum sicheren Tod. Die Situation war ebenso grausam wie ausweglos.

Er überlegte eine Weile, ging dann zum Tisch und ließ sich schwer auf die Bank fallen.

»Gut«, sagte er. »Wann brechen wir auf?«

XIV

Wieder flogen sie nach Westen. Alle hatten geruht und ihren Körpern den lange entbehrten Schlaf gegönnt. Die Brobings, die Haus und Hof aufgeben mussten und einer ungewissen Zukunft entgegensahen, hatten ihre Vorratskammer bis auf den letzten Krümel geräumt und ein Mahl zubereitet, das selbst den Appetit des Bären und des Riesen zufriedenstellte. Rangarig, der, wie er selbst sagte, nur alle paar Wochen einmal zu essen brauchte, hatte sich damit begnügt, den Bach und einen Teil des Weihers, der hinter dem Haus lag, auszusaufen. Dann ließ er sie alle auf seinen breiten Rücken steigen und schwang sich wieder in die Luft. Er flog nicht mehr so hoch und schnell wie in den ersten beiden Nächten und Kim spürte, wie sehr das zusätzliche Gewicht von sechs Erwachsenen und einem Kind an seinen Kräften zehrte. Aber wie um diese Verzögerung auszugleichen, suchte er sich bei Tagesanbruch keinen Schlafplatz, sondern flog weiter in den Morgen, den Mittag und Nachmittag hinein. Die grasige Ebene unter ihnen ging nun in eine felsige, mit Lavabrocken und großen, trichterartigen Löchern übersäte Kraterlandschaft über.

Kim schauderte. Der Fels war schwarz, vollkommen schwarz. Selbst das Sonnenlicht wurde von den schwarzen Felsen nicht zurückgeworfen, sondern schien aufgesaugt zu werden, als wären die Steine mit einer geheimnisvollen, lichtschluckenden Substanz überzogen. Es hätte Gorgs Bemerkung, dass sie sich der Klamm der Seelen näherten, nicht bedurft.

Spät am Nachmittag begann Rangarig auf die nun schon bekannte Art zu kreisen und tiefer zu gehen, um ein letztes Mal nach einem Rastplatz auszuschauen.

Gorg drehte sich halb herum und packte Kims Arm so fest, dass es schmerzte. »Sieh nach Westen!«

Kim gehorchte. Das Land fiel vor ihnen sanft ab, ein kilometerlanger Hang, von drohenden Schatten und großen, lichtlosen Bereichen erfüllt, bar jeden Lebens und jeder Bewegung.

Und an seinem Ende klaffte ein gewaltiger, bodenloser Riss in der Erde. Kim rang nach Atem. Er hatte Gewaltiges erwartet, aber seine Fantasie hatte nicht ausgereicht, sich das wirkliche Ausmaß der Klamm vorzustellen. Sie begann als gerade, wie mit einer unvorstellbar großen Axt in den Boden gehauenen Kerbe, die in jenen gezackten Riss überging, der sich weiter und immer weiter nach Westen zog und dabei ständig an Breite zunahm. Unzählige schmale, hin und her springende Nebenschluchten gingen von der Klamm aus und überzogen das Land mit einem Gewirr von Rissen und Sprüngen. Der Anblick ließ Kim unwillkürlich an einen gewaltigen, schwarzen Blitz denken, der auf den Boden geprallt und in Zeitlosigkeit erstarrt war. Sein Blick saugte sich mit fast hypnotischer Kraft an der lichtlosen Schwärze der Klamm fest und suchte vergeblich nach einem Halt. Angst stieg in ihm auf, eine Furcht, gegen die er sich nicht zu wehren vermochte. Kim war froh, als Rangarig die Richtung änderte und die Klamm seinen Blicken entschwand.

Sie landeten inmitten eines Gewirrs nadelspitzer Felsdolche und großer, roh geformter Brocken aus schwarzem Glas. Steif und mit schmerzenden Muskeln stiegen sie von Rangarigs Rücken. Keiner sprach ein Wort, aber es war nicht allein die Müdigkeit, die sie schweigen ließ. Die sie umgebende Lebensfeindlichkeit legte sich wie ein drückendes Gewicht auf ihre Seelen.

Sie hatten Feuerholz und Reisig mitgebracht und bereiteten aus den mitgeführten Vorräten ein einfaches, aber schmackhaftes Mahl. Hinterher zog sich jeder für sich zum Schlafen zurück. Nicht einmal Gorg, der sonst keine Gelegenheit ausließ um zu schwatzen, sagte etwas.

Kelhim übernahm die erste Wache. Die übrigen Mitglieder

der zusammengewürfelten Reisegesellschaft waren eingeschlafen, noch ehe die Sonne drei Viertel ihres Weges über den Himmel zurückgelegt hatte. Kim schlief unruhig, gequält von Albträumen und Ängsten. Er war fast dankbar, als Priwinn ihn zu vorgeschrittener Nachtstunde weckte und ihm im Flüsterton mitteilte, dass er mit der Wache an der Reihe sei. Kim nahm sich ein Stück kalten Braten, kletterte auf eine Felszacke und hockte sich, eingehüllt in eine Wolldecke, darauf. Er aß ohne Appetit und eigentlich nur, weil er nicht wusste, wann es – wenn überhaupt – das nächste Mal etwas zu essen geben würde. Trotz der warmen Decke klapperten ihm vor Kälte die Zähne. Ein Blick in den Himmel sagte ihm, dass es noch lange bis Sonnenaufgang war. Sie hatten die Wachen nach keinem besonderen Gesichtspunkt eingeteilt. Nach Kim waren noch Gorg und einer der Knechte an der Reihe. Dann erst würde die Sonne aufgehen und vielleicht – ja, dachte Kim, vielleicht würde es der letzte Sonnenaufgang sein, den er erlebte, den sie alle erlebten. Die Brobings sollten eine Woche hier auf sie warten und sich dann, falls sie bis dahin nicht zurückgekommen waren, auf gut Glück allein weiter auf den Weg machen.

Eine Woche ... dachte Kim. Der Gedanke an die Zukunft oder vielmehr an das Voranschreiten der Zeit hatte auf seltsame Weise etwas Tröstliches. Trotz aller Schrecken, die der nächste Tag für sie bereithielt, würde er auch die Entscheidung bringen – so oder so. Kim begann zu begreifen, was die Erwachsenen meinten, wenn sie behaupteten, dass nichts so schrecklich sei wie die Ungewissheit. Ob sie den Tatzelwurm überwanden oder nicht, ob sie die Klamm der Seelen hinter sich brachten oder nicht – die Zeit ließ sich nicht aufhalten. Und selbst wenn sie versagten, würde irgendwann in nebelferner Zukunft aus dem Schutt des alten ein neues Märchenmond erstehen, vielleicht prächtiger als je zuvor.

Unter diesen Gedanken musste er wohl eingenickt sein. Als er erwachte, sah er Gorgs breitflächiges, gütiges Gesicht über sich gebeugt und spürte die warme Last seiner Hand auf der Schulter. Verlegen richtete er sich auf. Er wollte etwas sagen, aber Gorg legte den Finger auf die Lippen und deutete auf die anderen, die eingerollt in ihre Decken schliefen. Kim stieg von seinem Aussichtsposten herunter und rollte sich ebenfalls am Boden zusammen. Er fror erbärmlich, aber schlimmer noch als die Kälte wühlte die Angst in seinen Eingeweiden. Eine Angst, die er sich nicht erklären konnte.

Trotzdem schlief er schnell wieder ein. Priwinn musste ihn am Morgen mehrmals unsanft in die Seite knuffen, um ihn zum Aufstehen zu bewegen. Kim blinzelte, gähnte hinter vorgehaltener Hand und stand schwankend auf. Ein Feuer brannte. Der Geruch nach gebratenem Fleisch stieg ihm in die Nase. Außer ihm und Priwinn hatten sich schon alle um das Feuer versammelt und schmausten. Kim reckte sich. Sein Rücken schmerzte vom unbequemen Liegen auf dem felsigen Boden. Die Sonne war aufgegangen und versuchte der Landschaft mit ihrem goldenen Licht etwas von ihrer Härte und Kälte zu nehmen.

»Nun?«, begrüßte ihn Gorg. »Gut geschlafen?« Der Riese zwinkerte und Kim wusste, dass er nichts davon gesagt hatte, ihn während der Wache schlafend angetroffen zu haben. Kim nickte, setzte sich auf einen freien Platz am Feuer und griff mit solchem Appetit zu, dass es ihn selbst erstaunte. Sie brachen unmittelbar nach dem Frühstück auf. Der Abschied von den Brobings war kurz, aber herzlich. Kim musste jedem einzelnen Familienmitglied hoch und heilig versprechen, ja gut auf sich aufzupassen und ganz bestimmt wiederzukommen.

Schweren Herzens schwang Kim sich auf Rangarigs Rücken. Der Drache ließ zum Abschied noch einmal sein Trompetengeschmetter ertönen, entfaltete die Flügel und sprang mit einem mächtigen Satz in die Luft. Kim winkte den Brobings zu, bis er sie nicht mehr erkennen konnte, und starrte noch lange in die Richtung, in der sie verschwunden waren.

In den wenigen Stunden, die sie gemeinsam verbracht hatten, hatte er diese Leute herzlich lieb gewonnen.

Die Klamm kam rasch näher. Rangarig flog eine Weile parallel zu der messerscharf gezogenen Kante der Schlucht, bis schließlich ein schmaler, gezackter Seitenarm vor ihnen auftauchte. Am Rande dieser Nebenschlucht ging der Drache nieder.

»Hier wäre eine geeignete Stelle, um hinunterzusteigen, scheint mir.«

Denn hinunter mussten sie. Kim hatte unterwegs einmal Gorg gefragt, warum Rangarig sie denn nicht einfach auf seinem Rücken über die Klamm der Seelen und bis zur Burg Weltende oder noch weiter tragen könne. Aber Gorg hatte den Kopf geschüttelt und ihm erklärt, dass das unmöglich sei. Um den Weg dorthin zu finden, mussten sie dem Lauf des Verschwundenen Flusses folgen. Niemand wusste, auch Rangarig nicht, wo der Verschwundene Fluss schließlich wieder zutage trat. Und hatte man sich in dem westlichen Niemandsland erst einmal verirrt, etwa weil man irrtümlich einem anderen Wasserlauf gefolgt war – und deren gab es viele –, war man rettungslos verloren. Nein, die Klamm der Seelen war und blieb der einzige Weg.

Der Moment war gekommen, dachte Kim.

Sie stiegen von Rangarigs Rücken. Kim trat vorsichtig an den Rand der Schlucht und blickte hinunter. Sie war nicht so tief, wie er insgeheim befürchtet hatte. Der Hang fiel zwar steil ab, schien aber durchaus begehbar zu sein. Schutt und ausgewaschenes Gestein bildeten eine Rampe, die wenigstens die ersten paar hundert Schritte verhältnismäßig bequem in die Tiefe führte. Kim wollte mit gutem Beispiel vorangehen und über den Rand klettern, aber Gorg hielt ihn mit eiserner Hand zurück.

»Nichts da«, sagte der Riese entschieden. »Zuerst Rangarig, dann ich und dieser Tollpatsch von Bär. Es tut mir leid, dich an den Schluss verbannen zu müssen, kleiner Held, aber diesmal geht es nicht anders.«

Kim wollte protestieren, aber Gorg schob ihn einfach beiseite und machte dann selbst Platz, um den goldenen Drachen vorbeizulassen. Rangarig tastete den Rand ab, überzeugte sich, dass der Fels sein immenses Gewicht zu tragen vermochte, und verschwand dann watschelnd in der Tiefe. Kelhim und Gorg folgten ihm dicht. Kim und Priwinn bildeten den Schluss.

Kim begriff schon bald, warum Gorg auf dieser Marschordnung bestanden hatte. Rangarig verlor auf dem Geröll mehr als nur einmal den Halt und rutschte zwanzig, dreißig Meter weit ab und auch unter Gorgs Schritten lösten sich immer wieder kleine Geröllawinen, die polternd in der Tiefe verschwanden. Wären Kim und Priwinn vorangegangen, wären sie binnen Kurzem einem Steinschlag zum Opfer gefallen.

Der Abstieg zog sich endlos in die Länge. Sie rasteten auf einem schmalen, gezackten Felsband, das kaum groß genug war, sie alle aufzunehmen, und unter Rangarigs Gewicht ächzte. Dann ging es weiter. Meter um Meter. Schritt reihte sich an Schritt, Minute an Minute, schließlich Stunde an Stunde. Nach Kims Schätzung musste es später Nachmittag sein, als sie endlich den Grund der Schlucht erreichten. Und doch lag die eigentliche Klamm noch weit vor ihnen und noch Hunderte und Aberhunderte von Metern tiefer.

Beklemmung erfasste ihn. Obwohl auf dem Grund des Canyons reichlich Platz war und zwischen den beiden Seitenwänden gut fünfzig Meter Raum sein mochte, hatte Kim plötzlich das Gefühl, eingesperrt zu sein. Das Licht war, je tiefer sie kamen, immer schwächer geworden. Hier unten herrschte nur noch ein diffuser grauer Schimmer, der an Nebel erinnerte und in dem das Geräusch ihrer Schritte sonderbar laut und hart wirkte. Hastig sah Kim sich nach Priwinn um, der hinter ihm ging. Es erleichterte ihn ein wenig, auch in Priwinns Gesicht Spuren der Angst zu entdecken. Es tat gut, damit nicht allein zu sein.

Sie erreichten eine Biegung und Rangarig hielt so abrupt an, dass Gorg und Kelhim, die dicht hinter ihm gingen, um ein Haar über seinen Schwanz gestolpert wären und lauthals zu fluchen begannen. Rangarig wandte mit einem ärgerlichen Ruck den Kopf. »Still!«, zischte er. »Ich höre etwas!«

Alle hielten den Atem an. Wieder einmal zeigte sich, dass Rangarigs Sinne weitaus schärfer ausgeprägt waren als die ihren. Zuerst hörten sie nichts als das Hämmern des eigenen Herzens und das Rauschen des Blutes in den Ohren. Nach einer Weile glaubte Kim noch ein anderes Geräusch wahrzunehmen – dumpfe, murmelnde Laute wie von einer großen Menschenmenge.

Rangarig kroch ein paar Meter zurück und machte dem Bären ein Zeichen. »Geh vor«, flüsterte er. »Fürs Anschleichen bin ich nicht so gut geeignet.«

Kelhim verschwand lautlos um die Biegung. Die anderen warteten mit klopfendem Herzen. Sie mussten nicht lange warten. Kelhim kehrte bald wieder zurück. Sein Ohr zuckte nervös und in seinem Auge glomm unterdrückte Wut.

»Schwarze Reiter«, brummte er. »Die Klamm ist voll von ihnen!«

Kims Herzschlag schien einen Moment auszusetzen.

»Aber das gibt's doch nicht«, murmelte er.

»Leider doch. Ich konnte nicht viel erkennen – es ist finster dort unten wie in einem Bärena… ich meine wie in einer Bärenhöhle«, verbesserte sich Kelhim hastig. »Aber es sind viele. Und wenn mich nicht alles täuscht, habe ich sogar Baron Kart unter ihnen gesehen.«

»Baron Kart!« Kim hätte es fast geschrien. »Aber wie …?«

Kelhim zuckte die Achseln, eine Geste, die ihn auf seltsame Art menschlich erscheinen ließ. »Sie müssen irgendwie von unserem Aufbruch erfahren haben«, brummte er.

»Aber das ist unmöglich!«, widersprach Kim. »Vollkommen unmöglich. Niemand wusste davon, nicht einmal wir selbst, bevor wir loszogen. Und so schnell wie Rangarig sind auch die schwarzen Reiter nicht.«

Der Drache wiegte den Kopf. »Vielleicht nicht«, zischte er. »Aber vielleicht sind sie schon lange vor uns aufgebrochen.«

»Und warum?«

»Bedenke, dass Boraas ein Zauberer ist. Auf seine Art ist er sogar mächtiger als Themistokles. Auch ich vermag manchmal Dinge vorauszusehen, vergiss das nicht.«

»Wenn du so klug bist«, brummte Kelhim, »dann sag uns doch, was wir jetzt tun sollen.«

»Das Einzige, was uns zu tun bleibt«, antwortete Rangarig. »Mittendurch, was sonst?«

Sogar Gorg schien für einen Moment erschrocken.

»Wir haben den Vorteil der Überraschung auf unserer Seite«, erklärte Rangarig. »Außerdem rechnen sie sicher nicht mit meiner Anwesenheit.«

Gorg überlegte. Schließlich zuckte er die Achseln, spuckte sich kräftig in die Hände und schwang seine Keule. »Zurück können wir sowieso nicht mehr«, erklärte er. »Außerdem habe ich schon lange keine anständige Rauferei mehr erlebt. Also los.« Und zu Kim und Priwinn gewandt, fügte er hinzu: »Und ihr beide bleibt schön zwischen uns, klar?«

Er wandte sich um, schlug dem Bären mit der flachen Hand auf den Rücken und verschwand mit weit ausgreifenden Schritten um die Biegung. Kelhim folgte ihm wie ein lautloser Schatten. Hinter ihnen schob sich der Drache, nicht so lautlos, dafür um so eindrucksvoller um die Ecke.

Was dann kam, glich einem Albtraum.

Kelhim hatte nicht übertrieben. Die Klamm wimmelte von großen, schwarz gepanzerten Gestalten. Und wenn dieser plötzliche Überfall sie auch momentan überraschte, formierten sie sich doch schnell zu zähem Widerstand.

Kim schwang sein Schwert und warf sich, Gorgs Warnung missachtend, in den Kampf. Ein schwarzer Ritter fiel unter seinem Streich, ein zweiter stürzte, von der Kante seines Schildes getroffen, rückwärts und verschwand mit einem gellenden Schrei in einer jäh aufklaffenden Spalte. Neben ihm kämpfte Priwinn waffenlos, mit bloßen Händen und Füßen. Er schien dabei übernatürliche Kräfte zu entwickeln, denn wie wäre es ihm sonst möglich gewesen, auch nur einem der Angreifer standzuhalten.

Dennoch, ohne den Drachen wären sie rettungslos verloren gewesen. Rangarig kämpfte mit verbissener Wut. Mit jedem Schwanzschlag schleuderte er ein Dutzend Gegner beiseite, brachte Felsen zum Bersten und riss in Sekunden eine Bresehe in die Phalanx der Feinde. Gegen seinen Willen musste Kim beinah den Mut der schwarzen Reiter bewundern, die sich dem riesigen Drachen mit Todesverachtung entgegenwarfen und mit ihren schwarzen Schwertern auf seine goldenen Schuppen einhieben, ohne ihn ernsthaft verletzen zu können.

»Pass auf!«, brüllte Gorg. »Uber dir!«

Kim riss instinktiv den Schild hoch und taumelte zurück, als sich ein halbes Dutzend armlanger Pfeile in das Holz bohrte. Eine Abteilung schwarzer Ritter war auf ein schmales seitliches Felsband hinaufgestiegen und nahm sie nun von dort aus unter Beschuss. Kelhim brüllte zornig auf, als sich ein Pfeil in seine Schulter bohrte. Gorg entging mit einem verzweifelten Satz knapp einem Hagel der tödlichen Geschosse, der plötzlich auf ihn herunterprasselte.

Kim schloss geblendet die Augen, als Rangarig den Kopf hob und eine grelle Feuergarbe gegen die Wand schleuderte. Eine Hitzewelle fegte durch die Klamm, dass Kim und Priwinn entsetzt aufschrien und in einer Felsspalte Schutz suchten. Als sich die Glut verzogen hatte, war von den Bogenschützen nichts mehr zu sehen.

»Los jetzt!«, rief Priwinn. Er sprang vor, riss Kim mit sich und rannte auf den Drachen zu. Kelhim und Gorg kamen von der anderen Seite und gemeinsam stürmten sie weiter. Rangarigs Feuerstrahl schien den Kampfesmut der Schwarzen gebrochen zu haben. Trotzdem schnellten immer wieder massige Schatten zwischen den Felsen hoch und griffen mit zäher Wut an.

Dann waren sie durch. Die Krieger verschwanden wie ein böser Spuk und nur das Knacken des glühenden Felsens und Kelhims unterdrückte Schmerzenslaute verrieten, dass dies kein Albtraum gewesen war, sondern der Kampf wirklich stattgefunden hatte.

»Weiter!«, drängte Rangarig. »Sie werden nicht lange brauchen, um sich von ihrem Schrecken zu erholen. Noch einmal können wir sie nicht überrumpeln.«

Sie liefen weiter. Kelhim humpelte. Er stöhnte hin und wieder leise auf, hielt aber tapfer durch, bis sie eine weitere Biegung erreichten und endlich eine Pause einlegten.

Erschöpft ließen sie sich zu Boden sinken. Sogar Rangarigs Atem ging rasselnd und merklich schneller. Als Kim sich den Drachen näher besah, stellte er fest, dass viele seiner goldschimmernden Schuppen losgerissen oder zerbrochen waren. Blut sickerte aus unzähligen winzigen Wunden und sein rechtes Auge blinzelte ununterbrochen.

»Du bist verletzt!«, sagte Kim erschrocken.

Rangarig schnaubte. »Ein paar Kratzer, mehr nicht. Kein Grund zur Besorgnis. Kümmert euch lieber um Kelhim. Ich gebe derweil acht, dass uns keiner folgt.« Er machte kehrt, watschelte ein paar Meter die Klamm zurück und ließ sich dicht hinter der Biegung nieder.

Kim kroch auf Händen und Knien zu Gorg und Priwinn hinüber, die sich bereits um den verwundeten Bären bemühten. Priwinn machte sich mit geschickten Fingern an seiner Schulter zu schaffen. Gorg musste seine ganze Kraft aufwenden, um den Bären, der vor Schmerzen blind um sich zu schlagen begann, niederzuhalten.

»Hilf mir!«, keuchte Priwinn. Kim griff zu und mit vereinten Kräften gelang es ihnen schließlich, den Pfeil aus Kelhims Schulter zu ziehen. Kim stöhnte, als er das Geschoss sah. Es war tief in Kelhims Schulter eingedrungen und die Spitze war breit und voller Widerhaken. »Dankenswerterweise haben die Schwarzen nicht die Angewohnheit, ihre Pfeile zu vergiften«, brummte Gorg, der vorsichtig Kelhims Tatzen losließ und sich aufrichtete. »Der Bursche hat Glück gehabt. Und wir auch. Fast mehr, als uns zukommt.«

»Das war kein Glück«, warf Rangarig ein. »So viele von der Sorte können gar nicht kommen, dass ich nicht mit ihnen fertigwerde.«

Gorg lächelte, verzichtete aber ausnahmsweise auf eine spitze Antwort. Er hockte sich neben dem Bären auf den Boden und legte die Hand auf dessen gesunde Schulter. »Glaubst du, dass du gehen kannst?«, fragte er.

Kelhim brummte. »Natürlich«, sagte er mit rauer Stimme. »So ein Zahnstocher wirft mich nicht um. Lass mich eine Stunde ruhen, dann …«

»Das geht nicht«, unterbrach ihn Gorg sanft. »Wir müssen sofort weiter. Wir brauchen einen größeren Vorsprung.« Er legte den Kopf in den Nacken und schaute zum Himmel hinauf, der nur noch als schmaler blauer Streifen zwischen den Wänden der Klamm sichtbar war. »Die Schlucht ist hier nicht breit genug«, sagte er besorgt. »Wenn sie auf die Idee kommen, uns von oben mit Felsen zu bewerfen, ist es aus.«

»Aber er braucht Ruhe«, warf Kim ein.

»Ich weiß, Junge, ich weiß«, antwortete Gorg gepresst. »Aber es geht nicht. Sie werden uns töten, wenn wir noch lange hierbleiben. Baron Kart ist nicht dumm. Ganz und gar nicht.«

Baron Kart … Ein Schauer lief über Kims Rücken. »Hast du ihn … gesehen?«, fragte er.

»Ja. Ich hätte ihm gerne den schwarzen Hals umgedreht, aber er war zu weit weg.«

»Was nicht ist, kann ja noch werden«, brummte Kelhim. Er wälzte sich herum, stemmte sich mühsam hoch und stand, wenn auch schwankend, auf allen vieren.

Rangarig kam geräuschvoll angefaucht. »Nichts zu sehen«, verkündete er. »Ich glaube, die haben erst einmal genug.«

»Ist es noch weit bis zum Verschwundenen Fluss?«, fragte Kim.

Rangarig schüttelte den Kopf. »Vier Stunden … fünf«, verbesserte er sich mit einem raschen Seitenblick auf Kelhim. Sie gingen weiter. Schon bald war der Rastplatz hinter ihnen verschwunden. Mit Ausnahme eines gelegentlichen leisen Seufzens von Kelhim ließ keiner von ihnen einen Laut vernehmen. Die sonderbare Beklemmung, die Kim schon vorhin im Canyon erfasst hatte, stellte sich wieder ein, nur viel, viel stärker. Sein Blick irrte angstvoll an den senkrechten, wie poliert aussehenden Felswänden empor und er spürte, wie die Beklemmung allmählich in ein Gefühl würgender Angst überging. Er war nicht der Einzige, dem mulmig zumute war. Auch Gorg sah sich in immer kürzeren Abständen um, nervöse Spannung im Blick, und einen Moment lang glaubte Kim sogar auf den starren Zügen des Drachen Angst zu erkennen. Er begriff, warum man diese Schlucht Klamm der Seelen nannte. Sie war die Heimat der Angst, vielleicht die Angst selbst, die hier auf geheimnisvolle Weise Gestalt angenommen hatte. Eine Angst, der sich keiner entziehen konnte, ob Groß oder Klein, und die ohne Unterschied über jeden herfiel, der die Klamm betrat. Kims Herz begann zu klopfen, dann zu rasen und bald musste er sich zu jedem Schritt zwingen und all seine Willenskraft aufbieten, um nicht herumzufahren und laut schreiend wegzulaufen. Die Zeit schleppte sich quälend dahin und nach einer Weile hatte Kim einen Zustand erreicht, in dem er fast keines klaren Gedankens mehr fähig, nur noch von abgrundtiefer Angst erfüllt war, beinah selbst zur Angst wurde. Sein Atem ging keuchend und mehr als einmal taumelte er blind gegen die Wand und fiel der Länge nach hin.

»Es …«, keuchte der Drache, »ist … bald … geschafft …« Nach jedem Wort holte er rasselnd Atem, als koste ihn das Sprechen ungeheure Anstrengung.

Kim konnte sich nur damit trösten, dass es ihren Verfolgern wahrscheinlich genauso erging. Aber als er versuchte, sich das schwarze Metallgesicht Baron Karts vorzustellen, kamen ihm Zweifel an dieser Vermutung. Der Baron und seinesgleichen waren Geschöpfe der Nacht, Diener des Bösen. Konnten solche Wesen überhaupt Angst empfinden? War es nicht gerade das, was sie so stark und furchtbar machte – dass sie keine Angst kannten?

Irgendwann, nach einer Ewigkeit, wie ihm schien, tauchte ein heller Lichtschimmer vor ihnen auf. Ihre Schritte wurden schneller und nach wenigen, scheinbar endlosen Minuten standen sie am Eingang einer gewaltigen, trichterförmigen Senke, die Kim unwillkürlich an einen riesigen Explosionskrater denken ließ. Auf der gegenüberliegenden Seite setzte die Klamm sich fort. Aber zwischen dem diesseitigen Eingang und dem jenseitigen Ausgang dehnte sich die bleigraue, von kochenden Schlieren und hochspritzenden, schaumgekrönten Wellen überzogene Oberfläche eines Sees. Dumpfes Rauschen ließ den Boden vibrieren und die Luft war mit Feuchtigkeit und Modergeruch gesättigt.

Etwas Seltsames geschah. Als sie aus der Klamm in den Krater hinaustraten, wich schlagartig die Angst von ihnen und es blieb nichts als ein dumpfer Druck wie nach einem überstandenen Albtraum.

Kim ließ sich erschöpft gegen die Felswand sinken. Seine Glieder fühlten sich bleischwer an. »Ist er das?«, fragte er. »Der Verschwundene Fluss?«

Gorg nickte mit ernstem Gesicht. »Ein kleines Stück davon, ja. Er tritt hier an die Oberfläche, aber nur, um dort drüben wieder im Berg zu verschwinden. Siehst du?«

Kims Blick folgte dem ausgestreckten Arm des Riesen und gewahrte ein niedriges, gezacktes Loch im Felsen, das fast vollkommen hinter einem Vorhang aus sprühendem Wasser verborgen war. Ein breiter felsiger Pfad führte um den See herum auf die Höhle zu, eben und bequem und scheinbar ohne Hindernisse.

»Und …«, fragte Kim zögernd, »der Tatzelwurm?«

Diesmal war es Rangarig, der antwortete. »Er weiß, dass wir hier sind«, sagte er. »Er weiß es schon lange. Nichts, was in der Klamm der Seelen vorgeht, bleibt ihm verborgen.«

»Und wo ist er?«

Rangarig lachte dröhnend. »Vielleicht fürchtet er sich. Einen Besucher wie mich hat er sicher noch nicht gehabt.« Aber das Lachen klang nicht ganz echt.

Plötzlich riss der Drache den Kopf hoch und schrie: »He, Tatzelwurm! Komm raus! Ich weiß, dass du hier bist!« Die Worte brachen sich an den glatten Wänden und hallten als verzerrtes Echo über den See. Rangarigs Schwanz peitschte nervös und schlug Funken und Steintrümmer aus dem Fels. »Was ist los?«, fragte er. »Hast du Angst?«

Sekundenlang geschah nichts. Dann erscholl ein ungeheures Brüllen als Antwort. In der Mitte des Sees begann das Wasser zu kochen und zu brodeln und vor Kims entsetzt aufgerissenen Augen tauchte ein riesiger, schwarz glänzender Schädel aus dem Wasser auf. Ein langer, schlangenartiger Hals folgte und endlich, als Kim schon glaubte, das Monster bestehe nur aus Kopf und Hals, tauchte auch der Leib des Tatzelwurms aus den Fluten empor, ein gigantisches schwarzes Etwas aus Panzerplatten, hornigen Stacheln und Krallen.

»Da bist du ja«, dröhnte Rangarig. »Ich dachte schon, du wärst nicht zu Hause.«

»Was willst du?«, brüllte der Tatzelwurm zurück. »Du hast

hier nichts verloren! Niemand betritt mein Revier, hast du das vergessen?«

Rangarig schüttelte den Kopf. »Nicht eine Sekunde lang, Vetter. Ich bin gekommen, um dir einen Handel vorzuschlagen.«

»Einen Handel?«, brüllte der Tatzelwurm. »Ich schließe keinen Handel ab, das weißt du. Wer hierherkommt, bezahlt dafür mit dem Leben. Auch du. Und was sind das für lächerliche Figuren, die du da bei dir hast?«

»Das sind meine Freunde«, antwortete Rangarig, nun schon weniger überheblich. »Und sie wollen über den See. Damit hängt auch der Handel zusammen, den ich dir vorschlagen wollte.«

»So? Lass hören. Es spielt keine Rolle, ob ich euch fünf Minuten früher oder später fresse. Gefressen werdet ihr sowieso. Aber lass hören – was schlägst du vor?«

»Ganz einfach«, entgegnete Rangarig so ruhig wie möglich. »Du lässt meine Freunde unbehelligt über den See und ich verzichte darauf, dich mit deinem eigenen Schwanz zu füttern, du missratener Spross meiner Familie.«

Der Tatzelwurm war einen Moment sprachlos. Wahrscheinlich hatte es noch niemand gewagt, ihn derart zu beleidigen. Dann begann er zu brüllen, dass die Felswände wackelten. »Du wagst es, mir so etwas zu sagen? Warte, Bursche, ich werde dir zeigen, wer hier wen womit füttert!« Er bäumte sich auf, tauchte in einer gewaltigen Schaumfontäne unter und schoss wie ein Torpedo unter Wasser auf Rangarig zu.

»Schnell jetzt!«, rief der Drache. »Ich werde versuchen, ihn lange genug aufzuhalten, dass ihr die Höhle erreichen könnt. Aber beeilt euch!«

Sie hetzten los. Aber sie waren noch keine zehn Schritte weit gekommen, als die Wasseroberfläche am Ufer explodierte und das Monster wie die Verkörperung eines bösen Traumes daraus hervorschoss. Kim blickte sich im Laufen um und schrie vor Schreck auf, als er sah, wie groß der Tatzelwurm war. Vorhin, draußen im See, hatte er gewaltig ausgesehen. Aber erst jetzt, als Kim ihn neben Rangarig sah, erkannte er, wie gigantisch das Ungeheuer wirklich war. Sein Maul klaffte so weit auf, dass selbst Gorg bequem hätte darin stehen können, und stieß mit einem wütenden Zischen auf Rangarig herab. Der goldene Drache wich im letzten Moment aus und versetzte dem Tatzelwurm einen Schwanzhieb in den Nacken, der dem geöffneten Rachen noch mehr Schwung verlieh und ihn wuchtig gegen die Felsen krachen ließ. Einer der langen, nach innen gebogenen Zähne brach ab und der Tatzelwurm hob ein grässliches Geheul an und begann wild um sich zu schlagen. Sein Schwanz peitschte durch das Wasser, fegte Rangarig von den Füßen und wickelte sich wie eine Schlange um seinen Hals. Rangarig stemmte sich hoch, schnappte nach der Flanke des Tatzelwurms und grub seine Zähne tief in den empfindlichen Bauch des Ungeheuers. Wieder erschütterte ein urgewaltiges Brüllen den Talkessel. Der Tatzelwurm bäumte sich auf, zerrte den Drachen mit sich in die Höhle und begrub ihn im Herabstürzen unter sich.

Kim riss sich gewaltsam von dem schrecklichen Anblick los und rannte, was das Zeug hielt. Die anderen waren schon weit voraus, aber auch Kim hatte schon fast die Hälfte des Weges geschafft. Wenn es Rangarig gelang, das Ungeheuer noch einen Moment aufzuhalten, waren sie in Sicherheit.

Aber als hätte der Tatzelwurm seine Gedanken gelesen, riss er sich in diesem Moment von seinem Gegner los und starrte aus kleinen, boshaften Augen über das Wasser. »Verrat!«, brüllte er. Er schleuderte Rangarig mit einer wütenden Bewegung von sich und machte Anstalten, sich kopfüber ins Wasser zu stürzen, um die Verfolgung aufzunehmen. Rangarig schnappte nach seinem Schwanz, biss fünf oder sechs Meter davon ab und warf sich mit einem Satz auf den breiten Rücken des Monsters. Der Tatzelwurm heulte auf, schüttelte sich und schnellte ins Wasser. Das Letzte, was Kim von den beiden kämpfenden Giganten sah, waren Rangarigs weit ausgebreitete Flügel und der gierig aufgerissene Schlund der Bestie. Dann verschwanden ihre Körper hinter einem Vorhang aus kochendem Wasser und wirbelndem Schaum.

Keuchend erreichte Kim die Höhle. Er wollte sich umdrehen und nach Rangarig sehen, aber Gorg riss ihn unbarmherzig zurück, hob ihn hoch und trug ihn auf den Armen weiter, bis sie den Höhleneingang weit hinter sich gelassen hatten.

Kim strampelte wild mit den Beinen und schlug um sich. »Lass mich runter!«, kreischte er. »Wir müssen Rangarig helfen! Er ist unser Freund! Wir können ihn nicht im Stich lassen!«

»Du kannst ihm nicht helfen, Kim«, sagte Gorg. »Keiner von uns kann es.«

»Aber er stirbt!«, schrie Kim, den Tränen nahe. »Der Tatzelwurm wird ihn töten.«

»Vielleicht«, sagte Gorg. »Aber hoffen wir, dass er noch fliehen kann. Er hat gesehen, dass wir in Sicherheit sind. Vielleicht kann er dieser hässlichen Schlange davonfliegen.« Kim dachte an das letzte, kurze Aufblitzen von Gold hinter einem Vorhang kochenden Wassers und er wusste, dass Gorg selbst nicht an seine Worte glaubte. Kims Verzweiflung wich langsam einer dumpfen Betäubung.

»Ich weiß, was in dir vorgeht, Kim«, fuhr Gorg in sanftem Ton fort. »Und glaube mir – jeder von uns ist ganz genauso betroffen wie du. Aber Rangarig hat gewusst, worauf er sich einlässt. Und er wusste auch, dass er dem Tatzelwurm nicht gewachsen war.«

»Aber warum …?«, schluchzte Kim. »Warum hat er …«

»Er musste es tun«, sagte Gorg. »Es gab keinen anderen Weg für uns. Und er hat es gern getan. Ich würde das Gleiche tun, wenn es sein müsste, und Kelhim und Priwinn ebenso. Jeder von uns würde sein Leben geben, um Märchenmond zu retten. Auch du, vergiss das nicht.«

»Aber Rangarig …«

»War dein Freund, ich weiß.«

Der Boden unter ihren Füßen erzitterte. Ein ungeheures Brüllen drang vom Höhleneingang herein. Dann plötzlich war Ruhe.

»Es ist vorbei«, murmelte Gorg. »Egal wie es ausgegangen ist, keiner von uns kann jetzt noch etwas tun. Und vielleicht«, fügte er leise hinzu, »ist er ja entkommen. Bestimmt sogar.« Er schlug Kim aufmunternd auf die Schulter. »Komm jetzt weiter. Wir sind noch lange nicht am Ziel. Die anderen warten.«

Langsam, mit schleppenden Schritten ging Kim vor dem Riesen her. Es war ein schmaler Weg, der direkt neben dem kochenden Wasser an der Felswand entlangführte. Gorgs Hand lag die ganze Zeit auf Kims Schulter, um sofort zupacken zu können, wenn er auf dem glitschigen Boden ausglitt. Einen Sturz in das reißende Wasser des Flusses hätte er nicht überlebt.

Kelhim und der Steppenprinz warteten auf einem Felsvorsprung, der wie ein Balkon in das schäumende Wasser hineinragte und ihnen allen Platz bot.

Der Bär brummte leise und stieß Kim mit seiner feuchten Schnauze in die Seite, um ihn aufzumuntern.

»Lass mich«, sagte Kim grob. Er wusste, dass er Kelhim unrecht tat, aber er konnte plötzlich nicht anders; er musste einem anderen wehtun, um seines eigenen Schmerzes willen. Kim erschrak über seine Reaktion und lächelte dem Bären um Entschuldigung bittend zu.

Priwinn berührte ihn zaghaft an der Schulter.

»Du darfst nicht verzweifeln«, sagte er leise. »Rangarig lebt, ich bin ganz sicher. Er lebt, solange du an ihn denkst.«

Kim hob den Kopf. Er lächelte matt und schloss die Augen.

Ja, dachte er. Solange irgendjemand an den Drachen dachte, lebt er. Und er nahm sich vor, ihn nie, nie sterben zu lassen.

XV

Die Wand war nicht besonders hoch, aber das Sprühwasser, das den Felsendom wie Nebel ausfüllte und sich als eisiger Film über alles und jedes legte, machte den Abstieg zu einer lebensgefährlichen Kletterei. Der Stein war feucht und glitschig, sodass Hände und Füße kaum Halt fanden. Kim überzeugte sich vor jedem Tritt davon, dass seine Füße und seine rechte Hand sicher in der Wand verankert waren, ehe er vorsichtig die Linke löste und mit klammen Fingern nach winzigen Unebenheiten und Rissen im Fels tastete. Seine Muskeln waren verkrampft und nach etwa zehn Minuten war er bereits erschöpft und am Ende seiner Kräfte. Dabei hatte er noch nicht einmal die Hälfte des Abstiegs geschafft. Er verhielt einen Moment, rang keuchend nach Atem und blickte nach unten. Das schmale Felsband lag knapp zehn Meter unter ihm. Gorg und Priwinn waren bereits unten angelangt und schauten besorgt zu ihm hinauf. Der Riese formte mit den Händen einen Trichter vor dem Mund und rief etwas. Aber das Tosen der Wassermassen, die neben ihnen in die Tiefe stürzten, verschlang seine Worte.

Kim wusste, was Gorg ihm sagen wollte. Er war bei seiner Kletterei zu weit nach links geraten. Etwas weiter rechts war der Weg einfacher, aber Kim hatte weder die Kraft noch den Mut, noch einmal ein Stück die Wand hinaufzuklettern. Und so tastete er sich Zentimeter für Zentimeter weiter, bis er schließlich tief genug war, dass Gorg mit ausgestreckten Armen seine Hüften umfassen konnte.

»Lass los!«, rief Gorg.

Kim gehorchte mit einem Seufzer der Erleichterung. Gorg klaubte ihn wie ein Spielzeug von der Wand und stellte ihn behutsam vor sich auf den Boden.

»Alles in Ordnung?«

Gorg brüllte es, trotzdem waren die Worte über dem Dröhnen des Wassers kaum zu verstehen. Kim nickte und blickte dann, dem Beispiel der beiden anderen folgend, nach oben. Seit beinah zwei Tagen (oder jedenfalls lange genug, um zweimal bis zur Erschöpfung durch dieses unterirdische Labyrinth zu irren) folgten sie jetzt dem Verschwundenen Fluss und der Weg war nie ganz problemlos gewesen. Aber diese vergleichsweise harmlose Felswand konnte ihnen – zumindest einem von ihnen – leicht zum Verhängnis werden. »Nun?«, brüllte Gorg. »Wie sieht's aus?«

Kim hätte geschworen, dass seine Stimme dort oben nicht mehr zu hören sei. Trotzdem erschien kurz darauf ein struppiger, einäugiger Kopf über dem Felsrand. Kelhim brummte eine Antwort, die sie zwar nicht verstanden, deren Sinn ihnen jedoch klar war. Der Bär war dem Pfad, der sie bis zu diesem Felsabbruch geführt hatte, weiter gefolgt, in der Hoffnung, die Wand umgehen zu können. Offensichtlich erfolglos. Auch ohne Verletzung wäre der Abstieg über die Wand für den Bären praktisch unmöglich gewesen. Die Wunde hatte sich zudem noch entzündet, sodass die Schmerzen in der Schulter fast unerträglich waren und ihm das Gehen auf ebenem Grund schon schwerfiel. Der Pfeil war zwar nicht vergiftet gewesen, aber es schien auch so etwas wie eine negative Umkehrung der fantastischen Heilkräfte Märchenmonds zu geben. Jedenfalls versagte jeder Versuch, dem Bären Linderung zu verschaffen. Die Wunde wollte nicht heilen.

Gorg ballte in stummer Wut die Fäuste. »Wenn wir wenigstens ein Seil hätten«, murmelte er. »Irgendetwas, um ihn daran herunterzulassen.« Er starrte den tosenden Wasserfall an, als würde er ihm die Schuld an ihrer verzweifelten Lage geben.

»Tretet zur Seite!«, rief Kelhim von oben. »Ich springe!« Gorg tippte sich unmissverständlich an die Schläfe und blieb ungerührt stehen. »Du bist verrückt!«, rief er zurück. »Du wirst dir alle Knochen brechen!«

»Ich breche höchstens dir deinen Dickschädel, wenn du nicht aus dem Weg gehst!«, brüllte Kelhim gereizt. »Mach Platz! Es sind lächerliche zehn Meter!«

Gorg zögerte noch. Aber jeder von ihnen wusste, dass Kelhim schließlich keine andere Wahl blieb. Es gab kein Zurück. Selbst wenn es dem Bären gelang, zur Klamm der Seelen zurückzufinden, würde er niemals an dem Ungeheuer vorbeikommen, das dort lauerte. Ganz davon abgesehen, dass Kelhim viel zu schwach war, die ganze Strecke noch einmal zu gehen.

Der Bär näherte sich vorsichtig der Kante, schnupperte in die Luft und hob dann gebieterisch die Tatze. Gorg trat seufzend zur Seite. Hinter ihnen donnerte der Wasserfall in die Tiefe; so tief, dass das Wasser in einem schwarzen, lichtlosen Abgrund zu verschwinden schien. Es musste mit ungeheurer Wucht unten aufprallen. Der massive Fels unter ihren Füßen zitterte kaum merklich, und wenn man genau hinhörte, konnte man über dem Tosen der Wassermassen ein dumpfes Grollen hören.

Es war nicht der Sprung, der Gorg Sorgen bereitete. Kelhim war sicher schon aus größerer Höhe hinabgesprungen, bei seiner Körpergröße stellten die zehn Meter wohl nur einen besseren Hopser für ihn dar. Aber – und das war das Gefährliche daran – der Sims war kaum anderthalb Meter breit und noch dazu etwas abfallend und glitschig vor Feuchtigkeit. Kelhims Verletzung mit eingerechnet, standen seine Chancen, heil unten anzukommen, alles andere als gut.

Kim wurde abrupt aus seinen Überlegungen gerissen. Kelhim trat entschlossen vor und ließ sich über die Kante fallen. Für den Bruchteil einer Sekunde schien er bewegungslos in der Luft zu hängen. Dann stürzte er ab, rollte sich noch im Flug zu einem riesigen pelzigen Ball zusammen und schlug mit fürchterlicher Wucht am Boden auf. Sein Schmerzensschrei mischte sich mit dem Donnern des Wasserfalls. Kelhim rollte weiter auf den Abgrund zu und suchte verzweifelt nach Halt. Für einen schrecklichen Augenblick drohte er vollends abzurutschen. Gorg sprang vor, verkrallte die Hände im Nackenfell des Bären und zerrte ihn mit äußerster Kraftanstrengung zurück.

Kelhim brach mit einem wimmernden Laut zusammen. Die Wunde an seiner Schulter brach wieder auf und dunkles Blut mischte sich in die hellen Wassertropfen auf seinem Fell.

Gorg kniete neben dem Freund nieder und berührte sanft, fast zärtlich seine Tatze. Kelhim brummte. Zum ersten Mal, seit Kim den Bären kannte, hörte sich seine Stimme wackelig an.

Zu dritt halfen sie Kelhim, auf die Füße zu kommen. »Legen wir eine Pause ein«, schlug Priwinn vor. »So kann er auf keinen Fall weitergehen.«

Kelhim schüttelte ärgerlich den Kopf. »Wenn ich mich jetzt hinlege, komme ich nie wieder hoch«, sagte er bestimmt. »Wir müssen weiter. Allmählich habe ich die Nase voll von Höhlen und unterirdischen Gängen. Ich weiß kaum noch, wie freier Himmel aussieht.«

Kim sah den Bären voll Mitleid an. Kelhims munterer Ton sollte sie darüber hinwegtäuschen, wie elend ihm zumute war. Aber ein wenig spürten sie es wohl alle. Sie hatten Schlimmeres durchgestanden, auf dem Weg nach Caivallon und später von Gorywynn hierher, aber mehr als die körperliche Belastung zerrten die Dunkelheit und das unablässige Grollen und Tosen des Wassers an ihren Nerven. Kim fror. Er fror unablässig seit zwei Tagen und schlimmer noch als die Kälte setzte ihm die allgegenwärtige Feuchtigkeit zu, die erbarmungslos unter seine Kleidung, ja unter die Haut bis in den Körper hineinkroch. Kim hatte das Gefühl, von einer Kälte ausgefüllt zu sein, die nichts, auch das heißeste Feuer nicht, je wieder vertreiben konnte.

Der Sims führte steil in die Tiefe und lief schließlich in ein trapezförmiges, weit überhängendes Felsstück aus, von dessen Ende eine Art natürlicher Treppe weiter hinabführte. Kim lugte vorsichtig über die Kante und Schwindelgefühl erfasste ihn. Sie mussten inzwischen ein gutes Stück tiefer gekommen sein, denn er konnte jetzt bis auf den Grund hinuntersehen. Der Wasserfall stürzte in einen schwarzen, annähernd kreisrunden See, über dem sich eine gigantische Halbkugel aus Schaum und Gischt mehr als hundert Meter in die Höhe wölbte. Das Donnern der Wassermassen war nun so laut geworden, dass eine stimmliche Verständigung nicht mehr möglich war. Kim stupste Gorg mit dem Ellbogen an und deutete nach unten. Der Riese nickte kurz. Er warf dem Bären einen besorgten Blick zu und begann als Erster mit dem Abstieg.

Sie kamen besser voran als erwartet. Der Fels bildete tatsächlich eine Treppe und seine Oberfläche war hier so rau, dass sie sicher auftreten konnten. Trotzdem dauerte es noch länger als eine Stunde, ehe sie schließlich am Ufer des unterirdischen Sees standen. Seltsamerweise war der Lärm hier unten, unmittelbar an der Quelle seiner Entstehung, nicht so unerträglich laut wie weiter oben. Der Felskamin, durch den sie abgestiegen waren, musste den Schall irgendwie ablenken oder auch verstärken.

Kim blickte nachdenklich über die brodelnde Oberfläche. Dieser See war weitaus größer als jener, in dem der Tatzelwurm hauste. Der Abfluss war mehr als hundert Meter breit und unabsehbar tief. Ein richtiger Strom, der hier tief unter der Erdoberfläche dahinfloss. Kim kniete nieder und streckte vorsichtig den Finger ins Wasser. Es war wärmer, als er erwartet hatte, und von der ehemals reißenden Strömung des Verschwundenen Flusses war nichts mehr geblieben.

Kim stand auf, kniff die Augen zusammen und versuchte dem Stromverlauf mit Blicken zu folgen. Es herrschte das gleiche eigenartige, grünliche Licht, das sie schon die ganze Zeit begleitete und für das sie bis jetzt noch keine Erklärung gefunden hatten. Nur war das Licht hier unten viel schwächer als oben. Alles, was mehr als schätzungsweise fünf Meter weit entfernt war, konnte man nur noch schemenhaft erkennen. Eigenartigerweise konnten sie die riesige Höhle dennoch in ihrer vollen Breite überblicken. Es war, dachte Kim verwirrt, als ob zwar die Intensität des Lichtes, nicht aber das Licht selbst nachließe.

»Und was jetzt?«, sprach Priwinn die Frage aus, die sie alle bewegte.

Gorg hob hilflos die Schultern. »Ich weiß es nicht. Niemand, der schon einmal so weit vorgedrungen ist, ist je wieder zurückgekehrt.«

Kim bezweifelte das. Wäre es so, wie der Riese sagte, wüsste auch niemand, was nach dem Verschwundenen Fluss kam; und die Kunde von der Eisigen Einöde, von der Burg Weltende und all den Gefahren, die sie noch erwarteten, wäre nicht bis Gorywynn gedrungen. Aber er sagte nichts.

Sie umrundeten einmal den See, um sich davon zu überzeugen, dass es keinen zweiten Ausgang aus der Höhle gab und sie nicht womöglich so kurz vor dem Ziel noch den falschen Weg wählten. Dann drangen sie hintereinander in den niedrigen Stollen ein, durch den die Wassermassen abflossen. Die Decke war glatt gewölbt und so niedrig, dass Gorg weit vornübergebeugt gehen musste, um sich nicht den Schädel anzuschlagen. Kim glaubte das Gewicht der Tonnen und Abertonnen schwarzer Felsen, die sich über ihnen türmten, fast körperlich zu spüren. Obwohl der Weg hier so breit war, dass sie bequem nebeneinander gehen konnten, bekam er Platzangst, ein Gefühl, als würden sich Decke und Wände unaufhaltsam um ihn zusammenziehen und ihm den Atem abschnüren.

Der Weg wurde allmählich wieder schmaler und aus dem Fluss ragten jetzt immer öfter spitze Felsen, an denen sich das Wasser zu kleinen Schaumbergen oder winzigen Strudeln brach.

»Es kann nicht mehr weit sein«, brummte Kelhim. »Nicht mehr weit.«

Gorg nickte zustimmend. »Wir sollten noch einmal rasten«, schlug er vor.

»So kurz vor dem Ziel?«

»Gerade so kurz vor dem Ziel. Wir alle sind müde und wer weiß, was uns auf der anderen Seite des Gebirges erwartet. Vielleicht ist es besser, wenn wir ausgeruht dort ankommen.«

Niemand hatte etwas gegen den Vorschlag einzuwenden. Sie waren wirklich zum Umfallen müde. Und der Riese hatte recht. Der Fluss würde sein unterirdisches Bett nun bald verlassen; da war es besser, wenn sie frisch und kräftig waren. Vielleicht mussten sie fliehen, vielleicht kämpfen – wer weiß.

Sie wichen bis zur Höhlenwand zurück und legten sich nebeneinander zum Schlafen nieder. Das Rauschen des Wassers war auch hier noch überlaut. Aber trotz des Lärms und der klammen Kälte schliefen sie fast augenblicklich ein.

Kim hatte das Gefühl, noch keine fünf Minuten geschlafen zu haben, als ihn jemand unsanft an der Schulter rüttelte und gleich darauf die Hand auf seinen Mund presste, damit er nur ja keinen Laut von sich gab.

Kim fuhr hoch und blickte verwirrt in Priwinns Gesicht. Der Steppenprinz zog langsam die Hand zurück und legte den Finger auf die Lippen.

Kim nickte verstehend. »Was ist?«, fragte er im Flüsterton. Priwinn deutete mit dem Daumen über die Schulter zurück. »Jemand kommt«, zischte er. »Sieht aus, als würden wir verfolgt.«

»Schwarze?«, fragte Kim erschrocken.

Priwinn zuckte die Schultern. »Gorg ist zurückgegangen um nachzusehen«, flüsterte er. »Aber bereiten wir uns lieber auf eine schnelle Flucht vor.«

Kim stand unverzüglich auf, schnallte sein Schwert um und

befestigte den Schild an seinem linken Arm. Er zögerte einen Moment. Dann zog er die Klinge aus der Scheide und reichte sie Priwinn.

»Was soll ich damit?«

»Dich wehren. Du hast keine Waffe.«

Der Steppenprinz reichte ihm lächelnd das Schwert zurück und schüttelte den Kopf. »Das brauche ich nicht.«

»Ich weiß«, sagte Kim. »Ich habe gesehen, wie du in der Klamm gekämpft hast, auch ohne Waffe. Aber …«

Priwinn schnitt ihm mit einer unwilligen Handbewegung das Wort ab. »Du missverstehst mich. Wir benutzen keine Waffen. Keiner von uns.«

»Du meinst …«

»Ich meine, dass kein Steppenreiter jemals eine Waffe in die Hand nehmen würde«, erklärte Priwinn. »Wir haben gelernt, uns auch so zu verteidigen. Wir verachten Waffen und wir verachten die, die Waffen tragen.«

»Aber der Schild ist doch auch von euch!«

»Waffen zum Töten und ein Schild, um sich vor ihnen zu schützen, sind doch wohl zweierlei, oder?«, gab Priwinn spöttisch zurück. Doch sogleich wurde er wieder ernst. »Ich schlage vor, wir unterhalten uns später darüber. Mir scheint, ich höre etwas.«

Sie traten aus dem Schatten der Felswand hervor und blickten gespannt den Weg hinunter. Gorg kam, keineswegs leise, angestampft.

»Wo ist Kelhim?«, flüsterte Kim.

Priwinn deutete stumm hinter sich. Einer der schwarzen Schatten am Wegrand schien ein wenig zu rund und struppig für einen Stein und bei genauerer Betrachtung gewahrte Kim einen rot glühenden Punkt auf der Höhe von Kelhims Auge. Kim nickte anerkennend. Wenn Baron Karts schwarze Reiter sie wirklich bis hierher verfolgten, würden sie eine böse Überraschung erleben.

Gorg war mit ein paar Schritten bei ihnen. Über seine rechte Schulter hing ein schlaffer, lebloser Körper. Das Gesicht des Riesen zeigte einen zerknirschten Ausdruck.

»Brobing!«, rief Priwinn, als er den Mann erkannte.

Gorg lud den Bauern behutsam ab und trat einen halben Schritt zurück. Kim kniete nieder, befühlte Gesicht und Hals des Bewusstlosen und atmete erleichtert auf. Auf Brobings Hinterkopf prangte eine mächtige Beule, aber er atmete, und als ihm Kim eine Handvoll Wasser ins Gesicht schöpfte, öffnete er stöhnend die Augen.

»Was hast du mit ihm gemacht, Gorg?«

Der Riese drehte verlegen die Daumen. »Es … es tut mir leid …«, stammelte er. »Aber er kam so dahergeschlichen und in dem schlechten Licht … ich habe ihn nur gestreichelt, ehrlich, ich …«

»Schon gut. Er kommt ja schon wieder zu sich.«

Brobing griff sich an den Kopf und zuckte zusammen.

Priwinn beugte sich über ihn. »Was hast du dir nur dabei gedacht, uns zu folgen«, sagte er vorwurfsvoll. »Gorg hätte dir fast den Schädel eingeschlagen, weil er dich für einen Schwarzen hielt.«

Brobing stöhnte wieder. Er setzte sich mühsam auf und hielt sich den Kopf.

»Weg …«, presste er hervor. »Ihr müsst … fliehen. Ich … ich kam, um euch zu warnen.«

»Warnen? Wovor?«

»Vor den schwarzen Reitern. Sie verfolgen euch.«

»Das haben wir gemerkt«, grollte Kelhim, der aus seinem Hinterhalt getrottet kam und den Bauern kopfschüttelnd betrachtete. »Sie waren schon vor uns in der Klamm und haben uns erwartet. Aber wir haben ihre Pläne ein klein wenig durchkreuzt.«

Brobing schüttelte den Kopf »Das ist es nicht, Kelhim. Ich … Als ihr aufgebrochen wart«, sagte er, »da machten wir uns auf die Suche nach einem geeigneten Unterschlupf für die kommende Woche. Wir waren noch nicht weit gekommen, als ich ein verdächtiges Geräusch hörte. Ich hieß meine Familie sich zu verstecken und folgte dem Lärm. Es war eine ganze Armee schwarzer Reiter.«

»Wie viele genau?«, fragte Gorg.

»Ich weiß nicht. Wohl an die fünfhundert, vielleicht mehr. Sie befanden sich auf dem Weg zur Klamm …«

»Fünfhundert!«, rief Gorg erschrocken.

»Dann waren die in der Klamm also nur die Vorhut«, stellte Kelhim sachlich fest.

»Wahrscheinlich«, sagte Brobing. »Jedenfalls kehrte ich daraufhin zu meiner Familie zurück um zu beraten, was zu tun sei. Wir kamen überein, dass wir euch warnen müssten. Ich brachte die Meinen in ein sicheres Versteck in den Bergen und machte mich auf den Weg.«

»Aber wie bist du an Kart vorbeigekommen?«, fragte Priwinn. »Und am Tatzelwurm?«

»Gar nicht«, gestand Brobing. »Jedenfalls nicht direkt. Ich hatte Glück, dem schwarzen Baron nicht persönlich in die Arme zu laufen. In der Klamm herrschte große Aufregung. Allem Anschein nach hatte ein Kampf stattgefunden. Die Schwarzen mussten große Verluste erlitten haben, aber es war für mich unmöglich, an ihnen vorbeizukommen. So suchte ich mir ein Versteck und wartete, bis der Haupttrupp angekommen war. Als sie weiterzogen, folgte ich ihnen in sicherem Abstand. Ich hoffte, später eine Gelegenheit zu finden, sie abzuhängen.«

»Und weiter?«, fragte Gorg.

»Die Reiter erreichten den Verlorenen See«, berichtete Brobing, »und griffen den Tatzelwurm an.«

»Ist das dein Ernst?«

»Ja«, sagte Brobing. »Der Kampf war fürchterlich. Die schwarzen Reiter hatten riesige Katapulte mitgebracht, mit denen sie große Pfeile und Felsbrocken nach dem Ungeheuer schleuderten, aber die Geschosse zerbrachen an ihm wie Zunder. Und dann ging der Tatzelwurm zum Gegenangriff über.«

»Hast du irgendeine Spur von Rangarig gesehen?«, fragte Kim leise.

Brobing sah ihn traurig an. »Nein, nicht die geringste. Es tut mir leid.«

»Was geschah weiter?«, drängte Gorg.

»Der Kampf dauerte wohl länger als eine Stunde«, erzählte Brobing, »und viele der schwarzen Reiter haben ihn mit dem Leben bezahlt. Aber schließlich erlag der Tatzelwurm der Übermacht. Sie töteten ihn und der Rest des Heeres zog weiter. Am Ufer des Verlorenen Sees schlugen sie ihr Nachtlager auf. Ich wartete bis nach Einbruch der Dunkelheit, dann stieg ich ins Wasser und schwamm an ihnen vorbei in die Höhle.«

»Ein riskantes Wagnis.«

Brobing winkte ab. »Nicht so riskant, wie es scheint. Die Reiter fühlten sich sicher und die Wachen schliefen ebenso tief wie alle anderen. Wer sollte sie auch an diesem Ort angreifen. Ich kam unbehelligt vorbei und folgte dem Fluss und nun bin ich hier.«

Gorg seufzte. »Ja, nun bist du hier. Wie weit sind die anderen zurück?«

»Nur wenige Stunden, fürchte ich«, antwortete Brobing bedrückt. »Ich habe mich einmal in den Höhlen verirrt und fand nur mit Mühe wieder auf den richtigen Weg zurück«, fügte er wie zur Entschuldigung hinzu.

»Und wir haben uns zu sicher gefühlt und unnütz Zeit vertrödelt«, grollte Gorg. »Wir müssen sofort weiter!« Er starrte mit zusammengekniffenen Augen den Fluss hinauf, als erwarte er jeden Augenblick, die Verfolger auftauchen zu sehen.

»Wir danken dir, dass du es gewagt hast, uns zu folgen, um uns zu warnen«, sagte Kim. »Du hast uns vielleicht das Leben gerettet.«

Brobing lächelte verlegen. »Ihr habt euer Leben riskiert, um das unsere zu retten«, erinnerte er ihn. Er stand auf, ging zum Flussufer hinüber und tauchte die Handgelenke ins eisige Wasser.

»Wie viele sind es jetzt noch, die uns folgen?«, fragte Priwinn, nachdem Brobing sich erfrischt hatte und prustend vom Wasser zurückkam.

»Der Kampf mit dem Tatzelwurm hat schwere Opfer von ihnen gefordert. Trotzdem – über hundert werden es wohl noch sein«, sagte er nach kurzem Überlegen.

»Worauf warten wir noch?«, sagte Gorg. »Los, gehen wir. Je eher wir aus diesen Höhlen heraus sind, desto besser.«

Sie brachen auf. Kelhim, der von ihnen allen wohl die schärfsten Sinne hatte, bildete den Schluss. Der Gedanke an die Verfolger, die vielleicht schon dicht hinter ihnen waren, spornte sie zu raschem Tempo an. Das Flussbett verengte sich allmählich wieder und die Strömung nahm zu. Noch einmal mussten sie über eine steile, mit Schutt und Geröll bedeckte Rampe nach unten klettern, ehe sie schließlich in einer riesigen, domartigen Höhle standen, an deren jenseitigem Ende ein winziger grauer Fleck leuchtete. Tageslicht.

Kim stieß einen Seufzer der Erleichterung aus. Bis zum anderen Ende der Höhle mochten es noch zwei, vielleicht auch drei Stunden Fußmarsch sein. Nach allem, was sie überstanden hatten, war dies eine vergleichsweise lächerliche Anstrengung. Sie blieben stehen und warteten auf Kelhim, der freiwillig zurückgeblieben war, um nach den schwarzen Reitern auszuschauen.

»Geschafft!«, sagte Priwinn. »Ich habe nicht mehr daran geglaubt, je wieder den Himmel und die Sonne zu sehen.«

Kim verstand Priwinn nur zu gut. Er selbst empfand ähnlich und auch in Gorgs Augen blitzte es freudig auf, als er zum ersten Mal seit Tagen wieder Licht sah, natürliches Licht, nicht diesen kränklichen, grauen Schimmer, der aus Wänden und Decke zu sickern schien.

Sie standen eine Zeit lang am Fuße der Geröllhalde und hingen schweigend ihren Gedanken nach; jeder für sich und froh, dass auch die anderen schwiegen.

Schließlich verlor Gorg die Geduld. »Ich werde nach Kelhim sehen«, sagte er. »Dieser hoffnungslose Tollpatsch bringt es fertig und lässt sich noch fangen.« Natürlich wollte er mit diesen rauen Worten nur seine Sorge um den Freund übertünchen. Er machte kehrt und begann den Hang wieder hinaufzuklettern.

Gorg war erst wenige Meter weit gekommen, als der Bär schnaufend und keuchend oben auftauchte und in einer Lawine aus Staub und Steinen den Hang herunterhetzte. »Sie kommen!«, brüllte er. »Die Schwarzen kommen!«

Der Riese brachte sich mit einem Satz vor dem heranpreschenden Bären und der Steinlawine in Sicherheit. »Wenn du noch lauter schreist«, knurrte er, »brauchen sie uns nicht einmal zu suchen.«

»Weg!«, rief Kelhim. »Bloß weg hier! Sie sind gleich da.«

»Immer mit der Ruhe«, sagte Gorg, die Keule über die linke Schulter geschwungen und das Kinn kampflustig vorgereckt. »Was heißt gleich? Und wie viele sind es?«

Kelhim schnaubte ärgerlich. »Gleich heißt gleich. In wenigen Augenblicken. Sie haben mich gesehen, glaube ich. Und wie viele es sind? Ich habe sie nicht gezählt, aber jedenfalls sind es mehr, als wir vertragen können. Außerdem sind sie uns mit ihren Pferden hier überlegen.«

»Sie haben ihre Pferde mitgebracht?«, fragte Kim ungläubig. »Ja. Und frag mich nicht wie. Ich kann es mir selbst nicht erklären. Sie müssen sie abgeseilt haben oder was weiß ich. Und jetzt kommt.« Damit wandte er sich dem Ausgang zu und humpelte, so schnell er konnte, vor den anderen her am Flussufer entlang.

Kims Gedanken überschlugen sich. Pferde? Hier unten? Schon für sie war es eine Tortur gewesen, dem unterirdischen Verlauf des Flusses zu folgen; was erst für einen ganzen Tross mit Pferden und in voller Rüstung … Aber er hatte ja selbst erlebt, wie unbarmherzig Kart seine Leute vorantrieb. Menschenleben spielten für ihn keine Rolle.

Ein wütender Schrei mischte sich in das Tosen des Wassers. Kim sah sich im Laufen um und erschrak. Am oberen Ende der Geröllhalde war eine hoch gewachsene, ganz in Schwarz gekleidete Gestalt aufgetaucht und in der Dunkelheit hinter ihr bewegten sich weitere schwarze Gestalten.

Kim zog unwillkürlich den Kopf ein, als der Mann einen scharfen Befehl ausstieß und ein Hagel schwarzer Pfeile von oben auf sie herabsirrte. Aber sie waren schon außer Reichweite. Die Geschosse prallten harmlos gegen die Felsen oder verschwanden im Wasser.

Jetzt tauchte oben der erste Reiter auf, dann noch einer und noch einer, bis schließlich die ganze Höhle von schnaubenden, unruhig auf der Stelle tänzelnden Pferden erfüllt zu sein schien. Ein knapper Befehl und der erste Reiter trieb sein Ross vorsichtig den Hang hinunter. Das Tier wieherte ängstlich und warf den Kopf zurück, aber sein Reiter zwang es unbarmherzig weiter. Ein zweiter folgte ihm, dann, als wäre die Dunkelheit selbst zum Leben erwacht, folgte der ganze Heereszug, über hundert Reiter, wie Brobing gesagt hatte. Eines der Pferde verlor auf dem unsicheren Grund den Halt und begrub im Stürzen seinen Reiter unter sich. Eine Geröllllawine polterte herab, riss mehrere Reiter mit sich und erschlug Menschen und Tiere. Aber der Vormarsch kam nur für Sekunden ins Stocken.

»Schneller!«, brüllte Gorg. Mit einem Satz war er neben Priwinn, hob den Prinzen wie eine Stoffpuppe hoch und setzte ihn auf Kelhims breiten Rücken. Der Bär brummte, als Priwinn seine verletzte Schulter berührte, griff dann aber schneller aus und sprengte beinah mit der Geschwindigkeit eines Pferdes davon. Gorg packte den erschöpften Brobing und schwang ihn sich über die Schulter und dann fühlte auch Kim sich von einer riesigen Hand gepackt und wie ein lebloses Bündel unter den Arm des Riesen geklemmt. Gorg rannte los, so schnell, dass Kim fast schwindelig wurde. So holten sie auch den Bären wieder ein. Aber Kim war klar, dass weder der Bär mit seiner verletzten Schulter noch der Riese mit seiner doppelten Last dieses Tempo lange durchhalten konnte.

Wieder zischte ein Hagel schlanker schwarzer Pfeile durch die Luft; noch immer zu kurz, sodass keines der Geschosse in gefährliche Nähe kam, aber schon merklich dichter als die erste Salve. Die ersten Reiter hatten den Fuß der Halde erreicht und setzten unverzüglich zur Verfolgung an. Die Tiere kamen auf dem rissigen und mit Steinen und spitzen Zacken übersäten Boden nicht gut voran; dennoch stand außer Zweifel, dass sie ihre Geschwindigkeit länger und müheloser halten konnten als ihre Opfer. Gorg beschleunigte seine Schritte noch mehr, aber er keuchte bereits heftig und stolperte immer öfter über irgendein Hindernis am Boden, um sich nur mit Mühe wieder zu fangen.

»Kim!«

Kims Kopf ruckte hoch. Diese Stimme. Es war nicht Priwinns Stimme oder die eines der anderen. Aber er kannte sie!

»Kim! Riese! Zurück zum Fluss!«

Gorg gehorchte automatisch. Mitten im Lauf warf er sich herum, übersprang eine fast zwei Meter hohe Felsbarriere und kam dicht neben dem Bären wieder auf dem felsigen Grund auf.

»Runter!«

Wieder gehorchten sie, instinktiv und ohne zu überlegen. Donnergrollen erfüllte mit einem Mal die Höhle, brach sich an der hohen Decke und ließ die Felsen beben. Die Oberfläche des Flusses schien zu zittern. Für einen winzigen Moment kam die Strömung zum Stillstand, dann bäumten sich die Wasser wie unter einer ungeheuren Spannung auf. Ein dumpfer Schlag folgte. Wasser spritzte schäumend zehn, fünfzehn Meter empor, regnete auf Flussbett und Ufer zurück und barst erneut auseinander. Graue, schaumgekrönte Wellen schwappten über den Uferstreifen, benetzten den Felsen und leckten nach den Füßen der heranpreschenden Pferde. Aber wenn die Reiter die Gefahr bemerkten, so ignorierten sie sie. Unbeirrt trieben sie ihre Tiere vorwärts, auch als auf die erste Welle eine zweite, mächtigere folgte und das Wasser geheimnisvoll zu kochen und zu brodeln begann.

»Dort!«, rief Gorg aufgeregt. »Seht doch!«

Ihre Blicke folgten seinem ausgestreckten Arm. In der Mitte des Flusses begann sich das Wasser zu drehen. Schneller und immer schneller wirbelte es im Kreis, formte sich zu einem Trichter, dessen Zentrum tiefer und tiefer sank, bis der halbe Fluss von diesem gewaltigen strudelnden Sog ausgefüllt schien. Ein ungeheures Dröhnen marterte ihre Ohren. Kim presste die Hände an den Kopf, verzog schmerzhaft das Gesicht und starrte aus tränenerfüllten Augen zu den näher kommenden Reitern hinüber. Es war nur eine kleine Gruppe, die dem Hauptheer vorausgeeilt war, vielleicht zehn, zwölf Mann, und ihre Gestalten waren hinter dem Sprühregen, der von der kochenden Wasserfläche ausging, kaum zu erkennen.

Und dann explodierte der Fluss.

Jedenfalls hatte Kim im ersten Moment den Eindruck, als ob der gesamte Fluss unter einer ungeheuerlichen Explosion auseinanderbarst und sich aus seinem Bett erhob. Die Höhle wankte. Steine regneten von der Decke, und als sich der Schaumnebel über dem Fluss verzogen hatte, sahen sie eine gigantische, glitzernde Wasserwand, die mit urgewaltigem Brüllen auf das Ufer und die vor Schreck erstarrten Reiter zuraste. Die Männer versuchten noch ihre Tiere herumzureißen und aus der Gefahrenzone zu entkommen, aber zu spät. Die

Welle donnerte heran, spülte über das Ufer und verschlang Pferde und Reiter, ehe sie sich gischtend an den Felsen brach.

Kim zog den Kopf ein, rollte sich zusammen und wartete mit angehaltenem Atem, bis die Flut über ihre Deckung hinweggerollt war. Der Felsen hatte dem Wasser den größten Teil seiner Wucht genommen, trotzdem hatte Kim den Eindruck, als ob tausend Hämmer mit vernichtender Kraft auf seine Rüstung einschlügen. Keuchend und mühsam nach Atem ringend kam er wieder hoch, stolperte auf die Beine und hielt nach den anderen Ausschau. Sie waren genauso überrascht und durchgeschüttelt wie er, aber keiner schien ernstlich verletzt zu sein.

»Was … was war das?«, fragte Priwinn.

Statt einer Antwort deutete Kim stumm den Fluss hinunter. Vor ihnen, etwa halbwegs zwischen ihrer Deckung und dem Höhlenausgang, ragte eine schlanke Felsnadel aus dem tobenden Wasser. Zwei kleine, weiß gekleidete Gestalten zeichneten sich gegen das trübe Licht in der Öffnung ab.

»Wer ist das?«

»Ado«, antwortete Kim. »Ado und sein Vater, der Tümpelkönig.«

»Du kennst die?«

»Ja. Ich traf sie … vor langer Zeit. Aber ihre Anwesenheit hier überrascht mich genauso wie euch.« Kim wollte noch mehr sagen, doch in diesem Moment drang Ados Stimme erneut über das Dröhnen des Flusses zu ihnen.

»Flieht! Ihr seid in Gefahr! Verlasst die Höhle! Wir folgen euch!«

Ohne eine Sekunde zu zögern brachen sie aus ihrer Deckung hervor und rannten los. Kim sah sich gehetzt um. Von dem Reitertrupp, der sie verfolgt hatte, war keine Spur mehr zu entdecken. Der Fluss hatte ihn verschlungen. Aber damit war die Gefahr noch nicht überstanden. Neue Reiter formierten sich, ungeachtet des Schicksals, das ihren Kameraden widerfahren war, zu einer tief gestaffelten Angriffsreihe. »Nach links!«, rief Ado. »Weg vom Fluss!«

Die fünf gehorchten. Der Boden war direkt am Ufer glatt und besser begehbar als der felsige Grund dahinter; aber der Anblick der kochenden Wasserwand, die die Reiter verschlungen hatte, stand noch deutlich vor ihren Augen.

Wieder begann der Fluss zu kochen und zu brodeln und wieder entstand in seiner Mitte ein zischender, sich immer schneller um sich selbst drehender Strudel. Kim stolperte über einen Felsen, schlug der Länge nach hin und sah sich noch im Aufstehen nach den Verfolgern um. Die Reiter hatten die drohende Gefahr erkannt und zügelten ihre Tiere. Einen Augenblick lang wirkten sie unentschlossen und Kim begann schon zu hoffen, dass sie sich zurückziehen würden. Aber dann erschien auf dem Hang oben ein einzelner, riesenhafter Mann in schimmerndem Schwarz. Die Soldaten fuhren entsetzt herum und preschten weiter. Selbst der sichere Tod schien sie nicht davon abhalten zu können, Baron Karts Befehle auszuführen.

Kim und seine Freunde rannten weiter, liefen im Zickzack auf den Höhlenausgang zu, während hinter ihnen das Unheil ein zweites Mal über die schwarzen Reiter hereinbrach. Die Höhle hallte wider von den verzweifelten Schreien der Männer und ihrer Tiere und dem Grollen des Wassers.

Wetterleuchten umspielte die Felsnadel, auf der der Tümpelkönig stand. Die Luft roch plötzlich scharf und metallisch, wie nach einer starken elektrischen Entladung, und eine Linie kleiner blauer Flammen lief mit fantastischer Geschwindigkeit über die Wasseroberfläche auf die Reiter zu. »Lauft!«, rief Ado ihnen über das Toben des Wassers zu. »Lauft um euer Leben!« Er federte kurz in den Knien und sprang dann mit einem behänden Satz ins Wasser. Wie ein Fisch schoss er dicht unter der Wasseroberfläche ans Ufer, warf sich mit weit ausgebreiteten Armen an Land und stürmte auf Kim und den

Riesen zu. »Schnell«, rief er. »Vater kann sie nicht mehr lange aufhalten, ohne die Seegeister zu beschwören!«

Kim verstand kein Wort, aber nach allem, was er in den letzten Minuten erlebt hatte, schien es ihm angeraten, Ados Rat zu befolgen. Sie rannten weiter, stolperten über Felsen, sprangen über Risse und rasiermesserscharfe Grate und erreichten schließlich, nach einer scheinbaren Ewigkeit, den Ausgang. Ein weites, felsiges Tal breitete sich vor ihnen aus. Kim wollte sich umdrehen, um nach dem Tümpelkönig zu sehen, aber Ado riss ihn vom Höhlenausgang fort und zerrte ihn hinter einen Felsbuckel in Deckung. Kim hatte nur einen flüchtigen Blick erhaschen können: eine schmale, verwundbare Gestalt, die trotz ihrer gebeugten Schultern hoch aufgerichtet auf der Spitze der Felsnadel stand und blaues Feuer in die Tiefe der Höhle schleuderte. Und noch etwas war da gewesen, etwas, was Kim nicht richtig hatte erkennen können, was ihn aber dennoch schaudern ließ. Etwas Großes, Brodelndes, Mächtiges.

Der Boden begann zu zittern. Ein dumpfer Donnerschlag rollte aus der Höhle heraus und brach sich an den Felsen. Plötzlich hob sich der Boden, sackte mit einem Schlag wieder zurück und begann zu springen und zu schütteln wie ein bockendes Pferd. Ein ungeheures Brüllen drang aus dem Höhlenausgang. Und dann schoss eine schäumende Flutwelle aus dem Berg, Menschen, Tiere und Felstrümmer mit sich reißend und das Ufer in weitem Umkreis überflutend. Noch lange nachdem die Flutwelle sich verlaufen hatte und ihr Donnern verklungen war, dröhnte und klingelte es in Kims Ohren. Vorsichtig, jederzeit auf eine zweite Flutwelle und die damit verbundene Erschütterung gefasst, richtete er sich auf und blickte zum Höhlenausgang zurück. Der Fluss hatte sich beruhigt; noch immer kräuselten schaumige Wellen seine Oberfläche und ab und zu trieb ein schwarzer, formloser Umriss mit dem Wasser heraus. Aber das Schlimmste schien vorüber zu sein.

Kim riss sich gewaltsam von dem Anblick los und drehte sich zu Ado um, der mit unbewegtem Gesicht auf das schäumende Wasser starrte.

»Danke«, sagte Kim einfach. Vielleicht wären jetzt größere Worte angebracht gewesen, aber Kim war noch viel zu benommen von dem Geschehen, um eine wohlgesetzte Dankesrede zu halten.

Ado lächelte, wurde jedoch gleich wieder ernst. »Du brauchst dich nicht zu bedanken«, murmelte er, ohne den Blick vom Wasser zu nehmen. »Das habe ich mir schon lange gewünscht.«

Allmählich fanden sich auch die anderen, die beim Hervorschießen der Flutwelle hinter den Felsen Schutz gesucht hatten, wieder ein. Ado betrachtete den Riesen mit einer Mischung aus Furcht und Bewunderung, wandte seine Aufmerksamkeit dann dem Bären und zum Schluss wieder Kim zu.

»Ist der Drache nicht mehr bei euch?«, fragte er.

Gorg runzelte verwundert die Stirn. »Du weißt von Rangarig?«

Ado nickte. »Man hat uns von ihm erzählt.«

Kim beantwortete schweren Herzens Ados Frage. Dann konnte er seine Ungeduld nicht länger bezähmen und bestürmte seinerseits Ado mit Fragen. »Wo kommt ihr her? Wie habt ihr uns gefunden? Und was hat euch überhaupt veranlasst, uns zu folgen?«

Ado hob abwehrend die Hände. »Nicht alles auf einmal, Kim. Es ist eine lange Geschichte. Lass mich erst einmal Atem schöpfen.«

»Natürlich«, nickte Kim. Ado musste genauso erschöpft sein wie sie. Wenn nicht noch mehr. »Ruh dich erst einmal aus. Wir alle«, fügte er hinzu, »sollten ein wenig rasten.«

Die Sonne stand im Zenit. Es war Mittag, aber ihre Körper hatten sich während des fast dreitägigen Marsches durch das unterirdische Labyrinth an einen anderen Rhythmus gewöhnt und verlangten nach Ruhe. Doch Gorg schien nicht geneigt, ihnen jetzt schon eine Pause zu gönnen. Er schaute noch einmal zum Höhlenausgang zurück und schüttelte den Kopf.

»Weiter unten am Fluss ist es sicherer«, murmelte der Riese. »Zwei, drei Stunden sollten wir noch gehen. Mir behagt der Gedanke nicht, so nahe am Höhlenausgang zu rasten.«

Sie einigten sich darauf, nur kurz zu verschnaufen und dann zügig weiterzugehen. Kim fügte sich seufzend, obwohl er sich nicht vorstellen konnte, dass irgendjemand das Chaos, das der Tümpelkönig entfesselt hatte, überlebt haben sollte. »Wie seid ihr über die Schattenberge gekommen?«, versuchte er es noch einmal, Ado zum Erzählen zu bewegen, nachdem dieser sich endlich vom Anblick des Flusses losgerissen hatte. »Es war einfacher, als ich dachte«, murmelte Ado. »Das Ganze kam so. Nachdem du verschwunden warst, rückten uns die Schwarzen auf den Leib. Boraas musste irgendwie erfahren haben, dass du bei uns – oder wenigstens im Wald – gewesen bist. Schließlich kam er höchstpersönlich, drei Tage nachdem du gegangen warst. Zusammen mit Baron Kart.«

Kim erschrak. »Haben sie euch etwas angetan?«

Ado schüttelte den Kopf. »Nein. Sie kamen in der Morgendämmerung. Sie haben lange mit Vater geredet. Ich weiß nicht, was sie gesprochen haben, aber als sie auseinandergingen, war Vater sehr nachdenklich. Zwei Tage lang sprach er kein Wort, schlief nicht, saß nur die ganze Zeit da und grübelte.« Er seufzte, lehnte sich gegen einen Felsen und schlang die Arme um die Knie. Er fröstelte und auf seinen nackten Unterarmen erschien eine Gänsehaut.

»Und dann«, fuhr Ado nach einer Weile fort, »sagte mir mein Vater, dass wir Weggehen müssten. Ich glaube, Boraas und Baron Kart haben ihm gedroht. Oder irgendetwas von ihm verlangt, was er nicht tun konnte. Wir brachen noch am gleichen Abend auf.«

»Über die Berge?«

Ado lächelte. »Nein. Wir kamen auf einem ähnlichen Weg nach Märchenmond wie du. Unter dem Gebirge hindurch. Der Verschwundene Fluss entspringt nicht in den Schattenbergen, wie ihr glaubt. Er entspringt noch im Reich der Schatten, wo er ebenfalls meist unterirdisch fließt, ehe er dann das Gebirge durchquert. Einen Tag und eine Nacht mussten wir schwimmen, um auf die andere Seite zu gelangen.«

»Dann hat dein Vater den Weg schon immer gekannt?«, fragte Kim überrascht.

Ado nickte. »Ja. Aber du irrst, wenn du jetzt glaubst, dass er dich absichtlich ins Ungewisse geschickt hat. Der Weg, den wir nahmen, wäre für dich unmöglich gewesen. Oder kannst du zufällig vier Stunden unter Wasser schwimmen ohne Atem zu holen?«, fügte er spöttisch hinzu.

»Natürlich nicht«, sagte Kim beschämt. Einen Moment lang hatte er wirklich so etwas wie Zorn oder zumindest Verstimmung empfunden. »Erzähl weiter«, drängte er. »Was geschah dann?«

»Wir erreichten Caivallon und …«

»Caivallon?«, fiel ihm Priwinn ins Wort. »Ihr habt Caivallon gesehen?«

Ado sah ihn überrascht an. »Du kennst Caivallon?«

»Es ist meine Heimat. Mein Vater war der Herr von Caivallon, ehe die schwarzen Reiter kamen.«

»Du musst Priwinn sein.«

Priwinn nickte ungeduldig. »Ja. Aber das spielt jetzt keine Rolle. Wie sieht es dort aus?«

Ado druckste eine Weile herum. »Es tut mir leid, Prinz«, sagte er dann. »Aber das Steppenschloss ist fast bis auf die Grundfesten niedergebrannt. Von seiner früheren Pracht ist nichts mehr geblieben. In den Ruinen lagern jetzt die schwarzen Reiter.«

Priwinn schluckte. Obwohl er das Flammenmeer mit eigenen Augen gesehen hatte, traf ihn die Wahrheit zutiefst. Er gab sich Mühe, seine Bewegung zu verbergen, aber es gelang ihm nicht ganz.

»Und dann?«, fragte Gorg neugierig.

»Wir schwammen weiter nach Gorywynn. Es war nicht leicht, das Schloss zu erreichen. Überall wimmelte es von Boraas' Leuten.«

»Hat der Angriff schon begonnen?«

»Nein. Aber ich fürchte, er steht kurz bevor. Gorywynn ist eingeschlossen. Die Schwarzen haben einen weiten Belagerungsring um das Schloss gezogen. Niemand kann hinein und niemand kann das Schloss verlassen. Ihr müsst im letzten Augenblick durchgeschlüpft sein.«

»Aber ihr kamt hinein?«

»Natürlich. Wir schwammen durch den Fluss und weiter durch den See, direkt unter den Booten der Schwarzen hindurch.«

»Und dann?«

»Der Rest ist rasch erzählt. Wir trafen auf Themistokles. Er und mein Vater kannten sich wohl von früher, obwohl Vater nie davon gesprochen hat. Wir erfuhren alles, auch von eurem Aufbruch und eurem Vorhaben. Und so beschlossen wir, euch zu folgen. Es war nicht schwer. Der Verschwundene Fluss brachte uns zu euch.«

»Genau im richtigen Moment«, sagte Kelhim. »Ein wenig später und wir wären verloren gewesen.«

Ado nickte. Falsche Bescheidenheit war jetzt nicht angebracht. Er starrte eine Zeit lang zu Boden, stand dann ruckartig auf und deutete nach Westen.

»Gehen wir. Es ist keine Zeit mehr zu verlieren.«

»Aber wir müssen auf deinen Vater warten!«, protestierte Kim.

Keiner der anderen antwortete. Es dauerte eine Weile, bis Kim begriff, dass sie nicht zu warten brauchten. Der Tümpelkönig würde nicht wiederkommen. Nie mehr.

XVI

Und weiter ging es. Weiter nach Westen, hinein in Kälte und Ungewissheit. Hier, unter freiem Himmel, wanderte es sich leichter, und obwohl das Tal mit Steinen und Felsbrocken aller Größen übersät war, kamen sie gut voran. Schon bald war der Höhlenausgang hinter ihnen verschwunden und mit ihm verblasste auch die Erinnerung an die überstandenen Torturen, bis nichts mehr blieb als die körperliche Erschöpfung und ein dumpfer Druck wie nach einem überstandenen Albtraum. Das Tal verflachte und der Fluss wurde wieder breiter und ruhiger, um schließlich jenseits des Tales zwischen zwei sanften Hügelkuppen zu verschwinden. Sie rasteten auf halbem Weg. Hunger und Durst stellten sich wieder ein, aber es gab auch hier nichts Essbares. Zwischen den Felsen wuchsen Moos und dürres Gestrüpp, auch ein paar Beeren, aber keiner von ihnen wagte es, davon zu kosten. Nur der Anblick der Hügelkette auf der anderen Seite des Tales gab ihnen noch Kraft. Dahinter lag die Ungewissheit, aber auch die Hoffnung auf eine warme Stube, ein Bett und etwas zu essen.

Die Sonne näherte sich dem Horizont, als sie die Hügel erreichten. Kelhim, der vor Schmerzen kaum noch gehen konnte, ließ sich ächzend am Flussufer nieder und bettete den Kopf auf die Tatzen. Die anderen folgten seinem Beispiel, nur Gorg eilte mit schier unerschöpflicher Energie den Hügel hinauf und war bald auf der anderen Seite verschwunden.

Kim sank müde zurück und schloss die Augen. Es war kalt und der Wind, der von Osten her durch das Tal strich, brachte den Geruch nach Winter und Schnee mit sich. Aber hier am Flussufer waren sie einigermaßen geschützt, und die Sonne hatte noch genügend Kraft, ihre klammen Glieder aufzuwärmen und ihnen wieder Leben einzuhauchen.

Kim blieb einige Minuten lang reglos im Moos liegen, ehe

er gewaltsam die Augen wieder öffnete und aufstand um nach Kelhim zu sehen.

Der Bär schien das Bewusstsein verloren zu haben. Er lag auf der Seite, alle viere von sich gestreckt und ohne sich zu rühren. Nur gelegentliches Stöhnen zeigte an, dass noch Leben in ihm war.

Unsinn, dachte Kim zornig. So schnell starb man nicht. Erst recht nicht so ein Gigant wie Kelhim. Es war wohl mehr die Erschöpfung, die Kelhim übermannt hatte. Kim kniete neben dem Bären nieder und bemerkte erst jetzt, dass Ado auf der anderen Seite hockte und sich mit geschickten Fingern an der verwundeten Schulter zu schaffen machte.

»Kannst du ihm helfen?«, fragte Kim.

»Nicht so, wie ich möchte«, gestand Ado. »Vater hätte ihm helfen können, da bin ich ganz sicher. Aber ich kann nicht viel für ihn tun. Außer vielleicht seine Schmerzen lindern, und auch das nur für eine Weile. Die Wunde sieht übel aus. Wie alt ist sie?«

»Drei Tage«, antwortete Kim.

Ado nickte. Er tat noch etwas an Kelhims Schulter, was Kim nicht genau erkennen konnte, und stand dann auf. »Lassen wir ihn schlafen«, sagte er, »wenigstens so lange, bis Gorg zurückkommt.«

Sie entfernten sich ein paar Schritte, um Kelhim nicht zu stören. Ado wies mit einer Kopfbewegung auf Priwinn, der sich ebenfalls auf dem harten Boden zusammengerollt hatte und zu schlafen schien.

»Ist er wirklich ein Prinz?«, fragte Ado.

»Ja«, sagte Kim traurig. »Ein Prinz ohne Königreich, genau wie du.« Er zögerte einen Moment, ehe er die Frage aussprach, die ihn schon die ganze Zeit über bewegte. »Das, was dein Vater gemacht hat«, sagte er stockend, »mit dem Wasser, meine ich … was war das? Zauberei?«

Ado lächelte. Trotz allem, was Kim erlebt und von Priwinn

und den anderen gehört hatte, irritierte ihn der Gleichmut, mit dem die Bewohner Märchenmonds den Tod akzeptierten, noch immer. Aber vielleicht, dachte er und der Gedanke machte ihn fast froh, war es nur das Nichtwissen, das dem Tod seinen Schrecken verlieh. In seiner Heimat hatten die meisten Menschen noch nicht gelernt, den Tod als das zu betrachten, was er war: als einen Teil des Lebens.

»Zauberei?« Ado betonte das Wort in seltsamer Weise, sodass Kim daraus nicht klug wurde. »Vielleicht würdest du es so nennen. Ja, ich glaube, es ist Zauberei. Auch wenn ich es anders nenne.«

»Wie?«

Ado lächelte wieder. Dann drehte er sich um und starrte eine Weile in den Fluss, als suche er dort Antwort auf Kims Frage. »Mein Vater war Seekönig, bevor Boraas kam«, erinnerte er. »Und nun bin ich es wohl«, fügte er leise hinzu, »auch wenn ich mich noch nicht an diesen Gedanken gewöhnt habe. Es … es gibt eine Verbindung zwischen dem Menschen und seiner Umwelt, der Natur, wenn du so willst. Ich weiß nicht viel von eurer Welt, aber ich glaube, ihr betrachtet die Natur als etwas, was gerade gut war, euch zu erschaffen, und nun gerade gut ist, um sie euch dienstbar zu machen. Um sie auszubeuten, zu verdrehen und zu verändern, wie es euch beliebt.«

Kim wollte widersprechen, überlegte es sich dann aber anders. Vielleicht hatte Ado es ein wenig krass ausgedrückt, doch es ließ sich nicht leugnen, dass es die Wahrheit war.

»Aber diese Einstellung ist falsch«, fuhr Ado fort. »Wir sind ein Teil der Natur, vielleicht nicht einmal ein wichtiger. Und wir sind mit ihr verbunden, stärker, als die meisten von uns ahnen. Es gibt Menschen, die diese Verbundenheit mehr spüren als andere, und unter diesen gibt es einige – einige wenige nur, aber es gibt sie –, die diese Verbundenheit auf besondere Art zu nutzen verstehen.«

Kim dachte eine Weile über Ados Worte nach. »Das, was dein Vater tat«, fragte er zögernd, »könntest du es auch?«

Ado schüttelte den Kopf. »Nein, jedenfalls jetzt noch nicht. Vielleicht werde ich es später einmal können. Aber ich bin mir dessen nicht sicher. Ich weiß nicht einmal, ob ich es will.«

Kim wollte noch mehr Fragen stellen, aber in diesem Moment kam Gorg zurück und ließ sich prustend zwischen ihnen nieder.

»Nun?«

»Der Fluss setzt sich drüben fort«, erklärte der Riese überflüssigerweise. »Es gibt ein paar Bäume. Keinen richtigen Wald, aber Bäume und Gras. Vielleicht finden wir etwas zu essen. Aber es ist kalt dort. Ich fürchte, es gibt bald Schnee.« Gorg schüttelte sich, als spüre er die Kälte selbst hier noch. Er setzte seine Keule wie einen Stab auf dem Boden auf und stemmte sich daran in die Höhe. »Gehen wir weiter«, murmelte er. »Wir wollen lieber drüben übernachten.«

Kim deutete auf Kelhim. »Er schläft. Ich finde, wir sollten ihn ausruhen lassen.«

Gorg überlegte kurz. »Er ruht drüben besser«, knurrte er. »Und sicherer.«

»Sicherer?«

Gorg nickte bekräftigend. »Wir haben uns schon einmal sicher gefühlt, kleiner Held«, erinnerte er. »Zu sicher. Ich möchte diesen Fehler nicht noch einmal begehen.« Er berührte den Bären sacht an der Schulter und schüttelte ihn sanft, bis Kelhim mit einem Brummen das Auge aufschlug. Gorg erklärte ihm seinen Vorschlag und Kelhim erhob sich ohne zu murren. Auch Brobing und der Steppenprinz standen gähnend auf und stapften gehorsam hinter Gorg den Hügel hinauf. Kim bildete den Schluss. Obwohl ihm jeder Schritt Mühe bereitete, konnte er die Beweggründe des Riesen gut verstehen. Auch ihm war dieses Tal unheimlich und die Aussicht, endlich wieder einmal Grün, Gras und Bäume zu sehen, ließ ihn seine Müdigkeit fast vergessen.

Auf dem Kamm des Hügels angelangt, blieb Gorg stehen und wartete, bis ihn die anderen eingeholt hatten. »Dort unten«, sagte er, »unter den Bäumen am Ufer, scheint mir ein guter Lagerplatz zu sein.«

Kim nickte, ohne richtig hinzusehen. Seine Energie reichte gerade noch aus, um sich auf den Füßen zu halten. Und auch das wahrscheinlich nicht mehr lange.

»Nur noch ein kleines Stück«, sagte Gorg aufmunternd. Kim seufzte. Er gab sich einen Ruck und wankte hinter dem Riesen her den Hang hinab und weiter bis zu dem Platz unter den Bäumen. Kelhim ließ sich nahe am Ufer ins Gras sinken und schlief sofort wieder ein. Auch Kim machte es sich im Schatten eines Baumes bequem. Er war müde, unglaublich müde, aber schlimmer noch als die Müdigkeit war der Hunger. Für einen Moment wurde ihm übel und ein bitterer Geschmack setzte sich in seinem Mund fest.

»Wir sollten Wachen aufstellen«, schlug Brobing vor.

»Ja«, sagte Gorg, »und ein Floß bauen. Der Fluss strömt zwar nicht sehr schnell, aber ich bin es allmählich leid, zu Fuß zu gehen. Leihst du mir dein Schwert?«

Kim brauchte ein paar Sekunden, um zu begreifen, dass die Frage an ihn gerichtet war. Er reichte Gorg die Waffe, setzte sich auf und sah zu, wie der Riese mit erstaunlicher Geschwindigkeit eine Anzahl junger Bäume fällte und die dünneren Äste und Zweige einfach abbrach.

Dann überwältigte ihn wieder die Müdigkeit und umnebelte seine Gedanken. Kim ließ sich zurücksinken und streckte sich lang im Gras aus. Gorg hatte recht gehabt – es war hier merklich kühler als auf der anderen Seite der Hügelkette und die Luft roch nach Schnee. Kim gähnte. Er wälzte sich auf die andere Seite und bettete in Ermangelung eines Kissens den Kopf auf den Arm. Die Sonne ging unter und zeichnete die runden Konturen der Hügel mit einem Flammenkranz nach. Kurz bevor er endgültig in den Schlaf hinüberdämmerte, glaubte Kim eine Bewegung auf dem Hügelkamm wahrzunehmen, nicht mehr als ein flüchtiger Schatten, der sich für den Bruchteil einer Sekunde vor die Sonne schob und wieder verschwand.

Der Schatten eines hochgewachsenen, in schimmerndes Metall gekleideten Reiters. Aber ehe Kim den Gedanken weiterspinnen konnte, war er eingeschlafen.

Auch dieses Mal war ihm kein guter Schlaf gegönnt. Kim hatte zwar keine Albträume – wenigstens konnte er sich nicht daran erinnern, wachte jedoch mehrmals auf, weil er glaubte, ein verdächtiges Geräusch gehört zu haben. Aber immer war es nur das Hämmern des eigenen Herzens, das ihn geweckt hatte. Am Morgen erwachte Kim mit dem ersten Schimmer der Dämmerung und obwohl er noch müde war, beschloss er aufzustehen. Die vage Erinnerung, dass irgendjemand von Wachen gesprochen hatte, stieg in ihm auf. Er drehte den Kopf und sah den Riesen, der zusammen mit Ado an einem kleinen Feuer hockte und die Hände wärmend über die Flammen hielt.

Leise, um die anderen nicht zu wecken, stand Kim auf und schlich zum Feuer hinüber. Gorg sah müde und übernächtigt aus. Tiefe Linien, die vorher nicht da gewesen waren, hatten sich in sein Gesicht gegraben und die Haut wirkte im flackernden Licht des Feuers grau und kränklich.

Der Riese schaute auf, als Kim sich am Feuer niederließ. »Du bist schon wach?«

Kim schüttelte den Kopf. Er streckte die Hände über den Flammen aus und rieb die Finger gegeneinander. Erst jetzt, da er die Wärme des Feuers spürte, merkte er, wie kalt es geworden war. Das Gras hatte sich mit Raureif überzogen. »Noch nicht«, murmelte Kim. »Ich tu nur so.« Er rutschte ein Stück näher ans Feuer heran, bis die Flammen fast an seiner Rüstung leckten, aber er fror noch immer. »Was ist mit euch?«, fragte er. »Seid ihr Frühaufsteher oder habt ihr noch gar nicht geschlafen?«

»Halb und halb«, antwortete Ado. »Gorg und ich haben uns auf Wache abgewechselt.«

»Warum habt ihr mich nicht geweckt?«, fragte Kim. »Ich hätte auch eine Wache übernehmen können.«

Gorg grinste breit und Kim beschloss lieber das Thema zu wechseln. »Wie geht es jetzt weiter?«

Gorg deutete mit einer Kopfbewegung zum Fluss hinunter. Dicht am Ufer schaukelte ein unförmiges Floß. Es war alles andere als ein Kunstwerk, aber stabil und groß genug, um sie alle aufzunehmen, wenn sie eng genug zusammenrückten. Gorg musste die halbe Nacht gearbeitet haben.

Kim nickte anerkennend. »Wenn du jetzt auch noch ein gebratenes Huhn aus dem Ärmel zauberst«, sagte er, »beginnst du mir richtig sympathisch zu werden.«

Gorg schüttelte betrübt den Kopf. »Leider, Kim. Ich habe mich im weiten Umkreis umgesehen, aber dieses Land ist wie ausgestorben. Nichts. Nicht einmal ein Vogel.« Ausgestorben … Kim schauderte und nicht nur vor Kälte. Gorg hatte ausgesprochen, was er seit dem Verlassen der Höhle unbewusst empfunden hatte. Dieses Land wirkte trotz der Bäume und des in Büscheln auf dem harten Boden wachsenden Grases tot. Vielleicht nicht wirklich tot, sondern nur anders als alles, was er bisher kennengelernt hatte; so als wären sie hier in einen Bereich vorgedrungen, der nicht für die Art von Leben, wie sie es kannten, bestimmt war.

»Wann brechen wir auf?«, fragte er, nicht wirklich interessiert, sondern um seine Gedanken auf ein anderes Thema zu bringen.

»Sobald es richtig hell ist. Kelhim kann auf dem Floß weiterschlafen und du auch, wenn du willst. Wir dürfen nicht noch mehr Zeit verlieren.«

Einen Moment lang dachte Kim an die düstere Vision, die er am vergangenen Abend kurz vor dem Einschlafen gehabt hatte. An den schwarzen Reiter oder besser gesagt an den Schatten eines schwarzen Reiters, der sich in seine Träume geschlichen hatte. Er überlegte, ob er Gorg davon erzählen sollte, entschied sich dann aber dagegen. Es war ein Traum gewesen, nicht mehr. Es hatte keinen Sinn, die anderen damit zu beunruhigen.

Kims Blick tastete über die noch in Dunkelheit gehüllten Umrisse der Hügel und blieb einen Moment an den Bäumen am gegenüberliegenden Flussufer hängen. Gestern Abend war er viel zu müde gewesen, um sie genauer zu betrachten, aber jetzt sah er, dass es recht seltsame Bäume waren; Bäume von einer Art, wie er sie noch nie zuvor zu Gesicht bekommen hatte. Die Stämme waren glatt und wirkten im Zwielicht der Dämmerung wie poliert und die dünnen Äste und Zweige erinnerten an Draht, so eckig und starr waren ihre Konturen. Auch das Gras zu ihren Füßen war fremdartig. Sein Grün war mit einer Spur einer schwer zu benennenden Farbe gemischt und die einzelnen Halme waren, obwohl dünn und biegsam, messerscharf wie winzige Dolche. Selbst die Steine am Flussufer wirkten kantig und spitz, als wäre hier alles auf Abwehr und Verteidigung eingestellt. Verteidigung wogegen?, fragte Kim sich unwillkürlich. Aber er spann den Gedanken nicht zu Ende, denn in diesem Moment erhob sich Gorg ächzend von seinem Platz und machte sich auf den Weg zur Hügelkuppe hinauf. Ado folgte ihm und nach einer Weile stand auch Kim auf und lief, um die beiden einzuholen.

Ein fahler Streifen orangeroten Lichts zeigte sich am Horizont, als sie den Hügel erklommen hatten. Die Schatten unten im Tal begannen allmählich zu verblassen. Nur vor der kantigen Bergkette am Eingang des Tales blieb eine messerscharfe, wie mit einem großen Lineal gezogene Trennlinie zwischen Hell und Dunkel, als weigere sich die Nacht dort standhaft, sich zurückzuziehen. Seltsamerweise waren die Berge dort nicht einmal besonders hoch, und wenn Kim an die riesige Höhle zurückdachte, die sie durchwandert hatten, konnte das Ganze eigentlich nur eine gewaltige Blase unter einer hauchdünnen Gesteinsschicht sein. Und auch die Berge dahinter waren überraschend niedrig, zumindest im Vergleich mit den mächtigen Klüften und Felsabstürzen, die sie passiert hatten. Bedachte man die Höhenunterschiede, die der Verschwundene Fluss überwand, so musste dieses Land hier merklich tiefer als Märchenmond liegen. Vielleicht war es selbst nichts anderes als ein einziges, ungeheuer großes Tal.

Kim wollte sich eben wieder umdrehen um zum Lagerplatz zurückzukehren, als ihm eine Bewegung inmitten der schwarzen Schatten unten im Tal auffiel. Erschrocken griff er nach dem Arm des Riesen und deutete hinunter.

Gorg knurrte. Auf seinem Gesicht erschien ein gespannter Ausdruck. Auch er schien die Bewegung bemerkt zu haben. Nein, dachte Kim, nicht das. Bitte nicht das!

Aber sein Flehen blieb unerhört. Nach einer Weile wiederholte sich die Bewegung und sowie die Sonne höher stieg, ließen sich mehr und mehr Einzelheiten erkennen. Und je mehr sie erkennen konnten, desto tiefer wurde die Verzweiflung in Kims Herzen. Denn die Wahrheit ließ sich nun nicht länger verleugnen.

Zwischen den Felsen unten am Flussufer bewegten sich Reiter.

Schwarze Reiter.

Es waren nicht mehr so viele wie das letzte Mal, vielleicht zwanzig, dreißig Mann, aber selbst dieser Trupp reichte, um ihnen auf diesem ungeschützten Gelände den Garaus zu machen. Und an seiner Spitze, über die Entfernung doch deutlich zu erkennen, ritt eine riesenhafte, schwarz gepanzerte Gestalt.

»Baron Kart«, murmelte Kim.

Die Reiter waren sicher noch eine Stunde oder mehr entfernt und auf dem felsigen Grund konnten sie ihr Tempo wohl kaum merklich steigern. Aber Kim war sich darüber im Klaren, dass ihr Vorsprung rasch zusammenschrumpfen würde, sobald die Reiter das Tal durchquert und die Hügelkette überwunden hatten. Selbst mit dem Floß würden sie kaum die Geschwindigkeit galoppierender Pferde erreichen können.

»Umsonst«, murmelte er. »Es war alles umsonst. Rangarigs Tod, der Tümpelkönig …« Als allerletzte Rettung blieb zwar noch immer der wundertätige Umhang, Laurins Mantel. Doch irgendetwas sagte ihm, dass die Zeit dafür noch nicht gekommen war.

»Schweig!«, befahl Gorg. Seine Stimme bebte und sein Gesicht zeigte einen so wütenden Ausdruck, dass Kim unwillkürlich einen Schritt zurückwich. »Nichts war umsonst!«, donnerte Gorg. »Wir haben noch Zeit. Lauf und wecke die anderen. Ihr müsst sofort losfahren.«

»Wir?« Kim verstand nicht gleich.

»Wieso wir? Du …«

»Ich bleibe«, sagte Gorg entschlossen. »Ich werde sie aufhalten, so gut es geht.«

»Du bist verrückt!«, entfuhr es Kim. »Du weißt nicht, was du redest. Es wäre dein sicherer Tod, wenn du zurückbleibst.«

Gorg lachte rau. »Ach was, mein Kleiner. Es sind nicht viele und …«

»Zu viele«, fiel ihm Kim ins Wort. »Auch für dich.«

»Willst du mich beleidigen?«, grollte Gorg. »Es gehört mehr als eine Handvoll schwarzer Reiter dazu, mich in die Flucht zu schlagen.«

Kim schüttelte den Kopf. »Ich lasse nicht zu, dass du dich opferst«, sagte er bestimmt. »Wenn wir alle hierbleiben und ihnen einen Hinterhalt legen, haben wir eine gute Chance.«

Gorg antwortete nicht, sondern beendete die Diskussion auf seine Art. Wortlos packte er Kim, klemmte ihn wie einen Kartoffelsack unter den Arm und stürmte mit weit ausgreifenden Schritten den Hang hinunter, ohne sich um Kims Protestgeschrei zu kümmern.

Kims Gebrüll weckte die anderen.

»Was ist los?«, fragte Priwinn verwirrt, während er sich den Schlaf aus den Augen wischte.

»Schwarze Reiter!«, sagte Gorg. »Ungefähr zwanzig. Ihr müsst sofort losfahren. In einer Stunde sind sie hier!« Priwinn starrte den Riesen einen Moment lang fassungslos an und sprang dann mit einem Satz auf die Füße. Er stellte sich auf die Seite von Kim. Auch er wollte nicht zulassen, dass Gorg allein zurückblieb.

»Schluss jetzt!«, befahl Gorg. »Ich weiß schon, was ich tu.« Aber Kim dachte gar nicht daran, nachzugeben. »Das weißt du nicht!«, sagte er. »Wir brauchen dich, Gorg. Keiner von uns weiß, welche Gefahren uns noch erwarten.«

»Wenn niemand zurückbleibt, um sie aufzuhalten, gar keine mehr«, gab Gorg trocken zurück. »Dann haben sie euch nämlich in längstens zwei Stunden eingeholt.«

»Lasst *mich* zurück«, sagte jetzt Kelhim, der dem Streit bisher schweigend gefolgt war. »Kim hat recht. Vielleicht wirst du noch gebraucht, später. Ich dagegen«, er deutete mit einer vielsagenden Geste auf seine nutzlose Tatze und die unförmig angeschwollene Schulter, »bin sowieso nur eine Belastung für euch. Es ist nicht schade um einen Krüppel wie mich.«

»Und was willst du mit deiner Verletzung gegen die Schwarzen unternehmen?«, fragte Gorg.

Kelhim lachte rau. »Mag sein, dass ich nicht mehr der alte bin«, sagte er. »Aber um Kart das Leben schwer zu machen, dazu reicht es noch allemal! Ich lasse nicht zu, dass du bleibst.«

»Mach dich nicht lächerlich«, sagte Gorg ruhig. »Ihr steigt jetzt auf das Floß und verschwindet. Wenn wir uns hier noch lange herumstreiten, erledigt sich die Sache von selbst. Dann haben sie uns nämlich alle.«

»Ich bleibe«, beharrte Kelhim.

Gorgs Augen zogen sich zu schmalen Schlitzen zusammen. »Ach?«

Kelhim richtete sich drohend auf die Hinterbeine auf. Zum ersten Mal seit langer Zeit kam Kim wieder zu Bewusstsein, wie groß und mächtig der Bär war, selbst im Vergleich zu Gorg. Der Riese überragte Kelhim zwar um mehr als zwei Kopflängen, aber der Bär war viel massiger und breiter. »Ich bleibe hier«, wiederholte Kelhim. »Und wenn du etwas dagegen einzuwenden hast, wirst du mit mir kämpfen müssen.«

Einen Moment lang schien es, als würde Gorg die Herausforderung annehmen. Aber dann entspannte sich sein Körper und auf seinem Gesicht machte sich ein resignierter Ausdruck breit. »Wenn du meinst«, sagte er leise. »Du hast es so gewollt.«

Er trat beiseite, wartete, bis der Bär, noch immer hoch aufgerichtet und beide Tatzen drohend vorgestreckt, an ihm vorbei war, und schlug ihm dann mit aller Macht die Keule auf den Hinterkopf. Kelhim fiel stocksteif vornüber und blieb wie ein gefällter Baum liegen.

Priwinn schrie entsetzt auf. »Was hast du getan?«

»Das einzig Richtige«, antwortete Gorg, ohne den Steppenprinzen eines Blickes zu würdigen. »Dieser Narr hätte sich umgebracht ohne zu überlegen.« Er warf seine Keule ins Gras, hob ächzend den schweren Körper des Bären hoch und trug ihn zum Floß hinüber. »Jetzt ihr«, sagte er ungeduldig, nachdem er Kelhim auf den feuchten Stämmen abgeladen hatte. »Beeilt euch.«

Kim, Brobing, Ado und Priwinn traten hintereinander auf das Floß. Gorg griff nach dem Haltetau und riss es kurzerhand entzwei. Das Floß schwankte, stemmte sich gegen die Strömung und trieb langsam vom Ufer weg auf die Flussmitte zu.

Kelhim erwachte erst gegen Mittag. Er fieberte und redete wirr. Die Wunde an seiner Schulter hatte sich weiter entzündet und begann einen üblen Geruch auszuströmen. Ado bemühte sich eine Weile darum, gab dann kopfschüttelnd auf und sah den Bären unglücklich an. »Tut mir leid, alter Bursche«, murmelte er. »Ich kann dir nicht mehr helfen.«

Er blickte sekundenlang in Kims Augen und starrte dann in das vorüberrauschende Wasser.

»Er wird sterben, wenn ihm keine Hilfe zuteil wird«, sagte er. Er sagte es ruhig und in seiner Stimme war keine Trauer und keine Bitterkeit. Trotzdem hatte Kim das Gefühl, als ob jedes Wort wie ein glühendes Messer in seine Brust stäche. Sterben …

War ihre Reise denn nur eine Reise in den Tod? Wartete auf jeden Einzelnen von ihnen schließlich nichts als ein sinnloses Ende? Vor seinem geistigen Auge zogen noch einmal die Stationen ihrer Reise vorbei: zuerst Rangarig, der große, gutmütige, unbesiegbare Drache, hingemetzelt in einem grausamen Kampf, gestorben für ein Ziel, das sie vermutlich nie erreichen würden, ja das es vielleicht nicht einmal gab. Dann der Tümpelkönig, dieser traurige alte Mann, der sich noch einmal gegen sein Schicksal aufgelehnt hatte, der sich nach Jahrzehnten der Unterdrückung endlich gegen seine Folterknechte stellte und dafür mit dem Leben bezahlte. Dann Gorg, der mächtige, liebenswerte Riese, der im Grunde nichts als ein zu groß geratener Junge war und den Kim, ohne sich bis zu diesem Augenblick dessen bewusst gewesen zu sein, von allen am liebsten mochte. Auch Gorg war tot, Kim wusste es; gestorben, nur um ihnen ein paar Stunden Vorsprung zu verschaffen. Und jetzt Kelhim. Lieber Himmel, waren sie denn alle nur mit ihm gekommen, um an seiner Seite zu sterben, vielleicht sogar an seiner Stelle?

Kims Trauer machte für einen Moment jäh aufflammender Wut Platz. Fast wünschte er sich, dass Baron Kart sie weiter verfolgen würde, dass er ihm noch einmal gegenüberstehen könnte, ein einziges Mal noch, um ihm alles heimzuzahlen, was er ihm angetan hatte.

Er strich dem Bären zärtlich über den Kopf und schmiegte sich frierend in sein Fell. Die Sonne hatte den Höhepunkt ihrer Bahn erreicht; trotzdem wurde es immer kälter. Zwischen den Bäumen am Flussufer lagen da und dort kleine Schneenester und der Himmel hatte sich im Westen mit tief hängenden grauen Wolken bedeckt. Der eisige Wind blies noch stärker und zwischen den Baumstämmen, aus denen das Floß zusammengefügt war, bildete sich Raureif. Wahrscheinlich würde es heute noch schneien.

Kim rollte sich zu einem Ball zusammen, vergrub das Gesicht im weichen Fell des Bären und versuchte zu schlafen. Das Floß trieb gemächlich in der Flussmitte dahin, weit genug vom Ufer entfernt, um vor Pfeilen und Speeren in Sicherheit zu sein. Von ihren Verfolgern war noch keine Spur zu entdecken. Entweder war es Gorg gelungen, die schwarzen Reiter in die Flucht zu schlagen, oder sie hatten ihre Spur verloren. Doch diese Hoffnung war so gering, dass Kim sich zwar an sie klammern, im Grunde seines Herzens aber nicht daran glauben konnte. Die schwarzen Reiter würden entdecken, dass sie Bäume geschlagen hatten, und es war nicht schwer, daraus die richtigen Schlüsse zu ziehen.

Es wurde immer noch kälter. Nach und nach verschwanden die Bäume vom Ufer. Schnee und große Flecken nackten schwarzen Gesteins säumten den Fluss auf beiden Seiten. Am späten Nachmittag tauchten die ersten Eisschollen auf dem Wasser auf, noch zerbrechlich und dünn wie Glas, aber drohende Vorboten dessen, was sie noch erwarten mochte. Frierend und halb betäubt vor Kälte rollten sie sich alle im Schutze Kelhims zum Schlafen zusammen. Die Sonne versank und das Floß trieb weiter auf dem breiten, ruhig strömenden Fluss entlang. Kim schlief bald ein, wachte aber immer wieder auf, wenn Eisschollen und große, harte Brocken gegen das Floß stießen, und einmal schrammte etwas so machtvoll an der Unterseite der Stämme entlang, dass sie befürchteten, das Floß würde zerbrechen. Aber es hielt stand und sie glitten weiter in Nacht und Ungewissheit hinein.

Kim erwachte, als das Floß mit lautem Knirschen auf Grund lief. Er fuhr hoch, griff Halt suchend um sich und bekam etwas Kaltes, Hartes zu fassen.

Rings um sie herum war Eis. Eis, das sich zu einer hohen, glitzernden Mauer quer über den Fluss auftürmte, in spitzen Riffen durch die Wasseroberfläche brach und das Ufer in eine bizarre Landschaft verwandelte.

»Endstation«, sagte Priwinn lakonisch. »Sieht so aus, als müssten wir von hier aus laufen.«

Kim konnte Priwinns scheinbaren Gleichmut nicht teilen. Er stand auf, murmelte etwas Unverständliches und erschrak, als seine steif gefrorenen Muskeln gegen die Bewegung protestierten. Seine Finger waren taub vor Kälte und seine ganze Haut prickelte und brannte. Den anderen schien es nicht besser zu ergehen. Priwinn und Ado wirkten blass und elend. Brobing stand zitternd und mit übereinandergeschlagenen Armen am Rande der Eisbarriere und versuchte einen Blick darüber zu werfen.

»Kannst du etwas erkennen?«, fragte Ado.

Brobing nickte. »Ja«, sagte er. »Eis. So weit das Auge reicht. Der Fluss tritt hier und da noch einmal zutage, aber er ist zum größten Teil mit Eis bedeckt. Mit dem Floß kommen wir jedenfalls nicht mehr weiter.« Er trat seufzend zurück und blickte zum Ufer hinüber. Der Fluss war hier so seicht, dass sie den Grund sehen konnten, aber das Floß hatte sich derart im Eis verkeilt, dass sie gar nicht erst zu versuchen brauchten, es zu befreien. Selbst wenn es ihnen gelänge, würde die Strömung sie sofort wieder in oder gar unter das Eis drücken.

Kim atmete tief ein und ließ sich über den Rand des Floßes

gleiten. Er sank bis zu den Oberschenkeln ins eisige Wasser ein. Die Kälte traf ihn so schmerzhaft, dass er aufschrie. Für einen Moment wurde ihm schwarz vor Augen. Unter Aufbietung aller Willenskraft taumelte er weiter, hielt sich mit der Rechten an der Eisbarriere fest und wankte dem Ufer entgegen, jeder Schritt eine Qual. Schon nach wenigen Sekunden verlor er jedes Gefühl in den Beinen und mehr als einmal war er nahe daran, einfach aufzugeben und sich vornüber ins Wasser fallen zu lassen. Aber er schaffte es, irgendwie, und nach einer Weile erreichten auch die anderen das Ufer und ließen sich erschöpft und halb bewusstlos vor Kälte auf das Eis niedersinken.

»Weiter«, drängte Kelhim, der das Floß als Letzter verlassen hatte. »Ihr müsst unbedingt weiter. Wenn ihr einschlaft, erfriert ihr.«

Kim wälzte sich stöhnend auf die Seite. Er wollte schlafen, wollte sich der verlockenden, tauben Wärme hingeben, die sich in seinen Gliedern auszubreiten begann. Instinktiv wusste er, dass Kelhim recht hatte und dass die Wärme in seinem Inneren nichts anderes als der erste Vorbote des Todes war, aber das war ihm egal. Er wollte schlafen, nichts als ausruhen.

Kelhim zerrte Kim grob auf die Füße, drehte ihn um und gab ihm einen Stoß in den Rücken, der Kim vorwärtstaumeln ließ.

»Weiter!«, befahl der Bär. »Ihr müsst weitergehen! Ihr dürft nicht liegen bleiben. Ihr müsst weiter! Weiter!«

Kim brach nach wenigen Schritten wieder in die Knie, aber Kelhim trieb ihn und auch die anderen unbarmherzig weiter. Kims Kleider waren schwer von Wasser und er hatte das Gefühl, als ob die Feuchtigkeit in seiner Rüstung allmählich erstarrte und seinen Körper mit einem tödlichen Eispanzer umgäbe.

Kims Herz hämmerte, als wollte es zerspringen. Vor seinen Augen zogen Nebelschleier auf und ab und die Luft schien sich bei jedem Atemzug in seinem Hals in flüssiges Feuer zu verwandeln, das seine Lungen verbrannte. Aber er lief weiter, getrieben von einer Kraft, die er sich selbst nicht erklären konnte. Und die Bewegung tat, wenn auch langsam und unter fast unerträglichen Schmerzen, ihre Wirkung. Allmählich kehrte das Leben in seinen Körper zurück, zuerst als Kribbeln und Stechen in den Finger- und Zehenspitzen, dann als heißer, tobender Schmerz. Die Nebel vor seinen Augen lichteten sich und er konnte von seiner Umgebung mehr als nur verschwommene Umrisse erkennen.

Die Landschaft war von eintönigem, konturlosem Weiß. Es gab nichts, keine Unebenheit, keinen Baum oder Strauch oder wenigstens einen Felsen, an dem der Blick sich hätte festhalten können. Der Horizont verschwamm im Nebel und nur manchmal glaubte Kim in den treibenden, weißgrauen Schwaden die Umrisse eines riesigen, bizarren Gebäudes zu erkennen. Aber das Bild verschwand regelmäßig, bevor er sich wirklich darauf konzentrieren konnte.

Plötzlich blieb Brobing stehen und deutete mit schreckgeweiteten Augen in die Richtung, aus der sie gekommen waren. Kim kniff die Augen zusammen, um über die gleißende Eisfläche zu schauen, und prallte entsetzt zurück.

Eine Anzahl winziger schwarzer Punkte zeichnete sich auf dem Eis ab.

»Das ist das Ende!«, murmelte Brobing.

Kelhim fuhr wütend auf. »Nichts da! Weiter!« Er setzte sich in Bewegung, tappte ein paar Schritte über das Eis und blieb verdutzt stehen. Keiner machte Anstalten, ihm zu folgen. »Kommt schon!«, drängte er. »Wir müssen fliehen!«

Ado schüttelte entschieden den Kopf. »Es ist zwecklos, Bär«, sagte er. »Wir vergeuden nur unsere Kräfte. Es gibt nichts, wohin wir fliehen könnten.«

Kelhim setzte zu einer energischen Antwort an, verzichtete dann aber darauf. Stattdessen blickte er nachdenklich über die endlose Eisfläche, die sie umgab. Der junge Tümpelkönig hatte recht. Die Eisige Einöde bot kein Versteck, nichts, wo sie sich hätten verbergen oder verschanzen können. »Stimmt«, brummte er. »Diesmal werden wir wohl kämpfen müssen.«

Kim nickte. Langsam, mit Bedacht zog er die schwarze Klinge aus der Scheide, packte den Schild fester und blickte den näher kommenden Reitern entgegen, bereit für den letzten, entscheidenden Kampf.

XVII

Es waren sieben. Sechs schlanke, hochragende Gestalten in schimmerndem Schwarz, Bogen und Pfeile kampfbereit in der Faust. Und an ihrer Spitze, gigantisch und drohend und als Einziger mit einem großen schwarzen Morgenstern bewaffnet, Baron Kart. Tief über den Hals ihrer Pferde gebeugt, preschten die schwarzen Todesboten heran, noch dreihundert, noch zweihundert Meter entfernt, und mit jedem Augenblick wurde der Abstand geringer.

Kim packte sein Schwert fester. Die schwarze Klinge schien in seinen Händen zu vibrieren. Kim brauchte eine Weile, ehe er merkte, dass er selbst es war, der zitterte, nicht vor Angst oder Kälte, sondern vor Erregung. Neben ihm bereitete sich Priwinn auf den Zusammenstoß vor. Seine Augen waren geschlossen, der Körper seltsam entspannt. Und hinter ihm richtete sich Kelhim langsam auf die Hinterbeine auf und nahm die für Bären typische Kampfhaltung ein. Gerade aufgerichtet, beide Vordertatzen vorgestreckt, überragte er selbst die schwarzen Reiter auf ihren Pferden noch um ein gutes Stück.

Kim blickte den näher kommenden Reitern gefasst entgegen. Zu einem anderen Zeitpunkt wären sie leicht mit ihnen fertiggeworden. Es waren nur sieben, und Kelhim allein wog vier oder fünf von ihnen auf. Brobing und Priwinn hatte Kim bereits im Kampf erlebt und wusste, was ihnen zuzutrauen war, und auch er selbst hatte mit Schild und Schwert umzugehen gelernt. Aber diesmal waren die Karten schlecht verteilt. Auch wenn Kelhim sich alle Mühe gab, sich nichts anmerken zu lassen, machte ihm seine Verletzung doch schwer zu schaffen; Ado war in keiner Weise für einen Kampf auf Leben und Tod gerüstet und auf dem offenen, deckungslosen Gelände waren ihnen die Reiter mit ihren Pferden weit überlegen.

Fast als wäre dieser Gedanke das Signal zum Angriff gewesen, teilte sich jetzt die Reihe der herangaloppierenden Reiter. Je drei scherten nach rechts und links aus, um von beiden Seiten anzugreifen. Nur Baron Kart ritt auf seinem riesigen Pferd direkt auf Kim zu. Ein Hagel schwarzer Pfeile sirrte durch die Luft. Kim warf sich mit seinem Schild schützend vor Ado und fing eines der tödlichen Geschosse auf. Der Anprall ließ ihn zurücktaumeln. Aus den Augenwinkeln sah er, wie Priwinn sich unter einem heranzischenden Pfeil wegduckte. Baron Kart riss mit einem gellenden Schrei seine Waffe empor. Die stachelbewehrte Kugel am Ende der armlangen Kette begann zu rotieren und bildete einen singenden, tödlichen Kreis.

Aber er kam nicht dazu, den Schlag zu führen.

Irgendetwas geschah mit dem Licht. Es wurde gelb, flackerte einen Moment und sank dann zu einem sanften Glühen herab. Von einem Augenblick zum anderen kam Nebel auf und die Kälte schien sich zu verdichten.

»Halt!«

Die Stimme dröhnte in ihren Köpfen, ihren Körpern, im Eis und der Luft, ein Befehl von solch gebieterischer Macht, dass Kim unwillkürlich sein Schwert fallen ließ und die Hände vor die Ohren schlug. Zwei, drei der schwarzen Reiter stürzten aus den Sätteln, als sich ihre Tiere erschrocken aufbäumten, und auch der schwarze Baron hielt sich nur noch mit Mühe im Sattel. Die geordnete Angriffsformation der Reiter löste sich binnen Sekunden in Chaos auf.

Kim fuhr erschrocken herum, als er die Bewegung sah. Ein riesiger Schatten tauchte aus dem Nebel auf. Die treibenden Schwaden teilten sich und ein hünenhafter weißer Reiter drängte sich zwischen die Kämpfenden.

Kim betrachtete den Fremden mit einer Mischung aus Bewunderung und Furcht. Ross und Reiter waren vollkommen weiß, von der gleichen, milchigen Farbe wie das Eis, über das sie seit Stunden gelaufen waren. Der Mann war in dicke Pelze und schenkellange, fellgefütterte Lederstiefel gekleidet und auch sein Tier wurde durch einen weißen Fellüberhang gegen die grimmige Kälte geschützt. Der Mann war riesig, nicht so sehr aufgrund seiner Körpergröße, obwohl er wirklich sehr groß war; viel mehr noch durch seine Ausstrahlung, jene Aura unerschütterlicher Überlegenheit und Kraft, die ihn wie ein unsichtbarer Schild umgab. Er wäre ein würdiger Gegner für Gorg gewesen, dachte Kim mit einem Anflug von Wehmut.

Die schwarzen Reiter formierten sich wieder. Baron Kart hatte sein Tier unter Kontrolle gebracht und auch die Gestürzten kletterten rasch wieder in die Sättel und reihten sich hinter ihrem Anführer auf.

»Geh aus dem Weg«, zischte Kart. Seine Stimme klang sogar noch in dieser Umgebung eiskalt.

Der Eisriese schüttelte mit Bestimmtheit den Kopf. »Nein. Es wird keinen Kampf geben, Kart. Nicht hier.«

Kart warf zornig den Kopf zurück und rief einen scharfen Befehl. Zwei seiner Reiter rissen die Pferde herum, zogen ihre Waffen und galoppierten auf den weißen Riesen zu. Dieser wartete gelassen, bis die beiden Reiter heran waren, und hob dann die Hand. Ein zweifacher, gellender Aufschrei zerriss die Luft. Pferde und Reiter stürzten wie vom Blitz gefällt nieder und blieben reglos liegen. Ihre Körper überzogen sich augenblicklich mit Eis.

»Ich habe dich gewarnt, Kart«, sagte der Eisriese. »Halte deine Männer zurück oder ihnen und dir widerfährt das gleiche Schicksal.« Er drehte den Kopf, musterte Kelhim und die anderen abschätzig und wandte sich dann an Kim. »Nun zu dir, Kim Larssen. Wir haben dich erwartet. Dich und deine Freunde. Ihr kommt spät.«

Kim erschrak. »Du … du kennst meinen Namen?«

Ein Lächeln glitt über das Gesicht des weißen Riesen. »Natürlich«, antwortete er. »Den deinen und auch die deiner Freunde. Ich weiß, warum ihr hier seid, und ich weiß auch, wie ihr gekommen seid. Nichts, was irgendwo in unserem Reich geschieht, bleibt uns verborgen.«

»Aber warum …«, stotterte Kim, »was … wer … wer bist du?«

»Man hat uns viele Namen gegeben und einer ist so gut wie der andere. Ich glaube, die Menschen von Märchenmond nennen uns die Weltenwächter.«

»Weltenwächter?«, wiederholte Kim fragend. »Was bedeutet das?«

»Du wirst es erfahren. Doch nun kommt!« Er wendete sein Pferd, bewegte die Hand und ritt langsam voran. Die Nebelwand riss auf und wo kurz zuvor nur leere, eisige Einöde gewesen war, erhob sich vor ihren staunenden Augen nun eine prächtige Burg, die ganz aus Eis und Schnee erbaut war. Schimmernde Eisbrücken verbanden die himmelstürmenden Türme der Festung miteinander und über dem weit geöffneten Tor prangte das aus Eis geformte Symbol der Unendlichkeit, eine liegende Acht.

Kelhim stieß einen Laut der Überraschung aus.

»Burg Weltende!«, brummte er.

Der weiße Reiter verhielt sein Pferd und wartete, bis Kelhim und Kim neben ihm angelangt waren.

»Geht voraus«, sagte er. »Man erwartet euch.«

Kim zögerte. Kart und die vier verbliebenen Reiter hatten sich nicht von der Stelle gerührt. Aber Kim konnte beinah Karts hasserfüllten Blick im Rücken spüren.

»Geht ruhig«, sagte der Weltenwächter. »Ihr seid hier sicher. Burg Weltende ist ein Ort des Friedens. Boraas' Macht endet hier.«

Sie gehorchten und näherten sich dem Tor, während der Reiter hinter ihnen zurückblieb und langsam mit dem Nebel zu verschmelzen schien. Kim kam sich unglaublich winzig und verloren vor, als sie durch das mächtige Tor von Weltende traten, ein geschlagener, verlorener Haufen, von dessen einstigem

Mut und Optimismus kaum noch etwas geblieben war. Diese plötzliche, neuerliche Rettung erschien ihm wie ein Wunder. Gleichzeitig fiel ihm wieder ein, was der Weltenwächter gesagt hatte. Nichts, was in unserem Reich geschieht, bleibt uns verborgen …

Bedeutete das, dass sie die ganze Zeit unter dem Schutz des weißen Riesen gestanden hatten? Kim dachte diesen Gedanken lieber nicht zu Ende. Denn wenn es so war, dann war zumindest Gorgs Opfer sinnlos gewesen.

Ein weiter, vereister Innenhof nahm sie auf. Kim hörte ein leises Geräusch. Als er sich umdrehte, sah er, wie sich die riesigen Torflügel schlossen. In der Mitte des Hofes blieben sie unschlüssig stehen. Die Türme und Mauern ragten ringsum glatt und fugenlos in die Höhe, ebenmäßige, schimmernde Wände ohne Fenster und Türen. Die Burg erinnerte Kim ein wenig an Gorywynn, nur dass, was dort aus Glas war, hier aus Eis und Schnee erbaut war und statt der funkelnden Farbenpracht hier kaltes steriles Weiß herrschte. Wo in Gorywynn Licht und Anmut die Linien der Architektur prägten, herrschte hier Ruhe und majestätische Größe vor. Und es war still. Unheimlich still.

Eine der fugenlosen Wände öffnete sich wie von Geisterhand und ein Mann trat auf den Hof. Seinem Aussehen nach hätte er ein Bruder dessen sein können, der sie draußen empfangen und gerettet hatte; nur fehlte ihm etwas von der Macht und Ruhe, die jener ausstrahlte.

»Willkommen in Weltende, der Burg am Rande der Zeit«, sagte der Fremde. Kim fand die Worte ein wenig theatralisch, aber er nahm sich zusammen und nickte ernsthaft. Der Eisriese schwieg, als erwarte er eine Antwort, zuckte dann die Achseln und machte eine einladende Geste. »Folgt mir. Ich werde euch in eure Gemächer geleiten, wo ihr zu essen bekommt und eure Wunden gepflegt werden.«

So verlockend das Angebot auch klang, alle fünf blieben

stocksteif stehen und machten keine Anstalten, der Einladung zu folgen.

»Ihr habt nichts zu befürchten«, sagte der Eisriese lächelnd. »Ihr befindet euch am sichersten Ort dieser Welt.«

»Darum geht es nicht«, gab Priwinn zurück. »Aber wir dürfen keine Zeit verlieren. Unser …«

»Euer Weg endet hier«, unterbrach ihn der Eisriese, noch immer freundlich, aber in sehr bestimmtem Ton.

»Was heißt das?«, fragte Kim erschrocken.

»Euer Weg ist zu Ende, so wie alle Wege hier enden. Kein Pfad, kein Weg, keine Straße führt über Burg Weltende hinaus.«

»Aber … aber irgendetwas muss doch auf der anderen Seite liegen«, stammelte Kim.

Der Eisriese schüttelte ernst den Kopf. »Nur das Nichts. Eure Welt endet hier.«

»Unsere Welt?«, fragte Priwinn hellhörig. »Was heißt das – *unsere* Welt?«

»Es gibt mehr als nur eine Welt, Prinz der Steppe«, entgegnete der Eisriese geduldig. »Es gibt unzählige Welten, so wie es unzählige Menschen mit unzähligen Gedanken gibt. Jeder von euch trägt mehr Welten in sich, als Planeten im Kosmos sind. Sie alle haben eines gemeinsam. Sie enden hier.«

»Dann gibt es doch einen Weg?«, bohrte Priwinn. »Nur nicht für uns?«

»Es gibt einen«, antwortete der Eisriese zögernd, »doch ist er gefährlich und schmal und nicht für Wesen wie euch bestimmt. – Kommt jetzt. Wir werden später noch genug Zeit haben, uns darüber zu unterhalten.«

Er trat beiseite und ein zweiter, dritter, vierter und fünfter Eisriese erschien auf dem Hof, bis jeder von Kims Gefährten einen Führer hatte, dem er, wenn auch widerstrebend, ins Innere der Burg folgte. Die Gänge waren schmal und hoch, so hoch, dass man die Decke nicht sehen konnte und den Eindruck gewann, sich im Inneren der gewaltigen Burgmauern zu bewegen.

Kims Führer deutete auf einen Türbogen, der plötzlich aufklaffte, wo soeben noch fugenloses Eis gewesen war.

»Tritt ein, Kim.«

Kim sah sich unsicher nach den anderen um. Es passte ihm nicht, von ihnen getrennt zu werden, aber er sah ein, dass jeder Widerstand zwecklos war. Die sanfte und freundliche Art der Eisriesen täuschte nicht darüber hinweg, dass ihre Gebote keinen Widerspruch duldeten.

Kim seufzte resignierend und folgte seinem Begleiter in den angrenzenden Raum. Hinter seinem Rücken verschmolz die Tür wieder spurlos mit der Wand.

Kim sah sich staunend um. Es gab keine Fenster und Türen, dennoch war das Zimmer taghell erleuchtet. Ein breites, bequemes Bett nahm eine ganze Seite des Raumes ein, davor stand ein Tisch mit einem hochlehnigen Stuhl. Auf dem Tisch türmten sich Teller und Schalen mit Früchten und Fleisch und Brot, daneben bauchige Krüge mit dampfenden Getränken. Alles in diesem Raum, selbst die Möbel und die Schalen, in denen die Speisen angerichtet waren, bestand aus Eis. Trotzdem war es warm, mollig warm sogar.

»Ich lasse dich jetzt allein«, verkündete Kims Begleiter. »Iss, trink und ruh dich aus. Später komme ich wieder, um deine Wunden zu versorgen.«

Kim wollte widersprechen, aber der Eisriese wandte sich rasch um und trat durch die geschlossene Wand hinaus. Kim starrte die Stelle, wo er verschwunden war, noch eine Weile verblüfft an, dann drehte er sich achselzuckend um und ging zögernd zum Tisch. Er schwankte zwischen dem immer mächtiger werdenden Wunsch, sich hinzulegen und endlich wieder einmal in einem weichen, warmen Bett zu schlafen, und seinem Hunger. Schließlich siegte Letzterer. Vorsichtig ließ Kim sich auf dem zerbrechlich aussehenden Stuhl nieder und griff nach einem Teller mit duftenden Bratenscheiben. Das Fleisch war noch heiß, sodass er sich fast die Finger verbrannte. Trotzdem schmolz der Eisteller nicht. Aber Kim hatte längst aufgehört, sich über all das Unmögliche und Erstaunliche, das er hier erlebte, den Kopf zu zerbrechen. Er nahm es eben hin, wie es war.

Als er satt war, stand er auf, streckte seine müden Glieder und wankte zum Bett hinüber. Auch das Bettgestell bestand, wie nicht anders zu erwarten, aus Eis und die Bettwäsche schien aus Schnee gewoben zu sein, so weich und anschmiegsam war sie. Er legte sich hin, deckte sich zu und war binnen Sekunden eingeschlafen.

Diesmal wurde er nicht von Albträumen geplagt. Als Kim erwachte, fühlte er sich frisch und kräftig wie seit Langem nicht mehr. Jemand war im Zimmer gewesen, während er schlief. Der Tisch war abgeräumt und das überreichliche Festmahl durch ein einfaches, aber gutes und reichliches Frühstück ersetzt worden und neben seinem Bett stand eine Waschschüssel mit warmem Wasser.

Kim aß, wusch sich (in ebendieser Reihenfolge, weil es ihm plötzlich kindisches Vergnügen bereitete, mit solchen erzieherischen Grundsätzen zu brechen) und wartete dann ab, was weiter geschah.

Seine Geduld wurde auf keine lange Probe gestellt. Die Wand teilte sich lautlos und sein Betreuer kam herein. »Nun«, sagte der Eisriese freundlich, »ich hoffe, du warst mit der Unterbringung zufrieden?«

Kim nickte. »Sehr. Ich fühle mich wohl wie schon lange nicht mehr. Vielen Dank für alles.«

Der Eisriese nickte. »Du musst sehr müde gewesen sein.«

»Ja. Aber jetzt fühle ich mich wieder großartig. Habe ich lange geschlafen?«

»Zwei Nächte und einen Tag«, antwortete der Eisriese. »Zwei Nächte?«, fragte Kim erschrocken.

»Du warst erschöpft, Kim. Wir haben dafür gesorgt, dass dein Körper die Ruhe nachholen konnte, die er so lange entbehren musste.«

»Zwei Nächte!«, wiederholte Kim. »Ich habe zwei Nächte und einen Tag verloren?«

»Nicht verloren, Kim. Sei unbesorgt. Nicht nur eure Welt, auch eure Zeit endet hier. Nicht eine Stunde wird vergangen sein, wenn du Weltende verlässt. Aber nun komm. Wir haben mit dir zu reden.«

Er trat auf den Gang hinaus und winkte Kim, ihm zu folgen.

»Was ist mit den anderen?«, fragte Kim aufgeregt. »Mit Priwinn und Ado und Brobing? Und wie geht es Kelhim?«

»Sie ruhen noch«, antwortete der Eisriese, während sie ohne Hast den Gang hinunterschritten. »Die Wunde des Bären sah schlimm aus. Es wird eine Zeit dauern, ehe er wieder bei Kräften ist. Aber er wird es überleben, keine Sorge. Ihr habt viel riskiert«, fügte er nach einer Pause hinzu.

Sie schritten eine breite, lange Treppe hinunter, gingen durch einen weiteren hohen und schmalen Gang und standen schließlich vor einer geschlossenen Tür. In das schimmernde Eis ihrer Oberfläche war das Symbol der Unendlichkeit eingraviert, die liegende Acht, die Kim schon über dem Eingangstor aufgefallen war.

»Tritt ein!«

Kim gehorchte. Die Tür schwang lautlos auf und Kim fand sich in einer hohen, kuppelartig gewölbten Halle wieder. Entlang den Wänden standen runde, blitzende Säulen aus blauweißem Eis. Eine seltsame, fast beklemmende Atmosphäre lag über dem Saal und als Kim zögernd über den schimmernden Boden auf den Tisch in der Mitte zuging, glaubte er einen flüchtigen Hauch dessen zu verspüren, was das Symbol bedeutete. Einen Hauch der Unendlichkeit. Er schauderte.

»Tritt näher, Kim«, sagte der mittlere der drei Weltenwächter, die an dem halbrunden Tisch saßen und Kim aufmerksam entgegenblickten. »Du hast geruht, du hast gegessen, nun ist es an der Zeit zu reden.«

Kim schluckte. Ohne es begründen zu können glaubte er einen Unheil verkündenden Unterton aus der Stimme des Sprechers herauszuhören.

»Deine Freunde und du«, fuhr der Weltenwächter fort, »ihr habt ein großes Wagnis auf euch genommen, um hierherzugelangen. Schon viele vor euch haben versucht, das Ende der Welt zu finden, aber nur wenigen ist es gelungen.«

»Aber ich wollte nicht zum Ende der Welt«, sagte Kim unsicher. »Ich wollte zum …«

Der Weltenwächter unterbrach ihn mit einer raschen Handbewegung. »Wir wissen, welches dein Ziel war, Kim. Doch wisse *du,* dass deine Reise hier endet. Niemandem ist es bisher gelungen, den Weg zum König der Regenbogen zu gehen. Nicht hin und zurück.«

»Aber es gibt ihn?«, fragte Kim.

Der Weltenwächter lächelte. »Ja, es gibt ihn«, sagte er. »Doch ist es keinem Menschen vergönnt, ihn zu sehen.«

»Aber ich muss zu ihm!«, brauste Kim auf. »Nur er kann Märchenmond noch vor dem Untergang retten!«

»Er könnte es wohl, Kim. Aber auch wenn wir dir gestatten, deinen Weg weiterzuverfolgen, würdest du nie ans Ziel gelangen. Die Brücke über das Nichts wurde von Wesen geschaffen, die euch Menschen so überlegen sind wie ihr einer Ameise. Nicht einmal wir vermögen ihre Macht zu erahnen. Kein Mensch kann die Gefahren überwinden, die am Wegesrand lauern.«

»Das lasst nur meine Sorge sein«, entgegnete Kim. »Lasst es mich wenigstens versuchen. Rangarig und Gorg und all die anderen dürfen nicht umsonst gestorben sein. Wenn … wenn ich es nicht schaffe«, fügte er verzweifelt hinzu, »wird Märchenmond untergehen.«

»Hast du dich bis jetzt noch nicht gefragt, wozu wir eigentlich da sind?«, fragte der Weltenwächter anstelle einer direkten Antwort. »Wir sind nicht nur da, um euch Menschen vor dem Sturz über den Weltenrand zu bewahren. Wir sind hier, um die Unendlichkeit zu schützen.«

»Vor uns?«

»Vor euch und jedem, der sie betreten will. Vor allem aber ist es unsere Aufgabe, leichtsinnige Narren wie dich vor Schaden zu bewahren. Es wäre dein Verderben, würden wir dich gehen lassen.«

»Aber ihr könnt doch nicht ...«, stotterte Kim. »Ich meine, ihr müsst doch ... Märchenmond wird untergehen, wenn ...«

»Wenn du ihm nicht hilfst, kleiner Held?«, fragte der Weltenwächter mit gutmütigem Spott. »Glaubst du mehr ausrichten zu können als Themistokles, mehr als all die mächtigen Zauberer Märchenmonds, mehr als die gewaltigen Heere, die Boraas gegen euch ins Feld wirft? Glaubst du das wirklich?«

Kim überlegte sich seine Antwort gründlich. Unbewusst spürte er, dass viel davon abhing und dass es mit einem halbherzigen Ja und Nein nicht getan war. Er fühlte, dass der Weltenwächter direkt in sein Herz hineinsah.

»Ja«, antwortete er. Und es war seine feste Überzeugung. Er wusste einfach, dass das Schicksal dieses riesigen, schönen Märchenlandes jetzt und für immer in seinen Händen lag, den Händen eines verwundbaren kleinen Jungen.

Der Weltenwächter nickte.

»Wenn es dein freier Wille ist, so kannst du gehen«, sagte er. »Aber wisse, wenn du Burg Weltende verlässt, verlässt du auch unseren Schutz. Vor dir haben schon andere den Sprung ins Nichts gewagt. Männer, Kim, große und mutige Helden. Doch keiner von ihnen ist zurückgekehrt.«

»Ich weiß«, murmelte Kim. »Aber ich muss es tun.« Plötzlich kam ihm ein Gedanke. »Warum helft *ihr* uns nicht?«, fragte er.

»Warum sollten wir?«

»Vielleicht wird sich Boraas nicht damit zufriedengeben, Märchenmond zu erobern«, sagte Kim, nun kühner geworden. »Vielleicht reicht seine Macht doch weiter, als ihr denkt. Er hat schon einmal das Unmögliche möglich gemacht und mit der Hilfe seines schrecklichen Begleiters, des Schwarzen Lords, das Reich der Schatten verlassen und das Schattengebirge bezwungen. Warum sollte er nicht auch ...«

»Wir werden uns zu schützen wissen, wenn es so weit ist«, fiel ihm der Weltenwächter ins Wort. »Es steht nicht in unserer Macht, fremde Geschicke zu lenken. Wir mischen uns nicht in eure Angelegenheiten ein. Selbst wenn wir es wollten, könnten wir es nicht. Auch wir sind nur winzige Teilchen im Gefüge von Raum und Zeit. Und über uns stehen Mächtigere. – Und nun«, sagte der Weltenwächter in verändertem Tonfall, »prüfe dein Gewissen ein letztes Mal. Wenn es dein fester Wille ist zu gehen, werden sich Weltendes Tore für dich öffnen. Für dich, Kim, für dich allein. Deine Begleiter müssen zurückbleiben. Denn die Brücke in die Unendlichkeit trägt immer nur einen Reisenden.«

Kim wollte antworten, aber der Weltenwächter hob die Hand. »Eines noch, kleiner Held. Du kamst hierher als Gejagter. Unsere Unparteilichkeit verbietet aber *jegliche* Einmischung. Deswegen wird auch dein Verfolger den Weg ins Nichts finden.«

Kim überlegte angestrengt. Was der Weltenwächter so kompliziert ausdrückte, bedeutete wohl nichts anderes, als dass Baron Kart ihm folgen würde.

»Er allein«, sagte der Weltenwächter, der tatsächlich seine Gedanken zu lesen schien, wie zur Bestätigung. »Seine Begleiter werden zurückbleiben, ebenso wie die deinen. – Nun? Bist du noch immer bereit zu gehen?«

Kim nickte wortlos.

Eine Weile geschah gar nichts. Dann auf einmal begannen

die Umrisse der Halle vor seinen Augen zu verschwimmen. Als Kim wieder klar sehen konnte, stand er auf einer weiten, hellgrauen Ebene. Ein vertrautes Gewicht zerrte an seinem linken Arm und als er an sich herabsah, stellte er fest, dass er wieder seine schwarze Rüstung und den Schild trug. Er schaute auf und erblickte eine glatte, unendlich hohe Mauer, die sich zu beiden Seiten in konturlosem Grau verlor. Von der Burg und der Schneelandschaft war nichts mehr zu sehen.

Kim schauderte und drehte sich einmal um seine Achse. Die graue Ebene setzte sich nach beiden Seiten hin bis ins Unendliche fort, einem schmalen Sims gleich, der am Fuße der gewaltigen Weltenmauer ins Nichts hineinragte.

Lange Zeit stand Kim reglos da und starrte in die schwarze Unendlichkeit hinaus, die sich jenseits der Ebene ausbreitete. Das war nicht die samtige, sternenerfüllte Schwärze des Weltraums, die er erwartet hatte, nicht die Leere zwischen den Planeten. Es war, was der Weltenwächter gemeint hatte. Das Nichts.

Das absolute Nichts.

Kim stöhnte. Seine Glieder begannen zu zittern und ein unbeschreibliches, tödliches Gefühl der Verlorenheit begann sich in seine Seele zu krallen. Dennoch war Kim unfähig, den Blick zu wenden.

Der menschliche Geist ist nicht dafür geschaffen, dem Nichts gegenüberzustehen. Wir mögen uns Leere vorstellen, vielleicht auch einen Zipfel der Unendlichkeit erfassen können. Aber das Nichts, etwas, worin nicht einmal Leere, nicht einmal Raum und Einsamkeit existieren, hat keinen Platz in unserer Vorstellungswelt. Die Idee des Nichts ist so abstrakt, dass sein Anblick, die wirkliche Anwesenheit des Nichts – an sich schon ein Widerspruch in sich selbst – zum Wahnsinn führen kann. Kim begriff plötzlich, von welchen Gefahren der Weltenwächter gesprochen hatte. Es gab keine Fallen, keine Ungeheuer, keine Feinde, die am Wegesrand lauerten. Das

Nichts an sich war die Falle, ein tödliches Spinnennetz, in dem sich sein Geist verfing. Ein Labyrinth nie endender Stollen und in sich selbst gekrümmter Wege, in denen sich seine Gedanken rettungslos verirren würden.

Unter Aufbietung aller Willenskraft gelang es Kim, den Blick abzuwenden. Er schüttelte sich. Kalter, feinperliger Schweiß bedeckte seinen Körper.

Ein leises Geräusch ließ ihn aufblicken. Vor ihm, noch winzig klein und über die Entfernung mehr zu erahnen als wirklich zu erkennen, öffnete sich eine Pforte in der glatten Fläche der Weltenmauer und eine riesenhafte, in schwarzen Stahl gepanzerte Gestalt trat heraus.

Einen Moment lang dachte Kim an Flucht. Aber nicht länger. Es gab nichts, wohin er hätte fliehen können. Er konnte laufen, rennen, doch wie weit er auch liefe, überall würde er nur diese glatte, graue Ebene am Rande des Nichts vorfinden. Die Zeit der Flucht und des Versteckens war endgültig vorbei.

Er zog sein Schwert aus der Scheide, packte seinen Schild fester und ging Baron Kart entgegen.

Ruhig, Schild und Schwert fest im Griff und das schwarze Visier vor dem Gesicht heruntergelassen, erwartete Kim den Angriff des Gegners. Kart war in wenigen Schritten Entfernung stehen geblieben. Der Morgenstern pendelte lose an seiner Seite und die dunklen Augen hinter den schmalen Schlitzen seines Gesichtsschutzes schienen Kim abschätzig zu mustern.

»Es hat lange gedauert«, sagte er schließlich. Zum ersten Mal, seit Kim den schwarzen Baron kannte, klang seine Stimme nicht spöttisch oder herablassend, sondern drückte Respekt und Anerkennung aus. »Sehr lange. Noch nie hat es jemand geschafft, mich so lange an der Nase herumzuführen.«

»Und mir ist noch nie jemand so hartnäckig auf den Fersen

geblieben«, gab Kim trotzig zurück. »Was willst du? Kämpfen oder reden?«

In Karts Augen blitzte es belustigt auf. »Gemach, kleiner Held, gemach. Wir haben Zeit. Viel Zeit. Nur einer von uns beiden wird diesen Kampf überleben, vergiss das nicht. Der Tod wird seinen Anteil früh genug bekommen.«

Kim musterte den Baron misstrauisch. Waren Karts Worte nur ein weiterer Trick, ihn in Sicherheit zu wiegen, um dann, in einem Moment der Unachtsamkeit, überraschend zuzuschlagen?

Kart schüttelte den Kopf. »Du beschämst mich, Kim. Ich kämpfe hart, und wenn du auf Gnade hoffst, so wirst du enttäuscht werden. Aber ich bemühe mich stets, fair zu sein.«

Kim zuckte wie unter einem Peitschenhieb zusammen. »Du ... du liest meine Gedanken?«, fragte er.

Kart nickte. »Vom ersten Moment an, Kim.«

»Aber ... aber wie ...?«

Kart lachte. Die Metallmaske vor seinem Gesicht verzerrte sein Lachen in ein hohles, blechernes Geräusch. »Du fragst dich, wie du entkommen konntest. Eine kluge Frage. Und jetzt, wo die Entscheidung bevorsteht, so oder so, kann ich sie dir beantworten. Das heißt, wenn du die Wahrheit hören willst.«

»Bitte«, sagte Kim mit mühsam beherrschter Stimme.

»Sie wird dir nicht gefallen, kleiner Held.«

»Rede!«

Kart zuckte die Achseln. »Es war geplant, Kim«, sagte er ruhig. »Von Anfang an. Nicht einer deiner Schritte war anders als geplant.«

»Aber ...«

»Du allein hast es uns ermöglicht, Märchenmond anzugreifen«, fuhr Kart erbarmungslos fort. »Deine Flucht aus Morgon war nötig, ebenso wie deine Anwesenheit bei unserem Heer.«

»Dann ... dann habt ihr gewusst, dass ich unter euch war?«

Wieder lachte Kart. »Gewusst?«, fragte er spöttisch. »So und nicht anders haben wir es geplant. Wir brauchten dich. Nur in deiner Begleitung war es unserem Heer möglich, das Schattengebirge zu überwinden. Dir allein war es gegeben, die Schranke nach Märchenmond zu öffnen.«

Kim stöhnte. Kalte Wut, gepaart mit hilfloser Verzweiflung, packte ihn. Wenn das stimmte, dann trug er, Kim Larssen, die Verantwortung für alles, was an Grausamem und Schrecklichem bereits geschehen war und vielleicht noch geschehen würde. Der Tod seiner Freunde, die Zerstörung Caivallons, jeder Tropfen vergossenen Blutes – alles seine Schuld. Das Böse hatte sich seiner als williges Werkzeug bedient und hielt ihm nun mit hämischer Genugtuung den Spiegel vors Gesicht. Du, du allein, Kim, bist schuld an den Leiden Märchenmonds.

Kim glaubte in einen bodenlosen Abgrund zu versinken, als ihn die Erkenntnis traf. Wie sollte er, ein schwacher kleiner Junge, den Blick in diesen Spiegel ertragen können? Aber Kart redete ungerührt weiter.

»Wir waren es, die dich riefen, Kim. Wir! Nicht Themistokles. Wir fingen deine Schwester einzig zu dem Zweck, dich zu uns zu locken. Denn wir wussten, dass Themistokles sich in seiner Verzweiflung an dich wenden würde. Und wir wussten auch, dass du kommen würdest. Schon lange hatten wir den Untergang Märchenmonds beschlossen, aber das Schattengebirge verwehrte uns den Zugang. Nur ein Mensch aus eurer Welt konnte es überwinden, und als deine Schwester an jenem Tag einen verborgenen Pass fand und sich ins Reich der Schatten verirrte, erkannten wir unsere Chance. Du, nur du konntest unsere Truppen nach Märchenmond geleiten. Und nur du konntest unsere mächtigste Waffe zum Leben erwecken. Den Schwarzen Lord!«

»Hör auf!«, rief Kim. »Hör endlich auf!«

Kart lachte kalt. »Warum? Kannst du die Wahrheit nicht ertragen, kleiner Held? Bist du nicht gekommen, um alles zu erfahren? Um beim König der Regenbogen Hilfe zu erbitten? Nun, der Weg dorthin ist weit und voller Gefahren, aber er führt auch über den Pfad der Wahrheit. Erkenne, was du getan hast, und gib auf.«

»Aufgeben?«, schrie es aus Kim. »Nach allem, was du mir gesagt hast?«

»Ja. Es ist sinnlos weiterzukämpfen, Kim. Alles, was du getan hast, nutzte uns und schadete Märchenmond. Auch unsere Begegnung hier gehört mit zu unserem Plan. Gib auf und ich werde dir das Leben schenken. Boraas' Angebot gilt noch immer. Komm zu uns und du findest Macht und Reichtum statt Tod und Untergang. Überlege es dir gut, Kim. Es ist deine letzte Chance.«

Kim schüttelte entschieden den Kopf. Seine Verzweiflung hatte grimmiger Entschlossenheit Platz gemacht.

»Niemals!«

»Wie du willst. Es ist dein Leben, das du wegwirfst.«

»Bist du so sicher?«, fragte Kim. »Ich habe gelernt, mich zu wehren, Kart.«

»Das weiß ich. Und glaube mir – nichts liegt mir ferner, als dich zu unterschätzen.«

»Dann kämpfe!«, rief Kim.

Sein Schwert zuckte hoch, zielte nach Karts Brustpanzer und traf ins Leere, als der Baron mit einer blitzschnellen Bewegung auswich. Kim wirbelte herum und riss seinen Schild hoch. Karts Morgenstern begann zu kreisen, langsam, dann immer schneller, ein tödlicher Kreis aus schwarzem Stahl und Stacheln, und krachte schließlich mit betäubender Wucht auf den Schild herab. Kim wankte zurück und tauchte unter einem zweiten Schlag hindurch. Sein linker Arm war taub und in der Schulter wühlte ein unbarmherziger Schmerz. Kim schlug zu, wich aus und trieb Kart mit einem blitzschnellen Hieb zurück.

Kart nickte anerkennend. »Du kämpfst gut«, lobte er. »Aber nicht gut genug!«

Wieder raste der Morgenstern herab und wieder fing Priwinns Schild den Hieb im letzten Moment ab. Kim schrie vor Schmerz auf und schlug gleichzeitig zurück. Sein Schwert schrammte über Karts Brustpanzer und glitt ab, aber der Schlag ließ den Baron zurücktaumeln und verschaffte Kim für einen Augenblick Luft.

Er stöhnte. Seine ganze linke Seite brannte wie Feuer. Im Holz des Schildes zeigten sich lange, gezackte Risse. Noch ein paar solcher Schläge und der Kampf war vorüber. Mit letzter Kraft hob Kim sein Schwert, täuschte einen waagrechten Stich vor und drehte die Klinge im letzten Moment aufwärts. Kart keuchte vor Überraschung. Er versuchte den Hieb mit dem Griff seiner eigenen Waffe aufzufangen. Kims Klinge glitt daran ab, schlug auf Karts behandschuhte Faust und prellte ihm die Waffe aus der Hand.

Kim sprang zurück und deutete schwer atmend auf den Morgenstern.

»Heb ihn auf«, presste er mühsam hervor.

In Karts Augen blitzte es verwundert auf.

»Heb ihn auf«, wiederholte Kim. »Ich kämpfe nicht gegen einen Waffenlosen.«

Kart bückte sich nach seiner Waffe und sprang dann blitzschnell zurück. »Deine Ritterlichkeit wird dich das Leben kosten«, sagte er. »Noch einmal wirst du eine solche Chance nicht bekommen!« Er schwang die Stahlkugel hoch über den Kopf, duckte sich und griff mit wütendem Knurren an. Kim sprang zur Seite, wich der niedersausenden Stahlkugel aus und führte gleichzeitig einen Hieb gegen Karts Beine. Die Klinge prallte von den stählernen Beinschienen ab, aber der Schlag brachte Kart aus dem Gleichgewicht. Er stolperte, ruderte mit den Armen und fiel der Länge nach hin. Kim setzte mit einem triumphierenden Schrei nach und riss das Schwert hoch.

Aber er hatte nicht mit Karts Reaktionsgeschwindigkeit gerechnet. Schnell wie eine Schlange wälzte sich der Baron auf den Rücken, fing den Schlag mit seiner Waffe auf und trat mit aller Wucht nach Kims Brust. Sein stahlgepanzerter Fuß krachte gegen den Harnisch und schleuderte Kim meterweit zurück. Kim keuchte. Ein grausamer Schmerz schoss durch seinen Körper. Er bekam keine Luft mehr und vor seinen Augen wallten blutrote Nebelschwaden. Verschwommen sah er, wie Kart auf die Füße sprang und auf ihn zukam. Instinktiv duckte sich Kim hinter seinen Schild und hob gleichzeitig das Schwert, als der Morgenstern herunterschwang. Die stählerne Kugel rutschte an der Klinge entlang. Ein grausamer Schlag riss Kims Arm hoch, schleuderte ihm die Waffe aus der Hand und ließ ihn in die Knie brechen.

Kart lachte schadenfroh.

»Nun, kleiner Held?«, sagte er. Seine Stimme zitterte vor Anstrengung. »Tut es dir jetzt leid, dass du mir eine Chance gelassen hast?«

Kim schwieg verbissen. Das Schwert lag mehr als zwei Meter hinter ihm. Ebenso gut hätte es auf dem Mond oder irgendwo in Gorywynn liegen können. Er war wehrlos.

»Nimm dein Schwert«, sagte Kart. »Du hast mir eine Chance gewährt. Nun gewähre ich sie dir.«

Kim zögerte.

»Du traust mir nicht?«, fragte Kart lauernd. »Nimm das Schwert auf. *Ich* habe keine Bedenken, einen Waffenlosen zu töten.«

Kim stemmte sich hoch und ging rückwärts auf seine Waffe zu. Karts Augen verfolgten misstrauisch jede seiner Bewegungen.

»Heb es auf!«, donnerte Kart.

Kim holte tief Luft, bückte sich und griff nach der Klinge. Im gleichen Augenblick sprang Kart vor und ließ den Morgenstern mit vernichtender Kraft niedersausen. Kim warf sich zur Seite. Seine Finger verkrampften sich um den Schwertgriff. Der Morgenstern schlug auf seinen Schild auf und brach ihn krachend entzwei. Die Wucht des Schlages schmetterte Kim zu Boden. Blind vor Schmerz rollte er herum, riss instinktiv das Schwert hoch und wartete auf den letzten, tödlichen Hieb.

Aber dieser blieb aus. Ein harter Ruck ging durch die Waffe in Kims Händen und Baron Kart taumelte mit einem röchelnden Laut zurück. Der Morgenstern polterte zu Boden. Kart stolperte ein paar Schritte rückwärts, brach in die Knie und sank langsam vornüber.

Kim starrte verblüfft auf die Spitze seines Schwertes. Die Klinge schimmerte von Blut. Kart musste direkt in die Waffe hineingelaufen sein.

Langsam ließ Kim das Schwert sinken, er erhob sich und ging zu dem gestürzten Riesen hinüber. Der schwarze Baron lebte noch, doch der Boden unter ihm rötete sich mehr und mehr von seinem Blut. Als Kim neben ihm niederkniete und in seine Augen blickte, sah er, dass der Tod bereits die Hand nach ihm ausgestreckt hatte.

»Gut ... gekämpft, kleiner Held«, stieß Kart mühsam hervor. »Zu gut ... für mich ... ich ... hätte dir vielleicht doch keine Chance geben sollen.« Er lachte bitter. »Ist das nun Zufall oder der Wink einer höheren Gerechtigkeit?«

»Gerechtigkeit?«

»Ja, Gerechtigkeit. Vielleicht war es die Strafe für ... für meine Heimtücke. Aber vielleicht ist es auch richtig so. Vielleicht musstest du siegen, um endgültig zu verlieren.«

Kim dachte einen Moment über Karts Worte nach. Waren dessen Sinne schon so verwirrt oder war dies noch eine letzte, hinterhältige Drohung?

»Hör mir zu, Kim«, flüsterte Kart mit ersterbender Stimme. »Du hast dich tapfer geschlagen, und auch wenn wir auf verschiedenen Seiten stehen, so achte ich Mut und Tapferkeit auch bei meinen Feinden. Darum will ich dir einen Rat geben. Und diesmal meine ich es ehrlich.« Er hielt inne. Als er fortfuhr, spürte Kim, wie viel Kraft es ihn kostete, die Worte hervorzustoßen. »Der Weg, der vor dir liegt, ist schwer. Selbst ich hätte nicht den Mut, ihn zu gehen. Aber du kannst es schaffen. Achte auf alles, was dir begegnet. Gerade was harmlos erscheint, mag eine tödliche Gefahr bergen.« Er wollte noch mehr sagen, aber die Stimme versagte ihm. Seine Atemzüge versiegten. Er war tot.

Kim kniete noch lange neben dem Toten. Vergeblich wartete er darauf, dass sich so etwas wie Triumph oder Zufriedenheit einstellte. Sosehr er seine Seele auch durchforschte, von solchen Gefühlen war nichts zu finden. Allenfalls Trauer. Trauer und fast etwas wie Abscheu vor sich selbst. Er hatte einen Menschen getötet. Die Tatsache, dass dieser Mensch sein Feind war und unsägliches Leid über diese Welt und ihre Bewohner gebracht hatte, änderte nichts daran. Nach seinem Gewissen war Kim ein Mörder.

Er stand auf, löste den zerbrochenen Schild von seinem Arm und bückte sich, um sein Schwert vom Boden aufzuheben. Seine Fingerspitzen verharrten sekundenlang auf dem schwarzen Griff und für einen Augenblick sah er nichts außer der schwarzen, blutbesudelten Klinge.

Er zog die Hand wieder zurück.

Nein, dachte er.

Er hatte einmal getötet, einmal zu viel. Er würde es nie wieder tun.

Er drehte sich um, näherte sich der Kante und blieb einen halben Schritt vor dem Nichts stehen. Die Brücke war da, wie der Weltenwächter gesagt hatte: ein breiter, in kühnem Bogen geschwungener Steg in allen Farben des Regenbogens, dessen Ende sich in der Unendlichkeit verlor. Langsam, mit festen Schritten trat Kim auf die Brücke und ins Nichts hinaus.

XVIII

Stunde um Stunde wanderte Kim über den Regenbogen. Die Weltenmauer fiel hinter ihm zurück und mit ihr verschwand auch die letzte Verbindung zur Wirklichkeit. Kim konnte nicht feststellen, wie weit er ging oder ob er sich überhaupt bewegte. Seine Füße schienen die Brücke nicht zu berühren, und als er sich herabbeugte und mit den Fingern über den regenbogenfarbenen Grund tastete, fühlte er nichts. Vielleicht kam er gar nicht voran; vielleicht glitt er schneller als ein Gedanke durch die große Leere zwischen den Welten – er wusste es nicht.

Irgendwann, vielleicht nach Stunden, vielleicht nach Minuten oder Jahren – sein Zeitgefühl war ausgelöscht, seit er diese fantastische Brücke betreten hatte –, tauchte der Rand eines Kliffs, gleich dem, von dem er aufgebrochen war, vor ihm auf, nur dass es hier keine Weltenmauer gab, sondern nichts als eine endlose Ebene von einer Farbe, die er nie zuvor in seinem Leben gesehen hatte. Er wollte stehen bleiben und die seltsame Erscheinung in Ruhe betrachten, aber seine Beine bewegten sich ohne sein Zutun weiter, und schon nach wenigen Augenblicken verließ er die Brücke und schritt auf den festen Grund hinaus.

Er wandte den Kopf und sah, wie der Regenbogen hinter ihm langsam verblasste. Seine Farben verloren an Leuchtkraft, wurden transparent und verschwanden. »Willkommen, Mensch!«, sagte eine mächtige Stimme.

Kim prallte erschrocken zurück. Vor ihm hockte ein riesiger schwarzer Vogel. Er ähnelte einem Adler, nur war er viel, viel größer, mit stumpfschwarzem Gefieder und einem armlangen, gefährlich aussehenden Schnabel.

»Wer bist du?«, fragte Kim unsicher.

»Mein Name ist Rok«, antwortete der schwarze Vogel. »Ich

bin der letzte Wächter, Hüter des Regenbogens und Herr der Unendlichkeit. Und wer bist du?«

»Ich heiße Kim«, antwortete Kim mit fester Stimme, obwohl ihm der Anblick des Vogels solchen Schreck einjagte, dass ihm die Knie zitterten. »Und ich bin auf der Suche nach dem Regenbogenkönig.«

Der Vogel starrte Kim einen Moment durchdringend an und begann dann krächzend zu lachen. »Du?«, sagte er, nachdem er wieder zu Atem gekommen war. »Du willst zum König der Regenbogen? Ausgerechnet du?« Unvermittelt wurde er wieder ernst. »Warum?«

»Ich komme, um ihn um Hilfe zu bitten.«

»Hilfe? Wofür? Deine Probleme interessieren hier niemanden.«

»Ich will nichts für mich«, sagte Kim hastig, »ich will um Hilfe für Märchenmond bitten. Seine Völker sind in großer Gefahr.«

»Märchenmond ...« Rok legte nachdenklich den Kopf schief. »Ja, ich glaube, ich habe diesen Namen schon einmal gehört. Und warum glaubst du, dass es hier jemanden geben könnte, der sich um eure Probleme schert?«

»Ich ... das Orakel ...«, stotterte Kim. »Ich meine, es gab eine Prophezeiung ...«

»Ach was«, unterbrach ihn Rok grob. »Prophezeiung! Quatsch mit Soße. Ihr Menschen habt schon alles Mögliche prophezeit, Gutes und Schlechtes oder was ihr dafür haltet. Humbug. Ihr prophezeit euch immer das zusammen, was euch gerade in den Kram passt. Du musst dir schon einen besseren Grund ausdenken, wenn ich dich vorbeilassen soll.«

Kim verzweifelte fast. So dicht vor dem Ziel und nun sollte womöglich alles umsonst gewesen sein, nur wegen dieses dummen Vogels.

»Meine Gründe gehen dich gar nichts an«, sagte er wütend. »Ich habe größere Gefahren überwunden um hierherzugelangen. Ich werde mich nicht von dir aufhalten lassen!« Seine Hand glitt wie von selbst an den Gürtel und auf wundersame Weise steckte sein Schwert wieder in der Scheide, als hätte er es niemals fortgeworfen. All seine edlen Vorsätze waren vergessen. Mit einer entschlossenen Bewegung zog er die Waffe hervor, trat drohend auf Rok zu und sagte: »Verschwinde. Gib den Weg frei!«

Rok lachte amüsiert. »Mach dich nicht lächerlich, Menschlein.«

Kim sah rot. Er schwang seine Waffe und ließ sie mit aller Wucht auf das schwarze Gefieder heruntersausen. Aber die Klinge prallte ab, als wäre sie auf Stein geschlagen.

»Ohooo!«, machte Rok. »Frech wird er auch noch!« Er hob einen Fuß, schubste Kim mit spielerischen Bewegungen zurück und klapperte drohend mit dem Schnabel. »Du bist nicht der Erste, der versucht, mir mit Gewalt beizukommen!«

Kim schrie zornig auf und hackte nach Roks Schnabel. Der Vogel nahm den Streich ungerührt hin, schlug mit den Flügeln und sprang dann mit einem Satz auf Kims Brust.

»Lass den Quatsch!«, sagte er drohend. »Wenn du keine besseren Argumente hast als dein Schwert, trollst du dich am besten wieder dorthin zurück, woher du gekommen bist.« Kim stöhnte befreit auf, als der Vogel endlich von seiner Brust heruntersprang und sich wieder auf seinen Platz hockte. Mit einem Mal kam er sich schäbig vor. Er wusste selbst nicht, was in ihn gefahren war, Rok mit Waffengewalt angreifen zu wollen, und plötzlich schämte er sich. Schuldbewusst schob er die Waffe in den Gürtel zurück.

»Ich …«, begann er stockend. »Verzeih, Rok. Aber ich habe fast schon vergessen, dass es auch noch andere Wege gibt, ans Ziel zu gelangen, als mit der Waffe in der Hand.«

Rok blinzelte wieder. Er hob sich auf den Beinen hoch und drehte sich herum, und Kim sah, dass der Vogel nur auf der einen Seite schwarz war. Die andere Seite war weiß, so strahlend weiß, dass Kim geblendet die Hand vor die Augen hielt.

»Wahr gesprochen, Kim«, sagte Rok. Seine Stimme klang, als schlüge man ein riesiges, dünnes Glas an. »Und ich lese in dir, dass du auch glaubst, was du sagst. Das ist gut so, denn mit Gewalt und Hass im Herzen gelangt niemand zur Regenbogenburg. Du bist also gekommen, um Hilfe zu erbitten?«

Kim nickte zaghaft.

»Und was willst du tun, wenn man sie dir verweigert?«

»Ich … ich weiß es nicht«, sagte Kim ratlos. »Um ehrlich zu sein, darüber habe ich mir noch keine Gedanken gemacht.« Rok schwieg eine Weile. Dann schüttelte er den Kopf. »So einer wie du ist mir noch nicht vorgekommen«, murmelte er. »Kommt hierher und weiß nicht einmal, was er will. Was willst du dem Regenbogenkönig denn sagen?«

»Ich will ihn bitten, Märchenmond zu retten.«

»Märchenmond. Soso. Sosososo. Du bist naiv, weißt du das?«

»Ich bin nicht naiv!«, fuhr Kim auf »Ich …«

Rok drehte sich blitzschnell um und wandte ihm wieder seine schwarze Seite zu. »Ja?«, krächzte er lauernd. »Nur weiter, du unbeherrschter kleiner Dummkopf. Red nur weiter.«

Kim faltete betreten die Hände hinter dem Rücken. »Entschuldige«, sagte er leise. »Ich weiß, ich bin manchmal unbeherrscht, aber …«

»Aber du glaubst, ich würde das verstehen, nach all den Gefahren, die du überstanden hast«, beendete Rok den Satz, ihm nun wieder seine weiße Seite zuwendend. »Vielleicht hast du recht, kleiner Held. Ich muss gestehen«, krächzte er, »dass du mir Kopfzerbrechen bereitest. Ich kann dich nicht durchlassen, solange du mir keine besseren Gründe vorlegst. Aber ich kann dich auch nicht zurückschicken, weil es kein Zurück gibt.« Er schüttelte den Kopf. »Mir sind schon viele untergekommen. Manche wollten Macht und Ruhm, andere Gold oder …« Er lachte, als erzähle er etwas ungemein Komisches, »Unsterblichkeit. Aber einer, der nicht weiß, was er will, so einer war noch nicht hier.«

»Aber ich weiß, was ich will«, sagte Kim.

»Das weißt du nicht. Du glaubst es zu wissen, aber das ist ein Irrtum. Ich frage mich ernsthaft, was ich nun mit dir tun soll?« Sein weißes Auge musterte Kim mit einem seltsamen, langen Blick. Plötzlich nickte er, trat einen Schritt auf Kim zu und breitete die Flügel aus. »Setz dich auf meinen Rücken«, sagte er. »Es ist gegen die Vorschrift, aber ich kann dich auch nicht hierbehalten, wie du sicher verstehen wirst. Mögen sich andere die Köpfe darüber zerbrechen, was mit dir geschehen soll.«

Kim betrachtete die riesigen Schwingen Roks und Karts Warnung fiel ihm ein. War dies eine der Fallen, vor denen er ihn gewarnt hatte? Oder wollte der schwarze Baron mit seinem letzten Wort doch nur Misstrauen in sein Herz säen?

»Nun komm schon«, drängte Rok, »ehe ich es mir anders überlege.« Er wandte den Kopf und für einen Moment sah Kim die schwarze Seite seines Körpers und das heimtückische Funkeln in seinem Auge. Kim zuckte hilflos die Schultern, schwang sich auf Roks breiten Nacken und klammerte sich in seinem Gefieder fest.

Rok nahm Anlauf und schwang sich mit einem kraftvollen Satz in die Luft empor. Kim zog den Kopf ein und klappte eilig das Visier herunter, als ihm die eisige Luft ins Gesicht stach. Rok gewann mit kraftvollen Flügelschlägen rasch an Höhe.

»Wohin fliegen wir?«, rief Kim gegen das Rauschen der Luft. »Nirgendwohin«, entgegnete Rok, »weil es hier kein Da und Dort gibt. Wenn du wirklich zur Regenbogenburg willst, ist es nicht weit. Aber wenn du zweifelst, erreichst du sie nie, und wenn du tausend Jahre wanderst.«

Kim seufzte. Es wäre ja auch zu schön gewesen, eine klare

und eindeutige Antwort zu bekommen. Rok flog schneller und immer schneller, bis die Ebene unter ihnen wie ein fliegender Teppich dahinzurasen schien. Selbst Rangarig hatte nicht annähernd eine solche Geschwindigkeit erreicht, dachte Kim mit leisem Bedauern.

Nach einer Weile wurden Roks Flügelschläge langsamer und schließlich setzte er in sanftem Bogen auf der Ebene auf und hieß Kim von seinem Rücken zu steigen.

Kim gehorchte zögernd. Von der versprochenen Regenbogenburg war keine Spur zu entdecken. Die Ebene war leer wie eh und je.

»Wo sind wir?«, fragte Kim leise.

»Am Ziel«, antwortete Rok und diesmal stand er so, dass Kim beide Seiten, die schwarze und die weiße, sehen konnte. »Jedenfalls fast. Weiter können wir dich nicht begleiten. Ob du dein Ziel erreichst, liegt ganz allein bei dir. Wenn es dein fester Wille ist, kannst du es schaffen.« Damit schwang er sich mit einem mächtigen Satz in die Luft, flog noch eine Schleife und zog mit langsamen Flügelschlägen von dannen. Kim blickte ihm nach, bis er zu einem winzigen Punkt zusammenschrumpfte und dann ganz verschwand.

Kim sah sich unschlüssig um. Die Ebene war leer wie zuvor und er wusste nicht einmal mehr, aus welcher Richtung er gekommen war. Vergeblich versuchte er einen Horizont oder irgendeine sichtbare Begrenzung auszumachen. Er war allein, vollkommen allein, und zum ersten Mal in seinem Leben begann er die innerste Bedeutung des Wortes Einsamkeit zu erahnen.

Er drehte sich einmal um seine Achse und ging dann in eine beliebige Richtung los. Seine Schritte waren seltsam leicht, er spürte weder das Gewicht seines Körpers noch der Rüstung. Er begann seine Schritte zu zählen, um wenigstens ungefähr zu wissen, wie weit er wanderte, aber nachdem er bei fünfhundert, dann bei tausend und schließlich bei zweitausend angelangt war, gab er das Zählen wieder auf. Wie hatte Rok gesagt: Wenn es dein fester Wille ist, kannst du es schaffen. – Ja! Es war sein fester Wille. Und er würde weiterwandern, egal wie weit!

Als wäre dieser Gedanke der Schlüssel gewesen, erhob sich von einem Moment zum anderen aus dem Nichts ein prächtiges, mit allen Farben des Regenbogens leuchtendes Schloss. Kim starrte wie gebannt auf die himmelstürmenden, bunt schillernden Wälle und Türme. Die Regenbogenburg … Kim konnte sich keinen Namen denken, der besser zu diesem Traum aus Farben und Formen gepasst hätte. Selbst Gorywynn und Burg Weltende schrumpften im Vergleich mit der Regenbogenburg in nichts zusammen. Noch während Kim dastand und schaute, verblasste deren Bild in seiner Erinnerung und war dann ganz verschwunden.

Der Anblick der Burg raubte Kim den Atem. Er versuchte vergeblich, Materie hinter den leuchtenden Farben zu erkennen. Die Burg schien ganz aus reinen, kräftigen Farben von unvorstellbarer Intensität erbaut zu sein, Farben, die sich über das gesamte Spektrum und weit darüber hinaus erstreckten. Farben, die er sich nie hätte vorstellen können; Farben, für die die menschliche Sprache keine Namen hatte; die keines Menschen Auge je erblickt hatte.

Im unteren Drittel der Burgmauer öffnete sich ein riesiges, prachtvolles Tor, einem sich öffnenden Blütenkelch gleich, und ein breiter, schillernder Regenbogen brach hervor, flutete über die Ebene und bildete eine breite, schillernde Straße. Kim trat zögernd darauf und unter seinen Füßen schien sich eine wahre Farbexplosion zu vollziehen.

Langsam, ganz benommen vor Staunen, ging Kim auf die Burg zu. Aber es war nicht nur die räumliche Entfernung, die er überwand. Er merkte es nicht, doch mit jedem Schritt, den er sich den schimmernden Wänden näherte, trat er ein Stück in die eigene Vergangenheit zurück. Er erlebte seine Reise noch einmal in umgekehrter Reihenfolge, Schritt für Schritt, Tag für Tag, jeder Schritt eine Stunde, alle zehn Meter ein Tag. Wie bei einem rückwärtsgespulten Film liefen sämtliche Ereignisse noch einmal vor seinen Augen ab. Er kehrte zurück zur Burg am Ende der Welt, erlebte noch einmal den Kampf mit dem Tatzelwurm, ging durch die Klamm der Seelen, flog noch einmal über die unendlichen Weiten Märchenmonds, getragen vom Wind und Rangarigs kräftigen Flügeln. Weiter ging die Reise, zurück nach Gorywynn, Caivallon und dem Schattengebirge, und mit jedem Schritt erlosch ein Stück seiner Erinnerung.

Als Kim durch den weit geschwungenen Torbogen der Regenbogenburg trat, wusste er nicht mehr, warum er hierhergekommen war, nicht mehr, wo er war, nicht einmal seinen Namen. Er war plötzlich nur noch ein neugieriges, staunendes Kind, das sich an all den Wundern, die sich vor seinen Augen auftaten, erfreute. Er hatte seine Freunde und Feinde vergessen und mit der Erinnerung an sie war auch die Furcht von ihm abgefallen. Das mächtige Tor schloss sich lautlos hinter ihm und Kim empfand nichts als Verwunderung und Freude an den ihn umgebenden Farben. Er ging durch einen Korridor aus strahlendem Blau und golddurchwirktem Orange und erreichte schließlich eine zweite, kleinere Tür.

Sie führte in einen herrlichen Garten. Knorrige alte Bäume verbreiteten kühlen Schatten und im saftigen Gras blühten Tausende und Abertausende bunte Blumen. Schmetterlinge mit farbenprächtigen, durchsichtigen Flügeln flatterten umher und aus den Tiefen des Gartens schallte ihm ein Chor fröhlicher Vogelstimmen entgegen.

Kim trat aus der Tür in den Garten hinaus. Hinter ihm schloss sich die Wand wieder, ohne die geringste Spur einer Öffnung zu hinterlassen. Für einen kurzen Moment meinte Kim eine warnende Stimme zu hören, die ihm etwas zuflüsterte. *Gerade was harmlos erscheint, mag eine tödliche Gefahr ber-*

gen. Aber der Gedanke entschlüpfte ihm, bevor er ihn zu Ende denken konnte, und wenige Augenblicke später hatte er ihn schon vergessen.

Seine Füße versanken bis zu den Knöcheln im weichen Gras. Einer der großen bunten Schmetterlinge flatterte ohne Scheu herbei und setzte sich auf Kims ausgestreckte Hand. Kim beobachtete eine Zeit lang das Spiel seiner zerbrechlichen Fühler, strich dann dem Schmetterling vorsichtig mit dem Daumennagel über den Rücken und hob die Hand, um ihn davonfliegen zu lassen. Ein kleiner, glasklarer Bach schlängelte sich in munteren Windungen durch den Garten. Kim kniete am Ufer nieder, tauchte die Hände hinein und trank ein paar Schlucke des eiskalten Wassers. Es schmeckte köstlich, besser als alles, was er jemals zuvor getrunken hatte.

Von irgendwo wehte Musik herüber, helle, fröhliche Musik.

Als Kim den Kopf hob, erblickte er eine Schar lieblicher Feen, die aus dem nahen Waldrand hervorschwebten und zu den Klängen der zauberhaften Musik tanzten und sangen. Kim stand auf und winkte mit der Hand. Die Feen blieben stehen, hörten auf zu singen und schauten ihm neugierig entgegen.

»Keine Angst«, rief Kim. »Ich tu euch nichts.« Er sprang mit einem Satz über den Bach, lief durch das hohe Gras auf die Feen zu und blieb drei Armlängen vor ihnen stehen. Sie waren groß, sehr groß, und so schlank, dass sie beinah zerbrechlich wirkten. Ihre Körper waren durchscheinend, wie milchiges Glas, sodass das Licht der Sonne durch sie hindurchschimmerte und sie wie aus Wolken geformt schienen. »Sei gegrüßt!«, sagte eine der Feen. »Wer bist du?«

Kim überlegte einen Moment. »Das weiß ich nicht«, antwortete er dann ehrlich. Trauer überkam ihn, dass er seinen Namen vergessen hatte, und einen Augenblick lang schämte er sich vor den Feen. Aber die Zauberwesen schienen ihm seine Vergesslichkeit nicht zu verübeln.

»Das macht nichts«, sagte die Fee, die ihn zuerst angesprochen hatte. »Dann passt du zu uns. Keiner hat hier einen Namen. Wir brauchen keinen. Brauchst du einen Namen? Du kannst dir einen aussuchen, wenn du willst.«

Kim schüttelte den Kopf. »Wenn ihr keine Namen braucht, brauche ich auch keinen«, sagte er.

Die Fee lachte. »Das ist gut. Komm. Spiel mit uns. Willst du mit uns spielen?«

»O ja«, stimmte Kim freudig zu und zusammen mit den Feen begann er zu tanzen und zu singen. Sie liefen über die Wiese, tollten am Ufer des Baches entlang und kehrten schließlich zum Waldrand zurück.

»Komm mit uns«, sagte eine der Feen. »Wir kennen einen Ort, wo es noch viel schönere Spiele gibt. Und viele nette Leute. Leute wie du.«

»Wie ich?« Kim konnte sich das nicht vorstellen. Aber die Fee hatte ihn neugierig gemacht und so folgte er ihnen. Doch als er in den Schatten der Bäume trat, hatte er schon wieder vergessen, warum er eigentlich mitkam. Es genügte ihm, mit den Feen zu tanzen, zu singen und zu spielen. Sie liefen zwischen den glatten, moosbewachsenen Stämmen der Bäume hindurch und nach einiger Zeit erreichten sie eine weite Lichtung, auf der sich noch mehr Feen tummelten, aber auch alle möglichen anderen Wesen. Wesen, halb Mensch, halb Pferd, menschenähnliche Gestalten in weißen, wallenden Gewändern mit herrlichen Flügeln, aber auch Menschen wie er. Sie alle wirkten heiter und gelöst und ihr Singen und Lachen war bis weit in den Wald hinein zu hören.

Einige Männer hörten mit ihrem Spiel auf, als sie Kim zwischen den Feen entdeckten, und kamen ihnen lachend entgegen. Niemand fragte nach seinem Namen, wer er sei oder woher er käme. Sogleich nahmen sie Kim in ihre Mitte und Kim hatte vom ersten Augenblick an das Gefühl dazuzugehören, Teil einer großen, glücklichen Familie zu sein. Unbeschwert folgte er seinen neuen Freunden zum Ufer des kleinen Sees, an den die Lichtung grenzte, hängte die Füße ins Wasser und lachte hell auf, als ihm jemand einen Schubs gab, sodass er bäuchlings ins Wasser fiel. Er kroch auf Händen und Knien ans Ufer, schüttelte sich die Nässe aus den Kleidern und ließ sich dann aus purem Übermut noch einmal rücklings ins Wasser fallen.

Als er das zweite Mal ans Trockene kroch, sah er die Elfe. Es war ein kleines, dünnes Wesen, zerbrechlich wie Glas und mit schlanken, grazilen Gliedern. Ihr Kleid schien aus gewobenen Sonnenstrahlen zu sein und ihr Gesicht war, wie ihr Körper, schmal und weiß und verwundbar.

Rebekkas Gesicht.

Die Erkenntnis traf ihn wie ein Hammerschlag. Von einer Sekunde zur anderen wusste er wieder, wer er war, warum er hierhergekommen und was seine Aufgabe war.

Die Elfe sah ihn still, mit traurigem Lächeln an.

Kim stöhnte. Mit einem Mal erkannte er, wie leer und sinnlos die Fröhlichkeit um ihn herum war. Es war nicht die Fröhlichkeit des Herzens, sondern die des Vergessens, eine Fröhlichkeit, die mit dem Preis endgültiger Erstarrung bezahlt wurde. All diese Menschen hier, jeder Einzelne, waren irgendwann einmal den gleichen Weg wie er gegangen, aber keiner von ihnen hatte den Regenbogenkönig auch nur gesehen. Ihrer aller Weg endete hier, in diesem wunderbaren, verzauberten Garten des Vergessens, einem Ort, an dem alle Wünsche unwichtig und alle Sorgen nichtig wurden. Das also war es, was Kart gemeint hatte. Das letzte, gefährliche Hindernis auf dem Weg zum Regenbogenkönig: vollkommene Weltvergessenheit bis zum entpersönlichten Selbst. Auch er, Kim, hatte alles vergessen, hatte lange bevor er hergekommen war, ja schon ehe er aus Gorywynn aufgebrochen war, den eigentlichen Grund seiner Reise vergessen. Er war gekommen, um seine Schwester aus Boraas' Gefangenschaft zu befreien.

Und er würde es tun.

Er wollte sich umdrehen und zum Waldrand zurückgehen, als ihm die Stille auffiel. Das Lachen und Singen war verstummt, Menschen und Märchenwesen standen reglos da und starrten ihn an. Sekundenlang hatte er den Eindruck, als ob die Unbekümmertheit in ihren Augen Misstrauen und Hass gewichen wäre.

»Lasst mich vorbei«, sagte er zu einer Gruppe von Männern, die ihr Würfelspiel fallen gelassen hatten und ihm den Weg verstellten.

Die Männer rührten sich nicht.

»Lasst mich«, sagte er noch einmal. »Ich muss fort.«

»Niemand kann fort von hier«, antwortete einer der Männer ruhig. »Du würdest unser aller Glück zerstören, wenn du gingest.« Die Drohung in seiner Stimme war nicht zu überhören.

Kim spannte sich. Er konnte sich einfach nicht vorstellen, dass diese fröhlichen Menschen plötzlich zu einer Gefahr werden sollten.

»Bleib«, sagte ein anderer sanft. »Es ist schön hier. Wir alle kamen vor langer Zeit hierher, voller Pläne und Hoffnungen wie du, und wir alle sind geblieben und glücklich geworden. Du wirst sehen, es ist leicht. Bald wirst du deinen Kummer vergessen haben und mit uns fröhlich sein. Für immer. Denn es gibt hier weder Alter noch Tod.«

Kim schaute zu der Elfe mit Rebekkas Gesicht hinüber und sah sie lange an. »Ich kann nicht«, sagte er leise. »Bitte, versteht mich. Ich kann nicht hierbleiben. Ich würde zu viele enttäuschen.«

»Du wirst sie vergessen, bald. Was immer der Grund war, der dich hergeführt hat, er ist unwichtig. Du wirst glücklich sein, wenn du bleibst. Und gibt es etwas im Leben eines Menschen, was wichtiger wäre, als glücklich zu sein?«

Kim nickte. »Ja, das gibt es. Und nun lasst mich vorbei.«

Die Reihe rückte bedrohlich näher. Kim wich unwillkürlich zurück, bis er bis zu den Waden im Wasser stand.

»Wir lassen nicht zu, dass du gehst«, sagte einer der Männer. Kims Herz begann zu hämmern. Jeder Einzelne dieser Männer war ihm körperlich überlegen und sie waren jetzt keine verspielten Kinder mehr, sondern gefährliche Gegner.

»Warum wollt ihr nicht, dass ich gehe?«, fragte er mit zitternder Stimme. »Ich will nichts von euch. Ihr könnt bleiben und tun und lassen, was ihr wollt.«

»Du würdest alles zerstören. Noch nie ist es einem von uns gelungen, diesen Ort wieder zu verlassen. Und das ist gut so. Denn gelänge es einem, auch nur einem Einzigen, so wüssten wir, dass wir unser Ziel nicht erreicht haben, dass es hinter diesem Garten noch etwas anderes gibt, und wir könnten nicht mehr glücklich sein. So aber können wir wenigstens vergessen, wenn es uns schon nicht vergönnt war, ans Ziel unserer Träume zu gelangen.«

Kims Hand fuhr an den Gürtel. Sein Schwert glitt scharrend aus der Scheide, aber er kam sich dabei lächerlich vor. Er stand einer hundertfachen Übermacht gegenüber.

Er wich einen weiteren Schritt zurück, als die Reihe weiter vorrückte. Sein Umhang legte sich nass und schwer um seine Beine und schien ihn hintenüberziehen zu wollen.

Der Umhang! Laurins Mantel!

Kim hatte auch den Zaubermantel fast schon vergessen gehabt. In diesem Augenblick fiel ihm das magische Kleidungsstück, das er die ganze Zeit wie einen gewöhnlichen Mantel getragen hatte, wieder ein.

Seine Finger krallten sich in das zarte Gewebe. Bring mich weg!, dachte er. Mach mich unsichtbar!

Aber nichts geschah. Der Mantel reagierte nicht und die Reihe der Männer rückte schweigend näher.

Kims Gedanken überschlugen sich. Er musste irgendetwas falsch gemacht haben. Er versuchte es noch einmal, voller Inbrunst und mit aller Kraft, deren er fähig war. Aber auch jetzt blieben die magischen Kräfte des Mantels stumm.

»Gib auf«, sagte ein Mann. »Wirf die Waffe fort und vergiss, weswegen du gekommen bist. Es ist leicht!«

Kim schrie verzweifelt auf, riss das Schwert hoch über den Kopf und sprang vor. Ein Aufschrei lief durch die Reihe der Gegner. Kim schlug in blinder Angst um sich und hackte sich eine Gasse durch die entsetzt zurückweichenden Männer. Er stolperte vorwärts, rannte einen Mann über den Haufen und schlug mit der Breitseite des Schwertes zu, als sich ein anderer auf ihn stürzen wollte. Mit einem dumpfen Schmerzenslaut ging der Angreifer zu Boden und Kim taumelte weiter. Hände griffen nach ihm, zerrten an seinem Umhang und an seiner Waffe, versuchten ihn niederzuringen. Kim hieb weiter um sich, trat, kratzte und verschaffte sich noch einmal Luft.

Aber die Verschnaufpause währte nur Sekunden. Ein riesiger, bärtiger Mann kam auf dem Rücken eines Zentauren herangaloppiert, schwang eine Keule und schlug Kim die Waffe aus der Hand. Vielstimmiges Triumphgeschrei gellte in Kims Ohren.

Ein drittes Mal rief Kim die Zauberkraft des Mantels an. Ein hoher, glockenheller Ton schwang über die Lichtung. Ein schimmernder Regenbogen senkte sich vom Himmel herab, trieb die Angreifer auseinander und legte sich wie ein weicher, schmiegsamer Mantel um Kims Körper. Ein Gefühl der Wärme und Geborgenheit durchströmte ihn und von einer Sekunde auf die andere verlor er alle Angst.

Kim fühlte sich wie von unsichtbaren Händen emporgehoben. Der See und die Lichtung und schließlich der ganze verzauberte Garten fielen unter ihm zurück. Mit einem Mal erfasste ihn große Müdigkeit. Das gleiche, warme Gefühl, das er schon einmal erlebt hatte, damals im Thronsaal von Gorywynn, als das Orakel durch seinen Mund gesprochen hatte, überkam ihn – ein Empfinden, als berühre ihn eine große, sanfte und beschützende Hand.

Aber noch ehe er an den Gedanken anknüpfen konnte, sank er in tiefen, traumlosen Schlaf.

Er erwachte in einem weichen, wohligen Bett. Leise Musik erfüllte die Luft und irgendwo waren Stimmen, die sich gedämpft unterhielten, ohne dass er die Worte verstehen konnte. Er blinzelte, öffnete dann mit einem Ruck die Augen und setzte sich auf. Das Bett befand sich in einem kleinen, schlichten Raum mit weißen Wänden und weißer Decke.

»Du willst also unbedingt den Regenbogenkönig sprechen«, sagte eine sanfte Stimme. Kim fuhr erschrocken herum und erblickte einen jungen, einfach gekleideten Mann – kaum älter als er selbst, gerade an der Schwelle vom Knaben zum Mann –, der mit verschränkten Armen an der Wand lehnte und Kim mit einem Ausdruck von gutmütigem Spott musterte.

»Wer bist du?«, fragte Kim.

»Beantworte erst meine Frage«, beharrte der andere. »Warum willst du den Herrn sprechen?«

Kim zögerte.

»Du kannst ruhig antworten. Hier droht dir keine Gefahr mehr. Du bist sicher.«

»Das habe ich schon öfter geglaubt«, murmelte Kim.

Der junge Mann lächelte. »Dein Misstrauen ist berechtigt; aber hier kannst du es vergessen.«

»Trotzdem …« Kim schüttelte entschieden den Kopf. »Mein Anliegen werde ich dem Regenbogenkönig persönlich vortragen und sonst keinem.«

Der junge Mann seufzte tief. »Nun gut«, sagte er, indem er sich mit einer kraftvollen Bewegung von der Wand abstieß und zur Tür ging. »Folge mir. Ich bringe dich zu ihm.«

Kim schwang verblüfft die Beine auf den Boden. »So … so schnell geht das?«, fragte er verwundert.

»Warum nicht? Dein Weg hierher war schwer genug, oder?« Der junge Mann bewegte die Hand und die Tür glitt lautlos vor ihnen in die Wand zurück. Ein schmaler, sanft erhellter Gang nahm sie auf. Sie durchquerten ihn, traten durch eine zweite Tür und gelangten schließlich in einen kreisrunden, vollkommen leeren Raum. Wieder bewegte der junge Mann die Hand. In der Mitte des Raumes erhob sich eine schlanke Säule aus weißem Marmor. Auf deren Spitze lag eine faustgroße Glaskugel, die mildes Licht verstrahlte.

»Nun, Kim, trage dein Anliegen vor.«

Kim blickte verwundert auf. »Ich ...«

»Du wolltest mit dem Regenbogenkönig sprechen. Nun, ich bin hier. Also sprich.«

Kim wich vor Schreck einen halben Schritt zurück. »Du?« stotterte er. »Ich meine ... Sie ... Sie sind ...«

»Bleib beim Du«, winkte der Regenbogenkönig ab. »Eine Unterscheidung in Du- und Sie-Personen, wie sie bei euch Menschen üblich ist, kennt man bei uns nicht.«

»Aber ...«, stammelte Kim, »ich dachte, Sie ... du wärest ...«

»Älter?«, lächelte der Regenbogenkönig. »Um weise zu sein? Vielleicht mit langem weißem Bart und schütterem Haar?« Er lachte. »Auch so ein Irrglaube von euch Menschen. Ich bin unsterblich. Warum sollte ich als gebrechlicher Greis herumlaufen, wenn ich mir ein beliebiges Alter aussuchen kann? Doch nun zu dir«, wechselte er unvermittelt das Thema. »Ich habe deinen Weg hierher aufmerksam verfolgt. Du bist sehr tapfer für einen Jungen deines Alters, weißt du das?«

Kim nickte impulsiv, lächelte dann verlegen und schüttelte den Kopf.

»Keine falsche Bescheidenheit«, sagte der Regenbogenkönig ernst. »Schon Hunderte sind vor dir diesen Weg gegangen, und nur die wenigsten haben ihr Ziel erreicht – das heißt fast erreicht. Du bist seit langer Zeit der Erste, der auch die letzte Prüfung bestanden hat.«

Kim nickte. »Der Zaubergarten ...«

»Ja. Alle jene, die du dort getroffen hast, sind gleich dir

durch die Klamm der Seelen gelangt. Sie haben den Tatzelwurm bezwungen oder überlistet und auch die Weltenwächter und der Vogel Rok konnten sie nicht aufhalten. Nur mit sich selbst sind sie nicht ins Reine gekommen.«

»Aber warum?«, fragte Kim. »Warum hast du diese Falle errichtet, so kurz vor dem Ziel?«

»Es ist keine Falle, Kim. Erinnere dich an die Worte Roks, dieses streitlustigen alten Knaben. Nur wer wirklich festen Willens ist, kann sein Ziel erreichen. Sie alle, all diese großen, starken Helden, die du gesehen hast, wussten im Grunde selbst nicht, warum sie gekommen waren. Sie gaben sich mit Scheingründen zufrieden, wie zum Beispiel, um zu Reichtum und Ruhm zu gelangen, oder auch aus reiner Abenteuerlust. Nur wer sich selbst erkennt und weiß, warum er hierherkam, nur der kann mich sehen, Kim. So wie du.«

Kim nickte schuldbewusst. Auch er hatte vergessen, warum er sich auf den Weg gemacht hatte. Er hatte geglaubt, sein Leben riskiert zu haben, um Märchenmond zu retten; aber das stimmte nicht. Erst der Anblick der Elfe hatte ihm die Augen geöffnet.

»Du bist gekommen, um deine Schwester zu retten«, sagte der Regenbogenkönig.

Kim nickte. »Die Elfe. Hast du sie geschickt?«

»Ja. Jeder, der den verzauberten Garten betritt, bekommt noch eine Chance. Aber die wenigsten erkennen sie.«

Kim raffte all seinen Mut zusammen. Er sah dem Regenbogenkönig gerade in die Augen und sagte: »Wirst du mir helfen?«

»Helfen – wobei?«, fragte der König. »Gesetzt den Fall, ich würde dir einen Wunsch erfüllen – nur einen, Kim, nur einen einzigen –, wie würde er lauten? Soll ich deine Schwester aus Morgons Verliesen befreien und euch dorthin zurückbringen, wo ihr herkamt? Aber dann würde Märchenmond untergehen, mit all seinen Menschen und Tieren und Wundern. Oder soll ich Gorywynn retten und die schwarzen Heere in die Flucht schlagen? Aber dann bliebe Rebekka in der Gewalt Boraas'. Welchen Wunsch würdest du wählen?«

Kim schwieg lange. »Du verlangst Unmögliches«, sagte er dann. »Du stellst mich vor eine Wahl, die ich nicht treffen kann. Ich möchte …«

»Du möchtest, dass ich beides tue«, unterbrach ihn der Regenbogenkönig. »Du sagst, ich stelle dich vor eine grausame Wahl, aber du vergisst, dass du als Bittsteller kommst. Dein Mut hat mir imponiert, Kim, und deshalb will ich dir einen Wunsch erfüllen. Einen einzigen nur. Überlege gut, ehe du dich entscheidest.«

Kim wollte schon antworten, doch der Regenbogenkönig schüttelte abwehrend den Kopf. Er legte den Zeigefinger auf die Lippen und bedeutete Kim mitzukommen. Kim folgte ihm zu der schlanken Marmorsäule in der Mitte des Raumes. Der Regenbogenkönig zeigte auf die Glaskugel auf der Spitze der Säule.

»Sieh hinein«, verlangte er.

Kim gehorchte. Im ersten Moment erkannte er nichts außer dem verschwommenen und leicht verzerrten Spiegelbild seines eigenen Gesichts. Dann füllte sich die Kugel mit einer Art Nebel, in dem Hunderttausende winziger, leuchtender Pünktchen zu wimmeln schienen. Als Kim genauer hinsah, merkte er, dass jeder dieser Punkte eine ganze Welt war, so groß wie die Erde oder wie Märchenmond, eine Welt mit Kontinenten und Meeren, Flüssen und Bergen und Ländern. Hunderttausende Welten mit Millionen und Abermillionen Völkern und ebenso vielen Schicksalen und Geschichten, jede so kompliziert und vielschichtig wie die der Erde, zugleich aber unbedeutend und winzig in dieser ungeheuren Vielzahl.

Der Regenbogenkönig legte lächelnd beide Hände auf die Kugel. Einen Moment lang geschah nichts. Dann erlosch das Gefunkel und Geglitzer und Kim erblickte stattdessen einen wunderschönen, strahlenden Planeten. Das Bild verschwand abermals und nun erkannte er eine Landschaft – Steppe, Wälder und Berge, einen See und an seinem Ufer eine schimmernde Burg aus Glas und Farben. Gorywynn. Aber wie hatte es sich verändert! Der Himmel über der Burg war schwarz von Ruß und Qualm. Ein gläserner Schutzwall war bereits den Flammen zum Opfer gefallen. Auf dem See trieben Hunderte von Schiffen und Flößen und die Steppe wurde im weiten Umkreis von Boraas' Heerscharen verfinstert.

»Du hast gesehen«, sagte der Regenbogenkönig, »dass die Welt, aus der du kommst, nur eine von vielen ist. Was auch immer dort geschehen mag, es ist unwichtig, solange der große Plan nicht in Gefahr gerät. Märchenmond mag der Herrschaft Boraas' anheimfallen, aber im Großen wird das nichts ändern. Eure Probleme, so wichtig sie euch auch vorkommen, sind nichtig.«

»Aber das stimmt nicht!«, widersprach Kim. »Es kann nicht unwichtig sein, ob ein so herrliches Land wie Märchenmond zerstört wird oder nicht. Wenn du allwissend bist, dann kennst du auch das Schattenreich!«

»Ich kenne es. Aber Gut und Böse ringen ständig miteinander, Kim, und keine Seite kann ohne die andere existieren. Es liegt in der Natur des Menschen, dass er zugleich Teufel und Heiliger sein kann. Schon oft erhob sich das Böse gegen das Gute und schon oft kamen Männer wie Boraas, um Märchenmond niederzuwerfen. Aber solange ihre Herrschaft auch dauert, irgendwann, nach hundert, tausend oder auch hunderttausend Jahren, wird das Schicksal seine Gunst wieder der anderen Seite zuwenden. Du siehst, es ist nicht notwendig, für die eine oder andere Seite Partei zu ergreifen.«

»So etwas Ähnliches hat Themistokles auch gesagt«, murmelte Kim niedergeschlagen. »Du willst mir also nicht helfen.«

»Doch, Kim. Wenn du mich überzeugst, dass ich eingreifen muss, werde ich es tun. Ich mische mich grundsätzlich nicht in die Schicksale der Völker ein, ohne wirklich gewichtigen Grund.«

»Aber die Existenz Märchenmonds …«

»Ist kein gewichtiger Grund«, unterbrach ihn der Regenbogenkönig. »Märchenmond wird weiterbestehen, wenn nicht morgen, so in ferner Zukunft. Mich *einmal* einzumischen hieße, mich ein ums andere Mal einmischen zu müssen. Denn nach dir würden andere Bittsteller kommen, von anderen Welten, von anderen Völkern. Vielleicht würde eines Tages statt deiner Baron Kart vor mir stehen und mich um Hilfe bitten, mit ebenso guten Gründen wie du, möglicherweise mit besseren. Wie könnte ich ihm die Hilfe versagen, nachdem ich sie dir gewährte?«

»Du wärest bereit, der schlechten Sache zu dienen?«, fragte Kim ungläubig.

»Der schlechten Sache?« Der Regenbogenkönig lächelte. »Was ist schlecht, Kim? Welche Seite ist im Unrecht? Welche im Recht? Immer die, auf der du stehst? Glaubst du nicht, dass Baron Kart und Boraas von der Gerechtigkeit ihrer Sache ebenso überzeugt sind wie du von der deinen? Glaubst du nicht, dass sie mit dem gleichen Recht Hilfe gegen euch verlangen? In Märchenmond hält man mich für mächtig, vielleicht allmächtig, aber das bin ich nicht. Ich bin ein Geschöpf wie du, nur an einem anderen Platz. Es steht nicht in meiner Macht, über das Schicksal eines Volkes zu bestimmen. Auch ich bin nur ein winziger Baustein im Gefüge des Universums und über mir stehen Mächtigere, die sehr genau darauf achthaben, was ich tue. Deshalb verlange nicht leichtfertig, dass ich Partei ergreife. Ich kann und darf es nicht, außer es gelingt dir wirklich, mich von der Notwendigkeit dessen zu überzeugen. Aber bedenke, dass in all den Ewigkeiten, die ich herrsche, noch keiner bei mir war, dem es gelungen wäre, mich gegen mein besseres Wissen von etwas zu überzeugen.«

Kim trat niedergeschlagen von der Weltenkugel zurück.

Der strahlende Glanz des Gebildes erlosch. Kim fühlte sich wie gelähmt. Seine Träume zerbarsten wie ein gläsernes Spielzeug, mit dem er zu grob umgegangen war. Er war hierhergekommen ohne zu wissen, was ihn erwartete. Er hatte es sich zu leicht vorgestellt.

Es war umsonst gewesen, alles. Vielleicht würde Gorywynn schon in diesem Moment untergehen, ohne dass er etwas daran ändern konnte. Er hatte einen Wunsch frei, einen einzigen, wo zwei vonnöten gewesen wären. Rettete er Gorywynn, ließ er seine Schwester in den Klauen des Zauberers. Und befreite er Rebekka, überließ er Gorywynn, das seine ganze Hoffnung auf ihn gesetzt hatte, seinem Schicksal. Und dann, von einer Sekunde auf die andere, wusste er die Lösung.

»Ich habe mich entschieden«, sagte er fest. »Du gewährst mir einen Wunsch, egal, was ich erbitte?«

Der Regenbogenkönig nickte. »Wenn es in meiner Macht steht, ihn zu erfüllen, ja.«

Kim atmete hörbar ein.

»Alles, was geschehen ist«, sagte er, »war meine Schuld. Boraas' Plan wäre undurchführbar gewesen, wäre ich nicht nach Märchenmond gekommen.«

»Und was verlangst du jetzt?«

»Dass«, Kim konnte seine Stimme nur mühsam beherrschen, »dass alles so ist, wie es war, bevor meine Schwester in Boraas' Gewalt gelangte. Dass es ist, als wäre ich niemals gekommen.«

Der Regenbogenkönig zögerte lange mit der Antwort. »Ich habe gehofft, dass du diesen Wunsch äußern würdest«, sagte er endlich. »Auch wenn er unerfüllbar ist.«

»Unerfüllbar?«, rief Kim. »Aber …«

»Was du verlangst, ist ganz einfach unmöglich, denn einmal Gewesenes kann nicht mehr rückgängig gemacht werden. Aber du hast die letzte Prüfung bestanden.«

»Welche Prüfung?«

»Du erinnerst dich nicht? Nur wer wirklich weiß, was er

will, kann mich überzeugen. Du hast den Grund deines Hierseins erkannt. Ich werde dir helfen.«

»Du willst ...« Kims Stimme schnappte vor Aufregung fast über. »Du willst uns wirklich helfen?«

»Ich werde es versuchen, Kim. Wie ich schon sagte – ich bin nicht allmächtig.«

Kim deutete ratlos auf die Weltenkugel. »Aber ... all diese Welten, der Zaubergarten, die ...«

»Meine Macht ist groß, Kim. Aber nur hier, im Zentrum der Kraft, die den Kosmos zusammenhält und lenkt, bin ich stark. Verlasse ich diesen Ort, schwindet auch meine Macht.« Er lächelte begütigend, als er das Erschrecken auf Kims Gesicht sah. »Keine Sorge. Ich bin auch wieder nicht so schwach, wie du jetzt vielleicht glaubst. Auch in der anderen Welt stehen mir Hilfsmittel zur Verfügung, die dich in Erstaunen versetzen werden. Ich werde Boraas aufhalten und Gorywynn retten.«

»Dann komm!«, drängte Kim. Das Bild der brennenden Burg stand noch deutlich vor seinen Augen. »Lass uns gehen.«

»Nicht so rasch, Kim. Es sind gewisse Vorbereitungen zu treffen. Du wirst dich noch ein wenig gedulden müssen.«

»Aber Gorywynn wird bereits belagert ...«

»Boraas berennt die Märchenfestung schon seit vier Tagen, aber selbst sein Heer ist nicht stark genug, die Festung im ersten Sturm zu nehmen. Wir werden rechtzeitig dort sein. Folge mir jetzt.« Er wandte sich um und verließ den Raum durch dieselbe Tür, durch die sie eingetreten waren. Doch diese führte nun nicht wieder zurück in den Raum, in dem Kim erwacht war, sondern auf einen weiten, sonnenbeschienenen Hof.

Kim riss erstaunt die Augen auf. Am Fuße der breiten, aus puren Farben gefügten Treppe, die von der Tür in den Hof hinunterführte, wartete eine große Anzahl Reiter. Es waren kräftige Männer in goldschimmernden Panzern und goldenen Harnischen. Sie saßen auf riesenhaften weißen Pferden, deren goldenes Geschirr in der Sonne blitzte, als wäre es mit Sternenlicht übergossen. Erregtes Murmeln lief durch die Menge, als Kim und der Regenbogenkönig auf die Treppe heraustraten. Dann erhob sich ein Jubelgeschrei, dass die Treppe unter ihren Füßen zu wanken schien.

Kim sah den Regenbogenkönig verblüfft an. »Was sind das für Männer?«, fragte er.

»Du kennst sie nicht? Schau genauer hin.«

Kim gehorchte und nun erkannte er vertraute Gesichter in der Menge. Er hatte diese Männer – oder wenigstens einige von ihnen – erst vor Kurzem gesehen. »Der Zaubergarten«, sagte er überrascht. »Das sind die Männer, die ich im Zaubergarten getroffen habe!«

»Richtig. Und sie jubeln dir zu, Kim, nicht mir.«

»Mir?«, fragte Kim zweifelnd. Der Jubel und die Hochrufe wollten nicht verstummen. Die Reiter – sicher vierhundert oder mehr – schwenkten die Waffen, warfen die Helme in die Luft und klatschten Kim begeistert Beifall.

»Sie jubeln ihrem Befreier zu«, erklärte der Regenbogenkönig.

»Befreier? Aber wieso … was habe ich denn getan?«

»Du kennst das Geheimnis des Zaubergartens noch nicht ganz. Wie solltest du auch? Durch Jahrhunderte ist es den größten Helden – und nur ihnen – gelungen, hierherzugelangen, doch nicht einer hat den Weg über die Grenze des Gartens gefunden. Sie alle waren in ihm gefangen, bis zu dem Tag, an dem einer kommen würde, sie zu befreien. Denn sowie ein Mensch über den Zaubergarten hinaus zu mir vordringt, gibt dieser seine Gefangenen frei. Viele von ihnen haben lange, sehr, sehr lange warten müssen. Deshalb jubeln sie dir zu, Kim. Sie waren glücklich oder haben sich zumindest eingebildet glücklich zu sein. Trotzdem haben sie auf einen wie dich gewartet. Führe sie, Kim. Sie werden dir folgen, wohin du willst.«

Kim schwindelte es. Soeben noch hatte er geglaubt versagt zu haben und nun stand er da und blickte auf ein mächtiges Heer hinunter, das seinen Befehlen gehorchen sollte. Ein Heer, gebildet aus den Besten der Besten, aus den legendären Helden Märchenmonds, von denen jeder Einzelne hundertmal tapferer und stärker war als Boraas' Reiter.

»Führe sie, Kim«, wiederholte der Regenbogenkönig. »Mit ihrer Hilfe wirst du Boraas besiegen können.«

Kim begann langsam die Treppe hinunterzugehen. Der Jubel verstummte nach und nach. Als Kim vor den Reitern stand, schlug ihm erwartungsvolle Stille entgegen.

Die Reihen teilten sich und einer der Krieger führte ein rabenschwarzes Pferd am Zügel heran. Kims Herz machte einen freudigen Sprung, als er das Ross erkannte.

»Junge!«, sagte er mit zitternder Stimme. Er klopfte dem Tier zärtlich den Hals. Dann schwang er sich mit einer entschlossenen Bewegung in den Sattel und griff nach den Zügeln. Das Pferd wieherte erfreut, schüttelte die Mähne und begann unruhig zu tänzeln. Nach all der Zeit, die vergangen war, seit Kim es in Gorywynn zurückgelassen hatte, hatte es ihn sofort wiedererkannt.

»Wir sind bereit, Herr«, sagte einer der Krieger. »Befiehl und wir werden dir folgen.«

»Bis ans Ende der Welt«, sagte ein zweiter und vierhundert weitere Stimmen pflichteten ihm lautstark bei.

Kim richtete sich kerzengerade im Sattel auf, zwang Junge mit leichtem Schenkeldruck herum und ritt durch die Reihen der Krieger auf die Stirnseite des Hofes zu. Die Mauern wichen zur Seite und ein breiter, schillernder Regenbogen nahm sie auf.

»Vorwärts!«, rief Kim. Er gab seinem Pferd die Sporen, galoppierte auf den Regenbogen hinauf und jagte an der Spitze seines Heeres in die Unendlichkeit hinaus.

XIX

Eine dichte Wolke aus Rauch und Flammen lag über Gorywynn und die gläsernen Mauern der Burg hallten wider vom Kampflärm, dem Klirren von Stahl und den Schreien der Verwundeten. Die weite Fläche des silbernen Sees hatte sich in ein Schlachtfeld verwandelt, auf dem Hunderte von kleinen, wendigen Booten vergeblich versuchten, die riesigen schwarzen Kaperschiffe des Feindes zurückzudrängen. Das Wasser des Sees schien zu kochen, und wo es nicht von brennenden Trümmerstücken und sinkenden Schiffen aufgewühlt war, rötete es sich vom Blut der Erschlagenen. Gorywynn brannte an mehreren Stellen und der erste der drei hintereinandergestaffelten Verteidigungswälle war bereits unter dem Ansturm des schwarzen Heeres gefallen, die Türme niedergestürzt, die schimmernden Glaswände geborsten oder zu hässlichen, rußgeschwärzten Ruinen zerfallen. Auch der zweite Wall war in Gefahr. Noch konnten sich seine Verteidiger gegen die heranwogende Flut der Angreifer halten, aber die Landzunge und die dahinter liegende Ebene waren schwarz von Kriegern. Die Sonne verdunkelte sich hinter Schwärmen hin und her zischender Pfeile und Brandgeschosse. Das schwarze Heer hatte riesige Katapulte aufgefahren, mit denen sie Felsbrocken oder scharfkantige Glastrümmer – die Reste des ersten gefallenen Walles – gegen Mauern und Tore schleuderten, und wenn die Pfeile der tapferen Krieger Gorywynns auch fast immer ihr Ziel fanden, so schienen doch für jeden gefallenen Angreifer drei neue aufzustehen und die Lücken in den feindlichen Reihen füllten sich beinah schneller, als sie entstanden.

Auf der Spitze der Mauer, hoch über dem großen, bronzenen Tor, das die Angreifer noch von dem letzten Schutzwall Gorywynns trennte, stand eine schmale, weiß gekleidete Gestalt. Ein flammender Glorienschein schien ihre Schultern zu umgeben, und so viele Pfeile, so viele Speere und Brandgeschosse die Angreifer auch zu ihr hinaufschleuderten, erreichte doch keines sein Ziel, sondern flammte mitten in der Luft grell auf und zerfiel zu Asche. Wieder prasselte ein Hagel von Steinen und Glastrümmern auf den Wall und diesmal schienen die Wände unter den Einschlägen zu wanken. Ein dumpfer, knirschender Laut übertönte den Kampflärm und direkt neben dem Tor zeigte sich ein gezackter Riss. Frenetischer Jubel brandete aus den Reihen der Angreifer. Hunderte schwarzer Reiter warfen sich wie auf ein Kommando der Bresche entgegen, um ins Innere der Burg einzudringen.

Aber noch gab sich Gorywynn nicht geschlagen. Themistokles hob in einer befehlenden Geste die Hand und ein Hagel von Pfeilen regnete von den Zinnen der Burg hinab und riss mehr als die Hälfte der Angreifer aus den Sätteln. Die anderen stürmten unbeirrt weiter. Neue Reiter sprengten heran, setzten über die Körper ihrer gefallenen Kameraden hinweg und preschten mit Todesverachtung auf die Bresche zu. Wieder sirrten Gorywynns Bögen und wieder zahlten die Angreifer einen hohen Blutzoll für ihren Wagemut. Aber so viele auch fielen, Boraas' Reserven schienen unerschöpflich. Der Boden war bald schwarz von gefallenen Kriegern, aber immer mehr und mehr stürmten unter gellendem Kriegsgeschrei heran. Und auch die Verteidiger mussten schwere Verluste hinnehmen. Wenn einer der Bogenschützen tödlich getroffen niederstürzte, blieb fast immer eine Lücke zurück, die nicht wieder ausgefüllt werden konnte.

»Ausfall!«, befahl Themistokles mit dröhnender Stimme. Ungeachtet des Schlachtlärms war seine Stimme überall im Schloss zu hören, so wie seine Gestalt wunderbarerweise auch von jedem Punkt Gorywynns aus sichtbar war.

Die Flügel des riesigen Bronzetores schwangen auf und unter einem neuerlichen Hagel von Pfeilen galoppierten Caivallons Steppenreiter den Angreifern entgegen.

Der Erdboden schien zu beben, als die beiden Heere aufeinandertrafen. Waffenlos und nur mit ihren dreieckigen hölzernen Schilden gegen die Pfeile der Morgoner geschützt, prallte der Angriffskeil der Steppenreiter gegen die Phalanx der Feinde. Stahl klirrte, Pferde und Menschen bäumten sich auf und für einen Moment wurde die Sicht von hochgewirbeltem Staub verdunkelt, sodass man Freund und Feind nicht mehr unterscheiden konnte. Die Krieger Morgons waren weit in der Überzahl. Sie hatten offensichtlich geglaubt, mit ihren unbewaffneten Gegnern leichtes Spiel zu haben. Zu spät erkannten sie den verhängnisvollen Irrtum. Die Steppenreiter mochten wehrlos erscheinen, aber ihre Hände und Füße, Ellbogen und Knie verwandelten sich im Moment des Aufeinanderpralls in unwiderstehliche Waffen. Ein schwarzer Reiter nach dem anderen fiel erschlagen oder kampfunfähig aus dem Sattel. Der Kampf dauerte nur Minuten. Die Phalanx der schwarzen Reiter wankte, formierte sich neu und brach dann endgültig zusammen. Nur wenigen gelang es, sich in Sicherheit zu bringen. Als die Steppenreiter ihre Pferde herumzwangen, zeigte sich, dass auf zehn Reiter Morgons, die reglos auf der blutgetränkten Erde lagen, einer der Ihren kam.

Für einen Moment geriet die Schlacht ins Stocken. Das schwarze Heer kroch zurück wie ein großes, schwerfälliges Tier, holte Atem und brandete dann erneut gegen die gläsernen Mauern.

Plötzlich riss die schwarze Wolkendecke über dem Schlachtfeld auf. Ein hoher, singender Ton erfüllte die Luft. Und dann raste ein breiter, farbenschillernder Regenbogen über den Himmel heran und senkte sich mitten auf das Schlachtfeld herab.

Sekundenlang verharrten sowohl Angreifer wie Verteidiger in ungläubigem Staunen. Tausende Gesichter wandten sich der fantastischen Erscheinung zu; für die Dauer eines Herzschlags schien die Schlacht wie erstarrt. Ein vielstimmiger Entsetzensschrei aus den Kehlen der schwarzen Reiter zerschnitt die Stille. Über den Regenbogen, in kühnem Schwung direkt aus dem Himmel herabstoßend, kam eine Armee goldgepanzerter Reiter herangaloppiert, angeführt von einer kleinen, ganz in Schwarz gekleideten Gestalt. Die goldenen Reiter erreichten den Boden und stießen mitten ins Herz der schwarzen Armee. Kein Schild, kein Panzer, kein noch so hartnäckiger Widerstand konnte sie aufhalten. Mit ungebrochener Kraft schlugen sie eine Bresche in das schwarze Heer und galoppierten auf die Burg zu. Erst vereinzelt, dann von mehr und mehr Stimmen aufgenommen, erhob sich aus den Reihen der Heerscharen Märchenmonds ein donnernder Schlachtruf, unter dem die gläsernen Mauern der Burg zu vibrieren schienen.

»Rettet Gorywynn!«

Im gleichen Maße, in dem die Verteidiger neuen Mut gewannen, begann sich unter den schwarzen Reitern Panik auszubreiten. Zum ersten Mal, seit vor fünf Tagen die Schlacht begonnen hatte, wankten ihre Reihen, zögerten die schwarzen Krieger, sich dem Feind entgegenzuwerfen. Mehr und mehr wandten sich zur Flucht und als die goldenen Reiter unter Kims Führung den ersten geborstenen Wall erreichten, trieben sie eine Schar versprengter schwarzer Reiter vor sich her und schlugen sie vollends in die Flucht.

Die schweren Bronzetore des zweiten Walles schwangen auf und der Reitertrupp galoppierte auf den glasgepflasterten Hof. Triumphierendes Jubelgeschrei empfing sie. Hunderte von Männern und Frauen strömten auf den Hof, halfen den Reitern aus den Sätteln und labten sie mit Speis und Trank. Für einen Moment hatte Gorywynn wieder Hoffnung.

Auch Kim wurde von der Welle des Jubels erfasst. Trotz seiner heftigen Gegenwehr wurde er aus dem Sattel gehoben und im Triumphzug über den Hof getragen. Es blieb ihm nichts anderes übrig als abzuwarten, bis sich die Begeisterung gelegt hatte und er wieder auf den Boden gesetzt wurde.

»Wo ist Themistokles?«

Jemand deutete auf die Befestigung hinter ihm. Kim drehte sich um und sah die weiß gekleidete Gestalt des Zauberers, der mit eiligen Schritten die Treppe von der Mauer herabstürmte und sich einen Weg durch die Menge bahnte.

»Kim!«, rief er erfreut. »Den Göttern sei Dank. Du lebst!«

»Ja. Und wie du siehst, komme ich nicht allein!« Kim wies auf die Reihen goldener Reiter, die sich um ihn versammelt hatten. »Ich bringe Hilfe und Rettung für Gorywynn!«

»Du lebst!«, wiederholte Themistokles, als hätte er Kims Worte gar nicht gehört. »Du ahnst ja nicht, welche Sorgen uns dein Verschwinden bereitet hat. Wo sind die anderen? Gorg, Kelhim, der Drache und Priwinn?«

Kims Triumphgefühl verschwand schlagartig und machte einem Gefühl dumpfer Trauer Platz. »Gorg und Rangarig sind tot«, sagte er leise. »Sie opferten sich freiwillig, um mich und die anderen zu retten. Meine Freunde sind bei den Weltenwächtern zurückgeblieben.«

»Die Weltenwächter!«, sagte Themistokles mehr zu sich selbst. »Du warst dort? Burg Weltende existiert also wirklich?«

»Ja. Ich war dort. Und ich war auch an einem Ort, der noch viel fantastischer ist als Weltende.«

»Du … du hast den König der Regenbogen gesehen?«

»Ja, Themistokles. Und mehr noch.« Kim zögerte einen Moment und begann dann in knappen Worten zu berichten, was er erlebt hatte. Als er geendet hatte, breitete sich im ganzen Hof staunendes Schweigen aus.

»So ist es also wahr«, murmelte der Zauberer endlich. »Vielleicht ist doch noch nicht alles verloren. Vielleicht kann Gorywynn noch gerettet werden.«

»Es wird gerettet werden«, sagte Kim im Brustton der Überzeugung. »Die Krieger, die ich brachte, sind nur die Vorhut. Der König der Regenbogen versprach mir, selbst zu kommen. Ich weiß, dass er sein Wort halten wird.«

Themistokles lächelte. Es war ein trauriges, mutloses Lächeln, das Kim nicht begriff und das ihn schaudern ließ.

»Komm mit«, sagte Themistokles. Er nahm Kim beim Arm, führte ihn über den Hof zur Befestigung und deutete schweigend auf die schmale gläserne Treppe, die zu den Zinnen emporführte. Kim folgte dem Zauberer die Stufen hinauf. Die Krieger hinter den Zinnen traten respektvoll beiseite, um die beiden vorbeizulassen.

Der Zauberer führte Kim in die Mitte des Walles, genau über dem großen bronzenen Tor.

»Sieh«, sagte er.

Die Ebene, die sich hinter der Burg erstreckte, so weit das Auge reichte, war schwarz von Kriegern. Noch hatte sich das schwarze Heer nicht von dem Schlag erholt, aber über den Horizont im Osten kroch unablässig Verstärkung heran. Zug um Zug. Reiter um Reiter. Kleine Gruppen von zehn, fünfzehn Mann, ein anderes Mal Hunderte; und einmal schien der Horizont selbst in Bewegung zu geraten, als ein riesiger, wohl an die Tausend zählender Heereszug herankam und sich mit der wartenden Armee vereinigte.

»So geht es seit Tagen«, sagte Themistokles ruhig. »Was du hier siehst, ist nur ein Teil von Boraas' Armee. Die Zahl seiner Krieger ist unerschöpflich. Die Männer, die du mitgebracht hast, mögen Helden sein, vielleicht die größten, die Märchenmond jemals hervorgebracht hat. Aber auch wenn einer von ihnen tausend schwarze Reiter aufwöge, hätten wir keine Chance.«

Kim starrte den Zauberer fassungslos an. »Ja, hast du mich denn nicht verstanden?«, rief er. »Nicht sie allein sind die versprochene Hilfe. Der Regenbogenkönig selbst wird kommen und Boraas' Heer zerschlagen!«

»Glaubst du das wirklich?«, fragte Themistokles.

»Selbstverständlich!«

»Ich wollte, du behieltest recht.«

»Aber er wird kommen!«, bekräftigte Kim.

Themistokles schüttelte den Kopf. »Es ist sinnlos, Kim, sich an einen Traum zu klammern. Sinnlos und gefährlich. Auch ich habe es einen Moment lang getan. Nein, Kim. Wir haben verloren. Keine Macht der Welt kann Boraas daran hindern, Gorywynn zu nehmen. Du hast getan, was in deinen Kräften stand, ja vielleicht mehr. Aber es ist aus.«

»Aber du darfst jetzt nicht aufgeben!«, rief Kim. »Jetzt erst recht nicht!«

»Dieser Meinung bin ich auch«, sagte eine Stimme hinter ihnen.

Themistokles fuhr überrascht herum. Ein schlanker, in ein einfaches braunes Gewand gekleideter Mann stand hinter ihm.

»Unser kleiner Held hat recht, Themistokles. Du gibst zu rasch auf. Noch ist der Kampf nicht verloren.«

Themistokles sah den Fremden verblüfft an. »Wer seid Ihr? Und woher kommt Ihr?«

»Wer ich bin? Nun, wenn du Kim nicht geglaubt hast, wirst du mir wohl auch nicht glauben, oder?«

»So seid Ihr ...« Themistokles beendete den Satz nicht.

»Wer ich bin, spielt keine Rolle, Herr von Gorywynn. Manche nennen mich den König der Regenbogen, andere anders. Aber ich bin der, auf den ihr gewartet habt.«

»Und ... Ihr seid gekommen, um uns zu helfen?«

»Nicht euch«, widersprach der Regenbogenkönig. Er wies mit einer Handbewegung auf Kim. »Ihm. Aber das läuft wohl aufs Gleiche hinaus.« Er blickte auf das schwarze Heer und den geborstenen Wall zu seinen Füßen und seufzte. »Ich sehe, ihr seid wirklich in großen Schwierigkeiten«, murmelte er.

Themistokles nickte. »Wenn der zweite Wall fällt, haben wir keine Männer mehr, den dritten zu besetzen.«

Der Regenbogenkönig schien zu überlegen. Plötzlich straffte er sich, deutete mit einer Kopfbewegung auf den Hof hinunter und sagte: »Gehen wir.«

Sie verließen die Mauer. Die Menge im Hof teilte sich, um ihnen den Weg zum Tor freizugeben.

»Öffnet das Tor!«, befahl der Regenbogenkönig. Themistokles hob gebieterisch die Hand und zwei Männer setzten einen verborgenen Mechanismus in Gang, der die tonnenschweren Bronzeflügel lautlos nach außen schwingen ließ.

Der Platz zwischen dem Tor und dem geborstenen ersten Wall war leer. Die Krieger, die dem Ansturm der goldenen Reiter und dem Pfeilhagel von den Zinnen entronnen waren, hatten sich weit hinter seine Linie zurückgezogen. Die drei überquerten den mit Gefallenen und Glastrümmern übersäten Platz und erklommen die gezackten Ruinen des ersten Walles. Von hier aus wirkte das schwarze Heer noch bedrohlicher. Es war, als wogte die Steppe selbst schwarz und gefährlich heran.

Kim ballte die Fäuste, damit man nicht merkte, wie seine Hände zitterten. Er war kein Feigling, das hatte er hinlänglich bewiesen. Aber dieser Anblick war beinah mehr, als er ertragen konnte. Die vorderste Reihe der Krieger war höchstens zehn Meter von ihnen entfernt, nahe genug, dass Kim ihre hasserfüllten Blicke spüren und ihren Schweiß riechen konnte.

»Männer Morgons!«, rief der Regenbogenkönig. Seine Stimme hallte so mächtig über die Steppe, dass auch der letzte Krieger jedes Wort deutlich verstehen konnte, so als stünde der Sprecher direkt vor ihm. »Hört mich an! Euer Kampf ist aussichtslos. Euer Anführer hat euch belogen, als er sagte, Gorywynn könne erobert werden. Ihr kämpft für die falsche Sache, und wenn ihr weiterkämpft, werdet ihr einen sinnlosen Tod sterben.«

Er wartete einen Moment, um seine Worte einwirken zu lassen. Dann fuhr er fort. »Zieht ab und keinem von euch wird etwas geschehen! Legt eure Waffen ab, und ich garantiere für eure Sicherheit!«

Ein einzelner schwarzer Pfeil zischte heran und bohrte sich dicht vor seinen Füßen in das Glas.

»Gebt auf!«, rief der Regenbogenkönig beschwörend. »Ihr steht auf der falschen Seite. Die Mächte des Bösen dürfen nicht siegen!«

Ein ganzer Schwarm schlanker schwarzer Pfeile hagelte gegen den Wall. Doch nicht einer von ihnen erreichte sein Ziel. Auf halbem Weg glühten sie auf, entluden sich in grellen Explosionen in allen Farben des Regenbogens und verschwanden.

Ein dröhnender, vielstimmiger Kampfschrei erhob sich aus den Reihen der schwarzen Krieger. Das Heer setzte sich in Bewegung und brandete wie eine gigantische schwarze Welle heran. Kim wollte erschrocken zurückweichen, aber Themistokles hielt ihn mit eisernem Griff am Arm fest.

Der Regenbogenkönig hatte sich hoch aufgerichtet und die Hände zum Himmel erhoben. Dünne, farbige Lichtstrahlen zuckten aus seinen Fingerspitzen nach oben und der Himmel erstrahlte plötzlich in grellem, ungeheuer intensivem Licht. Ein Regenbogen, größer und prächtiger als alle, die Kim bisher gesehen hatte, spannte sich über das Firmament und aus seiner Mitte zuckten Blitz auf Blitz in das schwarze Heer hinab, tauchte die Krieger in eine Flut aus Farben und Licht und ließ sie zu Hunderten aus den Sätteln stürzen.

Der Ansturm des Heeres kam ins Stocken. Ein Vorhang aus Licht fiel vom Himmel, legte sich vor das Heer und ließ auf eine Tiefe von etwa vierzig Metern Männer und Tiere hilflos zusammenbrechen. Aber Kim sah auch, dass die Männer nicht tot waren. Ihre Rüstungen glühten auf, wenn sie von den Blitzen getroffen wurden, verloren ihre tiefschwarze Farbe und verwandelten sich in normales Metall. Als einer der Reiter dicht vor Kim niederstürzte und seinen Helm verlor, sah Kim auf seinem Gesicht einen Ausdruck maßloser Verblüffung, als hätte er von einem Moment auf den nächsten jegliche Erinnerung an sich und den Grund seines Hierseins verloren. Und Kim begriff, dass die Blitze des Regenbogenkönigs nicht töteten, sondern nur Boraas' Zauber brachen.

Ohne Unterlass peitschten die Blitze in die schwarze Armee und am Himmel loderte ein bengalisches Feuer. Das Kriegsgeschrei hatte sich längst in einen Chor verzweifelter Hilferufe verwandelt und der Vormarsch des Heeres war endgültig zum Stillstand gekommen.

Aber Kim sah noch etwas, was weder Themistokles noch der Regenbogenkönig zu bemerken schienen. Der Himmel flammte weiter in einem grellen Durcheinander von Farben, aber dazwischen waren plötzlich kleine schwarze Punkte entstanden, gleich dunklen Löchern in dem Schirm aus Licht, der die Wolken verdeckte. Und mit jedem Blitz, der herniederfuhr, mit jedem Reiter, der aus dem Sattel fiel, wurden es mehr, als verlöre der Regenbogen mit jedem schwarzen Krieger ein klein wenig an Kraft. Bald schon wirkte der Regenbogen pockennarbig und durchlöchert und die schwarzen Punkte begannen zu großen, hässlichen Flecken zu verschmelzen, zwischen denen die Farben mehr und mehr verblassten. Nach einer Weile begann der Regenbogen zu zerfasern, fing an, sich in einzelne, zerfressen wirkende Lichtstränge aufzulösen. Die niederzuckenden Blitze waren längst nicht mehr so grell wie zu Anfang, und während zuerst Hunderte von Reitern unter ihren Einschlägen gefallen waren, waren es jetzt nur noch einige wenige.

Und auch der Lichtschirm selbst verlor sichtlich an Kraft. Zwar glühten die Pfeile, die auf den Wall zielten, nach wie vor in der Luft auf und vergingen, ehe sie ihr Ziel erreichen konnten, aber sie kamen jetzt schon merklich näher.

»Themistokles!«, rief Kim entsetzt. »Sieh doch!«

Themistokles nickte. Auch er schien die Gefahr endlich erkannt zu haben. »Zurück«, schrie er. »Schnell!«

Kim zögerte noch. Das schwarze Heer rückte langsam,

doch unerbittlich näher. Kim fühlte sich hin- und hergerissen zwischen dem Wunsch, sich in Sicherheit zu bringen, und dem, dem Regenbogenkönig zu helfen.

Noch immer fuhren grelle Blitze vom Himmel nieder. Aber der unheimliche Zersetzungsprozess des Regenbogens schien jetzt immer schneller voranzuschreiten.

Plötzlich geschah etwas Furchterregendes. Die Dunkelheit schien sich über dem Heer zusammenzuballen, eine wogende, lichtverschlingende Nebelbank aus beinah greifbarer Finsternis. Und mitten darin erschien ein riesiges, hageres Gesicht.

»Boraas!«, rief Themistokles entsetzt.

Ein schauerliches Lachen ließ die Mauern Gorywynns erbeben.

»Ja, Themistokles, ich bin es!«, verkündete die Erscheinung. »Eure Zeit ist endgültig abgelaufen! Meine Pläne sind aufgegangen, schneller und besser, als ich zu hoffen gewagt habe! Ich danke euch für eure Hilfe. Besonders dir, Kim. Ohne dich wäre ich niemals ans Ziel gelangt.«

Kim unterdrückte einen verzweiflungsvollen Aufschrei. Er begann zu ahnen, dass er einen fürchterlichen Fehler begangen hatte.

Wieder zuckte ein greller Blitz vom Himmel, bohrte sich mitten in das riesige Antlitz Boraas' und fuhr harmlos in den Boden, ohne der Erscheinung irgendetwas anhaben zu können. Kim wandte rasch den Kopf und schaute zum Regenbogenkönig hinüber. Er sah, wie dessen schlanke Gestalt wankte. Sein Gesicht verzerrte sich wie unter einer ungeheuren Anstrengung. Die Pfeile, die auf ihn abgeschossen wurden, kamen jetzt schon fast bis an seinen Körper heran.

»Du hast es mir ermöglicht, auch meinen größten Feind zu schlagen, Kim«, fuhr Boraas mit hohntriefender Stimme fort. »Dort, wo er wohnt, in seiner verdammten Burg aus Licht und Farben, wäre er auf ewig unerreichbar gewesen, denn nicht einmal meine Macht reicht aus, den Weg über die Unendlichkeit zu erzwingen. Aber du hast ihn verleitet, seine Heimat zu verlassen und hierherzukommen, wo er schwach und verwundbar ist. Ich danke dir, Kim. Du warst mein treuester Verbündeter!«

Wieder erscholl dieses hohle, grausame Lachen. Dann fuhr ein schwarzer, gezackter Blitz über den Himmel, löschte den Regenbogen endgültig aus und hüllte die Gestalt des Regenbogenkönigs in eine schwarze Wolke ein. Sekundenlang rangen Licht und Dunkelheit miteinander. Eine grelle Farbexplosion entlud sich über dem Schlachtfeld.

Dann brach der Schutz des Regenbogenkönigs zusammen. Er schrie auf, taumelte zurück und sank leblos zu Boden.

Das schwarze Heer brach in ungeheuren Jubel aus. Die zerschlagenen Reihen formierten sich neu und wie auf einen stummen Befehl hin setzte sich der ganze gewaltige Heereszug in Richtung Gorywynn in Bewegung.

»Zurück!«, schrie Themistokles. »Wir müssen fliehen!«

Sie fuhren herum, schlitterten an den Ruinen des Walls hinunter und rannten auf das sich öffnende Bronzetor zu. Der Boden unter ihren Füßen begann zu zittern, als Hunderte und Aberhunderte schwarzer Reiter zur Verfolgung ansetzten.

»Schnell!«, rief Themistokles.

Von den Mauern Gorywynns hagelten Pfeile und Wurfgeschosse auf die Verfolger herab. Die großen Tore begannen sich zu schließen, kaum dass die Flüchtenden den Hof erreicht hatten. Aber zu spät. Die Bronzeflügel erbebten unter dem Ansturm des schwarzen Heeres. Mehr und immer mehr schwarze Reiter drangen brüllend und waffenschwingend in den Hof ein. Innerhalb weniger Augenblicke breitete sich ein fürchterliches Handgemenge aus. Die Männer Gorywynns wehrten sich mit dem Mut der Verzweiflung. Doch durch das gewaltsam geöffnete Tor strömten immer noch mehr Feinde herein.

Kim ließ sich vor einem zum Angriff ansetzenden schwarzen Reiter blitzschnell zur Seite fallen. Sein Schwert glitt aus der Scheide, klirrte gegen die Klinge des anderen und hob den Mann mit einem gezielten Hieb aus dem Sattel. Aber schon tauchte ein zweiter Feind auf, ein dritter, vierter, und Kim musste sich weiter zurückziehen. Er hielt nach seinem Pferd Ausschau, schlug und hackte sich einen Weg durch das Getümmel. Er fand es tatsächlich, schwang sich in den Sattel, stieß einen schwarzen Reiter, der sich an sein Bein zu klammern suchte, von sich und riss sein Pferd herum.

»Helden! Steppenreiter!«, schrie er über den Kampflärm hinweg. »Zu mir! Sammelt euch!« Er deutete mit dem Schwert auf das geschlossene Tor des dritten Walles und sprengte los. Für einen Moment sah es so aus, als wollte er fliehen. Dann hatten seine Reiter das Tor erreicht und einen weiten Halbkreis darum gebildet.

»Das Tor auf!«

Die Torflügel schwangen auf und Kim gab seinen Reitern mit einer Handbewegung Befehl, sich neu zu formieren. Der Halbkreis verwandelte sich in einen Keil, der krachend und berstend in die Reihen der schwarzen Reiter fuhr, formierte sich abermals neu, und zwar in einen schmalen, schnurgeraden Korridor, gebildet aus einer Doppelreihe von Reitern, der quer über den Hof bis zum dritten Wall führte. Die schwarzen Reiter verstärkten die Wucht ihres Angriffs, als sie bemerkten, welchen Plan Kim verfolgte. Aber die Doppelreihe hielt und zwischen ihnen hindurch rettete sich Mann auf Mann hinter den Schutz des dritten, noch unbeschädigten Walles.

Kim focht in vorderster Reihe. Seine Rüstung war bald verbeult und zerrissen von den Hieben, die auf ihn herunterprasselten. Aber er kämpfte wie in einem Rausch, focht, Schmerzen und Angst vergessend und nur von dem Wunsch beseelt, so viele Männer Märchenmonds wie nur möglich in Sicherheit zu wissen. Und seine Begleiter kämpften, jeder für sich, mit dem gleichen Mut, die goldgepanzerten Helden neben den braunen, waffenlosen Gestalten der Steppenreiter und den grünen Lanzenträgem des Nordens. Die Übermacht war gewaltig, aber die Männer kämpften mit einer Tapferkeit, die ihresgleichen noch nicht gesehen hatte. Wo einer fiel, focht sein Nebenmann mit doppeltem Mut weiter und trieb die schwarzen Angreifer zurück. Endlich nahm der Strom der Flüchtenden ab und Kim gab den Befehl zum Rückzug. Die Doppelreihe schloss sich, schrumpfte zusammen zu einem Kreis aus Schwertern und Lanzen und begann langsam auf den Wall zurückzuweichen.

Nur wenige erreichten den Schutz der Mauern. Als die Tore hinter ihnen zuschlugen und Kim sich erschöpft aus dem Sattel fallen ließ, musste er erkennen, dass die meisten seiner Krieger das Rettungsunternehmen mit dem Leben bezahlt hatten. Am Ende seiner Kräfte, ließ er sich gegen die Flanke seines Pferdes sinken und schloss die Augen. Verzweiflung übermannte ihn. Als ihn eine sanfte Hand an der Schulter berührte und er in Themistokles' Gesicht sah, war er den Tränen nahe.

»Verloren«, sagte Kim. »Wir haben verloren, Themistokles. Es ist aus.«

Der Zauberer neigte das Haupt. »Es war nicht deine Schuld, Kim«, sagte er leise. Seine Stimme klang, als wollte er gleichzeitig um Verzeihung bitten. »Niemand konnte ahnen, wie abgrundtief böse Boraas wirklich ist und wie weit seine Macht reicht. Wenn jemanden eine Schuld trifft, so mich. Ich war es, der dich rief. Und vorher war ich es, der nicht genügend auf deine Schwester achtgab.«

»Und jetzt?«, fragte Kim. »Werden wir uns halten können?«

Themistokles schüttelte traurig den Kopf. »Nein«, sagte er. »Wir sind zu wenige.«

Kim schaute zu den Zinnen hinauf. Nur eine Handvoll Krieger hatte sich auf der Mauer verschanzt und wartete mit gespannten Bögen auf den letzten, vernichtenden Angriff und es war keiner unter ihnen, der nicht verwundet und am Rande der Erschöpfung war.

»Wir müssen aufgeben«, murmelte Kim. »Vielleicht schont Boraas ihr Leben, wenn wir uns freiwillig ergeben.«

»Ich habe es versucht, Kim«, antwortete Themistokles. »Lange bevor du kamst, habe ich Boten zu Boraas geschickt und ihm angeboten, über eine kampflose Übergabe Gorywynns zu verhandeln.«

»Und?«

»Boraas ließ mir ausrichten, er nähme nicht geschenkt, was ihm bereits gehöre. Er wollte diesen Kampf, Kim. Erwarte von Boraas keine Gnade.«

Von den Zinnen gellte ein vielstimmiger, entsetzter Aufschrei.

»Sie kommen! Der Schwarze Lord kommt!«

Themistokles wurde totenblass. Die bloße Erwähnung des Schwarzen Lords schien ihn mehr zu erschrecken als der Anblick des ganzen schwarzen Heeres.

Ein dumpfer Schlag traf das Tor und eine Wolke von Pfeilen sirrte über die Mauerkrone und fiel auf den Hof hinunter.

»Zurück!«, befahl Themistokles. »Gebt die Mauern auf und versucht zu fliehen!«

Es hätte des Befehls nicht bedurft. Das Nahen des Schwarzen Lords schien den Mut der Verteidiger endgültig gebrochen zu haben. In wilder Panik verließen sie ihre Stellungen, rannten in den Hof hinunter oder begannen sich in den Türmen zu verschanzen. Auch Kim und Themistokles zogen sich, begleitet von der Handvoll am Leben gebliebener Reiter, zum Hauptgebäude des Märchenschlosses zurück. Wieder erzitterte das Tor unter fürchterlichen Rammstößen und auf den Mauerzinnen erschienen die ersten schwarzen Rüstungen. Da und dort entspann sich ein kurzes, heftiges Handgemenge, aber der Widerstand Gorywynns war endgültig gebrochen, und die wenigen, die sich noch hielten, wurden von den Angreifern überrannt.

Das Tor brach, als Themistokles mit Kim und seiner Schar das obere Ende der Freitreppe erreicht hatte. Die großen Bronzeflügel neigten sich nach innen, kippten mit täuschend langsamer Bewegung und schlugen dann mit verheerender Wucht auf dem Innenhof auf. Die gesamte Festung schien zu erzittern und in den gläsernen Fliesen des Bodens entstand ein Spinnennetz aus Sprüngen und Rissen. Eine Flut schwarzer Reiter wälzte sich in den Hof, angeführt von einer langen, gebeugten, in ein wallendes schwarzes Gewand gehüllten Gestalt und einem zweiten, viel kleineren schwarzen Krieger.

Boraas und der Schwarze Lord!

Kim stand wie gelähmt. Er starrte die beiden Erzfeinde an, unfähig, einen klaren Gedanken zu fassen. Der Schwarze Lord! Zum dritten Mal stand er dem geheimnisvollen Heerführer Morgons gegenüber. Aber es war das erste Mal, dass er ihn im Kampf erlebte, das erste Mal, dass er spürte und sah, wie unvergleichlich böse dieser klein gewachsene Mann war.

Ein Pfeilschuss streckte den Steppenreiter neben Themistokles zu Boden.

»Zurück!«, befahl Themistokles abermals. Sie zogen sich ins Innere des Gebäudes zurück und verriegelten das Tor. Für einen Moment waren der Kampflärm und das Gebrüll der Angreifer ausgesperrt.

»Wohin jetzt?«, fragte Kim.

»In den Thronsaal«, antwortete Themistokles und begann bereits mit langen Schritten den Gang hinunterzueilen. Als sie am Fuße der Treppe angelangt waren, die zum Thronsaal hinaufführte, erbebte das Eingangstor hinter ihnen unter einer Anzahl wuchtiger Schläge. Kim riss das Schwert aus der Scheide und versammelte mit einem kurzen Befehl seine Männer um sich. Er war entschlossen, bis zum letzten Atemzug zu kämpfen.

»Nein, Kim«, sagte Themistokles ruhig, aber bestimmt. »Der Kampf ist vorbei.« Dann wandte er sich an das Dutzend tapferer Helden, die bis jetzt ausgehalten hatten. »Flieht«, sagte er, »solange noch Zeit ist. Gorywynn ist groß und vielleicht gelingt es euch, ein Versteck zu finden oder die Burg zu verlassen. Ich werde Boraas allein empfangen.«

Die Männer zögerten noch.

»Ja«, murmelte Kim. »Themistokles hat recht.«

Einer nach dem anderen steckten die Krieger ihre Waffen weg und wandten sich zur Flucht. Kim und der Magier blieben allein zurück.

»Und du?«, sagte Themistokles. »Willst du nicht auch fliehen?«

»Wohin?«, fragte Kim leise. »Boraas würde nicht eher ruhen, als bis er mich gefunden hat. Er würde Gorywynn dem Erdboden gleichmachen, und wenn es mir gelänge zu entkommen, würde er nicht zögern, ganz Märchenmond in Schutt und Asche zu legen. Er würde nicht aufgeben, ehe er mich aufgestöbert hätte. Ich werde bei dir bleiben.«

Themistokles nickte, als habe er nichts anderes erwartet. »So komm«, sagte er.

Langsam, fast gelassen, als gäbe es kein schwarzes Heer und keine Gefahr, gingen sie die Treppe hinauf und betraten den Thronsaal.

Der sonnendurchflutete Saal war leer. Die Tafel war abgeräumt und für einen winzigen Moment gab sich Kim der Illusion von Ruhe und Geborgenheit hin. Dann hallte von unten ein berstender Schlag, gefolgt vom Getrappel stählerner Stiefel auf der Treppe. Eine Horde schwarzer Krieger drängte in den Saal. Themistokles trat ihnen mit erhobenen Armen entgegen.

»Halt! Niemand darf es wagen, Gorywynns heilige Halle zu besudeln!«

Die Worte schienen die Krieger zu beeindrucken. Sie zogen

sich zwar nicht zurück, blieben aber zu beiden Seiten des Einganges stehen, abwartend, die Waffen drohend erhoben.

Und dann erschien Boraas in der Tür. An seiner Seite, klein und von täuschend harmloser Gestalt, der Schwarze Lord. Sein Anblick ließ Kim aufstöhnen.

Boraas trat einen Schritt in den Saal hinein. Er musterte nacheinander Themistokles und Kim und lachte leise.

»Bruder«, sagte er höhnisch. »Endlich sehen wir uns wieder. Wie lange habe ich auf diesen Augenblick warten müssen.«

Themistokles schwieg. Boraas schien auch keine Antwort zu erwarten.

»Es war ein weiter Weg, um endlich ans Ziel meiner Wünsche zu gelangen.«

»Was willst du?«, fragte Themistokles ruhig. »Du hast mich besiegt. Musst du mich auch noch verhöhnen?«

»Aber Bruder«, Boraas schüttelte den Kopf, »nichts liegt mir ferner als dich zu verhöhnen. Doch du wirst mir erlauben, mich über meinen Sieg zu freuen. Umso mehr, als du selbst es warst, der ihn ermöglichte. Noch ist er nicht vollkommen. Aber die Würfel sind bereits gefallen.«

»Wenn es mein Tod ist, der dir noch fehlt«, sagte Themistokles, »so töte mich. Aber tu es schnell.«

»Dein Tod? Warum sollte ich deinen Tod wollen, Bruder? Wir sind vom gleichen Blut, vergiss das nicht.«

»Was willst du dann?«

»Dich«, antwortete Boraas hart. »Deine Treue. Du wirst mir schwören, an meiner Seite zu stehen, meinen Befehlen zu gehorchen und das Land nach meinen Wünschen zu verwalten. Es ist lange her, dass ich in Morgons Mauern weilte, und das Land ist fast zu groß, um von einem einzigen Mann beherrscht zu werden. Werde mein Statthalter und ich schenke dir und ihm«, damit deutete er auf Kim, »das Leben.«

Themistokles lachte bitter. »Du musst verrückt sein, wenn

du annimmst, ich würde mich auf einen solchen Handel einlassen«, sagte er.

»Ich verlange die Entscheidung nicht sofort«, entgegnete Boraas. »Du wirst mich begleiten. Sei mein Gast, solange es dir beliebt. Du kannst dich später entscheiden.«

»Dein Gast?«, höhnte Themistokles. »In deinen Kerkern, nicht wahr?«

Boraas nickte ungerührt. »Sie werden dir die Entscheidung ein wenig erleichtern. Aber bedenke, dass es wahrscheinlich besser ist, in meinem Verlies zu leben, als hier zu sterben.«

»Darüber kann man geteilter Auffassung sein«, gab Themistokles zurück. »Ich habe für übertriebenen Heldenmut nichts übrig. Aber ich ziehe einen ehrenhaften Tod dem Leben in deiner Gefangenschaft vor.«

In den gleichmütigen Ausdruck auf Boraas' Gesicht mischte sich unterdrückte Wut. »Ist das dein letztes Wort?«

Statt einer direkten Antwort legte Themistokles seinen Stab aus der Hand, ging mit gemessenen Schritten durch den Saal und nahm ein silbernes Schwert von der Wand.

»Wie du willst«, murmelte Boraas. Er scheuchte die Krieger, die hinter ihm Aufstellung genommen hatten, auseinander und nickte dem Schwarzen Lord zu.

»Du kämpfst nicht selbst?«

»Warum sollte ich? Ich weiß, dass du mir überlegen bist, Themistokles. Verlangst du Ritterlichkeit von mir?«

Themistokles schüttelte in hilfloser Wut den Kopf. »Nein, Bruder. Von dir gewiss nicht.«

Der Schwarze Lord begann Themistokles langsam zu umkreisen. Der Magier blickte dem Feind ruhig entgegen. Kim spürte deutlich die Anspannung, die von den beiden Gegnern Besitz ergriffen hatte; nicht Angst, wohl aber gegenseitiger Respekt und das Wissen um die Stärke des anderen.

Der Schwarze Lord eröffnete den Zweikampf. Er sprang mit einem wütenden Schrei vor. Seine Klinge zuckte hoch, sauste in einer fantastisch schnellen Bewegung auf das Haupt des Magiers nieder und klirrte im letzten Moment gegen dessen Waffe. Die Wucht des Aufpralls warf beide zurück, aber der Kampf setzte sich sogleich mit ungeminderter Härte fort. Kim wurde rasch in den Bann des unglaublichen Schauspiels gezogen. Noch nie hatte er zwei Gegner wie diese gesehen. Ihre Hiebe und Konterschläge wechselten so schnell, dass das Auge dem Hin und Her nicht mehr folgen konnte und nur noch verschwommene Körperumrisse und blitzende Halbkreise wahrnahm. Themistokles wich zurück, schlug nach den Beinen des Schwarzen Lords und ließ sich mit einer Gewandtheit, die seinem scheinbaren Alter Hohn sprach, über die Tafel abrollen. Ein Hieb des Schwarzen Lords spaltete den Tisch, aber da war Themistokles schon wieder auf den Beinen. Wieder trafen ihre Schwerter Funken sprühend aufeinander und diesmal war Themistokles um eine Winzigkeit schneller als sein Gegner. Seine Klinge drehte sich in einer unnachahmlichen Kreiselbewegung um die des Schwarzen Lords, prellte diesem das Schwert aus der Hand und schlug mit unbarmherziger Wucht gegen dessen Helm. Der Schwarze Lord verlor das Gleichgewicht und fiel auf den Rücken. Sein Helm löste sich und rollte scheppernd davon.

Kim schrie entsetzt auf, als er das Gesicht des Schwarzen Lords sah.

Es war sein eigenes!

Der Schwarze Lord war niemand anders als er selbst!

Von einer Sekunde auf die andere begriff er alles. In einer blitzartigen Vision rollte seine Flucht aus Morgon noch einmal vor seinen Augen ab, der Kerker, der Kampf auf der Burgmauer, den er niemals hätte gewinnen dürfen, seine Flucht durch den Spiegelsaal. Wieder hörte er die Worte, die Kart ihm noch im Sterben zugeflüstert hatte, und jetzt, endlich, begriff er ihren Sinn. Er sah sich wieder durch den großen, leeren Saal in Morgon rennen, sah den gigantischen schwarzen

Spiegel und spürte das Gefühl der Schwäche, das ihn überkommen hatte.

Der Schwarze Lord war sein Spiegelbild! Sein negatives Spiegelbild, die Essenz all seiner schlechten Eigenschaften, aller bösen Gedanken, die er je in seinem Leben gedacht hatte.

Auch Themistokles schien in diesem Moment die Wahrheit zu erkennen. Sein zum Schlag erhobenes Schwert verharrte reglos in der Luft und seine Augen weiteten sich.

Das kurze Zögern kostete ihn das Leben. Der Schwarze Lord sprang auf, packte sein Schwert und stieß Themistokles die Klinge bis zum Heft in die Brust.

Minutenlang hockte Kim wie betäubt neben Themistokles und starrte auf den reglosen Körper. Mit dem Tod des Magiers schien auch in ihm etwas abgestorben zu sein. Kim begann erst jetzt wirklich zu ahnen, wie viel ihm dieser gute, sanftmütige alte Mann bedeutet hatte.

»Nun, Kim«, sagte Boraas nach einer Weile. »Erkennst du jetzt, wie sinnlos jeder Widerstand gegen uns ist? Du kannst nicht gegen dich selbst kämpfen. Niemand kann das.«

Kim setzte zu einer Antwort an, aber seine Kehle war wie zugeschnürt. Er brachte kein Wort heraus. Er blickte ins Gesicht des Schwarzen Lords – sein eigenes Gesicht – und alles, was er darin sah, waren Hass, Kaltherzigkeit, Eigennutz und Bosheit. Das sollte er, Kim Larssen, sein?

»Du bist es«, antwortete Boraas, der Kims Gedanken las. »Gut und Böse wohnen in jedem Menschen. Es gibt keinen, der nur gut oder nur schlecht wäre. Das eine kann ohne das andere nicht existieren. In den meisten Menschen gewinnt das, was ihr das Gute nennt und was ich Schwäche nenne. Nur bei wenigen überwiegt die wahrhaft starke Seite, für die wir uns entschieden haben. Themistokles hätte erkennen müssen, wer der Schwarze Lord ist, denn ihm widerfuhr – wenn auch vor langer Zeit – das gleiche Schicksal.«

»Dann bist du …«

»Ich erzählte dir, dass Themistokles und ich Brüder seien. Aber das stimmte nur zum Teil. Vor langer Zeit waren wir eins, so wie du eins mit dem Schwarzen Lord warst. Und so wie ein Blick in meinen magischen Spiegel aus einer Persönlichkeit zwei, dich und den Schwarzen Lord, schuf, so entstand aus dem einen Geschöpf, das wir beide einst waren, ein Doppelwesen, Themistokles und Boraas, Gut und Böse.« Kim stöhnte. Gefühlsmäßig erfasste er die Worte des Magiers genau; aber sein Verstand weigerte sich, sie als wahr anzuerkennen.

»Der Handel, den ich Themistokles vorschlug, gilt auch für dich«, fuhr Boraas fort. »Tritt zu mir über und ich schenke dir das Leben. Mehr noch – ich verspreche dir, deine Schwester freizulassen.« Er deutete mit einer herrischen Geste auf den Thronsessel im Hintergrund des Saales. »Du hast schon einmal darauf gesessen, Kim. Er mag dir gehören. Ich biete dir die Herrschaft über Märchenmond.«

»Das ist nicht dein Ernst«, sagte Kim schwach. »Ich würde die erste Gelegenheit nutzen, dich zu vertreiben.«

Boraas lächelte. »O nein, Kim. Sobald du mir dein Wort verpfändest, gehörst du mir, auf ewig. Ich habe Mittel und Wege, jedem Verrat vorzubeugen.«

Kim schwieg lange.

Dann zog er entschlossen sein Schwert aus der Scheide und sah den Schwarzen Lord herausfordernd an.

Boraas hob die Hand. Ein Hagel schwarzer Pfeile zischte heran und löschte ein für alle Mal Kims Bewusstsein aus.

XX

Eine kühle Hand lag auf seiner Stirn, als er erwachte. Er lag in einem weichen Bett, warmes Sonnenlicht kitzelte sein Gesicht und von irgendwoher wehte leise Musik an sein Ohr.

Aber das ist unmöglich!, dachte er. Ich bin doch tot! Er erinnerte sich genau an die schwarzen Pfeile und er glaubte auch noch die schmetternden Schläge zu hören, mit denen sich die Geschosse durch seine Rüstung gebohrt hatten.

»Nun«, sagte eine vertraute Stimme. »Wie geht es dir?«

Kim riss die Augen auf und starrte ungläubig in das Gesicht, das sich besorgt über ihn beugte.

»Priwinn!«

Der Steppenprinz nickte. »Kein anderer, kleiner Held.«

»Aber wieso …?« Kim setzte sich auf und schlug die Decke zurück. Er war nackt bis auf einen schmalen weißen Lendenschurz und seine Haut war unverletzt, ohne den kleinsten Kratzer. »Priwinn«, sagte er noch einmal. »Du … du lebst!«

»Was heißt hier du?«, sagte eine Stimme von der anderen Bettseite her. »Wir!«

Kim fuhr herum und konnte es kaum fassen. »Ado!«, rief er. »Auch du? Ist vielleicht Kelhim …«

»Ja, auch er«, sagte Ado. »Und Gorg und Rangarig ebenso.«

»Dann … dann seid ihr also alle noch am Leben! Und ihr seid zurückgekommen! Habt ihr die Eisriesen überredet, euch zu helfen?«

Priwinn grinste. »Nein, Kim. Sie pflegten uns gesund. Und sie fanden auch Gorg und den Drachen, die beide schwer verwundet waren und fiebernd durch die Berge irrten. Aber sie geleiteten uns nur bis an die Grenze ihres Reiches. Den Rest des Weges legten wir auf Rangarigs Rücken zurück.«

Kim verstand nun überhaupt nichts mehr. Er schüttelte verwirrt den Kopf, stand auf und trat mit zitternden Knien ans

Fenster. Goldenes Sonnenlicht umgab die gläsernen Mauern Gorywynns wie mit einem flammenden Glorienschein und auf dem Hof unten, winzig klein und wie bunte Ameisen wimmelnd, bewegten sich Menschen.

»Aber wie …?«, fragte Kim stockend. »Ich verstehe nicht …«

»Du kannst es auch nicht verstehen«, sagte Ado. »Niemand hat es gewusst. Boraas selbst hat den Untergang prophezeit. Aber nicht einmal er hat die Wahrheit erkannt.«

Kim machte ein ratloses Gesicht. »Ich begreife kein Wort«, gestand er. »Wieso seid ihr hier? Wieso ist Gorywynn nicht zerstört? Ich habe gesehen, wie seine Wälle fielen …«

Priwinn unterbrach ihn mit einer sanften Handbewegung. »Deine Verwirrung ist nur zu verständlich, Kim«, sagte er. »Aber ein anderer soll dir erklären, was geschehen ist. Zieh dich an, wenn du dich kräftig genug fühlst.«

Kräftig? Kim fühlte sich so wohl und ausgeruht wie seit Langem nicht mehr. Er ging zum Bett zurück, warf einen Blick auf die schwarze Rüstung, verwarf den Gedanken und streifte ein einfaches graues Gewand über, das daneben auf einem Stuhl lag. Ohne es erklären zu können, wusste er einfach, dass er die Rüstung nicht mehr brauchte.

Priwinn und Ado warteten geduldig, bis er sich angekleidet hatte. Dann deutete Ado mit einer einladenden Handbewegung auf die Tür und Kim verließ zwischen ihm und Priwinn das Zimmer. Sie gingen den bekannten Weg durch die gläsernen Korridore zum Thronsaal hinauf und überall begegneten ihnen lachende Menschen, Männer, Frauen und Kinder, Feen und Elfen und andere Zauberwesen. Nichts erinnerte mehr an den fürchterlichen Kampf, der noch vor Kurzem hier getobt hatte. Gorywynn und seine Bewohner schienen von einem Angriff des schwarzen Heeres überhaupt nichts zu wissen.

Kims Neugierde wuchs fast ins Unerträgliche, aber er beherrschte sich und stellte keine Fragen. Dann endlich standen sie vor der Tür des Thronsaales.

»Mach dich auf eine Überraschung gefasst«, sagte Priwinn geheimnisvoll. Kim sah den Steppenprinz fragend an. Dann streckte er die Hand nach der Klinke aus und öffnete die Tür.

Die große Tafel in der Mitte des Saales war unversehrt. Stühle und Sessel, jeder anders als der andere, jeder in Größe und Form seinem Benützer angepasst, umstanden sie.

»Themistokles!«, entfuhr es Kim. »Tümpelkönig! Harkvan!« Sie alle waren da. Themistokles, der Steppenkönig, Ados Vater, nun kein trauriger alter Mann mehr, sondern ein großer König in einem herrlichen Gewand und mit einer schimmernden Krone; Brobing und seine Familie, die Taks, Gorg und Kelhim – und viele, viele mehr. Alle, die an Kims Seite gewandert waren, mit ihm gefochten hatten und gefallen waren, waren an der langen Tafel versammelt, jeder gesund und unverletzt, und alle blickten ihm mit strahlendem Lächeln entgegen.

Priwinn stupste Kim aufmunternd in den Rücken und Kim stolperte auf die Tafel zu.

»Setz dich, Kim«, sagte Themistokles freundlich. Er deutete auf den leeren Stuhl an der Stirnseite des Tisches und Kim, der vor Neugierde fast platzte, gehorchte.

»Ihr lebt!« Die beiden Worte drückten alles aus, was Kim in diesem Moment empfand; die grenzenlose Erleichterung und unbezähmbare Freude, die tot geglaubten Kameraden wiederzusehen.

»Ja, Kim, wir leben. Gorywynn ist in alter Pracht wiedererstanden. Keinem Bewohner Märchenmonds wurde ein Leid zugefügt«, sagte Themistokles. »Und der König der Regenbogen existiert weiter in seiner Burg jenseits von Raum und Zeit.«

»Wir hielten es für besser, dich von Priwinn und Ado wecken zu lassen, um dir Zeit zu geben, den ersten Schreck zu überwinden«, sagte Gorg augenzwinkernd.

»Aber wie kann das sein?«, fragte Kim schwach. »Ich habe gesehen, wie …«

Themistokles hob die Hand.

»Nichts von dem, was du erlebt hast, ist unwahr«, sagte er ruhig. »Alles ist so geschehen, wie es geschehen musste, und doch ist es, als hätte es Boraas nie gegeben.«

»Aha«, machte Kim in so verdutztem Ton, dass Themistokles sich das Lachen verbeißen musste.

»Boraas selbst hat dir die Erklärung für das, was geschehen ist, gegeben«, fuhr der Zauberer lächelnd fort. »Erinnerst du dich, was er über das Miteinander von Gut und Böse im Menschen gesagt hat?«

Kim nickte. »Dass jeder Mensch sowohl das eine als auch das andere in sich trägt.«

»Ja. Aber noch etwas, was sogar noch wichtiger ist und dessen innerste Bedeutung Boraas offenbar selbst nicht erkannt hat. Auch mir blieb es im tiefsten Sinne verborgen; so lange, bis ich das Gesicht des Schwarzen Lords sah. Die Tatsache nämlich, dass das eine nicht ohne das andere existieren kann; dass kein Mensch entweder vollkommen gut oder vollkommen schlecht ist. Gut und Böse sind wie zwei untrennbar miteinander verbundene Teile eines Ganzen. Vernichte das eine und du wirst unweigerlich das andere mit zerstören. Boraas hat in seiner Gier nach Macht und Gewalt vergessen, dass er letztlich nur ein Teil von mir ist, so wie der Schwarze Lord ein Teil von dir ist. Hätte er sich damit begnügt, uns zu unterwerfen, hätte er den Sieg davontragen können. Aber er wollte uns zerstören, restlos und endgültig, und indem es ihm gelang, zerstörte er sich selbst.«

»Du meinst, er lebt nicht mehr?«, fragte Kim vorsichtig.

Themistokles sah ihn durchdringend an. »Doch, Kim. Aber er und ich, wir wurden wieder eins, in dem Moment, als er mich vernichtete; so, wie der Schwarze Lord wieder zu einem Teil von dir wurde, als du unter den Pfeilen Boraas' starbst. Die beiden existieren weiter in uns, und begehe niemals den Fehler, sie zu vergessen.«

»Und Morgon?«, fragte Kim. »Morgon und das Reich der Schatten?«

»Sie hörten auf zu existieren, als Gorywynn in Trümmer sank. Denn so wie Morgons Heerscharen nichts als schwarze Spiegelbilder der Bewohner Märchenmonds waren, so war Burg Morgon nichts anderes als ein negatives Spiegelbild Gorywynns. Boraas' einziger Fehler. Er hat vergessen, dass ein Spiegelbild nur so lange Bestand haben kann, als das Original existiert. So vernichtete er sich schließlich selbst. Im Kampf mag das Gute dem Bösen unterlegen sein. Aber Boraas hat vergessen, dass Gewalt sich letztlich immer gegen sich selbst richtet.«

»Dann ist alles, wie es vorher war?«, fragte Kim ungläubig.

»Ja. Das Reich der Schatten ist wieder ein Land, in dem die Menschen glücklich sein können. Morgon existiert nicht mehr und das schwarze Heer ist wie ein böser Spuk verschwunden. Aber all dies war nötig. Nur durch die vollkommene Niederlage konnten wir am Ende siegen.«

Kim dachte lange über die Worte des Magiers nach. Das Böse kann nicht ohne das Gute existieren, dachte er. Aber das Gute auch nicht ohne das Böse. Es war ständig in ihnen, in Themistokles, Ado, in ihm – in allen. Der Schwarze Lord würde immerfort auf der Lauer liegen, bereit, beim kleinsten Anzeichen von Schwäche hervorzuspringen und die Herrschaft an sich zu reißen. Sie hatten gesiegt, ja, aber sie mussten wachsam bleiben, weil ein vollkommener Sieg der einen über die andere Seite ausgeschlossen war. Und wenn dies die Lehre war, die sie aus allem gezogen hatten, dann hatte sich die Anstrengung gelohnt.

»Und Rebekka?«, fragte er.

Themistokles erhob sich und ging zur Tür. Als er sie öffnete, stand draußen ein kleines, blondzöpfiges Mädchen. Sein Gesicht wirkte nicht mehr blass und eingefallen, sondern rosig und gesund, und in seinen Augen blitzte der Schalk. »Rebekka!«, rief Kim erfreut. Er sprang so heftig auf, dass der Stuhl polternd umfiel, lief auf seine Schwester zu und umarmte sie stürmisch. »Du bist frei!«, sagte er. »Du bist gesund und frei!«

Themistokles stand lächelnd neben ihnen und wartete geduldig, bis sie ihre erste Wiedersehensfreude ausgetobt hatten. Dann räusperte er sich.

Kim besann sich. »Jetzt ist wirklich alles gut«, sagte er.

»Nur eines bleibt uns noch zu tun«, sagte Themistokles ernst.

»Was?«

Themistokles ergriff Kims und Rebekkas Hand. Die versammelten Helden an der Tafel erhoben sich und der Zauberer schritt an ihnen vorbei auf den Thron Gorywynns zu.

»Er gehört euch«, sagte er einfach. »Ihr zwei habt Gorywynn gerettet und so gebührt euch auch der Ehrenplatz an der Spitze Märchenmonds.«

Kim schüttelte erschrocken den Kopf.

»Nein«, sagte er. »Ich will ihn nicht.«

Themistokles lächelte. »Aber er gebührt euch. Ohne euch hätte das Böse gesiegt und Jahrhunderte der Tyrannei wären über Märchenmond hereingebrochen.«

Aber Kim blieb standhaft. »Wir haben nur getan, was jeder andere auch getan hätte. Er gebührt uns nicht.«

»Wie du willst, Kim. Aber der Thron steht bereit und wartet. Wann immer du willst, kannst du ihn besteigen, und ganz Märchenmond wird dir zu Diensten sein.«

Die Zeit verging. Die Tage wurden kürzer, die Nächte kälter und eines Morgens lag der erste Schnee auf den gläsernen Zinnen der Märchenburg. Kim und Rebekka waren glücklich und zufrieden, und wenn sie auch niemals Anspruch auf den Thron erhoben hatten, so wurden sie doch von jedem Bewohner Märchenmonds ehrfurchtsvoll und wie Könige behandelt, und es gab keinen unter ihnen, der nicht ihr Freund gewesen wäre. Sie bereisten das ganze Land, besuchten die Taks und den Hof der Brobings, verbrachten Wochen im Reich des Tümpelkönigs und waren oft und gern gesehene Gäste in der Steppenfestung Caivallon, die ebenfalls in alter Schönheit wiedererstanden war. Und nach und nach vergaßen sie das Schreckliche, das sie erlebt hatten, und als im Frühjahr der Schnee schmolz, schmolzen mit ihm auch die Erinnerungen an Boraas und Morgon dahin. Als das Frühjahr kam, brachen sie zu einer großen Reise durch Märchenmond auf. Rangarigs goldene Flügel trugen sie überallhin. Sie sahen Wunder über Wunder, Dinge, die keines Menschen Auge je erblickt hatte oder je wieder erblicken würde.

Eines Tages aber, lange nachdem sie von ihrer Reise zurückgekehrt waren, ergab es sich, dass Kim und Rebekka allein im Thronsaal waren. Und plötzlich, ohne ein Wort der Vereinbarung, schritten beide auf den hölzernen Thron Märchenmonds zu. Die steinernen Säulen zu beiden Seiten des Sessels begannen zu glühen, und als die Geschwister nebeneinander auf der breiten, harten Sitzfläche Platz nahmen, überstrahlte ein grelles Licht den Sonnenschein vor den Fenstern. Eine große, warme Müdigkeit umfing sie und Arm in Arm schliefen sie ein.

»Kim! Wach auf!« Jemand rüttelte ihn an der Schulter, sanft, aber ausdauernd. Und wieder sagte eine vertraute Stimme! »Kim, wach auf! Wir müssen weg! Schnell!«

Kim blinzelte, öffnete dann vollends die Augen und schaute verwundert ins Gesicht seiner Mutter. Das Zimmer war dunkel, nur vom Flur her fiel ein schmaler Streifen gelben Lichts herein. Die Zeiger des Weckers neben seinem Bett standen auf halb fünf. Kim fuhr sich müde mit den Händen über das Gesicht, setzte sich auf und murmelte! »Was ist los? Wo ist Themistokles und wie komme ich hierher?«

»Du hast geträumt, Junge«, sagte Mutter beruhigend. »Komm jetzt. Zieh dich an. Wir müssen in die Klinik!«

»Klinik?«, fragte Kim verwirrt. Er schlug die Decke zurück und schwang schwerfällig die Beine aus dem Bett. Er hörte Vater unten in der Diele telefonieren. Als er aufstand und zögernd nach seinen Kleidern griff, verließ Mutter mit schnellen Schritten das Zimmer. »Beeil dich«, wiederholte sie. »Wir müssen gleich weg. Ich erkläre dir alles unterwegs.«

Kim zog sich schlaftrunken, mit umständlichen Bewegungen an. In seinem Kopf wirbelten die Gedanken wie die vielen Teile eines Puzzlespiels durcheinander und es fiel ihm schwer, sich auf eine so einfache Tätigkeit wie das Zuknöpfen seines Hemdes zu konzentrieren.

Was war geschehen? Soeben noch hatte er auf dem Thron Märchenmonds gesessen. Und jetzt fand er sich hier, in seinem dunklen, kühlen Zimmer, und seine Eltern waren in heller Aufregung und drängten mitten in der Nacht zum Aufbruch.

Er nahm seine Strickjacke vom Stuhl, ging zur Tür und knipste das Licht an. Sein Zimmer war unverändert. Die angefangenen Hausaufgaben lagen da, als wäre wirklich nur eine einzige Nacht vergangen, und auch das Buch, in dem er gelesen hatte, lag aufgeschlagen am Boden.

Kim löschte kopfschüttelnd das Licht und ging die Treppe ins Erdgeschoss hinunter. Vater telefonierte noch immer, aber er hatte bereits seinen Parka übergestreift. Seine Haare standen wirr nach allen Seiten ab. Auch zum Rasieren hatte es offenbar nicht mehr gereicht, sodass er ein wenig wie ein stoppelbärtiger Bruder des alten Tak aussah.

Vater hängte ein, als er Kim auf der Treppe sah. Mutter kam aus der Küche, strich sich noch einmal glättend über das Haar und ging zur Tür. »Die Klinik hat angerufen«, sagte sie. »Wir müssen zu deiner Schwester. Schnell.«

»Wieso in die Klinik? Rebekka ist doch gesund!«

Vater sah Kim verständnislos an. Aber Mutters müdes Gesicht strahlte mit einem Mal auf. »Ja, Kim«, sagte sie glücklich. »Deine Schwester ist gesund. Es ist wie ein Wunder.«

»Ein Wunder?«, empörte sich Kim. »Es war schwer genug.« Aber weder Vater noch Mutter schenkten seinen Worten Beachtung. Sie verließen das Haus und Kim und Mutter warteten frierend an der Bordsteinkante, bis Vater den Wagen aus der Garage gefahren hatte.

Die Straßen wirkten wie leer gefegt, als sie durch die schlafende Stadt in Richtung Autobahn fuhren. Ein einziger Wagen kam ihnen entgegen und als sie wenige Minuten später über die Südbrücke brausten, schien selbst der Fluss schlafend unter ihnen zu liegen. Kim überlegte, ob er seinen Eltern von seinen und Rebekkas Abenteuern in Märchenmond erzählen sollte, aber dann sagte er sich, dass sie ihm jetzt bestimmt nicht zuhören würden. Außerdem, so vermutete er, würden sie ihm ohnehin nicht glauben. Wenigstens im Moment nicht.

Vater bog mit kreischenden Reifen in die Mohrenstraße ein. Die Klinik lag groß und dunkel vor ihnen. Hinter einigen Fenstern brannte trotz der frühen Stunde noch – oder schon wieder – Licht. Vater fuhr direkt in die Einfahrt, stieg aus und verhandelte eine Zeit lang mit dem griesgrämig dreinblickenden Nachtwächter hinter der Glasscheibe. Schließlich nickte der Mann und Vater kam zum Wagen zurück und ließ den Motor an. Die rot-weiß lackierte Schranke hob sich mit leisem Summen und sie fuhren den Weg zur chirurgischen Klinik entlang, den sie am vergangenen Tag gelaufen waren. Sie mussten eine Weile vor der verschlossenen Tür warten, ehe endlich das Licht anging und eine Nachtschwester öffnete.

»Herr und Frau Larssen?«, fragte sie.

Vater nickte. »Ja. Wir … ich …«

Die Schwester lächelte. »Doktor Schreiber hat mir gesagt, dass Sie kommen«, erklärte sie mit gedämpfter Stimme. »Folgen Sie mir bitte. Aber leise. Unsere anderen Patienten schlafen noch.«

Sie folgten der Schwester über den breiten, nur notdürftig erleuchteten Flur. Die Bänke, auf denen gestern noch Leute gesessen hatten, wirkten jetzt verwaist und seltsam hart und unbequem. Als sie auf die geschlossene Glastür der Kinderabteilung zugingen, hatte Kim für einen winzigen Moment das Gefühl, nicht ihre eigenen Spiegelbilder, sondern die dreier hochgewachsener, schlanker Gorywynner zu sehen.

Die Schwester öffnete die Tür. Sie legte den Zeigefinger auf die Lippen und bedeutete ihnen weiterzugehen.

Dr. Schreiber erwartete sie am Ende des langen, hellgelb gestrichenen Ganges. Er lächelte erfreut, und obwohl er übernächtigt und müde aussah und unter seinen Augen dunkle Ringe lagen, war die Erleichterung auf seinem Gesicht nicht zu übersehen. Er schüttelte erst Vater, dann Mutter wortlos die Hand, streichelte Kim flüchtig über den Kopf und öffnete dann die Tür zu Rebekkas Zimmer.

Mutter stieß einen halblauten Schrei aus, stürzte zum Bett und riss Rebekka in stürmischer Umarmung an sich. Plötzlich begann sie zu weinen, laut und hemmungslos. Doch diesmal waren es Tränen der Freude, denn ihre Tochter saß gerade aufgerichtet im Bett, wach, wohl noch ein wenig blass und verstört, aber bei vollem Bewusstsein.

»Das ist …« Vater schluckte und setzte nochmals an. Aber die Stimme versagte ihm wieder. Auch in seinen Augen glänzten Tränen.

»Es ist wie ein Wunder«, sagte Dr. Schreiber. »Ich als Mediziner dürfte das Wort eigentlich nicht in den Mund nehmen, aber ich tue es trotzdem. Als ich vor einer Stunde von der Nachtschwester gerufen wurde, da …« Plötzlich versagte auch ihm, von innerer Bewegung überwältigt, die Stimme.

Vater reichte ihm stumm die Hand, drückte sie und umarmte dann den kleingewachsenen Arzt wie einen lieben Verwandten.

Auch Kim trat langsam an das große, weiße Bett. Er blickte

zuerst auf die chromblitzenden Apparate an der Wand, die jetzt aufgehört hatten zu blinken und zu summen, und dann ins Gesicht seiner Schwester.

Weder Kim noch Rebekka sagten ein Wort über das gemeinsam Erlebte – weder jetzt noch später. Aber als Kim zögernd die Hand ausstreckte und den zerrupften, einäugigen, einohrigen Stoffteddy von der Bettdecke nahm und als er dann dem Blick seiner Schwester begegnete, da wusste er, dass er nicht geträumt hatte. Märchenmond und Gorywynn existierten, irgendwo.

Mochten die Erwachsenen ruhig an ein medizinisches Wunder glauben. Rebekka und er wussten es besser. Aber das würde ihr Geheimnis bleiben. Vielleicht, dachte Kim, vielleicht würden sie irgendwann noch einmal nach Märchenmond reisen.

Er drückte Kelhim an sich, setzte ihn dann behutsam auf die Bettdecke zurück und trat ans Fenster, um auf die erwachende Stadt hinunterzublicken.

Wolfgang Hohlbein wurde 1953 in Weimar geboren. Inspiriert von seiner Frau Heike verfasste der damalige Nachwuchsautor 1982 den Roman »Märchenmond«, der den Fantasy-Wettbewerb des Verlags Carl Ueberreuter gewann. Das Buch beflügelte seinen Aufstieg zum erfolgreichsten deutschsprachigen Fantasy-Autor. Seine Werke wurden in über 40 Sprachen übersetzt.
Wolfgang Hohlbein lebt heute mit seiner Familie in der Nähe von Düsseldorf.